Lothar-Günther Buchheim
DER ABSCHIED

Lothar-Günther Buchheim

DER ABSCHIED

ROMAN

Piper
München Zürich

ISBN 3-492-04273-2
© Piper Verlag GmbH, München 2000
Gesetzt aus der Palatino
Satz: Uwe Steffen, München
Druck und Bindung:
GGP Media GmbH, Pößneck
Printed in Germany

Für Ditti, die mir den Rücken freihielt

Viele, ja die meisten Erzeugnisse moderner Zivilisation sind oberflächlich monströs, wir räumen ihnen aber mit Recht nicht den Rang von Ungeheuern ein. Der dümmste Bauer auf dem fernsten Feldweg nimmt immer noch mehr Notiz von einem scheckigen Pferd als von zwanzig Überlandomnibussen. Und das einmal so moderne Kinderspiel des Bestaunens der wissenschaftlichen Fortschritte ist gänzlich abgekommen, denn die Wissenschaft hat Siebenmeilenstiefel angezogen und den Horizont des Laien übersprungen. Jedenfalls sind wir auch alle schon zu blasiert geworden, um uns in der Haltung von Wilden ertappen zu lassen, die vor einem Grammophon den Mund aufsperren. Sehr wenig Bemerkenswertes ist unter der Sonne übriggeblieben: ich meine Bemerkenswertes in dem besonderen Sinn, der auch Ehrfurcht umfaßt.
Peter Flemming

Der Himmel über Rotterdam ist Grau in Grau. Das Taxi fährt unter der Maas hindurch, dann an einem riesigen Containerhafen entlang, schließlich an einer Raffinerie hin, von der es heißt, sie sei die größte der Welt. Die Destillieranlagen sind schierer Futurismus. Danach nehmen wir eine Parade von schwarzen Tankwagen der Esso ab. Dann folgen wie zur Abwechslung grüngestrichene Tanks, dann graue, dann weiße. Und immer neue Destilliertürme. Hinter den Destilliertürmen das Filigran der Kräne. Von oben gesehen muß sich das Areal, das ich nur regenverhangen und in perspektivischer Verkürzung wahrnehme, unermeßlich weit strecken.

Nach den Kränen die geknickten Insektenbeine der Getreideheber. Immer merkwürdigere Formen tauchen nun auf: graue Kugelbehälter einer Karbonfabrik, riesige Zementabfalltrichter, monumentale kantige Müllverbrennungsanlagen, die halbringförmigen Spanten halbfertiger Lagerhallen.

Über eine Hebebrücke geht es weiter in Richtung »Botlek«, einem Becken dieses Monsterhafens, in dem NS Otto Hahn liegen soll. Das »NS« steht für »Nuklearschiff«, eine Bezeichnung, die auf der ganzen Welt einzig und allein die Otto Hahn führt. Dabei ist die Otto Hahn ein durchaus konventioneller Dampfer, nur die Krafterzeugung ist nicht die normale.

Die Reise soll nach Durban gehen. Straight ahead zur Südspitze Afrikas und dann um die Spitze herum. Kein einziger Hafen dazwischen. Ein langer Seetörn also und für den Alten seine letzte Fahrt. Der Alte ist sechsundsechzig Jahre alt, Seemann von Jugend an. Im Krieg war er mein U-Boot-Kommandant, eines der hoch dekorierten Asse.

Durban in Südafrika: noch ein ganzes Stück hinter dem Kap, dem Kap der Guten Hoffnung. Für das Schiff gilt Hoffnung nicht. Das Schiff wird bald ausgedient haben.

Als ich vor Jahren mit dem Schiff fuhr, war es noch ein Fliegender Holländer: Es durfte keinen Hafen anlaufen. Im Schiffstagebuch las ich den kuriosen Eintrag: »Von Bremerhaven nach Bremerhaven via Azoren.«

Ich hatte damals viel Arbeit von zu Hause mitgeschleppt. Das war ein grober Fehler. Diesmal will ich den Alten ausfragen – nach Strich und Faden: Wir haben viel Zeit vor uns.

Meine zweite Reise mit dem Nuklearschiff.

»Die erste Reise war angenehm, o Jonny! Die zweite Reise war unbequem, o Jonny!« geht es mir durch den Sinn. Hoffentlich wird das nicht stimmen...

Der Abschied nach meiner ersten Reise war trist. Er hätte gar nicht trister sein können: Winter. Schlechtes Wetter. Alles mögliche ging schief.

Das soll meine zweite Reise mit der Otto Hahn werden. Gegen Ende der ersten hatte mir der Alte auf der Seekarte gezeigt, zu welchem Liegeplatz das Schiff in Bremerhaven verholt werden sollte. Das konnte eine Ewigkeit dauern: durch die Schleuse und dann durch mehrere Hafenbecken.

»Hier geht's nur über den Achtersteven«, sagte der Alte damals, und, als hätte er meine Gedanken erraten:

»Von der Schleuse bis Festmachen mindestens zwei Stunden.«

Dabei bewegte mich nur ein Gedanke: nichts als runter von dem Kahn!

Aber daran war nach dem Festmachen noch nicht zu denken. Ich hatte meine Kammer abgeschlossen und lungerte an Oberdeck herum, weil der Alte noch keine Zeit hatte für ein richtiges Abschiednehmen.

Da fuhr auf der Pier ein kleines signalrotes Auto vor: die Kapitänsfrau! Weil sich kein Mensch um sie kümmerte, half ich ihr über die steile Hühnerstiege und den Niedergang herauf und weiter zur Kammer des Alten. Heftig schnaufend erklärte ich ihr dabei: »Der ganze Salon sitzt noch voller Typen von der Gesellschaft. Wasserschutzpolizei ist auch da, der Hafenarzt – und was weiß ich noch.«

Als wäre es gestern erst passiert, ist mir alles wieder gegenwärtig.

»Dann kann das noch Stunden gehen«, höre ich die Kapitänsfrau.

Die Sitzung im Salon will sie nicht stören, wir machen es uns also in den grünen Sesseln der Kapitänskammer bequem.

»Wo hier der Whisky ist, weiß ich«, sage ich und hole die Flasche aus dem Papierkorb neben dem Schreibtisch.

Während ich Gläser und Eiswürfel bringe, redet die Kapitänsfrau ohne Unterbrechung. Ich tue, als sei ich ganz Ohr, hänge aber meinen Gedanken nach. Trotzdem höre ich immer wieder mal aus dem Redefluß das Wort »Atmosphäre« heraus. »Eine reizende Atmosphäre«, »eine bezaubernde Atmosphäre«, »da hatte alles so viel Atmosphäre«.

Als sie ihren Whisky hat, sagt die Dame: »Sie wollen noch was über den U-Boot-Krieg schreiben? Das verstehe ich nicht. Wen interessiert denn das heute noch? Das ist doch alles schon sooo lange her.«

Ganz Höflichkeit, bestätige ich ihr: »Ja, Schnee von gestern, würde ich sagen.«

Nach dem dritten Glas geht die Kapitänsfrau aus sich heraus. Ich erfahre, daß der Alte nach dem Krieg als Steuermann auf einem Kümo fuhr, der ihrem Vater gehörte. An der argentinischen Küste von Hafen zu Hafen und immer die ganze Familie an Bord.

Die Kapitänsfrau hebt geziert ihr Glas, wobei ein Lächeln über ihr Gesicht geht. Sie trinkt mit vorgestülpten Bardot-Lippen und läßt für einen Moment ihre rosa Zungenspitze sehen.

»Und nach ein paar Wochen war schon Hochzeit«, sagt sie mit einem merkwürdigen Anflug von Rechthaberei in der Stimme. Und dann erzählt sie weiter, wie sie an Bord mit dem Alten zurechtgekommen sei.

Mitten in die Bekenntnisse der Kapitänsfrau hinein platzt ein untersetzter Mittvierziger, picobello im schwarzen Anzug, der sich als »Schrader!« vorstellt: der Agent des Schiffes.

Herr Schrader trägt die Haare mit Pomade angeklitscht scharf nach hinten gekämmt. Die paar Meter vom Schott her legte er fast tänzelnd zurück. Nun aber läßt er sich wie ein Sack in den dritten Sessel fallen, lehnt sich weit zurück und streckt seine Beine von sich.

Der Kapitänsfrau verschlägt es die Sprache: Man kann die Beule, die sein Gemächte in der Hose macht, deutlich sehen.

Ich biete Herrn Schrader einen Whisky an, doch Herr Schrader lehnt ab, er dürfe nichts mehr trinken, er habe – und dabei zwinkert er mir zu, als ginge es um Obszönitäten – schon ganz gehörig einen gezwitschert. Die Erklärung für die Sauferei folgt auf dem Fuß: »Ich habe nämlich eben einen Freund beerdigt.«

Das erklärt, warum Herr Schrader einen schwarzen Anzug trägt, samt schwarzer Krawatte.

»Fünfunddreißig Jahre – Krebs!« informiert uns Herr Schrader mit gedämpfter Stimme.

»Erst fünfunddreißig?« kommt es von der Kapitänsfrau. »Und schon Krebs?«

Herr Schrader richtet seine Augen fest auf die Kapitänsfrau und sagt bitter: »Ja, Hodenkrebs!«

Danach ist erst mal Ruhe. Die Kapitänsfrau gibt sich verwirrt. Dann fragt sie zaghaft: »Gibt es denn so was?«

»Ja!« antwortet Herr Schrader und ist jetzt todernst.

Nun sitzen wir wortlos herum. Herr Schrader starrt halb verglast vor sich hin, die Kapitänsfrau wendet sich schließlich ganz langsam aus der Hüfte zu mir her.

Ich weiß, daß es jetzt an mir ist, etwas zu sagen, aber was nur? Wie kann ich nur diesem Gespräch einen Drall zum Optimismus hin geben? Herr Schrader preßt die Lippen aufeinander, dann reißt er plötzlich den Mund auf, daß es dumpf klackt. Herr Schrader schluckt trokken und fährt sich mit langer Zunge über die ganz Breite der Oberlippe. Erst mit den Fingern der linken, dann der rechten Hand trommelt er Wirbel auf die Sessellehnen und läßt sich schließlich zehn Zentimeter tiefer sinken. Es würde mich nicht wundern, wenn er jetzt auch noch seinen schwarzen Schlips löste.

Am liebsten würde ich diesen Stinkstiefel beim Kragen packen, aus dem Sessel hieven und aus der Kammer befördern – mit einem Tritt in den Hintern. So aber sage ich nur: »Das ist schlimm, Herr Schrader.«

Herr Schrader richtet nun seine schwimmenden Augen auf mich. Gleich wird er losschluchzen, denke ich und sage schnell: »Aber *Sie* leben!«

Herr Schrader nickt gedankenschwer und erwidert: »Da haben Sie eigentlich recht!«

Dann greift er zur Flasche und gießt sich das große Glas halbvoll.

»Sodawasser?« frage ich ihn.

»Nein!« sagt Herr Schrader entschieden und schüttet sich den Whisky mit weit nach hinten gelegtem Kopf in den Schlund.

Allmählich wird's Zeit für mich, aber der Alte ist immer noch im Salon beschäftigt. Seine Besucher haben es sich anscheinend bequem gemacht. Da kann er nicht einfach aufstehen und verschwinden. Ich verfalle auf eine List, vom Maschinenbüro aus rufe ich im Salon an: »Hier ist der Direktor für Arbeitsschutz beim Senat der Hansestadt Bremen ...«

Damit eise ich den Alten für ein paar Minuten zum Abschiednehmen los.

»Mach's gut! – Laß dich nicht unterkriegen! – Also: Mast- und Stengebruch und daß mir keine Klagen kommen! – Und laß dich bald wieder sehen!«

Und dann die Klettertour über die Gangway hinab bis zum Podest. Nun die Stufen am frisch gebauten Gestell hinunter, über einen amerikanischen Ponton hinweg, dann auf einer Laufplanke durch den Schlamm. Neben dem wartenden Auto ein Blick zurück. Ich war noch nie so nahe am Schiff, um es mit einem Blick fassen zu können. Ich mußte den Kopf hin und her drehen und die Augen vom Bug bis zum Heck wandern lassen.

Mein Gott, war der Dampfer auf einmal groß! Viel größer, als er mir während der Bordtage vorgekommen war. Und wie er über die Dalben hochwuchs! Noch einmal konnte ich seine merkwürdige Silhouette mit dem Blick abtasten: zwei mächtige Aufbauten statt einem.

Kein Mensch war zu sehen. Ein verlassenes Schiff! Niemand da, dem ich winken konnte.

Milchiger Dunst stieg vom Wasser hoch, Gâre-du-Nord-Stimmung. Quai des Brumes. Befremdliche Ruhe, kaum ein paar verlorene Töne. Nur von Ferne das Geknatter von Niethämmern.

Ich lasse anhalten. Der Taxifahrer muß mich für einen komischen Vogel halten. Soll er doch. Ich will photographieren. Will ich wirklich? Will ich nicht nur das Wiedersehen mit dem Alten noch ein bißchen hinauszögern?

Aluminiumfabriken ziehen am Taxifenster vorbei, eine riesige Parade weißgestrichener Tanks, dünne, schwarze Masten, die orangefarbene Flammen aufgesetzt haben: Da wird Gas abgefackelt. Möwen fliegen dicht über die Fackelparade hin. Es sieht aus, als machten sie Mutproben.

Immer neues schwarz und weiß gestrichenes Geschlänge von Destillieranlagen. »Raffinaderij« nennen sie sich auf holländisch. Ich werde das Wort, das sich mir mit Riesenbuchstaben aufdrängt, meinem geringen holländischen Wortschatz einverleiben.

Das übliche: Die Termine haben sich verschoben. Am 6. Juli sollte das Schiff hereinkommen, am 7. Juli auslaufen. Jetzt ist schon der 8. Juli. Es hat Nordweststürme gegeben, gegen die das Schiff bei seiner Heimreise nicht mit der gewohnten Geschwindigkeit von fünfzehn Knoten ankam. Mit Nordweststürmen war in dieser Jahreszeit kaum zu rechnen.

Vor Mitternacht – das weiß ich – wird die Otto Hahn nicht auslaufen. Jetzt ist es noch nicht mal Abend.

Warum will ich überhaupt wieder auf dieses vermaledeite Schiff? Mal wieder raus aus dem Trott? – das wäre eine Erklärung. Aus alter Verbundenheit mit dem Alten? – eine andere. Aber da kommt sicher noch mehr zusammen.

Der Alte und ich, wir wollen uns davor hüten, daß diese Reise zu einer sentimentalen gerät.

Ich habe eine schöne Ausgabe von Laurence Sternes »Sentimental Journey«. Lessing war es, der dem Übersetzer »Empfindsame Reise« als deutschen Titel riet. »Empfindsam« – einverstanden.

Als ich das erste Mal Durban hörte, wußte ich auf Anhieb nicht, wo Durban liegt. Nun aber fahre ich hin, mehr als drei Wochen lang und dann die gleiche Zeit zurück. Das macht mit der Hafenliegezeit mindestens sieben Wochen. Für eine so lange Absens von den täglichen Geschäften fühle ich mich in Rechenschaftsschuld vor jenem meiner Engel, der den Verbleib meiner Tage registriert: Diesen Seetörn habe ich mir als eine Art Sanatoriumsaufenthalt verordnet. Abschalten! lautete der Imperativ, der aus dem halben Entschluß zur Reise einen ganzen machte.

Aber da war noch etwas anderes: Ich war auf der letzten Reise mit meinen Erkundungen des Schiffes und des Alten im wahrsten Wortsinn auf halbem Weg stehengeblieben: Das Schiff hatte mitten im Atlantik, zwischen Bremerhaven und den Kanaren, kehrtgemacht, und zwar mit einem Williamsturn, wie mir bedeutet wurde, ohne daß ich die Besonderheit dieses Manövers verstand.

Dieses Mal hat das Schiff einen Zielhafen. Das mag selbstverständlich klingen, aber damals hatte es eben keinen, und die Stimmung an Bord war dementsprechend mies.

Mein schlimmstes Versäumnis während der ersten Reise mit der Otto Hahn: Ich hatte mich nicht genügend mit seinem Antrieb befaßt, dem »Fortschrittlichen Druckwasserreaktor«. Die Reise war zu kurz. Wenn ich den Physiker an Bord, »die Forschung« genannt, und den Chief miteinander fachsimpeln hörte, fühlte ich mich hilflos wie ein Eleve im äußersten Vorhof der Weisheit.

Als ich 1937 Abitur machte, war von Kernspaltung noch keine Rede. Erst 1938 entdeckte Otto Hahn gemeinsam mit seinem Mitarbeiter Fritz Straßmann die Kernspaltung des Urans und des Thoriums. Diesmal habe ich mich belesen und fühle mich halbwegs gerüstet.

Ich bin gespannt, wer von den alten Leuten mit auf die Reise geht. Der Bootsmann war ein verrücktes Huhn. Obwohl die See hoch ging, hatte er eine Tischkreissäge an Oberdeck festgelascht und schnitt Kistendeckel in handlange Stücke. Mir wurde ganz übel bei dem Anblick: Ich sah schon blutige Finger über Bord rollen. Bei solchem Seegang mit der Kreissäge zu arbeiten war ein starkes Stück.

Später zeigte mir der Bootsmann mit sichtlichem Stolz fünf große Säcke, die er hinter der Luke vier festgelascht hatte: »Alles Brennholz! Freut sich Muttern. Das reicht für den nächsten Winter. Ich brauch's nämlich nur zum Anheizen.«

Ich zeigte ihm den Rücken meiner linken Faust, Daumen, Zeigefinger und kleinen Finger hochgestellt: »Raten Sie mal, Bootsmann, was das bedeutet!« Ich spannte ihn nicht lange auf die Folter: »Die Bierbestellung eines Sägewerksbesitzers: fünf Glas Bier.«

Der Bootsmann begriff den Witz gleich. Ein guter Mann, umsichtig, schnell von Kapee und ein vorsorgender Familienvater. Was will der Mensch mehr?

Er hatte auch ein paar leere Tonnen an Oberdeck festgezurrt. Sie hatten keine Funktion. Sie waren nur Futter für den Rost: »So, Rost, nun kannst du schön fressen!« hörte ich ihn murmeln.

Wahre Gebirgszüge von braunschwarzem Eisenerz legen sich vor den Blick. Die Straße macht eine Linkskurve, und endlich öffnet sich der Ausblick auf das Hafenbecken:

Wir fahren jetzt an den Gebirgszügen entlang. Auf der anderen Seite mennigerot gestrichene Schiffsleiber hinter einem Gewirr von Krangestängen.

Dann noch ein fürchterliches Stück Straße: Tiefe Schlaglöcher wuchten mich nach links und nach rechts, als säße ich auf einem Kamel und nicht in einem holländischen Taxi.

Zwischen den aufeinander zulaufenden Schrägen zweier gewaltiger Kohlenhalden steht, wie das Korn in einer riesigen Kimme, ein Dampferschornstein! Kurioses Bild, für das ich wieder halten lasse. Die Funnelmarke ist die der HAPAG.

Ich gehe ein paar Schritte auf mein Motiv zu, um den Schornstein größer ins Bild zu bekommen – da merke ich: Der Dampfer hinter den Kohlenbergen ist die Otto Hahn. In all dem Grau, Schwarz und Rostbraun weiß wie aus dem Ei gepellt: Erst als ich ganz nahe heran bin, erkenne ich ein paar Schmutzspuren vom Entladegeschäft. Der Alte hat mir ja geschrieben, daß man der Otto Hahn die Ringelsocke der HAPAG übergezogen hat statt der alten gelbblauen Schornsteinmarkierung mit dem Signet für den Atomkern. Die schwarz-weiß-rot geringelte gelbe Socke bedeutet: Das Schiff wird jetzt von der HAPAG bereedert.

Zwei Autos stehen verlassen unter dem Kran auf der Pier. Kein Mensch ist zu sehen. Natürlich: Sonnabend.

Da entdecke ich den Alten! Er steht hoch über mir mit abgespreizten Armen am Ende der Gangway. Ein Seemann ist schon unterwegs, um sich mein Gepäck zu schnappen.

»Da bist du endlich! Was war denn?«

»Mit dem Flug nach Amsterdam hat es nicht geklappt. Da ist eine Maschine ausgefallen. Ich wollte viel früher da sein.«

Prüfende Blicke hin und her: Ob der Alte wieder ganz auf dem Damm ist? Seinen Posten hat ein Jüngerer übernommen. Für den Alten war es fraglich, ob er noch einmal fahren könnte. Beim wochenlangen Liegen auf der Reede vor Angola hatte er sich in der Tropenhitze eine Lungentuberkulose geholt, die ihn fast über den Jordan gebracht hätte. Der Bordarzt hatte zwar Strahlenschutzlehrgänge absolviert, aber eine simple Tb zu diagnostizieren war er nicht in der Lage. Schlimm für den Alten: Operation und über ein Jahr Krankenhaus, um die verschleppte Krankheit auszukurieren.

Jetzt ist er nicht mehr der »eigentliche« Kapitän des Schiffes. Der Alte fährt nur mehr als Urlaubsvertreter.

Kaum Leute zu sehen. Der größte Teil der Besatzung, so erfahre ich vom Alten, wird ausgetauscht. Die alten Leute sind schon von Bord, der Bus mit den neuen kommt aus Hamburg. Er sollte längst da sein.

Alle Luken sind schon wieder dicht. Die Ladung des Schiffes ist gelöscht: ein Haufen Eisenerz, der jetzt unter den riesigen Gebirgsketten an Land neben dem Schiff liegt. Schwer vorstellbar, daß das 12500 Tonnen sein sollen.

Ein serviler Typ kommt auf mich zu: »Ihr Gepäck ist schon in Ihrer Kammer. In der Eignerkammer.«

Bei meiner ersten Reise wohnte ich vorn im Brückenaufbau. Bis in die Messe, die im achteren Aufbau liegt, war es ein gutes Stück Weg – Zwangsweg: Wollte ich etwas zu essen haben, mußte ich laufen. Ich hatte nichts gegen die aufoktroyierte Körperbewegung vor und nach den Mahlzeiten, nur bei Kälte, Regen und Sturm war es lästig.

In der Eignerkammer im achteren Aufbau logiere ich in der Nähe der Futtertröge. Der Alte hat mir am Telephon die Kammer im Brückenaufbau ausgeredet: Da dröhne jetzt ein Kühlschrank in der Pantry nebenan. Und außerdem habe der neue Kapitän fünf Waschmaschinen gekauft und eine davon direkt vor meiner ehemaligen Kammer aufstellen lassen – samt Trockenschleuder. Der Lärm sei kaum auszuhalten. Ich sei in der Eignerkammer über die Maßen privilegiert.

Gut, dann schauen wir uns erst mal die Kammer an. Die mir zugedachte Behausung, eine wahre Luxussuite mit Schlaf- und Wohnraum, will mir nicht gefallen. Eine Großfamilie hätte darin Platz. Mit diesem Luxus wird es mir wohl ergehen wie mit dem von aufgefexten Hotelzimmern: Was habe ich davon, wenn ich im Dunkeln auf der Koje liege. Untertags werde ich fast immer mit der Kamera unterwegs sein.

Einen Kühlschrank gibt es auch. Es ist aber nichts darin.

Ich lasse mir keine Zeit, meine Sachen ordentlich wegzustauen. Eine merkwürdige Spannung treibt mich um, wie immer vor einer Ausreise: Ich will, ehe wir ablegen, noch einmal telephonieren. Das einzige Landtelephon, das eigentlich nur der Alte und der Chief benutzen dürfen, ist im Leitstand angeschlossen. Der Alte hat den Chief gewahrschaut. Weil ich nicht aufgepaßt habe, bin ich auf meinem Weg zum Leitstand in die Irre gelaufen, obwohl ich hier Bescheid wissen müßte. Also: Schott auf – Schott dicht – Niedergang hoch – Längsgang – Quergang – Längsgang – neues Schott auf. Dieses Schiff ist ein besonders kompliziertes Labyrinth – ein horizontales *und* vertikales Labyrinth zugleich.

Endlich finde ich das Schott mit der Aufschrift »Vorsicht starker Maschinenlärm!«. Es gegen den Luftsog aufzuziehen kostet Kraft. Ölig warmer Dunst schlägt mir entgegen. Ich höre nur gedämpften Maschinenlärm von unten herauf. Mein Blick fällt durch silbern blinkende Laufroste hindurch nach unten – wie durch mehrere Schichten von Spinnennetzen – bis in die Tiefe des Schiffes. Dort drängen sich zwischen dick bandagierten Rohren die Hochdruck- und Niederdruckturbine und daneben das Getriebe.

Ich atme durch: Ich fühle mich wieder wie zu Hause. Ein Kranbalken ragt dicht neben mir in den Maschinenraumschacht hinein. Dieser Schacht geht durch sämtliche Decks bis zum Kiel des Schiffes hinunter und nach oben bis zum Schornsteindeck hinauf: fast dreißig Meter. In die Tiefe führen kurze, blanke Eisenleitern von einem Geschoß aus Eisenrosten zum anderen – fast von der gleichen Art wie die Feuerstiegen an amerikanischen Häusern.

Ich klettere Sprosse um Sprosse die steilen Stiegen hinunter, gerate auf eine Galerie, finde eine neue Eisenstiege. Auf jedem Absatz nehme ich neue Perspektiven wahr, neue Formen, neue Formüberschneidungen. Maschinenkathedrale fällt mir ein. Aber hier ist keines von Rilkes wiegenden Gerüsten, hier ist alles präzise festgeschweißt und –genietet.

Am liebsten würde ich mich niederhocken und die Stimmung dieser riesenhaften Maschinenhalle ganz in mich aufnehmen, aber im Leitstand wartet der Leitende Ingenieur, der Chief, auf mich.

Das Summen, wie von tausend Bienenschwärmen, wird lauter, je tiefer ich gelange. Gelbes Licht fällt aus einer Reihe von Fenstern schräg über mir. Eine Art Veranda hängt in halber Höhe. Hinter den Fenstern glimmen rote Signalaugen. Das ist der Leitstand. Ich muß wieder höherklettern.

Als ich das Schott zum Leitstand öffne, schlägt mir angenehme Kühle entgegen. Mir ist, als trete ich aus einer lärmenden Werkhalle heraus direkt hinein in den Operationssaal einer Klinik.

»Mit dem neuen Chief, Bornemann, kommst du schon zurecht, der ist in Ordnung«, hat der Alte mir gesagt.

Der Chief kommt mir mit ausgestreckter Hand entgegen und fragt, ohne irgendeine Begrüßungsfloskel: »Sie kennen unseren Kapitän?«

»Schließlich nicht die erste Reise, die ich mit ihm mache.«

»Ich meine schon länger – bevor Sie auf diesem Dampfer gefahren sind«, insistiert der Chief.

Der Chief läßt mich mit seinem Blick nicht los. Ich kann jetzt nicht kneifen. »Ja, damals hatte das Schiff freilich nur siebenhundertfünfzig Tonnen, und der Typ hieß Sieben C.«

Da strahlt der Chief und sagt: »Wußte ich's doch! Der Kommandant im Boot ist unser Kapitän.«

»Erraten!«

»Und der Aktionsradius war auch nicht von schlechten Eltern«, sagt der Chief.

»Und die Seetüchtigkeit schon gar nicht«, gebe ich zurück. »Wenn man einfach die Klappe zumachen kann, hat das sicher auch seine Vorteile.«

Der Chief ahnt nicht, wie wichtig für mich seine Neugier ist: Er hat schon zwei, drei Fahrten mit dem Alten als Kapitän auf diesem Schiff hinter sich und weiß trotzdem nichts von dessen kriegerischer Vergangenheit. Der Alte hat nie etwas herausgelassen. Auch der Chief auf meiner ersten Reise hatte davon keine Ahnung.

Jetzt kommt es mir selber merkwürdig vor, daß ich nur alle paar Jahre Nachricht vom Alten erhielt. Immer auf Postkarten. Die erste Postkarte kam aus Las Palmas – Spätherbst 1949. Ich traute meinen Augen kaum. Las Palmas de Gran Canaria! Und da stand: »Seit Anfang September als Skipper unterwegs auf einer Segeljacht«, und auch: »Vier Mann Besatzung. Haben an Papieren nur Kennkarte. Zielhafen Buenos Aires. Werde dort wahrscheinlich auf Dampfer anmustern. Falls günstig, auf Walfänger in die Antarktis.«

»Ich muß mal eben in den Verstärkerraum«, sagt der Chief und läßt es wie eine Aufforderung zum Mitkommen klingen.

Ich trotte also hinter ihm her. Im Verstärkerraum hockt ein Assi in tiefer Kniebeuge und liest Skalen ab. Die Werte notiert er in einer Kladde auf seinen Schenkeln. Als der Assi den Chief sieht, richtet er sich auf, und die beiden reden ein paar Minuten technisches Rotwelsch. Schließlich wendet sich der Chief mir zu und erklärt wie ein Fremdenführer: »Hier im Verstärkerraum ist die gesamte Nuklear- und Prozeßinstrumentierung untergebracht.«

Ich nicke und frage: »Was ist Prozeßinstrumentierung?«

Der Chief faßt sich an seinen blonden Bart, als könne er so besser nachdenken: »Das läßt sich nicht mit zwei Worten sagen. Mal später...«

Wieder im Leitstand, pflanzt sich der Chief hinter dem Steuerpult auf. »Von hier aus wird alles gesteuert: Reaktor, Turbinen, alle Hilfskreisläufe. Und hier«, der Chief macht eine Rekommandeursbewegung gegen die Rückwand hin, »erscheinen alle Meßwerte, alle Informationen, auch die über das Arbeiten der Haupt- und Hilfsmaschinen.«

»Das Herz des Schiffes!« sage ich.

»Nein. Eher das Hirn der Maschine.«

Da habe ich mein Fett weg. Ich lasse den Blick umherwandern: Der Schemel erlaubt es mir, mich dabei um 360 Grad zu drehen. Die Wand sieht aus wie mit hochgestellten Mensch-ärger-dich-nicht-Spielmustern tapeziert.

Ich fühle mich an Fernsehbilder aus Houston in Texas erinnert. Die gespannten Blicke auf die Monitore, die Schaltkreise an den Wänden, die klinische Atmosphäre: Alles sieht aus wie bei einem Raumschiffstart. Hier könnte man Szenen für einen Science-fiction-Film drehen, sage ich mir und nehme mir sogleich vor, mich an einem Treatment zu versuchen. Laut sage ich: »Sieht alles nach Science-fiction aus.«

Der Chief bedenkt mich dafür mit einem zweifelnden Blick. Er hat für solche Vorstellungen wohl nichts übrig. Für ihn ist hier alles normal. Dies ist seine ganz und gar reale Welt. Wer sich hier nicht heimisch fühlt, ist in seinen Augen wahrscheinlich ein Spinner.

Er stützt sich mit steif durchgedrückten Armen auf das Steuerpult. Ich merke, daß er zugleich mit den Kontrollämpchen auch mich beobachtet. Ich werde mich hüten, noch einmal ins Fettnäpfchen zu treten. Ich will nicht nur staunen, wie bei der ersten Reise, ich will alle Anlagen kapieren. Aber vor allem will ich in den SB, den Sicherheitsbehälter. Schon deshalb werde ich mich mit dem Chief gutstellen müssen.

Gleich wage ich einen Vorstoß: »Wenn Sie demnächst mal im SB zu tun haben sollten, wäre ich gern dabei. Das letzte Mal habe ich es nicht geschafft. Nun fehlen mir ein paar Aufnahmen.«

Der Chief betrachtet mich nur aus großen Augen. Nicht einmal die Haltung seiner Arme ändert sich.

»Ja!« sagt er endlich knapp, »ich werde Sie wahrschauen – vorausgesetzt, daß der Kapitän einverstanden ist.«

»Am besten, Sie fragen ihn gleich heute abend«, gebe ich zurück.

Als ich gerade sagen will: »Eigentlich bin ich ja zum Telephonieren gekommen«, fragt der Chief: »Wie ist denn Ihre Nummer?«

Der Chief meldet das Gespräch unter seinem Namen an und sagt: »Der Zahlmeister berechnet es Ihnen.«

»Der Zahlmeister?« frage ich zurück. »Wir hatten doch hier eine Purserin.«

»Die ist nicht mehr an Bord«, sagt der Chief und fügt in einer merkwürdig bedeutungsvollen Tonlage noch »leider« an.

Während ich auf die Verbindung warte, schaue ich mich um: Über dem Steuerpult leuchtet in einem Geviert weiß die Schrift »Reaktor in Betrieb«. Links und rechts davon Schemata. Dazu viele kreisrunde Felder mit Skalen, grüne und rote Quadrate, dazwischen Leitwege. Stellwerk? Cockpit? Moderne Kunst?

Auf einem Monitor kann ich die Tür zum Leitstand von außen sehen. Dieser Raum hier ist ein streng abgeschirmter Bereich. Ich lese die Plastikschildchen unter den gelben Skalen auf dem immensen Steuerpult: »Ventil Vollast«, »Regler Primärdruck«, »Neutronenfluß«, »Kontrollstab 1 Korrektur«, »Kontrollstab 2 Korrektur«, »Kontrollstab 3 Korrektur«, »Kontrollstab 4 Korrektur«, »Kontrollstab 1 2 3 4 Gruppe A«, Kontrollstab 5 6 7 8 Gruppe B«, »Kontrollstab 9 10 11 12 Gruppe C«, »Kontrollstäbe 1 bis 12 Testbetrieb«.

Die Schalter, die dazugehören, liegen auf »Null«. Man kann sie auch auf »Senken« oder auf »Heben« stellen. Unter anderen Skalen steht: »Speisewasserschwachlastventil«, »Schwachlast Drehzahl P 2 SS«, »Speisewasservollast«.

Der Reaktor läuft, wie ich auf dem Manometer sehe, auf »Hotellast«.

Der eigentliche Kapitän, Molden, den der Alte auf dieser Reise vertritt, ist noch an Bord. Ich höre beim Übergabepalaver in der Kapitänskammer, was sich die beiden zu sagen haben. Molden, ein schwerer Mann, scheint kein Kind von Traurigkeit zu sein. Ein ums andere Mal unterbricht er seine Rede mit einem dröhnenden Gelächter. Das steckt den Alten an. Ich habe ihn kaum je so viel lachen hören. Wer hier zum Schott hereinkommt, muß glauben, er sei in eine fröhliche Trinkrunde geraten. Vielleicht hat Molden tatsächlich ordentlich einen gezwitschert.

»Die Fritzen von der HSVA haben Zeit eingeräumt bekommen, die sie für ihre Schlängelfahrten haben wollten«, sagt er.

»Ab Biskaya?«

Prompt fühle ich mich hilflos, ein Dilettant zwischen Fachleuten. Schlängelfahrten? Nie von Schlängelfahrten gehört. Von HSVA auch nicht.

»Ja, ab Biskaya! Es ist ganz klar gesagt worden: Jegliche Unterstützung, die im Rahmen des Üblichen liegt – das heißt keine Crash-stops oder Crash-Manöver vor und rückwärts und auch kein Flachwassermanöver. Dagegen hab ich ein Veto eingelegt. Wenn wir Flachwassermanöver fahren, gibt's zu viele Vibrationen.«

»Wollten die tatsächlich Flachwasser haben?« fragt der Alte.

»Ja. Flachwasser wäre auf diesem Törn praktisch nur südlich von Cap Blanc möglich, aber dort ist ja alles in Bewegung – zu viele Fischer. Das ist gestorben. Jetzt sind sie auch mit ruhigem Wasser zufrieden. Ich denke mir: am besten südlich der Neckermann-Islands.«

Auf dieses Stichwort kann ich mir wenigstens einen Reim machen: Neckermann-Islands – das können nur die Kanarischen Inseln sein.

»Da sollen wir schon anfangen? Ich denke, das soll einfach so im Weiterfahren gemacht werden und ohne Zeitverlust?«

»Nee. Zwei Tage dauert das ungefähr. Achtundvierzig Stunden werden schon verbraten. Bis Dakar, würde ich sagen, acht Tage plus zwei für Versuche, also zehn Tage«, erklärt Molden.

Ich hocke da und staune über dieses Programm. Mit Zwischenfragen will ich nicht stören. Lieber abwarten, später den Alten ausfragen. Vorläufig bloß zuhören.

»Also so achtzehnten, neunzehnten Dakar. Die Leutchen von der HSVA wollen diese Ankunft Dakar wahrscheinlich möglichst so legen, daß sie grade eben das Flugzeug verpassen«, sagt Molden, lacht dröhnend und fährt fort: »Das nächste geht erst zwei Tage später raus. Aber das ist abgesegnet. Das kann man machen. Sie müssen sich bitte noch mit der Agentur in Verbindung setzen, Telegrammadresse, Telephon, alles da.«

»Und Dakar hat das Absetzen genehmigt, wir können in die Hoheitsgewässer rein? Und die Leute werden auf Reede abgeholt?«

»Ja, auf Reede. Ist alles abgesegnet«, sagt Molden wieder, »das einzige ist die Zwanzigtagenotiz für Durban. Sie brauchen ja einundzwanzig oder zweiundzwanzig Tage bis da hinunter, durch die Verzögerung bedingt. Die Zwanzigtagenotiz an die African Coaling ist von Bord aus zu geben.«

»Über zwanzig Tage? Ist das notiert in der Charterparty?« fragt der Alte.

Und weiter geht das Frage-und-Antwort-Spiel: »Kosmos bekommt ETA zweimal in der Woche, montags und donnerstags. Rapps oder Rapp heißt doch der Sachbearbeiter bei Kosmos?«

»Ja, genau!«

»Man sagte mir, es sei eine Charter an Bord? Und die Adresse ist auch da?«

»Ja, ja.«

Der Dialog stockt. Zum Glück weiß ich, was eine Charter ist, die Beladungsvereinbarung zwischen Befrachtern und Abladern.

»Was haben wir denn noch?« fängt Molden wieder an. »Ich glaub, das wär's! Ach ja, es fährt außerdem noch eine Ozeanographin mit, die Messungen vornimmt. Und der Arzt ist auch neu.«

»Also drei Wissenschaftler von der HSVA und eine Ozeanographin?«

»Die Ozeanographin wird *nicht* in Dakar ausgeschifft. Die fährt die ganze Reise mit und soll im Rahmen des Möglichen auch ein bißchen unterstützt werden. Vielleicht stellen Sie mal hier und da einen Mann zur Verfügung...«

»Mann zur Verfügung, sagten Sie?« fragt der Alte.

Da hebt ein großes Gelächter an.

»Jawoll. Die ist eben nicht so leicht zu befriedigen.«

Herr Molden lacht, als wolle er explodieren. Der Alte guckt einen Moment sauertöpfisch, muß dann aber grinsen. Jetzt mache ich mir schnell ein paar Notizen: HSVA, Kosmos, ETA... Keine Ahnung, was das bedeutet.

»Gibt's noch die Mammiletters?«

»Ja: drei Stück pro Nase.«

Ich kritzele auf meinen Zettel: »Mammiletters?«

»Machen Sie jetzt richtig Urlaub?« fragt der Alte.

Aha, endlich sind sie fertig, denke ich.

Doch das Palaver ist damit noch immer nicht zu Ende. Alles wird noch einmal durchgekaut.

Ich höre nur mit halbem Ohr zu und stutze erst, als ich wieder African Coaling höre: »... die Party von der African Coaling – das werden sechzig bis siebzig Leute.«

»Aber die Party doch nicht an Deck? Da ist es doch jetzt nicht mehr klimatisch so ganz...«

»Durban ist nicht so wie Port Elizabeth. Durban ist schon wieder ein bißchen wärmer.«

»Trotzdem, abends kann es da ganz hübsch kalt sein«, wirft der Alte ein, »und ordentlich wehen kann's auch, deshalb bin ich der Ansicht, daß man das unter Deck machen sollte.«

Molden explodiert schon wieder vor Lachen: »Unter Deck! Natürlich.«

Der Alte lacht nicht mit. Er will das Gespräch zu Ende bringen: »Also Gastgeber ist African Coaling?« Er klingt ungeduldig.

»Ja. Es sollen noch paar zusätzliche Leutchen erscheinen. Aber da kriegen Sie rechtzeitig Bescheid.«

»Die wollen immer ihren ganzen Verein dabeihaben«, raunzt der Alte, »also Sie meinen: sechzig bis siebzig Leute?«

»Meine Schätzung! Aber Genaues weiß man eben nicht«, und Molden lacht schon wieder, »Auslaufen Mitternacht – soll das bleiben?«

»Ja«, sagt der Alte.

Ich atme tief durch, endlich Schluß! Aber da fängt Molden wieder an, und die beiden reden, unterbrochen von Moldens brüllendem Gelächter, über Personalwechsel. Erst als ich den Alten sagen höre: »Wie heißt der Erste Offizier?«, wache ich aus meinem Halbschlaf auf.

»Becker, Becker.«

»Schon länger an Bord?«

»Ja – drei Reisen.«

»Wer macht Ladung?«

»Ladung macht hier unser Lademeister Meier – aber zusammen mit Herrn Becker.«

»Wir laden also Kohle«, sagt der Alte.

»Anthrazit!«

»Anthrazit?«

Das bloße Wort Anthrazit bringt Molden wieder zum Lachen. Auch der Alte verzieht sein Gesicht zu einem Grienen. Er gibt sich gutwillig: Wir sind schließlich keine Spaßverderber! Wenn ich nur wüßte, was es bei Anthrazit zu lachen gibt. Ich finde keine obszöne Bedeutung von Anthrazit.

»Wir werden das so hinfixen«, fängt der Alte noch einmal an, »achtzehnten, spätestens neunzehnten Dakar. Agent Dakar ist Usima. Telegrammadresse und Telexadresse hab ich.«

»Also dann ist soweit alles in Ordnung«, sagt Molden, »und wir können endlich einen zur Brust nehmen – steht schon da!«

Als Molden von Bord und der Alte der verantwortliche Kapitän ist, frage ich ihn: »Was heißt HSVA?«

»Hamburgische Schiffbau-Versuchsanstalt.«

»Wer ist Kosmos?«

»Kosmos ist der Befrachter des Schiffes.«

»Und was ist ETA?«

»Expected Time of Arrival.«

»Und African Coaling?«

»Die Gesellschaft, von der wir die Ladung bekommen.«

Plötzlich ist Betrieb in der Kammer. Drei, vier Leute wollen etwas vom Alten.

Ich retiriere, so behende ich das mit meinem kaputten Bein kann, durch das offene Schott: Ich will sehen, was draußen passiert.

Sechzehn Uhr: Bis zum Ablegen sind es noch acht Stunden.

Von der Pier her kommt wildes Hupen: Der Omnibus fährt vor. Ich stehe und staune: Statt der erwarteten Seeleute steigen Mädchen und Frauen mit dicken Koffern und Taschen aus. Auch Kinder sind dabei. Endlich erscheinen ein paar Kerle.

Ich lehne mich mit den Ellenbogen auf die Verschanzung und betrachte die Wuhling da unten genau: Der karottenrote Kopf gehört zu einem besonders Kleinen, der sich aufgeregt gebärdet und herumschreit, weil sein Koffer noch im Bus ist. Wie um des Kontrastes willen hält sich ein vollbärtiger Riese, der aussieht wie der Weihnachtsmann aus einem Kinderbuch, dicht neben ihm. Zwei Dickbäuche mit Schnauzbärten, sicher Maschinenleute, könnten aus einem amerikanischen Groteskfilm kommen. Vor allem aber sehe ich knallbunte Pullover und Kopftücher. Die Tonkulisse zum Spektakel bilden die in Baßlage zu den Leuten, die neben mir über die Reling hängen, hinaufgebrüllten Zurufe und das spitze Gekicher und Gegacker des weiblichen Trosses.

»Die werden schon ein paar Flaschen gelenzt haben«, kommentiert neben mir ein Matrose den Auftritt. »Is ja och ne ganz schön lange Strecke«, sagt ein anderer, »ne Menge Kilometer von Hamburg bis hierher.«

Hoch über der Szene auf der Pier fährt ein Schiff durch einen Taleinschnitt des schwarzen Gebirges dahin und zieht meinen Blick auf sich: Es hat zwei Lagen übereinandergestapelter Container auf dem Oberdeck und sieht aus wie ein Spielzeugschiff. Ich kann mir nicht recht vorstellen, wie ein Schiff mit diesen riesigen buntbemalten Kästen an Bord bei schwerer See zurechtkommen will.

Bis Mitternacht bleibt noch eine Menge Zeit. Ich gehe auf die Brücke und mache mich im Ruderhaus wieder mit den Geräten und Instrumenten vertraut.

Die Brücke ist ein mächtiges, quer über das Schiff reichendes Deck. Auch bei vollem Ballast liegt sie noch achtzehn Meter über der Wasserlinie.

Das Schiff wird im Ballastzustand fahren – mit zwei Dritteln des Höchstballastes von 11 000 Tonnen, den es aufnehmen kann. Der Ballast besteht aus Seewasser.

»Warum denn Seewasser?« habe ich den Alten gefragt.

»Weil sich für den Hinweg nach Durban keine Ladung gefunden hat«, war die Antwort.

»Diese Riesenstrecke mit Wasserballast abfahren – wirtschaftlich kann man das ja wohl kaum nennen.«

»So isses!« hat der Alte seinen üblichen Redestopper gesetzt.

Ich schaue mich gründlich um. In Blickrichtung des Rudergängers am Ruderstand: der Ruderlageanzeiger, der Kreiselkompaß und das Sprachrohr zum Peildeck. In einem Kasten vor dem Ruderstand die automatische Steueranlage. Sie hält das Schiff gegen die Einwirkungen von Wind und Seegang auf Kurs. Sobald wir auf freier See sein werden, wird sie eingeschaltet.

Und da ist die Rosette, die zum Flachlot gehört. Im Kasten daneben ein Anzeiger der Tochter des Tieflots, das bis zu tausend Meter hinabreicht. Die Schalter für Navigations- und Deckslichter. Der Kasten mit den Anlagen für Rundfunk, Rundsprech- und Tonaufzeichnungen. An der achteren Wand dicht unter der Decke die »Kästen für die Brieftauben« – in Wahrheit die Behälter für die Nationalitätenflaggen und die Signalflaggen. Auch der Handgriff, der sich mitten im Raum an der Decke befindet, wird Novizen gern zum Jux falsch bezeichnet – als »Notbremse fürs Schiff«. Er dient zur Fernbedienung des Signalscheinwerfers.

Ich tigere auf dem Schiff herum und nehme die magische Stimmung der Ausreise durch alle Poren in mich auf. Alles beschwört wieder die Erinnerung an meine erste Reise herauf.

Im Kartenhaus finde ich ein Faltblatt mit dem Aufdruck »Gästeprospekt« und lese:

»Ein besonderes äußeres Kennzeichen der NS (Nuklearschiff) Otto Hahn sind die hohen Aufbauten. Neben der eigentlichen Besatzung können noch vierzig Techniker und Forscher für Forschungsaufgaben des Schiffes untergebracht werden, und dies erfordert auch zusätzliches Wirtschaftspersonal. Während die Mannschaft auf dem untersten Deck, dem Hauptdeck, untergebracht ist, sind die Kabinen der Techniker in dem Poopdeck darüber gelegen, und abermals ein Deck höher, im Aufbaudeck, befinden sich die Kabinen für die Ingenieure. Das oberste Deck, das Bootsdeck, besitzt Einrichtungen für einige Gäste. Es möge hierzu erwähnt werden, daß die NS Otto Hahn auch als Fahrgastschiff zugelassen ist, weil sie den höchsten Anforderungen an Sicherheit genügt.«

Dieses Schiff ist bedeutend stärker unterteilt als jedes normale Handelsschiff. Vom Brückendeck herab sehen die vielen an Oberdeck aufgereihten Entlüftungsrohre der Tanks grotesk aus. Sie entlüften die Seitenhochtanks, die auf den Doppelbodenseitentanks stehen. Die vielen Tanks mitsamt ihren Entlüftungen sind ungewöhnlich. Mit den vielen Zellen lassen sich verschiedene Ladungszustände simulieren.

Zum Essen laufe ich im Schlepptau des Alten vom Brückenhausaufbau über Deck nach achtern. Erst nehmen wir die Parade der Ventile ab. In dieser Massierung habe ich sie noch auf keinem anderen Schiff gesehen. Dann schenke ich dem senkrecht angelaschten schwarzen Riesenersatzanker einen staunenden Blick. Schließlich klettern wir ein Deck höher, auf das vordere Poopdeck. Hier hat der Bootsmann Strecktaue gespannt.

»Paß auf, daß du nicht über die Leinen stolperst!« mahnt der Alte.

Während wir an den Strecktauen entlanggehen, memoriere ich: Jene Leinen, die »Spring« heißen, also die Vorspring und die Achterspring, sind Leinen, deren Zugrichtung den Vorleinen und den Achterleinen entgegenlaufen. Sie laufen durch Klüsen vorn und achtern in Richtung Schiffsmitte zu Pollern auf der Pier.

Wir gehen am Reaktordeckel vorbei, hart an einem Flügel der Ersatzschraube hin – alles ist hier, scheint es, doppelt vorhanden. Vom Steuerbordgang steigen wir durch ein Schott und wechseln aus der windigen Kälte plötzlich in warmen, leicht ölig riechenden Dunst. Nun auf PVC statt auf Eisenplatten, laufen wir wie in engen Raubtiergängen immer weiter nach achtern.

Der Alte wendet sich im Gehen halb zurück und fragt überraschend: »Hörst du noch was von Simone?«

»Selten.«

Lange Pause.

»Diesmal will ich aber genau wissen, wie du Simone aufgespürt hast.«

»Sie mich! Würde besser passen.«

Ich hatte gehofft, Simone würde mir erspart bleiben. Aber wie konnte ich.

»Ist sie denn noch in Paris?«

»Nein, Amerika«, antworte ich knapp.

Der Alte bleibt stehen und guckt mich an: Er wartet, daß ich weiterrede. Aber ich bin nicht dazu aufgelegt. Simone ist mir allzusehr entschwunden.

Ich muß aufpassen, damit ich mir diesen vertrackten Weg durchs Schiff wieder einpräge: quer rüber in den Mittelgang, rechts um die Ecke, an etlichen Schotts vorbei, bis das Schott kommt, hinter dem der Niedergang liegt, der zum nächsten Deck hochführt. Wenn der Alte nicht vorausginge, hätte ich mich daran vorbeigetrollt: Ein Schott sieht aus wie das andere.

Der Alte bleibt vor dem Niedergang stehen, wartet, bis ich neben ihm bin, dann fragt er: »Was machen eigentlich deine Knochen?«

»Habe ich etwa geklagt?«

»Ich wollte nur mal fragen«, sagt der Alte.

»Und deine Innereien?« frage ich.

»Geht so.«

Wir sind beide operationsgeschlagen: Fast wären wir beide abgekratzt. Fast? Um ein Haar!

»So gelenkig wie Prinz Philip bist du eben nicht mehr«, frotzelt der Alte.

»Der hat auch nichts anderes im Kopf, als sich gelenkig zu halten.«

»Du vergißt die schönen Uniformen und die Pferde! Übrigens: die alte Messe gibt es nicht mehr. Jetzt essen Offiziere und Assis in einer allgemeinen Messe, der Kombüse direkt gegenüber.«

»Was soll denn das?«

»Demokratisierung. Moderne Zeiten«, gibt der Alte zurück, »dafür kommt das Essen warm auf die Back – und außerdem soll das Arbeitskräfte sparen.«

»Und die Mannschaften?«

»Die Unteroffiziers- und die Mannschaftsmesse gibt es noch – gegenüber auf der Steuerbordseite, ein Deck tiefer auf dem Hauptdeck. Der Salon ist auch noch vorhanden, aber gegessen wird da nur noch ausnahmsweise mal, Spitzenessen im Hafen. Und im ehemaligen Rauchsalon, abgetrennt durch eine Schiebetür, ist jetzt eine Bar. Barbetrieb jeden Abend!«

Der Alte sagt das so knarzig, daß ich dadurch gleich seine Meinung über diese Neuerung erfahre. Dann sagt er noch: »Stimmung etwa so ausgelassen wie im Kontakthof vom Palais d'amour auf der Reeperbahn – hat man mir wenigstens gesagt. Ich laß mich dort nicht sehen.«

Einen Niedergang hoch, rote Plastikhandläufe. Jetzt weiß ich, wie es weitergeht: Im nächsten Deck, dem Ingenieursdeck, wieder ein Stück nach vorn, dann rechts um die Ecke – und dann heißt es wieder aufgepaßt und nicht das falsche Schott erwischen! Aber noch sind wir nicht am Ziel. Neuer Niedergang, und endlich entwirrt sich das Labyrinth: zehn Schritte nach vorn, noch einmal um die Ecke – im Vorbeigehen werfe ich einen Blick auf die graue Schreibmaschine im Maschinenbüro – und da ist schräg vis-à-vis die Messe, die neue Messe.

»Jetzt ist das mehr wie in einem McDonald's-Laden«, sagt der Alte. In der neuen »Sozialmesse« gibt es keine richtige Tafel, auch keine großen Rundtische, sondern nur mehr kleine für bestenfalls vier Leute.

»Das ist doch keine Messe, sondern ein mieses Bahnhofsrestaurant! Jeder setzt sich hin, wo gerade ein Stuhl frei ist!« sagt der Alte mürrisch.

»Apropos«, sage ich, »ich habe einen Kühlschrank in der Kammer, aber nichts drin.«

»Der Steward hat seinen Laden noch nicht auf«, sagt der Alte, »und ob es morgen, am Sonntag, Bier geben wird, ist ungewiß.«

»Was nützt mir denn dann der Kühlschrank?«

Der Alte hebt die Schultern. Es sieht nach tiefer Resignation aus.

»Und in der Bar?« frage ich ihn hoffnungsvoll.

»Die ist jetzt noch nicht auf.«

»Kann ich sie wenigstens mal sehen?«

»Das kannst du haben! Die liegt direkt deiner Kammer gegenüber. Wart mal, ich komm mit.«

Ich sehe mich in der neuen Bar um und staune über die Kleineleutepracht.

»Diesen Tresen hier, den hat uns die Holsten-Brauerei als Leihgabe hingestellt«, brummt der Alte.

»Mäzenatentum?«

»Nee, Konsumförderung.«

»Aber auf dem Schiff gab's doch schon eine Bar?«

»Ja, ganz achtern, die gibt's noch. Die heißt jetzt ›Hähnchen‹.«

»Was soll denn das?«

»Hähnchen – nach Otto Hahn!«

Da bleibt mir fast die Luft weg. Der Alte hebt wieder die Schultern und läßt sie gleich darauf sinken. Das soll wohl heißen: So läuft das nun mal – Otto Hahn, Atomphysiker, was sagt das den Leuten schon?

»›Atom-Otto‹ für das Schiff ist schließlich auch nicht besser«, brummt der Alte.

Während wir warten, daß die Stewardeß uns das Essen bringt, erinnere ich mich, daß der Chief während meiner ersten Reise beim Abendbrot vom Alten wissen wollte, ob das Schiff ein neues Core bekommen würde.

»So ein Core kostet gewaltig – ich meine mit den notwendigen Umbauten im Reaktorbereich«, sagte der Alte und tat sibyllinisch. Die Vorstellung, daß dieses Schiff kein neues Core bekommen könnte und verschrottet werden müßte, erschien mir damals absurd. Jetzt ist es fast gewiß, daß es ein drittes Core nicht geben wird.

Wie anders und viel angenehmer als hier im neuen Speiseraum waren unsere Tischrunden im alten Salon. Die Runde wartete schon, wenn der Kapitän hereinkam, jeder wohlgesittet hinter seinem rotledernen Stuhl, die Hände hübsch adrett auf der Lehne gestützt. »Die Flügeltüren öffnen sich, und herein tritt der Graf!« hatte ich auf der Zunge, weil alles so würdevoll wirkte, schluckte es aber hinunter. Frau Mahn, die Stewardeß, setzte sich gravitätisch in Bewegung, um die Suppe zu holen. Der Kapitän verteilte Wohlwollen rechts und links, machte die üblichen zum Platznehmen auffordernden verlegenen Gesten. Erst wenn er sich schwer in seinen Sessel sinken ließ, war der zeremonielle Teil erledigt. Wir saßen wie eine große Familie um den mächtigen Rundtisch. Meistens gab es schon beim Frühstück einen langen Klön.

Der damalige Erste Offizier ließ sich immer neue Verbesserungsvorschläge einfallen, vor allem solche für den Bau von Schiffsbrücken.

Ich fühle mich acht Jahre zurückversetzt und denke wie damals: Der Erste hatte wohl recht. In unserem Ruderhaus ist alles so weitläufig, wie es vor Jahrzehnten schon war. Ein Ruderhaus wie zu Zeiten der Windjammer. Die Seekarte des Gebiets, in dem das Schiff sich gerade bewegt, ist in einem Kartenraum hinter der Brücke aufgelegt, anstatt schnell parat zu sein. Vom Radarschirm sind es mehrere Meter bis zum Maschinentelegraphen. Von dort liegt das Echolot wieder weitab. Der Erste meinte, man könnte sich doch die Cockpits von Flugzeugen zum Muster nehmen und nicht die ›Santa Maria‹. Er belegte seine konstruktiven Vorschläge mit Skizzen aus seinem Notizbuch.

»Vielleicht kriegen Sie 'ne Prämie«, stichelte der Alte damals.

Das reizte mich, auch eine Zukunftsvision zum Besten zu geben: »Eines Tages – das sehe ich schon kommen – tragen die Nautiker ihre Instrumente als Ohrclips mit sich herum.«

Jetzt sitzen wir allein an einem Tisch in der neuen voll demokratischen Messe. Ich merke, daß mich der Alte verstohlen mustert.

»Tempora mutantur«, sage ich halblaut vor mich hin.

»So isses!« quittiert das der Alte.

Schweigen.

Als wir nach dem Essen beide allein herumsitzen, fragt er: »Und was macht sie in Amerika?«

»Wer?« frage ich in Gedanken.

»Simone natürlich!«

»Da kassiert sie Versicherungen für abgebrannte Spielzeugläden.«

»Was soll das denn heißen?«

»In den Spielzeugläden wird auch Feuerwerk verhökert, und das geht leicht hoch. Vor einiger Zeit schon im zweiten Laden.«

Da guckt der Alte mich nur fragend an. Ich bin heilfroh, daß in diesem Augenblick die Stewardeß zum Abtragen kommt, ich habe immer noch Hemmungen, mit dem Alten über Simone zu reden.

Viele neue Leute an Bord. Von den Mates kenne ich keinen. Die drei Schiffbauforscher, die mit neuen Logs irgendwelche Erkenntnisse über das Verhalten des Schiffes bei Hartruderlagen sammeln wollen, sind noch nicht zu sehen. Nur der schwarzhaarige kleine Körner, »der Mann von der Kernenergie«, den ich schon von der ersten Reise her kenne, taucht auf. Er repräsentiert allein die Forschung: Fachgebiet experimentelle Physik.

Über das rot gepönte Deck gehe ich nach vorn. Die Jakobsleitern für die Lotsen sind schon ausgebracht. Die Steuerbordseite des Schiffes ist noch böse verdreckt. Über diese Seite ist entladen worden. Die Schläuche zum Abspülen sind zwar schon angeschlagen, aber Matrosen sind nicht zu sehen. Wahrscheinlich soll erst auf See richtig rein Schiff gemacht werden.

An einer Abgasleitung, die am Brückenaufbau hochgeführt ist, wird noch geschweißt. Der Krangreifer scheint sie demoliert zu haben.

Im letzten Licht mache ich Farbaufnahmen: das Orangerot einer Boje mit der Schrift »Otto Hahn« darauf, daneben ein schwarz-rot gepönter Feuerlöschkasten, zwischen den beiden Rots weiße Relingstützen und dahinter die braunschwarzen Eisenerzhalden. Wenn ich leicht in die Knie gehe, bekomme ich auch noch das Filigran der riesigen Löschbrücke darüber als graphisches Element zu all den Farbflächen mit ins Bild.

Eine Stunde später ist es dunkel. An der Abgasleitung vom Hilfsdiesel wird immer noch geschweißt. Auf der weißen Schiffswand wecken die blendenden Schweißflammen rosaviolette Reflexe, die sehr poppig wirken.

Der Alte hat Zeit für mich. Seine Kammer hat er eingeräumt. Ich höre von ihm, daß die Abgasleitung nicht, wie es zuerst hieß, vom Greifer des Löschkrans beschädigt worden, sondern im Laufe der Jahre durchgerostet sei.

»Das Schiff hat eben schon eine gehörige Menge Betriebstage hinter sich«, sagt der Alte, »zehn Jahre – keine Kleinigkeit. Wenn wir in Durban sind, wird das Schiff insgesamt zweitausend Tage in See gewesen sein, die Ankerzeiten inbegriffen.«

Für ein modernes Schiff gilt das normalerweise als ein langes Leben. Nicht aber für die Otto Hahn. Dieses Schiff wird so gut in Schuß gehalten wie wohl kein zweites auf der Welt. »... soll in fremden Häfen für die Bundesrepublik werben«, heißt es in den offiziellen Verlautbarungen der Gesellschaft.

Als ich das Schiff zum ersten Mal an der Pier in Bremerhaven mit kaum erkennbaren Konturen im Nebel gesehen hatte, war ich enttäuscht: nichts Besonderes, ein Schiff wie alle anderen, nur etwas merkwürdig gebaut, ungewöhnliche Silhouette, Brückenaufbau weit nach vorn gerückt und auf dem Poopdeck vor dem Wohnbereichsaufbau die befremdlichen Deckel und der komische Kran.

Seither fragte ich mich wieder und wieder, warum man um dieses Wunderwerk von Reaktor herum ein so »gewöhnliches« Schiff gebaut hat. Das Atomzeitalter war, so schien es, für die Schiffskonstrukteure noch nicht angebrochen. Die Innenausstatter gar müssen die letzten Dezennien verschlafen haben: nirgends ein Hauch von Großzügigkeit und Modernität. Dafür aber die Insignien falscher Sparsamkeit und alle nur erdenklichen Parallelen zum sozialen Wohnungsbau:

Die Stiegen im vorderen Aufbau etwa könnten popeliger gar nicht sein. Mit PVC belegte Stufen, Aluminiumvorstöße, mit einem roten Kunststoffzeug belegte Handläufe, die von einer Art Zaun aus Rund- und Vierkantstäben gestützt werden. Diesen Wechsel von runden zu kantigen Stäben hat sicher einer für einen Entwurfseinfall gehalten. Unten liegt ein meterbreiter grüner

Kokosläufer. Auf dem Kokosläufer zwei Fußabtreter aus grünem Gummi und darauf jeweils noch ein nasser Feudel.

»Unter einem Nuklearschiff hatte ich mir ein ungemein modernes Fahrzeug vorgestellt, aber kein so konventionell gebautes«, sage ich zum Alten, »ein Truppentransporter könnte nicht nüchterner und phantasieloser sein als die Otto Hahn.«

»Ein Staatsdampfer!« sagt der Alte. »Was erwartest *du* denn vom Staat?«

»Ist der Bootsmann noch an Bord?«
»Welcher?«
»Das verrückte Huhn – wie hieß er doch?«
»Meinst du Waldapfel?« fragt der Alte.
»Ja, den! So ein verrückter Name!«
»Der ist wohl noch da. Aber so genau weiß ich das nicht, schließlich habe ich die letzten Reisen nicht mitgemacht.«

Und dann frage ich: »Wie bist du eigentlich auf das Kümo geraten – deine Frau hat mir davon erzählt…?«

»So? Hat sie?« sagt der Alte, »das ist eine lange Geschichte. Die erzähl ich dir erst, wenn du erzählst, wie – wie du sagst – Simone *dich* aufgespürt hat.«

»Das ist eine noch längere Geschichte«, weiche ich aus. Und wir sitzen beide da und hängen unseren Gedanken nach.

»Was willst du denn über das Schiff verzapfen, wenn ich mal fragen darf?« höre ich den Alten schließlich. Ich schüttele den Kopf, wie um eine Hörstörung loszuwerden, dann antworte ich: »Eine Reportage, wieder eine Reportage, was denn sonst? Ich war doch immer Reporter. Bin ich auch heute noch. Wenn ich einen sogenannten ›Plot‹ erfinden sollte, käme ich mir albern vor. Ich habe noch immer die Wirklichkeit so, wie sie ist, interessant genug gefunden. Im Grunde hätte auf der Titelseite vom ›Boot‹ ›Reportage‹ statt ›Roman‹ stehen sollen.«

»Und warum heißt es nicht Reportage? Hast du denn nicht selber Roman hingesetzt?«

»Nein, der Verlag. Reportage gilt hierzulande als leicht diskriminierend. Ein Roman muß es schon sein. Das ist nun mal so bei den Philistern.«

Ich hole tief Luft und rede, den Alten im Blick, weiter: »Und außerdem geschah das auch deinetwegen. Du hattest ja das Manuskript gelesen und dann gesagt, bloß gut, daß es die dargestellten Gestalten nicht gegeben hat.«

Da grinst der Alte: »Witzbold!« und fragt, ob ich schon meine Mammiletters abgegeben hätte.

»Mammiletters – was ist denn das?«

»Ja, kennst du das nicht? Dreimal wird von Bord ein Funktelex an die Reederei gesendet mit Nachrichten für die Angehörigen. Zum Beispiel: Position des Schiffes, Adresse des Agenten in Durban. Die Reederei kopiert die Telexe und versendet die Nachrichten in den adressierten Briefumschlägen.«

»Menge Service! Ich fühle mich richtig betreut!«

»Tscha!« macht der Alte und grient, als sei das seine Erfindung: »Die Umschläge gehen heute abend noch an Land.«

Beim Hinaufsteigen zur Brücke beklage ich mich: »Die Plastikhandläufe der Niedergänge sind doch total fehlkonstruiert. Sie laden sich elektrostatisch auf, wenn man die Hände auf ihnen hingleiten läßt. Und wenn man dabei mit den Fingern die Eisenteile an der Unterseite berührt, bekommt man einen hübschen Schlag versetzt.«

»Wieso faßt du die auch an? Bist du eine alte Frau?« kontert der Alte.

»Gut, ich werde mich in Zukunft vor dieser Art Entladung hüten und mir sagen: Zu anständigen Handläufen hat es wohl nicht gereicht!«

Der Hafen ist jetzt mit viel gelben Nebelleuchten und blauweißen Lampen beleuchtet. Die Raffinerien haben rote Warnleuchten in verschiedenen Höhen aufgesteckt. Die Kräne mit den extrem hoch gestellten Brücken sind über und über mit weißen Lampen besetzt und leuchten wie Christbäume. Auch jeder Kran trägt hoch oben eine rote Warnleuchte. Ein Schlepper kommt zu uns heran und beginnt auch schon beizudrehen. Unsere Aufbauten stehen, von Sonnenbrennern bestrahlt, scharf ausgeschnitten gegen die Dunkelheit. Ein zweiter Schlepper, der wahrscheinlich als Drücker fungieren wird, hält sich an Steuerbordseite, seinen Bug direkt auf unsere Bordwand gerichtet, klar zum Leineübernehmen. Der Revierlotse ist schon an Bord. Der Hafenlotse, der die Schlepper kommandieren wird, kommt erst noch. Wir haben Ebbtide.

»Vorne haben wir acht Meter, hinten acht Meter fünfzig Tiefgang!« höre ich den Alten.

Auf der Seekarte ist die ganze Ausdehnung des Rotterdamer Hafens zu erkennen. Diese Karte reicht vom Marshaven über den Waalhaven, den Eebenhaven und das Botlek, in dem wir liegen, über die verschiedenen Petroleumhäfen bis hinaus zum Europort, der schon in den Schlick gebaut ist. Ein Hafen, der auch weit draußen liegt und den man über den Beerkanal erreicht, heißt Mississippi-Haven: endlich ein Name, der einen Hauch von Ferne hat.

Auf der Brücke herrscht wie immer vor dem Ablegen Hektik. Der Alte wird von allen Seiten zugleich bedrängt: Er muß Time sheets entgegennehmen. Ein Beauftragter der Firma, für die die Ladung bestimmt ist, will Unterschriften über die geleistete Arbeitszeit beim Entleeren haben. Ich höre, daß die 12 500 Tonnen Erz, die das Schiff aus Port Elizabeth herangekarrt hatte, innerhalb von zehn Stunden aus dem Schiff gebracht worden sind.

»Gute Leistung«, sagt der Alte.

Ein Clerk der Agentur erscheint und gibt den Meßbrief zurück und die Ausklarierungspapiere von den Hafenbehörden.

»Und jetzt übergeben wir die ›Note of readiness‹ und den ganzen Papierkram wieder an die Agentur für die Charter«, erklärt mir der Alte.

Mitternacht. Die Gangway wird hochgenommen. Der Hafenlotse ist nun auch an Bord. Er hat mir, als er auf die Brücke kam, »guten Morgen, Stürmann« gewünscht. Als Stürmann könnte ich also ganz gut durchgehen. Die Küstenfunkstelle teilt mit, daß wir draußen mit Nordwest 7 zu rechnen haben. Mir soll es recht sein.

Das Schiff ist mit drei Vorleinen und einer Spring noch fest. Jetzt werden zwei Vorleinen eingeholt. Eine Vorleine und die Spring bleiben stehen. Die alten Schiffstaue aus Hanf gibt es nicht mehr. Jetzt sind die Trossen aus Polyäthylen, einige auch aus Stahldraht.

UKW-Gespräche dröhnen quäkend durchs Dunkel. Der Erste ist mit Schnellheftern zugange. Der Alte soll Papiere unterschreiben und geht dazu ins Kartenhaus hinter dem Ruderhaus, weil es dort hell ist. Kaum ist er zurück, halten ihm die Lotsen Zettel zum Unterschreiben hin: die Leistungsbestätigung für den »Havenloudsdienst«.

Eine Schleppleine wird nun von dem Schlepper übernommen, der sich vor den Bug gesetzt hat. Das Deckslicht vorn wird ausgeschaltet.

Der Alte befiehlt: »Achtern alles los!« Achtern ist auch ein Schlepper fest. Der Rudergänger, der schnell noch

Kaffee für den Lotsen holen mußte, steht jetzt auf seinem Platz.

Ich staune: Das Leinenkommando fährt auf der Pier mit einem Auto hin und her. Eben hat es direkt unterhalb der Brücke das Auge der Trosse von einem Poller gelöst. Damit ist die letzte Leine, die Spring, losgeworfen. Beide Schlepper ziehen das Schiff quer vom Kai ab. Direkt unter unserem Sonnenbrenner leuchtet die Spaltbreite Wasser, die sich zwischen Pier und Schiffswand mehr und mehr öffnet, olivbraun auf.

Das Schiff hat sich ohne laute Kommandos – wie klammheimlich – in Bewegung gesetzt. Ganz langsam erreichen wir die Mitte des Fahrwassers. Ich trete auf die Backbordnock hinaus. Über dem Eingang zur Brücke sehe ich den Umdrehungsanzeiger: fünfundzwanzig Umdrehungen, langsame Fahrt.

Ich stehe fest auf meinen malträtierten Beinen, und alle nächtlichen Ausfahrten, die ich erlebte, werden wieder lebendig. Noch jedesmal war es die reine Poesie: die vielen Lichter, die sich langsam gegeneinander verschieben, keiner redet, nur der Lotse gibt ein paar knappe Kommandos, aber auch die klingen gedämpft.

Seit Minuten schon habe ich ein zischelndes Geräusch im Ohr. Eine weiße Fahne – Dampf – steht über dem Schornstein: Ein Überdruckventil vom Hilfskessel hat geöffnet.

Wir nehmen eine Parade von Schiffen ab, die uns, von Sonnenbrennern angestrahlt, entweder Bug oder Heck zukehren.

Jetzt tritt der Schlepper in Aktion, der nahezu mittschiffs parallel mitläuft, aber doch mit einer Schleppleine am Heck eintaucht. Die Leine kommt tide, unser Bug dreht nach backbord. Wir passieren an Steuerbord eine rote Tonne. Aus dem Botlek auslaufend kommen wir auf den großen Maaskanal, den neuen Wasserweg.

Kaum Schiffsverkehr. Alle Schiffe liegen fest. Aber tagsüber und an Wochentagen muß es hier wild zugehen.

Der achtere Schlepper wirft los, als wir gerade an einem halben Schiff vorbeikommen: Nur das Vorschiff mit den Brückenaufbauten liegt auf Hellingen. Im Vorbeifahren kann ich tief in den angeschnittenen Laderaum hineinschauen. Die Szene wird von einer riesigen Gasfackel erleuchtet, die noch mehr Licht gibt als unsere Sonnenbrenner.

Zurück in die Kammer. Ich verstaue meine Filme im Kühlschrank. Die Kameras nehme ich vom Schreibtisch und lege sie auf den Teppichboden: Es soll stürmisch werden – keine Nacht zum Schlafen, also gehe ich lieber gleich wieder auf die Brücke.

Im Stiegenhaus fällt mein Blick durch ein Bulleye nach achtern auf ein vom Mondschein verwandeltes Schiff. Ich trete näher ans Bulleye heran, und der Ringausschnitt weitet sich: Das weiße Schiff scheint leicht zu fluoreszieren, auch die Strudelzöpfe zu beiden Seiten leuchten fahl, und die Hecksee auch, die jetzt aus dem Schornstein zu quellen scheint: ein ganz und gar unwirklicher, ein magischer Anblick. Weil die Mondschatten scharf zeichnen, ist jede Einzelheit zu erkennen: die Abstützungen der Verschanzungen rechts und links, die Reihen der Entlüfter der einzelnen Ballasttanks, die Schwanenhälse, die Umlenkpfosten, mittels derer die Seile, die zum Aufziehen der Luken dienen, auf die Winsch gelenkt werden, auch den runden Reaktordeckel und davor ein kleineres rechteckiges Luk, das Montageluk, und den Deckel für das Servicebecken. Auf dem Reaktordeck erkenne ich an Backbordseite die vierflügelige Ersatzschraube und vor der Verschanzung des Reaktordecks den riesigen Reserveanker. Der dicke Mast, den ich hell gegen den tiefdunkelblauen Himmel stehen sehe, ist der Abluftmast, durch den die Luft aus dem Reaktorbereich abgeleitet wird – alles vertraute Formen, und doch erscheinen sie im Mondlicht ganz anders als am Tag: Sie haben ihre Schwere verloren.

Ich muß an den Ozeandampfer aus weißem Zucker denken, den unser Konditor zu Weihnachten ins Schaufenster stellte, mit einer elektrischen Birne in der Mitte, die ihr Licht durch hundert Bulleyes schickte. Der Konditor hatte sogar noch gelbe und rote Gelatineblättchen von innen vor einige der Bulleyes geklebt, so daß das Ganze sich äußerst prächtig, wenn auch nicht seemännisch akkurat darbot.

Den Alten finde ich in der Dunkelheit nicht gleich. Er steht über den großen Radarschirm gebeugt auf der Steuerbordseite des Ruderhauses. Das Schiff verfügt über zwei Radarschirme. Ein Gerät ist auf Dreiviertel-Seemeilen-Bereich geschaltet, das andere auf anderthalb Seemeilen.

Der Rudergänger muß den Kurs nicht mit dem Steuerrad halten, sondern benutzt dazu Druckknöpfe, die er mit beiden Daumen bedient. Ich fühle mich gleich wieder heimisch auf dieser Brücke. Von hier aus kann ich stundenlang zusehen, wie der Bug einsetzt und zu beiden Seiten des Schiffes die Bugwelle fahl aufleuchtet. Oder ich beobachte einen der Radarschirme. Bald muß ein Feuerschiff herauskommen. Im Glas war es noch nicht zu sehen. Auf dem großen Radarschirm aber zeichnet es schon. Voraus, ein Strich an Steuerbordseite, fährt ein Riesentanker, etwa fünfkommasieben Meilen ab. Einen Mitläufer gibt es noch, der etwas in unseren Kurs hineinhält und zweidreiviertel Meilen ab ist. Die Objekte springen auf dem grünen Glas ruckweise weiter.

Wieder hinab aufs Oberdeck. Ich will das Schiff in diesem seltsamen Licht mit dem Rücken zur Fahrtrichtung sehen. Ich trete auf die Back hinaus und gehe vor bis zur Monkey-Back. Das Spill glänzt im leichten Schimmer, der vom Himmel durch die Wolken sickert. Das scharfe Rauschen der Bugwelle hüllt mich ein: Ich könnte vor lauter Glück zerfließen. Jetzt sehe ich auch, daß die Signallampen für manövrierunfähig vorgeheißt sind – einschaltbereit für jeden Fall.

Wieder hinauf zur Brücke. Beim Hochsteigen über die vielen Treppen nutze ich das Rollen des Schiffes aus und steige die nach links aufsteigenden Treppen just dann hoch, wenn das Schiff gerade nach Backbord rollt.

Aus der Steuerbordnock lasse ich meinen Blick über das weite Rund der Kimm schweifen. Steuerbord querab hängen Regenvorhänge, und als habe der Himmel einen Sinn für Symmetrie, hängen auch welche Backbord querab: breite, düstere Regenvorhänge. Nur direkt voraus scheint fahles Licht am Himmel. An der Krümmung unserer Hecksee sehe ich von meiner Nock aus, daß wir den Kurs um zwanzig Grad nach Steuerbord ändern. Ich sehe auch, warum: Wir weichen einem Fährschiff aus, das in riesigen Buchstaben über die Länge der Bordwand den Reedernamen TOWNSEND THORESEN trägt. Jetzt gerät das Fährschiff in die Regenschleppe, die schnell von Westen heranzieht. Die Farben der Fähre verblassen ganz plötzlich. Und nun bekomme ich die ersten Regentropfen ab. Im Brückenhaus schaltet der Dritte die rotierenden Klarsichtscheiben ein. Die Fenster unserer Brücke werden jetzt von außen besprüht, obwohl sie naß sind – naß, aber schlierig. Die Sprühanlage wäscht das Glas vom Salzwasser frei. Salzwasser gibt verzerrte Sicht.

Ein Minensuchboot kommt uns an Steuerbord entgegen. Es dauert, bis ich im Regen die Flagge erkennen kann: ein Franzose. Wir dippen die Flagge. Er dippt auch. Höflichkeit auf See! Ein Kriegsfahrzeug, gleich welcher Nation, grüßen wir zuerst, wie es der Codex vorschreibt.

Das Wetter verschlechtert sich zusehends. Die Nacht vor dem Kanal wird eine schlaflose werden.

Der Hafenschwalch und nun auch das Wetter – alles erinnert mich an unsere tristen Abschiede in Brest. »Mach's gut!« war alles, was der Alte bei unserem letzten Abschied in Brest gesagt hatte.

Das Schiff hat Laternen gesetzt: Vorne das weiße Dampferlicht und achtern am Schornstein das weiße Richtlicht. Außerdem werden die Seitenlaternen gesetzt: grün an Steuerbord, rot an Backbord. Sie haben dieselben Sektoren von voraus bis zwei Strich achterlicher als dwars – gleich 117,5 Grad. Die Lage des Schiffes ist dadurch für den Wachhabenden eines anderen Schiffes gekennzeichnet. Die weiße Hecklaterne überdeckt den dunklen Sektor der Seiten- und Toplaternen – gleich zwölf Strich. Acht Strich sind neunzig Grad. Gott sei Dank! Das sitzt noch.

Matt glimmen die Skalen der nautischen Geräte. Der Alte steht am Radar. Er erklärt mir: »Die rote Skala gibt die Seitenpeilung, die weiße die rechtweisende Peilung.«

Vier Strich an Steuerbord wird ein Gegenkommer gemeldet. Ich muß doch noch umrechnen: Zwounddreißig Strich ist gleich dreihundertsechzig Grad. Vier Strich sind also fünfundvierzig Grad. Ich frage nach dem Kurs des Gegenkommers.

»Zwohundertvierzig Grad etwa«, sagt der Alte nach kurzem Bedenken.

Nach einer Weile verholt er sich ins Kartenhaus. Ich soll ihm folgen. Im Kartenhaus bekomme ich nächtliche Nachhilfestunde in Navigation: »Rechtweisend ist immer auf den Kompaß bezogen. Alle anderen Peilungen sind Seitenpeilungen. Nehmen wir mal ein Beispiel: Der andere hat bei Bug rechts Lage dreißig. Das ist eine geschätzte Lage. Wir steuern fünfzig Grad. Um rauszufinden, was der andere steuert, fasse ich den eigenen Kurs ins Auge, also fünfzig Grad, addiere die direkte Peilung zu ihm hin – ist gleich vierzig Grad. Das ergibt neunzig Grad rechtweisende Peilung. Sein Kurs ist nun die Gegenpeilung hundertachtzig Grad plus oder minus geschätzter Lage. In diesem Fall zwohundertsiebzig Grad minus dreißig Grad ist gleich zwohundertundvierzig Grad. Kapiert?«

»Schönen Dank auch. Jetzt hab ich's fast wieder intus, aber wenn man das Geschäft nicht dauernd betreibt...«

»Kaffee!« sagt da einer aus dem Dunkeln heraus.

»Na fein!« brummt der Alte.

»Da wollen die also in Durban ihre Party haben«, sagt er vor sich hin, »na, zum Glück sind wir gerüstet.«

Ich denke, typisch: noch drei Wochen, und schon macht sich der Alte Gedanken über eine ominöse Party, die das Schiff ausrichten soll.

»Das war ja wohl zum Glück auf meiner letzten Reise nicht dein Problem.«

»So?« macht der Alte.

»Da war die Otto Hahn noch ein Fliegender Holländer.«

»Mir waren die Zeiten ohne Hafen ganz recht«, sagt der Alte gegen das Fenster, »da gab's noch keine Probleme mit Kanakern... da mußtest du hinterher deine Finger nicht zählen.«

»Was meinst du denn damit?«

»Nachsehen, ob du noch alle hast. Unsere liebwerten Gäste ließen nämlich alles, aber auch alles mitgehen. Die sogenannten ›Tage der offenen Schotten‹ in irgendeinem miesen Hafen – nur miese nahmen das Schiff ja überhaupt – waren für mich immer ein Alptraum.«

Auf einmal kommt der Alte ins Reden: »Im ersten Hafen, den wir anlaufen durften, Casablanca, war großer Empfang für die ›Offiziellen‹, zum Teil abenteuerlich aussehende Figuren. Da waren unsere Zigarrenkisten im Umsehen leer. Die stopften sich doch gleich händeweise die Zigarren in die Taschen. Mach mal was dagegen! Und als ich dann etwas später durchs Schiff ging, sah ich in der Lobby einen von diesen Kanakern, der wollte gerade das Abzeichen von einer Mütze abmachen. Ich hab bloß gesagt: ›Entschuldigen Sie bitte!‹ und ihm die Mütze weggenommen – war nämlich meine! Das einzig Gute war: Die lästigen Personalkontrollen zur Sabotageabwehr fallen bei dieser Art von Massenansturm weg – läßt sich gar nicht durchführen.«

»Will sagen: Es brauchen nur viele an Bord zu kommen, dann macht ihr hands up?«

»So isses. Da mußt du dich schon schwer beherrschen, um... na ja, so isses nun mal. In fremden Häfen Flagge zeigen! Gehört zu den Aufgaben des Schiffes. Das hast du ja gelesen.«

»Und wie ist es in Durban, da warst du ja schon?«

»Zivilisierter.«

Bis in die Nervenspitzen erregt, möchte ich am liebsten überall zugleich sein: hier auf der Brücke, nebenan im Kartenhaus, um unseren Kurs zu verfolgen, aber auch im Maschinenleitstand, um zu beobachten, wie da unten auf die von der Brücke verlangten Fahrtstufenwechsel reagiert wird.

Der Alte, das weiß ich, wird in dieser Nacht keine Minute von der Brücke weichen: zuviel Verkehr, zu riskant. Die vielen Querlöper machen jedem Schiff, das den Kanal durchfährt, zu schaffen.

Da kann ein guter Kapitän nicht pennen gehen. Ich weiß keinen besseren, umsichtigeren Schiffsführer als den Alten. Ohne sein kühles Blut wären wir beide längst nicht mehr am Leben.

Was für ein Wechsel von der letzten Nacht zu Hause zu dieser Nacht auf der Brücke! Ich komme mir vor, als hetze ich den Eindrücken hinterher, als könne ich das alles, was ich jetzt aufnehme, nicht richtig verarbeiten. Meine Gedanken rennen dahin wie eine Meute Jagdhunde. Minutenlang stehe ich ganz still und versuche mich zur Ruhe zu zwingen: Die Meute soll kuschen. Schluß mit dem Hecheln!

Dann ist es wieder eine Art Selbstzufriedenheit, die in mir hochsteigt: Geschafft! Ich bin wieder auf einem Schiff! Und was für einem! Unterwegs mit dem Alten. Ohne Hafen bis nach Durban, ums Kap der Guten Hoffnung herum und dann noch ein ganzes Stück mit nordöstlichem Kurs.

Eine gewaltige Strecke. Wir werden mehr als drei Wochen unterwegs sein. Und dann die Hafenzeit in Durban. Und dann die Rückreise, noch mal drei Wochen ohne Hafen.

Dem Trubel entkommen. Kein Terminkalender. Ich bin in den nächsten Wochen nur über Norddeich-Radio oder Scheveningen-Radio zu erreichen, und das ist zum Glück gar nicht einfach.

Ich könnte mir, wie ich so dastehe und das Vibrieren des Eisenbodens unter mir mit dem ganzen Körper aufnehme, auf die Schulter klopfen: gut gemacht, alter Junge. Wurde auch bei kleinem wieder Zeit. *Off off and away* – das hatte ich groß auf einen Papierbogen geschrieben und mir als ständige Mahnung über den Arbeitstisch gehängt. Im Umgang mit mir selber helfen manchmal so knarsche Imperative. Dieser *hat* geholfen.

Mein Schiff ist unterwegs zum Kap. HERZ, WAS WILLST DU MEHR! Wenn der Alte mich jetzt fragte: »Wie ist dir denn zumute?«, würde ich aber nur »durchwachsen« antworten. Wir haben uns immer besonders kaltschnäuzig gegeben, wenn uns Gefühle übermannen wollten.

»War schon ein rechtes Glück, daß wir aus Brest herausgekommen sind«, sagt der Alte unvermittelt, »du genauso wie ich. Wär ja blöd gewesen, wenn man unversehens einer Horde von Typen aus dem Maquis gegenübergestanden hätte. Die Franzosen sind so zapplig – ehe man denen erklärt hätte, daß man sie für nette Menschen hält...«

»So isses!« imitiere ich den Alten.

»Und daß du noch aus Paris herausgekommen bist, war ja wohl auch ziemlicher Dusel.«

»Mehr als das! Ich hab mir Photos angeguckt, wie unsere Männer mit ›Hände hoch!‹ Spießruten laufen mußten. Hat mir gar nicht gefallen. Angespuckt und mit Steinen und Flaschen beworfen, Haare büschelweise ausgerissen, darauf war ich nicht gerade scharf... Spannend war's ja. Damals ging's für uns um Stunden.«

»Na, du hattest ja Übung – ich meine, kurz vor Schnappab noch von der Schippe zu springen«, sagt der Alte und grinst mich dabei voll an.

»Du schließlich auch – wenn ich an deine Unternehmung von Brest nach Bergen durch die Dänemarkstraße denke... Ich hätte nie und nimmer geglaubt, daß du auch noch herauskommen würdest.«

»Ich auch nicht. Ich war schon ganz und gar auf Festungskampf eingestellt. Aber dann tauchte die Idee auf, die ausrangierte Flakfalle aus der Wolfsschlucht zu holen und das Boot zu reparieren – das heißt: es zu versuchen.«

»Aber das Boot hatte doch nur noch Schrottwert.«

»Das sah auch zuerst nach schierem Wahnsinn aus. Aber mehr als schiefgehen konnte die Sache nicht. Und eigentlich waren wir froh, daß wir wieder eine vernünftige Aufgabe hatten – oder eine, die sich möglicherweise als vernünftig entpuppen würde.«

»Das will ich alles noch genau von dir wissen. Als ich zu dem Kurzbesuch in Norwegen war, hatten wir ja keine Zeit zum Reden.«

Es ist 1.24 Uhr, als wir Hoek van Holland passieren.

»Jetzt geht der Revierlotse bald von Bord«, sagt der Alte fast an meinem Ohr, als wir uns im Kartenhaus dicht nebeneinander über die Seekarte beugen.

Am Texel-Feuerschiff kommen wir diesmal nicht vorbei. Wenn wir die freie See gewonnen haben und Südwestkurs steuern werden, liegt Texel-Feuerschiff schon hinter uns. Bei der letzten Reise gab es dort einen Aufenthalt: Funkbeschickung zur Kontrolle der Deviation.

Nicht mehr lange, und wir passieren das Gebiet vor der Scheldemündung.

»Möglicherweise bekommen wir noch schön eins auf die Haube!« sagt der Alte später und schnüffelt wie ein Hund in den Wind, der über die Brückennock heult.

Ich zucke mit den Schultern. Mir kann ein Sturm nur recht sein. Ich mag die Waschbeckensee nicht. Diesem starken Schiff können Sturm und See so leicht nichts anhaben.

»Vor zwanzig Jahren – oder noch länger«, sage ich, »habe ich hier in der Gegend meinen ersten ganz schweren Nordseesturm erlebt. Mein Schiff hieß ›Archsum‹... das war dieser Jahrhundertsturm, der in Holland viele Deiche brechen ließ. So wüste Seen habe ich vorher noch nicht erlebt und seitdem auch nie wieder.«

»Du hast doch nach dem Krieg mit der Seefahrt nichts mehr zu tun gehabt?«

»Ich wollt's einfach mal wieder wissen – so wie jetzt. Und da hat mich die Reederei...«

»Das war doch Zerssen?«

»Ja, Zerssen – und da hat mich Zerssen als Purser eintragen lassen, und ich habe schreiben und zeichnen können. Lange her! Bis fünfzehn Meter hohe Seen. Als wir richtig mitten drin waren, fühlte ich mich auf der Brücke wie in einem Fahrstuhl: mit Affenzahn hinauf in den vierten Stock und mit Affenzahn wieder hinunter ins Parterre – das Schiff hatte nur 3500 Tonnen.«

»Diesmal sind's 26000«, sagt der Alte, »macht bei Sturm 'ne Menge Unterschied.«

Ich sehe ein Schiff mit Schwergutmasten als Gegenkommer, einen Trockenfrachter als Mitläufer an Backbordseite und ein Stückgutschiff an Steuerbord, das im Ballast fährt.

Und ein Riesentanker kommt auf.

Gibt es denn, frage ich mich, für Schiffsgrößen gar keine Limits mehr? Diese Riesentanker, die sich »Very Large Carriers« oder sogar »Ultra Large Carriers« nennen, haben nichts mehr mit der »normalen« Seefahrt zwischen Ausreise und Landfall gemein. Sie können mit ihrem enormen Tiefgang in keinen Hafen der Welt einlaufen. Rein technisch wäre es wohl kein Problem, Tanker mit einer Million Tonnen Verdrängung zu bauen. Aber wie wäre es mit dem Risiko?

Jetzt steht der Hilfskessel unter Druck, damit in der Dampfzufuhr keine Pause eintreten kann, falls es Ärger mit dem Reaktor geben sollte. Das ist auch eine der Sicherheitsauflagen.

»Sind wir immer noch im Revier?« frage ich den Dritten.

»Ja – im erweiterten Revier. Das Lotsenrevier ist nur das engere. Es geht bis zum Feuerschiff. Dann kommt das erweiterte Revier. Das geht bis zum Kanalausgang. Die Zwangswege der Nordsee gehören auch dazu.«

»Verbindlichsten Dank!«

»Stets zu Diensten«, sagt der Dritte forsch.

Wir werden viel schneller im Kanal sein, als ich dachte: Diesmal sind wir eben nicht aus einem deutschen Hafen ausgelaufen. Der lange Weg um die Ostfriesischen und Westfriesischen Inseln herum ist uns erspart geblieben.

Ich staune, der Alte wirkt wie aufgekratzt. Aber was hatte ich erwartet? Für den Alten war immer Hochstimmung, wenn er endlich wieder in See war. Die fast ganz durchwachte Nacht ist ihm kaum anzumerken. Im Krieg, bei der Jagd auf einen britischen Geleitzug, konnte der Alte achtundvierzig Stunden wach bleiben, ohne aus den Pantinen zu kippen.

Vertrackte Situation für den Alten, habe ich mir gedacht, als er mir das beim Telephonieren von Bremen nach Feldafing auseinanderposamentierte: Vertretung auf dem eigenen Schiff. Und ich war eingeladen, diese letzte Reise mitzumachen. Alle beide sind wir rechte Invaliden – aber der Alte mußte mich nicht überreden.

Gegen drei Uhr kann ich mich kaum noch auf den Beinen halten.

»Todesumfallsmüde« nannte meine Großmutter solchen Zustand. Zum Alten sage ich: »Mal Horchposten Matratze beziehen«, und dann wie einst: »Melde mich gehorsamst von Brücke!« Als der Alte »genehmigt!« sagt, höre ich ein Grinsen heraus.

Der Wind packt mich beim Gang nach achtern heftig und macht mich wieder munter. Der Himmel ist nur wenig heller als die See. Die Lukendeckel auf dem Vorschiff schimmern fahlgrau. Unser Bug setzt sich deutlich gegen die See ab. Ich kann sogar die Reling auf der Monkey-Back erkennen. Das von dünnen Wolken wie von Gazeschleiern abgefilterte Mondlicht erfüllt die Luft mit einem diffusen Schein, in dem die Bugsee wie aus sich selbst heraus leuchtet. Das zu beiden Seiten des Vorschiffs aufstrudelnde Wasser wirft sich wild hin und her. Im Top brennt noch das Richtlicht. Der mächtige

Anker, der am Poopdeckaufbau festgelascht ist, glänzt im Dunkeln.

Es hat aufgebrist, ohne daß ich es recht gemerkt hätte, aber das Schiff liegt ziemlich ruhig. Das macht der Wind von achtern. Trotzdem kann ich nicht einschlafen, die Nervenanspannung ist noch zu groß, und heftiges Rappeln schreckt mich ein paarmal hoch. Keine Ahnung, warum in der Nacht die Kreiselpumpen laufen. Die Koje ist zu breit, ich finde keinen Halt in ihr. Gegen Morgen dämmere ich endlich weg.

Ich bemerke mit Staunen, mit wie wenig Schlaf ich auskommen kann. Diese Nacht waren es höchstens fünf Stunden, und trotzdem fühle ich mich frisch. Dafür habe ich Muskelschmerzen in den Oberschenkeln vom vielen Herumklettern gestern. X-mal bin ich von meiner Kammer über das Deck nach vorn gelaufen, die vielen Treppen bis zur Brücke hinaufgeklettert und dann wieder den Weg zurück.

Wenn ich es so weiter treibe, brauche ich mir keine Sorgen zu machen, es könne mir auf dieser Reise an Bewegung mangeln.

Ich lasse das Schnapprollo vor dem Fenster an Backbordseite hoch. Draußen ist alles Grau in Grau. Die Seen sind flaschengrün und zeigen Katzenköpfe. Ein Gegenkommer, der mittschiffs große Lademasten trägt, gerät in den Fensterausschnitt, dann ein Fischkutter.

Noch vor dem Frühstück stakse ich mit steifen Beinen nach vorn und hoch zur Brücke. Der Alte ist auch wieder da. Er informiert sich mit schnellem Rundblick, dann sagt er zum Wachhabenden:

»Der rumpelt ja so – ob Sie ihn mal südlicher zwingen?«

»Der«, das ist in diesem Fall das Schiff.

Zum Frühstück habe ich die Wahl zwischen Geflügelleber mit Zwiebeln und »Theatertoast«.

»Was ist Theatertoast?« erheische ich von einer Stewardeß Auskunft.

»Ein Schweinefilet mit Spargeln und Sauce hollandaise darüber und Mandarinenscheibchen und Kirschen.«

»Also mit allem Tod und Teufel?« fragt der Alte.

»Jawoll, Herr Kapitän.«

»Na denn, zwomal Theatertoast!« entscheidet der Alte, und dann fragt er mich: »Was hast du denn?«

»Nichts, gar nichts«, gebe ich zögernd zurück, ich war mir nicht sicher, ob der Anblick, der mir eben geboten wurde, kein Augentrug ist: Die Stewardeß muß etwa fünfundvierzig sein. Wasserstoffgebleicht, aufgeputzt wie ein Zirkuspferd. Ihren dicken Bauch und ihren dicken Hintern modelliert ein viel zu stramm sitzender Satinrock überdeutlich. Unter einer durchbrochenen Bluse ein inlettroter Büstenhalter: Die Dame sieht aus wie direkt aus der Hamburger Herbertstraße an Bord gekommen.

Weil der Alte mich noch immer forschend anblickt, und nur um etwas zu sagen, murmele ich: »Moderne Zeiten. Da staunt der Laie, und der Fachmann wundert sich...«

»Ach so!« macht der Alte, der inzwischen auch einen Blick in Richtung Stewardeß geschickt hat. »An solche Aufzüge habe ich mich inzwischen gewöhnt. Hat sich eben allerhand geändert, seitdem du das letzte mal an Bord warst.«

»Mir hat es fast den Atem verschlagen.«

»Das gibt sich«, sagt der Alte.

Der Theatertoast läßt auf sich warten.

»Theatertoast«, sage ich, »so was Blödes!«

Nach dem Frühstück stützt der Alte die Ellenbogen auf, legt die Handflächen flach gegeneinander und reibt sie aneinander, als wollte er Spätzle fabrizieren.

Da ist es also wieder, das maulfaule Beieinanderhokken nach gehabter Mahlzeit, das der Alte früher auf dem

U-Boot als »Morgenandacht« und mittags als »Besinnungsstunde« bezeichnete.

Nuklearschiff, denke ich bei mir, woher stammt eigentlich das Wort? Da fällt mir ein: nucleus – der Kern. Ich bin ganz stolz, daß mein Kopf schon am frühen Morgen funktioniert.

Nun stütze ich auch die Ellenbogen auf wie der Alte, halte aber die Hände locker vors Gesicht. So kann ich ihn ungestört betrachten: ziemlich alt geworden, gegerbt und gekerbt, weißhaarig jetzt. Er erscheint mir noch eine Spur schwerblütiger als früher: Der Seemann, wie er im Buche steht. Einsilbig, tiefsinnig mit einem Anflug von Versturtheit, manchmal ein bißchen tütelig unbeholfen.

Ich betrachte sein Gesicht: die große Nase, ihren Knick in der Mitte, den Mund, dem es nicht an Energieausdruck fehlt, der aber etwas von einem Posaunenengelmündchen bekommen kann, wenn der Alte die Wangen einsaugt.

Der Alte fühlt sich heute früh sichtlich unglücklich: Für seinen Geschmack hat sich hier allzuviel verändert.

»Das kann dich doch alles nicht mehr jucken«, sage ich ihm zum Trost.

Mich drängt es in meine Kammer zu meinem Manuskript. Aber das Frühstück hat Ritualcharakter. Ich muß also schön sitzen bleiben.

Nicht weit von uns sitzt der Chief. Im Vorbeigehen frage ich ihn, wieso es zu dieser auffälligen Krängung nach Backbord komme: »Doch mindestens drei Grad?«

Der Chief betrachtet mich von unter her, als sehe er mich zum erstenmal. Er legt den Kopf ein bißchen schief wie ein Huhn, das einen Regenwurm anvisiert, und sagt dann: »Respekt! Wird schon bereinigt.«

Ich reibe mir in Gedanken die Hände: Ich bin kein alter Fahrensmann, aber wenn ich meine Seetage addiere, kommt ein erkleckliches Sümmchen heraus. Daß es bei mir nur zum Seemann aus Neigung gereicht hat, verdrießt mich manchmal. Dann wende ich mir selber zum Trost ein: Alles kann der Mensch nicht haben.

Zuerst aufs Achterdeck und einen Blick auf die Hecksee werfen. Auf dem Achterdeck wird noch Erz zusammengeschaufelt.

Unser Kielwasser ist eine breite milchig-grüne Bahn, die sich im Brodeln der Seen bis fast zur Kimm hin hält. Ganz in der Nähe sprudelt sie wie grünes Selterswasser.

Ich starre auf einen Fleck in der Seelandschaft, dann wieder lasse ich den Blick schweifen wie ein Drehfeuer. Ich werde nicht müde davon. Blick scharf, Blick verschwimmend, Blick weit, Blick eng. Ich mache, nur mit dem Blick, präzise Momentaufnahmen der windgepeitschten See. Wenn ich jetzt Film belichtete, die Kamera immer in der gleichen Richtung, würden keine zwei Bilder sich gleichen, und wenn ich auch tausendmal auslöste. Das Bild der See bleibt gleich und ändert sich doch in jeder Sekunde.

Auf dem Weg nach vorne treffe ich auf einen jugendlichen Spitzbart: der neue Schiffsarzt. Ohne jede Einleitung erklärt mir der sich drahtig gebende Jüngling, ich müsse mich gegen Pocken impfen lassen, weil ich sonst in Durban nicht an Land käme.

Der Zimmermann hat gut zu tun, weil beim Einholen der Gangway mit dem Kran nicht aufgepaßt wurde und allerlei zu Bruch ging. Der Zimmermann müßte eigentlich zufrieden sein, heute ist Sonntag, und Sonntagsarbeit bringt das meiste Geld. Aber er kann sich offenbar nicht recht entscheiden zwischen Wut auf die »Arschlöcher von Vollmatrosen« und Freude über die unerwarteten Überstunden. Also gibt er sich mürrisch und führt Selbstgespräche. Als ich an seiner offenen Werkstatt vorbeikomme, höre ich ihn laut schimpfen.

Das Problem von Arbeitszeit und Überstunden wurde schon auf meiner ersten Reise fast täglich durchgehechelt. Obwohl es für manchen an Bord mühsam ist, Beschäftigung zu finden, werden von den Seeleuten hundert Überstunden »gemacht«. Die Leute haben laut Tarif sogar eine Garantie von fünfzig Überstunden. Diese fünfzig Stunden bekommen sie bezahlt, gleich ob sie diese abgeleistet haben oder nicht.

»Von der Grundheuer allein«, sagte der Alte, »könnte ein Matrose eine Familie auch schwerlich ernähren.«

Obwohl der Kurs bei meiner ersten Reise nach der Insel San Miguel abgesteckt war, blieb es unsicher, ob wir tatsächlich hinkommen würden. Nur eines war sicher: die genaue Uhrzeit des Festmachens am Pier in Bremerhaven – nämlich Freitag fünfzehn Uhr. Die Leute wollten ihr freies Wochenende haben.

»Die einsichtige Firma hat demgemäß den Rückzeitpunkt festgelegt«, sagte der Alte damals.

Gute zweihundert Seemeilen vor der Insel San Miguel wurde prompt kehrtgemacht, um die vorgesehene Einlaufzeit zu halten. Wir hätten auf dem Rückweg noch zwei Meilen pro Stunde zulegen können, aber das – hieß es – sei nicht genug. Mit Ostwind und Zwischenfällen müsse außerdem gerechnet werden. Also kam San Miguel gar nicht erst in Sicht.

Ich richte meinen Blick auf die Kammlinien eines Brechers und lasse ihn mit der Brechsee wandern: Das weiße Gebrodel und Gefetze, das dramatische Geifern, Aufbäumen, Anspringen und Zusammensacken der grünen Seen nimmt mich ganz hin. Gekräuselte Schaumlawinen rasen geriffelte grüne Hänge hinunter. Dort, wo sie auf unsere gischtende Bugsee stoßen, steilen Kreuzseen auf wie von gewaltigen Explosionen hochgejagt.

Aber schon ein paar Meter weiter herrscht Ordnung im Tumult. Wie eine weiß geflockte Herde ordentlich in Reih und Glied ziehen die Seen dahin – eine unübersehbare Menge grüner Ungetüme mit weißen Vliesen auf dem Rist.

»Immer mehr, immer neue jagen herbei, von der heimatlosen unzählbaren Schar...« Blödsinn!, fahre ich mir selber dazwischen, das waren Hunnenschwärme!

Windstärke sieben. Für sieben sagt der Beaufort-Text: »Der Wind legt die Schaumstreifen in seine Richtung.« Sieben ist schon eine ganze Menge Effekt!

Ein Schiff schräg achteraus zieht meinen Blick auf sich. Weiter in der Ferne entdecke ich im trüben Morgendunst noch eines – einen Mitläufer. Ich erspähe ein drittes Schiff – auch ein Mitläufer. Zwei Frachter und ein Tanker. Menge Verkehr!

Die Rappelei in der Eignerkammer ist nicht auszuhalten. In dieser vermaledeiten Kammer scheppert *alles*: die Glühbirne, das Tischlampengestell, irgend etwas hinter den Zwischendecken, irgend etwas außenbords. Ich versuche alles mögliche, um des Schepperns Herr zu werden – nicht zu schaffen! Am ärgsten sind die Vibrationen während der Nacht, viel ärger als die Schwellenstöße, die man im Schlafwagen zu spüren bekommt.

Ich hatte mich auf das kleine Kabuff gefreut, das ich auf der ersten Reise gehabt hatte, aber da wohnt die Ozeanographin. Parties will ich nicht geben, wozu brauche ich ein viersitziges Sofa und drei gepolsterte Sessel, wenn ich weiter nichts will als schreiben?

Als ich mich an den Schreibtisch setze, teilt sich mir die Vibration über meine auf der Schreibtischplatte aufliegenden Unterarme derart heftig mit, daß ich mein Schreibzeug zusammenklaube und zum Schreiben nach vorn gehe.

Im Tagesraum vorn im Brückenaufbau zittert die Back, an der ich mich breitmache, nicht.

Ach was! sage ich mir, nachdem ich eine Weile auf mein weißes Blatt Papier gestarrt habe: Jetzt heißt es hingucken, nicht schreiben, also den Niedergang hoch zur Brücke.

»Wir haben Dünkirchen querab«, sagt der Alte, als ich auf der Brücke neben ihm stehe, »gleich haben wir eine neue Peilung an einer Tonne an Backbord.«

Das nächste Kartenblatt muß aufgelegt werden, neue Order an den Rudergänger: »Zwo eins sechs steuern!«

Der Rudergänger wiederholt: »Zwo eins sechs!« und nach einer Weile: »Zwohundertsechzehn Grad liegen an.«

Wir laufen direkt auf den Kanal zu. Der Wind kommt konstant von Steuerbord. Backbord voraus liegt eine dicke Wolkenbank über der Kimm. Eine bleiche Sonne spiegelt sich in unserer Hecksee. Sie wird von dünnen Wolken abgeschirmt.

Ein Ring um die Brust löst sich.

Ein recht alter Matrose, von dem ich vom Alten weiß, daß er Spanier ist, geht Ausguck.

»Seit wann sind Sie schon an Bord?« frage ich. Der Mann versteht mich offenbar nicht. »Seit wann fahren Sie hier? – Wie lange schon?«

»Ich – vier Jahres«, gibt er endlich Antwort. Und nun sprudelt es nur so aus ihm heraus: »Ja und hab auch noch ein Kollege, auch vier Jahres, und noch ein Kollege, drei Jahres – Espagnoles.«

Der Dritte, der Wache hat und neu an Bord ist, will sich über den nach dem Spanischen gebildeten Plural »Jahres« vor Lachen ausschütten. Er äfft den spanischen Matrosen nach: »Vier Jahres – drei Jahres...«

Gut, daß der Alte das nicht hört. Er ist im Kartenraum. Diese Art von Spöttelei könnte er nicht verknusen.

Ich stehe eine Weile, den Blick durch die vorderen Fenster gerichtet, unbeweglich da. Dann frage ich den Spanier: »Woher stammen Sie? Welche Stadt in Spanien?« Und als er mich auch dieses Mal nicht versteht, versuche ich's aufs neue: »Wo familia in Spanien?«

Da leuchtet sein Gesicht auf: »Familia – Vigo!«

Die Antwort trifft mich wie ein Schlag. Wenn der Mann wüßte, was der Name dieses Hafens für mich bedeutet. Gut, daß er es so wenig weiß, wie es der Barmixer im New Yorker »Plaza« wußte, der gleichfalls aus Vigo stammte. Bis zum Jahr '41 hatte ich keine Ahnung, wo Vigo liegt. Aber dann hat sich mir Vigos Lage für alle Zeiten eingeprägt. Oft genug hatte ich auf die Seekarte gestarrt und VIGO gelesen. Die Seekarte lag damals auf dem kleinen Kartentisch in der Zentrale von U 96 auf, und wir näherten uns der spanischen Westküste, um in dunkler Nacht und klammheimlich in Vigo zu versorgen – im neutralen Spanien.

An Steuerbord erscheint im Regendunst die englische Kreideküste: Dover, Folkestone. Backbord querab haben wir das Feuerschiff auf der Varnebank. Bis zu den Felsen von Dover sind es höchstens fünf Meilen, der graue Dunst aber läßt die Küste in größere Entfernung entrücken.

»Da drüben liegt Dover«, sagt der Dritte, »doof, doofer, am doofsten!« Dieses dämliche Wortspiel ist offenbar bei der Kanaldurchfahrt obligatorisch.

Ich beuge mich über die Radarscheibe: An Backbord ist das Feuer von Cap Gris Nez auszumachen.

Der Alte ist aus dem Kartenhaus gekommen und blickt auch aufs Radar.

»Denen müssen damals die Hosen ganz schön gekillt haben...«, sage ich.

»Meinst du mit ›denen‹ *unsere* Leute?«

»Ja. Als sie Dover querab hatten, muß es ziemlich mulmig gewesen sein. Die Tommies hatten in dieser Gegend ja damals, '42, einiges versammelt. Unvorstellbar, daß die Briten so fest geschlafen haben!«

»Das war weiß Gott ein starkes Stück, daß unsere Flotte, das heißt was von ihr noch übrig war, hier durchgerauscht ist«, murmelt der Alte.

Da stehen wir nun beide, wiegen die Bewegungen des Schiffes in den Kniegelenken aus und starren voraus aufs Wasser.

Ich brauche nicht viel Phantasie, um die Schiffe uns entgegendampfen zu sehen, ich habe viele Photos von diesem Kanaldurchbruch unserer Kriegsflotte in den Händen gehabt.

»Wir hatten Kriegsberichter auf allen Zossen: auf ›Scharnhorst‹, ›Gneisenau‹, ›Prinz Eugen‹ – aber auch auf den Geleitzerstörern.«

Der Alte scheint mir gar nicht zugehört zu haben. »Dieser Durchbruch muß für die Briten ein Schlag ins Gesicht gewesen sein. Seit den Zeiten der spanischen Armada waren sie nie mehr so herausgefordert worden«, sagt er. »Schlafen einfach!«

»Und ihr Aufklärer vom Dienst wird auch schön gestaunt haben, als er kein einziges Schiff mehr in der Bucht von Brest sah.«

»*Das* konnten sich die Tommies nicht vorstellen, daß die Schiffe *nachts* auslaufen würden. Wenn, dann doch Auslaufen aus Brest an einem dunstigen Tag, so daß sie nachts Dover passierten...«

Wir stehen immer noch, wie wir uns hingestellt haben,

zwischen Steuerpult und Frontfenstern. Der Dritte hält sich im Kartenraum auf. Nun verzieht er sich ostentativ in die Steuerbordnock, als wolle er zeigen, daß er nicht lauschen will.

»Inzwischen weiß man, wie das Ganze ablief«, sage ich nach ein paar Minuten halb zur Seite hin: »Erst zehn Uhr vierzig hat eine Spitfire unsere Schiffe entdeckt – ganz per Zufall, die hatte keinen Auftrag, nach ihnen zu suchen.«

Der Alte nimmt immer wieder mal das Glas vor die Augen und sucht die Kimm ab. Wenn ich den Kopf ein bißchen weiter nach rechts drehe, bekomme ich von ihm ein Bild von ehedem in den Blick. Die glasstützende linke Hand des Alten verbirgt die Altersspuren in seinem Gesicht. Wenn er jetzt den Südwester aufhätte und ich das Weiß seiner Haare nicht sähe, wäre der Eindruck noch zwingender.

Und so wie früher auch, redet der Alte nun unter dem Glas hin: »Da war doch was Verrücktes mit dem Codewort?«

»Ja, der Pilot hielt sich an den Befehl, nicht über dem Kanal zu funken. Es war nur ein bestimmtes Codewort für einen solchen Fall erlaubt, aber das kannte er nicht.«

»Braver Junge!« sagt der Alte und setzt das Glas ab.

»Eine zweite Spitfire, die zur ersten stieß, soll zwar das Codewort gekannt haben, aber Befehl ist Befehl – auch bei den Briten –, und der Befehl lautete: Striktes Funkverbot, weil wir in diesem Gebiet mithören konnten.«

»Das klingt wie erfunden«, sagt der Alte fast versonnen.

»Ist aber Realität!«

»Ich weiß, ich weiß. Bei uns ist auch vieles genauso dußlig gelaufen – und mit schlimmeren Folgen. Denk an die Invasion.«

»Weißt du übrigens, daß die Franzosen das Wort ›Invasion‹ partout nicht hören wollen?« frage ich den Alten, »ich war ja mal wieder in der Gegend, bei den Franzosen heißt es ›Embarquement‹, und auf den meisten Photos die du in Avranches siehst, sind heldenhafte Franzosen.«

»Ein stolzes Volk eben!« sagt der Alte süffisant. »Und dann sind die Spitfires zurückgebraust und in England gelandet – so lief das doch?«

»... und haben von ihrem Horst aus versucht, den zuständigen Oberen ans Telephon zu kriegen, aber der war unerreichbar – war gerade bei einer Parade.«

»So was muß schließlich auch sein!«

»Und dann sind die Piloten, oder einer von ihnen, auch noch hochgenommen worden von ihren Kameraden: ›Doch bloß Fischerboote gesehen – was denn sonst?‹«

»Ja, so geht's – weil nicht sein kann, was nicht sein darf. Auf Überraschungen ist man beim Militär nicht eingestellt. Dies war jedenfalls eine der geglückten Aktionen, wie sie Hitler als Bestätigung für sein militärisches Genie brauchte!«

Der Ton des Alten ist so hohnvoll, daß ich gar nicht zu fragen brauche, ob er das ernst meine. Aber als er fortfährt: »Die zuständigen Admiräle waren so ziemlich alle dagegen«, bringt er mich in Verwirrung, auch durch den sachlich klingenden Tonfall, zu dem er plötzlich übergewechselt ist: »Hitler sah den Angriff der Briten auf Norwegen voraus und wollte deshalb die Schlachtschiffe in der Nordsee haben – so schnell wie möglich, und das hieß: direkt an der Haustür der Briten vorbei!«

»In Brest war man jedenfalls verdammt froh, daß die Schiffe weg waren«, sage ich schnell und versuche den Alten von der Seite her in den Blick zu bekommen, ohne daß er es merkt. Ich werde aus dem Alten immer noch nicht recht klug. Allein schon dadurch, daß er sich so redselig gibt, irritiert er mich und mit seinem offenkundigen Enthusiasmus noch mehr.

Das alte Verwirrspiel, das der Alte immer liebend gern mit mir getrieben hat. Ich soll nicht sicher sein, wes Geistes Kind er wirklich ist.

»Im Sommer '41 sah es ja noch anders aus, da hatten die Schiffe immerhin zwanzig Dampfer im Atlantik versenkt, da sind die alten Pokerfaces schön geblufft worden!« sagt der Alte noch im Ton der Begeisterung. »Damals wurde das bei uns wie ein Sieg gefeiert.«

»Als hätten wir die Skagerrakschlacht ein zweites Mal gewonnen! Eindrucksvoll, aber ohne großen Nutzen – soweit man bei Kriegshandlungen von ›Nutzen‹ reden kann«, erwidere ich zynisch, »die Schiffe hätten sich ebensogut auf der Reede von Brest kaputtbomben lassen können.«

»Wie dem auch sei!« sagt der Alte wie ein Fazit, nachdem wir eine ganze Weile stumm nebeneinander gestanden hatten und guckt auf die Uhr: »Zeit zum Mittagessen!«

Im Gang vor der Messe lese ich die Anschläge am schwarzen Brett. Es sind vor allem weitschweifige Zollbestimmungen und ein Anschlag, der zum korrekten Verhalten der Besatzung gegenüber dem Zoll mahnt. »Auch so ein ewiges Problem«, sagt der Alte, »im Hafen gehen die Leute etliche Male durch den Zoll und nehmen möglichst jedesmal eine Flasche unverzollten Kantinenschnaps oder Zigaretten mit, Tauschhandelsware. Die Schiffsführung muß Bedenken hegen, daß das Schiff dabei in Verruf geraten könnte. Im Fall von richtiggehendem Schmuggel bleibt mit so einem Anschlag die Schiffsführung frei von Bußgeldern. Erfahrung macht klug!«

»Verstanden!«

Da es jetzt Usus ist, sich in dieser Sozialmesse wie in einem Restaurant an einen Tisch zu setzen, an dem gerade Platz ist, was dem Alten gar nicht behagt, setzen wir uns heute zu Körner, der sein Essen schon auf dem Tisch hat. Körner, seines Zeichens Kernphysiker, um die Fünfunddreißig, drahtig, nervös, ist mit dem Reaktor verheiratet. Er bezeichnet sich als das Feigenblatt des Schiffes, als dessen einzige »Raison d'être«. Er repräsentiert die Forschung, und Forschung heißt immer noch der Vorwand, unter dem dieses Schiff von fast 17000 Tonnen Wasserverdrängung auf die Reise geschickt wird, obwohl das Verhalten des Druckwasserreaktors in zehn Jahren Fahrzeit nachgerade sattsam erforscht sein müßte. Aber Körner hat sicher wieder ein Programm ausgetüftelt, das sich gegen die Ökonomen verteidigen läßt – und außerdem verfügt er über das Schlüsselwort »Langzeiterprobung«.

Körners flinke Gesten verwirren mich. Zappelphilipp, denke ich. Seine Bewegungen sind oft so abrupt, daß es aussieht, als werde er an unsichtbaren Drähten wie eine Marionette geführt – von einem ungeschickten Marionettenspieler freilich, der den Bogen noch nicht raus hat und die Bewegungen seiner Puppe noch nicht zügig ablaufen lassen kann. Plötzlich läßt er Messer oder Gabel auf den Teller niederklirren und die freie Hand über den Tisch zucken.

»Fehlt was?« fragt der Alte und schiebt ihm unter gutmütigem Grinsen hin, was Körner zum Anwürzen brauchen könnte: Salz, Pfeffer, Senf, auch die große Flasche Tomatenketchup. Ebenso ruckartig, wie er gegessen hat, schiebt Körner plötzlich seinen Stuhl zurück, und nach einer kurzen Verbeugung und einem »Entschuldigung! Muß noch dringend was erledigen« entschwindet er.

Ich atme auf und sage zum Alten: »In meiner Jugendzeit gab es in Chemnitzer Schaufenstern von Zigarrengeschäften Werbepuppen, die sich ruckartig bewegten und dabei, um der noch größeren Wirkung wegen, eine kleine Metallkugel an einem Faden von innen gegen die Fensterscheibe schlugen.«

»Na und?« fragt der Alte.

»Daran mußte ich eben denken. Nur die Metallkugel fehlte noch.«

»Du hast Ideen!«

»Der Chief scheint ihm ja nicht besonders grün zu sein?«

»Das hat seinen Grund«, sagt der Alte ernst, »Körner steht mit der Kernspaltung quasi auf du und du, und da kümmert er sich meistens nicht penibel genug um die Sicherheitsregeln. Das bringt den Chief immer wieder auf die Palme, denn schließlich hat er die Verantwortung für den ganzen Laden.«

Nach dem Essen gibt der Alte zum Besten: »Nun mal bißchen nachdenken«, seine übliche Ankündigung für eine Stunde schlafen.

»Den Kaffee laß ich mir in die Kammer bringen. Für dich auch Kaffee und Kuchen?«

»Gern – aber Tee wäre mir lieber.«

Der Alte hat zwei Kammern mit einem kleinen Flur und einem Bad, alles wie nach einem Kaufhauskatalog eingerichtet: Ledersessel, Ledersofa, breiter Schreibtisch mit Bücherregal an der Vorderfront, Stehlampe, in die Schrankwand eingebauter Kühlschrank. An der freien Wand hängen eine Reihe kleiner bunter Bildchen.

»Die hat Molden selber gemalt – nach Vorlagen. Der ist so eine Art Hobbykünstler«, sagt der Alte von seinem Schreibtisch her.

»Dann hat er sich wenigstens nicht gelangweilt.«

»Gefallen sie dir etwa nicht?«

»Wie sollten sie denn nicht!« gebe ich zurück.

Und nun sehe ich staunend, was der Alte treibt: Er zählt Zehnpfennig-, Fünfzigpfennigmünzen und Markstücke ab. Geduldig verpackt er sie dann in Rollen. Auf die Frage, die deutlich in meinem Gesicht steht, sagt er: »Telephongeld! Stolze Einnahme: Zwohunderteinundachtzig Mark.«

Der Alte tut so zufrieden, als habe er sich das Geld kleinweise selber verdient.

»Geld zählen muß ich eben auch«, sagt er, weil ihn mein Staunen irritiert.

»Ist der Zahlmeister dazu zu dußlig?«

»Nee.«

Dieses »nee« ist die ganze Erklärung. Weiter nichts. Der Alte stellt die Geldrollen senkrecht vor sich hin und betrachtet sie so intensiv, als könne von ihnen her wer weiß was für eine Erleuchtung kommen. Dann steht er auf und legt einen Gitterrost aus Gummi auf den Tisch, so einen, wie ich ihn unter einem Läufer auf glattem Parkett gesehen habe, »damit das Geschirr nicht rutscht bei dem Wetter – meine Erfindung!« sagt er stolz. Als der Steward Kaffee, Tee und für jeden ein Stück Kuchen bringt, stellt er alles sorgfältig darauf.

»Du bist also mit der alten Flakfalle noch aus Brest raus...?« sage ich nach dem ersten Schluck Tee.

Statt einer Antwort gibt der Alte nur ein Schniefen von sich.

»Und dabei dachte ich, *wir* wären die allerletzten.«

»So hieß es auch. Die sogenannte Flakfalle war als nicht mehr reparabel ausgemustert, lag nicht mehr im Bunker, sondern in der Wolfsschlucht... Mußt du denn gleich wissen, wie das lief?«

»Wenn sich's denn machen ließe«, sage ich vorsichtig, weil ich weiß, der Alte läßt sich nicht drängen.

Wir haben unseren Kuchen gegessen, und als der Alte sich laut räuspert, hoffe ich, daß er weiterredet, aber da klopft es, und der Chief erscheint, in der Hand einen Ordner.

»Läuft was nicht?« fragt der Alte.

»Doch, Herr Kapitän, aber die wollen...«

»Moment mal!« sagt der Alte zu mir hin und wechselt zum Schreibtisch hinüber.

Die wichtige Miene des Chiefs, der dicke Ordner – da mache ich mich lieber auf, hoch zur Brücke, ins Kartenhaus, um einen Blick auf die Seekarte zu werfen. Da höre ich den Dritten per UKW telephonieren. Offenbar spricht er mit einem Kollegen auf einem anderen Schiff, auf einem der zwei Mitläufer, nehme ich an, die im dichter gewordenen Regen vage zu erkennen sind.

Der Dritte plärrt so laut ins Telephon, und die andere Stimme quäkt so kräftig, daß ich, ob ich will oder nicht, jedes Wort höre: »Ja, Otto Hahn«, schreit der Dritte, »hier spricht Schmalke. Over!«

»Ah, Herr Schmalke! Mein Name ist Reimer, ich liege gerade an Backbord. Over!«

»Und ich bin gerade eingestiegen auf der Otto Hahn und will zwei Reisen machen. Over!«

»Wird das denn noch was? Over!«

»Die Otto Hahn wird auf vier weitere Jahre eingesetzt. Over!«

»Ist das positiv? Kriegt die wirklich das dritte Core? Over!«

»Ja, das ist definitiv. Das Schiff geht nach dieser Reise in die Werft. Wir wollen neue Brennstäbe setzen, und dann geht's wieder los. Over!«

Ich denke: Der Dritte muß es ja wissen! Er wirft sich, wie er da palavert, richtig in die Brust vor lauter Stolz auf seine Kenntnis. Wenn ich noch mal »over!« höre, drehe ich durch. Soll ich von der Brücke verschwinden oder mir die Quasselei anhören? Gleich rede ich mir zu: Aber,

aber! Mehr Selbstbeherrschung, sonst kriegst du nicht mit, was die Jungens sich zu sagen haben.

»Ich steig aus bei Hapag-Lloyd. Over!« sagt der Dritte gerade.

»Wie kommt das? Over!«

»Ich werde auch mal älter und muß zusehen, daß ich beizeiten vorsorge. Over!«

Richtig, denke ich, so einer denkt an sein Alter.

»Ja, da haben Sie recht! Over!« quäkt die andere Stimme, »aber nun bleiben Sie mal erst auf dem schönen Schiff, das wird Ihnen gefallen. Over!«

»Was haben Sie eigentlich hier für Stunden gemacht? Over!« höre ich den Dritten wieder und denke: Aha, das einzige Interesse: die bezahlten Überstunden.

»Ich war da ja, bevor die neue Stundenregelung in Gang kam. Mein letzter Monat war Januar dieses Jahres. Damals war Herr Mader Erster, ich hab mich mit ihm so geeinigt, daß ich hundertdreißig Stunden schreib und er den Rest. Und dann haben wir das beide der Zukunft überlassen. Bei Ihnen ist das wohl ein bißchen schwierig... Darum hätte ich mich auch in Zukunft geweigert, da noch länger zu fahren. Da müßte irgendeine Regelung getroffen werden, denn die Leute können ja nicht schlechter gestellt werden wie anderswo. Aber hier ist es auch nicht ganz so doll. Ich hab im letzten Monat hundertzwoundzwanzig Stunden – nee: genau hunderteinundzwanzig – gehabt. Davor hatte ich hundertsechzehn, das war aber drüben an der Küste, und davor hatte ich wieder hunderzwoundzwanzig. Over!«

Er wird sich hoffentlich nicht verzählt haben.

»Sie sehen«, quäkt die Stimme wieder, »so fürchterlich viel ist das hier auch nicht. Over!«

»Ja klar! Sie sind aus Aden gekommen, ist das richtig? Over!«

»Ja, das ist richtig. – Sagen Sie mal, Herr Schmalke, haben Sie mal Ausbildung gemacht? Kennen wir uns nicht von daher? Over!«

»Das ist richtig, Herr Reimer, ich hab fünf Jahre lang Ausbildung gemacht. An und für sich wollt ich auch wieder zurück in die Ausbildung, aber da sind ja eine Menge Plätze gestrichen – und dann hatte ich auch nicht mehr die richtige Lust. Es kostet doch bißchen mehr Nerven und Einsatz als der Routinejob eines Ladeoffiziers oder Nautikers« – recht hast du, Junge! –, »und deswegen hab ich die Sache an den Nagel gehängt. Getroffen haben wir uns auf jeden Fall, Herr Reimer. Das war auf jeden Fall drin, das müßte auf der ›Rothenburg‹ gewesen sein oder auf der ›Blumental‹. Over!«

»Nein, ich meine, das war später. Ich war auf der ›Vogtland‹, da hab ich mal Ausbildung gemacht. Und da, meine ich, haben wir uns getroffen – ja auch egal. Over!«

»Ja, das kann angehen. Vogtland! Irgendeiner von diesen Dampfern war das. Vogtland fuhr auch da oben, da haben wir uns mal getroffen – stimmt! Over!«

»Zurück auf sechzehn – ja. Over!«

»Das war ein Mann der ›Buchenstein‹«, sagt der Dritte, »der hat die Otto Hahn gleich an ihrer Silhouette erkannt. Ganz interessant, was?«

»*Sehr* interessant«, entgegne ich mit einem Unterton von Süffisance, den der Dritte aber nicht bemerkt.

»Die Buchenstein, welcher von den Mitlöpern ist denn das?«

»Keiner, das ist der Gegenkommer, den wir jetzt backbord querab haben.« Der Dritte zeigt mit ausgestrecktem Arm auch noch in die Richtung.

Da kommt der Alte, nimmt das Glas vor die Augen, »guck dir das an«, sagt er und gibt mir das Glas. Ein Segelboot kommt uns entgegen, es trägt sehr dunkle Segel, Dschunkensegel.

»Ich kann nicht begreifen, daß sich einer mit so einem Untersatz mitten in den Dampferweg traut, es ist doch ganz schön dunstig, das ist doch viel zu gefährlich!«

»Vielleicht lebensmüde?« gebe ich zu bedenken.

»Sieht ganz so aus. Die können sich offenbar nicht vorstellen, daß wir im Zweifelsfall nicht einfach auf die Bremse treten können.«

»Wie lang ist denn unser Bremsweg?«

»Bei der Fahrt, die wir jetzt machen, eine Dreiviertelmeile.«

»Bei den Supertankern soll die Bremsstrecke ja schier endlos sein – apropos, ich habe auf der Karte gesehen, daß wir westlich von unserem Schiffsort die Scillyinseln hatten, die Gegend ist wohl der größte Schiffsfriedhof auf dem Globus. Da gab's doch den großen Tankerunfall. Die Leute, hieß es, hätten einfach gepennt, wie die Tommies bei unserem Kanaldurchbruch. War das nicht ein Italiener?«

»Du meinst die ›Torrey Canyon‹ – ja, das stimmt. Die haben offenbar total geschlafen. Spiegelglatte See, uneingeschränkte Sicht – einfach rätselhaft.«

»Und dann die ›Amoco Cádiz‹, die hatte angeblich einen Ruderklemmer. Das war vor allem ein Riesentheater mit den Bergungsschleppern. Jetzt erinnere ich mich: Es ging um die Schlepptrossen. Später ist schwer festzustellen, warum die Schlepptrossen nicht gehalten haben, ob sie wirklich richtig übergebracht wurden. Irgendwo hab ich gelesen, daß der Schlepperkapitän, ein Deutscher, den festen Eindruck gewonnen hatte, daß das Schiff unbedingt stranden sollte.«

»War jedenfalls eine Riesenschweinerei wegen des vielen ausgelaufenen Öls. Die haben das Wrack auch noch aus der Luft bombardiert und das Öl in Brand gesetzt, damit endlich Schluß wurde mit der Verpestung. Aber inzwischen ist auch das geschluckt.«

»Geschluckt?«

»Ich meine, kein Mensch, außer uns beiden, redet mehr darüber – und das ausgelaufene Öl ist verdaut worden.«

»Also mehr als geschluckt meinst du?«

Der Alte ahnt, wohin ich steuere, aber warum sollte ich beidrehen?

»Ein Reaktorunfall würde jedenfalls nicht so schnell geschluckt, verdaut – oder wie du es nennen willst. Und die richtigen Luschpäckchen würden sich auch finden.«

Der Alte überhört das einfach, er kommt noch einmal auf die ›Torrey Canyon‹ zurück: »Das mit der ›Torrey Canyon‹ passierte im Frühjahr '67.«

»Was?« frage ich mit schierem Entsetzen, »mir kommt es vor, als wäre das gestern gewesen.«

»'67, das weiß ich genau«, beharrt der Alte.

Ich habe meinen Schreck weg. Der Alte hat es gemerkt.

»Wenn mir als Knabe einer gesagt hätte, wie Zeitspannen als kurz oder lang erlebt werden können, hätte ich ihn nicht verstanden. Eine Stunde ist eine Stunde, ein Jahr ein Jahr, hätte ich gesagt. Die Erklärung für die Einsteinsche Theorie, mit dem nackten Hintern auf der heißen Herdplatte würde einem die Zeit verdammt lang, mit einem schönen Mädchen auf dem Schoß hingegen kurz, kam erst später, und da haben wir bloß gelacht. Aber jetzt sind zehn vergangene Jahre wie ein einziger Tag.«

Ich gehe über die »Gurkenallee«, und das auf der Azorenreise Gelernte bekommt wieder Kontur. Die Strecke auf dem Hauptdeck hat ihren Namen »Gurkenallee« von den vielen wie Schlangengurken gebogenen Rohren, die eigentlich »Schwanenhälse« heißen. Beim ersten Anblick konnte ich mich über diese groteske Ansammlung von Schwanenhälsen gar nicht genug wundern. Jetzt weiß ich: Es sind Entlüftungskanäle, die die Tanks beim Auffüllen entlüften und beim Lenzen Luft eintreten lassen. Ihre große Zahl ist für dieses Schiff typisch. Es ist – im Gegensatz zu anderen Schiffen – sehr stark unterteilt. Alle Seitentankpaare sind durch Querfluter miteinander verbunden. Auf den Entlüftungsrohren, den Schwanenhälsen, sind sogenannte Vakuumbrecher angebracht. Der Alte hat es mir auf der ersten Reise erklärt: »Die Vakuumbrecher sollen bewirken, daß im Falle einer einseitigen Leckage, zum Beispiel bei Havarien, ein Gewichtsausgleich zwischen den Seitenballasttanks stattfindet. Wenn das Schiff mittschiffs auf Steuerbordseite gerammt wird, würde dort das Ballastwasser bei gefüllten Tanks bis zur Seeoberfläche ablaufen, und das Schiff bekäme dadurch Schlagseite nach der entgegengesetzten Seite, also nach Backbord. Das wird nun dadurch verhindert, daß das Wasser in den Ballasttanks der Backbordseite, das durch die Querfluter freien Ablaß nach Steuerbordseite hat, tatsächlich auch bis zur Oberfläche der umgebenden See abfließen kann, indem der Vakuumbrecher, das ist eine druckempfindliche Platte, öffnet, sobald in dem unbeschädigten Seitentank, in diesem Fall Backbordseite, ein Unterdruck entsteht. Schwerkraft der Wassermenge über der Seeoberfläche! Für unsere Sicherheit ist hier eine ganze Menge getan worden!«

»Oder weil der Medienrummel einfach zu groß würde, wenn hier was passierte«, warf ich ein.

Der Alte zog sich, statt Antwort zu geben, nur ein Grinsen aufs Gesicht.

Nun komme ich auf eine Galerie, die als ein erweiterter Laufgang aus Flurplatten im Lukenschacht der Luke fünf angebracht ist. Ich kann zu meinem Erstaunen steil hinab bis in die Tiefe der Luke blicken. Unten auf dem gelb gepönten Boden ist ein Tennisnetz gespannt. Natürlich, sage ich mir: keine Ladung, wir fahren doch in Ballast. Jetzt wundert mich auch nicht mehr, daß das Schiff so stark vibriert. Die leeren Luken, vor allem Luke fünf und Luke sechs, wirken als Vibrationsverstärker. Dazu kommt, daß wir über relativ flaches Wasser fahren. Es besteht Hoffnung, daß die Vibrationen, wenn wir erst einmal in Tiefwasser sind, geringer werden.

Die Bemalung des Laderaums, das merke ich erst mit Verzögerung, sieht unversehrt aus. Hier kann in Port Elizabeth nichts geschüttet worden sein. Und da erinnere ich mich auch: Luke fünf kann »normalerweise« gar nicht beladen werden, es sei denn, die Schütte ist ungewöhnlich hoch und die Löschbrücke im Zielhafen auch. Ein einziges Mal sei Luke fünf, erzählte der Alte, mit Kunstdünger beladen worden. Bei Erz bedarf es der Luke fünf nicht. Nach einigen Aussteifungen im Bereich der Luke sechs wurde möglich, die für das Achterschiff berechnete Erzmenge in dieser Luke allein unterzubringen und Luke fünf leer zu fahren.

Der Grund dafür ist absurd: Direkt neben der Luke fünf ist an Steuerbordseite das Hospital und an Backbordseite der Aufbau für den Notdiesel. Nur wenn man beides abschweißen und auf die Pier stellen würde, könnte Luke fünf beladen werden.

»Weiß der Teufel«, hörte ich den Alten schimpfen, »was sich die Herren Schiffbauer dabei gedacht haben! An die Daten der Ladeschütten und Löschbrücken jedenfalls haben sie kaum gedacht.«

Am Abend auf der Brücke. Über der Kimm liegt ein fahler Lichtschein. Unser Bug geht darüber hin up and down. Schlechtwetter. Um die Ladung brauchen wir uns keine Sorgen zu machen.

Der Alte steht wie immer breitbeinig da, die Hände tief in die Hosentaschen gestemmt. Spiel- und Standbein, diesen Unterschied kennt der Alte nicht. Das Kinn leicht angezogen und die Bewegungen des Schiffes in den Kniekehlen auswiegend, kann er stundenlang in Vorausrichtung durch die Fenster blicken, ohne ein Wort zu sagen.

»Siebzehn Uhr dreißig hatten wir die Landing Beaches um Avranches querab, kurz zuvor Quistreham und achtzehn Uhr dreißig Barfleur«, sagt der Alte, als wir im Kartenhaus stehen. Mich bedrängen Erinnerungen, so dicht wie eine Umzingelung. Aber dann sage ich: »Ouistreham, das ist doch die Einfahrt zum Canal de Caen, der neben der Orne einherführt – da hab ich mal gestaunt, wie weit große Zossen auf diesem Kanal ins Land hineinfahren können. Ich habe einen sowjetischen Frachter in den Wiesen dicht bei Caen mitten unter weidenden Kühen gesehen – sah komisch aus.«

»Ja, erstaunlich.«

Nach einer ganzen Weile, die wir schweigend nebeneinander stehen, räuspert sich der Alte drei-, viermal heftig, dann sagt er knarzig: »Ich hab's ja selber nicht geglaubt, daß die alte Flakfalle noch parabel wäre.« Nun hält er die Augen halb geschlossen. Gut, wenn er sich bedenkt, wird er auch weiterreden.

Der Alte räuspert sich wieder, und ich gucke ihn gespannt an.

»Gehen wir doch in meine Kammer und trinken noch einen Schluck – oder?« sagt er.

»Mir recht.«

Ein kräftiger Schluck aus der Bierflasche, und der Alte redet weiter: »Also mal von vorn, wie der Ablauf war. Daß man auf dieses Boot überhaupt gekommen ist, das war so: Wir hatten den Auftrag, möglichst alle Boote zu reparieren und aus Brest rauszubringen. Wir hatten insgesamt drei stillgelegte Boote, darunter das Boot von Brauel. Dieses

Boot war erst wenig ausgeschlachtet, es hatte aber eine sehr schwache Stelle, eine Beule im Druckkörper...«

»Das Boot, auf dem sich der Stabsarzt Pfaffinger sein Spiegelei verdient hatte?«

»Ja! Das war das Boot. Und die Torpedorohre waren vorne verbogen.«

»Ist Brauel bei dem Luftangriff auf das Boot eigentlich umgekommen?«

»Nein, er war schwer verwundet und nicht mehr reaktionsfähig. Und da hat der Stabsarzt, auch die Wachoffiziere waren ausgefallen, das Kommando übernommen...«

»... und es geschafft, das Boot in den Hafen zu bringen. Schon verrückter Hund, dieser Pfaffinger!«

»Ja. Wegen der stillgelegten Boote wurde der FdU gefragt. Der hat sicher seinerseits dem Dönitz-Stab berichtet – über den technischen Zustand. Und da hieß es, alle Boote sollten, in der Reihenfolge des Arbeitsumfangs, auslaufklar gemacht werden. Das hieß, die mit den geringsten Reparaturen zuerst raus, die anderen danach, solange der Feind uns noch Zeit ließ, so daß wir möglichst wenige sprengen mußten. Wir hätten sogar noch mehr und besser reparieren können, aber wir ahnten nicht, daß die Amerikaner sich so viel Zeit lassen würden, um Brest fertigzumachen. Schließlich hatten sie da fünf Divisionen zusammengezogen. Und dann ging's darum, eine Besatzung zusammenzustellen. Per Telex erfuhr ich vom FdU, daß ich mit diesem Boot auslaufen sollte. Winter, der Chef der Ersten Flottille, solle in der Festung bleiben.«

»Mahlzeit! Aber wieso?«

»Nach der alten Regel: Der älteste Flottillenchef hält die Stellung.«

»Und Winter war der ältere?«

»Ich will doch nicht davon ausgehen, daß es nach dem Wert ging«, sagt der Alte und grient. »Man sagte sich wahrscheinlich: Ein Flottillenchef, der in Gefangenschaft ist, der nützt uns nichts mehr.«

»Du kannst es auch andersrum sehen!«

»Aber das *muß* ich doch wohl nicht!«

Wir lachen wie Lausbuben, die was ausgeheckt haben, und der Alte sagt, noch unter Lachstößen: »Da haben wir zuerst mal dieses Boot in den Bunker gezogen und überlegt, was man damit machen könnte. Statische Berechnung der Festigkeit war nicht mehr möglich, die Fachleute hatten wir gar nicht. Die Betriebsingenieure hatten also das Wort, und die sagten: Da schweißen wir einfach eine Doppelung auf den eingebeulten Teil, die Torpedorohre bauen wir aus, die Löcher werden zugeflanscht, und zum Gewichtsausgleich packen wir wertvolle Bronze, oder was noch so rumlag, rein.«

»So, wie du das sagst, klingt das alles ganz einfach. Aber wie lange hat das gedauert, alles in allem: Reparaturen und Vorbereitungen?«

»Kann ich nicht mehr genau sagen. Ich schätze, etwa zweieinhalb bis drei Wochen. Die Amis ließen uns ja Zeit.«

»Da müßt ihr aber doch auf glühenden Kohlen gesessen haben?«

»Schon. Das Problem war, daß wir mit einem Boot, das nicht schnorcheln konnte, nicht mehr rausgehen wollten. Und dies war ein Boot, das keinen Schnorchel hatte. Die Schnorchel, die noch gekommen waren – das hast du ja noch erlebt –, die waren bereits vergeben. Da entschlossen sich die Betriebsingenieure, einen Schnorchel in Eigenbau zu erstellen – wie es so schön hieß.«

»Für mich klingt das wie eine Sage: Die Amis vor der Haustür, und ihr macht Eigenbau! Hat das der Zwote Flottilleningenieur befummelt?«

»Der hat sich verdient gemacht, konstruiert und hergestellt hat den Schnorchel die Werft. Aber der Schnorchel war nicht das einzige Problem. Da gab es den Hafenkapitän, der war an sich ein ordentlicher Reservist, aber jetzt machte er Schwierigkeiten: Er wollte den Hafen endlich dichtmachen, das heißt sprengen, damit die Amerikaner und Engländer nicht einlaufen könnten. Das wurde prekär. Wir mußten diesen Nervöserich hinhalten und ihm sagen: ›Sie müssen sich noch ein bißchen gedulden, wir müssen hier noch raus!‹«

Der Alte sagt das in einem gemütlichen Unterhaltungston, und ich kann mir durch diesen Tonfall die Szene wie auf einer Bühne vorstellen.

»Das ging damals haarscharf! Der Hafenkapitän hatte mehr Schiß als Gottesfurcht. Der wollte ja schon den Laden dichtsprengen, als *ihr* freie Ausfahrt brauchtet. Der Mann wurde lästig. Ich war nahe dran, ihn in Ketten zu legen. Wir mußten den jeden Tag aufs neue kalmieren.«

»Na und?«

»Ganz ist der nicht darauf eingegangen, er hat angefangen, die Einfahrt zwischen den beiden Molen durch Versenkung von Schiffen zu sperren. Der sagte uns doch glatt: ›Ihr kommt sowieso nicht mehr raus!‹ Da war das Boot aber soweit klar, daß es über Wasser mit Motoren fahren konnte, wir machten Standproben im Bunker, damit keiner was spitzkriegte.«

»Aber ihr konntet im Bunker nur die Motoren tönen lassen?«

»Im Grunde ja. Aber die Propeller schon mal aufzukuppeln, für geringe Umdrehungen, das ging auch.«

»Und was war mit der Entmagnetisierungsschleife?«

»Wir wollten in die Entmagnetisierungsschleife, aber dabei sind wir sehr gestört worden durch Artillerieüberfälle. Jenseits der großen Brester Bucht saßen ja die Amerikaner. Die konnten von da aus den ganzen Laden beobachten. Da haben wir uns gesagt: Lieber auf eine richtige Erprobung verzichten, als daß die uns das Boot zerschießen. Und wir sind nicht mehr aus dem Bunker rausgegangen, bevor es endgültig soweit war – nämlich am 4. September '44.«

Der Alte räkelt sich in seinem Sessel, und dann sitzen wir beide stumm da und sinnieren.

Ob ich mit dem Alten endlich Klartext reden kann? Oder ob er, wenn es um Dönitz geht, immer noch die alte Vasallentreue zeigt?

Der Alte stellt frisches Bier auf die Back, und ich gebe mir einen Ruck: »Weil wir gerade in der richtigen Gegend sind«, beginne ich, »du hast doch damals als Flottillenchef den Kamikazebefehl von Dönitz mit entgegengenommen...«

»Kamikazebefehl ist *deine* Formulierung!«

»Schon gut«, sage ich. Weil ich den Alten nicht reizen, sondern etwas von ihm erfahren will, versuche ich es anders: »›Befehl ist Befehl!‹ Das hatten sie uns in Versalbuchstaben vor Augen gestellt und eingetrichtert. Aber in die Versalbuchstaben geriet bald der Wurm. Inzwischen gab es eine Anzahl von Abarten, diverse Sorten von Befehlen: Man sagte: ›Das ist ein offizieller Befehl‹, weil es eben auch inoffizielle gab – die Nacht-und-Nebel-Befehle, von denen keiner etwas erfahren durfte, Befehle hinter vorgehaltener Hand, Augenzwinkerbefehle. Dazu Auslegungsbefehle mit einem ›Sie verstehen mich doch hoffentlich!‹ dahinter. Es gab x Varianten von unausgesprochenen Befehlen, und wer es zu etwas bringen wollte, mußte Meister sein im Aufnehmen des Unausgesprochenen, mußte die Stimme seines Herrn erkennen, auch wenn der Herr stumm blieb. Was ließ sich damals alles mit versiegelten Lippen sagen. Und als es für die Drahtzieher nach der Niederlage prekär wurde, konnte einer, der all die Jahre tüchtig für das Verständnis des Unausgesprochenen gesorgt hatte, ohne Zögern die Schwurhand heben: Nein, so einen Befehl hatte er *nie* gegeben. ›Das Volk‹, verseucht durch die Propaganda der Nazis, hatte sich daran gewöhnt, nicht mehr für bare Münze zu nehmen, was ihm ins Ohr gebrüllt wurde. Wort war doch längst nicht mehr Wort, sondern Schwindel und Lüge. Was Wunder, daß auch Befehle, die eindeutig gemeint waren, doppelt gedeutet wurden.« Nach dieser langen Rede nehme ich einen großen Schluck und setze mich zurück. Der Alte sitzt stumm da. Ich hole tief Luft und rede weiter: »Als Kommandant war man schließlich nicht auf den Kopf gefallen und sagte sich: Der BdU darf sich nicht bloßstellen, der FdU muß zum Schein anders reden, als er denkt, der Flottillenchef darf sich nicht offenbaren... wir wissen, was anliegt. Wir sind im Bilde. Für uns braucht keiner diesen oder jenen Befehl zu entschlüsseln. Die ganz jungen unter den Kommandanten, die Hitlerjungen, die wußten schon, was sie im Zweifelsfall zu tun hatten, denen galten die Leitgebote für den Seefahrer nicht mehr viel – und da denke ich nicht nur an den Fall Eck.«

Der Alte, der während meiner Rede starr und aufrecht dagesessen hat, sagt zögerlich: »Ich weiß nicht, ob das alles richtig ist, aber dran ist was.«

Das gibt mir Mut zum Weiterfragen: »Ich habe nie verstanden, daß die Boote erst am 6. Juni ausliefen, als die Invasion schon begonnen hatte. Warum hatten die Boote denn nicht vorher schon Positionen bezogen?«

»'44 wären U-Boote im Kanal nicht lange unentdeckt geblieben, und du weißt, was das damals hieß... So blieben die Boote in den Stützpunkten, bereit zum großen Einsatz am Tage X...«

»... und dieses Datum haben die Alliierten uns, also unserem Geheimdienst, vorenthalten.«

»So isses«, sagt der Alte jetzt und lehnt sich wieder zurück.

»Ich kann den Dönitz-Befehl, verzichten wir mal auf

›Kamikazebefehl‹, auswendig: ›Jedes feindliche Fahrzeug, das der Landung dient, auch wenn es etwa nur ein halbes Hundert Soldaten oder einen Panzer an Land bringt, ist ein Ziel, das den vollen Einsatz des U-Bootes verlangt. Es ist anzugreifen, auch unter Gefahr des eigenen Verlustes. – Wenn es gilt, an die feindliche Landungsflotte heranzukommen, gibt es keine Rücksicht auf Gefährdung durch flaches Wasser oder mögliche Minensperren oder irgendwelche Bedenken. – Jeder Mann und jede Waffe des Feindes, die *vor* der Landung vernichtet werden, verringern die Aussicht des Feindes auf Erfolg. – Das Boot, das dem Feinde bei der Landung Verluste beibringt, hat seine höchste Aufgabe erfüllt und sein Dasein gerechtfertigt, auch wenn es dabei bleibt.‹« Ich hole tief Atem und frage: »Richtig?«

»Wortwörtlich!« sagt der Alte und dann, wie einstudiert: »Doch klar, daß der BdU hier nicht auf vorzeitige unsinnige Aufopferung beim Herangehen aus war, sondern das höhere Risiko angesichts der überragenden Wichtigkeit, die Invasion abzuschlagen, erwartete, wenn man dran war am Gegner, um dann für ein kleines Objekt schon mal das Boot zu riskieren.«

Ich muß erst mal schlucken. Was für ungereimtes Zeug hat der Alte soeben mit Stentorstimme verkündet? Aber jetzt mit dem Alten zu rechten würde zu nichts führen. Dazu kenne ich ihn zu gut, auch seine trotzigen Übertreibungen. Also mache ich es wie früher und höhne: »Da gab's dann doppelte Punkte fürs Ritterkreuz. Wahnsinn mußte extra honoriert werden. Damals liefen ja viele herum mit ›Halsschmerzen‹ in der letzten Stunde. Die dachten offenbar, mit einem Ritterkreuz am Hals könnten sie nach dem Endsieg Reichsstatthalter irgendwo werden – in Penang zum Beispiel.«

»Das war ja auch mal dein Lebensziel!« spottet der Alte.

»Gewiß doch, Isfahan hatte ich mir ausgesucht, weil ich gern an Stätten weile, deren Namen schön klingen. Damit bin ich übrigens immer gut gefahren.«

Jetzt habe ich den Alten wenigstens soweit, daß er über sein ganzes zerfurchtes Gesicht grinst. Und dann guckt er auf die Uhr: »Höchste Eisenbahn für die Koje!«

An Schlaf ist nicht zu denken. Ich wälze mich auf meiner Koje hin und her. Muß der Alte immer noch wie zwanghaft seinen ehemaligen Befehlshaber Dönitz entschuldigen? War das wirklich ernst gemeint? Oder wollte er mich, wie schon so oft, auf die Schippe nehmen? Wird er nie wieder los, was man ihm in der Kadettenanstalt eingebleut hat, so wie mein Bruder Klaus...

Vor dem Frühstück erst auf die Brücke! befehle ich mir, als es wieder tagt.
Die See ist stahlgrau. Das kommt von den Tausenden von Schaumköpfen. Das Schiff macht zwölf Knoten Fahrt gegen die See. Die Kimm ist gut auszumachen, aber schon hängen Regenwolken so tief herab, daß sie die Kimm fast berühren. »Increasing« hat der Wetterbericht gesagt. Der Bug geht immer heftiger up and down. Nur gut, daß an Oberdeck Strecktaue gespannt sind. Der Weg zwischen meiner Kammer und dem Brückenaufbau mit der Kammer des Alten wird immer beschwerlicher. Bald wird es nicht mehr ohne Regenzeug gehen.

Die vorderen Luken werden geöffnet, damit sie ausgewaschen werden können. Ich werfe einen Blick in die Luke drei: Sie ist so sauber, daß auf ihrem Boden ein Picknick veranstaltet werden könnte – ohne Plastikteller, die Fressalien könnten direkt auf den Boden gelegt werden.

»Diesmal willst du ja, so klang es wenigstens am Telephon, mit in den Sicherheitsbehälter«, sagt der Alte, als ich mit ihm zum Frühstück gehe.

»So isses«, imitiere ich ihn, »versprochen hat's der Chief schon, aber das hatte der alte Chief bei meiner ersten Reise auch. Aber dann ging es holterdipolter – und auf einmal war keine Zeit mehr.«

»Also halt dich ran. Ich hab nichts dagegen, aber der

Chief ist ein störrischer Bruder, und außerdem hat *der* den Kopf voll.«

»Wie ein Kreuzfahrtpassagier lebst du ja auch nicht gerade mit den ewigen Brückenwachen!«

Der Alte will das nicht gelten lassen, er stülpt die Unterlippe vor und sagt: »*Ich* möchte mit dem Chief nicht tauschen.«

Der Obersteward, ein würdiger Herr, den wir auf halbem Weg treffen, läßt mich wissen, er habe mir gerade einen Karton mit 24 Flaschen gutem Pilsner vor die Kammer gestellt.

»Verbindlichsten Dank!«

Als ich klage, meine Kammer sei eine rechte Vibrierzelle, sagt er erstaunt: »Hier vibriert doch nichts!«

»Das kenne ich«, sage ich, »man gewöhnt sich an Bord an alles. Auf der Walkocherei ›Jan Wellem‹, wo alles nur so von Tran stank, sagten die Leute: ›Tran? Hier riecht doch nichts nach Tran!‹«

Der Obersteward guckt mich entgeistert an: Trangestank auf der Otto Hahn? Das ist ihm zu viel.

»Die Dame, die das Meerwasser untersucht, möchte gern umziehen – von vorn nach achtern. Vielleicht können Sie tauschen?« sagt er steif.

»Der will dich zum Säufer machen«, brummt der Alte beim Weitergehen.

»Ich nehme ganz kleine Schlucke, dann greift's nicht! Jetzt wäre mir freilich eine Tasse Tee lieber.«

»Also, dann erst mal in die Messe.«

Dicht neben dem Eingang zur Messe entdecke ich am schwarzen Brett einen Anschlag mit chinesischen Schriftzeichen. Der Alte bemerkt mein Staunen und sagt: »Wir haben doch Chinesen an Bord, weißt du das denn nicht?«

»Mach Witze!«

»Keine Rede. Unsere beiden Wäscher stammen aus Hongkong, nette Leute. Geh doch mal runter, die freuen sich.«

»Promis! Chinesen für die Schiffswäscherei, das ist anscheinend eine der wenigen Traditionen, die in der Seefahrt Bestand haben.«

»Wer weiß, wie lange!« sagt der Alte, steuert aber immer noch nicht das Schott zur Messe an.

Ein anderer Anschlag hat seine Aufmerksamkeit geweckt, und wir lesen gemeinsam: »Das deutsche Kernenergieschiff Otto Hahn (16 871 BRT) wird vermutlich in den kommenden vier Jahren doch noch in Betrieb bleiben. Der Aufsichtsrat der Gesellschaft der Kernenergieverwertung im Schiffbau und Schiffahrt (GKSS) hat auf seiner Sitzung die Entscheidung über eine Stillegung des von Hapag Lloyd bereederten Atomschiffes vertagt. Für den Austausch der Brennelemente und den Betrieb für die kommenden vier Jahre werden 50 bis 60 Millionen Mark benötigt. Die Bundesregierung hat von der Industrie gefordert, daß sie die Kosten zur Hälfte tragen soll. Nach Auskunft der GKSS hat die Industrie inzwischen einen beträchtlichen Teil dieser Summe aufgebracht.«

»Interessant«, sagt der Alte, »daß man so was überhaupt erfährt!« Der Alte ist schneller mit Lesen fertig als ich. Er wartet, bis ich das letzte Wort aufgenommen habe, dann sagt er: »Die Botschaft hör ich wohl, allein mir fehlt der Glaube. ›... einen beträchtlichen Teil dieser Summe aufgebracht‹, das klingt vage. 30 Millionen werden gebraucht und nicht nur ein beträchtlicher Teil davon. Dieses ewige Hickhack kann einem nachgerade an die Nerven gehen – dann schon lieber ein Ende mit Schrekken, wie's so schön heißt, aber nicht diese dauernden Torturen.«

Als wir am Tisch sitzen, glücklicherweise allein, zeigt der Alte durch sein Verhalten, wie sehr er sich über diesen Anschlag ärgert: Er macht sich wortlos seinen Tee mit Zucker und Kondensmilch zurecht, trinkt, setzt die Tasse ab, trinkt wieder. Dann kratzt er sich bei vorgebeugtem Kopf im Nacken und sagt: »Die Funkpresse – auch so ein Fortschritt! Nicht gerade eine gute Nachricht für den Seemann. So einer kann sich dann umsehen, wenn sein Schiff außer Dienst gestellt wird.«

»Aber das Reaktorpersonal kommt doch sicher schnell wieder unter?«

»Die schon. Für solche Leute interessieren sich die Kernkraftwerke sogar besonders. Sind gut ausgebildete und bewährte Leute. Aber für die anderen würde ich eher schwarz sehen.« Und dann sagt er: »Die Chinesen haben's gut. Denen ist es egal, auf welchem Schiff sie fahren. Die haben eine feste Organisation, fast so fest wie unsere Lotsenbrüderschaften, und von der werden sie auf Schiffe verteilt und – das versteht sich auch auf chinesisch – dabei finanziell etwas gerupft. Das scheint reibungslos zu funktionieren.«

Zwei Tische weiter sitzt der Chief. Als ich ihn frage: »Und wann darf ich nun in den SB?«, verspricht er mir, mich mit in den Sicherheitsbehälter zu nehmen, »sobald sich dafür Zeit findet«.

»Warum denn nicht gleich?«

Der Chief betrachtet mich mit leerem Blick und macht ein Gesicht, als könne er nicht bis drei zählen. Dann greift er hastig nach seiner Tasse, nimmt einen heftigen Schluck und tut, als sei ihm soeben etwas Dringendes eingefallen.

Nein, heute nicht. Für heute ist der Chief schon vergeben – aber morgen!

»Mañana!«

»Schichtwechsel?« fragt der Alte.
»Verdammt viel zu tun!« Aber dann sagt der Chief einlenkend zu mir: »Wie wär's erst mal mit etwas Theorie – nach dem Mittagessen in meiner Kammer?«
»Bonfortionell! Wird gemacht!«

Auf der Brücke ist eine Brieftaube gelandet. Ein schönes starkes Tier mit einer orangefarbenen Manschette am linken Fuß und einem gelben Gummi darum. Die Jungen haben ihr Salat und Körner hingelegt. Jetzt hockt sie im Windschatten hinter der Verschanzung des Peildecks. Die Sonne steht so, daß auf ihrer Brust eine grüne, ins Violett changierende Pfauenfederiris leuchtet. Das Tier macht nicht die geringsten Anstalten weiterzufliegen. Will die Taube etwa mit uns bis zum Kap der Guten Hoffnung fahren?

Der Funker erzählt, sie hätten schon einmal eine Brieftaube an Bord gehabt, die mehrere Reisen zwischen Deutschland und Mexiko mitmachte. In den Häfen sei sie losgeflogen und habe ihre Runden gedreht, aber immer sei sie rechtzeitig zurück an Bord gewesen. Nur einmal sei das Schiff ausgelaufen, als sie gerade ihr Flugpensum absolvierte, und da habe sie nicht aufs Schiff zurückgefunden. Alle hätten das sehr bedauert.

Das Schiff steuert zweihundertdreißig Grad. Fahrt zwölf Seemeilen durchs Wasser, das sind zirka elf Seemeilen über Grund. Aus dem Atlantik kommt eine starke Dünung. Der Hellschreiber hat eine neue Wetterkarte gedruckt. Barometer 997.
»Fängt sich langsam wieder«, sagt der Alte.
Gute Sicht. Das Radar ist nicht in Betrieb. Unser Kurs ist für die nächsten Stunden schon mit Bleistift eingezeichnet. Auf der Seekarte lese ich an der bretonischen Nordküste all die vertrauten Namen: »Île-de-Batz«, »Saint-Pol-

de-Léon«, »Morlaix«, »Tréguier« »Paimpol« – hier spielt Pierre Lotis Roman »Die Islandfischer«.

Der Alte guckt auch auf die Karte und sagt: »In der Bretagne, da war's schon schön.«

Ich brauche nur die Lider einen Augenblick lang sinken zu lassen, gleich kommt eine Flut von Bildern: verblauende Fernen, Wolkengirlanden von einem lebendigen ins Opale changierenden Weiß, wie Innenseiten von Austernschalen. Gelbe Flecken im Kobaltblau: Ginster. Die weißen Flecken sind Windmühlen, massig und rund, als seien sie gedrechselt.

Mein graugranitenes Haus auf dem Dünenhügel, ein Riff in der Brandung des Sturms. Im Herbst wirft sich der Westwind fast täglich dröhnend gegen das Haus und läßt die Volets krachen. Die Thujahecke braucht nicht beschnitten zu werden: Der Wind, der übers Wasser heranheult und vom Bollwerk der Klippen hochgelenkt wird, rasiert die Hecken schräg nach oben ab. In den Häusern rechts und links wohnt kein Mensch. Hier, an der unwirtlichsten Stelle der Küste, stürmt es fast immer. Jeder Baum ist landeinwärts verbogen. Zum Meer hin wächst kein einziger Ast.

Und nun der Blick über die anbrandende See: die endlos gestaffelten Reihen, bleckende Gebisse? Mähnen? Milchiges Grün, weiß eingequirlt. Die Riffe, die Strudeltöpfe, Wasserdunst ... Napfschnecken an den Felsen festgesogen, Einsiedlerkrebse in Felsschrunden.

Ich gerate durcheinander. So wie jetzt habe ich schon einmal die Seekarte Millimeter um Millimeter mit Blicken abgetastet und Erinnerungen beschworen. Damals lag sie auf dem winzigen Kartentisch in der Zentrale des U-Boots. Dopplereffekt, nennt man das so? Ich erinnere mich, wie ich mich damals erinnerte.

Die Stimme des Alten holt mich wieder an Bord der Otto Hahn. »Wir werden bald Uschang passieren«, sagt er. Seit der ersten Reise weiß ich, daß mit dem chinesisch klingenden Wort die Brest vorgelagerte Insel Ouessant gemeint ist. Ich kann von der Karte ablesen, daß wir bis auf zwölf Meilen herangehen werden.

»Hier ist die Bismarck versenkt worden«, murmelt der Alte, als rede er vor sich hin und meine gar nicht mich. »Genau achtundvierzig Grad zehn Minuten Nord, sechzehn Grad zwölf Minuten West. Ungefähr vierhundertzwanzig Seemeilen westlich von Brest.«

Das Datum braucht der Alte mir nicht auch noch zu sagen, ich habe es im Kopf: Am 27. Mai 1943 war die Bismarck von der Norfolk, der Dorsetshire, der Rodney und der King George V gestellt worden – eigentlich schon ein erledigtes Schiff, das nur noch im Kreis fahren konnte, weil ein Lufttorpedo die Ruderanlage so getroffen hatte, daß das Ruder in Hartlage blockiert war.

Der Alte hat den Stechzirkel nicht bewegt. Wir starren auf die Karte, bis er wieder redet: »Wir mußten damals auch mit raus, zur Sicherung. Hat aber gar nichts genützt. Schlechtes Wetter. Die Bismarck wollte nach Saint-Nazaire zur Reparatur ins Normandie-Dock, das einzige Dock, das für die ›Bismarck‹ groß genug war. Wir haben uns die Augen aus dem Kopf gestiert, aber nichts gefunden. Nicht das geringste Zeichen. Und dann bekam sie diesen Fliegertorpedo in die Ruderanlage. War ein Flugzeug von der Arc Royal. Und dann wurde die Bismarck beschossen bis zum nächsten Tag um zehn Uhr vierzig... So ein Schlachtschiff geht einfach nicht weg. Drei Tage haben wir nach Überlebenden gesucht. Drei Leute auf einem Floß, das war alles. Aber die hat der Parzival mit seinem Boot gefunden. Die Engländer hatten zirka hundert Mann aus dem Bach gefischt – hundert von zweieinhalbtausend! Das muß man sich mal vorstellen!«

Ich kannte ein halbes Dutzend Leute, die auf der Bismarck eingeschifft waren. Den Abzeichensammler sehe ich deutlich vor mir. Zu vier verschiedenen Kampfabzeichen und dem Reichssportabzeichen wollte er auch noch das Schlachtschiffabzeichen haben und hatte alle Listen spielen lassen, bis er auf der Bismarck eingeschifft wurde. Den Photographen Schemm, den schwulen Knaben, der eigentlich nur Laborant war und für einen erkrankten Bildberichter einspringen mußte, sehe ich auch noch: mickrig klein, dünn und blaß und mit pomadisiertem Haar, wie es Theo Lingen trug. Der Winzling Schemm mußte auch mit hinab.

Damals, am 27. Mai, haben wir bang auf neue Funksprüche gewartet – nach der ersten alarmierenden Nachricht: »AN ALLE U-BOOTE MIT TORPEDOS – SOFORT UND MIT HÖCHSTFAHRT ZUR BISMARCK GEHEN – QUADRAT BE 29.«

Noch vor Mittag kam die Hiobsbotschaft: »BISMARCK OPFER KONZENTRIERTEN FEINDLICHEN FEUERS – ALLE U-BOOTE IN DER NÄHE NACH ÜBERLEBENDEN SUCHEN.«

Das Flottenflaggschiff war zehn Uhr sechsunddreißig gesunken. Der OKW-Bericht schwieg sich aus. Nur U-Boot-Erfolge wurden gemeldet. Der alte Viktor Schütze hatte vor der afrikanischen Westküste elf Schiffe zur Strecke gebracht: 56 200 BRT. Das wurde hinausposaunt. Und wir saßen in Brest und konnten uns ausmalen, was draußen passiert war.

»Ein Glück, daß die Bergungsschlepper nicht losgeschickt wurden«, sagt der Alte nun, »die wären sonst auch noch verheizt worden: Castor und Pollux, die Schwesterschiffe, und Titan, die in Brest immer im Päckchen beieinander lagen, direkt unter der Schwenkbrücke.«

Ich kann wieder von der großen Schwenkbrücke aus direkt in die Schornsteine der Hochseeschlepper gucken, neben mir ein Posten mit aufgepflanztem Bajonett.

Das Arsenal, die Vaubansche Festung. Ich kann alles

so deutlich erkennen, als hätte ich eine gute Photographie vor Augen.

»Erinnerst du dich noch an das Auto auf dem Dach?« frage ich den Alten. »Ja, kaum zu glauben! Das höchste Haus im ganzen Hafengelände und das Auto darauf, akurat auf den vier Rädern. Wenn da welche drin gesessen hätten!«

»Dann hätte es die Bombe nicht so hoch in die Luft schmeißen können.«

»Da hast du recht«, sagt der Alte.

»Einer hat mir geschrieben, er hätte das Auto auf dem Dach auch gesehen.«

»Weil du es im ›Boot‹ erwähnt hast?«

»Ja.«

Beim Mittagessen lautstarkes Palaver an zwei Nebentischen zwischen Nautikern und Technikern, die sich ausnahmsweise einmal einig sind. Gemeinsam schimpfen sie auf »die Forschung«. Es geht, wie ich heraushöre, um einen Pappkarton. In ihm befindet sich die Gebrauchsanweisung für ein neues Gerät, das die Forschung für eine Testreihe braucht. Der Karton ist weg. Möglicherweise schon im Hafen über Bord geworfen. Oder, weil er an einen Mann in Geesthacht adressiert war, mit dem Omnibus wieder nach Geesthacht zurückgebracht? Das ganze Schiff ist schon durchsucht worden, ohne Erfolg. Lange Fernschreiben mit Geesthacht wurden gewechselt, dort ist der Karton nicht wieder aufgetaucht. Aber ohne die Gebrauchsanweisung weiß niemand, wie das kostbare Gerät funktioniert, und ohne das Gerät ist die Forschung total aufgeschmissen.

Schade, daß der Alte noch auf der Brücke ist. So muß ich auf seine Zwischenbemerkungen verzichten. Ein Trost: Dieser Karton wird noch gut sein für stundenlanges Gerede und für Mutmaßungen. Ich kenne das von der ersten Reise. So ein Thema läßt sich nach allen Seiten ausweiten. Schon werden die ersten Vorschläge gemacht, wie solche Pannen in Zukunft vermieden werden könnten. Dergleichen Vorschläge müssen natürlich schriftlich fixiert werden – wozu gibt es eine Sekretärin an Bord und wozu das opulente Vervielfältigungsgerät. Dieser vermaledeite Karton wird noch viele Leute beschäftigen.

Endlich kommt der Alte. Bevor ich ihn fragen kann, ob er von dem Karton weiß, schiebt er mir ein buntbebildertes Prospektheft hin, auf dem in Versalien NS OTTO HAHN steht.

»Wenn ich NS Otto Hahn höre, fallen mir sofort andere NS-Vokabeln ein«, sage ich, »der NS-Staat, die NS-Volkswohlfahrt, das NS-Kraftfahrerkorps, die NS-Frauenschaft. Für mich, Jahrgang '18, bedeuten die beiden Buchstaben N und S nun einmal ›nationalsozialistisch‹ – ›nationalsozialistische Otto Hahn‹ und nicht ›Nuklearschiff Otto Hahn‹. Auch wenn ich vom Fortschrittlichen Druckwasserreaktor reden höre, habe ich merkwürdige Assoziationen: FDR, das klingt für mich wie DDR. Und SB für Sicherheitsbehälter evoziert bei mir sowjetische Besatzungszone.«

»Sei nicht albern!« rügt mich der Alte.

»Was heißt hier albern? Du wirst doch diese komischen Pawlowschen Reflexe auch nicht los.«

»Jetzt bin ich aber neugierig!«

»Wenn du ein Schiff siehst, schätzt du doch, wie einstmals auf Feindfahrt, gleich seine Tonnage.«

Der Alte kaut, ein Zeichen der Verlegenheit bei ihm, auf der Unterlippe. »Da hast du tatsächlich recht«, räumt er ein, »ja, komisch.«

Die Stewardeß, die an unserem Tisch bedient, hat den knallbunten Pullover, den sie heute früh trug, ausgezogen und erscheint in einem äußerst knappen schwarzen Blüschen mit einer Art Federboa am Kragen. Dieses Blüschen hat kurze Ärmel. Der Anblick ihres linken Oberarms läßt mir einen Schauder den Rücken hinunterfahren: Sie hat dort ein zwei Handflächen großes schwarzbraunes Fell, die Haare dieses Fells sind blaßgrau und länger als einen Zentimeter.

Der Alte tut so, als sehe er's nicht. Oder sollte er sich auch an diesen Anblick schon gewöhnt haben?

»Das kann einem ja auf den Magen schlagen«, murmele ich und stemme mich halb hoch. »Ich geh jetzt zum Chief in die Kammer!«

Als ich meinen Fuß über die Schwelle der Kammer des Chiefs gesetzt habe, bleibe ich vor Staunen stehen: Der Chief hat seine geräumige Behausung in ein gemütliches Heim umfunktioniert: Frau mit drei Kindern im ovalen Biedermeierrahmen, Stehlampe mit phallisch gestyltem Schirm, letzter Schrei der Wohnkultur, an der Wand mit einem Metallsteg festgelascht. Ein üppiger Wintergarten vor den beiden vorderen Fenstern. Ein Miniaturwald mit Luftwurzeln, Ranken, bizarren Blättern, eine wahre Chlorophyll-Orgie. Diese Kammer ist eher ein Gewächshaus als eine Schiffsoffiziersbehausung.

Ich brauche Zeit, um alles, was hier dem staunenden Auge geboten wird, gebührend in Augenschein zu nehmen. Auch von der Decke herab hängen in verschiedenen Höhen Töpfe mit Blattpflanzen. Vor den Fenstern ranken tropische Gewächse so dicht, daß das Licht von draußen grün gefiltert wird und in der ganzen Kammer Urwaldstimmung herrscht. Der Chief sieht darin aus wie eine Wasserleiche.

Während ich meinen Blick schweifen lasse, hängt der Chief an meinen Lippen, er wartet ganz offensichtlich auf Bewunderung.

»Phantastisch! Einfach wunderbar! So etwas habe ich noch nie gesehen!« Das geht mir glatt von den Lippen. Zur rechten Urwaldstimmung fehlt hier nur noch Wasser. »Haben Sie schon einmal an einen Springbrunnen gedacht?« frage ich den Chief.

Der Chief nickt.

»Ich weiß auch, wie der auszusehen hätte: genau wie der von Frau Glimm in Frankfurt am Main.«

»Wer ist denn Frau Glimm?« fragt der Chief.

»Frau Glimm war unsere Zimmerwirtin. Als wir für die Buchmesse nach allem Ach und Krach zu Hause mit unserem alten Fiat in Frankfurt angefahren kamen, waren die Hotels allesamt ausgebucht. Wir wurden vom Quartieramt zu Frau Glimm geschickt und hatten dann ein enges Zimmer direkt neben einem Güterbahnhof mit weiten Gleisanlagen. Ich kann die Pufferstöße jetzt noch hören...«

Der Chief guckt mich befremdet an, so ausführlich will er die Geschichte von Frau Glimm sicher nicht wissen.

Aber nun, sage ich mir, keine Gnade: »Frau Glimm war eine Freundin intensiver Stimmungen. Bei ihr herrschte ›Atmosphäre‹, ›Atmosphäre‹ war ihr drittes Wort.« Mir liegt schon auf der Zunge: Wie bei der Frau vom Kapitän, aber ich schluck's hinunter. »Frau Glimms Stehlampe hatte sogar eine rote Birne zwecks Produktion von Atmosphäre. Und wenn wir spätabends von Messeeinladungen kamen – wir mußten uns durch das Wohnschlafzimmer von Frau Glimm hindurchschleichen –, lag Frau Glimm in einem Feengewand auf dem Kanapee und starrte wie hypnotisiert oder gar tot auf den mitten im Zimmer leise vor sich hin sprudelnden Springbrunnen. Es war gespenstisch! Aus der Wasserschale stieg giftgrünes Licht an die Decke. Vielleicht sah Frau Glimm darin weiße Elefanten baden.«

Der Chief genießt jetzt meine Schilderung sichtlich. Ich

habe ihn konvertiert und bin es zufrieden. Der Chief, das weiß ich, wird sich nach einem Zimmerspringbrunnen umsehen, wenn – ja wenn – unser Schiff noch weiter fahren wird.

Nun stopft er sich erst mal seine Pfeife. Er tut das umständlich und langsam. Damit will er wohl erreichen, daß ich das Interieur noch länger bewundere. Ich finde auch leicht neue Staunensrufe. Zu guter Letzt frage ich: »Aber halten denn die Pflanzen die Vibrationen aus?«

»Alle nicht«, sagt der Chief, »die mußten dann raus. Aber die hier, die gedeihen prächtig.«

»Selektionsprinzip. Die brauchen das offenbar – ich meine die Vibration.«

Der Chief gießt uns Whisky ein. Chivas Regal. Damit haben wir schon ein zweites Thema: Whiskyqualitäten. Unser eigentliches Thema scheint sich der Chief noch ein bißchen aufsparen zu wollen. Aber nun will ich zur Sache kommen und lege ostentativ meinen Bleistift auf die Back und falte ein paar Blätter, die ich in der Gesäßtasche hatte, auf ihr ursprüngliches Format DIN A 4 auf.

»Also!« sagt der Chief mit einer Entschiedenheit, als wolle er sich selber das Startkommando geben, »also fangen wir mal mit dem Schiff als solchem an: Die Otto Hahn ist ein Eindecker mit erhöhtem Sprung im Vorschiff und normalem Sprung im Achterschiff.«

»Wenn nur die komischen Aufbauten nicht wären, dann könnte man die Otto Hahn ja sogar rassig nennen.«

Kaum habe ich es gesagt, zürne ich mir: altkluger Quaßler!

»Ja, die Aufbauten«, geht der Chief aber darauf ein, »die sind so typisch, daß man nirgends mehr inkognito herumkutschieren könnte. Auf ein Drittel Länge, von vorn gerechnet, der Brückenaufbau, das gibt's sonst nicht. Im Achterschiff ein langes Deckshaus und darüber noch drei kürzere – sieht aus wie eine opulente Passagiereinrichtung. Hier müssen tatsächlich viele Leute untergebracht werden. Über sechzig waren es immer: Besatzung plus Forschungspersonal. Und dann der Kran! Der macht unsere Silhouette zusätzlich merkwürdig.«

Der Chief und seine Pedanterie! Ich hatte gehofft, daß er nur in groben Zügen dozieren würde, aber nein, er macht es gründlich.

»Sie haben doch alles, was Sie vor Jahr und Tag aufgeschnappt haben, längst wieder vergessen!« behauptet er schlankweg, besinnt sich einen Augenblick, greift schnell zu Plänen und entfaltet sie.

»Da ist auch noch der Abluftmast auf dem Poopdeck und der Schornstein des Hilfskessels auf dem Sonnendeck. Hier, der Hauptmaschinenraum und der Hilfskesselraum. Schön hintereinander angeordnet im Achterschiff. Hier die Fahrturbine mit Getriebe samt allen nötigen Hilfsmaschinen, nicht anders als auf jedem konventionellen Schiff. Nicht normal ist, daß wir sechs Laderäume und dreizehn wasserdichte Abteilungen haben.«

Ich kann dem Chief jetzt nicht sagen: Ach ja, die Schwanenhälse, das weiß ich alles schon vom Alten! Das könnte ihn aus dem Konzept bringen.

Erstaunlich, denke ich, wie der Chief sich verändert, wenn er in seinem eigentlichen Fahrwasser ist: Er ist ernst wie ein Universitätsdozent, wenn die Rede aufs Metier kommt, dann springen die Quellen.

»Über den Reaktor werden wir später noch eine Menge zu reden haben. Bleiben wir erst mal beim Antrieb: Als Antriebsturbine dient, wie bei konventionellen Schiffen auch, eine zweigehäusige Getriebeturbine mit Rückwärtsteil im Niederdruckgehäuse...«

Statt weiter zu schreiben, nehme ich beide Arme, um mich zu ergeben, hoch und sage: »Ich schalt jetzt lieber meine kleine Maschine ein, damit ich die Lektion in meiner Kammer in Ruhe lernen kann. So schnell kapier ich einfach nicht.«

Dem Chief macht das Spaß. Er rattert jetzt seine Wissenschaft nur so herunter: »Die Hochdruckturbine besteht aus einem einkränzigen Curtisrad als Regelstufe und fünf Gleichdruckstufen. Die Niederdruckturbine im Vorwärtsteil aus sechs Gleichdruckstufen und im Rückwärtsteil aus zwei zweikränzigen Curtisrädern. Hoch- und Niederdruckläufer sind über Zahnkupplungen mit einem zweistufigen Untersetzungsgetriebe gekuppelt. Die Leistung beträgt normal 10000 WPS. Die maximale Leistung 11000 WPS. Das Getriebe reduziert die hohe Drehzahl der Turbinen für die Schraube auf 97 Umdrehungen pro Minute beziehungsweise 100 bei Maximallast.«

Schließlich schaltet der Chief auf eine langsamere Gangart um: »Der Dampf für die 10000 Wellen-PS leistenden Antriebsturbinen wird nicht wie gewöhnlich in ölbefeuerten Kesseln erzeugt, sondern eben in einem Reaktor. Unser hört auf den Namen FDR, gleich Fortschrittlicher Druckwasserreaktor. Der Dampf strömt von drei Dampferzeugern im Druckgefäß des Reaktors zu den Dampfverbrauchern im Maschinenraum. Der Hauptdampfstrom wird in der Hochdruckturbine von 31 ata auf 4,25 ata...«

»Was ist ata?«

»Eine Atmosphäre absolut, also atü plus Luftdruck. Also noch einmal: Der Hauptdampfstrom wird in der Hochdruckturbine von 31 ata auf 4,25 ata entspannt, strömt dann der Niederdruckturbine zu und wird hier auf einen Kondensatordruck von 0,05 ata entspannt. Der entspannte Abdampf wird anschließend im Kondensator durch Wärmeentzug zu Kondensat, das heißt zu Wasser, verflüssigt. Als Kühlmittel dient dem Kondensator Seewasser. Kondensatpumpen fördern das Kondensat über die Niederdruckvorwärmer in den Entgaser. Speisepumpen drücken es dann über den Hochdruckvorwärmer zurück in die drei Dampferzeuger.«

»Warum Entgaser?«

»Hier wird das Wasser thermisch entgast und später noch einmal chemisch nachentgast. Luft in der Anlage würde das Vakuum negativ beeinflussen. Außerdem verursacht Sauerstoff Korrosion...« Der Chief guckt mich fragend an. Er will wissen, ob ich mit ihm zufrieden bin.

Jetzt hebe ich die Hände so theatralisch, wie es nur geht. Der Chief soll seine Genugtuung haben.

»Lassen Sie sich Zeit. Ist doch gut, wenn Sie das alles ein für allemal bei den Akten haben«, sagt er, »demnächst dann weiter.«

»Na, wie war's beim Chief?« fragt der Alte, als ich mich auf der Brücke neben ihn stelle.

»Gründlich! In meinem Kopf wimmelt's noch wie in einem Ameisenhaufen von all den Technikausdrücken. Muß sich erst mal setzen.«

»Du gehst ja gleich ganz schön in die Vollen! Übrigens: Ich muß mich jetzt auf die Strümpfe machen, für sechzehn Uhr ist Bootsrolle angesetzt. Gilt auch für dich!«

Zum erstenmal kann ich sehen, wieviele Leute tatsächlich an Bord sind – fast wie auf einem Kreuzfahrtdampfer. Immer neue kommen aus den Niedergängen wie aus Mauselöchern.

Das Schiff hat zwei konventionelle Rettungsboote, die trotz ihres tadellosen Anstrichs, und obwohl ihre Motoren in regelmäßigen Abständen sorgfältig geprüft werden, einen Anhauch von Altehrwürdigkeit haben. Die Riemen in den Booten sehen besonders antiquiert aus.

»Die sind schon wichtig«, sagt der Alte, als ich mich darüber mokiere, »mit den Riemen kommt man wenigstens frei von der Bordwand und den gefährlichen Überhängen. Vorsicht beim Verlaß auf den Bootsmotor und promptes Anspringen! Da ist schon manches Rettungsboot von der See an der Bordwand zerschmettert worden.«

Ich bin dem Rettungsboot auf Backbordseite zugeteilt und habe Anspruch auf einenviertel Rettungsplatz – also Ellbogenfreiheit, wie mir der Alte sagt: »Wir gelten als Fahrgastschiff, und für Passagiere von Fahrgastschiffen ist ja einenviertel Rettungsplatz vorgesehen. Für Besatzungsmitglieder von Frachtern hingegen zwei Plätze.« Auf meinen fragenden Blick erklärt der Alte: »Auf einem Frachter hat jeder Mann je einen Rettungsplatz im Steuerbord- und einen im Backbordboot, weil der Frachter schnell Schlagseite bekommen könnte. Auf Fahrgastschiffen hingegen wird Zweiabteilungsstatus verlangt, das bedeutet, daß bei Vollaufen von zwei Abteilungen das Schiff nicht mehr als sieben Grad krängt, was die Benutzung der Boote *beider* Schiffsseiten zuläßt.«

»Sind diese Rettungsboote nicht nur Zeugen dafür, wie fest man in der Seefahrt an Traditionen hängt? ›Pullen, bis Land kommt, und dann rückwärts mit dem Treibanker durch die Brandung!‹ so heißt das doch. Aber heutzutage weiß man doch, daß es sinnlos ist, sich von der Untergangsstelle eines Schiffes zu entfernen. Ein guter Sender ist fürs Überleben wichtiger als ein noch so gut funktionierender Bootsmotor.«

»Die großen überdachten Rettungsinseln, die haben sich bei einer Reihe von Seeunfällen bewährt«, sagt der Alte, »sie schlagen nicht kaputt und schwimmen auf.«

»Und wozu dann noch die Boote?«

Da zuckt der Alte nur mit den Schultern.

Der Erste verbreitet sich über die Alarmsignale. Sie werden mit der Schiffspfeife – dem Typhon –, der Alarmglocke, der Schiffsglocke oder mit einem Gong gegeben.

»Nach der UVV und SSV sind Alarmvorrichtungen an Bord vorzusehen, die den Fahrgästen und der Besatzung anzeigen, daß das Schiff in Gefahr ist oder zu verlassen ist. Die Sicherheitsrolle unterscheidet die Signale für die Strahlenrolle, für die Feuer- und Verschlußrollen und für die Bootsrolle...«

Alle stehen wie die Ölgötzen, den ausdruckslosen Gesichtern ist anzusehen, daß keiner dieses Vorschriftendeutsch begreift. Der Erste rattert weiter: »Für die Strahlenrolle werden in Intervallen ein langer und ein kurzer Ton gegeben, im Falle der Feuer- oder Verschlußrolle werden kurze Doppeltöne beziehungsweise Doppelschläge gegeben und für die Bootsrolle Dauertöne – beziehungsweise es erfolgt ein anhaltendes Läuten.«

Hinter mir tuscheln und kichern ein paar Stewardessen, aber der Erste läßt sich davon nicht beirren: »Das Alarmsignal, das nur im Ernstfall gegeben wird und das Fahrgäste und Mannschaften zum Verlassen des Schiffes auf ihre Musterungsplätze beziehungsweise Rettungsbootsstationen beruft, besteht aus einer Folge von sieben und mehr kurzen Tönen, gefolgt von einem langen Ton. Dieses Signal ist bekannt als das internationale Notzeichen«, liest er, fast ohne Atem zu holen, leierig von seinem Blatt ab.

»Na bitte!« sage ich zum Alten, als alle wieder in ihre Mauselöcher zurückgekrochen sind, »ich möchte nicht erleben, daß der Alarm für den Ernstfall hier einmal ausgelöst wird. Das hilflose Durcheinander, das dann entstehen würde, kann ich mir gut vorstellen. Was sollen die Leute auch mit dem Kauderwelsch anfangen? Wissen die Stewardessen zum Beispiel überhaupt, was an Bord eine Rolle ist? Die würden doch wie die Hühner durcheinanderlaufen. Und was denkst du, was deine spanischen

Matrosen verstanden haben? Ich weiß ja auch nicht, was UVV und SSV heißen soll.«

»UVV heißt Unfallverhütungsvorschrift und SSV Schiffssicherheitsvorschrift, ist doch ganz klar!« sagt der Alte trocken.

»Klar wie Kloßbrühe! – Aber sag mal: Was sind das eigentlich für Typen, die hier an Bord Versuche machen wollen?«

»Das ist ein Kapitän von der HSVA, die Dame ist seine wissenschaftliche Mitarbeiterin, zugleich seine Ehefrau Herta, und dann noch ein Assistent des Kapitäns.«

»Und was für Versuche sollen das sein?«

»Es geht vor allem um die Erprobung eines Hochgeschwindigkeitslogs. Mit dem Gerät, das aufgebaut worden ist, werden die mit dem Log gemessenen Geschwindigkeiten automatisch aufgezeichnet. In Dakar gehen die Herrschaften übrigens wieder von Bord.«

»In Dakar? Wieso in Dakar?«

»Besser auf der Reede von Dakar.«

»Die sind also unser wissenschaftliches Feigenblatt?«

»Wissenschaft würde ich es nicht nennen. Die wollen auch noch Fahrversuche machen.«

»Versteh ich nicht.«

»Du wirst's erleben«, bescheidet mich der Alte.

Am Abend, in der Kammer des Alten – der Alte hat wortlos die Whiskyflasche auf die Back gestellt, umständlich eingegossen und es sich in seinem Sessel bequem gemacht –, sagt er fast fröhlich: »Das war schon verrückt damals in Saint-Nazaire.« Und ich weiß, auch ihn läßt der Krieg nicht los, auch daß er den Raid der Tommies im März '42 meint.

»Ja, wirklich verrückt! Fast hätten die Tommies Erfolg in einer Größe gehabt, die sie sich nie erträumt hatten – und nur deshalb, weil sich bei unserer Firma niemand vorstellen konnte, daß der Zerstörer voller Sprengstoff steckte.«

Da der Alte, nachdem er nachgeschenkt hat, versonnen in seinem Sessel sitzt, rede ich weiter: »Unglaublich, daß der ganze Fackelzug – die ›Campbelltown‹, so hieß der Zerstörer ja, und noch achtzehn große Motorboote –, daß die weder von unseren VP-Booten noch den Radarstationen erfaßt wurden.«

»Später hieß es mal«, sagt der Alte, »die Tommies seien so frech gewesen und hätten unseren Küstenbatterien deutsche Erkennungssignale gegeben und sie damit getäuscht. Und als die Flak endlich schoß und auch der auf Reede liegende Sperrbrecher 137 in die Schießerei einfiel, hatte es die Campbelltown nicht mehr weit zu ihrem Ziel, dem Tor der großen Schleuse, das sie dann mit Karacho rammte.«

»Ich kapier's bis heute nicht, was das Ganze eigentlich sollte. Einfach mal so ruck-zuck die Waschfrau in Heroismus machen? Was die zerdepperten, ließ sich doch reparieren. Bei denen ging's anscheinend zu wie bei uns: scharf auf Orden!«

Da setzt sich der Alte in Positur: »Du bist doch sonst immer ein großer Logistiker. Die haben die Normandie-Schleuse im Blick gehabt und wollten den Hafen trokkenlegen. Das große Normandie-Schleusentor seeseitig haben sie geknackt, das innere Tor war aber zu stark für die Flutwelle, die bei der Detonation die gedockten zwei Tanker in Bewegung setzte. Von See konnte wegen des Damms, der aufgebaggert wurde, kein großer Zossen mehr einlaufen. Und das Pumpwerk haben sie auch zusammengesprengt. Mir haben die Tommies sehr imponiert!«

»Und ihr – die Crème de la crème der U-Boot-Kommandanten – mußtet unbedingt am Tag danach, am Sonntag, die Campbelltown besichtigen – trotz des Verbots.«

»War auch interessant«, sagt der Alte grinsend.
»Mit allem hatten die Tommies gerechnet, nur nicht damit, daß bei Preußens pünktlich zu Mittag gegessen wird. Und da seid ihr dann elf Uhr dreißig abmarschiert, und die Zeitbombe war auf zwölf gestellt. Stimmt doch?«

»Ja, stimmt. Mindestens hundert Werftarbeiter sind damals draufgegangen, aber kein einziger Bootskommandant.«

»So viel Dusel auf einmal – kaum vorstellbar!«

Unser Stützpunkt Saint-Nazaire, der ist so weit entrückt, als sei mein Leben dort länger als ein Menschenalter her. Bisweilen weiß ich nicht mehr sicher, ob die Erinnerungen, die mir zufliegen, nicht Erfindungen sind. Unsere Unbeschwertheit damals, das Inseldasein in La Baule: Frieden mitten im Krieg – gab es das alles wirklich so, wie ich's in meinem Kopf habe? Unser schwärmerisches Gerede von Dionysos, dem Gott des Weines und des Rausches. Damals waren wir Hätschelkinder des Schicksals und über die Maßen mit allen guten Gaben Frankreichs beschenkt. Carpe diem! Und ja kein schlechtes Gewissen. Nicht viele spürten, daß wir eine geliehene, ja angemaßte Existenz führten. Solche Empfindungen zu unterdrücken hatten wir geübt. Wir nahmen ein Dasein ohne Zukunft, ein Leben auf Abruf an die Brust. Ohne Augenverschließen ließ sich gar nicht existieren. Die Dinge nehmen, wie sie kommen, darauf kam es an. Nicht viel fragen, das Leben beim Schopf packen, war die Devise.

Auf Vorrat fressen, das hatten wir schon als Rekruten gelernt. War allemal sicherer, als mit einer neuen Mahlzeit zu rechnen. Lieber sich den Bauch ordentlich vollschlagen, solange es was gab.

»Das war ja wohl ne Sache, die Bunkerwerft von Saint-Nazaire«, sagt der Alte unvermittelt.

»Weiß Gott«, sage ich, »eine komplette Werft unter Beton.«

»Siebenkommafünf Meter.«

Ich sehe mich auf der Schleusenpier von Saint-Nazaire stehen: grauer Overall, hohe Schnürschuhe mit Korksohlen, eine graue Leinentasche mit meinem Zeichenzeug in der Hand. In der Schleuse liegen zwei U-Boote hintereinander an die glitschige Kaimauer gedrängt. Die Matrosen, die als Fendergäste eingesetzt sind, stehen so unbewegt auf der Pier, als stünden sie für mich Modell. Dicht dabei ein paar französische Arbeiter, die gerade Pause machen. Die Franzosen haben die Hände tief in die Hosentaschen gestemmt, die Arme dabei steif durchgedrückt. Sie stehen breitbeinig da und bilden eine dunkle Ballung gegen die Grautöne der Pier und der Ruinen dahinter. Weißer Dunst beginnt die Boote einzuhüllen: Die Maschinen arbeiten also. Ich habe es nicht hören können, weil der Wind so steht, daß er den Diesellärm von mir wegträgt. Erst als ich näher komme, nehme ich das Wummern der Diesel wahr. Als ich fast ganz heran bin an dem Boot, das als zweites in die Schleuse eingefahren ist, sehe ich am Netzabweiser achtern ein Schild: »Achtung, Rauchen verboten. Batterie wird geladen.«

Anscheinend sollen die Boote zur Funkbeschickung hinaus. Sie müssen aber noch warten: Nebel liegt auf der Reede. Das Vorbecken vor der Schleuse ist nicht gerade übersichtlich. Die Soldaten in den Flakständen auf der Mole und den Schuppendächern freuen sich über den Nebel. Wenn er so dicht über dem Hafen liegt, können die Flugzeuge nicht schon in aller Herrgottsfrühe kommen und abladen. Dem einen sin Uhl, dem andern sin Nachtigall.

Damals wünschte ich, ich könnte mir auch die Hände so tief in die Hosentaschen stemmen wie die Franzosen.

Ich wünschte, ich könnte Gammelklamotten wie sie am Leib haben statt zum Overall Schlips und Kragen. Und natürlich wünschte ich mir auch eine Baskenmütze statt dieser bombastischen Schirmmütze mit der goldenen Kokarde.

Dann wurde es heller. Wenn der Nebel erst mal begann sich zu heben, schwand er schnell dahin.

Von der Signalstelle kam ein Winksignal. Hin und Her und lautes Rufen auf den Booten, ein Signalgast mußte hoch. Die Signalstelle wiederholte ihren Anruf – noch mal und noch mal. Endlich gab auf dem vorderen Boot einer das Verstanden-Zeichen, und nun legte der ferne Signalgast los wie eine verrückt gewordene Handpuppe. Ich hatte nicht die geringste Chance, beim Ablesen mitzukommen.

Fast an jedem Morgen lagen Boote in der Schleuse: Aufbruch, Ankunft oder Erprobung. Das Schleusenpersonal wurde auf Trab gehalten.

Wir hängen beide stumm in unseren Sesseln, trinken hin und wieder einen Schluck, und der Alte, der wohl auch von seinen Erinnerungen bedrängt wird, schenkt schweigend nach, wenn die Gläser leer sind.

Bald werden wir auf der Höhe von Lorient sein. Vor Lorient liegt das Sardinenschlößchen, in dem Dönitz residierte. Nicht weit davon saß ich einmal mit dem Admiral vor der »Strandbar«, einer wackligen Holzhütte am Rand des Sandstrandes, einen grüngrauen Flip vor mir auf dem vergammelten Tisch. Der Flip schmeckte, als berühre man eine Glasscheibe mit der Zungenspitze.

Larmor-Plage hieß der Strand, der nicht einmal mehr eine Illusion von Badefreuden weckte: alles verkommen, verschlissen, schäbig, die Badehütten halb zerfallen, die

Reklametafeln zerfleddert, die Stühle kaputt. »Echt französisch«, nannte das der Admiral, nahm die Mütze ab und setzte sein Gesicht der Sonne aus, einen Arm waagerecht ausgestreckt auf die Lehne des Nachbarstuhls gelegt. Er hatte die einzigen beiden Stühle ergattert, die halbwegs in Ordnung waren. Was werden die Leute, denen die schäbige Bretterbude gehörte, gedacht haben? Ob sie wußten, wer sie da beehrte? Die breiten Goldstreifen an den Unterärmeln, das Ritterkreuz am Hals, darüber werden sie gestaunt haben.

Die großen Monsumboote liefen von Lorient aus. Dorthin bin ich nie mehr gekommen. Wie mag es jetzt in Lorient aussehen? Die Royal Air Force legte die Stadt total in Trümmer. Zwei Angriffe mit mindestens zweihundert Bombern, heißt es. Da soll bloß noch Schutt und Asche geblieben sein – und der U-Boot-Bunker. Dem konnten sie nichts anhaben außer den üblichen Schrammen. Die Flottille in Lorient galt nie als gemütliches Plätzchen. Aber nach den Attacken der Alliierten muß es dort ausgesprochen triste geworden sein.

»Ich war übrigens mal wieder im Sardinenschlößchen in Kernével bei Lorient.«

»So?« macht der Alte nur.

»Das war während der Bunker-Inspektionsreise, oder wie immer man diese Fahrt zu allen Stützpunkten an der französischen Westküste nennen will. Ich wollte herausfinden, welche Bunker für den Film vom ›Boot‹ brauchbar sein könnten. Und da war es mir den Abstecher zum Dönitz-Schlößchen wert. Die Bunker für die Funkerei stehen noch, alles steht noch da wie früher. Sieht freilich nicht gerade imposant aus.«

»Sollte es ja wohl auch nicht«, muffelt der Alte.

»Wenn um neun Uhr die Lage begann und ich zum Skizzieren dabei war, habe ich mir alle Mühe gegeben, nicht an die Wände mit den Karten und Steckfähnchen zu gucken – immer nach dem Motto: ›Was ich nicht weiß, macht mich nicht heiß.‹«

»Da warst du auch gut beraten«, wirft der Alte ein. »Dort hast du Dönitz doch mal porträtiert?«

»Ja, lebensgroß. Kein gutes Bild. Er stand stocksteif da, mit einem DIN-A4-Blatt in der rechten Hand, und machte ein markiges Gesicht und einen starren Seherblick über mich hinweg.«

Der Alte räuspert sich, einmal, zweimal, dreimal. Aha, denke ich, jetzt kommt die Revanche. Da sagt er und schaut mich voll an: »Von dir wird ja noch eine Einstandsfete erwartet.«

Da bleibt mir erst mal die Luft weg, aber ebenso gleichmütig wie der Alte sage ich: »Weiß ich!«

»Ich wollte es auch nur sagen, damit du dein Geld nicht vorher ausgibst.« Der Alte grinst, und dann sagt er noch: »Wir sind zum Glück nicht in Sankt Pauli in der Herbertstraße.«

»Bist du dir da ganz sicher?« frage ich.

Da mimt der Alte Empörung und dröhnt: »Nun mach aber mal halblang!« und dann brummelnd, als müsse er mich beschwichtigen: »Wir haben ja noch ein bißchen Zeit. Jetzt sollten wir wohl in die Koje.«

Am Frühstückstisch klage ich über die Fehlkonstruktion meiner Luxuskoje. Sie ist zu breit gebaut, die Kojenbretter sind nicht hoch genug, ich kann mich in dieser Koje nicht festklemmen.

Der Alte schlägt vor, Bierkartons mit auf die Koje zu nehmen und sich dann neben die Bierkartons zu klemmen. »Man könnte sie recht hübsch mit einer Decke umkleiden, damit du nicht wie ein Penner aussiehst.«

»Das würde mich aber verdammt sinnlich machen!« wirft der Chief ein.

Ich preise die Wunder der modernen Verpackungsindustrie und schlage Ganzkörper-Styroporabgüsse vor, und zwar in der vom Schläfer favorisierten Stellung, in meinem Fall: auf der rechten Seite liegend, die Beine leicht angezogen. Jedem Seefahrer sein zum Körper passendes Futteral. Äußerlich etwa in der Form einer Baßgeige.

»Das wäre endlich mal eine moderne, revolutionäre Idee«, sagt der Alte. »Melde sie doch zum Patent an. Sie könnte das Seemannslos wesentlich erleichtern.«

»Seemannslos, Schaffnerlos«, sage ich versonnen. Und weil der Alte und der Chief mich verständnislos ansehen: »An vielen Triebwagen der Münchner Trambahn stand Schaffnerlos, und noch jedesmal, wenn ich das las, dachte ich: Schaffnerlos – was mag sich ein Ausländer darunter wohl vorstellen?«

»Philosophendampfer«, sagt der Chief und erhebt sich mit einer gemurmelten Entschuldigung.

Während ich mein Rührei löffle, fasse ich Mut, den Alten zu löchern: »Mal zur Genesis des Schiffes, so war es doch wohl: Zuerst wollte man einen alten Tanker billig kaufen. Dann wurde ein Frachter zur Diskussion gestellt, ein Bulk-Carrier, also ein Trockenfrachter für Massengüter, aus dem aber, wegen des zu geringen Stauraums, ein Erzfrachter wurde.«

»So stimmt das nicht«, sagt der Alte, »bei der Planung ergab sich aus der Aufgabenstellung die Notwendigkeit, dem Schiff Klassifikation als Passagierschiff zu geben. Das bedingte mindestens Zwei-Abteilungs-Status, der am günstigsten in Kombination mit der Klasse als Erzfrachter realisierbar war. Wie du weißt, haben wir auch vielerlei Massengut gefahren. Allerdings muß bei leichtem Massengut, wie zum Beispiel Phosphat, aus Stabilitätsgründen auch Ballast gefahren werden, was die Lademenge dann einschränkt. Alles kann man eben nicht haben.«

»Das klingt verdammt kompliziert.«

»Isses aber nicht. Das Schiff ist kompliziert.«

»Ein Wechselbalg?«

Der Alte lacht gequält: »Du hattest schon mal ein schöneres Wort.«

»Hybride?«

»Klingt schon besser! Genau gesagt: ein Forschungsschiff, das unter möglichst realen Bedingungen fahren und eine Ballastkapazität in der Größe seiner Tragfähigkeit haben sollte.«

»Als ob das möglich wäre!«

»Das ist eben die Crux.«

»Nichts Ganzes und nichts Halbes sozusagen.«

»Angesichts der konträren Aufgaben hat keiner einen besseren Entwurf hervorgebracht.«

Während ich die Milch in meinem Tee verrühre, frage

ich: »Was mögen sich denn aber die Schiffbauer gedacht haben bei diesem Entwurf mit dem Brückenaufbau ganz vorn?«

»Die haben sich schon was dabei gedacht«, gibt der Alte, diesmal mürrisch, zurück.

Aber ich stichele weiter: »Mir kommt es vor, als wäre es die Aufgabe für die Werft gewesen, ein schwimmendes Labyrinth zu bauen und dem Schiff eine Silhouette zu verpassen, die so gründlich von den gewohnten Schiffssilhouetten abweicht, daß die Otto Hahn überall und auch aus großer Entfernung sofort identifiziert werden kann.«

Jetzt habe ich den Alten so weit, daß er mir, trotz seiner abwehrenden Miene, Bescheid gibt: »Die ungewöhnliche Silhouette ist das Ergebnis des Bemühens, die Aufgabenstellung und die behördlichen Auflagen zu realisieren. Der kompakte Aufbau des Achterschiffs ist zum Beispiel für die Unterbringung von über sechzig Köpfen einfach nötig, der Fünfunddreißig-Tonnen-Kran auf dem Reaktordeck für das Liften der Betonabschirmung und den Gebrauch der Brennelement-Wechselmaschinen. Der beim Schütten und Löschen störende Brückenaufbau zwischen Luke zwo und drei entspricht einem Sicherheitswunsch: Man wollte die Brücke möglichst weit weg vom Reaktor haben. Daß der Notdiesel auf dem Aufbaudeck seitlich der Luke fünf steht, ist auch eine Konsequenz aus dem Streben nach Reaktorsicherheit. Man dachte dabei, daß im Havariefall der Maschinenraum geflutet werden könnte. Das gleiche gilt für den Hilfsdiesel vorn unter dem Brückenhaus, der mit seinem häßlichen Abgasrohr das Schiff nicht gerade ziert. Alles, was dich offenbar so sehr stört, ist durch die besondere Aufgabenstellung für dieses Schiff bedingt.«

Wie in einem plötzlichen Entschluß erhebt sich der Alte: »Ich muß auf die Brücke!«

»Na, dann viel Spaß!« sage ich. Ich muß ihm ja nicht immer hinterherlaufen.

Die Ozeanographin, ein etwa dreißigjähriges schlankes Geschöpf mit schwarzem Kraushaar, sitzt allein an einem Tisch. Ich frage: »Stimmt es, daß Sie, wie der Obersteward sagte, gern nach achtern umziehen wollen?«

»Ja«, sagt sie und schaut mich erwartungsvoll an.

Ich brauche gar nicht lange an sie hinzureden, sie ist mit Freuden bereit, mit mir zu tauschen. »Da vorne«, sagt sie, »bin ich so isoliert, immer muß ich hin und her sausen, wenn ich etwas brauche.« Sie kann es gar nicht fassen, daß sie für ihre Kemenate im vorderen Aufbau die Eignerkammer bekommen soll.

Die neue Kammer, in die ich einziehe, ist meine alte, die, die ich auf der ersten Reise hatte. Und eigentlich ist sie die Kammer des Zweiten Offiziers. Der aber wohnt, weil er seine ganze Familie mit an Bord hat, Frau und zwei Knaben, eine Etage tiefer.

Meine Kammer liegt direkt unter der Backbord-Brückennock. Sie ist nur ein Drittel so groß wie die Eignerkammer und durch lange Benutzung schäbig geworden. Doch was nützt mir der Luxus der Eignerkammer, wenn ich vor lauter Vibrationen nicht existieren kann? Hier fühle ich mich um Grade wohler. Von der Brücke trennen mich nur zwei Treppenabsätze, von der Kammer des Alten einer. Ich wohne quasi im zweiten Stock des Brückenaufbaus. Wenn ich allerdings am »sozialen Leben« teilhaben will, muß ich nach achtern pilgern, auch zum Essen: zum Frühstück, zum Mittagessen, zum Fünfzehnuhr-Kaffee und zum Abendbrot. Reichlich Auslauf, und, wenn ich die Klettereien auf den schmalen Eisenleitern dazurechne, mehr an körperlicher Ausarbeitung, als ich mir zu Hause gönne.

Gleich neben dem Schott hängt über der orangefarbenen, mit Styropor gefüllten Rettungsweste ein gelber Plastikhelm. Der Bootsmann hat auch ein Paar Seestiefel hingestellt, aber die Schäfte sind um meine massiven Waden herum zu eng. Wenn es meine eigenen Stiefel wären, würde ich die Schäfte aufschneiden – so aber muß ich auf Stiefel verzichten.

Vor meinem Fenster turnt einer auf einer dicht unter der Brückennock angebrachten Stelling, wie Luftakrobaten sie zum Abschwingen haben. Der Mann hat sich bei seiner schwierigen Arbeit mit einem Karabinergurt gesichert, er malt den überkragenden Teil der Brücke von unten. So sorgfältig, wie er es tut, sollte mal einer den Boden meines alten Autos behandeln.

Ich löse die Korbmuttern an den Fenstern leicht, damit Frischluft hereinpfeifen kann. Eines der Fenster ist aber so mit Farbe verklebt, daß ich es auch mit großer Kraftanstrengung nicht aufbekomme. Was soll's! Ich suche meine Photogeräte zusammen, um Gegenlichtaufnahmen zu machen.

Vor meinem Schott rumpelte, schon als ich in die Kammer einzog, die Waschmaschine, die der neue Kapitän hat aufstellen lassen und vor der mich der Alte warnte. Daneben stand eine der beiden mitreisenden Offiziersfrauen. Jetzt läuft die Maschine immer noch, nun unter der Aufsicht der anderen Offiziersgattin. Diese Waschmaschine hat offenkundig die Funktion eines Spielzeugs für Erwachsene. Schließlich haben wir doch die beiden chinesischen Wäscher.

Wir haben Kap Finisterre querab. Kap Finisterre, auch ein Name, der sich mir unauslöschlich eingeprägt hat: finis terrae – Ende der Welt.

Als wir von Gibraltar zurückgehinkt kamen, ging ab Kap Finisterre die Angsttour los: Mit dem tauchunklaren Boot durch die Biskaya und ohne Jagdschutz. Von

Kap Vincent bis Kap Finisterre hatten wir uns, immer in Küstennähe, mit aller Vorsicht hochgehangelt. Aber nun hieß es: querbeet durch die Biskaya. Hinterher hörte ich den Bootsmann sagen: »Da ging uns der Arsch ganz schön mit Grundeis!«

In der Schule habe ich in Geographie nicht sonderlich aufgepaßt. Ich hätte wahrscheinlich auf Anhieb nicht zeigen können, wo die beiden Kaps liegen. Aber später sind mir dann von oben, von ganz oben, die nötigen Nachholstunden zudiktiert worden, Nachholstunden am Kartenpult in der Zentrale von U 96. Eine verdammt gründliche Unterrichtung. Ich brauche nur die Augen zu schließen, wenn ich die fein lithographierten Schriften auf den Seekarten lesen will. KAP FINISTERRE stand am unteren Rand der letzten Seekarte, die wir auflegten.

Die Möwen, die mit weit ausholenden Flügeln heranrudern, wirken gegen das helle Licht grau. Wenn sie über der Brücke sind, lassen sie sich auf ihren starr ausgebreiteten Schwingen tragen, sie ruhen sich in der Luft aus. Hin und wieder läßt sich eine mit herabhängenden Krallen und angelegten Flügeln schreiend nach unten sacken. »Mit ausgefahrenem Fahrgestell«, nennt das der Chief. Wo mögen sie nur herkommen? Wie weit können Möwen über See fliegen? In Feldafing teilen sich die Möwenschwärme, kleinere Möwen als die hier, im Herbst die neu gesäten Äcker mit Schwärmen von Krähen: Die braune Erde weiß und schwarz gepunktet, das sieht gut aus.

Gleich ermahne ich mich: nicht zurückdenken, sondern voraus! Voraus wartet das große afrikanische Abenteuer auf mich.

Ich brauche einen neuen Film. Vor meiner Kammer rattert schon wieder – oder immer noch? – die Waschmaschine. Die beiden Offiziersgattinnen wetteifern anscheinend miteinander, dieses Erwachsenenspielzeug in Betrieb zu halten. Nichts, was sie lieber tun, als die Waschtrommel zu füllen und den Raddampferlärm zu wecken und den ganzen Treppenschacht bis hinauf zur Brücke damit zu erfüllen.

Ich knipse meine Schreibtischlampe – nein: nicht an, denn die Birne brennt nicht. Ich knipse einmal, zweimal: nichts. Der Stecker ist in der Steckdose. Ich drehe die Lampe um: keine Birne drin. Als die Kammer während des Umzugs eine Weile leerstand, hat wohl jemand eine Birne gebraucht.

Da klopft es. Der zackige Erste steckt seinen Kopf herein. Na großartig, da kann ich den Wunsch nach einer Glühbirne gleich an die richtige Adresse leiten.

Der Erste nimmt ihn mit gefaßtem Ernst auf und kommt herein. Und nun erlebe ich einen Mann im Dienst, der meine Schreibtischlampe gehörig in Augenschein nimmt. Er hebt sie sogar hoch, um sie von unten her zu kontrollieren. Es könnte ja sein, daß die Glühbirne gar nicht fehlt, daß ich sie nur übersehen habe, weil bei dieser Ausführung die Glühbirne unter dem Boden eingeschraubt sein könnte.

Der Mann könnte gut beim Zoll oder bei der Grenzpolizei Karriere machen. In Gedanken geselle ich ihm noch einen deutschen Schäferhund bei, der könnte meine Schreibtischlampe nach verstecktem Haschisch abschnüffeln: »Hasso, faß!«

Auf dem Gesicht des Ersten malen sich Staunen und Bekümmerung. Dieser Ausdruck verstärkt sich, als er mein Sofa sieht. Er mustert es ausführlich und tritt dabei zwei Schritte zur Seite, um seinen Blickwinkel zu verändern. Will er ein Stereobild meines Sofas aufnehmen?

Schließlich setzt er zu einer Rede an. Aus seiner stokkenden, gewundenen Erklärung entnehme ich, daß diese Kammer eigentlich überholt werden sollte. Dieser Sofabezug, das ginge ja nun wirklich nicht! Es klingt, als könne er nicht umhin, mir diesbezüglich einen Vorwurf zu machen. Aber er hat Trost parat: Er will für einen ordentlichen Bezug sorgen.

Als der First mate verschwunden ist, fällt mir ein, daß ich ihm gleich auch noch hätte sagen können, daß das eine Fenster, weil mit Farbe verklebt, sich nicht öffnen läßt. Gleich schelte ich mich einen Idioten: Was soll das sinnlose Gequatsche. Die Glühbirne kommt todsicher nicht. Ich mache es kurz und klaue mir eine – und zwar in der Messe.

Was ein Glück: Die Stewardeß hat heute mittag das schlechte Wetter zum Anlaß genommen, auf ihre ärmellose Bluse zu verzichten. Ich atme hörbar auf, als sie mit einer langärmeligen Bluse in der Messe erscheint. Da bleibt mir der Anblick ihres Fellchens erspart. Gleich habe ich besseren Appetit. Auch der Alte hat erstaunlicherweise den Wechsel bemerkt und sagt: »Da ist man doch glatt versucht, sich für den Rest der Reise schlechtes Wetter zu wünschen.«

Eine gute Viertelstunde essen wir wortlos, dann sagt der Alte: »Vielleicht kommt das dritte Core doch noch.« Er unterlegt den Satz mit so viel Zweifel im Ton, daß nicht der geringste Hoffnungsklang bleibt.

Über die Bordlautsprecher kommt eine Durchsage: »Heute wird ab neunzehn Uhr in Luke fünf wieder Volleyball gespielt«. Das war die Stimme des Ersten. Gleich habe ich das Bild der leeren Luke fünf vor mir. Jetzt sind zwar alle Laderäume leer, aber Luke fünf wird immer leer gefahren. Luke fünf ist das Symbol der Fehlkonstruktion schlechthin.

»Ist das ganze Unternehmen nicht längst zu einer Prestigefrage geworden?« frage ich den Alten, »dem Bund wird da doch ans moralische Portepee gefaßt. Vielleicht hat man Angst davor, daß es Getöse geben könnte, wenn so ein Schiff auf die Abwrackwerft kommt? Ein Schiff, in das so viel Geld investiert worden ist, einfach zu schlachten, das sieht doch nicht gut aus. Was haben die Amis denn mit ihrem Atomfrachter ›Savannah‹ getan?«

»Eingemottet«, sagt der Alte.

»Ein Schiff, das überhaupt noch keinen Ertrag gebracht hat, einfach verschrotten, das will mir nur schwer in den Kopf.«

»Tscha«, macht der Alte nur.

»Wäre denn das Schiff mit seinen zehn Jahren Laufzeit, auch ohne Reaktor, schon ein altes Schiff? Wie lange rechnet man heutzutage die Lebensdauer eines Schiffes? Ich meine: normalerweise«.

»Im Wasser ist die Otto Hahn schon länger als zehn Jahre«, gibt der Alte zurück. »Normalerweise rechnet man, daß ein solches Schiff reif zum Abwracken ist, weil nicht mehr wirtschaftlich.«

»Machen Korrosion und sonstige Abnutzung solche Schiffe reif?«

»Korrosion und so weiter, das spielt auch eine Rolle, aber nicht die entscheidende. Die Schiffe sind dann einfach unmodern, von der technischen Entwicklung überholt.«

»Geht die Technik so schnell voran, daß schon fünfzehn Jahre ein spürbares Intervall ergeben?«

»Ja, kann man so sagen«, gibt der Alte Bescheid.

»In einem kleinen Hafen in Spanien habe ich einmal eine Abwrackwerft gesehen. Die Schiffe, die dort auseinandergeschnitten wurden, kamen mir wie recht moderne Schiffe vor, noch gut verwendbar. Wie die gefleddert wurden, das ging mir an die Nieren.«

Es dauert lange, bis der Alte sich räuspert und mit einer trotz allen Räusperns kratzigen Stimme sagt: »Heutzutage müssen sogar tadellose Stückgutschiffe deshalb abgewrackt werden, weil sie von der Containerentwicklung überrollt worden sind – das heißt: wenn sie nicht verkauft werden können.«

»Wohin verkauft?«

»In Länder der Dritten Welt, die auch Schiffahrt haben wollen. Das ist eine Art modernes Wegwerfverfahren.«

»Schwer akzeptabel für mich, daß gut gepflegte Schiffe verschleudert werden.«

Pause. Dann sagt der Alte: »Die Zeiten haben sich geändert. Das mußt du verstehen...«

»Verstehen – verstehen kann ich das schon. Aber ich bin so erzogen, in jedem Stück Bindfaden, jedem alten Karton einen Wert zu sehen. Ich kann's nachvollziehen, daß wertvolle Bausubstanz zum Teufel gehen muß, wenn die Grundstückspreise so gestiegen sind, daß die Nutzungserlöse der Altbauten damit nicht mehr Schritt halten können. Akzeptieren kann ich es trotzdem nicht. Für mich riecht das, was überall geschieht, nach Sodom und Gomorrha. Ich denke an ein großes Kaufhaus mitten in Stuttgart. Das war allerbestens in Schuß. Solideste Bauweise, von einem erstklassigen Architekten, Mendelsohn, entworfen, ein Baudenkmal. Den Bombenkrieg hat es wie durch ein Wunder überlebt. Aber dann wurde es, weil die Verkaufsflächen nicht mehr groß genug waren, geschleift. Heute stehen die Warenregale an den früheren Fensterwänden. Fenster gibt's nicht mehr. Bei uns in Feldafing werden die schönsten Häuser, um die Jahrhundertwende gebaut, als unrentabel erklärt. Weg damit! Früher galt für ein Haus eine Lebenszeit von hundert Jahren oder mehr. Das Haus, in dem wir wohnen, ist etwa 1880 gebaut.«

»Als Fortschrittsprophet kann man dich ja nicht gerade bezeichnen!«

»Nein. Ich seh ein, daß man Bierträger, ›Tragl‹ heißen sie in Bayern, nicht mehr aus Holz macht, weil man sie aus Plastik ruckzuck herstellen kann – aber in puncto Schiffsentwicklung, beißt sich da nicht schon die Katze in den Schwanz? Ist es nicht schon so, daß das Umschlagen von großen Tankern unrentabler ist als das von mittleren?«

»Scheint so«, sagt der Alte zögernd, »es hat mal einen deutlichen Trend zum Reduzieren der Tonnage gegeben.«

»In der Geltinger Bucht rosten die großen Tanker vor sich hin. Gibt es denn Hoffnung, daß die irgendwann wieder in Betrieb kommen?« sage ich und gucke den Alten fragend an.

»Die Reeder hoffen darauf. Heutzutage gibt es immer wieder komische Überraschungen. Was man gestern noch für eine verrückte Vorstellung hielt, kann heute plötzlich als normal gelten.«

»Schnellebige Zeiten ...«

»... die nicht mehr ganz nach unserem Geschmack sind«, ergänzt der Alte.

»Und was den Laden hier anbelangt ...«

»... der ist auch nicht mehr nach meinem Geschmack«, ergänzt der Alte wieder, und ich staune: So freimütig hat er das noch nie zugegeben.

»Wenn ein Stückgutfrachter, der von der Container-Entwicklung überholt, aber richtig brav gefahren ist«, sage ich nach langem Schweigen, »wenn der eines Tages alt und grau wie ein alter Schäferhund bei der Polizei ist und verschwinden muß, das versteh ich. Aber bei diesem Schiff, diesem Prestigeschiff, liegen die Dinge doch anders, da kann man doch nicht sagen: Schluß mit dem Prestigegetue, weg damit, ex und hopp!«

Der Alte hebt nur die Schultern. Das sieht zugleich verlegen und hilflos aus. »Ich hab jedenfalls keine Lust, hier noch viel Wirbel zu machen«, sagt er mit gedämpfter Stimme, so als spreche er zu sich selber.

»Kann ich verstehen. Würde sich auch nicht lohnen.«
Der Alte bedenkt mich mit einem schnellen Seitenblick, er scheint froh zu sein, daß ich ihm zustimme. Dann schweigt er. Dieses Thema, kaum angerissen, ist erledigt. Aber in Gedanken rede ich weiter: Bei Lichte besehen gehören wir beide doch auch längst zum alten Eisen. Verfallsdatum abgelaufen, so könnte man uns klassifizieren. Was soll aus dem Alten werden? Ein Kapitän ohne Schiff ist wie ein Fisch an der Luft. Die letzten zehn Jahre war der Alte ganz und gar mit diesem Schiff verbunden. Und nun soll er, wie das Schiff, zum alten Eisen gehören? Wenn ich den Alten heimlich von der Seite her mustere, kann ich eine Art Trotz in seiner Haltung sehen.

Mir gerät ein blöder Song in meine Gedanken und wiederholt sich wie ein Grammophon, dessen Tonabnehmer in einer beschädigten Plattenrille hakt: »Der alte Nachtwächter geht seine letzte Runde...« Zum Teufel damit! fahre ich mir dazwischen und bringe dabei einen gurgelnden Ton über die Lippen, den ich schnell mit ein paar Hustern camoufliere.

Da sagt der Alte: »Wir werden ja auch außer Dienst gestellt und sind noch ganz gut erhalten – ich meine: im großen und ganzen.«

»So tüchtig wie die Neukonstruktionen sind wir allemal!«

»Die sind aber wahrscheinlich weniger störanfällig«, sagt der Alte jetzt grinsend, »da liegt der Knüppel beim Hund.«

Der Alte wird auf die Brücke gerufen, weil die Sicht unter zwei Meilen ist. Da hat der Wachhabende die Pflicht, den Kapitän zu wahrschauen.

»Na, da wollen wir mal«, sagt der Alte in aller Seelenruhe und stemmt sich auf den Armstützen seines Sessels hoch.

»Ich komm mit«, sage ich und lasse meinen erst halb abgegessenen Teller stehen.

Wie oft ich diesen Weg schon gegangen bin, denke ich, als ich hinter dem Alten her an Steuerbordseite nach vorne trotte. Auf diesem Schiff wird man zwangsläufig in Bewegung gehalten. Schon reichlich verrückt, die Brücke so weit nach vorn zu verlegen und dafür neben den wirklichen noch so dämliche Gründe ins Feld zu führen wie: Das Schiff ließe sich aus einer Position so weit vorn besser steuern als aus einer Position weiter achtern. Als ob die vielen tausend Schiffe, die ihre Brücke achtern tragen, deshalb schlecht zu steuern wären.

Ich stolpere, kann mich aber gerade noch fangen.

»Hoho!« macht der Alte. Anstatt im Gehen nachzusinnen, sollte ich lieber aufpassen, daß ich mich nicht noch einmal in den Schläuchen verheddere, die wie riesige Anacondas mitsamt einer zahlreichen Brut an Deck liegen.

Die See ist flaschengrün mit marmorierenden Schaumstreifen darin. Der Himmel über der See ist hellgrau schlickrig. Die Kimm ist nicht auszumachen.

Ein Frachter, der seine Bäume am Mast hochgeklappt hat, kommt uns an Backbord aus dem Dunst entgegen. Sieht komisch aus, so, als trüge er mitten auf dem Schiff einen Turm. Als schemenhaften Mitläufer haben wir ein kleines Containerschiff. Erst im Glas sehe ich, daß es weißblau gepönt ist und drei rostfarbene Container an Oberdeck stehen hat. Das Schiff steckt die Nase tief weg, es macht gegen die See, die gegenan steht, Schaukelpferdbewegungen.

Neben der Bank der Backbordnock hockt ein Sohn des Zweiten. Er füttert die Brieftaube, die sich den Platz unter der Bank als Behausung gewählt hat, mit grünen Erbsen und Salat, auch einen Napf mit Wasser hat er der Taube hingestellt. Der Knabe hat keinen Blick für uns, er guckt beseligt zu, wie die Taube frißt und trinkt und sich dann putzt.

Der Alte nimmt einen langsamen Rundumblick. Dann entscheidet er: »Kein Grund zum Reduzieren!«, und zu mir gewandt sagt er: »Wozu haben wir denn unser Radar? Wollen doch mal sehen.«

Auf dem grünen Radarschirm zeichnen eine Menge Objekte. »Dies ist das Situation Display Radar – kurz: SDR«, sagt der Alte.

»Mit jeder Umdrehung der Antenne wird das Bild gelöscht und kommt wieder?« frage ich.

»Nein, mit jeder Umdrehung wird es verstärkt. Aber nach einer bestimmten Zeit verschmiert das Bild, dann wird es abgelöscht«, bekomme ich als Antwort, »das SDR arbeitet auf einer Frequenz von zehn Zentimetern.«

»Aber wozu braucht man das zweite Radar mitsamt dem Monitor, wenn man doch auf dem anderen alles so schön sieht?«

»Kleine Reflexe sieht man auf dem SDR besser.«

»Dann ist das, simpel ausgedrückt, das schärfere Radar?«

»Ja. Beide Geräte sind wahlweise umschaltbar auf die Drei- oder die Zehn-Zentimeter-Radarantenne.«

»Solches Wetter hätten wir manchmal haben sollen«, sage ich halblaut vor mich hin.

»Um solche Dunstbrühe habe ich manchmal gebetet.«

»Meistens hat das freilich nichts gebracht...«

»Die Alliierten hatten, scheint's, einen besseren Draht zum lieben Gott«, sagt der Alte. »Tauchunklar, und das bei schönem Wetter – nicht gerade ein erhebendes Gefühl!«

»Nach Gibraltar reichte es doch wenigstens noch bis zu zwanzig Meter...?«

»Knapp zwanzig, mehr war nicht zu schaffen. Ich

wundere mich heute noch, daß wir durch die Biskaya gekommen sind, mit diesem demolierten Boot.«

Nachdem wir eine Weile stumm auf die See geblickt haben, redet der Alte wieder: »Gar nicht auszudenken, wie viele Torpedos so ein x-mal unterteiltes Schiff wie die Otto Hahn geschluckt hätte, wenn es uns vor die Rohre gelaufen wäre.«

Mir verschlägt's den Atem. Ich brauche Zeit, bis ich sage: »Eine Betrachtungsweise, die du dir doch abgewöhnen wolltest!«

»Einem anderen als dir gegenüber würde ich sie auch nicht gebrauchen – das ist eher eine Maladie.«

Der Alte hätte auch sagen können: Wir sind nun mal Gezeichnete. Oder: Da kann einer anstellen, was er will, die Bilder aus dem großen Orlog kommen unsereinem immer wieder zurück.

Als hätte er meine Gedanken gelesen, sagt der Alte: »Damals waren wir noch jung und besonders beeindruckbar.«

Damit nicht zuviel Erinnerungstristesse aufkommen kann, spotte ich: »So jung warst du nun auch nicht mehr. Für mich warst du damals ein alter Knochen. Verglichen mit den unbedarften Jünglingen, denen man Boote anvertraute, warst du schon bei Jahren.«

»So?«

»Das will ich meinen! Über dreißig Jahres, wie unser Spanier sagen würde, das war doch damals steinalt.«

Der Alte schweigt. Aber er hat den Motor meiner Erinnerungen auf Touren gebracht: Da war ja auch noch meine quasi private Existenz. Lange kann ich mich nicht gegen den Ansturm der Erinnerungen wehren, sosehr ich es auch versuche. In der Bretagne habe ich immerhin Jahre meines Daseins zugebracht. Von Saint-Nazaire bin ich auf U 96 mit dem Alten zu dessen fünfter und sechster Feindfahrt ausgelaufen. Simone hatte in La Baule ihr

Café »A l'Ami Pierrot«. Ein Wirbel von Bildern dreht sich in meinem Kopf.

Der Alte gibt sich offenbar ähnlichen Erinnerungen hin, jetzt sagt er sachlich-trocken: »Wenn das einer spitzbekommen hätte, daß Simone '43 bei dir in Feldafing war, du wärst dran gewesen, das ist dir doch klar? Wie du das damals überhaupt geschafft hast...«

Weil das wie eine Frage klingt, sage ich: »Das habe ich dir doch alles erzählt. Direkt nach meinem Verhör durch die Marineabwehr.«

»Erzähl's noch mal!«

»Willst du prüfen, ob die Aussagen von damals und heute identisch sind?«

»Mach's nicht so spannend!«

»Du weißt aber doch, daß ich vom OKW Arbeitsurlaub bekommen hatte, weil ich nach dem Gibraltarunternehmen mein Buch fertig machen und zu Hause arbeiten sollte, weil dort mein ganzes Material lag, und da habe ich bei der Feldkommandantur La Baule eine französische Putzfrau angefordert, weil bei mir in Feldafing kein Mensch war.«

»Und die Putzfrau war ausgerechnet Simone?«

»Wundert dich das? Eine andere hatten die tatsächlich nicht auf Lager. Das Ganze war rein logistisch. Simone hatte sich zum freiwilligen Einsatz gemeldet. Und daß ich jemanden brauchte, sahen die auf Anhieb ein.«

»Und mit genügend Nachdruck von ziemlich weit oben konntest du im Notfall rechnen.«

»So isses!«

»Und dann kam Simone eines schönen Tages angefahren?«

»Auf Wehrmachtsfahrschein natürlich.«

»Und hat deinen Junggesellenhaushalt auf Trab gebracht – nicht zu fassen!«

Da sticht mich der Hafer, und ich sage: »Ich bin mit ihr

übrigens auch nach Leipzig gefahren, zu meiner Mentorin.«
»Du bist mit ihr im Land herumgereist?«
»Ja, nach Leipzig. Dort wohnte Tante Hilde. Der wollte ich Simone vorführen. Wir fühlten uns doch sozusagen verlobt.«
»Und das mitten im Krieg! Ans Risiko hast du wohl keinen Gedanken verschwendet?«
»Hattest du etwa Respekt vorm Risiko – damals?«
Da kratzt sich der Alte nur hinter dem rechten Ohr.

»Du suchst den Chief?« fragt der Alte, als ich, eine gute Stunde später, zum Kaffee komme und suchend über die Tische blicke, »der hat jetzt keine Zeit. Trouble mit dem Hauptkondensator. Guck dir das doch mal an – interessant!«

Ich trinke nur einen Schluck Kaffee und mache mich wieder auf den Weg zu meiner Kammer: Photoapparat holen.

Vor dem Hauptkondensator herrscht Wuhling. Von drei Mannlöchern sind die Deckel abgenommen worden. Direkt vor der mächtigen Anlage sind auch die Flurplatten abgehoben. Ein gewaltiger Rüssel ragt aus der Tiefe. Er dient zur Belüftung. Zwei Mann reparieren mit schwerem Werkzeug einen Absperrschieber der Hauptkühlwasserleitung.

»Diese Hauptkühlwasserleitung führt Kühlwasser in den Hauptkondensator«, erklärt mir ein Assi, während ich photographiere. Ich weiß, daß diese Leitung verdammt wichtig ist. Mit dem Kühlwasser werden die Rohre umspült, in denen der verbrauchte Dampf hängt und kondensieren soll.

Jetzt verschwindet ein Mann wie ein Schlangenmensch in einem der drei offenen Mannlöcher und fackelt in dem riesigen stählernen Gehäuse mit seiner Lampe herum. Das verschafft mir eine Vision von Bergwerksstollen.

Am Abend finde ich den Alten wie üblich auf der Brücke.
»Bin ich froh«, sage ich, »daß ich meine alte Kammer wieder habe. Da hinten kam ich mir vor wie auf einem Vergnügungsdampfer. Der Lärm aus der Bar – und in jeder zweiten Kammer eine Party.«
»Du übertreibst!« sagt der Alte.
»Mag sein, aber so kam's mir vor. Auch das schrille Gekreische aus Luke fünf, in der tagtäglich Volleyball gespielt wird, nichts für mich.«
»Ich find's ja auch nicht gut, wie man die Räume umgekrempelt hat. Die Bar zum Beispiel, da kann ja kein Matrose hingehen, der fühlt sich da doch nicht wohl. Die hat doch keine Funktion.«
»Hast du dich denn dort schon mal sehen lassen?«
»Nee, ich danke schön. Ich halte mich da lieber zurück.«
»Wie es deine scheue Art schon immer war.«
»Willst du mich auf die Schippe nehmen?«
»Gott bewahre!«
Der Alte verfällt ins Grübeln. Auf einmal gibt er sich einen Ruck, zieht den Rotz hoch und sagt: »Ich könnte natürlich losgehen, wahnsinnig viel Energie aufbringen, mich mit der Bordvertretung und so weiter auseinandersetzen und hier wieder ein bißchen Musik hineinbringen, aber was soll's! Ich will auch dem Neuen nicht ins Handwerk pfuschen.«
»Der ist wohl kein Kind von Traurigkeit, mehr eine Betriebsnudel?«
»Ja, der macht ganz gern mit, wenn Grillparty ist oder so was Ähnliches. Ich will nicht sagen, daß sein Stil schlecht ist...«
»Bloß für dich was Neues.«

»So isses. Vielleicht ganz gut für den Schiffsgebrauch. Aber für mich ist das schon zu fortschrittlich.«
»Du hast es lieber schlicht um schlicht?«
»Mir lieber – ja.«
»Ich hab auch das Gefühl, daß die Leute sich lieber unten in der Mannschaftsmesse besaufen als hier oben, wo sie sich doch nicht richtig hemmungslos vollaufen lassen können.«
»Kannst du Recht haben.«
»Da oben sind sie viel zu exponiert. Ich weiß nicht, ob die sich in der Bar wohl fühlen, ich hatte jedenfalls nicht den Eindruck.«
»Heißt das, daß du in der Bar warst?«
»Ja, gestern abend. Die Stewardeß riet mir zu irgendeinem Getränk und sagte gleich: ›Dann dürfen Sie aber nicht mehr draußen rumlaufen!‹ So was mit Likör, Fruchtsaft und was weiß ich noch.«
»War's eine Ältere, die dich bediente?«
»Nein, so 'ne mittelprächtige. Sie sagte, sie sei auch Krankenschwester, es gebe insgesamt drei Krankenschwestern, die als Stewardessen fahren.«
»Da kann uns ja nichts passieren.«
»Bei vier Krankenschwestern sicher nicht. Die eine von den inoffiziellen duzte mich gleich.«
»Na, da isses besser, man zischt bald wieder ab.«
»Nach dieser goldenen Regel habe ich mich verhalten.«
»Da warst du wohl gut beraten.«
»Ich hatte das Gefühl: Jetzt wird's gemischt. Die Ozeanographin hat mir noch erklärt, sie habe ›Das Boot‹ im Gepäck, und da hab ich gesagt: ›Wie schön, da haben Sie ja 'ne Menge zu lesen‹, und bin gegangen. Einer hat sich besonders aufgespielt, als der Chief verschwunden war, ein Großer, Dicker, den sie Charly nennen.«
»Das ist der Pumpenmann.«

»Pumpenmann? Was macht denn der?«

»Der gehört zu den Leuten, die zum Deckabschnitt gehören und die Ballastpumperei machen, aber auch die Ventile und Gestänge und so weiter pflegen.«

Schweigen. Nach mehrfachem Räuspern sagt der Alte: »Du wolltest noch wissen, wie das mit mir in letzter Zeit gelaufen ist. Ich habe beim Abschlußgespräch eine Vereinbarung getroffen, daß ich noch Vertretungen auf diesem Schiff mache, und so bin ich hier. Aber es hat sich alles so sehr geändert, daß ich eigentlich nicht mehr das rechte Interesse habe, mich hier noch ...«

»... stark zu machen – willst du das sagen?«

»Ja.«

»Ich würde auch sagen: laß sausen. Laß sausen. Was soll's auch. Erzähl mir lieber weiter, wie du mit dem maroden Schlitten von Brest nach Bergen gekommen bist.«

Da der Alte sich nicht rührt, sage ich: »Weißt du, daß die Ozeanographin beim Umzug ihr einziges Thermometer zerbrochen hat? An ein Ersatzthermometer hat sie anscheinend nicht gedacht. Jetzt wüßte ich gern, wie sie künftig ihre Meereswassertemperatur-Messungen vornehmen will.«

»Nicht meine Sorge – Gott sei Dank«, brummelt der Alte, und nach einem Blick aufs Radar sagt er: »Kommst du noch auf einen Schluck mit?«

»Nichts lieber als das!«

Das übliche Ritual – der Alte stellt die Bierflaschen auf die Back, schenkt umständlich ein, räkelt sich in seinem Sessel zurecht, sagt: »Prost!«, und wir nehmen beide einen großen Schluck.

»Also ihr seid am 4. September '44 raus – was hattest du denn für eine Besatzung?« frage ich.

Zu meiner Erleichterung antwortet der Alte sogleich: »Ja, die Besatzung. Das war natürlich ein Problem. Die haben wir aus allen möglichen Leuten zusammengestellt, eine eingefahrene Bootsbesatzung stand ja nicht zur Verfügung. Der für mich wichtigste Mann war unser Flottilleningenieur. Den kennst du doch: sehr drahtig und auch sonst so ... Und dann holten wir von der Personalreserve alles zusammen, was einigermaßen fahrfähig war. Vom FdU wurde uns aufgegeben, möglichst noch zusätzlich Leute nach einer Dringlichkeitsliste mitzunehmen: Marinebauräte und so weiter.«

»Als ihr rausgingt, war da schon der Großangriff auf die Marineschule gewesen?«

»Ja, die Marineschule war bombardiert worden, aber nicht völlig zerstört. Unseren Stützpunkt hatte nur eine einzige Bombe erwischt. Gebäudeschaden, nicht erheblich. Wir lebten alle schon seit Wochen in den Bunkern. Wir hausten dort mit der Ersten Flottille zusammen. Dann waren da auch noch der Seekommandant und der Festungskommandant.«

»Was heißt in Bunkern – du meinst doch die Stollen?«

»Ja, die auch.«

»Die Stollen direkt hinter dem U-Boot-Bunker?«

»Sowohl als auch: Die Leute aus der Marineschule, also die von der Ersten Flottille, hatten sich vor allem in die Stollen verzogen. Im Marineschulgelände selbst gab's, glaube ich, nur einen einzigen Bunker, und der war von Flakleuten besetzt. Wir, das heißt mein Flottillenstab, lebten in den zwei großen Bunkern auf unserem alten Flottillengelände und fuhren immer noch durch die Stadt zum U-Boot-Bunker runter.«

»Und warum seid ihr nicht da unten geblieben?«

»Ein Teil war unten. Aber da der Festungskommandant, das war zu der Zeit General Ramcke, sich dort mit seinem Stab etabliert hatte und auch der Seekommandant da unten eingezogen war, waren die Plätze weitgehend ausgebucht.«

Die Marineschule, die Fahrten mit dem Alten zum Bunker, unsere nächtliche Ausfahrt – alles steht mir wieder vor Augen.

Ich wollte den Alten ausfragen, ermahne ich mich und sage: »Seid ihr dann mit dem Boot relativ gut rausgekommen? Waren denn keine Zerstörer mehr auf Position?«

»Unser erstes Problem beim Auslaufen, das war ja nachts, war: erst einmal hinter der Mole raus und durch die zwei versenkten Schiffe hindurch. Da sind wir sehr vorsichtig rangegangen. Ich hab mir gesagt: Wenn wir schon an so ein Schiff getrieben werden, müssen wir uns eben mit Fendern weiterhangeln. Auf jeden Fall: *Durch* müssen wir! Ich hatte natürlich vor allem Angst um die Ruder. Aber das haben wir geschafft! Das zweite Problem war die Balken- und Netzsperre im Goulet. Wir hatten arrangiert, daß ein kleiner Schlepper sie aufziehen sollte, aber das ging nicht mehr, weil die Sperren so zerbombt waren, daß sie nicht mehr zusammenhielten, und es war reine Glückssache, daß wir nicht irgendwo hängengeblieben sind. Aber das haben wir auch geschafft. Unangenehm waren die vielen Brände. Ringsum war schon eine Menge in Brand geschossen worden, und wir kamen uns in dieser Enge vor, als würden wir von allen Seiten beleuchtet. Trotzdem wurden wir nicht bemerkt und kamen bis Camaret – du kennst doch diesen Teil der Ausfahrt an Backbordseite? In der Gegend von Trésier stießen wir dann auf die Bewacher.«

»Patrol crafts?«

»Das hab ich nicht genau ausgemacht. Mir schienen das so eine Art größere Räumboote zu sein. Da wir von denen nicht entdeckt werden wollten, sind wir in dieses alte Minenfeld bei Camaret gelaufen, sind auf langsame Fahrt gegangen und sind getaucht. Nun hatten wir ja bis dahin noch keine Tauchversuche gemacht. Und das Ergebnis war, daß dieses erste Tauchen total mißlang: Wir sind gleich auf Grund gefallen. Das Boot war eben, trotz aller Berechnungen, nicht eingetrimmt.«

»Mahlzeit!«

»So was dachte ich auch. Da lagen wir dann im Minenfeld auf Grund und stellten fest, daß die Hauptlenzpumpe ausgefallen war.«

»Mahlzeit!« sage ich wieder, aber nun läßt sich der Alte nicht beirren, er redet einfach weiter: »Da haben wir uns gesagt, wir müssen diese Pumpe reparieren, dabei so leise wie möglich arbeiten und dann anfangen, uns auszutrimmen. Wir mußten ja in einen tauchfähigen Zustand kommen.«

Jetzt nimmt der Alte einen großen Schluck, redet aber gleich weiter: »Über dieser Arbeit ist so ungefähr ein ganzer Tag vergangen. Das dauerte deshalb so lange, weil wir immer dann, wenn wir Geräusche hörten, unterbrechen mußten – haben aber festgestellt, daß keiner der Bewacher bis in unsere Nähe, in dieses Minengebiet, hineinkam.«

»Das trauten die sich wohl doch nicht.«

»Und so haben wir ganz unbehelligt diese Pumpe reparieren und dann das Boot eintrimmen können. Als das erledigt war, sind wir aufgetaucht und haben uns ganz allmählich wieder rausverholt aus dieser Minensperre und sind über Wasser weitergelaufen.«

»Nicht auf Schnorcheltiefe? Einfach über Wasser?«

»Über Wasser! Mit dem Schnorchel hatten wir nicht geübt.«

»Das habt ihr doch nur riskieren können, weil die Bewacher nicht mehr mit einem Ausbruch gerechnet hatten?«

»Ich nehme an, daß die dort routinemäßig noch einige Bewacher stehen hatten, daß die aber nicht angenommen haben, daß tatsächlich noch ein Boot rauskommen würde.«

»Und das war euer Glück!«

»Kann man wohl sagen. Ich glaube nicht, daß irgend jemand es fertiggebracht hat, dem Gegner unser Auslaufen zu melden. Man mußte zwar allgemein damit rechnen, daß von Brest aus Beobachter Meldungen machten, aber ich hatte den Eindruck, daß wir nicht gemeldet waren. Zu dieser Zeit ging ja alles drunter und drüber. Wir sind dann, weil wir mit dem Schnorchel noch nicht zurechtkamen, etappenweise – bei Tage getaucht oder nur auf Sehrohrtiefe und nachts aufgetaucht – ganz vorsichtig nach Westen gefahren.«

»Und das wie lange?«

»So lange, bis wir allmählich unser Boot technisch in die Hand bekamen. Das Boot war doch mit großen Mängeln behaftet.«

»Um es euphemistisch auszudrücken.«

»Ja. Aber schließlich konnten wir auch schnorcheln.«

»Ihr habt schon ein Riesenschwein gehabt! Die Luftüberwachung war doch sicher auch schon abgezogen, die haben offenbar nicht mehr damit gerechnet, daß noch was aus Brest herauskommen könnte.«

»Wir waren natürlich sehr vorsichtig. Aber bei dichter Überwachung, da wären die uns natürlich auf die Spur gekommen, da hätten sie uns orten müssen!«

Der Alte legt eine Pause ein.

Vor lauter Neugier bin ich so ungeduldig, daß ich dränge: »Ihr seid also einfach weiter nach Westen gelaufen?«

»Unsere Generalrichtung war Westen.«

»Und ihr habt gar keine Feindberührung gehabt?«

»Die haben wir auch nicht gesucht«, sagt der Alte flapsig, »wir hätten gar nicht schießen können, wir waren ja nur eine Art Transportunternehmen.«

Der Alte sinnt eine Weile nach, dann sagt er in verändertem Ton: »Übrigens, Simone kannte doch deine

Adresse. Warum ist sie denn nicht gleich nach dem Krieg zu dir gekommen?«

»Frag mich was Leichteres«, sage ich und verkneife mir: *Deine* Adresse kannte sie ja wohl auch. Laut sage ich: »Das hab ich mich vergeblich gefragt – und Simone auch. Aber was sie in der Zeit tatsächlich gemacht hat, ich weiß es bis heute nicht. Und wie es dann in Bergen gelaufen ist«, rede ich gleichmütig weiter, »ich meine von Bergen aus, hast du mir auch noch nicht verraten.«

»Wart's ab. Jetzt brauch ich eine Mütze voll Schlaf. Kann dir auch nicht schaden.«

In der Nacht werden wir die Straße von Gibraltar passieren. Eine merkwürdige Scheu hat mich davon abgehalten, mit dem Alten darüber zu reden. Auch der Alte hat kein Wort über Gibraltar verloren.

Ich schlage mein Buch »Reise ans Ende der Nacht« von Céline auf, das ich mir als Lektüre von zu Hause mitgenommen habe, aber nachdem ich einige Seiten umgeblättert habe, merke ich, daß ich nichts von dem Gelesenen aufgenommen habe. Als Schlaftrunk hole ich mir eine Flasche Bier aus meinem Kühlschrank, versuche wieder zu lesen, lege mich dann mit hinter dem Kopf verschränkten Armen auf meine Koje, und in meinem Kopf sagt es nur stumpfsinnig immer wieder: »Gibraltar – ein von Affen bewohnter Felsen« – »Gibraltar – ein von Affen bewohnter Felsen«... Dann muß ich aber doch weggedämmert sein. Schwer atmend und schweißgebadet wache ich auf, weil ich im Traum vergeblich versucht habe, mir die Sauerstoffmaske vom Gesicht zu zerren.

Kaum Schlaf gefunden. Über Nacht hat es aufgebrist. Der Bug setzt in der langen Dünung, die aus der Biskaya heranzieht, so hart ein, daß das ganze Schiff zittert. Die Heizung läßt sich nicht abdrehen. Ich mache das Fenster, das sich öffnen läßt, um zwei Gewindegänge auf. Sofort bläst durch den winzigen Spalt der Wind in scharfen Pfeiftönen. Die Fenster kommen mir seltsam vor: Sie haben doppelte Nasen, über die die Korbmuttern greifen.

Beim Gang zum Frühstück lasse ich mir Zeit. An die Reling gelehnt, fasse ich achtern die Mooringwinde und das senkrecht stehende Verholspill in den Blick und delektiere mich an deren wuchtigen Formen. Dann lasse ich die Augen über die Mittelklüse hinweg auf unsere Hecksee gehen: ein schnurgerader durch die Dünung gewalzter schaumweißer Streifen, so breit wie das Schiff, der sich bis hin zur Kimm perspektivisch verschmälert, aber noch in aller Ferne ein heller Strich in der grünen See bleibt.

Der Blick über die Decks hin mit dem wechselnden Licht auf den weißen Aufbauten und dem schweren Gerät fasziniert mich wieder. Ich bleibe minutenlang stehen, betrachte die Überschneidungen, die der weiße Kran auf dem Reaktordeck mit seinen schrägen Verstrebungen und der Kimm bilden, und die merkwürdige Negativform, die der weiße Brückenaufbau aus dem Himmelsgrau schneidet.

Als der Erste, der Freiwache hat, mir mit einem Wäschebündel entgegenkommt und mich sieht, bleibt er stehen und will wissen, was es zu sehen gebe. Ich sage schnell: »Da war eben ein ganzer Schwarm fliegender Fische – dort drüben genau hinter dem Kran!«

Wenn mir das nicht eingefallen wäre, würde der Erste mich für verrückt halten. Ihm zu erklären, wie imposant die Formenkonstellationen direkt in unserem Blickfeld sind, wie reizvoll das Weiß auf Weiß von Kran und achterem Aufbau oder das Schwarz auf Weiß des riesigen Reserveankers, wäre ein müßiges Unterfangen.

Der Chief kommt mir, als ich mein Frühstück ansteuere, noch kauend mit großen Schritten entgegen. Er quetscht zur Begrüßung ein »Morgen!« heraus und eilt weiter. Er sieht aus, als hätte es ihm die Graupen verhagelt.

»Was ist denn mit dem Chief?« frage ich den Alten, der alleine an einem Tisch sitzt.

»Nichts Besonderes«, sagt der Alte, »heute beginnt das Versuchsprogramm der HSVA, und der Chief mag nicht, wenn ihm jemand ins Handwerk pfuscht – das heißt: ihm Anweisungen gibt.«

Auf meine Frage, wieso an den Fenstern meiner Kammer doppelte Nasen seien, erklärt der Alte mir, daß während der letzten Reise, als niemand in dieser Kammer wohnte, bei schwerer See ein Fenster eingedrückt wurde und lange Zeit niemand merkte, daß Wasser überkam. Das Sekuritglas hatte zwar gehalten, dafür war aber der ganze Rahmen in den Raum gedrückt worden. »Die Fenster sind falsch gebaut«, sagt der Alte, »an der Font zum Vordersteven liegen sie nicht gegen den Winddruck auf, sie werden deshalb nun von innen mit Metallplatten gesichert – daher dieser zweite Satz der Nasen, der dir so komisch vorkommt. – Laß dir's schmecken«, sagt der Alte dann noch, »ich muß auch los!«

Auf der Brücke höre ich den Alten das Programm der Hamburger mit dem Chief besprechen: »Also, der Erste soll mit seinen Pumpenleuten anfangen, den Ballastzustand eins herzustellen, das heißt: vollen Ballast rein. Das kann über Nacht laufen – bis morgens acht Uhr ist das wohl zu machen. Das wären zwölf, vierzehn Stunden mit zwei Pumpenleuten, das sollte hinzukriegen sein.«

Der Chief steht da wie ein Denkmal. Er sagt auch nichts, als der Alte eine Pause macht, die er sicher als Aufforderung zum Reden gedacht hat. Weil der Chief aber schweigt, muß der Alte selber weiterreden: »Fürs Ablesen der Marken, da müssen Jakobsleitern raus – überall hin. So, jetzt kommt die Sache, bei der Sie mitreden müssen: Der erste Versuchstag bringt uns einen Zeitverlust von etwa sechs Stunden. Das soll mir recht sein. Die haben also hier...«, der Alte faßt nach Listen, die der Chief mitgebracht hat. Beim Lesen schilpt er die Unterlippe vor, und dann redet er weiter: »... die haben also hier eine Reihe mit zwei, drei, vier, fünf, sechs, sieben, acht Fahrmanövern vorgesehen. Davon die Hälfte mit neunzig Umdrehungen, die andere mit vier voll. Mit zwei Prozent Laständerung ist das doch zu machen. Oder?«

Direkt angesprochen, *muß* der Chief ein Wort von sich geben. Er bringt ein langgezogenes »Jooo« hervor.

»Wir haben das mit vier Prozent doch schon einmal bei Großmann gemacht.« Der Alte hat auch das wie eine Frage klingen lassen, aber der Chief bleibt stumm. Dafür zergrübele ich mir den Kopf, wer Großmann sein könnte.

Da meldet sich der Dritte: »Wenn ich recht verstanden habe, geht es mehr um die Geschwindigkeit – also wie schnell wir auf Rückwärts kommen?«

Endlich redet der Chief: »Nein, die wollen gleichmäßige Verhältnisse haben.«

Die Stimme des Chiefs klingt gereizt. Ärgert er sich, weil der Dritte sich eingemischt hat, oder läßt er jetzt seinen Groll gegen die Hamburger heraus?

»Das geht nicht!« sagt der Alte mit Bestimmtheit, »nicht bei diesem Wetter. Das habe ich denen aber schon gesagt.«

Der Chief hebt wortlos die Schultern, was wohl bedeuten soll: So sind die eben!

Sosehr ich auch spanne, kann ich mir doch kein Bild davon machen, was die Hamburger eigentlich im Sinne haben. Großmann – wer ist Großmann? Fragen darf ich jetzt nicht. Viel Fragerei ist verpönt. Ich spitze besser die Ohren, weil der Alte wieder redet: »Da errechnet sich ein Zeitverlust von etwa sechs Stunden. Ich hab mal so gerechnet, daß wir bis morgens acht Uhr den Tiefgang festgestellt haben. Das ließe sich ab sechs Uhr machen. Dann könnten die Manöver im Laufe des Tages ablaufen.«

Der Alte setzt seine Worte bedachtsam, fast zögerlich. Er redet am Chief vorbei, just so, als trage er einen Monolog mit vielen kurzen Pausen darin vor: »Ich hab mal für jedes Manöver eine halbe Stunde gerechnet. Wir haben so was, glaub ich, immer in zwanzig Minuten gemacht. Wir müssen auch mal Mittagspause dazwischen machen. Und weil wir wenig Leute sind, rechne ich lieber noch was dazu. Ich hab deshalb von acht Uhr morgens bis fünfzehn Uhr gerechnet, das sind sechs Stunden, eigentlich sieben, aber wenn wir eine Stunde Mittag abziehen, sind es eben sechs.«

Hier ist wieder eine Pause fällig. Ich staune über den Alten. So viel wie jetzt redet der Alte selten am Stück. Und jetzt macht er schon weiter: »Und hier hab ich mal kalkuliert, was ich so schätze, wie wir uns dabei voraus bewegen: Ich hab nur dreißig Meilen angenommen.« Das klang wieder fragend. Aber außer dem Alten will hier wohl keiner reden. Der Alte sagt nun auch nichts mehr. Er schiebt seine Hände tief in die Hosentaschen und macht mit steifen Beinen, als habe er keine Kniegelenke, ein paar Schritte hin und her. Dann strafft er sich und sagt: »Weiter ist nichts, schätze ich. Das wären also die Manövrierversuche am ersten Versuchstag. Zurückmanöver und Kursstetigkeitsversuche bei neunzig, das können sie den Herrschaften, glaube ich, bieten.«

»Jawoll!« sagt der Chief nur. Er hat die ganze Zeit über halb gleichgültig, halb schicksalsergeben getan. Aber ich kann mich täuschen: Von seinem Gesicht ist über dem blonden Bart kaum etwas zu sehen, und an Mienenspiel hat er nicht mehr zu bieten als eine afrikanische Maske. Ich wundere mich nur, daß der Chief immer noch nicht abtritt. Offenbar ist das Thema doch noch nicht erledigt. Der Alte hebt tatsächlich wieder an: »Immer wieder mal stoppen. Zeitdauer drei Stunden. Da gibt es von mir aus keine Bedenken. Bis siebzehn Uhr habe ich gerechnet. Und am Freitag dann wieder. So, und jetzt kommt das Umpumpen von eins auf Ballastzustand zwo. Ungefähr hier...« – der Alte zeigt mit dem Stechzirkel auf einen Punkt der Seekarte. »Jetzt möchte der Erste, glaube ich, lieber auf den ganz leichten Zustand gehen. Wir hatten deshalb auch zwo genommen. Die sagten, wir müßten zwar auch wieder auf zwo gehen, aber da haben wir Zeit, weil das, meinten sie, schneller ginge. Das stimmt wahrscheinlich auch – also schneller, als wenn wir auf sieben Meter Tiefgang wegnehmen. Das sind 12500 Tonnen Ballast, ja, die sind ungefähr drin. Und wir müssen auf 8500 runter. Also 4000 Tonnen müssen raus. Für rein haben wir die ganze Nacht zur Verfügung – hätten wir –, aber raus dauert es länger mit dem Pumpen. Vor allen Dingen müssen wir den Tiefgang verbessern. Wenn die wirklich ebenen Kiel brauchen für ihre Versuche, dann müßten wir... Zwei können wir ihnen natürlich auch machen, wenn sie das wollen.«

Ich lasse meinen Blick vom einen zum anderen gehen: absurdes Theater. Der Chief tut so, als denke er genauso scharf nach wie der Alte. Eine Weile sagt keiner einen Ton.

»Es wäre also besser, von eins auf zwo zu gehen«, verkündet der Alte jetzt wie die Conclusio aus allen Überlegungen, »dafür haben wir die Zeit von siebzehn Uhr am Freitag bis Sonnabend morgen sechs Uhr vorgesehen. Das sind sieben Stunden plus sechs. Das wären also dreizehn Stunden. Das würde es dann wohl sein.«

Jetzt, finde ich, müßte der Chief endlich abtreten. Wohl nur, weil der Chief sich nicht vom Fleck rührt, geht die Litanei des Alten immer noch weiter: »Nachts haben Versuche keinen Zweck. Dann hätten wir bis Sonnabend um sechs Uhr 120 Meilen gemacht in der Nacht. Im ganzen haben wir von Cap Vincent ab 980, dann fehlen noch 30 Meilen bis ans Cap Blanc. Da wären wir am Sonnabend morgen, am 15., um sechs Uhr da.«

Na bitte! will es sich mir über die Zunge drängen. Ich kann mich aber gerade noch stoppen.

»Jawoll!« sagt der Chief wieder. Und er bleibt immer noch, Hände in den Hüften, stehen und starrt auf die Karte.

Der Alte muß: »Das wär's denn!« sagen, um ihn endlich in Bewegung zu bringen.

Nerven! sage ich mir. Hier braucht man verdammt gute Nerven!

Zur Freude der Kinder und auch des Alten ist die Taube immer noch an Bord. Die Kinder sitzen stundenlang neben ihr, füttern sie und beobachten aufmerksam jede ihrer Bewegungen. Der Alte ist froh, daß im Treppenhaus

Ruhe eingekehrt ist, weil die Kinder Gott sei Dank nicht mehr Ball in den Fluren spielen. Nur der Erste zeigt deutlich, daß er »La Paloma« nicht leiden kann. Er betrachtet die Taube mit scheelen Blicken. Sie versaue die Brückennock, sagt er, und außerdem könne sie die Besatzung infizieren. Papageienkrankheit! gibt er mit hochgezogenen Augenbrauen bedeutungsvoll von sich.

Ich bin neugierig, wie er es anstellen will, die Taube zu massakrieren. Er riskierte dabei immerhin, daß er sich die Feindschaft der Kinder und den Zorn der Mütter zuzöge. Vor den Müttern zumindest hätte ich an seiner Stelle Respekt.

Wohl um mich erst einmal zu kalmieren, überreicht mir der Chief beim Mittagessen mit einer Andeutung von Kratzfuß ein Strahlenmeßröhrchen, verpackt in einem Plastikbeutel. Den tragen alle Besatzungsmitglieder um den Hals, die den Reaktorbereich des Schiffes betreten. Wer eine Strahlendosis von mehr als fünf Rem abbekommen hat, darf für den Rest des Jahres nicht mehr in den Reaktor.

Die Fahrversuche der Hamburger sind auch beim Mittagessen das Thema an fast allen Tischen. Sie werden von allen Seiten und in aller Ausführlichkeit beleuchtet. Aber dann gibt es – außer dem Dauerbrenner »Wo ist Körners Gebrauchsanweisung für seine neue Apparatur?« – noch ein Thema: Eine der neu an Bord gekommenen Stewardessen ist so klein, daß sie in ihrer Pantry die an den Regalen aufgehängten Tassen nicht erreichen kann. Reicht es, wenn man ihr eine Kiste hinstellt? Oder soll extra ein Tritt für sie gebaut werden? Eine Frage, die endloses Palaver in der Messe auslöst.

Der Alte, der dieses Palaver am Nebentisch zum x-ten Mal hört, macht eine angewiderte Miene. Ich ignoriere sie und frage statt dessen: »Was sind das eigentlich für Mädchen, die als Stewardessen auf diesem Dampfer anheuern?«

»Die verschiedensten Typen«, antwortet der Alte nach einigem Zögern, »wir haben schon jede Sorte gehabt: Studentinnen, Ausgeflippte – alles. Du hast doch selber bei deiner ersten Reise die tollste Blüte kennengelernt – was fragst du?«

»Du meinst die gute Longo?«

Der Alte mimt erst mal den Nachdenklichen, anstatt zu antworten. Ich will ihn schon fragen, was aus Longo geworden ist, da sagt er: »Zuletzt hat sie nicht mehr viel getan – besser: gar nichts. Sie hatte sich die Füße verbrannt.«

»Die Füße verbrannt? Wie das?«

»Ganz einfach, im Schwimmbad, diesem Froschtümpel. Longo badete sehr gern, schwamm aber ungern herum. Und da trat sie auf diese Heizschlange...«

»Und verbrannte sich die Füße?«

»Und verbrannte sich die Füße. Die schaffte das, weil bei ihr der Weg sehr lang war von den Füßen bis rauf – bis es da oben klingelte. Daher auch ihr Name. Und daraufhin haben wir zunächst mal ein Stück Asbest herumgenäht...«

»Um die Füße?«

»Quatsch!« sagt der Alte und kann sich trotz aller Mühe ein Grinsen nicht verkneifen.

Um den Alten bei Laune zu halten, sage ich: »Der Chiefsteward hat einen Vorrat Veuve Clicquot. Wär das nichts für mein Einstandsfest?«

Der Alte findet den Champagner zu teuer. Er tut so, als gehe es an sein Geld und nicht an meins.

»Das werde ich mir noch mal überlegen«, sagt er nach tiefem Nachdenken, »auch über den Personenkreis müssen wir uns schlüssig werden. Du hattest ja wohl bloß an die Offiziere gedacht? Also, ich muß mir das noch überlegen.«

»Nur nichts überstürzen!« pflichte ich dem Alten mit leise höhnischem Unterton bei. Ich kenne das: An Bord müssen neue Probleme gehätschelt und getätschelt werden. Sie durch Entschlüsse abrupt aus der Welt zu schaffen käme einer Versündigung gleich. Der Tag ist lang und der Törn noch viel länger. Früher hat der Alte mal tagelang gebraucht, um sich über die möglichst effektvolle Verwendung von vierundzwanzig Flaschen Bier – ein Wettgewinn – schlüssig zu werden.

Endlich merke ich, daß das Zögern des Alten diesmal einen tieferen Grund hat. Die Demokratisierung an Bord ist es, die neue Probleme schafft. Früher hätten wir im Salon ohne viel Federlesens die Korken knallen lassen können. Aber jetzt? Jetzt gibt es den Salon nicht mehr. Jetzt haben wir diese Art Werkskantine, und guter Rat für den Einstandsumtrunk ist teuer geworden. Ich bin gespannt, was der Alte vorschlagen wird. Fürs erste hockt er leicht eingekrümmt da und macht ein unglückliches Gesicht. Ich könnte ihn in seinem Verdruß bestärken, auf die neuen Sitten schimpfen – aber was soll's? Statt dessen frage ich: »Meinst du, daß der Chief heute für mich Zeit hat?«

»Nein!« sagt der Alte bestimmt und stemmt sich aus seinem Sessel hoch: »Heute nicht und morgen auch nicht. Wart mal lieber bis nach Dakar, da wird's dann ruhiger, auch für den Chief. Ich muß jetzt los.«

Gedankenverloren schlurre ich über das Hauptdeck. Da sehe ich, nun hellwach, ein Spill zum Aufziehen der MacGregor-Lukendeckel so nahe, daß es wie ein schwarzdüsteres Monument sogar noch die achteren Aufbauten überragt. Auch die torförmige Installation, die mit einem Querjoch verbundenen Laderaumlüfterpfosten, kann ich, wenn ich nahe genug herangehe, so groß werden lassen, daß sie den Gesamtblick aufs Achterschiff rahmt. Beim genauen Hingucken erkenne ich, daß auf dem Querjoch eine Rolle angebracht ist. Ich überlege, daß sie nur zur Führung des Drahtseils dienen kann, mit dessen Hilfe die MacGregor-Lukendeckel der Luken drei und vier auf- und zugefahren werden. Trotz ihres Gewichtes falten die Deckel sich wie der Balg einer Ziehharmonika zusammen. Die Luke fünf hat Faltdeckel, die seitlich neben der Luke hydraulisch hochgestellt werden. »Auch diese Faltdeckel sind von MacGregor gebaut worden«, hat der Alte mir gesagt. Verdammt praktisch, wenn man an die Schinderei mit den alten Lukendeckeln aus Holzplanken denkt! Wenn diese modernen Lukendeckel aufgefahren werden, stehe ich gern dabei. Ich fühle mich beim Zusehen ganz eins mit dem technischen Fortschritt: Hier macht er sinnfällig schwere körperliche Arbeit überflüssig.

Unten im Laderaum fünf, ganz unten in der dunklen Tiefe, arbeiten zwei Matrosen. Sie singen dabei. Es klingt choralartig, wie in einer Kirche. Im Laderaum sechs steht, von oben klein wie ein Schachbrett anzusehen, ein Tischtennistisch. Das Schiff hat keine Fracht, nichts gab es nach Südafrika zu transportieren außer Seewasser als Ballast.

Als ich den Niedergang zur Brücke hochklettere und vor der Kammer des Alten bin, höre ich durch das offene Schott seine tiefe tragende Stimme, die ich silbengenau verstehe, und die eher piepsige des Ersten, die für mich lückenhaft bleibt. Ich verschnaufe einen Augenblick. »... dann kommen wieder die Rückwärtsmanöver bei neunzig. Das können Sie ihnen doch geben?« höre ich den Alten. Es geht immer noch um die Fahrversuche der Hamburger. Da will ich nicht stören und steige weiter hoch. Aber auch auf der Brücke bin ich nicht lange von den Manöverplänen der Hamburger verschont: Jetzt findet zur Abwechslung ein Stehkonvent im Kartenhaus statt.

»Wir brauchen also von neun Uhr morgens bis siebzehn Uhr nachmittags«, sagt der Alte, der mit dem Ersten auf die Brücke gekommen ist, »ja, ich glaube, das brauchen wir. Mit Ablesen und so. Das wäre der Sonnabend...« Nun wird es auch für mich interessant, von Dakar geht die Rede. Der Alte knobelt, wann wir Dakar erreichen können. Er hechelt noch einmal alle Zeiten fürs Leeren und Füllen der einzelnen Ballasttanks durch, und zwar mit allen nur möglichen Abweichungen, gerade so, als komme es darauf an, unsere ETA für Dakar auf die Stunde genau auszurechnen. Dabei wissen die Senegalesen, daß die Otto Hahn kein normaler Dampfer mit festen Fahrzeiten ist. Jetzt geht es darum, die Hamburger auszuschiffen, ohne in Dakar einzulaufen. Der Alte zerbricht sich wieder einmal den Kopf, wie er für seinen Dienstherrn, die Bundesrepublik, Geld sparen könnte.

Nachdem er endlich »das wär's dann wohl!« gesagt hat, zieht die Korona ab. »Ich hab in der Kammer noch 'ne Kanne Kaffee«, sagt der Alte, »willst du 'nen Schluck?«

Die bevorstehenden Ereignisse, die Fahrversuche, das Ausbooten, haben ihm offenbar die Zunge gelöst: »Senegal verlangt, Gott sei Dank, kein Transitvisum. Wir sind also nicht gezwungen, das Land innerhalb von soundsoviel vierundzwanzig Stunden zu verlassen. Wir waren ja früher schon mal mit den Behörden sehr gut. Aber die Kosten! Möglicherweise muß noch Einklarierung bezahlt werden. Wenn die mitkriegen, daß von der Bundesregierung Geld zu schinden ist, gehen die aufs Ganze. Dem Makler kann man ein Telegramm schicken. Der kommt dann raus, lädt die Hamburger ein und fährt mit denen weg. Unsere Barkasse könnte es auch machen, aber ich habe den Senegalesen gesagt: Es kommt ein Schiff mit Wissen und Genehmigung in das Hoheitsgebiet rein, um Passagiere – für die sind das Passagiere – auszuschiffen. Das ist genauso, als wenn man auf Reede Ladung löscht.«

»Komplizierte Kiste«, murmele ich.

Der Alte überhört das, er redet wie aufgedreht weiter: »Normalerweise wird verlangt, daß das Schiff einklariert wird mit Gesundheitsattest, Zollisten, Manifesten und so weiter. Dann kommt der Agent mit dem Boot. Der Zoll vermutet immer Menschenschmuggel und sonstigen Schmuggel – vor Dakar liegt die Insel Gorée, die ehemalige Sklaveninsel. Wir haben einmal einen Fall gehabt mit einem Storekeeper, bei dem sich auslaufend rausstellte, daß der Mann Malaria hatte. Er mußte schnellstens von Bord und ins Tropenkrankenhaus nach Hamburg. Das mußte mit der portugiesischen Regierung klariert werden. Vor Cascais gingen wir auf Reede. Da kam ich mit dem Lotsen aus Cascais ins Gespräch, den der Agent abholte. Der Agent kam, sagte: ›Ich brauche für meine Freunde zehn Stangen Zigaretten und sechs Flaschen Whisky.‹ Okay, dachte ich, das macht mir nichts aus. Aber dann sagte er: Jetzt mal schnell die Besatzungsliste, Passagierliste, das Ballastmanifest und die Gesundheitserklärung. Es gibt jetzt an Land eine Behörde, die die Klarierung macht. Von denen kommt aber niemand an Bord.«

»Kostet das denn was?« frage ich, »ist das so kompliziert, ein paar Leute auszuschiffen?«

»Und wenn's nur ein einzelner Mann ist!«

»Ist das auch in Senegal so kompliziert? Senegal ist doch nicht Portugal – endet zwar auch auf –gal, aber ...«, sage ich, beiße mir aber gleich auf die Zunge.

»Ich weiß es nicht«, sagt der Alte, »das letztemal lief alles ganz gut, da hatten wir einen sehr netten schwarzen Bordkäpten, der auch reichlich bedacht wurde, sein Sohn ist dann noch mit dem Ersten auf die Insel Gorée gefahren. Aber du weißt ja: Vorsicht ist die Mutter der Porzellankiste, und da ist es besser, wenn man auf alles vorbereitet ist. Sonst fängt man an zu schwimmen, und was macht's schon aus, wenn wir einen ordentlichen Anlaufplan erstellen! Das gehört nun mal zu unserem täglichen Brot. Vor Halifax hatten wir mal Waverider-Tonnen ausgesetzt, das sind Wellenreiter-Tonnen, die funken können. Die senden laufend, geben auch Peilzeichen, damit man sie wiederfindet, wenn man wieder weiter will. Aber vor allem funken sie ihre Bewegungen, und die Bewegungen werden beschrieben.«

Ich denke: na und? Aber dann tue ich klug und frage: »Soll das zur Seegangsmessung dienen?«

»Ja«, sagt der Alte, »zur Seegangsmessung in bezug auf die Bewegung des eigenen Schiffes. Man fährt im Karree mit verschiedenen Kursen herum, stundenlang und manchmal tagelang. Dann nimmt man – wenn man sie erwischt! – die Tonnen wieder auf.«

»Und fiel das Hin- und Hergekutsche den braven Leuten in der Gegend unangenehm auf?«

»*Sehr* unangenehm!«

»Da wäre es also besser gewesen, ihr hättet denen vorher lang und breit erklärt, was ihr vorhabt.«

»So isses!« sagt der Alte und verfällt in tiefes Nachsinnen, schreckt aber plötzlich hoch: »Apropos Storekeeper. Mit dem wollt ich ja noch über deine Einstandsparty reden. Ich bin gleich wieder da.«

Die Gedankensprünge des Alten sind rätselhaft. Jetzt an meine Einstandsparty zu denken! Da klopft es. Ein Läufer bringt eine Liste für den Kapitän. Ich sage: »Legen Sie sie auf den Schreibtisch. Der Kapitän kommt gleich wieder«, stehe dann neugierig auf, um zu sehen, was das für eine Liste ist.

»Role de la tribulation crewlist Hapag Lloyd AG« lese ich. Es ist die Crewliste, die für die Senegalesen vorbereitet ist. Unter der Nummer 62 steht: »Schmalke, Michael –

additional purser – nationality German – age 5 – place of birth Hamburg«.

Der Knabe Michael Schmalke ist im zarten Alter von fünf Jahren bereits Hilfszahlmeister? Auf dieser Liste gibt es noch einen zweiten »additional purser« im blühenden Alter von neun – und einen dritten von acht Jahren.

Als der Alte zurückkommt und ich frage: »Na, alles geklärt?«, muffelt er: »Noch nicht ganz« und setzt sich wieder in seinem Sessel zurück.

»Ein Läufer hat eine Liste für dich gebracht. Lies mal! Ich hab – Entschuldigung! – schon reingeguckt, weil ich wissen wollte, wie ich in der Crewliste geführt werde.«

»Als Passagier natürlich!« sagt der Alte nach einem Blick auf die Liste.

»Hab ich gelesen. Aber lies trotzdem die ganze Liste«, bitte ich ihn und beobachte interessiert, wie der Alte beim Lesen nach und nach rot anläuft.

»Sind die Senegalesen zu blöde«, sage ich scheinheilig, »um nicht zu merken, welch holden Alters sich unsere drei Hilfszahlmeister erfreuen?«

Der Alte schäumt vor Wut. »Das kann verdammt teuer werden! Diese Herrschaften hier lieben es gar nicht, wenn man sie auf die Schippe nimmt!« stößt er hervor, greift sich die Liste und verschwindet wieder.

Das wird kein gemütlicher Nachmittag, da verziehe ich mich lieber in meine Kammer.

Ich hätte mich vor der Reise über Durban belesen sollen. Südafrika, die Buren, die Apartheid. Viel ist es nicht, was ich von dieser entlegenen Weltgegend weiß. Aus freien Stücken wäre ich nie im Leben nach Durban gefahren.

Etliche der Leute an Bord waren schon einmal in Durban. Was ich ihnen, mühevoll genug, über die Stadt aus der Nase ziehe, hilft mir nicht weiter. Ein »Wimpy« soll es geben. Von südafrikanischen Puffs redet keiner. Offenbar herrscht da unten britischer Puritanismus. Und dann soll es noch ein Turmrestaurant geben. »Aber teuer! Dreht sich in der Stunde einmal um seine eigene Achse«, hat man mir auch gesagt.

Jetzt versuche ich, mir aus dem Lexikon der Bordbibliothek Informationen über Durban zusammenzuklauben, finde aber nur: »Durban, Port Natal, Hafenstadt in der Provinz Natal, wichtigster Seeumschlagplatz der Republik Südafrika mit 682900 Einwohnern, moderne Großstadt mit Technischer Hochschule, Universitätskolleg für Inder, Hafenanlagen mit Schiffbau, vielseitiger Industrie und Güterverkehr aus den Minendistrikten, Modebad. 1835 gegründet, 1854 Stadt.«

Na fein! So ähnlich sind wir als Schüler in Geographie unterrichtet worden. Durban ein Modebad? Darüber hat keiner von denen, die schon mal in Durban waren, ein Wort verloren.

Durban! Allein schon das Wort ruft in mir Widerwillen wach, es klingt so häßlich wie Diarrhö. Diarrhö gleich Durchfluß ist wenigstens vom Griechischen abgeleitet. Wenn ich mir die überfetteten Pommes frites mit dem Ketchupbrei darüber im »Wimpy« von Durban vorstelle, schon zweimal habe ich von diesem »Wimpy« gehört, muß ich Schlimmes denken. Orte wie Daressalam, Kuala Lumpur, Jakarta oder gleich Brisbane, die wären mir recht. Aber Durban? Ich stelle mir Durban wie Liverpool vor, nur geleckter und spießiger.

Gegen Abend werden auf dem Achterdeck nahe dem Hospital und dem Notdiesel immer mehr Liegestühle aufgestellt. Nach und nach finden sich alle Wachfreien, die Stewardessen und die Offiziersladies samt Kindern hier ein. Eine Kinovorstellung ist angesagt: »Eine Laus im Pelz« mit Claudia Cardinale. Es dauert, bis der Projektor anlaufen kann, weil es noch zu hell ist.

Ein schöner Abend. Das Wasser ist indigoblau, ein paar Wolken liegen dicht auf der Kimm wie verdreckte Putzwolle herum. Durch unsere Hecksee zieht ein Querlöper, ein Dampfer mit Kurs Südamerika. Aber keiner guckt hin. Alle starren auf die fahl leuchtende Leinwand, obwohl es auf ihr noch nichts zu sehen gibt. Was sie, als es endlich dunkel genug ist, sehen, ist ein fürchterlicher Film mit ständigen Prügel- und Beischlafszenen, für Kinder am allerwenigsten geeignet, aber die Mütter ficht das nicht an. Nachdem die erste Rolle durchgelaufen ist, habe ich es satt.

Als ich nach vorn gehe, zur Rechten die Mondsichel und die sehr hell strahlende Venus, sehe ich zwei Stewardessen hinter den Strecktauen ans Schanzkleid gelehnt, unsere nervöse Messestewardeß und eine mit Brille, der wir bei einem Rundgang durchs Schiff in der Mannschaftsmesse begegnet sind. Die Stewardeß aus dem Mannschaftsdeck fragt mich: »Entschuldigen Sie bitte, ich möchte gern wissen, ob ich hier tagsüber mit dem Stativ photographieren kann?«

Ich gebe höflich Auskunft: »Bei diesen Vibrationen lieber nicht!« Dann frage ich, wie es ihr an Bord gefällt, und sie schildert dramatisch, wie furchtbar der erste Tag war: »Die wild aussehenden Kerle, der viele Dreck und die Verlorenheit. Niemand hat sich um uns gekümmert.« Sie sei, sagt sie dann noch, Anästhesieschwester und habe sich als Krankenschwester hier beworben. Als sie keine Chance hatte, habe sie sich als Stewardeß gemeldet. Die nervöse Stewardeß erzählt, sie sei sieben Jahre im Hotelfach gewesen, auch in München habe sie gearbeitet. Die beiden kommen mir vor wie unbekannte Leute aus einem Nachbardorf, und ich verabschiede mich mit einem freundlichen »Schönen Abend noch!«.

Auf der Gurkenallee verhalte ich eine Weile, um mich am immer wieder zersplitternden Spiegel der Mondsichel im Wasser zu ergötzen. Da kommt der Alte, schimpft lauthals über den Film und sagt: »Nach diesem Mist brauche ich einen Schnaps. Du auch?«

»Gute Idee!« stimme ich zu, und wir steuern die Kammer des Alten an.

Der große Schluck Whisky brennt wohltuend im Magen, ich atme tief durch, froh, daß ich nicht stumpfsinnig vor der Filmleinwand hocken blieb. Günstige Gelegenheit, den Alten zu investigieren: »Also, du wolltest mir erzählen, wie es von Bergen aus weitergegangen ist. Da haben sie euch dann eingesammelt, und für dich war der Krieg aus – oder?«

Der Alte gibt ein paar gutturale Lachstöße von sich und bringt dann wie unter Mühen hervor: »Da ging's dann erst mal hoch her!... Aber heute bist du dran! Mich willst du ausquetschen, aber wie's bei dir weiterging, wann Simone gekommen ist, erfahr ich einfach nicht. Daß du mit dem Holzgaser bis nach Zabern gekommen bist, hast du mir auf der letzten Reise erzählt – aber wie dann weiter? Wo ist denn der Krieg für dich zu Ende gegangen?«

»In Feldafing.«

»Dann warst du keinen Tag in Gefangenschaft?« wundert sich der Alte.

»Wie man's nimmt...«

»Das klingt reichlich sibyllinisch. Warst du nun oder nicht?«

»Genaugenommen nicht.«

Der Alte guckt mich mit theatralisch verzweiflungsvoller Miene an und bohrt weiter: »In Feldafing hast du ja gewohnt...«

»Ja, seit kurz vor dem Krieg.«

»Du hast dich also nach Hause begeben und dort auf den bösen Feind gewartet?«

»Ganz so idyllisch war's nicht...«
»Sondern?«
»In Feldafing gab es ein Lazarett: Reserve-Teillazarett im Hotel ›Kaiserin Elisabeth‹. Nun hatte es mich doch mitten in Frankreich bei einem Jaboangriff am Ellenbogen erwischt...« Der Alte guckt mich prüfend an, weil ich meine Ellenbogen befingere. »Stell dir vor«, sage ich, »eben wußte ich nicht mal mehr genau, war es der linke oder der rechte – es war zum Glück der linke.«
»Und wie weiter?«
»Da habe ich mich, logistisch nicht ungeschickt, von einem Lazarett ins andere gehangelt, bis ich in Feldafing landete.«

Der Alte schnieft heftig, sein übliches Zeichen der Überraschung.

»Und jetzt mußte der Arm für die Amis noch mal in die Schlinge...«
»Und dann kam Simone?«
»Ach du meine Güte! Bis zu Simone ist es noch lange hin. Schließlich war ja noch Krieg, und, um es ganz brutal zu sagen, für mich war Simone damals nicht mehr am Leben. Irgendwann und irgendwie, ich weiß jetzt nicht mehr wie, hatte ich mal gehört, sie wäre, nachdem man sie aus dem Zuchthaus bei Paris nach Deutschland verschleppt hatte, zum Tod verurteilt worden, wegen Spionage.«
»Diesen Teil weiß ich. Wie ging's dann aber weiter?« fragt der Alte ungeduldig.
»Daß der Krieg für mich aus wäre, dachte ich schon in Zabern im Elsaß. Die Amis würden endlich kurzen Prozeß machen, hoffte ich in Feldafing. Aber die Amis kamen und kamen nicht, und ich konnte nicht ewig im Lazarett herumliegen. Und wie es dann für mich weiterging, weißt du doch?«
»Eben nicht!«

»Ich brauch jetzt erst mal was zu trinken!«
»Noch Whisky oder Bier?« fragt der Alte.
»Bier bitte!«
»Und wann willst du nun endlich Simone erscheinen lassen?« fragt der Alte, nachdem er umständlich eingeschenkt hat, und gebärdet sich jovial.
»Wenn ich endlich in den Sicherheitsbehälter darf!«
»Das ist Erpressung. Außerdem: Von mir aus darfst du längst. Es ist ja wohl der Chief, der dich zappeln läßt. Der Chief ist eben ein vielbeschäftigter Mann – also?«
»Also Simone.«
»Ich hab nicht begriffen, daß Simone nach ihrer Befreiung aus Ravensbrück nicht gleich bei dir aufgekreuzt ist.«
»Ich auch nicht.«
»Und warum hast du nichts unternommen?«
»Weil ich sie, das sagte ich ja eben, für tot hielt. Seit Kriegsende war mehr als ein Jahr vergangen... Aber lieber mal der Reihe nach: Im Lazarett war meines Bleibens nicht länger – um es poetisch auszudrücken. Ich mußte mich schnellstens nach Berlin zum OKW auf die Strümpfe machen. Das war einigermaßen kompliziert, aber schließlich kam ich in Berlin an und mußte sofort in den hohen Norden. Als ich nach wenigen Tagen zurückkam, war in Berlin alles ganz schön in Aufregung. Bloß raus! Sich hier nicht vereinnahmen lassen, das war die Parole. Und: faire semblant – so tun als ob... Ich habe also so getan, als ob es für die deutsche Wehrmacht gar nichts Wichtigeres gäbe als frische Bilder. Weil es in Berlin einen Angriff nach dem anderen gab, konnte ich meinem mir, wie du weißt, durchaus gewogenen obersten Vorgesetzten wieder einmal suggerieren, daß ich die richtige Arbeitsruhe nur noch in meiner Bude in Feldafing finden könnte.«
»Und das klappte?«

»Ja. Ich bekam meinen Marschbefehl, sollte notfalls Verbindung mit dem Generalkommando in München halten, und damit war ich weg von der Bildfläche und in Feldafing.«

»Wie es der Zufall so will«, sagt der Alte, steht auf, holt frisches Bier aus seinem Kühlschrank und gießt, wie immer bedächtig, ein. »Sag mal«, fragt er dann, »hast du eigentlich noch mal was von Bartl gehört?« Ich zucke, aus meinen Erinnerungen aufgeschreckt, zusammen, und der Alte fragt: »Was hast du denn?«

»Ach, der Kriegsheld Bartl«, versuche ich mich zu sammeln, »mit dem hast du mir schön was eingebrockt. Der hat nach dem Krieg wieder Humus verkauft, diesmal ohne Quecken. Du weißt ja, daß er vor dem Krieg mit seiner Gartenbaufirma Pleite machte, weil in seinem Humus Quecken waren und es Prozesse gegeben hatte.«

»Tscha, das sind verdammte Biester, die Quecken, die wird man praktisch nicht wieder los«, sinniert der Alte. »Da hast du ihn also nicht aus den Augen verloren nach eurer Holzgasertour bis Zabern?«

»Mitnichten! Der kam noch paarmal raus zu mir nach Feldafing. Gibt sogar noch ein Photo mit ihm, auf meinem Balkon mit dem Schriftsteller Ernst Penzoldt und dem kleinen Baron von Hörschelmann. Keine Spur mehr von dem einstigen Großsprecher. Ganz klein und mickrig und äußerst trostbedürftig, der Bartl. Die Frau war gestorben, die Tochter hatte einen Amerikaner geheiratet und lebte in Amerika, und mit seinem kleinen Unternehmen hielt er sich wohl gerade so über Wasser, denn gleich nach dem Krieg hatten die Leute andere Sorgen, als Humus zu kaufen. Und dann kam eines Tages eine Todesanzeige, von seiner Tochter geschickt. Wie lange das her ist, weiß ich nicht. Ich hab einfach kein Zeitgefühl...«

»Tscha, der Bartl!« sagt der Alte, »der war schon eine

merkwürdige Type... Schweine hat er wohl nicht mehr gemästet?«

»Oh, nein! Erinnere mich bitte nicht *daran*!« Aber gerade daran muß ich nun denken, an Bartls Verzweiflung, an das Schweinemassaker, das er in Brest veranstaltete.

Auch der Alte sitzt wie abwesend da. Dann aber räuspert er sich und sagt brummig: »Erzähl mal, wie denn weiter? Da warst du doch im trockenen in Feldafing?«

»Das dachte ich auch. Aber die Amis kamen und kamen immer noch nicht. Die standen seit langem bei Weilheim, waren auch schon auf der Olympiastraße hinter meinem Haus unterwegs. Wir hörten die Panzerketten rasseln, aber in Feldafing war nichts von ihnen zu sehen. Statt der Amis kam ein schrecklicher Zug total ausgemergelter KZler, viele nur noch wandelnde Gerippe. Ein Elendszug, der sich nur wie im Zeitlupentempo bewegte und kein Ende nehmen wollte. Da konnte ich nur noch weggucken und das Schlimmste befürchten. Die KZler hatten Volkssturmleute als Bewacher. Was die tun würden, das war die Frage...«

Nun sitzen wir da wie zwei senile Alte auf der Rentnerbank und stieren vor uns hin, bis der Alte fragt: »Und was ist aus denen geworden?«

»Ein paar Kilometer am Seeufer hin stießen Panzerspitzen der Amis auf diesen Zug. Die KZler waren frei. Nichts passierte. Eine Weile später hatte ich dann mit ihnen zu tun.«

»Wie das?« fragt der Alte.

»Später«, sage ich, »erzähl ich dir später. Jetzt bin ich hundemüde. Du nicht auch?«

»Wenn du meinst...«

Aber dann bleibe ich doch noch hocken, und als der Alte mich fragend anguckt, setze ich stockend an: »Sag mal, ich wollte schon lange mal von dir wissen, was du von den sozusagen dunklen Seiten des Nazistaates gewußt hast.«

»Gewissenserforschung?« sagt der Alte träge und lehnt sich wieder in seinem Sessel zurück.

»Ja, wenn du so willst ...«

»Kannst du haben. Frag ruhig direkter.«

»Also *ganz* direkt: Was hast du in der Zeit, als du U-Boot-Kommandant warst, von den KZs gewußt?«

»Daß es KZs gab, wußte doch jeder. Bloß, drüber reden war gefährlich. Die KZs gab's doch schon unmittelbar nach der Machtergreifung ...« Der Alte macht eine Pause, um nachzudenken. Dann redet er zögerlich weiter: »Ich kann dir das nur so erklären: Man hörte, dort würden Unliebsame isoliert, Staatsgegner, Kommunisten und so. Dieses Recht gestand man dem Staat zu.«

»Und was wußtest du von der Judenverfolgung?«

»Ich wußte, daß die Juden unerwünscht waren. Man hatte uns beigebracht, es wäre eine minderwertige Rasse, die Juden wären nur darauf aus, das deutsche Volk auszubeuten. Ich hatte übrigens nie einen Juden kennengelernt. Ich bin ja in der Kadettenanstalt aufgewachsen.«

Der Alte bedenkt sich und setzt dann seine Worte sehr langsam: »Die Nazis hatten den Haß auf die Juden so geschürt, daß die Kristallnacht mit einer gewissen Billigung aufgenommen wurde, auch von mir ... Ja, so kann man das sagen. Wie weit da wirklich gegangen wurde, habe ich nicht gewußt. Schon gar nicht, daß Juden umgebracht wurden.«

»Von Informations*sucht* konnte man wohl kaum reden«, werfe ich ein.

»Es gab niemand, der darüber sprach. Daß Menschen mit einem Judenstern an Kleid oder Jackett mir im Urlaub aus dem Weg gingen, das hab ich freilich gesehen. Auch gehört, daß sie in den Geschäften nicht bedient wurden. Aber wir hatten andere Sorgen: Unzulänglichkeiten der militärischen Führung, bei der Luftwaffe zum Beispiel, darüber redeten wir. Aber was hast du denn gewußt?«

»Ich muß zugeben, bei mir war das anders. Ich hatte meine Freunde in Leipzig, Sozis, mit denen ich offen reden konnte, aber auch nur dann, wenn alle Fenster geschlossen waren. Die kannten Leute, die ins KZ gekommen waren, und sogar wieder raus. Aber die erzählten, auch Freunden, nichts, absolut gar nichts vom KZ. Die muß man so vergattert haben, daß sie aus Angst, umgebracht zu werden, schwiegen. Und dann kam ja mein eigener Verleger, Peter Suhrkamp, ins KZ. Aber was da wirklich geschah, das erfuhr ich damals auch nicht.«

»Daß mit den Juden nicht zimperlich umgegangen wurde, wußte ich schon, aber daß die Juden in Massen systematisch vernichtet wurden – das nicht. Als ich das unmittelbar nach dem Krieg erfuhr und die Zahlen umgebrachter Juden, konnte ich das einfach nicht glauben.«

»In Amerika würde dir keiner glauben, daß du das nicht gewußt hast.«

»Versteh ich – aber so war es! Außer dem Trommelfeuer der Nazipropaganda hatten wir doch keinerlei Information. Wenn man beim Abhören eines Feindsenders von einem richtigen Nazi erwischt wurde, konnte das schlimm ausgehen. Stimmt doch?«

»Ja«, sage ich, »stimmt.«

Das Gespräch versiegt. »Wird Zeit, daß wir in die Koje kommen«, sagt der Alte.

Kaum geschlafen, weil Seewasser ins Schiff gepumpt wurde. »Voller Ballast rein«, hat der Alte gestern gesagt. Die Messe ist schon fast leer, als ich reichlich spät zum Frühstück komme. Dem Alten, der schon gefrühstückt hat, begegne ich im Schott. »Ab halb zehn wird wegen der Versuche der Hamburger in der Maschine reduziert. Interessiert dich vielleicht«, sagt er. »Ich muß gleich mal nach dem Rechten sehen.« Dann legt er mir aber noch einen Zettel neben meinen Teller: »Ich hab dir hier aufgeschrieben, was man alles mit dem Schiff im Sinne hatte, sonst fängst du immer wieder davon an.«

Ich lese: »1. Erprobung und Weiterentwicklung – technisch. 2. Forschung zur Weiterentwicklung – Wirtschaftlichkeit. 3. Personalausbildung. 4. Erschließen von Häfen. 5. Reeder, Hafenbehörden, Kaufmannschaft mit Verfügbarkeit des Reaktorschiffes vertraut machen. 6. Beitrag zu internationalen Anlaufregelungen. 7. Durch Frachtfahrt Betriebskosten verringern.« Darunter steht: »Diese Punkte griffen immer ineinander über mit verschiedener und wechselnder Priorität.«

Die Botschaft hör ich wohl, sage ich mir. Nun schnell einen Schluck Kaffee, Rührei, dann wieder nach vorn in meine Kammer, Phototasche holen, Ersatzfilm aus dem Kühlschrank nicht vergessen. Als ich lossausen will, tippt mir der Chief auf die Schulter und fragt: »Können Sie gleich mitkommen? Wir reduzieren nämlich gerade.«

»Weiß schon. Nichts lieber als das! Ich will nur schnell meine Kameras holen.«

»Na gut, ich muß in den Leitstand, dann treffen wir uns dort.«

»Wenn wir reduzieren«, sagt der Chief gleich, als ich, noch außer Atem, im Leitstand bin, »dann ist das immer spannend. Unterscheidet sich vom Normalbetrieb etwa so, wie sich der Normalflug eines Flugzeugs mit automatischem Trägheitsnavigationssystem in 10 000 Meter Höhe vom Landeanflug unterscheidet.«

»Reduzieren?« sage ich halblaut vor mich hin. Der Chief hat's gehört.

»Reduzieren«, sagt er, »bedeutet Herabsetzung der Dampfproduktion durch Eindämmung des Neutronenflusses, also durch Einfahren der Steuerstäbe. Gehen Sie mal lieber bißchen zur Seite, damit der Dicke seinen Laden genau übersehen kann. Sonst sind hier nicht so viele Leute«, sagt der Chief wie zur Entschuldigung. Der Dicke, das ist der Operator am Leitstand. Sein Blick hängt fest an der Manometerwand vor ihm. Mit der rechten Hand bewegt er ganz langsam einen Hebel auf dem Instrumentenpult.

»Normalerweise befinden sich nur zwei Personen im Leitstand«, erklärt der Chief, »die normale Wachbesatzung besteht zwar aus drei Mann: zwei Ingenieure, davon der eine der Wachleiter und der andere der Operator und dazu ein Assi, aber der ist während der Wachzeit oft nicht im Leitstand, sondern irgendwo in der Maschine zu Kontrollgängen oder irgendwelchen Arbeiten vor Ort.«

Nach einer Stunde bin ich vom Photographieren, trotz der Klimaanlage, schweißgebadet.

»Wollten wir nicht heute in den Sicherheitsbehälter?« frage ich den Chief wie beiläufig, als wir schweigend nebeneinander stehen, Blick auf die Manometerwand.

»Heute geht's nicht. Erst, wenn wir wieder Vollast fahren. Heute gehen wir erst in den Nebenanlageraum, wenn das hier erledigt ist.«
»Also step by step.«
»So isses!« imitiert der Chief den Alten.
Der Chief nimmt einen Plan zur Hand, einen Längsschnitt durch den nukleren Bereich, und doziert: »Der nukleare Bereich liegt zwischen den Spanten zwoundsiebzig und hundertfünf. Der *gesamte* nukleare Bereich, also der Reaktor mit Sicherheitsbehälter, der Nebenanlagenraum und die Servicestation, wird Kontrollbereich genannt und ist nur mit Schutzkleidung durch eine Schleuse zu betreten.«
Vor dem Gang zum Nebenanlagenraum findet die große Verkleidungsszene statt: Wir steigen in weiße Overalls und ziehen weiße Stoffschuhe und weiße Handschuhe über. Eine quergestellte weiße Bank bildet die Grenze.
Die Räume, die wir nun betreten, haben weißlackierte Fußböden. Mir kommt es vor, als gerieten wir in steril gehaltene Krankensäle, und es würde mich nicht wundern, wenn Schwestern durch die Türen kämen und Pfleger jemanden auf der Bahre vorbeirollten.
Der Chief läßt mir keine Zeit, mich an den schematischen Darstellungen des Entlüftungssystems im Sicherheitsbehälter und im übrigen Kontrollbereich zu delektieren, er erklärt: »Zu den Nebenanlagen gehören Strahlenschutzlabor, Chemielabor, eine mechanische Werkstatt, die ›heiße‹ Werkstatt, wie wir sie nennen. Und auch das noch: Damit keine aktive Luft aus dem Sicherheitsbehälter in den Kontrollbereich eindringen kann, wird der Sicherheitsbehälter unter Unterdruck gehalten.«
Jetzt, sage ich mir, sind wir jedenfalls schon nahe dran!

Im Strahlenschutzlabor ist der Strahlenschutzingenieur gerade dabei, Wischproben, markstückgroße weiße Blätter, in ein karussellförmiges Aggregat einzulegen. »Auf diese Weise wollen wir eventuelle Kontaminierungen messen«, höre ich den Chief dozieren, mit diesen Fließpapierblättchen werden täglich in verschiedenen Räumen des Kontrollbereichs Wischteste vom Fußboden genommen und hier auf Radioaktivität geprüft.«

Zum Spaß lege ich meine Armbanduhr auf einen der Träger für die Wischproben. Auf dem Monitor, der zu dem Meßgerät gehört, erscheint nun grün leuchtend die Nuklidkurve meiner Uhr, deren Ziffern und Zeiger gelbliche Leuchtfarbe tragen.

»Oha!« sagt der Chief, »das ist mehr an Strahlung, als bei uns vorkommt«, pflanzt sich vor der Nuklidtafel auf und erklärt mir: »Das strahlende Material Ihrer Uhr ist...« Er bedenkt sich, dann fährt er mit dem rechten Zeigefinger auf den gelben, roten und grünen Karos hin und her und verkündet schließlich: »Hier *das* ist Beryllium. Und *das hier*: Cadmium.«

Ich wünschte, ich hätte in Physik und Chemie besser aufgepaßt.

Der Chief kann es nicht fassen, daß so eine »Strahlenquelle« wie meine Uhr noch im Verkehr ist.

»Seit vierzig Jahren!« sage ich.

Vom Strahlenschutzlabor geht es weiter ins Chemielabor. Der Chemielaborant ist ein vollbärtiger Fünfunddreißigjähriger. »Hier wird täglich der Sauerstoffgehalt im Primärkreislauf gemessen«, sagt der Chief. Er liest die Kreideschrift auf einer schwarzen Wandtafel und frotzelt: »Wir wollen den Herrn nicht stören, wenn er schon mal was tut...«

Weiter über Stiegen und Gänge. »Hier ist die Servicestation.« Der Chief drückt ein Schott auf, wir treten auf einen Eisenrost, und ich blicke von oben auf den Servicebehälter. Der gleicht deutlich einer Raumrakete, aber ich werde mich schön hüten, das dem Chief zu sagen. Der ist auch schon mit einem »Moment mal!« seitwärts verschwunden.

Ich weiß, daß in diesem Servicebehälter abgebrannte Brennstäbe bis zu ihrem Abtransport eingelagert werden können. Der Behälter wird dann mit Wasser gefüllt. Dieser Servicebehälter ist, auch das weiß ich, nur zweimal gebraucht worden: Als das erste Core verbraucht war und als einige Elemente des zweiten Cores umgesetzt werden mußten. Dieses zweite Core war so konstruiert, daß nach dem Abbrand nur vier Elemente herausgenommen und ersetzt und die anderen umgesetzt werden mußten.

Neben dem Servicebehälter sehe ich die »Wechselmaschine«. Mit Hilfe dieser Anlage werden die abgebrannten und strahlenden Elemente eins nach dem anderen ohne Risiko aus dem Druckbehälter herausgehievt, über den Servicebehälter gebracht, dann in ihn abgesenkt und ausgeklinkt.

Der Chief taucht wieder auf, und ich frage: »Fehlt da nicht die Stahlabdeckung?«

»Ja, augenblicklich fehlt der obere Teil. Der ist zu einer Modernisierung bei der GKSS.«

»Das spricht doch dafür, daß das Schiff mit einem neuen Core weiterbetrieben werden soll?«

»Da haben Sie eigentlicht recht«, sagt der Chief zögernd, »aber weiß man's?« Er doziert gleich weiter: »Die Servicestation mit dem Servicebecken gehört nicht unbedingt zum Reaktorbetrieb. Sie macht es möglich, einen Wechsel der Brennelemente mit Bordmitteln, sagen wir: irgendwo in einer stillen Bucht, durchzuführen. Für später ist ein solcher Brennelementenwechsel in Servicestationen an Land vorgesehen. Die ›Savannah‹ zum Beispiel hat diese Anlage nicht.«

»Und die russischen Eisbrecher?«

»Auch nicht. Das Ganze nimmt sehr viel Platz weg. Und außerdem ist der Wechsel der Brennelemente zwar eine Arbeit wie jede andere, aber eben eine, zu der äußerste Sorgfalt und die gebotene Gewissenhaftigkeit gehören.«

»Und die sind mit Bordmitteln nicht aufzubringen?«

»Eigentlich schon«, sagt der Chief, »aber besser ist es, wenn ein solcher Wechsel an Landstationen gemacht wird. Das Schiff muß dabei nämlich ganz ruhig liegen. Und Liegeplätze ohne Schwell sind selten. Unter Umständen werden auch Werkzeuge gebraucht, sagen wir: abgewandelte Werkzeuge, die wir nicht an Bord haben. Im nachhinein, das heißt aus Erfahrung, kann ich sagen: Wechsel lieber nicht auf See.«

Ich suche einen Platz, um mich niederzuhocken. Als der Chief das sieht, fragt er: »Genug für heute?«

»Ja«, sage ich, »und schönen Dank fürs Privatissimum.«

In der Schleuse muß ich nach dem Ablegen der Schutzkleidung die Hände sorgfältig waschen. Dann muß ich mich auf eine Art überdimensionierte Personenwaage stellen und in zwei Löcher in Hüfthöhe meine Hände stecken. Sie werden gleichzeitig mit meinen Füßen auf Radioaktivität untersucht. Bei der Kontrolle meines Dosimeters ergeben sich acht Millirem. Der Chief prüft schließlich auf dem Hand- und Fußmonitor auch noch jede meiner Kameras.

Wieder an der frischen Luft, sehe ich, daß Jakobsleitern ausgebracht werden. Der Tiefgang soll abgelesen werden, und den Tiefgang kann man nur an der Skala außenbords genau feststellen.

Ich sehe auch, daß Wasser in den Swimmingpool gepumpt wird und einige der beschäftigungslosen oder wachfreien Damen leichtgeschürzt bereits Liegestühle aufstellen.

»Der Chief hat mir gesagt, meine Uhr hielte hier an Bord den absoluten Strahlungsrekord«, berichte ich dem Alten beim Mittagessen.

»Deine Uhr? Ausgerechnet die Uhr an deinem Handgelenk?« fragt der Alte verblüfft.

»Die hatte ich schon auf U 96, ich hab sie«, sage ich und schiebe meinen linken Ärmel zurück und zeige sie dem Alten, »auf einen Träger für Wischproben gelegt. Die hat Leuchtziffern. Und da war der Chief ganz platt über die Strahlung.«

Der Alte blüht richtig auf: »Da hast du's ja erlebt, wie gut hier alles funktioniert. Eine ganz wichtige Erkenntnis aus der Betriebszeit dieses Schiffes ist doch, daß der neue Antrieb vergleichsweise harmlos – gutartig ist.«

Der Alte redet das vor sich hin, als diktiere er sich selber: »Man hatte mit sehr viel mehr Anfälligkeit gerechnet – vor allem bei schnellen Leistungsänderungen. Mit einem Landreaktor könnte man solche Belastungen wahrscheinlich nicht riskieren.«

»Aber dieser enorme Personalaufwand!«

»Bei einem Landreaktor leistet man sich noch mehr Personal«, sagt der Alte.

»Mag sein. Aber das hier ist ja auch schon ganz schön üppig. Dreizehn Ingenieure!«

»Da sind aber auch welche dabei für Strahlenschutz, für Chemie, für Elektronik«, wiegelt der Alte ab.

»Allein zum Maschinenpersonal gehören noch fünfundzwanzig Leute, wie ich mich informiert habe. Ein Supertanker wird von zwei Dutzend Leuten *insgesamt* gefahren!«

»Das stimmt«, räumt der Alte ein, »auf den großen Containerschiffen sind's heutzutage kaum mehr.«

»Dreizehn Ingenieure, das darf man gar nicht weitersagen.«

»Aber ob Personaleinsparungen der Weisheit letzter Schluß sind, das frage ich mich. Mit den Tankern ist schließlich schon ne Menge passiert«, sagt der Alte nach einer guten Weile direkt gegen die Decke hin.

»Ihr habt bislang immer noch Schwein gehabt.«

Da richtet sich der Alte auf und sagt: »*So* würde ich das nicht nennen – kleine Unfälle gab's hier auch schon.«

Da stellt uns die Stewardeß – heute zum Glück nicht die mit dem Fellchen, die wird wachfrei haben – das Essen hin.

»Schönen Dank«, sage ich, als wir gegessen haben, »für deine Aufstellung – aber damit bist du mich noch lange nicht los. Ich find's nach wie vor komisch, daß bei Rentabilitätsrechnungen immer nur die Ölpreise ins Kalkül gebracht werden; steigen die Ölpreise, wird der durch den Reaktor erzeugte Strom rentabel. Aber die große Personalkostenlast nuklear betriebener Schiffe wird verschwiegen. Oder geht man davon aus, daß dann, wenn ein solches Atomschiff ökonomisch gefahren würde, auf die aufwendigen Strahlenschutzlabors, Chemielabors und alle möglichen anderen der Sicherheit dienenden Einrichtungen verzichtet werden kann?«

»Wahrscheinlich«, sagt der Alte.

»Aber dann wäre doch der Teufel los.«

»Wahrscheinlich«, sagt der Alte wie unter Repetierzwang.

»Angenommen, eine größere Anzahl atomarer Schiffe würde durch die Weltmeere fahren, dann würde die Gefahr der Havarie doch erheblich steigen. Havarien lassen sich doch à la longue nicht ausschließen.«

»Nein!« antwortet der Alte knapp, und ich bin froh, daß er nicht »wahrscheinlich nicht« gesagt hat.

»Und wenn dann Schlampbetrieb und ein Mangel an Sicherheitsvorkehrungen hinzukämen...«

»... dann käme einiges auf uns zu«, vollendet der Alte meinen Satz und nickt dazu.

Ohne die übliche Verdauungsviertelstunde erhebt sich der Alte: »Das Programm der HSVA läuft noch bis etwa sechzehn Uhr, da bin ich lieber auf der Brücke. Komm doch mit.«

Ich stehe gehorsam auf und laufe dem Alten hinterher.

Backbord querab hat sich eine dunkle Wolke ganz flach über der Kimm hingestreckt. Über dem Achterschiff steht ein Schwarm Möwen. Plötzlich ändert eine der Möwen ihr Verhalten, wird starr, wird größer und größer. Mir krampft es das Herz zusammen: ein Flugzeug! Verdammt, ich muß mir sagen, daß kein Krieg mehr ist. Ein Mirage-Jäger, der direkt von achtern anfliegt. Die Maschine zeigt die blau-weiß-rote Kokarde. Sie macht einen großen Bogen und fliegt dann zum zweitenmal an. Diesmal etwas vom Schiff abgesetzt. Der Pilot in seiner Kanzel ist deutlich zu sehen. Er tippt sich an den Kopf.

»Der freche Hund! Der zeigt uns doch glatt einen Vogel«, höre ich den Alten.

Und nun macht der Saukerl einen Anflug nach dem anderen – zehn Anflüge.

»Fragt sich, wer hier verrückt ist«, sagt der Alte.

Das alte Lied: Wenn ich mich nicht automatisch wie in Kriegszeiten damit beschäftige, Entfernungen, Kurs, Fahrtstufe und Tonnage eines über die Kimm herauskommenden Schiffes zu schätzen, braust ein Flugzeug herbei und spielt Krieg.

Alle Luken sind offen. Sie werden belüftet, seitdem sie gestern ausgewaschen worden sind. Überall sind die Matrosen beim Malen. In Luke drei malt ein Matrose mit einer riesigen Schablone – von einer trapezartigen Stellage aus – mit weißer Farbe »Rauchen verboten – No smoking« auf den grauen Grund des Lukenbords.

»Vorschrift!« sagt der Alte.

»Auf diesem Schiff wird wohl weitergepönt bis zum letzten Tag, bis zur letzten Stunde?«

»So kann's kommen«, sagt der Alte, »aber noch ist über das Schicksal des Schiffes nicht entschieden. Entscheidungen solcher Art, also das Schiff weiterbetreiben oder abwracken, sind ja auch politische Entscheidungen...«

»Auch?«

»Jawoll – unter anderen.«

Heute früh ersuchte ich den Steward in wohlgesetzten Worten, für etwas stärkeren Tee zu sorgen: »Von mir aus einen, der Tote aufweckt.« Nun bringt er außer der großen Kanne für die Brücke eine kleine Extrakanne für mich.

Ich werde mich schön hüten, auch nur ein Wort über meinen Tee zu verlieren. Ich könnte meinen Kopf verwetten, daß es der gleiche Tee ist wie in der großen Kanne. Ich kenne meine Pappenheimer, besonders die Stewards. Wenn ich dem Steward morgen sagte: »Ja, gestern, das war ein Teechen!«, würde er sich ins Fäustchen lachen. Dieser Steward ist freilich ein Luschpäckchen der Sonderklasse. Zu jedem Handgriff muß er aufgefordert werden. Unter den Läufern, unter dem Abtreter am Schott, überall entdecke ich sedimentären Dreck. Als ich mit dem Alten das Dilemma berede, sagt der: »Austauschen wäre natürlich einfach gewesen. Aber ich will nun mal im vorderen Aufbau keine Weibspersonen sehen.«

»Auch nicht, wenn sie hübsch sind?«

»Dann schon gar nicht! Da muß man verdammt vorsichtig sein. Da hat's mal einen Kapitän – aber nicht auf unserem Schiff – böse erwischt...«

Weil der Alte nicht weiterredet, werde ich ungeduldig: »Erzähl schon!«

»Also, Namen erfährst du von mir keinen«, beginnt der Alte, »der Kapitän war scharf auf die norwegische Funkerin an Bord. Bei seiner Balzerei verlor er anscheinend völlig den Verstand, so daß er das Amüsement der Besatzung nicht mitkriegte. Die Dame wehrte ihn ab. Eines Nachts aber drang er, nicht mehr nüchtern, in ihre Kammer ein. Die Lady hatte Lunte gerochen und vorher die Kammer verlassen. Der Mensch war aber so rammdösig, daß er das nicht mitkriegte, sondern sich in der Kammer auszog und splitterfasernackt auf der Koje der Funkerin lag, als das Schott aufging und die ganze Besatzung – einer nach dem anderen – den Kopf hereinsteckte. Der Mann war natürlich in der christlichen Seefahrt erledigt«, erzählt der Alte mit einem Grinsen, nicht frei von Häme.

»Hattet ihr nicht schon mal eine Ramming?« frage ich, in Gedanken noch bei unserem Mittagsgespräch, als wir im Ruderhaus sind.

»Du meinst die Ölpier, die wir mal mitgenommen haben?«

»Ja, die ...«

»Da war das Schiff aber unter Lotsenberatung.«

»Da wollt ich dich schon lange mal fragen: Stimmt es, daß Lotsen nicht haften, wenn sie Mist machen?«

»So isses. Schuld trägt im Zweifelsfall immer die Schiffsführung.«

»Das heißt, du wärst dran, wenn ein Lotse Unfug stiftet – zum Beispiel bei Grundberührung?«

»Ja. Bei uns ist das so geregelt: Der Lotse steht zwar unter der Aufsicht der Wasserschiffahrtsdirektion, aber er ist wie ein Angestellter der Beauftragte des Reeders. Für Schäden, die er anrichtet, kann er zwar sein Patent verlieren, aber er kann nicht haftbar gemacht werden.«

»Du hast aber mal gesagt, daß die Panamalotsen haften?«

»Bei den Panamalotsen ist das anders, das stimmt. Die haften, weil bei der Durchfahrt durch den Panamakanal dem Schiffsführer die Möglichkeit genommen wird, daß er selber eingreifen kann. Jedem anderen Lotsen gegenüber hat der Kapitän das Recht, ja sogar die Pflicht, ihn zu beraten, das heißt auch, den Lotsen über die besonderen Eigenschaften des Schiffes zu unterrichten. Und nötigenfalls muß der Kapitän auch selber eingreifen. Das Schiff wird, obwohl das in der Praxis meist ganz anders aussieht, nicht vom Lotsen *geführt*, sondern steht nur unter Lotsen*beratung*.«

»Eben noch hast du gesagt, der Kapitän muß den *Lotsen* beraten?«

»Tscha, das klingt komisch, ist aber so. Im Panamakanal hab ich mal was erlebt: Da ist das Schiff nicht nur *einem* Lotsen überantwortet. Mit der ›Main Ore‹...«

»Main Ore?« unterbreche ich den Alten, »was war denn das für ein Schiff?«

»Das war ein großes 80 000-Tonnen-Schiff der Krupp-Reederei. In den sechziger Jahren bin ich auf mehreren Schiffen von Krupp gefahren.«

»Das mußt du mir alles noch erzählen. Aber jetzt erst mal weiter...«

»Also, mit der Main Ore wurde die Prozedur so vollzogen: Da wurden vorne auf dem Deck, auf dem Seitendeck vorne hinter der Back, zwei Aluminiumtürme aufgebaut. Auf jeden setzte sich ein Lotse, mit Walkie-Talkie und auch mit Telephon ausgerüstet. Und achtern das gleiche: Da saßen auch zwei Lotsen. Von diesen vieren war einer der leitende Lotse. Das geht nun folgendermaßen vor sich: Je nach Schiffsgröße kommen mehrere Lokomotiven. Normalerweise, bei einem mittelgroßen Schiff, sind vier Lokomotiven vorne, zwei, die ziehen, und zwei, die die Springs halten. Und achtern auch noch mal zwei Lokomotiven. Das Schiff wird nun in diese Schleuse reingezogen. Die ist ungefähr vierhundert Meter lang. Da fahren sie in etwa mit einer Geschwindigkeit von zwei Knoten, würd' ich sagen. Wir hatten auf jeder Seite übrigens nur fünfzig Zentimeter Spielraum.«

»Du wolltest doch was Spezielles erzählen, was ist denn da passiert?«

»Kommt gleich! Das ist nun so: Der leitende Lotse hat immer ein rotes Käppi auf, weißt du, diese amerikanischen Käppis mit dem langen Schirm. Das ist so, damit er von den Lokomotivführern erkannt werden kann. Der leitende Lotse gibt ja die Zeichen für die Lokomotiven. Bei Nacht hat er zwei rote Taschenlampen, mit denen er dieselben Zeichen macht wie bei Tag mit den Armen. Das muß alles ganz schnell gehen... Nun hatte das Schiff vor uns eine Havarie, nichts Schlimmes, aber du weißt ja, was für Kosten bei der Schiffahrt auch für kleine Schrammen herauskommen. Das summiert sich. Die Kanalverwaltung hat auf Anraten des Lotsen diese Havarie, obwohl der Lotse sie verursacht hatte, nicht bezahlt. Der Reeder mußte einen Prozeß gegen die Kanalverwaltung machen, und diesen Prozeß hat der Reeder verloren. Es war unwiderstreitbar belegt, ich weiß jetzt nicht wodurch, entweder durch Aussagen oder durch Aufnahmen, daß auf der Brücke des Havaristen einige Damen waren, die mit roten Blusen dort herumstanden, und die Lokomotivführer sagten in dem Prozeß aus – vielleicht hat man ihnen das nahegelegt: ›Wir konnten den leitenden Lotsen nicht erkennen, wir sahen nur rote Blusen.‹«

»Tableau!« sage ich.

»Tscha, so geht's«, murmelt der Alte. »Du siehst, bei gewissen Regeln geht es nicht nur um den Anstand. Damen gehören eben nicht auf die Brücke!«

»Ich will mir noch mal die Beine vertreten«, sage ich dann zum Alten.

»Lieber nicht!« antwortet der Alte.

»Stimmt. Blöde Rede. Woher kommt die bloß? Wir erschrecken zu Hause auch oft Freunde, die sagen: ›Ich komm mal vorbei‹, und wir antworten: ›interessiert uns nicht!‹, und wenn sie verblüfft gucken: ›Wollt ihr nun reinkommen – oder bloß vorbei?‹«

»Späßchen!« sagt der Alte.

Es ist wärmer geworden, »Luft zwanzig Grad, Wasser achtzehn«, habe ich im Tagebuch gelesen, und schon ist um den Swimmingpool herum munterer Badebetrieb. Ich habe zum Glück meine Kamera bei mir und photographiere die sich in den Liegestühlen räkelnden Ladies in ihren knappen Bikinis, aus denen weißes Fleisch hervorquillt. Schrille Schreie, wenn eine sich in den Pool wagt.

Der Chief sieht mich alleine in der Messe und kommt herangeschnürt. Ich mache eine Rekommandeursgeste: Der Chief soll sich setzen. Er streckt die Beine von sich und stöhnt: »Herrgott, werde ich froh sein, wenn dieser Verein erst mal wieder von Bord ist. Alle naselang was Neues. Man kommt sich richtig veralbert vor bei dieser Art von ...«

»... Forschung«, ergänze ich. Und um den Chief zu reizen: »Ist ja schließlich ein Forschungsschiff. Forschung ist sein höchster Zweck.«

Da nickt der Chief und zieht wie angewidert die Nase kraus.

»Ihnen kann man es anscheinend nicht recht machen«, sage ich. »Auch daß zwei der Stewardessen täglich fetter werden, dient der Forschung. Ich habe ihre ausladenden Hinterteile photographiert, wie sie fast nackt auf ihren Liegestühlen lagen, und die dicken Scheiben vielschichtiger Torten auf den Klappstühlen groß in den Vordergrund genommen. Der Rest, den sie nicht mehr vertilgen konnten und der in der prallen Sonne zu Matsch wurde, ist auch auf den Bildern ...«

»Für was Sie sich nicht alles interessieren!« sagt der Chief kopfschüttelnd. Daß er noch was auf dem Herzen hat, ist ihm deutlich anzumerken. »Ich wollt Sie schon immer fragen«, hebt er drucksend an, »wieviel der Kapitän im Krieg versenkt hat.«

»Schiffe oder Tonnage?«

»Beides, wenn's geht...«

»Da fragen Sie am besten den Kapitän direkt, da kommt er ja gerade.«

Aber der Alte fragt gleich, nachdem er sich gesetzt hat, den Chief: »Hat sich denn nun Körners Karton mit der Gebrauchsanleitung gefunden?«

»Nein!« antwortet der Chief und macht seinem Groll Luft: »Wir haben an allen möglichen und unmöglichen Stellen gesucht. Das hat Herr Körner geschafft, den ganzen Laden hier verrückt zu machen. Er hat doch selber den Karton ausgepackt – doch logisch, daß man gleich nach der Gebrauchsanweisung sucht!«

»Ich seh das anders«, sage ich und gucke den Chief fröhlich an: »Ist doch spannend und ungeheuer belebend. Erst wenn was nicht klappt, kommt doch Stimmung in die Bude!« Und ernte dafür vom Chief einen bösen Blick.

An einem Nebentisch, an dem Assis sitzen, fällt das Wort Gundremmingen. Nach einer Weile sagt der Alte zu mir: »Gundremmingen, das ist das Kernkraftwerk, wo sie abgeschaltet haben. Da ist Aktivität ausgetreten, und zwar weil die Leute gewisse Sicherheitseinrichtungen überbrückt haben und nicht überblickten, was sich entwickeln könnte.«

»Die haben ausgeschaltet, was auf gar keinen Fall ausgeschaltet werden durfte?«

»So etwa. Die Sicherheitseinrichtungen wurden außer Kraft gesetzt – quasi durch menschliches Versagen, wenn man Hudelei so umschreiben will.«

»Wenn das so einfach möglich ist, was kann denn dann durch solche Luschpäckchen noch passieren?«

»Ich weiß nicht mehr genau, wie es dort gelaufen ist. Die müssen eine Leckage in einem Dampfrohr gehabt haben. Aber du weißt es doch: Alle Welt ist beunruhigt, weil immer wieder mal Pannen dieser Art passieren und weil es eben nicht nur zu Anfang so viele Pannen gegeben hat. Inzwischen hat sich einiges gebessert. Die Kinderkrankheiten hat man ausgemerzt.«

»Kinderkrankheiten? Ist das nicht ein Euphemismus?«

Der Alte verzieht das Gesicht. Er saugt heftig Luft ein, redet aber gleichmütig weiter: »So etwas wie in Gundremmingen kann bei uns nicht passieren, weil wir die Trennung von Primär- und Sekundärsystem haben. Gefährliche Strahlungen hat es hier noch nie gegeben – und das, seit der Reaktor läuft. Du brauchst von anderen Reaktorpannen, wo immer die vorkommen, nicht auf unseren Reaktor zu schließen. Hier ist für ein Spannungsszenario nicht viel zu holen.«

»Direkt schade!« entfährt es mir, »aber könntest du mir nicht doch sagen, was hier schlimmstenfalls passieren *könnte*?«

Da bläst der Alte die Luft ab und brummt: »Was soll hier denn schon passieren!«

Er sagt das in einer Art, die auch Hartgesottene mißtrauisch machen müßte. Ich werde ihn bei Gelegenheit noch einmal in die Zange nehmen.

Unterwegs nach vorn, sehe ich, daß der Rudergänger aus der Steuerbordnock zu mir her obszöne Zeichen macht. Ich bin eine Sekunde lang platt, entdecke dann aber, daß der Adressat hinter mir in einem Bulleye des achteren Aufbaus steht. Dem Grinsen des Rudergängers nach muß es eine ziemlich schweinische Geschichte sein, die sich die beiden wie Taubstumme über die Luken weg zugestikulieren.

Zum Alten, der schon auf der Brücke ist, sage ich: »Ich hab mir von dem Storekeeper eine Flasche Chivas Regal aufschwatzen lassen. Wollen wir den probieren?«

»Nur zu!« sagt der Alte nach einem kurzen Rundblick. »Bring ihn am besten mit in meine Kammer. Ist doch gemütlicher als bei dir – oder?«

»Wohl wahr!«

»Hattet ihr denn bei der Reise nach Bergen eigentlich irgendwelche Antiortungsmittel – Christuskreuz oder sonst ein Funkmeßbeobachtungsgerät, Naxos zum Beispiel?« frage ich den Alten nach dem ersten Schluck.

»Nein – nein.«

»Keine Mücke, Wanze, oder wie die Geräte alle hießen?«

»Soweit ich mich erinnere, hatten wir gar nichts. Falls ein Funkmeßbeobachtungsgerät an Bord gewesen sein sollte, hat es nicht funktioniert. In Gebrauch hatten wir keins.«

»Ihr mußtet euch also ganz und gar auf Sicht verlassen ...«

»Auf Sicht und auf Horchen«, sagt der Alte und kratzt sich ausführlich am Kinn. »Also, ich hab mir gesagt: nur nichts überstürzen. Sollten wir *doch* gemeldet sein, würden die Herrschaften uns erst einmal intensiv suchen. Da hieß es zu Beginn der Reise sehr, sehr vorsichtig sein. Nach einer gewissen Zeit, hoffte ich, würden sie annehmen, wir seien, ebenso wie die anderen Boote – ihr ja auch –, nach Süden gelaufen. Und so war's denn wohl auch. Jedenfalls merkten wir nichts von Suchaktionen. Nachts sind wir aufgetaucht gelaufen, später, als unser

Boot und auch der Schnorchel einigermaßen in Ordnung waren, haben wir unsere Batterie beim Schnorcheln aufgeladen. Eine Weile ging das ganz gut – bis der Schnorchel zu Bruch ging. Die Achse vom Schwimmer brach. Der Schnorchel hatte einen Schwimmer mit Verschlußklappe auf der einen Seite und der Schwimmerkugel auf der anderen.« Der Alte macht mit beiden Händen vor, wie Schwimmerkugel und Verschlußklappe saßen.

»Mahlzeit! Konntet ihr das denn reparieren?«

»Eigentlich nicht...«

»Was heißt eigentlich? Konntet ihr oder konntet ihr nicht?«

»Die Achse war gegossen, und das hieß, wir müßten den ganzen Schnorchelkopf abbauen, wenn wir reparieren wollten. Zu der Zeit waren wir südlich von Island. Wir wollten eigentlich durch den Rosengarten, aber da der Schnorchel ausgefallen war, wollte ich das nicht riskieren. Und dann haben wir uns nach vielen Überlegungen entschlossen, den Schnorchelkopf, als gutes Wetter war, abzumontieren. Also: zig Schrauben losgedreht und den Kopf mit einer Talje aufs Turmluk. Und da hatten wir die Bredouille: Die beiden Schwimmerflossen, die an der Schwimmerkugel, waren zu breit, das Ganze klemmte im Turmluk. Wir mußten an den Schwimmerflossen ganze Stücke abstemmen – und schließlich ging das Ding runter, und wir konnten wieder tauchen. Wir haben das Ding repariert und in der nächsten Nacht wieder aufgebracht. Alles mit sehr viel Geduld.«

»Klingt ergreifend einfach«, sage ich.

»Leider hat der reparierte Schnorchel nur ganz kurze Zeit durchgehalten.«

»Und was dann?«

»Dann sind wir ohne Schnorchel weitergefahren, haben umgedreht und sind wieder nach Westen gelaufen. Nun wollte ich lieber durch die Dänemarkstraße, also nördlich von Island durch. Im Boot ging dauernd was zu Bruch. Obgleich wir vieles reparieren konnten, wir hatten eine Menge Werkzeug mit, waren wir nicht in der Lage, die FT aufrechtzuerhalten: Die Funkschächte waren abgesoffen. Wir konnten uns also nicht melden. Und das war vielleicht auch unser Glück, daß wir keine Verständigung mehr mit der U-Boot-Führung hatten. So kamen wir unangemeldet und überraschend in Bergen an. Die hatten uns schon längst aufgegeben und haben schön gestaunt, als sie uns sahen.«

»Gab's keine Probleme an Bord während der langen Reise mit den vielen Leuten? Ihr wart doch auch so zirka hundert, wie auf dem Boot von Mohrhof?«

»So viele nicht. Ich hatte darauf geachtet, daß nicht allzu viele Leute ins Boot kamen. Es war eng, aber man konnte leben. Jede Koje wurde mit zwei Mann belegt, die mußten wechselweise schlafen.«

»Und warum hast du die Leute nicht auch auf Gefechtsstationen gelassen? Im Mohrhof-Boot wurde das so gemacht.«

»Das konnten wir nicht. Dafür war die Reise viel zu lang. Du mußt dir vorstellen, daß wir so lange brauchten wie wir jetzt von Rotterdam nach Durban und zurück.«

»Sechs Wochen! Meine Güte! Und wie habt ihr das mit den Silberlingen gemacht?«

»Einige Kojen waren ganz für diese Gäste reserviert. Auch die mußten die Kojen wechselweise benutzen, nein, stimmt nicht: Für *drei* Mann gab's eine Koje – ja, so war das.«

»Und wie haben die sich benommen?«

»Ich hab denen gesagt: Wenn sie schlafen wollen, müssen sie das selber regeln! Manche haben sich dann mit Decken *vor* die Kojen gelegt.«

»Sind alle halbwegs gesund durchgekommen? Gab's bei dieser langen Fahrt gar keine Troubles?«

»Na ja, bißchen bekloppt waren alle. Aber sonst, *ge*kloppt hat sich jedenfalls niemand. Die waren froh, daß sie mit dem Leben davonkamen, das heißt, solche Gefühle stellten sich erst ein, als wir richtig unterwegs waren. Anfangs hieß es: ›Wenn wir gewußt hätten, was uns blüht, wären wir nicht aufs U-Boot gegangen.‹«

»Als sie *uns* in der Mache hatten, haben wir uns das auch gesagt.«

»Ich zeitweilig auch. Gefangenschaft und aus – das klang gut. Aber leider wußten wir ja nicht, ob wir wirklich in die Hände der Amis geraten würden – oder an den Maquis. Von Natur aus hab ich ein sehr starkes Freiheitsbedürfnis. Das hab ich mir in der Ehe ein bißchen abgewöhnt, aber damals war das noch gut entwickelt... Und andererseits wollte man doch auch seine Gefechtskraft...«

»... dem Volk und dem Führer erhalten!« ergänze ich, »diese Sprüche kenne ich. Ich weiß, wie's weitergeht.«

»Wär das nicht ein schöner Schluß für heute?« fragt der Alte.

»Angebrochener Abend, würd ich sagen. Sei mal nicht so sparsam mit dem Whisky, das ist diesmal meiner. Und erzähl mal, wie's weiterging.«

»Na denn«, beginnt der Alte, nachdem wir uns beide den Magen mit dem Whisky gewärmt haben, »nachdem wir vor Island angelangt waren, ging alles verhältnismäßig ruhig über die Bühne. Ich war natürlich nervös, hörte Geräusche noch und noch. Und wenn wir auftauchten, war das immer sehr unangenehm, weil in dieser Gegend viel Flugverkehr war. Das waren zwar Maschinen, die uns nicht suchten, solche, die gar nicht für U-Boot-Jagd eingerichtet waren, aber weiß man's? Wir sind jedenfalls auch noch an der norwegischen Küste mit aller Vorsicht durch die Gegend geschlichen. Da wir keine Funkpeilmöglichkeit hatten, mußten wir immer wieder schnell mal auftauchen, um eine astronomische Standortbestimmung zu machen. Dicht an der Küste haben wir dann mit Lot gearbeitet. Wir haben uns richtiggehend an die Küste rangelotet. Mit Hilfe von Breitenbestimmung und Lotungen haben wir uns ausgerechnet, wo wir etwa sein müßten. Und dann konnten wir endlich durchs Sehrohr die Gegend identifizieren.«

»Das muß spannend gewesen sein: Der erste Anblick von Land! Habt ihr lange geknobelt, wohin ihr geraten sein könntet?«

»Nein, das klappte gut. Ich bin zwar aus Versehen bei Hellisoe in ein Minenfeld geraten, von dem ich nichts wußte, aber wir hatten Glück. Und dann hatten wir noch mal Glück: Wir konnten den Funkverkehr mithören, nur senden konnten wir nicht. Und so haben wir mitgekriegt, wann ein anderes Boot einlaufen würde, und sind zu dem Zeitpunkt, als dieses andere Boot vom Geleit aufgenommen werden sollte, durch die Nordeinfahrt nach Bergen gelaufen.«

»Habt ihr euch einfach angehängt?«

»Wir haben wie ein lauerndes englisches Boot vor der Einfahrt gestanden, und dann sind wir, als der Kollege ankam, plötzlich aufgetaucht und hinterhergefahren.«

»Das hätte aber auch übel ausgehen können!«

»Wir haben uns natürlich gleich mit Morse zu erkennen gegeben.«

»Und der hat euch gleich erkannt?«

»Anscheinend ja. Man kommt da durch eine übersichtliche Lücke zwischen den vorgelagerten Inseln in den Fjord, genannt: Nordansteuerung Bergen. Die auf dem Geleitfahrzeug haben auch geschaltet: deutscher U-Boots-Typ. Da haben die natürlich bei ihrem Verein angefragt und erfahren: Ein zweites U-Boot sei nicht gemeldet.«

»Also allerhand Konfusion – typisch!« grinse ich den Alten an.

»Bestimmt. Das war aber nicht unser Problem, sondern denen ihrs.«

»Und dann seid ihr rein. Was haben die in Bergen denn gesagt, daß zwei U-Boote statt des einen gemeldeten ankamen?«

»Die haben gesagt: ›Wo kommt ihr denn her, wo kommt ihr denn *jetzt noch* her?‹ Die taten so, als *dürften* wir gar nicht mehr erscheinen.«

»Was Wunder: Ihr wart schließlich nicht gemeldet! Habt ihr schlicht gesagt: ›Wir kommen aus Brest‹?«

»Ja, haben wir. ›Wir kommen aus Brest, haben sehr viele Störungen gehabt, und da hat's eben ein bißchen länger gedauert.‹«

»Und wie ich dich kenne, habt ihr dann ganz lässig festgemacht.«

»Na, ich hab schon ordentlich gemeldet.«

»Richtig zackig?«

»Wie das so meine Art ist. Die Gesichter hättest du sehen sollen! Völlig perplex.«

»Kein Jubel, keine freudige Begrüßung?«

»Nichts dergleichen. Die waren eher – wie soll ich sagen –«

»– pikiert?«

»Ja, so kann man's sagen.«

»Das kann ich mir gut vorstellen. Ich habe diese Situation ja auch erlebt: Ein Boot gemeldet – zwei kommen.«

»Na eben, da weißt du's ja. Was fragst du denn? Ich habe dann mit feinen Worten zum Ausdruck gebracht, daß ich meine Kräfte dem knurrenden Volk gern etwas früher zur Verfügung gestellt hätte, daß das aber leider aus technischen Gründen nicht möglich war.«

»Hast du dich so fein ausgedrückt? Das hat dann doch sicher Freude ausgelöst?«

»Sichtlich. Ich hab gesagt, ich sei der Meinung gewesen, es sei besser, wenn ich ein bißchen mit der Fahrt zurückhielte, auf Nummer sicher ginge, weil es dem Führer wichtig sei, daß er über uns im Endkampf verfügen könne, so gesehen dürfe die Zeit wohl keine Rolle spielen und so weiter ...«

»Du hast die alten Sprüche einfach nicht lassen können?«

»Warum? Dann haben wir das Boot außer Dienst gestellt. Es wurde nutzbringend ausgeschlachtet. Die Batterie war noch perfekt, weil wir eine neue Batterie, die letzte gute, in Brest eingesetzt hatten.«

»Das erinnere ich sogar noch. Und die Marineräte, sind die dann von Bergen aus nach Hause geflogen?«

»Die waren gleich weg.«

»Die auch? Genau wie bei uns: husch husch und weg?«

»Ich hab die nach der Begrüßung nicht mehr gesehen, keinen von denen.«

»In La Pallice waren die sogar noch *vor* der Musterung weg, aufgelöst wie in Luft. Diese Saubande! Der Mohrhof hat schön blöd geguckt.«

»Ich auch. Eigentlich nicht die richtig feine Art, sich so zu empfehlen.«

»Da wurde einem deutlich, daß die Verachtung für die Silberlinge nicht unbegründet war. Wir haben sie eigentlich immer als Parasiten empfunden«, schimpfe ich.

»Reg dich ab«, sagt der Alte, »vergangene Zeiten. Trink lieber noch einen Schluck vorm Schlafengehen – es ist ja *dein* Whisky.«

Morgens um fünf Uhr werde ich wach und lasse mein Rollo hochschnappen, um mehr frische Luft in der Kammer zu haben. Da sehe ich an Backbordseite, nicht weit weg, Lichter blinken. Das könnte Teneriffa sein. Dieses Blinken, Funkeln und Blitzen der paar Lichter rührt mich an.

Achteraus erhebt sich aus der tiefblauen See ein blaugrauer Vulkanberg. Der Berg ist mit präzisen Konturen gegen den sehr hellen Himmel gezeichnet. Direkt unter dem Berg fährt ein Vielzweckfrachter dahin, ein Mitläufer, der recht bizarr aussieht, weil er Kräne statt Ladebäumen trägt, fünf Kräne nebeneinander aufgereiht.

Der Wind kommt genau achterlich. Dicht beim Schiff ist die See auf der Schattenseite von tiefer Jeansbläue, weiter ab sieht sie wie verwaschene Jeans aus. Einen Daumensprung über der Kimm hängt eine lange, schmale Wolkengirlande, unten violettgrau, oben schmutzigweiß.

Die große Radarantenne dreht und dreht. Was soll das bei so schönem Wetter?

Als ich auf die Brücke komme, sehe ich den Elektroniker am großen Radar arbeiten: Das Gerät war ausgefallen, nun läuft die Antenne zur Erprobung.

Der große Berg auf der Insel Teneriffa heißt Pico de Teide. Von der Karte lese ich ab: 3718 Meter hoch. Auch der Flughafen ist auf unserer Karte eingezeichnet:

651 Meter hoch. Nicht lange her, daß hier zwei Jumbos ineinanderkrachten, erinnere ich mich plötzlich.

Der Taube geht es gut. Sie wird sich noch so vollfressen, daß sie nicht mehr starten kann. Vielleicht sollte sie dann in einem der kleinen Fächer wohnen, die über die ganze Breite der Brücke oben an der rückwärtigen Wand für die Flaggen angebracht sind. Ich schaue nach, welche Flaggen wir denn in den Fächern haben: Nicaragua, San Salvador, Uruguay, Kolumbien, Trinidad, Jamaika, Senegal, Mauretanien, Togo, Argentinien, Sierra Leone, Ghana, Dänemark, Norwegen, Schweden, Island, Belgien, England, Irland, Frankreich, Holland, Spanien, Portugal, Italien, Griechenland, Türkei ... So viele Länder, die ich noch sehen möchte. Trinidad zum Beispiel. Gleich habe ich den Rhythmus der Trommelschläge auf die Ölfässer im Ohr. Wo war das noch? Ach ja: An der Côte d'Azur zog eine Truppe aus Trinidad auf der Strandstraße trommelnd entlang.

Ich spüre meinen rechten Wadenmuskel. In der Nacht hat mich ein Wadenkrampf hochgeschreckt. Ich staune, daß die Krampferei stets genau die Programmzeit einhält: früh sechs Uhr, so lange braucht der Wadenmuskel anscheinend zum Überlegen, ob er krampfen soll oder nicht. Den Arzt zu fragen, wie das kommt, hätte sicher keinen Sinn. Für medizinische Phänomene scheint er sich nicht sonderlich zu interessieren. Er kommt von der Luftwaffe, und Luftwaffenärzte, hörte ich von meinem Hausarzt, kämen in der Rangfolge noch nach Badeärzten. Diesem Vorurteil gibt der jugendliche Medizinmann neue Nahrung. Das einzige, womit er sich anscheinend beschäftigt, ist Volleyball spielen im Laderaum fünf. Zum Essen kommt er fast immer als letzter. Beim Frühstück habe ich ihn noch nie gesehen, bei den anderen Mahlzeiten selten. Zuweilen betritt er gerade dann die Messe, wenn wir sie verlassen. »Kein geselliger Mensch«, hat der Alte ihn charakterisiert und mit dem alten Bordarzt, »dem Doktor«, verglichen. »Der war ein geselliger Mensch. Mit dem konnte man reden, und Witz hatte er auch. Ich weiß nicht mehr, wie viele Reisen wir gemeinsam gemacht haben«, sagte der Alte. Mit dem unmittelbaren Nachfolger des Doktors hat der Alte so trübe Erfahrungen machen müssen, daß er fast auf der Strecke geblieben wäre. Gerade gestern habe ich ihn danach gefragt, und so, als diktiere er noch fürs Kriegstagebuch, hat er mir im Telegrammstil davon erzählt: »Wir hatten zu der Zeit drei Reisen nach Angola: Mossamedes, Luanda, Lobito, Koks von Nordenham/Weser ausreisend, Erz zurück. Im Dezember zirka drei Wochen in Lobito auf Reede. Hafen war überfüllt. Die Hitze beträchtlich. Heimreisend hohes Fieber. Mit Medikamenten und Whisky behandelt. In Emden ausgestiegen.« Daß sie den Alten waagerecht vom Schiff bringen mußten, hat er verschwiegen – und das Wichtigste und Fatale dazu: daß die Ärzte an Land Tuberkulose im fortgeschrittenen Stadium diagnostizierten, die der Schiffsarzt nicht erkannt hatte, und daß der Alte monatelang in einem Lungenkrankenhaus bei Bremen eingesperrt war und sie ihm auch noch einen Lungenflügel entfernten.

Da es wärmer geworden ist, gibt es Frühstück auf dem Achterdeck: Pleinairismus. Ich war froh, daß ich das Frühstück hinter mir hatte, als einer der Assis, der magerste Mann an Bord, auftauchte. So brauchte ich nicht schon wieder zu bewundern, was er in sich hineinstauen kann. Das Angebot für Vielfresser ist freilich beachtlich. Heute gibt es zum Frühstück Bananenpfannkuchen, Eier nach Wahl, Strammen Max mit Salami, Currywurst, Cowboyfrühstück, Frischmilch. Zum Mittagessen wird es geben:

Fruchtkaltschale, klare Suppe mit Einlage, gebratene Scholle, Buttersoße, Frikassee mit Reis und Eiscreme. Nachmittags fünfzehn Uhr dann Kaffee und Kuchen. Und zum Abendessen: paniertes Kotelett, Kartoffelsalat, Tomate, Zwiebeln, Radieschen, Fischkonserven und Nachtobst.

Viel zuviel Essen für Leute, die wenig Bewegung haben. Mancher vom Maschinen- und Reaktorpersonal trägt eine beachtliche Wampe mit sich herum. Nur dieser Assi ist die Ausnahme von der Regel, daß viel essen und trinken zu dickem Bauch führen muß. Jedesmal, wenn ich ihn sehe, frage ich mich, wohin er diese Mengen von Nahrungsmitteln verstaut, die er sich schier verbissen zuführt.» »Wahrscheinlich hat er ein Dutzend Bandwürmer zu verköstigen«, meinte der Chief.

Ein großer schwarzgelber Schmetterling gaukelt vor mir her, als ich wieder nach vorn gehe. Woher mag er kommen? Ist es möglich, daß der Schmetterling sich bis zu uns hin von einer Luftströmung hat tragen lassen, mit genauem Kurs auf unser Schiff, ohne Vorhaltrechner? Keiner da, den ich nach solchen Wundern der Natur fragen könnte...

In meiner Kammer setze ich zum erstenmal die Fenster dicht und mache die Klimaanlage an, die Luft ist allzu dämpfig.

Ich lege mir mein Schreibzeug zurecht, um mir Notizen zu den heute früh abgespulten Filmen zu machen, da schreckt mich wildes Rattern und Ächzen hoch. Eine Ramming? Ich renne zum Schott. Da fällt mir ein: Das sind die Hamburger! Heute früh fahren sie Schlängellinien, hat der Alte gesagt. Kruzitürken! Die haben mir einen schönen Schrecken eingejagt. Nun vibriert auch diese Kammer. »Der Mensch kann nicht in Frieden leben...«, murmele ich und verlasse diesen ungastlichen Ort.

Ich starre in die Hecksee und photographiere die geheimnisvollen Hieroglyphen, die wir durch den Schlängelkurs in die See schreiben. Diese weiß sprudelnde, sich windende Schleppe haben unsere 10 000 PS erzeugt! Sie ist eine Paraphrase vergeudeter Kraft. Das wilde Strudeln läßt schon in Sichtweite nach. Bald wird von unserer Spur nichts mehr zu sehen sein. Die See ist erinnerungslos. Der Bleistiftstrich auf der Seekarte wird alles sein, was von unserem Dahinschippern bleibt. Und eines Tages wird auch er ausradiert, und nur noch die paar Positionsangaben im Bordtagebuch werden der Beweis dafür sein, daß wir hier gefahren sind.

Mir fällt eine Stelle in Rossis »Oceano« ein, das ich im Gepäck habe. Ich reiße mich vom Anblick der milchig grünen Bahn los, nehme den langen Weg nach vorn unter die Füße und steige im Brückenaufbau zu meiner Kammer hoch. Das Buch habe ich mit einem Griff. Die Stelle ist angestrichen:

»Der Mensch drückt der Erde, wo er geht, seine Spur auf, er durchfurcht die Erde mit dem Karrenrad, mit dem Eisen pflügt und durchdringt er sie – und die Furche des Rades und der eiserne Schnitt bleiben und dauern. Doch auf dem Meer läßt der Mensch keine Spur zurück. Die Furche, die der Schiffsbug bricht, füllt sich gleich wieder. Das Meer hat keine Vergangenheit, hat kein Gedächtnis. Der uralte Troglodyt hat die Höhlenwände mit Symbolen geschmückt, doch auch, so Symbole fehlen, genügt ein kleines Mal mit dem Eisen, um zu sagen: da hat der Mensch gelebt. Wieviel Geschichte hat sich auf diesen Wässern abgespielt? Erforschungen, Seehandel, Schlachten, Schiffbrüche: Mühen, Leiden, Kämpfe, Heldentum, Blut. Was ist von all dem geblieben? Der Ozean ist ewig ein weißes Blatt geblieben. Der Mensch will dauern, über sich hinaus leben, will die Zeit besiegen. Die Erde gibt ihm diesen Wahn. Alles verzehrt sich, zerfrißt sich, verfault, zerbricht; auch der härteste Stein schleift sich ab. Aber all das geht langsamer vor sich als das Leben des Menschen, der solcherart die Augen schließt und überzeugt ist, ein dauerndes Zeichen seines Durchganges durch das Leben zu lassen. Das Meer ist ein Felsen, den kein Eisen einschneidet. Auf dem Meer ist der Tod endgültig...«

Als die Schlängelei fürs erste beendet ist, das Schiff seinen Kurs wieder aufnimmt, gehe ich auf die Brücke. Der Dritte, Herr Schmalke, hat Dienst. Er fährt das erstemal auf der Otto Hahn. Als ich den Alten fragte, wer denn noch im Brückenaufbau wohnt, erfuhr ich: Der Dritte hat dort zwei Kammern okkupiert: eine für sich und seine Frau, die zweite für den fünfjährigen Sohn.

Wie vom Schlag gerührt bleibe ich im Schott zur Brücke stehen: eine Ludwig-Richter-Idylle zur See! Frau Schmalke hockt, Nickelbrille auf der Nase, auf dem hohen Lotsenstuhl wie auf einem Barhocker und strickt an einem gelben Pullover, der Sprößling dreht am Steuerrad herum. Unfug kann er damit wenigstens nicht stiften, da die Selbststeuerung eingeschaltet ist. Der kleine Herr Schmalke steht neben dem gelben Strickzeug und starrt in die Ferne.

Der Alte ist im Kartenhaus und guckt verbiestert.

»Wer hat denn diese Sittenlosigkeit eingeführt?« platze ich heraus, »dies ist doch keine Elbzille!«

»Moderne Zeiten«, brummelt der Alte, »soll ich mich noch aufregen? Aber ich versteh's einfach nicht: Der Mann ist doch schon lange bei der Hapag, der kommt doch nicht von irgendeinem Griechen.«

»Ich versteh's auch nicht – auch noch aus einem anderen Grund als du: Der verliert doch bei Frau und Kind an Nimbus. Zu Hause kann er als der große Nautiker dastehen, aber wenn die Gattin nun sieht, was er macht, sich die Beine in den Bauch stehen, hin und wieder durchs Glas gucken und mal den Radarschirm betrachten, und das stundenlang. Da ist der Lack doch ab!«

»Sollte man meinen. Aber wer entscheidet sich denn auch noch für diesen Beruf? Wahrscheinlich haben die Bienen, wenn sie mit so einem aufs Standesamt gehen, nicht mal mehr die *Illusion*, daß sie einen Seemann heiraten.« Das klang bitter. Aber der Alte hat recht: Jetzt sind es keine Seeleute mehr, sondern Seefahrts*beamte*. Ich habe, das fällt mir ein, noch keinen der Mates während seiner Freiwachen mit einem Buch in der Hand gesehen. Von Josef Conrad, diese Probe habe ich gemacht, hat keiner was gehört. Der Alte hat *alles* von Conrad gelesen.

Die deftigste der Backschafterinnen, anscheinend wachfrei, beschäftigt sich, als ich frühzeitig zum Essen komme, mit einem Kreuzworträtsel. Sie fragt mich ohne Umschweife: »Großmacht mit drei Buchstaben?«

»USA«, gebe ich zurück, erreiche damit aber nur einen Ausdruck totaler Leere auf ihrem Gesicht. »Amerika«, sage ich deshalb.

Jetzt probiert sie, dann guckt sie verzweifelt hoch: »Geht nicht hin!«

»Aber die drei Buchstaben USA?« Nun schaut sie mich verwirrt an. »Drei Buchstaben, die Abkürzung für United States of America, Vereinigte Staaten von Amerika. USA – schreiben Sie's mal hin.« Und dann, nachdem sie es versucht hat, strahlt sie mich an.

»Wie mag es in so einem Kopf aussehen?« frage ich den Alten beim Essen, nachdem ich ihm von meinen pädagogischen Versuchen erzählt habe. »Die Namen von Schlagerstars und Rocksängern hat dieses Hirn wahrscheinlich parat.«

»Anzunehmen«, sagt der Alte.

»Dann hab ich sie gefragt, wofür sie sich denn interessiere – und wie aus der Pistole geschossen kam: ›Mode und Kosmetik!‹«

»Wenigstens was«, kommt es maulfaul vom Alten.

»Nicht mal ›Beischlaf‹ hat sie gesagt, dabei hätte sie davon doch sicher an erster Stelle reden müssen.«

»Pfui!« sagt der Alte.

Aber ich gerate richtig in Rage: »Warum ergründet denn kein Soziologe, wie eng der Horizont eines solchen Wesens tatsächlich ist, wie winzig klein ihr Wortschatz. Hat sie überhaupt politische Ansichten, Vorstellungen vom Dasein, eine Spur von Geographie oder Geschichte im Kopf? Kennt sie wenigstens die europäischen Hauptstädte, einen einzigen deutschen Minister, ein europäisches Staatsoberhaupt? Daß wir nach Durban fahren, wird sie gehört haben – ob sie weiß, wo das ist? Meine amerikanischen Erfahrungen sind freilich auch nicht ermutigend. Während meiner Promotionstour fürs ›Boot‹ wollte ich dahinterkommen, was Amerikaner von Europa wissen. Wo Berlin liegt, wußte kaum einer, trotz der amerikanischen Luftbrücke. Und dann Bob, der Zahnarzt aus Boston: Weil er in Bayern an einem Marathonlauf teilnehmen wollte, erkundigte er sich bei mir: Liegt ›Bavaria in Munich or Munich in Bavaria?‹ Da war ich bedient!«

»Sorgen hast du«, brummelt der Alte.

Und weil er gar so maulfaul ist, frage ich: »Ist was? Du bist so komisch.«

»Na, ich zeig dir nachher mal in meiner Kammer ein hübsches Elaborat. Jetzt iß mal endlich. Wird ja bei deinem missionarischen Eifer alles kalt«.

»Gran Canaria«, sage ich plötzlich und blicke den Alten an, »da warst du ja schon mal. Hast mir sogar eine Karte aus Las Palmas geschickt!«

»So, hab ich? Eigentlich nett von mir. Tscha, *das* waren noch Zeiten!«

»Erzähl mal!«

»Später«, sagt der Alte und guckt versonnen.

Eine Stunde später klopfe ich beim Alten an. Der reibt sich gerade den Schlaf aus den Augen. »Lies das mal, hat mir der Storekeeper gebracht«, sagt er und schiebt mir einen Aktendeckel hin, »ich bestell uns den Kaffee auf die Kammer.« Während er zum Telephon geht, sagt er: »›Zur mündlichen Ergänzung bin ich jederzeit bereit‹, hat der Storekeeper auch noch gesagt.«

»Da in letzter Zeit das Bordklima in sehr negativer Richtung verläuft...«, lese ich und sage laut: »Na so was!«

»Lies weiter!« sagt der Alte ungeduldig.

»... in sehr negativer Richtung verläuft, sehen wir uns gezwungen, von der Mannschaft selbst etwas zu unternehmen, um diesen Mißständen endlich ein Ende zu machen...«

»Doch verdienstvoll!« kann ich nicht unterdrücken, aber der Alte guckt mich nur stur an, tiefe Rillen auf der Stirn. Also weiter: »Die Mannschaftsdienstgrade werden nun mal auf diesem Schiff, ausgenommen von ihren unmittelbaren Vorgesetzten sowie von den Ingenieuren und Offizieren, als notwendiges Übel betrachtet; denn im Zeitalter der Atomtechnik nimmt auf diesem Schiff die Dynastie der Kombüse sowie der Zahlmeister Herr Griesmeier und die Stewardeß Frau Otter samt Anhang eine Sonderposition ein, die sich alles erlauben können und die Mannschaft wahrscheinlich als Menschen vierter Klasse ansehen, was nach ihrem Verhalten und Benehmen schließen läßt...«

»Ooh Gott!« stöhne ich, »hat das der Storekeeper alles selber gedichtet?... ›die Dynastie der Kombüse‹ und so weiter?«

»Glaub schon. Als er sich bei mir ›zur mündlichen

Ergänzung bereit‹ fand, hat er sich auch so geziert ausgedrückt. Aber nun lies doch endlich weiter!«

»Na denn! ›Zu diesen Problemen hätten wir folgende Vorschläge zu machen, die ein Abwandern der Mannschaft verhindern würde. Punkt 1. Ablösung der Kantinenausgabe durch Herrn Griesmeier: In den letzten paar Monaten kam es sehr oft vor, daß Waren, die von den Mannschaftsangehörigen verlangt wurden, mit dem Argument der Frau Otter abgespeist wurden, die Ware wäre nicht vorhanden, obgleich jene Ware unten im Store lag. Entweder ist es eine sehr große Bequemlichkeit, oder man wird gezwungen, das zu nehmen, was gerade vorhanden ist. Das Gleiche gilt für alle anderen Artikel, speziell für Toilettenartikel. Somit möchten wir darum bitten, daß die Ausgabe demnächst auch von Herrn Zahlmeister Griesmeier geführt wird, um somit der Mannschaft auch gerecht zu werden; denn von uns wird ja auch gewissenhafte Arbeit vorausgesetzt, ansonsten steht der Weg offen, das Schiff zu verlassen ...‹ Bitte begnadige mich jetzt! Ich versprech's: Heute Abend les ich weiter!« flehe ich den Alten an. »Was willst du denn machen?«

»Weiß noch nicht«, sagt der Alte. »Du hast ja keine Ahnung! Gestern kam der Funker wütend zu mir und zeigte mir einen Joghurt. ›Das Verfalldatum ist schon um zwei Tage überschritten!‹ hat er sich beschwert.«

»Unseres ja wohl auch bald«, sage ich trocken, und da kann der Alte endlich grienen.

»Übrigens«, sagt er dann, »ich hab mir noch mal Gedanken über deine Einstandsfete gemacht ...«

»Na und?«

»Die Gästeliste ist jetzt doch etwas größer, als ich ursprünglich gedacht hab, und da ist vielleicht Bowle das richtige Getränk. Was meinst du?«

»D'accord!« sage ich und atme demonstrativ durch. »Und wann, denkst du, soll die Party stattfinden?«

»Ich hab mir überlegt: gleich am Montag, wenn wir die Leute von der HSVA in Dakar abgesetzt haben? Da kann ich die schon auf der Liste streichen.«

»Sehr gute Idee!«

»Wo das Ganze stattfinden soll«, sagt der Alte, »das muß ich auch noch überlegen. Jetzt ist es warm, da werden wir das wohl am besten auf dem Peildeck machen.«

Pause. Knobelt der Alte immer noch an dem Problem?

»Na denn!« sagt der Alte plötzlich und steht auf: »Kommst du mit rauf?«

»Ich geh erst noch mal unter die Dusche. Komm gleich nach.«

Unter der Dusche fällt mir ein, daß der Alte mich korrigierte, als ich behauptete, unser Waschwasser sei – durch Verdampfen entsalztes – Seewasser.

»War Seewasser!« sagte der Alte, »täglich werden hier sechzig Tonnen Wasser entsalzt. Zwölf von den sechzig Tonnen braucht der technische Betrieb. Kostet eine Menge Energie.«

Auf der Brücke atme ich tief durch, ehe ich die Kimm in den Blick fasse. Kein Schiff zu sehen. Eine dicke Girlande weißer Wolken steht einen Daumensprung über der Kimm, ihre vielfach gebauchten Oberränder stehen scharf, wie ausgestanzt, gegen das helle Himmelskobalt, das ganz allmählich nach oben hin satter wird.

Nie zuvor habe ich den Ausblick aus dem Ruderhaus als so erholsam empfunden. Irgend etwas stimmt aber nicht: Der Erste, der Dienst hat, hat mir nur ganz knapp geantwortet, als ich durch das Schott kam, und weiter auf die Kimm gestarrt, auf der ihn wohl kaum die Wolkengirlanden interessieren. In der Ecke sitzen, mit rotgeweinten Augen, die Kinder. Sie haben der Taube Weißbrotscheiben und Salatblätter hingelegt und versuchen, sie mit ihren Fingerspitzen zu streicheln.

Im Kartenhaus sagt der Alte auf meine Frage: »Der Erste hat heute früh die Taube über Bord geworfen.«

»Aber...?«

»Tscha, nach einer Stunde war sie wieder da.«

»Zur Begeisterung des Ersten?«

»Natürlich!«

»Würdest du in meiner Vermutung, daß Körners Karton mit der Gebrauchsanweisung den gleichen Weg wie die Taube genommen haben könnte, einen gewissen Wahrheitsgehalt sehen?« beginne ich umständlich: »Wohin die schiere Ordnungswut führen kann, obwohl die Kinder jeden Klacks von der Taube sofort aufgewischt haben, wissen wir ja nun.«

»Insofern«, geht der Alte auf meinen Blödsinn ein, »insofern ist ein gewisser Wahrheitsgehalt nicht abzustreiten.« Dann beugt er sich über die Karte und zeigt auf einen Punkt: »Hier, Port Etienne, jetziger Name ist Nonadhibou, in Mauretanien haben wir die Ölpier der BP gerammt. Werden wir morgen um die Mittagszeit querab haben.«

»Mußte das sein?«

»Ja, da war gar nichts zu machen. Eine Windboe hat den Steven reingedrückt. Wir bekamen plötzlich starken Winddruck aufs Achterschiff beim Anlegebogen – Schlepperhilfe gab es nicht...«

»Und was war mit dem Lotsen? Du hast doch gesagt, gerade da standet ihr unter Lotsenberatung...«

»Was soll der Lotse da schon machen? Der haftet ja auch nicht. Unserem Steven hat es auch nichts geschadet. Aber die rotte Laufbrücke, so eine Holzkonstruktion auf Betonstützen, die war hin. Eine ganz blöde Situation. Da nützte auch der Anker nichts. Erst hatten wir vor der Pier gewartet, weil es nicht einmal Festmacherboote gab, dann wollten wir auf Steuerbordseite anlegen, und dann kam dieser Wind von zehn Meter pro Sekunde aus Westnordwest. Wir hatten nicht genug Ballast im Schiff, nur 3000 Tonnen, da konnte der Wind uns richtig packen. Die Ankerkette hat es glatt mitgezogen. Das war sicher harter Ankergrund, gebaggerter Grund. *Eigentlich* war das ein ganz einfaches Manöver, aber das Schiff hat den Dreh verloren.«

»Haben die sich gefreut, daß sie eine neue Laufbrücke bekamen?«

»Und ob! Hat zirka eine Million D-Mark gekostet.«

»Eine Art Entwicklungshilfe?« grinse ich.

»So kann man's nennen.«

Der Ballastzustand des Schiffes ist wieder verändert worden. Wir fahren jetzt mit Ballastzustand eins. Das Schiff liegt wesentlich tiefer im Wasser als vorher, dadurch hat das Scheppern in meiner Kammer abgenommen.

Es hat aufgebrist. Windstärke fast fünf. Der Alte meint, hinzu komme auch die Düsenwirkung durch die nahen Inseln.

Die Hamburger haben ihre Schwierigkeiten. Sie wollen durch Schlängelfahrten feststellen, wie das Schiff, bezogen auf den Grundkurs des Kreiselkompasses, bei verschiedenen Ruderlagen und Stützmanövern reagiert. Ich hab kapiert, daß es kaum andere Schiffe gibt, mit denen so unterschiedliche Ballasttiefgänge hergestellt werden können, wie mit der Otto Hahn. Just diese Unterschiede brauchen die Hamburger: Sie brauchen aber, um bei Schlängelfahrten Logvergleiche anstellen zu können, für mindestens zwei Tage auch etwa gleiches Wetter. Nach den Erfahrungen ist es zwar unmittelbar an den Inseln ruhig, aber schon etwas weiter ab, wie jetzt, macht sich wieder die Atlantikdünung bemerkbar.

Es wird also nicht geschlängelt, weil bei der Schlängelfahrt der zu starke Wind die Bedingungen allzusehr verändern würde. Wir werden abwarten, bis wir Cap Blanc querab haben. Von da an soll es ruhiger werden.

»Wenn das so weitergeht, kann es noch lustig werden«, stöhnt der Alte.

»Gib mal her«, sage ich, als ich am Abend in die Kammer des Alten komme, und zeige auf den Schnellhefter vom Storekeeper, »versprochen ist versprochen – und dann hab ich den Schmonzes hinter mir.«

Das sieht der Alte offenbar ein, und ich lese: »Punkt drei: Eine sofortige Änderung der Kombüsenmahlzeiten, sofern man es noch als Essen bezeichnen kann. Wir stehen im Augenblick wieder am Scheideweg zwischen Forschern der Gesellschaft und dem Forschungsprogramm der Kombüse.«

»Hübsch gesagt!« entfährt es mir.

»Sei nicht albern«, mahnt der Alte, »lies weiter!«

Ich tue es halblaut: »Es fehlen schon Liebe und Kunst beim Kochen, denn die Art der Gerichte und deren Geschmacksrichtungen werden von allen als undefinierbar bezeichnet. Gelingt den Leuten dann mal was, dann gibt es von diesen Gerichten einen ganz geringen Nachschlag: Sauce und Kartoffel, aber kein Fleisch.

Punkt vier: Wir verlangen, daß man uns die Sorten an Getränken, die auf diesem Schiff gefahren werden, auch von der Kombüse gibt: klare und gelbe Brause sowie Holsten, Becks, Urpils, Dortmunder – und nicht sagt: Haben wir nicht, trinkt etwas anderes, oder: Urpils darf nur in Kisten verkauft werden.«

»Darf ich das Fazit morgen lesen?« stöhne ich. »Könnten wir nicht zur Erholung von was anderem reden?«

»Wovon denn zum Beispiel?«

»Zum Beispiel davon, wie es dir in Bergen ergangen ist.«

»Nee – heute bist du dran.«

»Ach komm, sei bitte nicht stur. Das müssen wir doch nicht wie Drittabschlagen machen: heute du, morgen ich, übermorgen du und so weiter. Von mir weißt du längst, wie ich ›heim ins Reich‹ kam. Erzähl wenigstens von dir, wie und wann *du* heim ins Reich kamst. Ist noch was drin in der Whiskyflasche? Nach diesem Geseire brauch ich 'nen Schluck.«

»Noch halbvoll«, sagt der Alte und holt auch gleich Gläser und gießt ein – und dann: »Wenn du also unbedingt willst...« Er zieht die Stirn kraus: »Ja also – also ich bekam die Order, alles an Papierkram, was wir aus Brest mitgenommen hatten, Kriegstagebücher und so, schnellstens mit einer Kuriermaschine nach ›Koralle‹ zu bringen. Und da bin ich nach Berlin geflogen.«

»Was hat denn dein Befehlshaber gesagt, als du kamst?«

»Der sagte, er freue sich, daß ich durchgekommen bin, und wollte wissen, was in Brest so los war, und ich hab ihm berichtet, daß die größte Schwierigkeit dieser Kompetenz-Kuddelmuddel zwischen Seekommandant, Heer und so weiter gewesen ist.«

»War das alles, was du zu berichten hattest?«

»Gewissermaßen ja.«

»Hat er sich für irgendwas *wirklich* interessiert oder nur formelle Fragen gestellt?«

Der Alte bedenkt sich und sagt dann: »Ich hatte den Eindruck, daß er den Verlust des Atlantikstützpunktes verdaut hatte.«

»Da hat er sich aber schnell umgestellt.«

»Brest war ja ungefähr zehn Tage nach unserem Auslaufen gefallen.«

»Da war wohl das, was du an Unterlagen nach Berlin brachtest, schon veraltet? Aber Dönitz muß dir doch irgendwelche Direktiven gegeben haben, was Hehres und Großartiges muß er doch von sich gegeben haben: ›Jetzt geht der Überlebenskampf des deutschen Volkes von den nordischen Häfen aus weiter...‹ oder so was in der Preislage?«

»Hat er aber nicht. Er hat nur gesagt: ›Nun gehen Sie erst mal auf Urlaub.‹«

»Das klingt verdammt prosaisch.«

»So war's aber.«

»Du hast dann tatsächlich nach der Meldung bei Dönitz richtig Urlaub gemacht?«

»Ja, aber nicht lange. Kaum war ich in Bremen, kam Nachricht, daß ich zurück gewünscht würde. Ich bin dann wieder nach Norwegen geflogen – von wo aus war das denn gleich? Ich glaub, von Berlin aus. Im Flugzeug traf ich den Admiral von Schrader, der sich später umgebracht hat. Der war Admiral Westküste. Den kannte ich, weil er mein Kreuzerkommandant gewesen war. Berliner! Ottchen von Schrader!«

Jetzt schwelgt der Alte sichtlich in seinen Erinnerungen, und ich warte geduldig, daß er fortfährt. Er schenkt bedächtig nach, nimmt einen großen Schluck, ehe er wieder redet: »Ottchen von Schrader, das war so ein schneidiger, drahtiger Kerl mit komischen Allüren. Zur Uniform trug er ein weißes Kavalierstaschentüchlein. Wir trafen uns in dieser Ju-Zwoundfuffzig-Kuriermaschine, die von Berlin nach Kopenhagen – richtig: Wir waren in Berlin gestartet.«

»In Kopenhagen, hieß es, gab's noch alles: Rauchfleisch zentnerweise, sogar Schokolade«, sage ich.

»So doll war's nun auch wieder nicht. In Kopenhagen konnte ich für fünf Mark ein Feldpostpäckchen kaufen mit etwas Speck, aber nur eins, weil die Päckchen geflogen wurden. Ein Luftwaffenfeldwebel war Kantinier. Man brauchte nur die Adressen anzugeben, alles andere lief automatisch. Aber mal weiter im Text: Wieder in Bergen, mußte ich Anfang Dezember Kapitän Cohauhs ablösen, der Chef der Elften U-Flottille war. Da war natürlich alles ganz anders als in Brest. Die fingen erst an, U-Boot-Bunker zu bauen, zum Teil wollten sie die in die Felsen sprengen.«

»Wie kamst du dir denn in Bergen vor, mit deinen Erfahrungen aus Brest? Waren die Leute in Bergen genauso versturt wie die Leute, auf die wir in La Pallice stießen?«

»Kann man wohl sagen! Aber was blieb mir übrig? Ich mußte sehen, wie ich klarkam. Der Laden dort war tatsächlich ziemlich desorganisiert. Es war für die Leute auch nicht einfach: Dauernd kamen Boote, von denen man weder Personalunterlagen noch irgendwelche anderen Unterlagen hatte. Und ständig kamen Anfragen vom Zwoten Admiral der U-Boote. Es gab zwar zwei Personalreferenten, aber die hatten auch kaum Unterlagen, wußten nicht, welches Boot wo eingesetzt war, na, es war jedenfalls das schönste Durcheinander. Die Unterlagen von den Flottillen an der Atlantikküste, die beim Zwoten Admiral der U-Boote lagen, waren zum größten Teil nicht angekommen.«

»Wer war denn damals der Zwo AdU?«

»Von Friedeburg.«

»Der Friedeburg, der sich dann erschossen hat? Dieses Photo, wie der tote von Friedeburg auf dem Sofa unter dem Photo von Dönitz liegt, das kennst du doch?«

»Kenn ich«, sagt der Alte knapp. »Also mal weiter: Von Friedeburg war in Kiel stationiert. In Kiel war auch Müller-Arnecke, einer der Personalreferenten für Mannschaften, aber es gab kaum Verbindung. Da hatten wir ganz schön zu wühlen – bei achtzig Booten.«

»Was? Achtzig Boote? In Brest hatten wir doch im Höchstfall nur fünfundzwanzig Boote – in Bergen waren es zu guter Letzt achtzig?«

»Ich hab mal alle zusammengestellt, die kommandomäßig und verwaltungsmäßig – also auch personell – zur Flottille in Bergen, zur Elften U-Flottille, gehörten: Einmal waren es siebenundachtzig Boote.«

»Siebenundachtzig? Ich kann's nicht glauben!«

»War aber so. Und von diesen Booten verloren wir in den folgenden Monaten etwa zwölf bis vierzehn Boote pro Monat«, sagt der Alte ganz sachlich. Er schenkt nach und trinkt mit einem Zug das Glas aus, bevor er weiterredet: »Jetzt sind die genauen Verlustzahlen ja bekannt. Es hat Monate gegeben, in denen wir an fast jedem Tag ein Boot verloren.«

Ich tue es dem Alten nach und leere mein Glas. Nachdem ich mich ein paarmal heftig geräuspert habe, um den Kloß im Hals loszuwerden, frage ich: »Konnte denn bei diesen massierten Verlusten alles genauso wie in Brest gehandhabt werden – ich meine: die Nachlaßregelung und so? Ging da nicht alles drunter und drüber?«

»Nein. Kann ich nicht sagen. Es war erstaunlich, aber wir hatten inzwischen von allen Booten, die verlorengingen, eine genaue namentliche Aufstellung der Besatzung, mit Heimatadressen und so weiter. Dadurch konnte alles auf die übliche Weise ordentlich abgewickelt werden.«

»Ordentlich abgewickelt...?«

»Aber ja doch!« sagt der Alte so bestimmt, als müsse er sich rechtfertigen.

»Wie viele Boote waren denn maximal *gleichzeitig* in Bergen?«

»Etwa zwanzig. Bei der Kapitulation hatte ich dreiunddreißig Boote im Stützpunkt. Normalerweise hatten wir aber nicht so viele.«

»Na ja...«, sage ich nach einer Weile drückenden Schweigens.

Nun räuspert sich der Alte lange und ausführlich,

ehe er wieder ansetzt: »Weihnachten hat uns sogar der FdU die Ehre gegeben. Das war besonders idyllisch. Ich erinnere mich gut daran, wie bei der Weihnachtsfeier der FdU von einer Baracke in die andere geführt wurde...«

»Kaum zu glauben, daß der noch in Bergen aufgekreuzt ist«, unterbreche ich den Alten.

»Der *mußte* sich wohl zeigen, der Krieg war schließlich noch nicht ganz zu Ende.« Der Alte besinnt sich, dann sagt er: »Aber mal weiter: Vor jeder dieser scheußlichen Baracken stand draußen in der Kälte ein Späher, und wenn der FdU, mit uns im Gefolge, auch nur in die Nähe kam, raste der Posten hinein, und dann fingen die drinnen an zu grölen: ›Stille Nacht, heilige Nacht.‹ Dann habe ich den FdU gefragt, ob er auch das Krankenrevier besuchen wolle, und er fragte zurück, ob da etwa auch Geschlechtskranke lägen. Weil da tatsächlich Tripperfritzen lagen, hat der FdU abgelehnt – so richtig schroff.«

»Schöner Aktschluß! Da will ich mal lieber Horchposten Matratze beziehen.«

Jetzt brauche ich frische Luft. Als ich aber vom Niedergang aufs Deck trete, höre ich vom Achterschiff her Ziehharmonikamusik, lauten mißtönenden Gesang und dazwischen schrilles Gekreisch. Bin ich froh, daß ich im Vorschiff wohne! Jede Nacht finden – nach Volleyballspiel und sonstigen Vergnügungen – bis in die frühen Morgenstunden im Achterschiff Parties, und was weiß ich sonst noch, statt. Gestern, erzählte eine Stewardeß, wären am späten Abend zwei der Ladies mitsamt ihren Klamotten in den Pool geworfen worden. »Wir haben viel gelacht!« sagte sie mit leuchtenden Augen.

An Schlaf ist nicht zu denken. Ich stehe wieder auf, hole mir eine Flasche Bier aus dem Kühlschrank und blättere in einem Wörterbuch für die Seefahrt. Unter »Wellen« lese ich: »Wellen verdanken ihre Existenz heftigen

Bewegungen des Wassers und der Luft...« Aber *wieso* sich das Wasser bewegt, just das würde ich gern erfahren. »... sie verdanken sie ferner globalen Temperatur- und Luftdruckveränderungen – Naturkräften, die durch die Drehung der Erde um ihre eigene Achse und durch die auf die Erde auftreffende Sonnenenergie zustande kommen«, lese ich weiter. Aber das sind Erklärungen, die mir nichts sagen. Der Herdenzug der Wellen, die quer durch das Rund der Kimm zu wandern scheinen und sich doch nicht fortbewegen, bleibt mir rätselhaft, und ich dämmere weg.

Wir haben achterlichen Wind. Ich kann die Fenster meiner Kammer, auch das zweite läßt sich, nach mühsamer Arbeit eines Matrosen, wieder öffnen, so weit aufmachen, wie ich will, und doch kommt kein frischer Luftzug herein. Vor zwei Tagen noch pfiff der Wind nur so, wenn ich ein Fenster einen halben Zentimeter aufdrehte, nun muß ich das Schott aufmachen, um die Stickluft aus der Kammer zu vertreiben.

Mein Blick fällt auf den Kalender: Sonnabend. In ein paar Stunden haben wir die erste Woche hinter uns. Eine Woche in See, und ich war immer noch nicht im Sicherheitsbehälter.

Der Alte holt mich zum Frühstück ab.

Himmel, Wasser, alles Grau in Grau. Die Kimm ist in all dem grauen Dunst nicht zu erkennen.

»Kein ermutigender Anblick«, sage ich.

»Bei Cap Blanc ist *immer* Dunst und schlechteres Wetter, oft Nebel – bewirkt vom Auftriebswasser des Kanarenstroms und feinem Saharastaub als Kondensationskernen.«

»Cap Blanc?«

»Ja, etwa vierzehn Uhr passieren wir Cap Blanc. Hinter der Landzunge liegt die von uns spendierte neue Ölpier.«

»Verdammte Sauzucht!« stoße ich plötzlich hervor.

Der Alte guckt mich verwundert an. »Was ist denn?

Was für eine Laus ist dir denn am frühen Morgen über die Leber gelaufen?«

»Die Läuse heißen: dein Luftwaffenarzt und seine Krankenschwester! Ich kann nicht in den Entenpfuhl, weil der Arzt mich partout gegen Pocken impfen wollte, und nun hab ich große rote Pusteln auf dem linken Oberarm, und damit nicht genug: Heut früh reißt die Krankenschwester mir das Heftpflaster weg, und dabei gehen, weil vorher aus Faulheit nicht rasiert worden ist, die Haare mit weg. Dann reibt sie die Haut mit Benzin ab und knallt gleich darauf einen Wundspray über das Ganze. Jetzt brennt mir der Oberarm wie Feuer. Wenn sie mich dabei nicht auch noch mit ihren dummen Kalbsaugen so unschuldsvoll angeglotzt hätte...«

»Du bist ja schön in Fahrt.«

»Von dieser Dame würde ich mir freiwillig nicht einmal einen Fingernagel schneiden lassen!«

Ein Matrose singt in einem Niedergang aus voller Brust: »Morgenro-ot, Morgenro-ot, leuchtest mir zum frühen To-od – To-od – To-od.« Hohl wie Kathedralwiderhall klingt es nach: »To-od, To-od, To-od«. Der Matrose paßt seinen Gesang an den Rhythmus des Einstampfens an.

»Da hastes!« sagt der Alte.

Weil der Himmel bedeckt ist, sieht die See seltsam verdunkelt aus. Nur dort, wo weißer Schaum ins Wasser verquirlt wird, erscheinen für Augenblicke helle, milchiggrüne Flecken. Wir haben Seegang vier bis fünf. Vielleicht brist es sogar noch stärker auf, dann werde ich vom Vorschiff aus senkrecht nach unten photographieren, nehme ich mir vor. Der weiße Tumult unserer Bugsee sieht aus wie Momentaufnahmen aus der Entstehungsgeschichte der Erde, Ewigkeitsbilder.

In der Messe ist nur noch Platz an einem Tisch, an dem der Erste sitzt. Er ist mit Assis vom Nebentisch in eine hitzige Debatte verwickelt. Der Erste plädiert dafür, daß auch am Sonnabend und Sonntag gearbeitet wird und es dafür mehr Urlaubstage geben sollte. Der Chief, der am Tisch der Assis sitzt, schiebt ungerührt weiter sein Frühstücksei durch seinen struppigen Bart. Der Erste wendet sich an den Alten: »Sind Sie nicht auch der Meinung, Herr Kapitän, daß die Leute auch am Wochenende beschäftigt werden sollten? Erst waren es Sonnabends fünf, dann vier, dann drei – und nun zwei Stunden. Daß das am Schwanzende zu Reibereien führen würde, ist doch klar!«

Brüllendes Gelächter, auch vom Chief, läßt den Ersten rot anlaufen. Und der Alte fragt nur: »Und was wollen Sie mit den Besoffenen machen? Am Sonnabend sind die Leute doch blau!« In Gedanken ergänze ich, mit Blick auf die von durchfeierten Nächten käsigen Gesichter der Assis: Wann denn eigentlich nicht? Aber die Wochenendbesäufnis, die »richtige«, wird anscheinend von allen als unvermeidlich angesehen, und dieses Argument bringt auch den Ersten zum Schweigen.

Ich frage den Alten, nachdem der Erste sich nach angemessener Zeit entschuldigt hat: »Was meinte er mit: ›Sonnabends vier, drei ... Stunden‹?«

»Das ist so«, sagt der Alte: »Jedes Jahr ist im Hafen die Arbeitszeit um eine Stunde verringert worden, man wollte nach und nach zu einer Angleichung an Landverhältnisse kommen. Noch ist es so: Kommt der Mann wegen dieser einen Stunde Arbeitszeit nicht an Bord, wird ihm ein freier Ausgleichstag gestrichen. Da hat der Erste ausnahmsweise recht: Lange ist das nicht mehr zu halten.«

In unserer »Funkpresse«, hektographierte Blätter, die der Funker in der Messe auf die Tische legt, lese ich, daß die

Temperatur in Norddeutschland dreizehn Grad beträgt. Mitte Juli nicht mehr als dreizehn Grad! Was für ein verrückter Sommer.

Ich wundere mich, daß der Chief heute, ohne Hast zu zeigen, noch am Tisch sitzt, und frage, ohne Hoffnung auf Erfolg: »Wann darf ich in den Sicherheitsbehälter?«

»Gehen wir's gleich an?« fragt der Chief zu meinem Erstaunen zurück.

»Nichts lieber als das!« sage ich und folge dem Chief auf dem Fuß. Aber wohin geht der Weg? So kommen wir doch nicht zum Sicherheitsbehälter?

»Erst mal das Modell«, sagt der Chief und wendet sich im Gehen halb zurück. Wir steuern den »Empfangsraum« an, diesen merkwürdigen, nutzlosen, der puren Repräsentation vorbehaltenen Raum mit dem Ölbild Otto Hahns. Ich weiß, daß dort, auf einem Tisch an der Vorderseite des Raums, dem Porträt des Kernspalters direkt gegenüber, das Reaktormodell unter einem Glassturz steht.

Der Chief läuft mir fast davon mit seinen »schnellen Sandalen«, wie er sein Schuhwerk nennt, er tut so, als dürften wir keine Zeit mehr versäumen.

»Rede, Herr, dein Knecht hört«, sage ich, als wir vor dem Modell stehen.

Und schon beginnt der Chief: »Hier, das ist der heiße Ofen. Diese Stellung des Modells zeigt den Sicherheitsbehälter und darin das Druckgefäß so, wie man es sehen kann, wenn man im Sicherheitsbehälter steht – also hier im Ringraum zwischen dem Druckgefäß und der Primärabschirmung. Das hier ist die Sekundärabschirmung: sechzig Zentimeter Eisenbeton«, der Chief zeigt dabei mit einem Kugelschreiber hierhin und dorthin. »In dieser Sekundärabschirmung steht der Sicherheitsbehälter, eine dreißig Millimeter dicke Stahlkonstruktion von dreizehn Meter Höhe und neunkommafünf Meter Durchmesser.«

Ich halte mir Zeigefinger und Daumen der rechten Hand mit einem Abstand von etwa drei Zentimetern vor die Augen, um mir die Stahlwand besser vorstellen zu können, der Chief sieht das und grinst.

»Im Sicherheitsbehälter ist der Druckbehälter, und im Druckbehälter ist der Reaktorkern mit Halterung und Kontrollstäben. Der ganze Reaktor ist von einer Primärabschirmung aus Grauguß und mehreren Schichten aus Stahl und Wasser umgeben, die als Abschirmung wirken.« Der Chief hat das heruntergerattert, als wolle er mir bedeuten: Alles selbstverständlich, halten wir uns damit nicht unnötig auf.

»Kommt mir vor wie eine große russische Puppe, das Ganze«, murmele ich und könnte mir gleich auf die Zunge beißen.

»Wie bitte?« fragt der Chief prompt.

»Bei den russischen Puppen steckt doch auch immer eine in der anderen...«

Der Chief guckt mich verständnislos an, dann redet er ebenso hastig wie zuvor weiter: »Auch die Dampferzeuger und die Primärumwälzpumpen für das Primärwasser befinden sich innerhalb der Primärabschirmung des Druckbehälters – also der ganze Primärkreislauf. Alle Aggregate, die zum Primärspeisesystem gehören, und auch die für das Reinigungs- und Sperrwassersystem, das Entwässerungssystem und die Umluftkühlanlage liegen innerhalb der Sekundärabschirmung.« Der Chief schöpft nur kurz Luft, dann redet er weiter: »Dieser Syphon hier links ist der Abblasebehälter. In diesem Gefäß – also in dem Abblasebehälter – kann der Dampf aus dem Druckgefäß im Falle einer Leckage aufgenommen werden. Es handelt sich um ein leeres Expansionsgefäß.«

»Also mehr zur Sicherheit vorhanden«, rede ich dazwischen, und das nur, um den Chief dazu zu bringen, etwas langsamer zu sprechen: Speak slowly please, for heaven's sake! drängt es sich mir auf die Lippen, aber ich schlucke es hinunter. Wenn der Chief deutlicher reden würde, dann könnte ich ihm besser folgen. So aber muß ich verdammt aufpassen.

Der Chief redet nun, als hätte er mich vernommen, tatsächlich eine Spur langsamer. Wenn er sich mir voll zuwendet und ich durch die Barthaare hindurch seinen Mund beobachten kann, habe ich keine Mühe mehr, zu verstehen, was er jetzt wie ein Dozent vorträgt: »Der untere breitere Teil des Druckgefäßes hier ist der Schildtank, eine Abschirmung ganz um das Druckgefäß herum. In seinem Bereich, also dem unteren Bereich des Schildtanks, befindet sich das stark strahlende Core, das hier aus den zwölf rechteckigen und vier dreieckigen Brennelementen besteht.« Der Chief tritt jetzt vom Modell weg, macht zwei Retrierschritte und vier nach der Seite und plaziert sich vor Schautafeln, die an der Seitenwand hängen, und sagt: »Wir müssen systematisch vorgehen, anders begreifen Sie das nicht.«

Gott sei Dank, daß die Einsicht da ist!

Der Chief holt tief Luft, bedenkt sich eine Weile, macht vor mir drei Schritte nach links und drei Schritte nach rechts, bleibt wieder vor den Tafeln stehen und redet plötzlich wieder so schnell los, als hätte sich bei ihm ein Stau gelöst: »Der Reaktor ist eine Anlage, in der eine Kettenreaktion kontrolliert abläuft. Klar?«

Dazu kann ich nur nicken.

»Die Kettenreaktion setzt Wärme, und zwar erhebliche Wärme, frei. Diese muß ich nun vom Kern wegführen und einem Dampferzeuger zuleiten. Ich tue das mit Hilfe von Wasser als Kühlmittel.«

»Wieso muß denn jetzt gekühlt werden?« frage ich schnell dazwischen.

Der Chief gerät gleich aus dem Konzept. Er senkt den Kopf, legt Daumen und Zeigefinger der rechten Hand an seine Stirn und überlegt ein paar Sekunden, ehe er, immer noch mit gesenktem Kopf, sagt: »Vielleicht ist das zu feinfieselig für Sie – das heißt für den Anfang. Also mal anders: Der Reaktor hat drei Hauptfunktionen«, der Chief nimmt den Kopf hoch und blickt mich voll an: »Diese sind: Wärme erzeugen, Wärme abführen, Dampf erzeugen.«

Da läßt der Chief zu meiner Überraschung die Stimme sinken und guckt mich wie entschuldigend an: »Da muß ich mich korrigieren. Genau stimmt das eben leider nicht. Im Reaktor wird im Grunde nur Uran gespalten – und zwar kontrolliert –, und damit wird Energie freigesetzt. Die Wärmeumsetzung ist also *nicht* Aufgabe eines Reaktors. Aber nehmen Sie es ruhig einmal so, wie ich es zuerst gesagt habe.«

»Ungern! Später sitze ich zu Hause und blicke hilflos um mich, wenn mir was zum Beschreiben fehlt. Dann habe ich *Sie* ja nicht zur Hand.«

Der Leitende frißt den Happen gut. Er nickt kurz, nimmt einen gehörigen Schluck Luft und legt aufs neue los: »Als Brennstoff dient, das ist ja nun allgemein bekannt, Uran, und zwar Uran zwohundertfünfunddreißig. Das ist im natürlichen Uran nur zu nullkommasieben Prozent enthalten. Der Rest ist Uran zwohundertachtunddreißig. Jetzt wird's kompliziert, und jetzt *müssen* Sie einfach hinnehmen, was ich sage, auch wenn Sie es nicht gleich verstehen: Wenn wir die Kernspaltung wirtschaftlich ausnutzen wollen, müssen wir diesen geringen Anteil an Uran zwohundertfünfunddreißig *vergrößern*. Wir nennen das ›anreichern‹. Der ›eigentliche‹ Brennstoff ist Urandioxyd: Uran zwohundertachtunddreißig, angereichert mit dreikommafünf bis sechskommasechs Prozent Uran zwohundertfünfunddreißig.«

»Ich glaub's einfach«, murmele ich.

»Das ist vielleicht mal ein Thema für später«, sagt der

Chief, während ich versuche, das eben Aufgenommene stumm zu repetieren. Der Chief bemerkt das und wartet ab. Ich wage zögernd die Frage: »Die Tabletten in den Brennstäben, die Pellets, die sind also kein Uran zwohundertfünfunddreißig – sondern angereichertes Urandioxyd?«

»Genau!« sagt der Chief und freut sich.

»Die Pellets stelle ich mir immer wie Knopfbatterien vor.«

»Bißchen dicker«, sagt der Chief, »die Pellets haben neunkommasechs Millimeter Durchmesser und sind zehn Millimeter hoch.«

»Und wenn ich die Pellets wie Kopfschmerzpillen im Glasröhrchen mit mir herumtrüge, was passierte dann? Ich hab gehört: gar nichts. Stimmt das?«

»Ja, stimmt. Gar nichts passierte. Das Material ist harmlos, solange es noch nicht benutzt worden ist.«

»Was heißt das?«

»Solange noch keine Kernspaltung geschehen ist. Die *Spaltprodukte* sind es, die verheerend wirken können. Schwarzpulver ist ja auch nicht gefährlich, solange keiner ein Zündholz ranhält. Wenn keiner das Pellet mit Neutronen bestrahlt, ist es noch harmloser als Schwarzpulver. Auf die Pellets können Sie, wenn sie wollen, sogar mit dem Hammer schlagen, ohne daß etwas passierte. Aber bleiben wir beim Thema: Die Pellets liegen hier in diesen Hüllrohren übereinander. Sie liegen genau achthundertdreißig Millimeter hoch. Die Hüllrohre, die Sie hier sehen, waren früher – das heißt beim ersten Core – aus Stahl, jetzt, beim zweiten Core, sind sie aus Zirkaloy vier.«

»Und was ist das?«

»Hinnehmen: Zirkaloy vier!« bescheidet mich der Chief mit gespielter Strenge, »einfach hinnehmen! Das nehmen wir alles später mal durch.«

»Jawoll, hinnehmen!« gebe ich devot zurück.

»Diese gasdicht verschweißten Rohre sind meine Brennstäbe.« Ich atme auf, und der Chief guckt mich erstaunt an.

»Ich bin froh, daß wir endlich die Brennstäbe am Schlafittchen haben, denn um die geht es ja dauernd. Also, Brennstäbe sind die Hüllrohre mit den Pellets drin?«

»Genau!« sagt der Chief. Er läuft wieder vor mir hin und her, bis er sich aufs neue gesammelt hat: »Innerhalb dieser Brennstäbe erfolgt die Kernspaltung und damit die Wärmeerzeugung. Und zwar entstehen in Brennstabmitte zirka 800 Grad Celsius und an der Brennstaboberfläche zirka 300 Grad.«

»Aber jetzt sind die Pellets gar nicht mehr harmlos?« frage ich.

Der Chief überhört das geflissentlich und redet weiter: »Die Temperaturen, die ich jetzt nenne, sind, wenn Sie so wollen, vorerst noch theoretisch. Aber wir wollen ja irgendwie weiterkommen.«

»Ja!« pflichte ich bei, greife mir einen Stuhl und rücke mich darauf wie zu besonderer Konzentration zurecht.

»Bei der Kernspaltung werden Neutronen frei, und die spalten nach dem Prinzip der Kettenreaktion wieder Uran-zwohundertfünfunddreißig-Kerne.«

»Wenn ich nur begriffe, wie das Spalten funktioniert!«

»Hinnehmen, einfach alles hinnehmen«, repetiert der Chief und betrachtet mich dabei mit der prüfenden Eindringlichkeit eines Psychiaters, ehe er weitermacht. »Diese Kettenreaktion zu kontrollieren und zu steuern, das ist nun der Witz – *der ganze Witz!*« Der Chief betont, als er das sagt, jedes einzelne Wort.

»Und wie geschieht das?« frage ich und artikuliere dabei sauber, damit der Chief merkt, wie sehr ich bei der Sache bin.

»Indem wir uns jetzt erst mal ein Pilsner zur Brust

nehmen«, antwortet der Chief und pliert mich dabei aus seinen vom Grinsen zu Schlitzen verengten Augen an, und schon steuert er auf den Kühlschrank hinter der Theke los.

»Gläser?« fragt der Chief und stellt zwei Flaschen auf die Theke.

»Wieso Gläser?« frage ich zurück.

Der Chief greift über sich ins Leere und angelt sich blind einen Flaschenöffner, der an einer langen Spirale von der Decke hängt. Das sieht aus wie ein Clownstrick. Ich bewundere den Trick gebührend, sicher eine Erfindung des Chiefs, nach der Art zu urteilen, wie er meine Bewunderung einsteckt.

»Ich hab vom Reden schon Schlagsahne im Mund«, sagt der Chief, »na, denn erst mal prost!«

»Prost!«

Der Chief saugt nach einem langen Zug genüßlich die Lippen ein und reißt sie mit einem Knall wieder auseinander. Dann wischt er sich den Handrücken quer über den Mund.

»Gut, was?«

»Ja, verdammt gut. Als ich in Prag war, bin ich nach dieser Art Bier ganz süchtig geworden.«

»*Sie* müßten eigentlich eher für bayerisches Bier Reklame machen.«

»So, müßte ich? Halten Sie mich denn etwa für einen Bayern?«

»Um Gottes Willen, nein!« spielt der Chief Entsetzen. Dann nimmt er noch einen tüchtigen Zug, wischt sich den Schaum mit Sorgfalt aus dem Bart und sagt, wie plötzlich entschlossen: »Also weiter im Text – oder nicht?«

Ich überlege sekundenlang, was ich antworten soll. Da gibt der Chief sich selber die Antwort: »Ich schlage vor: erst mal durchatmen, das Ganze verdauen, und dann machen wir so bald wie möglich weiter.«

»Würde das auch heißen: Jetzt noch ein Bier?«
»Aber gewiß doch!« sagt der Chief. Er stellt noch zwei neue Flaschen auf den Tresen, und unterm Abreißen der Kronkorken sagt er: »Nächstes Thema: ›Die Kettenreaktion kontrollieren und steuern‹...«

Auf dem Bootsdeck nehme ich ein paar Schlucke frische Luft, schüttele meinen Kopf, in dem es von Technikausdrücken schwirrt wie ein Wespenschwarm. Ich trotte auf dem rotbraun gepönten Hauptdeck nach vorn und bleibe, nach Augenfutter suchend, stehen. Ich gehe in die Kniebeuge, bis ich zwischen zwei Schwanenhälsen die Kimm im runden Feld einer Klüse sehe. Und nun bringe ich meine Augen mal höher und mal tiefer: Ich will, daß die Kimm den von der Klüse gerahmten Ausschnitt mittendurch teilt. So will ich das morgen photographieren. Dann lasse ich die Kimm, meine Augenhöhe verändernd, hinter einer Mooringwinde auf- und absteigen und delektiere mich am Wechselspiel der Kreisformen und Geraden und am prangenden Weiß und dem satten Schwarz des Anstrichs vor dem graugrünen Fond, den die See bildet. Dies hier ist *meine* Welt.

Und nun hocke ich ganz vorn auf aufgeschossenen Manilatrossen, fasse das Ankerspill und die beiden Mooringwinden in den Blick: mächtige Gerätschaften. Ich betrachte die Winde für die Vorspring, die Rollenklüsen und die Führungslippen für die Trossen, präge mir alles so fest ein, daß ich es aus dem Kopf zeichnen könnte.

Die Motoren der beiden Rettungsboote werden durchgetörnt. Allein schon daran könnte ich merken, daß heute Sonnabend ist. Solche Funktionskontrollen finden, wie ich weiß, jeden Sonnabend statt – außerhalb der festen Arbeitszeit.

Das Wasser im Schwimmbecken ist deutlich grün. Es müssen wohl Planktonbeimischungen sein, die es verfärbt haben.

Ein Matrose streicht die neu angeschweißte Abgasleitung für den Hilfsdiesel mit Silberbronze. Er hat dazu hoch oben eine Stellage angebracht, die er selber um jeweils einen Meter nachfieren kann: Sonnabendarbeit wird gut bezahlt.

Wir steuern jetzt 180 Grad. Hin und wieder tauchen an Backbordseite ein paar Fischerboote auf. Größere Schiffe lassen sich nicht blicken. Ich habe mir diese Gegend nicht so verkehrsarm vorgestellt.

Vor meiner Kammer läuft »der Raddampfer«, wie ich die Waschmaschine getauft habe, auf vollen Touren. Eine der Offiziersfrauen steht, Arme vor dem Bauch gekreuzt, den linken Fuß vorgestellt, neben der Maschine. Natürlich: Sonnabends ist zu Hause immer Waschtag – also auch auf dem Schiff. Waschen, was sollte sie sonst auch machen?

»Was ist denn jetzt schon wieder, was starrst du denn so?« fragt der Alte, als wir uns zum Mittagessen hingesetzt haben, und guckt auch in meine Richtung, wendet sich aber schnell wieder ab: Die Stewardeß trägt heute über ihrem Fellchen auf dem Arm auch noch stolz zwei rot-gelbe Eiterpusteln vom Impfen.

»Apropos«, fange ich an, aber der Alte unterbricht mich knarsch: »Was heißt hier apropos?«

»Apropos«, fange ich ungerührt wieder an, »ich hab die Krankenschwester, nachdem sie mich so malträtiert hatte, gefragt, ob sie vor diesem Job in einem großen oder kleinen Krankenhaus gewesen sei.«

»Na und?«

»›In einem großen natürlich!‹ sagte sie entrüstet, ›die kleinen Krankenhäuser sind doch up to date!‹«

»Na und?« fragt der Alte wieder.

»Sie sagte ganz deutlich: ›ab to date‹ – ab wie erledigt, weg vom Fenster.«

»Was hast du da gesagt?«

»Nichts! Nur ganz ernst genickt.«

Der Chief, der sich nach einem fragenden Blick und dem zustimmenden vom Alten an unseren Tisch gesetzt hat, sagt, nachdem er seine Suppe gelöffelt hat: »Entschuldigung, Herr Kapitän, ich hab eben was von Krankenhaus gehört. Ich wollt Sie schon lange mal fragen...«, und nun druckst der Chief herum.

»Fragen Sie ruhig«, sagt der Alte gutmütig.

»Wenn hier an Bord jemand etwas passiert, ich meine: was ganz Ernstes...«, und da hilft der Alte ihm ein: »Meinen Sie: wenn einer stirbt?«

»Genau das! Was passiert denn dann?«

»Da ist schon Vorsorge getroffen«, sagt der Alte, »an Bord befinden sich sogenannte ›Ersatzsärge‹, zusammenfaltbare Särge aus Plastik.«

»Sagen Sie das im Ernst – ist das wahr? Oder wollen Sie mich ver...«

»Verkohlen will ich Sie nicht, Chief. Das müßten Sie doch eigentlich wissen. Versteh ich nicht, daß Ihnen das neu ist. Na, und in so einem Sarg wird der Tote außenbords beerdigt, ich meine: befördert, Seebestattung – weil wir kein Tiefkühlfach für Leichentransporte wie Passagierschiffe haben.«

»Und zwischen den Schweineseiten an den Fersensehnen aufhängen, das geht ja wohl nicht«, werfe ich ein. Das überhört der Alte. Da foppe ich ihn: »Und unser Kapitän spricht dann Erbauliches.«

»Gehört sich ja wohl«, kommt es vom Alten, und ich merke, daß er dieses Gespräch beenden will, ich lasse aber nicht locker. Ich weiß, daß der Chief aus Glückstadt kommt, und sage zu ihm: »Gerade Glückstadt ist mir im

Zusammenhang mit Särgen in unauslöschlicher Erinnerung.«

»Wieso?« fragt der Chief.

»Weil der Krieg länger dauerte, als die Führung sich das vorgestellt hatte.« Da der Chief mich ratlos ansieht, erkläre ich: »›Die Führung‹ – das hieß damals so, das war Hitler und seine Kamarilla. Weil der Krieg länger dauerte, mußte ich zu einem Kompanieführer-Lehrgang nach Glückstadt. Das wäre was für Sie gewesen, Chief! Glückstadt war ein ganz übler Marineschleifstein. Tagelang mußten wir ›Anführen eines Trauerzuges‹ mit wechselnden Funktionen üben. Einmal war ich Pferd, einmal Ordenskissen. Als Ordenskissen mußte ich, die Unterarme angewinkelt, die Hände in Tragehaltung, gemessenen Schrittes über den Kasernenhof laufen und dabei eine eiserne Miene machen. Und das nach den ganz schweren Bombenangriffen auf Hamburg. Als in Hamburg die Leute unter den Trümmern lagen, wurde in Glückstadt dieses Theater veranstaltet – nach Dienstplan! Hamburg war nahe, fast tausend Soldaten hätten in Hamburg helfen können, aber nein: Wir hatten unsren Plan.«

»Ja, so war das«, sagt der Alte.

»Mitten im Krieg«, rede ich weiter, »übten wir: Bajonett aufpflanzen, mit dem Bajonett in einen Strohsack spießen und dreimal ›hurra! – hurra! – hurra!‹ brüllen.«

»Und wozu das?« fragt der Chief.

»Um, falls aus dem Atlantik ein Feind wie eine Wassernymphe auftauchen sollte, zu wissen, wie man ihn erledigt natürlich!«

»Kapiert!« sagt der Chief verlegen, »reine Routine. – Aber was war nun mit den Särgen?«

»Die Särge... Nachts mußten wir auf den Dachböden eines im Rohbau fertigen, ziemlich weit von der Kaserne entfernten Marinehospitals Brandwache schieben. Da waren noch nicht einmal Türen und Fenster drin, aber auf den Dachböden, die wir gegen Brandbomben sichern sollten, waren Särge. Särge über Särge. Die ganzen Böden voller Särge – Hunderte.«

Da zieht der Chief die Luft ein, und der Alte sagt: »Mahlzeit!« und steht auf.

Nach seinem Mittagsschläfchen klopfe ich bei dem Alten an, und er empfängt mich gleich mit einem für ihn ganz ungewohnten Redefluß: »An Norwegen hab ich überhaupt nicht mehr gedacht. Aber jetzt, da du mich dauernd ausfragst, fällt mir das alles wieder ein: zum Beispiel die Sache mit Emde, mit dem U-Boot-Kommandanten Emde, den sie noch vor das Kriegsgericht gebracht hatten, weil er einmal – vorsichtigerweise – nicht angegriffen hatte. Die Geschichte ging allerdings schon viel früher los, in der Zeit, bevor ich in Urlaub gereist bin. Dann ließen wir das schleifen. Emde kam und bat mich, sein Verteidiger zu sein. Ich wurde aber als Beisitzer bestimmt. ›Feigheit vor dem Feind‹ lautete die Anklage – und du weißt ja, was das bedeutete.«

»Wer hatte ihn denn angeschwärzt?«

»Sein eigener Wachoffizier. Jedenfalls wurde ich geholt und konnte im Endeffekt Emde mit einer ganz exakten Beweisführung – sozusagen wissenschaftlich – herauspauken.«

»Und wie lief das?« frage ich den Alten, der, vor sich hin sinnend, in seinem Sessel zusammengesunken ist.

»Das lief so: Wir hatten in Bergen einen Marinerichter, Oberstabsrichter Gries, der war Sportsegler, und das half, um ihm einiges klarzumachen. Von solchen Zufällen hing oft alles ab. Bei einem anderen Vorsitzenden wäre ich nie durchgekommen. Du weißt doch: Damals gab es allerhand Druck von oben. Ich war übrigens nach der Kapitulation auch noch Gerichtsherr, weil ich der älteste deutsche Marineoffizier im Bereich Bergen war, aber ich hab davon keinen Gebrauch gemacht. Da gab's einen Fall von Fahnenflucht. Da war Gries noch da, und bevor es zur Verhandlung kam, hab ich mit ihm darüber gesprochen. Der sagte: ›Sollen wir's durchgehen lassen?‹ Ich war heilfroh, weil ich ein schlechtes Gewissen hatte, wir hatten nämlich auch schon klammheimlich – und für alle Fälle – einen Kutter klargemacht, den wir geklaut hatten. Ich hab zu Gries gesagt: Wieso denn Fahnenflucht? Wir haben doch gar keine Fahne mehr!«

»Das passierte in allerletzter Minute?«

»Ja, unmittelbar nach dem Selbstmord des Führers. Übrigens, daß ich das nicht vergesse«, wechselt der Alte abrupt das Thema: »Heute abend ist die Fete der Neueingeschifften, da muß ich mich sehen lassen. Du kommst doch mit?«

»Wenn's denn unbedingt sein muß – na gut. Wann geht's denn los?«

»Neunzehn Uhr. Ich bleib auch nicht lange. Du weißt ja, wenn die alle schon was intus haben, dann beginnt die große Verbrüderung, und da halt ich mich lieber raus.«

Eine unserer Messestewardessen, die neue, die auf mich wie ein verhuschtes Huhn wirkt, hat sich krank gemeldet.

»Die wird wohl die ständigen Parties nicht vertragen haben«, brummt der Alte beim Abendessen und guckt verdrossen drein, »dabei ist die doch angeblich die einzige, die aus dem Gewerbe stammt, ich meine das Gastgewerbe. Ich möchte wissen, was werden soll, wenn es mal holpriges Pflaster gibt.« Nach einer Weile brummt er weiter: »Das gibt sicher wieder Ärger. Während der letzten Reise mußte eine Stewardeß von Port Elizabeth zurückgeflogen werden.«

»Die jetzige sah schon reichlich mitgenommen aus, als sie an Bord kam«, sage ich nach ein paar Bissen, »klagte auch gleich, sie würde die Arbeit, dieses bißchen Servieren, wohl nicht schaffen.«

»Davon weiß ich gar nichts«, entgegnet der Alte, nimmt sein Glas hoch, trinkt und wischt sich mit dem Handrücken über den Mund. Thema erledigt!

Sooft ich an der Ersatzschraube vorbeikomme, bestaune ich ihre Riesenhaftigkeit und die Schönheit der plastischen Formen. Zuweilen fühle ich mich an Oberdeck wie in einem Plastikgarten. Der gewölbte Reaktordeckel mit den vielen Verschlußbolzen, diese riesige flachliegende Schraube. Und wenn ich von einer Brückennock aus den Blick nach achtern schweifen lasse, sehe ich unter mir die großen grauen Gevierte der Lukendeckel, dann auf dem erhöhten Deck den Reaktordeckel und den Deckel des Servicebeckens mit den Böcken für das Absetzen der Deckel, den großen Spezialkran für die Brennelement-Wechselmaschine und das Abheben der Deckel, den sperrigen Ausleger ... Alles hat starken plastischen Ausdruck: eine moderne Kunstausstellung.

Während des Krieges habe ich in Häfen an der Atlantikküste wieder und wieder schwere Maschinenteile gezeichnet, auch Ankerketten, Seezeichen, Schiffsschrauben. Wenn ich noch mehr Lebenszeit vor mir hätte, würde ich den Vorrat an Skizzen und Erinnerungsbildern auf große Leinwände übertragen. Als ich einmal sah, wie einem Marinetaucher der kugelförmige Messinghelm mit dem vergitterten runden Fenster – ein kleines Bulleye – aufgesetzt und dann festgeschraubt wurde, geriet ich in zapplige Erregung, weil ich kein Zeichenzeug bei mir trug. Wie der Taucher in seinem feuchten grauen Gummianzug auf dem Ponton stand, wie das bleiche Morgenlicht die schweren Falten geradezu überplastisch herausmodellierte! Das steifstarre Dastehen des Tauchers und die wieselhafte Betriebsamkeit seiner Helfer, die auf dem vergammelten Ponton sich wie Schlangen ringelnden Schläuche, all das fügte sich zu einem Bild, das mich damals so erregte wie die Gerätschaften hier. Ungetane Arbeit, wohin ich auch blicke! Mein ganzes Leben eine Abfolge von Versäumnissen. Mit meinen paar knappen Notizen und Skizzen wird nie einer etwas anfangen können: Geheimmaterial.

Ehe ich mich am Abend zur Party der Neueingeschifften nach achtern begebe, klettere ich zur Brücke hinauf. Der Alte hält sich im Kartenhaus beschäftigt. Ich trete neben ihn und frage: »Wo sind wir, wo...?«, und der Alte ergänzt: »... und noch fünfzehn Minuten bis Buffalo!« Das reicht, um mir ein Wohlgefühl zu verschaffen. Mit stummen Lippen memoriere ich: »John Maynard war unser Steuermann, aus hielt er, bis er das Ufer gewann. Er hat uns gerettet, er trägt die Kron. Er starb für uns, unsre Liebe sein Lohn!« Plötzlich trompetet der Alte: »Zeit für die Party!«

Die Party findet, weil wir grob achterlichen Wind haben, in der Lobby statt. Wie in der Tanzstunde sitzen die Ladies und die Mannsbilder artig an getrennten Tischen. »Guten Abend, Herr Kapitän«, tönt es vielstimmig, als wir eintreten. Der Alte guckt halb verlegen um sich und nickt nach allen Seiten. Neben mir sitzt die Gemahlin des »Hamburgers«, und ohne daß ich frage, redet sie gleich in einem Anfall von Mitteilungsbedürfnis in immer gleicher Tonlage auf mich ein: »Zur Miete wohnen kann für uns überhaupt nicht mehr in Frage kommen. Die Mieten sind sowieso so horrende. Wenn, haben wir uns gesagt, dann nur ein eigenes Haus. Mein Mann braucht viel Platz und will mal ungestört sein, ich, mit meiner Musik, sowieso...«

Ich hüte mich, sie zu fragen, was ›mit meiner Musik‹ heißen soll, sondern verhalte mich, wie vom Chief verordnet: Ich nehm's einfach hin und höre mit halbem Ohr ihrem Monolog zu.

»Wir haben immer ziemlich beengt gewohnt, dann haben wir ein altes Ziegelhäuschen – oder Klinkerhäuschen, so eins, wie die dort alle sind – gekauft, mit einem Riesengrundstück. Das war vorher 'ne Schafweide, und bis jetzt haben wir damit zu tun gehabt, daraus einen Garten zu machen. Der Garten ist...«, und jetzt kichert sie vor sich hin, »dieser Garten ist ziemlich eigenwillig geworden.« Nur nicht nachfragen! Aber das brauche ich gar nicht, sie redet schon weiter: »Und dann haben wir vor zwei Jahren das Haus erweitert – achtundachtzig Quadratmeter, großzügig angebaut, alles Natursteine...«, mehr dringt nicht mehr an mein Ohr, weil ich nun, da einer der Assis Ziehharmonika spielt und die ersten Paare auf der Tanzfläche erscheinen, die hochondulierten Stewardessen beobachte.

Der Alte, der als Nachbarin die Krankenschwester hat, fragt sie – raffinierter Bursche, der Alte – noch einmal aus, wo sie gearbeitet hat, nickt hin und wieder, wenn sie ihm ihre verantwortungsvolle Arbeit schildert, und greift öfter zum Bierglas, als ich es sonst bei ihm gewohnt bin.

Als meine Informantin Atem schöpft, sage ich zum Alten: »Schöner Abend heute abend! Aber würdest du mich entschuldigen, ich hab letzte Nacht fast kein Auge zugetan.«

»Ich hab leider auch noch sehr wichtige Akten zu erledigen und muß mich entschuldigen«, sagt der Alte förmlich zur Krankenschwester. »Ich wünsche noch einen lustigen Abend!« und zu mir: »Ich muß leider auch gehen!«

Meiner Tischdame versichere ich, wie sehr mich ihre Schilderungen interessiert haben und wie sehr ich mich über die Bekanntschaft gefreut habe – aber leider müsse ich an dem Text für ein Magazin weiterschreiben.

»Wie interessant!« sagte die Dame erfreut, »wo kann ich das denn mal lesen?«

»Das weiß ich noch nicht, aber Sie erfahren's dann schon...«

»Uff!« sage ich, als wir beide draußen sind.

»Na ja, so schlimm war's ja nun auch wieder nicht. Du bist nichts gewohnt! Angebrochener Abend. Ruhig wird's ohnehin nicht, weil die Hamburger ihre Versuche machen. Trinken wir noch ein Bier in meiner Kammer?« ruft der Alte mir zu, als wir bei dem heftig blasenden Wind von achtern über das Deck zum Vorschiff schlittern.

»Gebont!« rufe ich zurück.

»Uff«, sage ich noch einmal, als ich mich im Sessel zurückgelehnt habe, »wahrscheinlich bin ich wirklich schon zu alt, für mich ist das nichts.«

»Wird wohl so sein!«

Nach einer langen Pause sagt der Alte: »Ich hab dir schon eine Menge erzählt – aber jetzt sag mal wirklich: Wann kam denn Simone nach Feldafing?«

»Ich hab's doch bereits gesagt: Das ist noch lange hin. Vorher war ich noch Polizeikommandant in Feldafing, und dann war ich im Knast.«

»Du warst im Knast?«

»Ja, nützliche Erfahrung.«

»Aber wieso?«

»Willst du nun nur was von Simone hören, oder willst du wissen, wie's mir im ›Reich‹ ging?«

»Scheint ja spannend zu werden. Hat das was mit den KZlern zu tun? Du hast gesagt, mit denen hättest du später noch zu tun gehabt?«

»Nein. Das war's nicht. Also: Die Amis kamen einfach nicht nach Feldafing. Als ich die Amipanzer auf der Straße am See längst hörte, hatte ich meine MP noch am

Kleiderrechen hängen, statt sie eingegraben zu haben. Dann war ich es aber wieder ganz zufrieden, weil nämlich abends ein Reh auf die Lichtung neben meinem Haus kam, und dieses Reh wollten wir schießen.«

»Wer sind denn wir?« fragt der Alte.

»Tschuldigung! Schwer für mich zu wissen, was du nicht weißt. Also: In meinem Haus war ein Verlagskollege eingetrudelt – hatte bei mir Zuflucht gesucht, trifft es besser. Der war total fertig: abgerissen und halb verhungert. Infanterist mit zwei Jahren Rußland hinter sich. Und dann tauchte auch mein Bruder Klaus auf, der aber picobello in Luftwaffenuniform, Leutnant in vollem Kriegsschmuck. Der gute Bonzo, der Verlagskollege, hatte das Reh schon am Abend zuvor unter Beschuß genommen, es aber nicht getroffen. Es hatte ihm nur seine Blume gezeigt, oder wie beim Reh der Hintern heißt, und war auch schon hinter den Buchenhecken vom Nachbarhaus weg.«

»Und habt ihr's dann erwischt?« fragt der Alte gespannt.

»Mitnichten! Aber ich hatte schon eine deutliche Vision, wie es schmecken würde. Ob es am nächsten Abend noch mal herauskam, um uns zu verkohlen, weiß ich nicht mehr. Da waren wir nämlich mit einem schweren Pritschenwagen vom Bahnhof unterwegs zum See, und dann ließen auch die Amis nicht länger auf sich warten. Und da passierten dann hundert Geschichten, aber die kann ich dir nicht alle erzählen, es sei denn, wir gammelten bis Weihnachten hier herum.«

»Übertreib's...«, setzt der Alte an, als ihn ein starkes Vibrieren des Schiffes unterbricht. Er sieht auf seine Armbanduhr: »Die von der HSVA fangen jetzt mit ihren Manövern an. Ich geh nachher noch auf die Brücke, das geht so bis zwei Uhr, also red mal einfach weiter.«

»Ich versuch's. In die amerikanischen Panzer wären wir übrigens um ein Haar hineingebraust – seitwärts. Das hat mit dem Pritschenwagen zu tun.«

»Mach's nicht zu spannend!«

»Böhmer, Bonzo war sein Spitzname, war bei mir aufgetaucht, weil er außer mir kaum einen Menschen kannte. Er besaß nur noch die Lumpen auf dem Leib. Wir brauchten für ihn ein Bett oder wenigstens eine Matratze und Klamotten. Und da war ein Bootshaus von einem Obernazi unten am See, dem Chef der Reichsschule der NSDAP, der sich längst verdrückt hatte. Da mußte es, dachten wir, alles geben. Wir brauchten nur ein Vehikel zum Transportieren. Auf dem Bahnhof gab's zwei Pritschenwagen, so vierrädrige mit einer Deichsel, ziemlich schwere Dinger zum Ausladen von Bahnfracht aus den Zügen. Da schnappten wir uns einen. Der Bahnhof war ja, wie der ganze Ort, verödet. Wir polterten mit der schweren Karre durch die Gegend, und als es zum See hinunter schön bergab ging, saßen wir auf, und ich nahm die Deichsel zum Steuern zwischen die Beine. Das Tempo wurde schnell höllisch. Ich ahnte, daß ich die Kurve zum Einbiegen in die querlaufende Seestraße nicht kriegen würde – da sprang das linke Vorderrad weg, es riß die Karre herum, und wir flogen durch die Luft – so richtig mit Rolle, Pirouette, Salto und verdammt harter Landung. Als ich so längelang im Dreck lag und nicht wußte, ob meine Knochen noch funktionierten, hörte ich Stimmen, Männerstimmen. Ich robbte, wie wir es gelernt haben, an die Straße heran und erkannte im Schein aufflammender Feuerzeuge Amis. Die sprachen aber nicht amerikanisch. Ich hörte immer nur: ›Fuck off – fucked country...‹ Eins war mir klar: Wir wären um ein Haar in eine stehende Panzerkolonne hineingebraust. Panzer dicht hinter Panzern. Da lagen wir dann erst mal und wagten kaum, uns zu rühren. Wir waren böse in der Bredouille. Hoffentlich, dachte ich, haben die es nicht krachen gehört und auch, wie ich da so im Dreck lag: Jetzt ist der Krieg aus. Aus und fini! Jetzt sind die Amis da, und der Nazispuk zu Ende. Und noch was: Mein Bruder Klaus war noch in Uniform, mit der Siebenfünfundsechziger am Koppel. Dieser Blödmann! Aufstehen und zurück kam nicht in Frage. ›Fuck off! – fuck yourself!‹ hörte ich immer wieder, ein Witz, daß ich damals keine Ahnung hatte, was das hieß. Ich dachte an chinesische Söldner.«

»So geht's«, sagt der Alte, »aber mal weiter: Ihr konntet doch nicht ewig dort bleiben?«

»Eine gute halbe Stunde war's, und das war in dieser Situation soviel wie ewig.«

»Und dann?«

»Dann ließen die ihre Motoren an und setzten sich endlich in Bewegung. Wir fanden sogar das Rad wieder und steckten es auf die Achse. Leider hatten wir keinen Nagel als Splint, und deshalb ging das blöde Rad auch noch dreimal wieder runter – aber wir kamen doch endlich über die Straße. Und dann wurde es noch mal richtig niedlich.«

Dem Alten scheint die Geschichte gut zu gefallen: Er hat ein vergnügtes Plieren aufgesteckt, sagt: »Darauf sollten wir erst mal was *Richtiges* trinken – wie wär's mit einem Waldhimbeergeist?«

»Was du nicht alles hast! Her damit!«

»Aber was war denn niedlich?«

»Wir kommen mit unserem Pritschenwagen schön scheppernd vor dem Badehaus unten am Seeufer an, da geht von innen die Tür auf, und ich kann im Mondlicht drei Karabiner erkennen...«

»Und da haben sie dich eingelocht?« unterbricht mich der Alte. »Zeit wurd's ja!«

»O nein, ins Loch haben sie mich viel später gesteckt, und das hat hiermit auch gar nichts zu tun.«

»Weiter, weiter!« drängt der Alte.

»Wir guckten direkt in die Mündungen von diesen Karabinern. Das war ungemütlich. Wir waren auf ein Nest mit Verrückten gestoßen: Werwölfe! Die wollten uns als Verräter umlegen und weiterkämpfen. So brüllten die jedenfalls herum. Und da sahen sie endlich meinen Bruder mit seinem Lametta, und den wollten sie doch nicht umlegen. Der hatte auch schon seine Kanone in der Hand. Der auf der Gegenseite war auch Leutnant – ein Leutnant mit einem Dutzend Verrückter. Ich kann dir sagen: Bis wir die beruhigt hatten…«

»Und?«

»Richtig zur Vernunft und zum Waffenablegen haben wir sie nicht gebracht. Die wollten unbedingt weitermachen.«

»Also kein voller Erfolg!«

»Damals war ich froh, daß die nicht gleich losgeballert hatten. Damals war eben alles noch ein bißchen relativer als jetzt.«

»Und habt ihr den Karren wieder den Berg hinaufgezogen?«

»Mitnichten! Den haben wir erst mal stehen lassen.«

»Tssts!« macht der Alte, »Reichsbahneigentum. Ich verstehe: *Deswegen* haben sie dich aus dem Verkehr gezogen!«

»Du irrst schon wieder! Da wurde ich erst mal ›Chief of Police‹, sprich: Dorfpolizist von Feldafing.«

»Ausgerechnet du!«

»Was heißt da ›ausgerechnet du?‹«, fahre ich den Alten an.

»Du damals als Inbild der Gesetzestreue? Da darf ich doch wohl lachen – oder?«

»Darfst du nicht! Ich hatte mich weiß Gott nicht danach gedrängt. Wie es damals zuging, das kannst du dir nicht vorstellen. Oder vielleicht doch? Du warst ja schließlich auch Oberster Gerichtsherr in Bergen, und da kann ich auch nur sagen: ausgerechnet du!«

»Hoho«, macht der Alte. Da klopft es. Ein Läufer erscheint. Der Alte muß nach oben. »Noch ein Schluck zum Abgewöhnen?« fragt er schnell noch.

Mir ist noch nicht nach Schlafen zumute. Ich gehe durchs Schiff, die Uhr zeigt fast Mitternacht. Keine Menschenseele zu sehen. Ich gebe mich ganz dem Summen und Vibrieren des Schiffes hin und dem an- und abschwellenden Rauschen der Bugsee. Vom Brückenaufbau her leuchten ein paar Bulleyes wie ausgestanzt.

Im langsamen Weitergehen höre ich eine Stimme aus der Schwärze eines Schlagschattens heraus und bleibe wie angewurzelt stehen. Eine Frauenstimme! »Der weiße Schwan«, höre ich, »da fährt er nun dahin zu den schwarzen Negern.« Das war die Stimme der verhuschten Stewardeß, die sich krank gemeldet hat. Ich mache die Augen scharf, kann aber niemand sehen. Von der Seite her blendet mich Lichtschein, der aus den achteren Bulleyes des Brückenaufbaus fällt, und auch die vorderen Fenster des achteren Aufbaus überstrahlen das Schattendunkel. Schließlich kann ich eine Gestalt erkennen, die sich dicht an den senkrecht gehaltenen Reserveanker gedrückt hat.

»Was soll das!« entfährt es mir, dann dämpfe ich meine Stimme und frage: »Warum sind Sie nicht in Ihrer Kammer?«

»Weil ich den Mond so liebe und die Sterne und ihren Spiegel auf der schwarzen See, wie Samt.«

Mir wird auf einmal klar, wie mutterseelenallein einer nachts auf diesem Schiff ist, welche Anziehungskraft die neben den Bordwänden herziehenden hellen Strudel haben können.

»Das klingt poetisch«, sage ich gleisnerisch sanft,

»schreiben Sie das doch auf – am besten gleich, ehe Sie es vergessen.«

»Vergeß ich nie!« höre ich vom Anker her.

Da stehe ich nun und verwünsche diese Situation. Wenn diese Lady durchdreht, ist das ein Risiko fürs Schiff. Muß ich dem Alten sagen. Aber fürs erste muß ich sehen, wie ich mit ihr zurecht komme. Gut zureden dürfte das Beste sein.

»Sie erkälten sich«, sage ich und merke noch beim Reden, wie dumm das ist. Die Nacht ist mild, die leichte Brise ist unser eigener Fahrtwind, keine Rede von kalter Nacht.

Da löst sich die Gestalt endlich langsam aus dem Schatten des riesigen Ankers, und die Stewardeß kommt mit erhobenen Armen auf mich zu. Mondsüchtig? Sprechen Schlafwandler? geht es mir durch den Kopf. Ich nehme ihre rechte Hand, als wolle ich ihr guten Tag sagen. Mit der linken schiebe ich das spillrige Wesen vor mich hin. »So, und nun bringe ich Sie ins...« ich beiße mir auf die Zunge und sage statt Heia-Bettchen »... nach Hause.«

Ich führe die Verhuschte ab wie eine Delinquentin: Ihre rechte Hand halte ich fest und bleibe dabei halb hinter ihr. »Vorsicht! Hier sind Trossen. Fallen Sie nicht.«

»Ach, ich kenne den Weg. Hier bin ich oft...«

Beschwipst? Der Arzt hätte längst sehen müssen, was mit der Dame los ist. Aber dieser Jüngling spielt Ball im Laderaum fünf.

»Und nun schön übers Süll«, sage ich, als wir beim Aufbau sind, und lasse die Verhuschte los. »Hier rechts – nein, warten Sie, ich gehe das Stück noch mit.«

Da kommt einer um die Ecke und rennt uns fast über den Haufen. Mit einem schnellen Griff an ihren Oberarm bewahre ich das Mädchen vorm Fallen.

»Tschuldigens!« höre ich und erkenne den Decksmann.

»Bißchen aufpassen!« gebe ich zurück.

Der Decksmann ist zurückgetaumelt. Jetzt hat er sich gefangen, drückt sich vorbei, und ich höre ein gemurmeltes »Oha!«. Gleich wird er im Schiff verbreiten, was er gesehen hat. Der Teufel soll dieses Theater holen!

Ich steige noch einmal zur Brücke hinauf, vielleicht ist der Alte oben. Wecken will ich ihn nicht. Ich öffne das metallene Schott zum Ruderhaus, behalte es in der Hand, damit es nicht in den Rahmen kracht, und sage »guten Abend!« in die Dunkelheit hinein.

»Guten Abend!« höre ich den Dritten, kann ihn aber nicht erkennen. Ich mache zwei raumgreifende Schritte und bleibe im Dunkeln stehen, bis ich allmählich meine Umgebung erkennen kann. Der Dritte steht auf Steuerbordseite des Ruderhauses, der Alte hält sich fast in der Mitte hinter dem Steuerpult.

»Bleibst du noch lange?« frage ich.

»Hast du was?« fragt der Alte zurück.

»Ja!«

»Dann komm ich gleich.«

Als ich dem Alten in seiner Kammer die nächtliche Szene geschildert habe, fragt er lauernd: »Meinst du, daß die Dame nicht recht bei Troste ist?«

»Ich meine, daß Vorsicht die Mutter der Porzellankiste ist und daß der Arzt, so grün er auch sein mag, sich um die Dame kümmern sollte.«

»Die muß nach Hause!« sagt der Alte knarsch. »Hier darf nichts passieren. Hier ist schon mal einer über die Kante gegangen, ein Assi.«

»Ich habe mir schon oft ausgemalt, wie das ist, wenn man nach dem Fall und dem harten Aufschlagen im Wasser plötzlich zu sich kommt und sein Schiff in die Nacht hinein davonfahren sieht.«

»Beruf's nicht«, sagt der Alte dumpf.

Wir sitzen da und schweigen uns an. Der Alte macht einen verbiesterten Eindruck. Ich wünschte, ich könnte ihm etwas Aufmunterndes sagen, aber mir fällt nichts ein.

»Schöne Bescherung!« sagt der Alte, »dann wollen wir erst mal darüber schlafen.«

Obwohl die Nacht kurz war, spüre ich keine Müdigkeit, als ich nach achtern zum Frühstück gehe: Ich habe mich eingelebt.

Der Alte sitzt mit dem Chief am Tisch. Die Frühstücksunterhaltung dreht sich mal wieder um die Schlamperei des Stewards. »Von den Korbmuttern an den Bulleyes in meiner Kammer«, sagt der Alte, »ist, außer der einen, keine geputzt.«

»*Alle* Stewards sind Schlitzohren«, behauptet der Chief.

Um zur Unterhaltung beizutragen, erzähle ich, was ich erlebte, als ich mit einem italienischen Musikdampfer von Zypern nach Venedig unterwegs war: »Das Essen war außerordentlich dürftig. Speisekarten wurden nur ganz kurz frühmorgens ausgelegt und waren zudem nur italienisch. Die Zyprioten, die das Schiff bevölkerten, Auswanderer nach England, konnten sie nicht lesen. Eines Morgens sah ich mir eine solche Speisekarte genau an und staunte, was für großartige Mahlzeiten für uns vorgesehen waren. Statt der auf der Speisekarte verzeichneten Folge von Gängen brachten die Stewards aber auch an diesem Tag nur einen kümmerlichen Fraß auf die Back. Ich stand noch vor Ende des Essens auf und lief wie durch Zufall an der Pantry vorbei. Da sah ich mit schnellem Blick durch das halboffene Schott eine ganze Parade wunderschön dekorierter Käseplatten, andere Platten mit verschiedenen Desserts – lauter gute Sachen. Wieder an meinem Platz, fragte ich den Steward, wie es denn mit Käse und Dessert wäre? ›Aber gewiß doch, aber sofort doch, welche Sorten wünschen der Herr?‹ dienerte der Steward. Mit meinem dürftigen Italienisch machte ich dem Gauner klar, daß ich heute mal fürs erste eine *ganze* Käseplatte haben wollte, dann würde ich weitersehen. Als dann die üppige Käseplatte kam, gingen den anderen Passagieren die Augen über.«

»Und wie weiter?« will der Chief wissen.

»Nach dem Essen fragte ich den Obersteward, warum denn die opulenten Platten nicht in toto und zu aller Welt Freude über die Schwelle der Pantry kämen. Die Antwort: ›Niemand außer Ihnen, mein Herr, hat danach verlangt!‹ Bei einem zweiten Blick in die Pantry sah ich, wie die Stewards blitzgeschwind den aufgeschnittenen Käse wieder zusammenfügten und die handlichen Stücke in Papier wickelten.«

»Heißt das, daß sie die jeden Tag aus- und dann wieder einwickelten?« fragt der Alte, jetzt ganz Ohr.

»Falsch geraten! Als das Schiff kurz darauf in Bari anlegte, waren die Stewards als erste wie der Blitz über die Gangway, jeder mit riesigen Paketen unter den Armen, zwei mit Fahrrädern über der Schulter: Da ging das gute Essen dahin, alles, was uns in den letzten Tagen abgeknappst worden war. Bari war der Heimathafen. Da lebten die Familien.«

Der Alte schabt sich das Kinn mit Daumen und Zeigefinger seiner rechten Hand. Er hält dazu den Kopf gesenkt und pliert vergnügt unter seinen dicken Augenbrauen hervor.

Die Stewardessen und die wenigen männlichen Besatzungsmitglieder, die heute beim Frühstück sitzen, sehen allesamt übernächtigt aus. Ich erfahre vom Chief, daß am frühen Morgen, kurz nach vier Uhr, der Reaktor wegen eines leichten Maschinenschadens für kurze Zeit abgeschaltet werden mußte und das Maschinenpersonal, alle Assis, die Fete, bei der es um die Zeit erst richtig hoch her ging, abbrechen und an die Arbeit gehen mußte.

»Stimmt doch, Herr Kapitän«, sagt der Chief, »daß es schon weit über hundert Marineeinheiten gibt, die mit Reaktorantrieb fahren. Der Flugzeugträger ›Enterprise‹ soll gleich vier Reaktoren haben, hab ich gehört.«

»Stimmt!«

»Da entfallen die Sorgen darüber, was passieren könnte, wenn ein Reaktor ausfällt!«

»Nur kein Neid, Chief, wir haben für diesen Fall ja auch vorgesorgt«, und zu mir gewandt fügt der Alte an: »Unsere ›Take-home-Anlage‹ gibt dem Schiff immerhin neun Seemeilen Fahrt!«

»Damit aus Durban zurückzuschippern, na, ich danke!« sagt der Chief, und zu mir, während er aufsteht: »Kommen Sie mit in den Leitstand?«

Ich nicke und laufe dem Chief hinterher.

Der Chief steht nach seinen Routinekontrollen reglos vor den großen Scheiben und blickt in die Tiefe des Maschinenraums, günstige Gelegenheit, ihn auszufragen.

»Wenn ich das richtig begriffen habe, wird im Reaktor Dampf nicht anders erzeugt als früher in den Kesseln?«

»Das ist ein bißchen zu allgemein«, antwortet der Chief zögernd, »das geht so vor sich: Das Wasser wird durch drei Umwälzpumpen durch den Kern gepumpt und nimmt die dort erzeugte Hitze mit nach oben zu den Dampferzeugern. *Das* sind sozusagen, na, unsere Kessel. Aber natürlich sind die Dinger ganz anders gebaut.« Der Chief nimmt beide Hände zu Hilfe, um mir die andere Konstruktion zu zeigen: »Also, da sind drei Rohrbündel, die wendelartig von oben nach unten führen. An diesen

Rohrbündeln strömt das Primärwasser vorbei und erhitzt das von der Maschine her eingespeiste vorgewärmte Speisewasser in den Rohren. Sie wissen: Wir haben einen Primärkreislauf und einen Sekundärkreislauf.« Der Chief bedenkt mich mit einem Frageblick. Er will wohl wissen, ob ich mir darunter etwas vorstellen kann.

»Ich kann's nicht fassen, Chief: Im Primärsystem fließt Wasser, das kommt an die Rohrbündel und macht Dampf. Wieso ist denn das Primärwasser nicht schon in dampfförmigem Zustand?«

»Ganz einfach: Mit den im Kern freigesetzten Energien erhitzen wir das Primärwasser auf eine Temperatur – auf eine Temperatur von zwohundertdreiundsiebzig Grad.«

»Wieso kann Wasser zwohundertunddreiundsiebzig Grad Temperatur haben, ohne Dampf zu sein?«

»Das *ist* eben das Prinzip unseres Reaktors. Dieser Reaktor hier ist doch ein Druckwasserreaktor. Wenn der Druck groß genug ist, verdampft das Wasser nicht, sondern bleibt Wasser.«

»Nicht Dampf, nur Wasser – trotz zwohundertunddreiundsiebzig Grad!« repetiere ich.

Der Chief scheint, seiner Miene nach zu urteilen, noch mehr Merkwürdigkeiten parat zu haben: »Hierbei ist zu sagen, daß wir auch eine gewisse Blasenbildung zulassen, das heißt eine *geringe* Dampfbildung. Den Dampf, der so entsteht, brauchen wir in unserem Reaktor zur Druckhaltung.«

Ich bestaune den Chief wie einen Varietézauberer, der immer neue Überraschungen aus dem Zylinder holt.

Also noch mal: »Während man bei dem klassischen Druckwasserreaktor ein außen liegendes Druckhaltegerät hat, liegt dieses bei uns innerhalb des Reaktors. Dieser Druck bewirkt, daß das Wasser im Primärkreislauf nicht verdampft. Der im Sekundärkreislauf erzeugte Dampf wird alsdann zu der Turbine geleitet, die dann über die Welle den Propeller treibt.«

»Wozu aber eigentlich diese Komplikationen?« unterbreche ich den Chief, »wie wäre es, wenn man mit Hilfe der im Kern freiwerdenden Energien *gleich* Dampf machte?«

Jetzt grinst der Chief mich voll an, anscheinend macht es ihm Spaß, mich zu erleuchten: »Dann würden wir die ganze Maschinenanlage fein mit Radioaktivität verseuchen! So einfach ist das.«

»Kapiert! Statt dessen bleiben die Jonnies alle schön im Primärkreislauf beieinander ... stimmt doch?«

»Genau.«

»Und der Sekundärkreislauf ist dann auch in sich geschlossen. Der funktioniert auch ohne peinliche Verluste.«

»Nein, ganz nicht«, wiegelt der Chief ab, »beim Sekundärkreislauf haben wir schon Verluste. Am Kondensator angehängt sind die Kondensatpumpen mit Stopfbuchsen. Dort geht laufend eine kleine Menge Wasser verloren. Der Sperrdampf beispielsweise, der verhindern soll, daß Luft in die Turbine eindringt beziehungsweise durch die Turbine in den Kondensator und daneben natürlich auch in den Maschinenraum. An der Speisepumpe beispielsweise wird etwas Wasser verloren. Fünf bis sechs Tonnen Wasser sind's etwa insgesamt pro Tag. Die müssen nachgespeist werden.«

»Gibt's denn gar keine Gefahr, daß irgendwo der Primärkreislauf mit dem Sekundärkreislauf zusammenkommt?«

»Gibt's schon. Da ist zum Beispiel der Fall denkbar, daß über die Rohrbündel im Wärmetauscher, wenn die leck sind, Primärwasser eindringt, bedingt dadurch, daß der Druck im Primärkreislauf größer ist als im Sekundärkreislauf.«

»Also doch«, murmele ich.

Aber der Chief ist nicht verlegen: »Da hat man natürlich vorgebeugt und hat Aktivitätsmeßstellen in drei Dampfsträngen eingebaut.«

Jetzt will ich es genau wissen und frage: »Und wenn die reagieren, was passiert dann?«

Der Chief weiß die Antwort sofort: »Dann werden die entsprechenden Dampferzeuger abgeschaltet. Das bedeutet, daß dann keine Radioaktivität in den Maschinenraum gelangen kann.«

Weil der Chief keine Spur von Ungeduld zeigt, frage ich weiter: »Bei der Azorenreise gab's doch einen Scram. Der war ja wohl nicht vorgesehen?«

»Kaum.«

»Da sind also automatisch mittels dieser Federn, die Sie mir gezeigt haben, die Steuerstäbe in die Brennkammer geschossen worden?«

»Ja.«

»Und dann war – bums – der Ofen aus?«

»Ja, nach 1,4 bis 1,5 Sekunden ist bei einem Scram dann der Ofen aus, wie Sie das nennen. Da sind dann alle Stäbe eingeschossen.«

»Und das passiert nur, wenn irgend etwas nicht geklappt hat oder defekt ist?«

»Ja.«

»Wenn sich der Defekt nun aber nicht beheben läßt, ich meine: nicht mit Bordmitteln, was passiert denn dann?«

»Hat Ihnen der Kapitän doch gerade eben erklärt: Dann haben wir ja noch unsere Take-home-Anlage, und die beiden Kessel können dann ebenfalls Dampf auf die Turbine liefern. Die konventionellen Kessel werden hochgefahren, und die Turbine wird dann mit dem Kesseldampf beliefert.«

»Das klingt wie im Bilderbuch, so einfach. Aber was tun Sie, ehe Sie auf Dampf kommen? Ich meine, woher nehmen Sie denn in der Eile den Dampf? Sie müssen doch erst anfangen, die Kessel zu befeuern, und bis sie auf Dampf kommen, vergeht doch sicher eine Menge Zeit. Und in dieser Zeit ist doch das Schiff ohne jeden Antrieb – oder?«

»Ja, stimmt«, sagt der Chief, und ich buche das im stillen als eine Runde für mich.

»Beim letzten Scram, den ich hier erlebt habe«, fährt der Chief jetzt fort, »verloren wir die Fahrt aber nicht ganz aus dem Schiff. Als wir Dampf von den Kesseln übernahmen, machten wir immerhin noch zehn Umdrehungen.«

»Wie kam denn das?«

»Ganz einfach, durch das Auslaufen des Schiffes bedingt.«

»Bei schwerer See hätten Sie aber mit zehn Umdrehungen kaum noch Ruderwirkung.«

»Stimmt!« sagt der Chief.

»Und dann könnte das Schiff querschlagen.«

Zu meinem Staunen sagt der Chief wieder nur: »Stimmt!« Er scheint sich sogar an meinem Staunen zu weiden. Jedenfalls läßt er sich Zeit, ehe er im Tonfall der Beiläufigkeit weiterredet: »Das kann doch jedem anderen Schiff auch passieren. Das passiert sogar häufig. Wenn Sie ein Motorschiff haben oder ein Turbinenschiff, und Sie haben eine Störung an der Hauptantriebsanlage, passiert genau das gleiche.«

»Und wie lange dauert es, bis Sie wieder Dampf haben?«

»Etwa zwanzig Minuten brauchen wir zur Dampferzeugung, und zwanzig Minuten muß das Schiff eben mal ohne Dampf sein können.«

Prostemahlzeit! denke ich, das klingt *wieder* so einfach wie im Bilderbuch. Fragt sich, ob der Alte nicht einen ganz anderen Text parat hätte.

»Na, Ladung kann dabei auf diesem Schiff in einem solchen Fall wenigstens nicht übergehen!«

Aber auch damit kann ich den Chief nicht in Verlegenheit bringen: »Ein kaum hoch genug einzuschätzender Vorteil dieser Art von Seefahrt!« sagt er stoisch.

»Wenn so was im Kanal passierte, und auch noch an der engsten Stelle, das könnte ja richtig angenehm sein«, versuche ich noch einmal den Chief auszuheben, aber er hebt nur die Schultern.

Plötzlich pruste ich los, als ich meine Notizen noch einmal durchlese.

»Was gibt's denn zu lachen?«

»Ich habe eben gelesen ›Dampfer-zeugung‹ – genauso wie ›Jungfern-zeugung‹, sprich: Partenogenese.«

Der Chief guckt mich zweifelnd an, schüttelt den Kopf und fragt: »Haben Sie das öfter?«

»Ja – nein – nur hin und wieder. Wir vertreiben uns zu Hause manchmal die Zeit auf diese Weise.«

»Mit solchem Quatsch?«

»Ja.«

»Da wird mir manches klar«, sagt der Chief und beobachtet mit Seitenblicken, wie ich reagiere.

»Sie kommen schon noch mal über *meine* Wiese!« drohe ich.

»Wieso?« fragt der Chief.

»So heißt das in Bayern.«

»Komisch. Naja: in Bayern! Aber jetzt muß ich wieder an die Arbeit.«

Viel Schiffsverkehr, Containerschiffe vor allem. Der Wind hat gedreht und sich abgeschwächt. Als ich vom Achterdeck aus zwei hintereinander fahrende Containerschiffe beobachte, will ich meinen Augen nicht trauen: Sie fahren auf einmal rückwärts, dann wieder vorwärts, dann wieder rückwärts? Natürlich! *Wir* sind's, die so verrückt durch die Gegend kariolen: Wir fahren Schlängellinien. Die Leute von der HSVA sind in Aktion getreten. Die auf dem Containerschiff werden sich schön wundern, was wir veranstalten.

»Was hattest du so lange beim Chief zu tun?« will der Alte wissen, als ich auf der Brücke erscheine.

»Wir haben über Dampfer-zeugung gesprochen.« Ohne es zu wollen, habe ich das Wort schon wieder falsch abgeteilt, aber der Alte hat es zum Glück gar nicht gemerkt.

Der Hamburger Kapitän hat zum Schlängeln selber das Ruder übernommen. Ich sage ihm, ich hätte die Schlängellinien photographiert, und wenn mich einer fragen würde, wer denn da seinen Namen in die See geschrieben hätte, würde ich antworten, wir hätten einen miserablen Rudergänger gehabt.

»Ich sollte«, sage ich zum Alten, als wir im Kartenhaus sind, »noch die Epistel vom Storekeeper bis zum bitteren Ende lesen.«

»Erlassen. Ich hab ihn schon beruhigt. Wenn das alles wäre.«

»Was gibt's denn jetzt noch?«

»Heute kam die Frau des Bordbäckers an, sie habe eine Beschwerde vorzubringen, sagte sie...«

»Na und? Schmeckt ihr's Essen auch nicht?«

»Ganz was anderes: Eine Stewardeß hat ihrem Mann schöne Augen gemacht, und das soll ich abstellen.«

»Sag bloß! Und – hast du?«

»Ich hab sie erst mal gefragt: Wie hat sie das denn gemacht?« und jetzt grinst der Alte in sich hinein, »und da hat sie erst perplex geguckt, ›na so!‹ gesagt und ihre Augen herausgedreht, als würde sie stranguliert.«

»Du hast dir das in aller Ruhe angesehen?«

»Ja, ohne zu erröten. Aber dabei auch noch ernst zu bleiben, das war nicht einfach.«

»Und was passierte dann?«

»Nichts natürlich. Soll ich etwa zu der Stewardeß gehen und ihr verbieten, dem Bäcker schöne Augen zu machen? Da komm *ich* dann in Verruf: eifersüchtiger Kapitän und so.«

Es ist ja Sonntag. Da sollte ich auch einmal gammeln. In der Sonne liegen, photographieren, Briefe schreiben. Die Leute, die morgen schon frühzeitig auf der Reede von Dakar ausgeschifft werden, sollen Post mitnehmen. Hoffentlich klappt morgen alles wie geplant. Noch traue ich dem Braten nicht.

Über das Anlaufen Dakar gibt es kaum noch etwas zu sagen. Alle Programme sind durchgespielt, sämtliche Eventualitäten bedacht, durchgekaut und wiedergekäut worden.

Mit jeder Stunde wird es schwüler, und ich bin froh, daß ich eine Klimaanlage in der Kammer habe. Wenn ich aus der dämpfigen Luft in die Frische der Kammer komme, ist das wie Aufatmen. Ich genieße die Segnung der Technik in vollen Zügen.

Die Schiffsoffiziere haben weiße Shorts angezogen. Auf dem Achterdeck hebt rings ums Schwimmbecken großes Sonnenbaden an. Nun läßt sich genauer erkennen, wie die Backschafterinnen gebaut sind. Weite Zigeunerröcke mit vielen Rüschen oder weit geschnittene Hosen hatten viele Mängel verborgen: Beine, die wahre Sauerkrautstampfer sind. Einer Hochblonden fehlt der Busen, sie ist flach wie ein Brett. Damit man trotzdem an ihr etwas zu sehen hat, trägt sie ein Bikinihöschen, das wie ein Bilderbuch bedruckt ist, viele bunte Häuschen um eine Hafenbucht, die sich in den Schritt verliert. Daß die füllige Stewardeß überhaupt noch etwas am Leibe hat, wirkt wie ein unnötiges Zugeständnis an Konventionen. Sie trägt nur ein Frotteehandtuch, und zwar so hoch oben verknotet, daß ihr dicker Busen ein Abrutschen verhindert.

Auf der Brücke schimpft der Erste wieder auf die Taube. Er behauptet schlankweg, das ganze Schiff, nicht nur die Brückennock, würde von der Taube versaut. Die Verdauungsmenge der Taube La Paloma ist freilich beachtlich. Wahrscheinlich ist sie noch nie so gut gefüttert worden. Weißes Toastbrot scheint sie am liebsten zu mögen. Maismehlbrot. Aber auch Salatblätter verschmäht sie nicht. Für La Paloma gibt es keinen Grund, auf die reichhaltige Nahrung zu verzichten, die ihr von den Knaben direkt unter den Schnabel geschoben wird. Wenn sie sich noch weiter so mästen läßt, wird sie nicht mehr hochkommen.

Auf dem höchsten Deck des Schiffes, dem Peildeck, erklärt mir der Alte: »Diese beiden roten übereinander gehaltenen Laternen sind die Fahrtstörungslaternen. Sie haben einen vertikalen Abstand von zwei Metern. Sie werden hier aufgehievt gefahren, damit sie sofort eingeschaltet werden können und kein Zeitverlust für das Vorheißen entsteht. Die englische Bezeichnung für diese Laternen ist NUC – not under control. Für die Otto Hahn spielen diese Laternen eine größere Rolle als für ein normales Schiff, weil das Schiff für bestimmte Versuche sehr oft gestoppt werden muß. Wenn das Schiff stoppt, werden die normalen Navigationslichter ausgeschaltet, dann müssen dafür die beiden roten NUC-Laternen brennen, und dafür müssen sogleich die Dampferlichter, die zwei weißen Laternen in der Mittschiffslinie, das Dampfer- und Richtlicht, gelöscht werden. Sobald das Schiff keine Fahrt durchs Wasser mehr macht, werden dann auch die rote und grüne Seitenlaterne ausgeschaltet.«

»Und wenn das Schiff bei Tage stoppt?«

»Dann werden die NUC-Lichter durch schwarze Bälle ersetzt.«

»Wieso heißt dieses Deck eigentlich Peildeck?«

»Die Bezeichnung ›Peildeck‹ stammt aus der Zeit, als man nur einen Magnetkompaß hatte, also noch keine Kreiselkompasse, und ihn so hoch stellen mußte, daß man ringsum peilen konnte. Von diesem Deck aus wird nicht mehr gepeilt, sondern von den Brückennocken aus. Der Magnetkompaß hier wird freilich auch heute noch an dieser Stelle gebraucht, und zwar zu den sogenannten Deviationskontrollen. Dieser Magnetkompaß ist über ein teleskopartiges Rohr von der Brücke aus, vom Rudergängerstand her, einsichtbar. Der Kreiselkompaßkurs wird auf jeder Wache mit dem Magnetkompaß verglichen, und die Werte werden ins Tagebuch eingetragen. Der Kreiselkompaß kann mechanisch und elektrisch ausfallen, er kann falsch anzeigen, wenn der Nachdrehmotor hakt. Der ist anfällig gegen mechanische und auch gegen elektrische Störungen.«

Ich repetiere im Kopf, was der Alte mir erklärt hat, damit ich nichts vergesse, da sagt der Alte: »Also«, lange Pause, und ich gucke ihn interessiert an, »also«, hebt er wieder an, »Veuve Clicquot ist doch wirklich Blödsinn. Ich wußte gar nicht mal, daß wir so feine Bouteillen an Bord haben. Der Chiefsteward will bloß mit dir dicken Umsatz machen. Und Bowle, ich hab mir das alles noch mal überlegt, Bowle – ich weiß nicht recht. Bier wäre doch passender, wenn vorher Pökelkamm oder so was auf die Back kommt.«

»Vorzügliche Idee!« sage ich wie enthusiasmiert und kann es nicht fassen, daß der Alte immer noch an meiner Einstandsparty knobelt. Will er etwa partout meinen Geldbeutel schonen? Brummig sagt er auch schon: »Schließlich *dein* Geld – nicht meins ...«

»Nun mit allem Respekt vor dem Amt gefragt«, sagt der Alte, als wir uns zum Abendpalaver in seiner Kammer eingefunden haben, »wie geht's nun weiter? Wie bist du zu dem ehrenvollen Posten eines Polizeikommandanten gekommen?«

»Du mußt wissen«, fange ich langsam an, »dieses Feldafing war zuerst eine Reichenkolonie mit opulenten Villen, die zumeist Münchner Juden gehörten. Dann, als die Nazis ans Ruder kamen, mutierte der Ort schnell zu einer Nazihochburg, und es plazierte sich eine ›Reichsschule‹ der NSDAP, NAPOLA genannte Nationalpolitische Erziehungsanstalt. Feine Quartiere für die Nazibonzen waren genug da, die jüdischen Besitzer waren von den Nazis vertrieben worden, und dazu wurden auf Teufel komm raus Schulräume und Sportanlagen für die Knaben gebaut, die zu einer nationalsozialistischen Elite gezüchtet werden sollten. Die Neubauten alle im schönsten oberbayerisch angehauchten Nazistil. Und das ist auch so ein Witz: Das Ganze steht noch und ist heute Fernmeldeschulde der Bundeswehr. Herz, was willst du mehr!«

»Ganz interessant«, sagt der Alte und gießt sich Schweppes nach, zu dem wir uns, nach dem unschönen Anblick der fettwanstigen Biersäufer am Swimmingpool, entschieden haben, »aber was hat das mit deinem Posten zu tun?«

»Gemach, gemach! Als die Amis in den Ort vordrangen, war kein männliches Wesen zu sehen. Die waren im Wald oder hockten in ihren Kellern. Ich war der einzige, der herumlief – meinen linken Arm vorsichtshalber wieder in der Binde.«

»In Uniform?«

»No Sir, mehr in einer Art Räuberzivil.«

»Englisch konntest du ja.«

»Aber nicht Amerikanisch. Aber es ließ sich an. Dann gab's so eine Art Verhör, und es stellte sich heraus, daß ich nie irgendeiner Gliederung der Partei angehört hatte. Mich hatten sie nur als Ringpfadfinder ins sogenannte Deutsche Jungvolk überführt ... und da hatten sie mich.«

»Was soll das heißen: hatten sie dich?«

»Genau so einen suchten die Amis. Und da war ich Chief of Police.«

Ich muß mir, wie der Alte es immer tut, ehe er weiterredet, meinen Text zurechtlegen und einen Schluck trinken.

»Noch mal zurück zur Reichsschule: Aus diesen von den Nazis okkupierten und neu gebauten Gebäuden waren nun die Nazis verschwunden, und darin fanden die befreiten KZler Obdach. Von überall her kamen noch Überlebende aus anderen KZs hinzu. So entstand in diesem Mai '45 das größte Lager im ganzen Land – Displaced-Persons-Camp; kurz DP-Camp, wie das Areal von den Amis ins Harmlose umschrieben wurde. Es gab zwar eine Art Lagerpolizei, aber die konnte nicht viel ausrichten. Da wurde marodiert, was das Zeug hielt.«

»Und da brauchten die Amis jemanden fürs Grobe.«

»Du sagst es.«

»Wie viele waren denn in diesem Lager?«

»Schwer zu sagen, das wechselte ständig. Wer Freunde in Amerika hatte, verschwand natürlich schnell – das heißt, sobald er wieder in einem Zustand war, daß er die Reise aushalten konnte. Dafür kamen dann Juden aus Polen, sogar auch aus der Sowjetunion, welche, die nach Polen geflüchtet waren vor den Pogromen in der UdSSR. Das waren verdammt aufregende Zeiten! Manch einer wollte sich an den Nazis rächen. Aber wer waren die Nazis? Wo waren die Nazis?«

Ich lehne mich in meinem Sessel zurück.

»Ich hab noch Eis im Kühlschrank und auch Gin. Auf die Dauer schmeckt das labbrige Zeug doch besser mit solchen Ingredienzen gemischt – oder?« fragt der Alte und macht sich, als ich nicke, umständlich an die Arbeit.

»Geklaut wurde alles«, rede ich weiter, »alles, auch was sich absägen, abschrauben oder sonstwie abmontieren und verscherbeln ließ. Ganze Gartentore zum Beispiel.«

»Wer kauft denn Gartentore?«

»Denk an die Schlösser und die Beschläge. Nach und nach wurde das Lager zu dem wohl größten Schwarzmarkt Europas. Mit allem, wirklich allem, wurde gehandelt, und das blieb lange so.«

»Du hast von Lagerpolizei geredet. Aber wie sah denn *deine* Truppe aus?« will der Alte wissen.

»Das waren ein paar alte SPDler. Die hatte ich mit dekorativen Armbinden geschmückt. Staat war damit nicht zu machen. Wichtig war, daß wir ein Auto hatten: einen DKW-Zweitakter.«

»Ich erinnere mich gar nicht, daß du Auto fahren konntest?«

»Learning by doing, so lief das. Jedenfalls kam ich kaum in die Koje. Alle fünf Minuten war was los. Fünfzehn verschiedene Nationen im Lager. Dazu die Franzosen, die auch nach Strich und Faden marodierten.«

»Franzosen?« unterbricht mich der Alte, »ich denke, die *Amis* waren da?«

»Amis *und* Franzosen. Jetzt hast du mich ganz aus dem Takt gebracht. Von den Franzosen erzähl ich gleich noch. Ich, mit meinen siebenundzwanzig Jahren, als Chief of Police, saß oft ganz schön zwischen den Stühlen. Und kaum Hilfe! Man konnte glatt denken, Männer hätte es in Feldafing nie gegeben. Die hatten sich alle irgendwie verdünnisiert. Dann wollte aber der Captain Patterson, der Chef von den Amis, unbedingt alte Nazis sehen. Der bekam einen richtigen Rappel und ließ die braunen Brüder aus den Häusern holen, wahllos. Dabei erwischte er nicht mal die Allerschlimmsten. Das Sortiment mußte auf einen offenen Truck hoch, und zwar so viele, wie nur dicht bei dicht draufgingen. Ich hab das nicht gesehen, aber ich war dabei, als die von ihrer Tour wiederkamen und vor dem Rathaus abgeladen wurden. Der gute Patterson hatte sie mit ihrer Todesangst ein paar Stunden durch die Gegend karren lassen wie Schlachtvieh.«

»Nicht die ganz feine Tour.«

»Aber *die* dachten, *ich* hätte sie verpfiffen...«

»Und haben die sich später zu deinen Freunden gezählt?«

»Da kannst du Gift drauf nehmen! Sogar heute noch muß ich Verunglimpfungen hören. Aber was willst du machen, man kommt auf ungeahnte Weise zu seiner Beliebtheit – und die Freundschaft geht bei einigen in der Enkelgeneration weiter.«

»Dein Captain Patterson scheint allerhand Sinn für Spaß gehabt zu haben?«

»Hatte er auch. Eines Tages stellte er mich vor die Alternative: entweder bis zum Abend zehn Zigarrenabschneider geliefert zu bekommen – oder Feldafing in Flammen aufgehen zu lassen. Und ich Blödmann hetzte von Haus zu Haus, um die Bewohner händeringend zu bitten, nach Zigarrenabschneidern zu suchen und sie herauszurükken. Ganze fünf Exemplare habe ich auftreiben können. Die Saufköpfe waren damit Gott sei Dank zufrieden.«

»Das klingt nach Räuber-und-Gendarm-Spiel.«

»So kam's mir manchmal auch vor. Dabei war das bitterernst. Gib mir ruhig noch einen ordentlichen Schluck Gin in die Brühe. Eis brauch ich nicht. Und dann geh ich schlafen. Wird ja wohl eine ruhige Nacht, wie du gesagt hast?«

»Das will ich doch annehmen. Wir liegen gestoppt, weil wir zu früh dran sind. Ab sechs Uhr dreißig steuern wir die Reede von Dakar an.«

Dakar, Senegal – von dorther kommen die allerschwärzesten Schwarzen. In einem Musikcafé an der Pariser Place Pigalle lernte ich einen Senegalesen kennen, der mir erzählte, er sei so total schwarz, weil der Senegal das heißeste Land von Afrika sei. Ob das stimmt? In Afrika geborene Kinder von Weißen, die dort leben, werden doch auch nicht schwarz?

Das Schiff war während der Nacht hell erleuchtet, damit uns niemand über den Haufen fahren konnte.

An Backbord ist ein ganz schmaler Streifen Land zu sehen. Wir haben einen sehr großen Tanker als Mitläufer. Er fährt nicht in vollem Ballast, so daß ein gutes Stück von seiner Bugwulst zu sehen ist.

Keine Sonne, der Himmel grau bedeckt, die Luft dämpfig. Ich halte das Glas auf die Küste gerichtet. Ganz allmählich bekommt der unigrau getönte Streifen Struktur. Diese Küste muß die Nock mit dem großen Flugplatz von Dakar sein, dem Zwischenlandeplatz für die Transatlantikflüge aus und nach Südamerika.

Der Zwote habe in der Nacht, als wir gestoppt lagen, schwere Bedenken angemeldet, erzählt der Alte. »Nachts fahren viele Schiffe hier blind, hat er gewarnt, er hatte Angst, wir würden über den Haufen gerannt. Dabei waren wir doch beleuchtet wie ein Weihnachtsbaum.«

»Hast du ihn beruhigen können?«

»Nicht sicher. Jedenfalls hab ich ihm gesagt, daß der Sichtkreis bei klarer Kimm ungefähr zehn Seemeilen beträgt. Der Lichtschein am Himmel wäre sogar schon aus mindestens zwölf Seemeilen Entfernung zu sehen. Die normalen Bulk-Carriers fahren zwölf Seemeilen die Stunde, selbst wenn auf einem Schiff ein Rudergänger, statt seine Pflicht zu tun, Kaffee holt oder sich sonstwie verlustiert, müßte er uns doch irgendwann im Verlaufe einer ganzen Stunde als Weihnachtsbaum sehen. Und weil der Zwote mich so anguckte, als wolle er sagen: ›Ich hab Sie gewarnt!‹, konnte ich mir nicht verkneifen«, und jetzt grinst der Alte, »konnte ich mir nicht verkneifen, ihm zu sagen: ›Hoffentlich sehen wir uns morgen wieder!‹«

Ein großer Passagierdampfer kommt auf, der erste, den ich auf dieser Reise sehe.

Merkwürdige Silhouetten schieben sich über die Kimm hoch: die Häuserfronten von Dakar. Nach und nach wird eine richtige Skyline daraus. Die Küste bekommt ganz allmählich Farbe und Gliederung. Es ist, als sei sie vorher nur mit einem einzigen blauen Pinselstrich angelegt worden und würde nun ausgeführt: da ein Stück rotbrauner Felshang, dort ein weißes Häuschen, ein bißchen Grün und einen Daumensprung daneben noch ein Tupfer und über allem als Hintergrundkulisse diese gewaltigen Hochhäuser. So hatte ich mir die Hauptstadt des Senegal nicht vorgestellt. Mein Afrikabild stammt aus einer längst vergangenen Zeit. Auf der Karte sind rings um Dakar kleine Palmen eingezeichnet. Das entspricht meinen Vorstellungen von Afrika schon eher.

»In Dakar waren wir schon mal«, sagt der Alte, »da hatte das Schiff Phosphat geladen. 8500 Tonnen, Luke eins bis vier. Damals hatte man noch mächtig Respekt vor unserem Reaktor. Feste Ankunfszeit morgens acht Uhr. Ankerplatz draußen vor der Einfahrt. Das Empfangsteam – gemischte Hautfarbe – sah uns mit treuen Augen an. Die waren bereit, uns alles zu glauben, was wir über Reaktorsicherheit sagten. Trotzdem waren alle anderen Schiffsbewegungen für die Dauer unserer Ankunft gesperrt. Nur die Leute auf einem kleinen hölzernen Fischkutter hatten das nicht mitbekommen. Meine Güte, wurden die von der Hafenpolizei zusammengefaltet, da blieb kein Auge trocken! Aber der schwarze Hafendirektor war aufgeschlossen für den Fortschritt und mochte Deutsche. Ich erfuhr das von seinem Sohn.«

»Na und?« frage ich in der Hoffnung, daß die Geschichte damit nicht beendet ist.

»Mit dem Sohn haben wir einen langen Nachmittag auf der verträumten früheren Sklaveninsel Gorée verbracht«, fährt der Alte schließlich fort, »die ist dem Hafen vorgelagert. Da gibt es noch eindrucksvolle Verliese mit verrosteten Sklavenketten und alte Vorderladerkanonen – und natürlich eine Menge Händler mit dem üblichen Krimskrams. Der Funker, der mit von der Partie war, zeigte uns sein von Schmugglern erstandenes Goldarmband. Die Analyse ergab: Messing!«

Erinnerungen, denke ich, ganz nach Art des Alten.

Die Ile de Madelaines wird vom Hintergrund des Festlands frei und zeigt uns ihre Felsenküste. An Backbordseite ein Fischerboot mit sehr spitzem, weit vorkragendem Bug, ich richte das Glas ein: schwarze Bootsleute. Und nun kommen mehr und mehr Fischerboote auf.

Der Alte sagt unter seinem Glas hin: »Wir gehen ganz um Dakar herum. Hinter der Landzunge, auf der Dakar gebaut ist, liegt die windgeschützte Reede.«

Ein kleineres Schiff kommt uns mit einer mächtigen Bugwelle entgegen. Aus der weißen Bugwelle springen

Delphine heraus, einer um den anderen. *So* scheint es ihnen Spaß zu machen. Und nun entdecke ich auch zwei Wale. Mit ihren dunkelgrauen Rücken gleichen sie modernen U-Booten. Als sie längst weggetaucht sind, kann ich immer noch ihre Tauchstellen sehen. Ich gucke wie gebannt hin: So sieht es also aus, wenn eine große Masse von der Oberfläche der See verschwunden ist.

»Noch drei Meilen bis zum Ankerplatz«, sagt der Alte, »wir müssen um die Insel Gorée herum. Zwischen der Insel und dem Hafen von Dakar ist die Durchfahrt verboten.

Auf dem Radarschirm kann ich die Bucht von Dakar deutlich erkennen, kaum weniger deutlich als auf der Karte.

Die Schraube macht nur mehr siebzig Umdrehungen, wir müssen die Zeit strecken, damit wir nicht zu früh den Ankerplatz erreichen. Etwa um zehn Uhr sollen wir dort sein. Ein Jammer, daß wir nicht an Land kommen.

Wenn das Schiff so langsam fährt wie jetzt, erscheint unsere Hecksee nicht mehr weiß strudelnd, sondern als langgezogener glatter Schwall mit Zöpfen aus kleinen Strudeln rechts und links.

Vor der taubengrauen Silhouette der Stadt wird plötzlich ein Streifen der See kabbelig und dunkel. Ich brauche eine Weile, bis ich die Delphine erkenne, die dort spielen. Es muß ein riesiger Schwarm sein. Jetzt haben sie das Schiff erspürt und kommen heran, aber sie schwimmen nicht *mit* dem Schiff, sondern bleiben an Backbordseite.

Ich klettere hinunter, die Krankenschwester steht am Schanzkleid. Ich denke, auch sie will die Delphine beobachten, aber nein, sie ist empört über einen Matrosen, der ihr etwas von fliegenden Fischen erzählt habe. »Fliegende Fische!« sagt sie entrüstet zu mir: »Und gerade in *den* Mann habe ich so viel Vertrauen gesetzt.«

Der Bootsmann, der des Wegs ist und sie hat reden hören, sagt: »Vertrauen ist gut, Kontrolle ist besser!« Ich kann sehen, wie er sich hinter dem Rücken der Krankenschwester an die Stirn tippt.

»Hat er ihnen das wirklich allen Ernstes weismachen wollen?« frage ich.

»Ja, das hat er!« Sie ist so aufgebracht, daß sie die Delphine gar nicht sieht.

Die gelbe Quarantäneflagge ist gesetzt, die Hapag-Lloyd-Flagge, die senegalesische und die Flagge der Bundesrepublik. Eine Menge Textilien für den geringen Anlaß, ein paar Leute auf Reede auszuschiffen.

Die Crew-Liste hat der Alte ändern lassen: Jetzt heißen die drei »Additional purser« unter zehn Jahren schlicht »Boys«. Nach der Crew-Liste sind wir insgesamt dreiundsiebzig Leute auf diesem Dampfer.

Per UKW meldet sich nun das Hafenkapitanat von Dakar. Wir werden erwartet. Bald schon kann ich die einzelnen Schiffe auf der Reede erkennen. Noch etwa eine Viertelstunde werden wir mit vierzig Umdrehungen laufen, dann werden auch wir bei dieser Schiffsherde ankern.

Der Alte befiehlt: »Backbord zehn!«

»Ruder liegt backbord zehn!« kommt Meldung vom Rudergänger.

Dann gibt der Alte: »Backbord zwanzig!«

»Ruder liegt Backbord zwanzig!«

Ein Polizeiboot quert unseren Kurs, und nun kommt die Sonne heraus. Nach ein paar Minuten schon bricht mir der Schweiß so heftig aus, als hätte ich ein paar Runden im Ring hinter mir.

Ganz langsam arbeiten wir uns näher an die ankernden Schiffe heran.

»Sind auf zwanzig Meter Wasser«, höre ich den Alten.

Der Alte läßt drei kurze Typhonsignale geben, das bedeutet: »Habe meine Maschinen auf voll zurückbeordert.«

Ich habe mich so an den Anblick der Häuser an der Pier verloren, daß mich das Rumpeln der Ankerkette heftig erschreckt. Vom Spill weht brauner Staub hoch, Rost. Wir haben Dakar-Reede erreicht.

Eine Motorbarkasse kommt in scharfer Fahrt heran. Über die ausgeschwenkte Gangway klettert ein Senegalese hoch, ein Hüne in einem heftig gemusterten langen Gewand. Der zweite Schwarze, der ihm auf den Fersen folgt, sieht in seinem silbergrauen Anzug nach der farbigen Pracht des ersten schäbig aus.

Eine wortreiche Begrüßung zwischen dem Alten und den beiden, ich höre, als ich näher herangehe, den Hünen auf französisch sagen, in Senegal sei Regenzeit – und prompt beginnt es zu regnen – Voodoo!

Die Hamburger, die von Bord gehen, haben sich schon verabschiedet, nun werden, während der Alte mit den beiden Emissären der Agentur in seiner Kammer palavert, die Geräte der Hamburger in der Barkasse verstaut.

»Das war gar nicht einfach«, sagt der Alte, als die Barkasse abgelegt hat und das Winkewinke beendet ist. »Die Schwarzen sehen ja einer wie der andere aus – ich meine für unsereinen.«

»In deren Augen tun wir das sicher auch, aber sag endlich, wovon redest du?«

»Ich hab die erst mal mit in meine Kammer genommen und sie ein bißchen abgefüllt.«

»Na und?«

»Ich mußte rauskriegen, wer von den beiden das Sagen hat, wer als erster, wer als zwoter. Du kannst ja keinem ansehen, was für eine Charge er ist. Da wären Schulterstücke mit Sternchen drauf praktisch.«

Ich warte, daß der Alte weiterredet. Als die Pause gar zu lang wird, spotte ich: »Schulterstücke würden auf dem Prachtgewand des Riesen gar nicht schön aussehen, aber warum hättest du die gerne?«

»Erst als ich sicher war, wer Number one und wer die Number two ist, konnte ich unsere Liebesgaben verteilen: Acht Stangen Lucky Strike und zwei Flaschen Jonny Walker für Number one, zwei Stangen und eine Flasche für Number two. Wenn der Sekretär oder Assistent mehr kriegt als sein Häuptling, kann das schlecht fürs Schiff sein.«

»Die Geheimnisse der Seefahrt«, bringe ich lachend hervor.

Aber der Alte sagt ernst: »Wenn du da einen Fehler machst, kann das ins Auge gehen. Etikette beachten, das ist bei diesen Herrschaften besonders wichtig.«

»Und jetzt lieben sie die Deutschen!«

»Du hast's gesehen, wie fröhlich sie waren, als sie von Bord gingen.« Endlich grinst der Alte, setzt aber gleich wieder eine ernste Miene auf und sagt: »Aber dann wirst du von der eigenen Firma auch noch dumm angeredet.«

»Wie das?«

»Die Sache hat einen Haken. Whisky und Zigaretten sind aus Kantinenbeständen, und da muß genau abgerechnet werden. Und die Boys quittieren doch nicht für ihren Jonny Walker. Das heißt, wenn ich wollte, würden sie ihren Namen unter die gesamte Kantinenbestandsliste schreiben – oder gar fürs ganze Schiff quittieren.«

Der Alte zieht seine Nasenwurzelfalten, ein Zeichen, daß es um ein ernstes Problem geht. »Also, wenn du's genau wissen willst, ich bin wegen der paar kindischen Flaschen und Zigaretten schon gerüffelt worden. Da mußte ich den Herrschaften in Geesthacht klarmachen, daß die uns hier die allergrößten Schwierigkeiten machen können, festlegen bis zum Gehtnichtmehr zum Beispiel.

Wir sind schließlich in senegalesischen Hoheitsgewässern. Und was ein Betriebstag kostet, weißt du ja.«

»Kann doch glatt 100 000 Mark oder mehr kosten.«

»So isses!« gibt der Alte zurück, »aber die würden ordentlich verbucht. Da gibt's eine Quittung. Du weißt doch: Quittungen sind das halbe Leben...«

»Das kann doch alles nicht wahr sein!«

»Isses aber«, sagt der Alte tiefsinnig, aber dann hellt sich seine Miene auf, und er fragt: »Hast du schon vom Funker und Zahlmeister gehört?«

»Nee. Was gibt's da zu hören?«

»Später«, sagt der Alte, »jetzt wollen wir mal die Damen nicht warten lassen: Mittagessen.«

Beim Essen liest ein Assi vom DIN-A 4-Blatt den täglichen Funkpressedienst vor: »Frankfurt. Der Millionenräuber Ludwig Lugmeier hat das Versteck preisgegeben, in dem die Polizei knapp 800 000 Mark fand, die aus einem Überfall auf einen Geldtransport im Oktober 1973 stammen. Das Geld war in Plastikmilchkannen verpackt und im Frankfurter Stadtwald vergraben. Den Rest der Zweimillionenbeute hat Lugmeier nach eigenen Angaben während seiner fast achtzehn Monate dauernden Flucht um die Welt ausgegeben.«

»Na, so ein Trottel!« empört sich der spindeldürre Assi.

»Den haben die doch weich gemacht«, höre ich eine andere Stimme, »Menschenskinder, 800 000 Mark haben oder nicht haben – macht 'nen Unterschied von 1 600 000 Mark!«

»Junge, Junge, was 'ne Menge Geld!«

Die Stimmen gehen aufgeregt durcheinander. Das viele Geld scheint einige völlig aus dem Häuschen zu bringen. Ich ahnte nicht, daß schon imaginiertes Geld Menschen so aufregen kann.

Der Chief, der heute wieder zu unserer Tischrunde gehört, macht einen gelösten Eindruck. Er sei erleichtert, daß die Hamburger von Bord sind, hat er mir verraten. Ohne Eile bleibt er, nachdem das Geschirr abgeräumt ist, an unserem Tisch sitzen. Dann wagt er, den Alten zu fragen: »Herr Kapitän, wieviel haben Sie eigentlich im Krieg versenkt?« und fügt noch hinzu: »Schiffe und Tonnage.«

Der Alte zieht die Stirn nachdenklich kraus, ich weiß, daß ihm solche Fragen zuwider sind, dann aber hellt sich seine Miene auf, und er sagt zu mir: »Wie wir das Vorpostenboot versenkt haben, warst du da eigentlich mit?«

»Aber gewiß doch!«

Die Augen des Chiefs hängen an den Lippen des Alten. Doch für den Alten scheint das Thema erledigt zu sein. Es sieht aus, als hänge er selbstvergessen seinen Erinnerungen nach und wolle nicht gestört werden. Da tut mir der Chief leid, dessen Gesicht immer länger wird, und ich rede los: »Ich seh alles noch, als wär's gestern passiert: Dieses scheißenge Hafenbecken – und direkt den Bunkertoren gegenüber hatten die Hafenfritzen ein ganzes Filzlausgeschwader hingepackt.«

»Ein was?« will der Chief wissen.

»Ein Filzlausgeschwader, so hießen die kleinen Einheiten, die ins Küstenvorfeld geschickt wurden. Ehemalige Heringskolcher und so. Fast immer gab's deretwegen Krach, weil wir in dieser Enge nicht richtig manövrieren konnten. Das lange Boot mußte, wenn es über den Achtersteven aus dem Bunker herausgefahren war, gedreht werden.«

Ich gucke den Alten erwartungsvoll an, er soll weiter erzählen. Aber der Alte denkt gar nicht daran. Also rede ich weiter: »Ich steh noch mit der halben Besatzung an Oberdeck achtern, um ein paar Aufnahmen vom Rausfahren aus dem Bunker zu machen, da sehe ich, wie der Abstand zwischen unserem scharfen Achtersteven und so einem Kolcher, der schon verdammt gering war, immer noch abnahm. Die Maschinen waren zwar schon voraus geschaltet, aber im Boot war noch zuviel Rückwärtsfahrt, und schon war der Dampfer aufgeschlitzt – mit einem sauberen Schnitt. Es war fast gar nichts zu spüren. Unser Achtersteven war bei dem in die Bordwand reingegangen wie in Butter. Und jetzt zogen uns die Schrauben wieder schön weg, und das Wasser konnte mit Wucht durch das Leck in den Dampfer einströmen. Ich kapierte das Ganze nur mit einer merkwürdigen Verzögerung. Aber auf dem VP-Boot ging der Teufel los. Schon neigte sich uns das Oberdeck des aufgeschlitzten Dampfers entgegen, und die Piepels in ihrem schönen weißen Takelzeug quollen aus den Niedergängen hoch, dann rutschten sie uns entgegen bis zur Reling hinunter und starrten uns an wie die Affen im Zoo. Zwei hatten Radios unter dem Arm, das weiß ich noch ganz genau: Batteriegeräte. Da nahm unser Bootsmann, ein Schrank von einem Mann – er stand in seinen dicken Seestiefeln ganz dicht am Achtersteven –, eine Hand aus der Tasche seiner Lederjacke, zeigte auf das schon halb weggesunkene riesige Leck und sagte, schräg nach oben zu den Piepels, die wie Klammeraffen an der Reling hingen: ›Ihr habt da'n Loch!‹ Und das ganz lässig, wie es so seine Art war – und kein Wort mehr. Inzwischen hatten wir Fahrt voraus aufgenommen, und der Abstand zu dem VP-Boot wurde schnell größer, das heißt: zu der Stelle, wo es eben noch schwamm. Das war, wenn ich es recht weiß, die einzige Versenkung, die du dem BdU nicht gemeldet hast«, wende ich mich an den Alten. »Ist also nicht in der Bilanz enthalten. Stimmt doch?«

Der Alte gibt sich Mühe, ein Grinsen zu unterdrücken, und zieht, wie immer, wenn er das versucht, eine Schnute. Dann sagt er: »Kein Eigentor, nur Latte!«

Der Chief betrachtet uns, die wir beide in der Erinnerung in uns hineinglucksen, leicht degoutiert, das war nicht die Geschichte, die er hören wollte. Er stemmt sich hoch und sagt: »Na, wie wär's?«

»In den Sicherheitsbehälter?« frage ich erwartungsvoll.

»Nein. Für heute haben wir das Thema: ›Die Kettenreaktion kontrollieren und steuern!‹«

Der Chief wartet sogar auf mich, bis ich mich auch hochgerappelt habe.

»Wenn nun bei *uns* eine Ramming passierte – was denn dann?«

»Wie es um unseren Kollisionsschutz steht, wollen Sie wissen?«

»Ja.«

»Da kann ich Sie beruhigen. Es ist praktisch ausgeschlossen, daß ein Schiff, wenn es uns rammt, die Reaktoranlage erwischt. Wir haben in der gesamten Länge des Reaktorbereichs als Kollisionsschutz Rahmenspanten und Kollisionsdecks – zusätzliche Verstärkungen in Tankunterteilungen – eingebaut. Diese Konstruktionen würden die Energie des Rammstoßes aufnehmen und in die allgemeine Schiffskonstruktion überleiten. Gerade für dieses Schiff sind von der GKSS bei HDW in Hamburg viele Kollisionsversuche gemacht worden.«

»Und was passiert bei Grundberührung?«

»Auch da sind wir gesichert«, sagt der Chief, »wir haben einen Doppelboden mit eingelegtem Zwischenboden, also einen Dreifachboden, und der hält im Zweifelsfall eine Menge aus.«

Ich brauche nur meinen Blick an die Lippen des Chiefs zu heften, da redet er willig weiter: »Den Sicherheitsbehälter würden Verformungsenergien bestimmt nicht erreichen, und außerdem haben wir, das wissen Sie ja wohl schon, Zwei-Abteilungen-Status. Das heißt, daß wir auch dann noch schwimmfähig bleiben, wenn zwei benachbarte wasserdichte Hauptabteilungen abgesoffen sind – also zwei von dreizehn.«

Jetzt will ich den Chief nicht mehr löchern, weil ich irritiert bin, da muß ich den Alten fragen. Bei U-Booten zählte das doch anders, da hatten wir doch drei Abteilungen?

Im Empfangsraum pflanzt sich der Chief wieder vor den Schautafeln auf und legt gleich los: »Also: Die Kettenreaktion kontrollieren und steuern. Dazu nimmt man Absorberstäbe. Absorberstäbe sind Rohre aus rostfreiem Stahl. Die haben eine Füllung aus Borkarbid. Und dieses Borkarbid wirkt als Neutronenschlucker.

Ehe ich noch den Mund aufmachen kann, um zu fragen, wieso Borkarbid Neutronen schluckt, sagt der Chief: »Hinnehmen, einfach hinnehmen. Die Absorberstäbe heißen so, weil von ihnen die in den Brennelementen frei werdenden Neutronen absorbiert werden. Das müssen Sie jetzt erst mal als gegeben hinnehmen.«

Der Chief tut nun wie ein routinierter Showman, der immer schon den nächsten Trick parat hat, wenn er den ersten vorführt.

»Das ist zu hoch für mich, Chief«, versuche ich zu Wort zu kommen, »das Borkarbid steckt doch in den Rohren. Wie kann es denn von da innen drin die Neutronen erwischen, um das mal ganz vulgo – also in meiner Sprache – zu sagen.«

»Ich würde mir an Ihrer Stelle darüber nicht den Kopf zerbrechen. Sie müssen diesen Satz einfach als gültig akzeptieren. Weiter: Der Wechselbeziehung zwischen Brennstäben und Absorberstäben dient das Brennelement.«

»Sehr wohl«, sage ich gefügig.

Der Chief bedenkt sich ein paar Sekunden, aber statt weiter zu dozieren, sagt er in unerwartet freundlicher

Tonart: »Sicher alles nicht leicht zu verstehen – aber so ist es nun mal: Die Neutronen gehen durch die Metallhüllen der Absorberstäbe hindurch.«

»Ich kann's mir nur leider nicht *vorstellen*, wie das ein Neutron schaffen kann!«

»Das Neutron ist eben so winzig klein, *daß* es das schafft. Die Absorberstäbe heißen auch Steuerstäbe, weil ich mit ihnen den Neutronenfluß steuern kann. Aber wir wollen ja systematisch vorgehen.«

Der Chief tritt wieder vor das Modell, hebt den Glassturz ab, setzt ihn vorsichtig auf dem Teppich ab und sagt, mit dem rechten Zeigefinger deutend: »Hier der Reaktorkern enthält in dreitausendeinhundertvierundvierzig Rohren Urantabletten, die sechzehn Brennelemente bilden. In jedem Brennelement ist ein kreuzförmiger Steuer- oder Absorberstab. Diese Absorberstäbe werden mit Motoren angetrieben. Die sitzen hier oben. Wenn die Absorberstäbe aus den Elementen herausgezogen werden, steigt der Neutronenfluß bis zur gewünschten Leistung. Um den Gleichgewichtszustand zu erreichen, müssen die Stäbe wieder eingefahren werden – so funktioniert das, im Grunde doch ganz einfach!«

Der Chief guckt mich erwartungsvoll an, und ich bin versucht, Beifall zu klatschen. Hier heißt es aber ernst bleiben und einen gespannten Ausdruck zeigen.

»Wenn man die Steuerstäbe in die Brennelemente hineinfallen läßt, erlischt die Kettenreaktion sofort. Innerhalb von zwei bis drei Sekunden wird dann der Reaktor außer Betrieb gesetzt.«

Der Chief legt eine Pause ein und weidet sich an meinem Staunen. Dann sagt er: »Was ich bezüglich der Brennelemente gesagt habe, bezieht sich übrigens alles auf den *ersten* Kern, den wir bis zwoundsiebzig hatten und dem das Anschauungsmaterial hier entspricht. Das zweite Core, das wir jetzt haben, ist anders ausgelegt. Es hat nur mehr zwölf quadratische Brennelemente mit insgesamt zwotausendachthundertzehn Brennstäben – also zirka dreihundert weniger. Jedes dieser Brennelemente hat siebzehn mal siebzehn Positionen, aber nur zwohundertfünfundzwanzig Brennstäbe – den Rest nehmen die Absorberstäbe ein, die in der Höhe verstellbar sind. Die Brennelemente, das vergaß ich, sind fest montiert.«

An dieser Stelle verdrehe ich die Augen, um so mein Überwältigtsein von so viel Wissenschaft zu demonstrieren, aber der Chief läßt sich nicht beirren: »Wenn Sie aufgepaßt hätten, hätten Sie gemerkt, daß bei dieser Rechnung noch vier Brennelemente-Positionen frei geblieben sind«, sagt er.

»Ich vertraue Ihnen doch blind!« entgegne ich.

Aber damit kann ich den Chief nicht in Verlegenheit bringen. Er redet gleich weiter: »Diese vier Positionen nehmen die vier Eckstäbe ein, die Sie auf dieser Tafel sehen. Diese Eckstäbe sind Meßkäfige.«

»Meßkäfige?«

»Ja, sie dienen der Temperaturmessung des Brennstoffs und des Wassers. In diesen vier Dreieckselementen sind im wesentlichen Versuchsbrennstoffstäbe mit spezieller Anreicherung untergebracht, auch Testeinsätze für die Untersuchung neuer Hüllrohrmaterialien.«

Ich kann, um mein Staunen auszudrücken, nur mehr »tss, tss, tss!« machen, so wie es der Alte oft tut. Aber dann sage ich doch: »Da ist mir aber vieles noch ein Rätsel.«

»So?« macht der Chief bloß und setzt schnell wieder ein, als wolle er vermeiden, sich von mir aus dem Konzept bringen zu lassen: »Beim ersten Core waren die Eckelemente noch richtige dreieckige Brennelemente. Jetzt haben wir übrigens auch andere, nämlich kürzere Fallzeiten als beim ersten Core.«

»Zwei bis drei Sekunden waren es doch beim ersten Core«, werfe ich ein und werde dafür mit einem anerkennenden Blick des Chiefs belohnt. So ermutigt, frage ich schnell: »Und wenn die Stäbe in die Brennelemente hineingefallen sind, ist der Reaktor quasi aus.«

»Nicht ganz richtig«, entgegnet der Chief, »für mich ist der Reaktor erst dann außer Betrieb, wenn er abgefahren, das heißt, wenn er in den kalten unterkritischen Zustand überführt worden ist. Wenn man die Stäbe in den Kern einfallen läßt – oder besser: einfährt –, ist der Reaktor zwar unterkritisch, aber er ist noch nicht kalt. Einen noch heißen Reaktor dürften wir nicht sich selbst überlassen. Wir können hier nicht einfach wie beim Auto den Zündschlüssel abziehen und unserer Wege gehen.«

»Zündschlüssel?« repetiere ich, »den soll es doch tatsächlich geben?«

Der Chief nimmt einen gequälten Ausdruck an, er schüttelt wie indigniert den Kopf, sagt aber trotzdem: »Ja!«

»Und den schleppen Sie immer mit sich herum?«

Den Chief ärgert die Abschweifung sichtlich. »Gewiß doch, und zwar in der rechten Hosentasche!« gibt er widerwillig Antwort.

Ich nehme mir vor, bei Gelegenheit noch mal nach diesem ominösen Schlüssel zu fragen – so einfach soll der Chief mich nicht abblitzen lassen.

»Wir wollen mal lieber beim Thema bleiben und schön der Reihe nach vorgehen«, sagt der Chief entschieden, »das wäre also die Ausstattung. Nun lassen wir den Reaktor mal arbeiten. Um ihn zu starten, wir sagen, ›kritisch werden lassen‹, benutze ich zwei Neutronenquellen. Die Neutronen lösen dann die Kettenreaktion aus.«

»Das klingt so einfach wie überzeugend«, sage ich, nur um dem Chief zu beweisen, daß ich ihm folge und meine Gedanken nicht mehr mit dem Schlüssel beschäftige.

»Ist auch einfach«, gibt der Chief spürbar barsch zurück.

Ich denke schon: Jetzt ist der Reaktor, Gott sei's gedankt, in Betrieb! Da redet der Chief wieder im dozierenden Ton: »Zum Anfahren eines Reaktors müssen mehrere Anfahrbedingungen erfüllt sein. Unter anderem muß ein gewisser Quellfluß von Neutronen vorhanden sein und registriert werden...« Der Chief stockt. Er weiß offenbar nicht recht, wie er mir den Vorgang erklären soll. Ich mache mich ganz klein. Der Chief soll deutlich spüren: Hier ist ein dumpfes, unerleuchtetes Hirn, das für die Wissenschaft gewonnen werden will.

»... vorhanden sein und registriert werden«, wiederholt er so zögernd, als habe er den Faden verloren.

»Wie denn registriert?« frage ich schnell nach. Ich verhalte mich wie einer, der einem Rodelschlitten einen Schubs gibt, damit er wieder in Fahrt kommt.

»Es gibt da mehrere Meßmethoden. Wir haben Bortriflorid-Zählrohre – die registrieren die Neutronen, und zwar über einen Sekundärprozeß.«

Als der Chief merkt, daß ich nicht mitkomme, sagt er: »Da wollen wir uns erst mal die Zunge anfeuchten.« Er stellt zwei Flaschen Bier auf den Tresen. Nach einem kräftigen Schluck gibt er sich einen Ruck und setzt neu an: »Wenn also die Anfahrbedingungen erfüllt sind und auch die nötigen Checks durchgeführt und keine Mängel ersichtlich sind, kann der Reaktor angefahren werden. Dies geschieht ganz simpel mit einem Schlüsselschalter und einem Taster für Magnetstrom für die Regelstabkupplungen. Jetzt kann ich mit einem Schalter die Regelstäbe gruppenweise mit Hilfe von Elektromotoren ausfahren – das heißt: sie anheben, sie aus dem Core ziehen. Dabei geht es aber nur um Millimeter, müssen Sie wissen. Sowie die eine Gruppe ganz herausgezogen ist, folgt die nächste. Der Neutronenfluß steigt, der Reaktor wird kritisch.«

»Dürfte man in meiner Vulgärsprache sagen: Der Ofen brennt?«

»Ganz trifft's zwar nicht«, sagt der Chief, »aber sagen Sie's ruhig. Doch wir sind noch nicht am Ende der Aktion: Beim weiteren vorsichtigen Ziehen der Stäbe – wir müssen dabei die Periode des Reaktors beachten und den Neutronenfluß – beginnen wir langsam nuklear zu heizen. Die Folge ist, daß Druck und Temperatur im Druckgefäß steigen.«

Ich verdrehe wieder die Augen. Der Chief sieht das und murmelt: »Einfacher läßt sich's doch gar nicht ausdrücken. Das würde sogar mein Sohn verstehen.«

»Der ist sicher ein kluges Kind, bei *der* Erbmasse gar kein Wunder«, frotzele ich.

Der Chief überhört das und sagt knapp: »Demnächst das Ganze in natura – das heißt: bis hierher!« Dabei zeigt er mit dem Kugelschreiber auf den Raum zwischen Sicherheitsbehälter und Druckbehälter.

Ich atme tief durch, nicht nur, um mich zu entspannen, sondern auch dem Chief zu Gefallen. Er soll sehen, wie er mich strapaziert hat. Dann frage ich: »Wie alt ist Ihr Knabe denn?«

»Vier Jahre«, gibt der Chief zurück, »bei Fehlbedienung schaltet sich der Reaktor übrigens von alleine ab.«

»Das beruhigt«, werfe ich dem Chief in einem Anfall von Übermut hin und denke, jetzt ist Schluß für heute, der Reaktor ist abgeschaltet.

Aber da hebt der Chief noch einmal an: »Die Brennstäbe des Kerns werden nun vom Primärwasser umflossen. Das Primärwasser wird dabei aufgeheizt und dient zugleich als Bremsmittel gegen schnelle Neutronen – als Moderator, um die Neutronen zu thermalisieren. Wir haben ja einen thermischen Reaktor.«

Weil ich wieder meine Staunemiene aufsetze, gerät der Chief ins Stocken. Schön, denke ich, einfach hinnehmen und die Ohren spitzen.

»Die Primärumwälzpumpen, die seitlich am Druckgefäß angeordnet sind, drücken das Primärwasser von unten durch den Kern nach oben zu den Dampferzeugern. Es verläßt die Dampferzeuger mit zwohundertsiebenundsechzig Grad Celsius. Wenn es in die Dampferzeuger eintritt, hat es zwohundertsiebzig Grad Celsius. Das geht doch alles ganz einfach.«

»Rund wie beim Karussell«, füge ich an und ärgere mich gleich über meinen Vorwitz.

Wider Erwarten nimmt der Chief das Geplapper ernst: »Ja, genauso. Gebaut haben den Ofen übrigens die Deutsche Babcock, die Wilcox-Dampfkessel-Werke und die INTERATOM – das ist eine internationale Atomreaktorbaugesellschaft mit beschränkter Haftung.«

»Wobei sich letzteres hoffentlich nur aufs Geschäftskapital bezieht«, gebe ich mich schon wieder witzig und ernte dafür einen vorwurfsvollen Blick. Der Chief nimmt einen gehörigen Schluck aus seiner Flasche, und schon redet er weiter. Aber ich kann nur noch Fragmente aufnehmen: »Der Neutronenfluß wird durch die Ionisationskammern überwacht – der Reaktor ist übrigens so ausgelegt, daß nur thermische Neutronen zum Tragen kommen –, bei höherer Energieanforderung werden einfach die Stäbe hochgefahren.« Der Chief sieht, wie ich die Lider verkneife, und fragt: »Genug für heute?«

»Ja, genug!« Ich hebe wie zum Ergeben beide Hände hoch.

Da trinkt der Chief seine Flasche aus, setzt die leere Flasche hart auf die metallene Theke und sagt mit deutlichem Triumph in der Stimme: »Demnächst nehme ich Sie mit in den Sicherheitsbehälter, wenn es Ihnen recht ist.«

»Und ob! Warum nicht gleich morgen?«

»Mal sehen!« sagt der Chief.

An der frischen Luft, die so gar nicht frisch schmeckt, bricht mir nach den klimatisierten Räumen der Schweiß aus. Jetzt brauchen meine grauen Zellen Erholung, und da fällt mir Angelo ein – Angelo, der alte Matrose mit dem zerknitterten, sonnenverbrannten Gesicht, den ich für einen Spanier hielt, hat mich in seine Kammer eingeladen. Er hat mir erklärt, er heiße nicht Angelo, sondern Angelow, stamme aus Warna, habe aber einen deutschen Paß.

Seine Kammer liegt im Hauptdeck an Backbordseite. Dort hat er sich eine gemütliche Werkstatt eingerichtet: Angelow bastelt Flaschenschiffe und unterrichtet auch im Flaschenschiffbau. Heute zeigt mir Angelow Farbphotos von zwei exotischen Damen, mit denen er – nach seinen Worten – »verheiratet« ist: »Die hier, die is von Sumatra. Und diese häßliche Frau hier, die is von Java – von mittlere Java.«

»Wie lebt man denn so auf Java?« frage ich.

»Wenn man da muß mit den Zug fahrn, da kann man aussteigen und Wasser lassen und in alle Ruhe wieder einsteigen, so langsam fährt der. Der Zug fährt – ich weiß nich wieviel Stunde, und dann geht es weiter mit Bus. Der Bus is zusammengeschustert. Wird einem Angst. Der Rest is dann zu Fuß – wie soll ich das finden, wo die Frau is – was soll ich da machen?«

»Ihre Frau aus Java ist also wieder im Busch verschwunden?« versuche ich das Gespräch in Gang zu halten.

»Ja«, bestätigt Angelow.

»Haben die dort Ackerbau – oder wovon leben die?«

»Ja, ein bißchen Reisfelder haben die da drüm, und die ham auch Banan.«

»War eine Ihrer Frauen auch schon mal in Hamburg?«

»Ja – war sie – mit Mutter...«

»Mit Mutter? Welche denn? Mit welcher sind Sie denn richtig verheiratet?«

»Die aus Java.«

»Da muß es denen doch komisch vorgekommen sein. Haben die da nicht gestaunt?«

»Natürlich! So könn sie nich haben zu Haus! Aber ich hab kein Interesse, ihr wieder nach Hamburg zu lassen.«

»Und warum nicht?«

»Wird zu teuer! Das is 'ne finanzielle Frage. In Java da könn sie lange leben mit ein Pfund Reis. Aber wenn in Hamburg, woll die nich nur von Reis leben. Da gehn in Geldhaus, so sagn die immer, un dann in Karstadt un so und kauft schon ein bissel da und da.«

»So, so!«

»Ja, da geht's los. Das geht immer bissel weiter. Zu Haus – also in Java – brauch die 'nen Paar Sandalen und so Batikstoff, das is genug ... Ich schick auch mal hundert Mark oder hundertfuffzig – für paar Monate, da kommen die schon durch – die in Java und die in Sumatra.«

»Warum sind die denn wieder nach Java?«

»Mußten gehen, hab sie in Flugzeug gesetzt. Wurd zu teuer.«

»Aber Ihre beiden Frauen kriegen Geld?«

»Ja, mal die eine, mal die andere. Das schick ich von hier ab – von 'ner Bank in Hamburg.«

»Die Frau in Java gilt dort, wo sie wohnt, als richtig verheiratet?«

»Muß ja wohl – is Mohammedanerin.«

»Da kann sie eines Tages auch Rente kriegen!«

»Ja, wenn ich hops geh, vielleicht da kriegt die dann Rente – zwanzig Jahre war ich mit ihr ...«

»Was heißt ›vielleicht‹?«

»Weil sie nich weiß, daß Rente gibt. Ich hab auch nich gelesen, was drin steht bei verheiratet.«

»Können Sie denn die Landessprache?«

»Bißken.«

»Und Ihre Frau, kann sie ein bißchen Englisch?«

»Englisch nich.«
»Ist das dann nicht ziemlich kompliziert?«
»Wieso sprechen?«
»Sind Sie von Ihrer Frau in Sumatra geschieden?«
»Weiß nich. Vielleicht ja, vielleicht nein. Auch Mohammedanerin... Gibt auch zwei Tochter – die sin schon groß.«

»Da haben Sie ja eine interessante Familie«, sage ich und bin halb verlegen, weil mir nichts als diese Platitüde einfällt.

Jemand klopft an die Tür, einer der Ingenieure, der große Dicke, steht draußen.

»Reinkommen! Beißt nicht«, sagt Angelow. Der Dicke macht es sich an der schmalen Back bequem und beginnt auch gleich, mit Sandpapier einen nur fingerlangen Schiffskörper zu bearbeiten. Ich schaue eine Weile zu und trolle mich wieder.

Unter der Monkeyback sehe ich eine Stewardeß, nur mit einem grellgrünen Badetuch um die Hüfte und einem winzigen Büstenhalter angetan, in die Farblast verschwinden. Weiß der Teufel, was die dort in diesem Aufzug zu suchen hat. Nach einer guten Viertelstunde kommt sie mit einem der jüngsten Matrosen wieder ans Tageslicht. Der Matrose beginnt an Luke eins zu pönen. Sie bleibt, in stümperhaft nachgeahmter Mannequinpose, dicht bei ihm stehen, als sei sie seine Besitzerin.

»Wird ja immer schöner«, murmele ich halblaut vor mich hin.

Am Abend auf der Brücke, der Erste hat Dienst, frage ich im Kartenhaus den Alten: »Was ist denn mit dem Funker und dem Zahlmeister?«

»Ach das«, sagt der Alte gedehnt und offensichtlich mißmutig, »eine idiotische Geschichte: Der Zahlmeister war bei mir und hat sich beschwert, daß der Funker mit der Teekanne nach ihm geworfen hat.«

»Wie schön!« sage ich voll Begeisterung. »Und warum das?«

»Der Zahlmeister hat gesagt, es gab zwischen dem Funker und einer Stewardeß einen kleinen Streit, und der Funker wollte eine Gegenüberstellung mit der Stewardeß. ›Ich habe‹, sagte der Zahlmeister, ›das abgelehnt, weil es dazu keinerlei Notwendigkeit gab.‹ Weil der Zweite ›Tatzeuge‹ war, wie der Zahlmeister sagte, habe ich den Zweiten einen Bericht schreiben lassen – kannst du gleich lesen. Übrigens: Am Handgelenk sei er verletzt, hat der Zahlmeister gesagt. Das kann sich unser vielbeschäftigter Arzt ja mal angucken. Hier!« sagt der Alte und drückt mir den Bericht des Zwoten in die Hand.

Ich lese: »Herr Z. sagte: ›Ich sehe, daß Sie diesen Vorfall nicht klären und mich als Lügner hinstellen wollen. Ich werde mich an kompetenterer Stelle beschweren.‹ Herr O. kam daraufhin zu Herrn Z.s Tisch und versuchte die Angelegenheit abzuschwächen. Herr Z. verbat sich jedes weitere Gespräch. Herr O. versuchte trotzdem weiterzureden. Herr Z. wiederholte mehrere Male, daß er jedes Gespräch ablehne und in Ruhe essen wolle. Zwischenzeitlich war Herr O. etwa zwo Meter vom Tisch zurückgetreten, mit dem Gesicht zu Herrn Z. Als Herr O. nochmals zu reden anfing, flog erst ein Teller ungezielt auf den Boden. Als darauf der Rückzug durch Herrn O. immer noch nicht stattfand, mußte die volle Teekanne ihr Leben lassen. Sie wurde in Richtung Herrn O. geworfen, die Kante des Klimageräts lag allerdings auch in der Wurfbahn. Herr O. machte während des Wurfes eine Abwehrbewegung. Die Rückseite der Jacke wurde durch den umherspritzenden Tee naß. Herr O. war nicht im Begriff, die Messe zu verlassen, als die Kanne flog.

Zwischenzeitlich wurden von Herrn Z. die Worte gebraucht: ›Opportunist – fieser!‹ Nach dem Wurf herrschte Ruhe.«

Ich lehne mich zurück und verdrehe die Augen. Der Alte guckt mich schief an: »Das ist keine Literatur ... aber dann lies mal, was der Zahlmeister zum besten gegeben hat!«

»Jetzt bin ich schon süchtig!« sage ich und lese: ›Auf meinen Einwand, Herr Z., beruhigen Sie sich doch und übertreiben Sie diese Sache nicht, schrie Herr Z: ›Sie sind auch so ein Schleimscheißer, machen Sie, daß Sie rauskommen. Sie sind ein Arschloch, jawohl, unter Zeugen sage ich das, Sie sind ein Arschloch!‹«

»Und wie geht's weiter?« frage ich.

»Jetzt mußte ich mich auch dazu äußern. Lies ruhig«, sagt der Alte.

»Der Anlaß zu diesem Streit war, soweit ich ermitteln konnte, eine Kantinenangelegenheit. Herr Z. war erkältet und fragte die Stewardeß, die den Kantinenverkauf durchführt, nach Papiertaschentüchern. Die Stewardeß will gesagt haben: ›Wir haben keine, Sie können sich beschweren.‹ Dagegen will Herr Z. verstanden haben: ›Ich verkaufe Ihnen keine, Sie können sich beschweren!‹ Herr Z. fühlte sich beleidigt wegen der vermeintlichen Unterstellung einer Wortverdrehung und wünschte eine Gegenüberstellung mit der Stewardeß, die Herr O. am nächsten Tag zu arrangieren zusagte, bis abends jedoch nicht zur Durchführung brachte ...«

Hier höre ich auf und lehne mich zurück, ein Lachkrampf schüttelt mich und will sich gar nicht wieder lösen.

»Du hast gut lachen!« sagt der Alte, »mit solchen Sachen bin ich tagein, tagaus beschäftigt.«

»Ooh Gott!« stöhne ich, »nicht zu fassen, ein Schiff mit dem modernsten Antrieb der Welt, Science-fiction, und

Querelen wie aus dem siebziger Krieg. Zuviel für mich nach diesem anstrengenden Tag. Ich muß sehen, daß ich das, was der Chief mir heute einzutrichtern versuchte, auch behalte. Übrigens ist es für mich eine bewegende Erkenntnis, daß ich die Pellets in der Hosentasche bei mir tragen kann und daß gar nichts passiert, nicht mal soviel, wie mir gestern passiert ist.«

»Was passierte denn gestern?«

»Ich hatte einen durchphotographierten Film und eine Ersatzbatterie für meine kleine Quatschmaschine in der Hosentasche. Plötzlich bekam ich einen Heidenschreck, weil es ganz heiß in der Hosentasche wurde. Die Filmhülse, die ja aus irgendeinem Blech ist, hatte sich quer vor beide Pole der Batterie gelegt. Jetzt bin ich neugierig, wie die Hitze dem Film bekommen ist.«

»Hoffentlich hast du keinen Leibesschaden erlitten an so einer empfindlichen Stelle!«

»Berufsrisiko, wo man es gar nicht vermutet! Da siehst du's mal wieder.«

»Die Batterie wird kaum mehr was wert sein«, sagt der Alte mit einem deutlichen Anflug von Schadenfreude.

»Heute sollte ich rechtzeitig in die Koje, vorher muß ich vor der nächsten Unterrichtsstunde des Chiefs noch lernen«, verabschiede ich mich.

In meiner Kammer kichere ich, erschöpft, wie ich bin, in mich hinein: Was unsereinem in der kurzen Lebensspanne an technischer Entwicklung geboten wird, ist eine Menge: Ich fahre mit Kernenergie nach Südafrika, gegen Kriegsende war es ein Holzgaser, mit dem ich quer durch Frankreich vor den Amerikanern und dem Maquis Reißaus nahm. Der Chief würde lachen, wenn er diese Arche mit dem schweren Imbert-Holzkochofen hinten drauf zu sehen bekäme. Damals brauchte ich nur darüber zu staunen, daß das Produkt des Miniaturchemiewerks, dieses müde Holzgas, genauso wie ein Benzin-Luft-Gemisch in den Zylindern zur Detonation gebracht werden konnte und daß wir damit tatsächlich vorankamen. Und jetzt soll ich aus dem Stand die Kraftentwicklung durch Kernspaltung und deren Umsetzung in Propellerumdrehungen kapieren. Viel verlangt! Aber, sage ich mir: Wäre doch gelacht, wenn du vor den Wundern der Technik – Technik? Physik?, Chemie? – kapituliertest.»Überall ist Wunderland, überall ist Leben – bei meiner Tante im Strumpfenband und irgendwo daneben...«, deklamiere ich mir vor und mache mich an die Arbeit.

Ich suche in den Handbüchern des Alten die Beschreibung des MCA – Most Credible Accident – heraus. Den gibt es auch auf deutsch – da heißt er GAU: größter anzunehmender Unfall.

Über die Auswirkungen eines solchen Unfalls auf dem Schiff gibt es nur Hypothesen. Er ist zum Glück noch nicht eingetreten.

Ich lese:»Zu einem solchen Unfall kann es durch den Bruch einer Rohrleitung des Primärsystems kommen, der dazu führt, daß nacheinander der Druckbehälter ausströmt, daß dadurch der Reaktorkern unzureichend gekühlt wird und die Brennelemente schließlich schmelzen, wodurch radioaktive Spaltprodukte freigesetzt würden. Solche Brüche am Primärsystem sind nicht mit Sicherheit auszuschließen...«

Daß der Druckbehälter als Ganzes auch reißen könnte, wird nicht angenommen. Aber genau wie die Druckkörper von U-Booten hat unser Druckbehälter eine Anzahl von Durchbohrungen für Rohrleitungen der Hilfssysteme, Anschlüsse von Meßstellen oder für die Steuerstäbe. Immerhin gibt es eine ganze Menge Stellen, an denen Leckagen möglich sind.

Ich lese weiter:»Für jeden Leckagefall sind genaue Berechnungen seiner radiologischen Folge gemacht worden«, und weiter: »Es muß als möglich angesehen werden, die Bevölkerung im Laufe von zwölf Stunden aus einem Umkreis von mehreren hundert Metern Entfernung um das Schiff zu evakuieren. Diese Möglichkeiten, das Wegschleppen des Schiffes und die Evakuierung der Bevölkerung, bieten Gewähr dafür, daß die Bevölkerung im betrachteten Zeitraum eine weit geringere als die rechnerisch ermittelte Dosis Belastung erfährt.«

Das klingt freilich anders als das »absolut safe«, das mir der Chief immer wieder versichert.

»Für die Zeit nach dem Unfall ist für den Leitstand ein Acht-Schichten-Betrieb vorgesehen; dabei muß eine sorgfältige Überwachung des Personals im Hinblick auf die integrierte Dosis und eine entsprechende Begrenzung des Aufenthalts an Orten mit hoher Dosisleistung erfolgen. Tritt der GAU auf hoher See ein« – was Gott verhüten möge, sage ich vor mich hin und lese dann weiter –, »tritt der GAU auf hoher See ein, wo eine Evakuierung der Passagiere und der Besatzungsmitglieder nicht möglich ist, dann wird man durch Unterbringung dieser Personen in größtmöglicher Entfernung vom Reaktorbereich dafür sorgen, daß die unfallbedingte erhöhte Dosisbelastung auf einen relativ kleinen Kreis von Personen beschränkt bleibt.«

Ich hole mir eine Flasche Bier aus dem Kühlschrank, memoriere das eben Gelesene, damit ich mich vor dem Chief nicht blamiere. Vom Chief weiß ich schon, daß austretende Halogene besonders gefährlich sind – hier wird mir das bestätigt: »Bei der Bestimmung der Strahlenbelastung, die von der radioaktiven Wolke herrührt, wurde zunächst mit einer Ablagerung von fünfzig Prozent der Halogene im Sicherheitsbehälter gerechnet. Darüber hinaus berechtigt die Möglichkeit der Notkühlung des Reaktorkernes unter Berieselung des Sicherheitsbehälters zu der Annahme einer Auswaschung von weiteren fünfzig Prozent der Halogene...«

»Hoffen wir's!« sage ich laut und gehe noch einmal unter die Dusche. Mir ist, als müsse ich dringend restliche Halogene wegspülen.

Hundemüde. Die Uhr ist wieder um eine Stunde zurückgestellt worden. Nach der Uhr bin ich gestern abend eine Stunde über die Zeit wach geblieben. Hoch zur Brücke, um wach zu werden!

Die Taube sitzt hinter der Verschanzung des Peildecks auf dem Holzwulst und schläft. Ich höre vom Zwoten, daß sie dort jede Nacht schläft. Sie läßt sich von mir anfassen, ohne sich zu rühren. Auf den Fingerspitzen spüre ich das stumpfe Taubengefieder noch eine gute Weile nach. Der Zwote sagt, seinem Jungen seien heute die Tränen gekommen, weil der Erste die Taube, als wir auf der Reede vor Dakar lagen, wieder einmal in die Luft befördert hat. Als sie ihre erste weite Runde drehte, sah es für den Jungen so aus, als wolle sie nicht wiederkommen. Aber dann ist sie doch wieder bei ihrem guten Futter gelandet.

»Der Mensch kann nicht in Frieden leben...«, murmele ich, als der Alte und ich beim Frühstück in der Messe sitzen, vor mich hin.

»Was redest du?«

»Der Mensch kann nicht in Frieden leben«, wiederhole ich, »meine aber die bösen Nachbarn nicht, sondern das da!«

Der Alte wendet seinen Blick in Richtung meines Nikkens und sieht den gewaltigen Hintern der niederbayerischen Backschafterin ruckweise näherkommen. Die Gute hält sich beim Feudeln des Ganges zwischen den Tischen vornübergebeugt und macht hin und wieder einen Rückwärtsschritt direkt zu uns her. Wenn der Alte nicht wegrückt, wird das fast nackte Hinterteil bald mit ihm zusammenstoßen. Das dralle Kind hat ihre Bluejeans zu einer Art Dreiecksbadehose coupiert, die eine Fülle flomenweißen Fleisches freiläßt. Ein Wunder, daß die viel zu hoch abgeschnittenen Hosenbeine im Schritt noch zusammenhalten.

Der Alte bedenkt mich mit einem verzweifelten Blick. Die Niederbayerische ist jetzt so nahe heran, daß ich nur: »Hartes Leben auf See!« sage. Das kann sie ruhig mithören. Der Alte nickt und rückt endlich seinen Stuhl aus der Bahn.

Gesprächsstoff am frühen Morgen ist an fast allen Tischen die Querele zwischen Funker und Zahlmeister. Der Alte hat das Thema gründlich satt. Mit deutlichem Sarkasmus in der Stimme sagt er: »Woher soll denn da Vertrauen in die Bundeswehr kommen! Der Funker war schließlich Fallschirmjäger. Jetzt ist er nicht mal imstande, aus fünf Meter Entfernung mit der Teekanne zu treffen!«

»Gehörte ja wohl auch nicht zur Ausbildung! Und wie steht's mit der Verwundung des Zahlmeisters?«

»Höchstens groschengroße Schramme, hat der Arzt gesagt und Jod drauf getan.«

Nach dem Frühstück gehen wir gemeinsam nach vorn. Plötzlich bleibt der Alte an Luke drei stehen und sagt, als auch ich verhalte: »Meine Idee mit dem Bier war doch die beste. Ich würde sagen: morgen abend nach dem Essen, Kaßler mit Sauerkraut und Salzkartoffeln, machen wir deine Einstandsparty. Ein schönes Faßbier hinterher, das würde bestimmt *allen* gefallen. Wir haben diese kleinen Aluminiumfässer, und ich würde sagen: ein zweites Faß in Reserve, da kann gar nichts passieren.«

Der Alte guckt mich mit einer Miene zwischen Erwartung und Verlegenheit an. Da kann ich nicht anders, als mein gestautes Lachen herausplatzen zu lassen. Mitten im Gelächter bringe ich »also zwo Fäßchen Bier – d'accord!« hervor.

Der Alte nimmt mir den Ausbruch nicht krumm. Er stapft wieder los, und ich folge ihm im Schlepptau, weil jetzt die enge Wegstrecke zwischen den Strecktauen kommt.

Ein Wunder ist über das Schiff gekommen: Der Steward feudelt im Niedergang. Da er gerade greifbar ist und sich anscheinend auf Arbeit eingerichtet hat, wage ich, Tee von ihm zu verlangen.

Nach einer geschlagenen Dreiviertelstunde serviert mir dieser windige Bursche mit gnädiger Nachsicht den Tee. Ich bin, als ich mich für die Zulieferung bedanke, die Höflichkeit in Person. Als der Steward verschwunden ist, muß ich über mich selber grinsen: Das Bordleben hat auch mich schon verändert, selbst ein noch so schlichter Vorgang wie das Bestellen von Tee wird gewichtig. Die Dreiviertelstunde, in der ich auf den Tee wartete, habe ich, wenn ich es mir eingestehe, in Spannung verbracht: Wird er nun Tee bringen oder nicht? Wie lange wird der Kerl für den Tee brauchen? Was für eine Ausrede wird er finden, wenn er nicht kommen sollte? Aber wer will schon auf einem Schiff unter Maschinen- und Seeleuten Steward sein? Ich hätte Seneca oder den Forschungsbericht von der letzten Reise lesen sollen, anstatt meinen Kopf auf so läppische Weise zu beschäftigen! Wird Zeit, daß ich mir die Sporen gebe!

Der Chief-Steward bringt mir einen Karton voller Flaschen, diesmal ist es Bitterlemon und Apfelsaft – kein Bier. Ich habe mir die vielen dicken Bäuche als Menetekel dienen lassen. Der Chief-Steward hält mir, nachdem er die Flaschen verstaut hat, einen Vortrag: Die Leute haben keine richtige körperliche Arbeit. Die Ingenieure faßten praktisch nichts mehr an. Sport trieben nur die wenigsten, obwohl an Bord alle Möglichkeiten dazu bestünden. »Sie essen zuviel, sie trinken zuviel, sie bewegen sich zuwenig – mit achtundvierzig Jahren sind fast alle erledigt. Ich fahr schon seit fünfundzwanzig Jahren: Ich kann das beurteilen!« schließt er seine Ansprache.

Zum Mittagessen kommt der Sohn des Zweiten mit verquollenen Augen. Die Taube ist weg. Der Erste läßt sich nicht blicken. Es heißt, er habe rein Schiff auf der Brückennock machen lassen, und dabei sei die Taube verschwunden.

Für den Chief, der wieder mal an unserem Tisch sitzt, habe ich eine Zeitschrift mit einer Reportage über die Küstenverpackungsaktion von Herrn Christo mitgebracht. Die aufgeschlagene Doppelseite schiebe ich ihm nach dem Essen wie einen Köder hin.

Der Chief guckt eine Weile, dann hat er den Köder geschluckt: »Das soll Kunst sein?« empört er sich.

»Was denn sonst?«

»Das ist doch idiotisch, mit dem guten Material solchen Blödsinn zu veranstalten!«

»Sagen Sie! Dazu kommen auch noch etliche tausend Arbeitsstunden«, heize ich nach.

»Das ist doch rein irre – völlig überspannt!« schimpft der Chief.

»Lesen Sie mal, was hier geschrieben steht...«

Der Chief denkt gar nicht daran, sondern empört sich weiter: »Dann ist es wohl auch Kunst, wenn ich den Finger in die Nase stecke?«

»Beschreien Sie's nicht! Das braucht nur der richtige Mann zu hören: Körperöffnung und Hineinstecken, dazu läßt sich 'ne Menge äußern – nicht nur das, was Sie wieder denken. Negativ und positiv, der von der Nasenwandung optisch gekappte Finger, das weggeschnittene Nach-oben-Streben, die arretierte Bewegung schlechthin und gewissermaßen: Nasenhappening. Da steckt 'ne Menge drin!«

»In der Nase?«

»Aber ja doch! Das müssen nur die richtigen Leute befingern«, sage ich und denke, damit sei das Gespräch erledigt.

Aber nach ein paar Minuten sagt der Chief: »Wenn ich diesen Dampfer in Plastikfolie stecke, ist das dann Kunst?«

Die typische Ergründungssucht des Chiefs. Er will es genau wissen. Mit ein paar flapsigen Bemerkungen läßt er sich nicht abfertigen.

»Freilich! Dieser Dampfer eignet sich sogar besonders, weil er ohne Abgase fährt. Mit Hilfe von Herrn Christo ließe sich eine überwältigende Kunstdemonstration veranstalten!«

»Und die seefahrende Bevölkerung denkt, es käme ein riesiges Kondom daher. Ich danke schön!« sagt der Chief naserümpfend.

»Sagen Sie das nicht, Chief. Ihre Anregung ist wichtig! Solche Artisten kleben viel zu sehr am Land. Sie sehen es ja, die trauen sich höchstens bis zur Küste vor. Den Atlantik in Plastiktüten abfüllen und diese Tüten zu riesigen Wackeltürmen übereinanderschichten – das wäre der wahre Jakob!«

Ein Assi vom Nebentisch hat seinen Stuhl halb zu uns herumgedreht. Sein Gesicht ist vor lauter Staunen total ausdruckslos.

»Nur keine halben Sachen!« sage ich zu ihm. Da nickt der Chief zur Bekräftigung.

Da der Chief heute anscheinend Zeit hat, frage ich: »Warum nennt sich dieser Reaktor eigentlich Fortschrittlicher Druckwasserreaktor? Das wollte ich Sie schon lange fragen.«

»Gehen wir in meine Kammer?« fragt der Chief, »wir wollen doch die anderen Herrschaften nicht langweilen.«

»Vorzügliche Idee«, sage ich.

Als wir es uns im Gewächshaus des Chiefs bequem gemacht haben, redet der Chief sofort los: »Unser Reaktor heißt deshalb Fortschrittlicher Druckwasserreaktor, weil die drei Dampferzeuger innerhalb des Druckbehälters liegen und es nicht lange Leitungen nach außerhalb gibt wie bei den normalen Druckwasserreaktoren – Leitungen, die unter hohem Primärdruck stehen und auch mal defekt werden könnten.«

Ich lasse wie zum besseren Nachdenken die Lider halb herunter.

Der Chief gießt Cognac ein. Schräg nach oben, weil der Chief sich noch nicht gesetzt hat, sage ich: »Die Brennstäbe des Kerns lassen sich, so wie ich das verstanden habe, grob mit einem Tauchsieder vergleichen. Der Druckbehälter ist das Gefäß, in dem das Wasser erhitzt wird. Dieses aufgeheizte Wasser wird aber nun nicht unmittelbar verwendet, sondern gibt seine Wärme wieder an anderes Wasser ab, diesmal nach dem Prinzip des Bierwärmers. Also erst Tauchsieder – dann Bierwärmer?«

Der Chief stutzt, denkt nach und sagt dann: »Richtig! Im Prinzip stimmt der Vergleich. Vom Bierwärmer dringt auch nichts ins Bier. Nur handelt es sich hier um viel höhere Temperaturen als bei den zum Bierwärmen verwendeten Geräten. Das Primärwasser tritt mit zwohundertachtundsiebzig Grad Celsius in die Dampferzeuger ein – und zwar von oben her – und verläßt sie wieder mit zwohundertsiebenundsechzig Grad Celsius. Von den drei im Druckbehälterstutzen sitzenden Umwälzpumpen wird es dann wieder unter den Kern gedrückt und aufs neue aufgeheizt – also ein ständiger Kreislauf in einem geschlossenen System.«

Der Chief ist, als könne er so besser nachdenken, erst einmal stehen geblieben. Er nimmt die Hände auf den Rücken und starrt so angestrengt auf seine Pflanzenpracht, daß sich über seiner Nasenwurzel tiefe Falten bilden. Plötzlich lockert er sich wieder und doziert weiter, während er in der Kammer hin und her läuft: »Das Primärwasser bildet übrigens auch noch eine Barriere gegen schnelle Neutronen, oder sagen wir besser: Es dient als Bremsmittel.«

Da wird an die offene Tür geklopft. »Herein!« brüllt der Chief, und der picklige Assistent, den ich schon im Leitstand sah, erscheint mit Schnellheftern in der Hand.

»Schluß für heute?« frage ich den Chief.

»Ja, besser«, antwortet er zögernd. »Sie sehen ja!« Dabei wirft er mir einen theatralischen Klageblick zu.

Beim Photographieren an Deck treffe ich am Nachmittag den Ersten und frage, was denn aus der Taube geworden sei. Der Erste platzt vor Selbstzufriedenheit: »Ich habe heute eigenhändig – und mal gründlich! – mit dem Wasserstrahl auf dem völlig verdreckten Peildeck saubergemacht und der Taube mit einem scharfen Strahl Beine gemacht! Wurde ja höchste Zeit, daß die Schweinerei verschwindet!«

Daß die Knaben, die sich liebevoll um die Taube kümmerten, mit hängenden Köpfen herumhocken, tangiert ihn nicht. Er hat sich vorschriftskonform verhalten. Der Erste hat für Ordnung gesorgt. »Ordnung halten auf dem Schiff ist schließlich meine Aufgabe!« sagt er noch.

Kaum sitze ich an meinem kleinen Schreibtisch, wird ans Schott geklopft, und ich höre eine gut geölte Stimme sich melden: »Olrich!«

Aha, der Zahlmeister. Mit vorsichtig gesetzten Schritten und hin und her irrenden Augen, gerade so als müsse er sich anschleichen und dabei nach rechts und links spannen, nähert er sich mit Papierkram. Die ruhige Schreibstunde kann ich mir abschminken. Was will denn Herr Olrich von mir? Seinen Papierkram hält er fest an seine rechte Hüfte geklemmt, demnach gibt es für mich nichts zum Unterschreiben. Herr Olrich sagt merkwürdigerweise nichts. Was also soll sein Auftritt? Erwartet er, daß ich ihm einen Stuhl anbiete? Herr Olrich schafft es mit seinem linkischen Dastehen, daß auch ich mir verlegen und linkisch vorkomme. Wie Herr Olrich Herrn Schrader gleicht! Er könnte glatt sein Bruder sein.

Endlich setzt Herr Olrich an und sagt: »Ich fühle mich bedroht...«

Von wem, erfahre ich nicht. Und weil die Pause quälend lang wird, frage ich: »Haben Sie Angst vor Radioaktivität? Alles hier ist doch TÜV-geprüft. Der TÜV ist doch streng!«

Herr Olrich merkt nicht, daß ich ihn hochnehme, er sagt: »Ja, ich weiß, der TÜV läßt nichts durchgehen. Darauf kann man sich verlassen. Und dann gibt es ja auch noch die SBG. Nein, darum mache ich mir keine Sorgen – und Sie brauchen sich auch keine zu machen, Sie sind ja versichert.«

»Versichert?« frage ich.

»Ja, wissen Sie das nicht? Ich habe Ihnen doch dafür gleich das Geld abgenommen. Da entkommt mir keiner!« Und jetzt lacht Herr Olrich.

»Wissen Sie«, druckst er herum, »vielleicht könnten Sie für mich ein gutes Wort beim Herrn Kapitän einlegen. Die Kammer neben dem Herrn Kapitän ist doch frei, dahin würde ich gern umziehen – wenn es der Herr Kapitän erlaubt.«

»Und warum möchten Sie umziehen?«

»Weil – weil – weil ich im achteren Aufbau nicht sicher bin. Hier vorne in den Brückenaufbau, da traut sich keiner von meinen Feinden!«

Verflixt und zugenäht! denke ich, wie werde ich den Kerl wieder los?

»In Personal- oder sonstige das Schiff betreffende Angelegenheiten kann ich mich leider nicht einmischen. Das müssen Sie schon mit dem Kapitän besprechen«, rede ich los.

»Aber ich dachte, Sie sind doch mit dem Herrn Kapitän befreundet. Ich dachte, es ist nicht schicklich, wenn ich den Herrn Kapitän so direkt angehe. Vielleicht könnten Sie die Sache auch nur mal so nebenbei erwähnen... Ich würde mich bestimmt erkenntlich zeigen!... Aber nun will ich Sie auch nicht länger stören, ich sehe, Sie haben wichtiges Schrifttum zu erledigen!« Sagt's und verschwindet endlich nach einer Verbeugung aus meiner Kammer.

»Narrenschiff!« sage ich laut, als das Schott ins Schloß fällt, und dann suche ich so lange nach dem Namen der Verfasserin des Buches »Narrenschiff«, bis ich »Porter« gefunden habe.

Da ich den Steward mit meinem Wunsch nach Tee bei seiner Arbeit unterbrochen habe, hat er nicht mehr als *einen* Niedergang gefeudelt. In meiner Toilette liegen die Handtücher noch dort, wohin der Seegang sie plaziert hat: in einer Ecke. Das Waschbecken hat der holde Knabe seit Tagen nicht mehr geputzt, und mein Hinweis, der Papierkorb müßte einmal ausgeleert werden, wurde von ihm anscheinend so verstanden, daß der Papierkorb zu verschwinden hätte. Ich werde mir nun einen Ersatzpapierkorb besorgen müssen. Das Teegeschirr, das er heute morgen in die Kammer brachte, bleibt sicher noch bis morgen auf dem Sofa, es sei denn, das Tablett rutscht beim nächsten kräftigen Überholen herunter. Ein Häufchen zerschlagenes Geschirr könnte das Stilleben aus zerknüllten Handtüchern effektvoll komplettieren.

Beim Abendessen hält es der Erste offenbar für seine Pflicht, uns zu unterhalten. Er behauptet, daß die Seeleute in einer schlechteren beruflichen Situation als die Maschinenmenschen seien. Die Seeleute seien dazu verdammt, auf Schiffen zu bleiben, während die Maschinenmenschen sich nach lukrativen Landpositionen umsehen könnten – bei irgendeinem Kernkraftwerk zum Beispiel. Dabei guckt er den Chief ostentativ an.

»Man redet aber doch auch von Kapitänen der Landstraße«, werfe ich ein, und im Einvernehmen mit dem Chief stelle ich fest, daß Kapitän der Landstraße ein guter Job sei. »Erlebt 'ne Menge!« sage ich.

»Pickt hier und da 'ne Mieze auf«, ergänzt der Chief.

»Und dann die vielen Kneipen, wo er seine Kollegen trifft!«

»Und wenn man es schon mal zum Beifahrer gebracht hat, kann man zum Fahrer ruhig auch mal ›du blödes Rindvieh!‹ sagen«, spinnt der Chief den Faden weiter. »Das soll mal hier an Bord einer gegenüber einem Vorgesetzten probieren. Da hat er seinen dick gestempelten Eintrag in der Kladde weg. Im ganzen ist Kapitän der Landstraße doch ein durchaus attraktiver Beruf für Sie, wenn Sie partout hier weg wollen.«

Der Erste guckt verbiestert auf seinen Teller, er hat sich das alles, Gesicht wie eine saure Gurke, angehört, ohne ein Wort zu sagen.

Der Alte ißt ruhig weiter, nur hin und wieder versucht er ein Schmunzeln zu unterdrücken. Wohl weil er meint, wir sollten den Ersten nicht zu sehr auf die Schippe nehmen, sagt er: »Der Arzt hat die Stewardeß, die sich krank gemeldet hat, gründlich untersucht, auch ein EKG gemacht. Er kann sich die Brustkrämpfe, über die sie klagt, beim besten Willen nicht erklären.«

»Ist vielleicht schwanger?« sagt der Chief.

»Kriegt man da Brustkrämpfe?« fragt der Erste erstaunt.

»Wie dem auch sei!« beendet der Alte abrupt das Palaver, »sie wird sich schon wieder erholen.«

Der Himmel ist grau verhangen, nur unmittelbar über der Kimm zeigt sich an Steuerbordseite ein heller Streifen, und wie um des Kontrastes willen ist dort das Meer noch dunkler als an Backbord.

Hoch zur Brücke! Auf dem grünen Radarschirm sind rechts von unserer Kurslinie drei wie hingekleckst wirkende große Flecken zu sehen: Regenwolken. Ich weiß, daß man die Regenwolken zwar »enttrüben« kann, so daß sie schwächer auf dem Radarschirm erscheinen, aber dabei läuft man Gefahr, daß auch Objekte nicht mehr deutlich zu erkennen sind.

Der Alte erklärt mir: »Im Verhältnis zu den Wolken wandern die Fahrzeuge ja anders. Man muß trotzdem gut aufpassen, daß man Fahrzeuge rechtzeitig mitkriegt. Wenn sie – wie jetzt – noch weiter weg sind, sind sie nicht so stark dargestellt, dann ist der Unterschied nicht groß, dann kann ich durch Enttrüben die Fahrzeuge besser rausholen, hab ich sie aber in der Nähe, dann muß ich erkennen, was Fahrzeuge und was Wolken sind.«

»Wie weit reicht denn dieses Radar?« frage ich den Alten.

»Bis vierundsechzig.«

»Was heißt: vierundsechzig?«

»Meilen.«

Der Ruderlageanzeiger schwankt immer mal von zwei Grad Steuerbord nach zwei Grad Backbord, und jedes mal gibt er einen kleinen Knacks von sich.

»Die Wolken zeichnen zum Glück erst bei fortschreitendem Bild stark«, höre ich den Alten. »Auf dem großen grünen Radarschirm kann ich das Bild sofort löschen, ich kann es aber auch verlängern. Normalerweise löscht es und baut sich selber wieder nach drei bis vier Minuten auf. Es ist ein ›Situation Display Set‹«, erklärt der Alte noch.

»Da!« rufe ich plötzlich, »guck mal: Delphine!« Eine Riesenschar Delphine kommt direkt aufs Schiff zu. Mindestens hundert spielen um den Vordersteven. Das müssen wir aus der Nähe sehen. Schnell die Niedergänge hinunter und nach vorn zur Monkeyback.

Um den Bug ist ein solches Gedränge, daß vor lauter blauschwarzen Leibern kaum noch Wasser zu sehen ist. Und immer neue Delphine springen aus der weiß schäumenden Bugsee heraus. Die meisten wenden sich in der Luft auf die Seite, wohl nur, damit es lauter klatscht, wenn sie wieder ins Wasser fallen. Blitzschnell drehen sie sich dann eng neben den anderen in ihre normale Schwimmlage zurück. Weiter voraus schießen welche Haken schlagend von einer auf die andere Seite des Vorderstevens, aber direkt vor dem Schiff ist die See ein einziger Aufruhr: ein Einschlag neben dem anderen, als würden ganze Geschoßgarben vor uns ins Wasser fahren.

An Steuerbordseite hebt dazu die wildeste Farborgie an, bis zum Zenit hinauf wird der Himmel von Anilinbuntheit überschwemmt. Wir stehen beide nur so da und staunen: Die Delphine! Der Himmel!

Als die Sonne hinunter ist, verlöschen die Kitschfarben sofort, auch die Delphine verschwinden wie weggezaubert. Nur weiter achtern, in etwa fünfzig Meter Entfernung, sehe ich noch einige von ihnen durch die von unserem Bug aufgeworfenen Wellen gleiten, aber jetzt springen sie nicht mehr.

»Da bist du ja«, sagt der Alte unter dem Nachtglas hindurch, als ich spätabends den Filzvorhang zur Brücke zurückschlage. Die Begrüßung klingt halb wie Vorwurf. Ich mache es mir auf dem Lotsenstuhl bequem und sage: »Mir fehlt ja noch ein hübsches Stück aus deinem Leben...«

»So?«

»Ein ziemlicher Happen.«

»Da gehen wir am besten runter zu mir«, sagt der Alte, »hier gibt's ja nichts zu trinken.«

Wir haben beide unser Bier vor uns stehen, und ich muß lange warten, bis der Alte redet. »Was willst du wissen?« fängt er endlich an.

»Alles! Soweit es nicht in die Intimsphäre geht. Aber jetzt sag erst mal: Wie ging's in Norwegen weiter?«

»Tscha – in Norwegen, das war schon eine sehr bewegte Zeit. Auch oft wie Räuber-und-Gendarm-Spiel.« Lange Pause. Der Alte zieht die Stirn kraus, nimmt einen Schluck aus der Flasche, ehe er weiterredet: »Da war manches reichlich kindisch. Zum Beispiel der Zirkus, als wir unsere Waffen übergeben mußten. Die von der englischen Marine, das waren ja auch alles junge Leute. Im Grunde hatten die vom Krieg genauso die Nase voll wie wir. Die gaben sich Mühe, mit uns zurechtzukommen.«

»Also keine besonderen Schwierigkeiten?«

»Nee, überhaupt nicht. Unsere Bewacher waren schon froh, daß wir uns nicht aufhängten oder irgendwas in die Luft sprengten. Die wollten nur«, der Alte sucht nach einer Formulierung, und ich helfe schnell aus: »daß ihr nicht verrückt spielt?«

»So isses. Wenn der Laden halbwegs funktionierte, waren die zufrieden. Einer meiner jüngeren Offiziere wurde mal mit einer Pistole angetroffen. Ich wurde zum Admiral, diesem Norweger, hinbestellt und gefragt, ob wir noch mehr Pistolen hätten. Ich sagte: ›Möglicherweise hat der eine oder andere 'ne Pistole versteckt, aber die wissen, daß das strafbar ist.‹ Der Admiral sagte dann: ›Wir wollen keine große Affäre daraus machen, aber sagen Sie den Jungs doch, sie sollen das Schießzeug abgeben. Was haben die denn noch davon?‹«

»So vernünftig war der?«

»Mehr als vernünftig! Ich sagte: ›Ich werde diesen Offizier disziplinarisch bestrafen!‹ Und da fragte der Admiral: ›Wollen Sie das tatsächlich?‹ und ich darauf: ›Sieben Tage muß der auf seiner Kammer essen, sieben Tage darf der nicht am Gemeinschaftsleben teilnehmen.‹ Das ging alles ganz gut.«

Der Alte legt wieder eine Besinnungspause ein. Mit erinnerungsverklärtem Gesicht sagt er: »Dann haben wir so peu a peu angefangen, uns so ein bißchen Material zusammenzupacken, das wir gerne mitnehmen wollten in die Freiheit – oder wie immer man das nennen will. Das haben wir in einen Kasten getan und für den Abtransport bereitgehalten.«

Weil er wieder stockt, frage ich den Alten: »*Dir* konnte doch eigentlich nicht viel passieren, du hattest doch in Norwegen enge Beziehungen zur einheimischen Bevölkerung geknüpft, wenn man das so nennen will?«

»Meinst du ›untertauchen‹? Das ging wohl kaum.«

»Bei der Qualität der Beziehungen, die du hattest?«

»So – hatte ich die?« spielt der Alte den Ahnungslosen.

»Ich hab jedenfalls so was läuten hören ...«

Der Alte versucht, ein Grienen zu unterdrücken. Vergeblich. »Man versuchte gute Beziehungen zu pflegen, wie es nun mal unsere Art war. Aber das war mit großem Risiko verbunden«, und wieder gerät der Alte ins Stokken. Er muß sich erst mal seinen Text zurechtlegen.

»Das mußt du auch mal so sehen: Diese norwegische Heimatfront – oder was es da so gab –, die waren doch wütend, wenn sie auf Kontakte von Deutschen mit der Bevölkerung stießen. Das ließ sich nur machen, solange ich in dem Quartier an der Westküste saß, weil ich täglich zum norwegischen Marinekommando fahren mußte, um Tagesangelegenheiten zu regeln. Vor dem U-Flottillen-Stützpunkt standen Posten von der norwegischen Heimatfront, bis die dann von englischen Fallschirmjägern vertrieben wurden.«

»Du redest jetzt von der Zeit *nach* der Kapitulation – aber *vorher* hattest du doch schon gewisse...«

Der Alte, dieser schlaue Fuchs, grinst nur, dann spielt er Mißverstehen: »Man versuchte damals eben, sich Untertauchmöglichkeiten zu verschaffen.«

»Also doch! Du hättest demnach eine Untertauchmöglichkeit gehabt!«

»Ja und nein. Ich hatte eine zu wichtige Stellung.«

»Aber du wärst gut untergebracht worden? Oder hast du der Sache nicht getraut?«

»Schließlich gab's die Quislinge!« entwischt mir der Alte schon wieder.

»Ich weiß.«

»Und die Jössinger auch. Die haben sich sogar untereinander bekämpft – mit Pistolen und so weiter.«

Gut, wenn der Alte über seine norwegische Freundin nicht reden will, will ich ihn nicht länger löchern und frage deshalb nur: »Wie lange warst du nach der Kapitulation noch in Norwegen?«

»Bis 1946. Im Juni bin ich entlassen worden.«

»So lange?« staune ich, »was hast du da die ganze Zeit gemacht?«

»Alles! Einfach alles. Ich hab zeitweilig vor dem U-Boot-Bunker auf drei Booten residiert, die nicht mehr nach England gebracht wurden, weil sie zu sehr beschädigt waren. Erst mal blieb ich Flottillenchef, da war mein Job klar: die Flottille betreuen. Die Boote wurden sukzessive von den Engländern übernommen und dann ziemlich schnell nach England gebracht. Unmittelbar nach der

Kapitulation geschah gar nichts! Aber dann ist allerhand passiert – und das war alles sehr komisch.« Der Alte stockt, reibt sich das Kinn, und ich warte geduldig, bis er weiterredet.

»Wir, die Deutschen, waren so lange die verhaßten Feinde, bis die Engländer dort das Kommando übernommen hatten. Nach einer Weile stiegen wir wieder im Kurs. Die Engländer traten nämlich nicht gerade als Friedensapostel auf: Die rauften ganz schön rum.«

Der Alte schweigt wieder. Früher hätte er sich mit seiner Pfeife beschäftigt. Jetzt weiß er nicht recht, was er mit seinen Händen machen soll. Die Pfeife haben sie ihm verboten: nicht gut, wenn einer einen Pneumothorax im Torso hat.

Um ihn anzustoßen, frage ich: »Warum sind unsere Boote eigentlich versenkt anstatt verschrottet worden?«

»*Wir* haben das nicht getan. Wir hatten strengste Weisung von Dönitz.«

»Ja, ich weiß. Aber warum haben die Engländer die Boote versenkt? Ist bei denen nicht wenigstens *ein* Boot schwimmend erhalten geblieben?«

»Nein, die Engländer haben *alle* versenkt. Vielleicht hatte das einen psychologischen Grund: Sie wollten diese Biester nicht mehr sehen!«

»Nicht mal im Museum – wie die Amis?«

»Nein! Vielleicht wollte auch die englische Industrie die Boote weghaben. So viel Schrott! Das hätte die Schrottpreise gewaltig gedrückt.«

»Jetzt hab ich dich aus dem Konzept gebracht – wie ging's denn weiter mit den Engländern?«

»Also, das war so: Zuerst saßen wir im Stützpunkt und mußten abwarten, bis unsere Boote reinkamen. Die meisten waren ja noch im Atlantik. Wir unterhielten sogar noch eine Funkstelle.«

»Für Spätheimkehrer?«

»Ja, so kann man's nennen. Dann kam die englische Marine, und mit den Engländern wurde abgesprochen, was nun getan werden sollte. Zuerst mußte die Artilleriemunition aus den Booten heraus und abgefahren werden. Die Torpedos mußten natürlich auch raus. Aber die konnten wir nicht, wie das früher üblich war, an Land abgeben. Es waren keine funktionierenden Anlagen zum Entladen da, auch keine Fahrzeuge. Da haben wir die Torpedos einfach nach und nach versenkt. Einige Kommandanten haben die Aale auch gegen die Felsen geknallt. Das hat dann nachts erheblich gekracht. Einige hundert Torpedos haben wir auf diese Weise unschädlich gemacht.«

»Schöne Stange Geld – ein paar hundert Torpedos!«

»Kann man wohl sagen! Dafür könnte man sich heute einiges kaufen. Als dann alles Brisante aus den Booten raus war, wurden die Boote nach England gefahren. Die ganze Organisation dafür habe ich im Stützpunkt gemacht. Nachdem auch das gelaufen war, mußte der Stützpunkt schlagartig geräumt werden – in unserem Stützpunkt wollten sich nämlich die Russen einrichten. Das hab ich dir, glaub ich, schon erzählt?«

»Russen? Kein Wort! Wieso kamen denn Russen nach Bergen?«

»Das erzähl ich dir ein andermal. Jetzt wollen wir mal unsere Pflicht erfüllen!«

Damit steht der Alte abrupt auf und verschwindet zum Wasserlassen. Zeit für ihn, noch einmal auf der Brücke zu erscheinen.

Schon mit dem Türdrücker in der Hand sagt der Alte: »Du hättest mich das alles ja auch schon früher fragen können.«

»Auf der Azorenreise mal sicher nicht. Da hattest du noch Schonzeit. Damals lebte ich auch noch so, als hätte ich gut und gerne mindestens hundert Jahre vor mir, also Zeit en masse, um alte Pläne zu realisieren.«

»Und das hat sich geändert?«
»Entschieden – und ziemlich plötzlich. Jetzt muß ich versuchen, alles noch unter Dach und Fach zu bringen.«
»Und dazu gehöre ich?«
»*Deine Vita!* Die ist ja nun wirklich bemerkenswert!«
Der Alte dreht sich noch einmal um: »Deine Einstandsparty sollten wir morgen abend machen, und zwar in Luke fünf.«

Als ich auf meiner Koje langliege, habe ich immer noch das Bild der springenden Delphine vor Augen. Ich kann nicht begreifen, woher sie die Kraft nehmen, so vehement durch die Luft zu schnellen und sehr viel schneller als das Schiff durch die grüne Flut zu schießen, ohne daß eine Bewegung der Seitenflossen zu sehen ist. Es kann nur die Schwanzflosse sein, die sie vorantreibt. Vielleicht arbeitet aber auch die gesamte Körperoberfläche mit vibrierenden Bewegungen mit? Ich muß mich belesen.«

Im Schiff herrscht eine merkwürdige Gereiztheit. Der lange Törn, die Schwüle, vor Dakar zu liegen, die Stadt vor Augen zu haben und nicht von Bord zu dürfen, zusehen zu müssen, wie ein paar mit der Barkasse verschwinden, ist schwer erträglich für die Leute: Es schafft eine Atmosphäre von Aggressivität.

Der Alte hat schon vor mir gefrühstückt. Weil ich ihn nicht auf der Brücke finde, klopfe ich an seinem Schott an. »Herein!« ruft er mit ungewohnt energischer Stimme. »Ach, du bist's. Setz dich ruhig, da gibt's Probleme mit dem Dritten. Ich wollt' gerade mit dem Ersten telephonieren.«

»Um was geht's denn?« frage ich vorsichtig.

»Eine ganz dumme Geschichte«, sagt der Alte. »Der Dritte hat in der vorletzten Nacht den Rudergänger in die Nock geschickt, weil er der Meinung war, der Mann machte es sich hinter der Glasscheibe zu bequem und wäre am Einschlafen. In der Nock steht er im Freien und wird munter. Stimmt schon, daß in der Nock besserer Ausguck möglich ist als durch die Scheiben des Ruderhauses – aber der Mann ging nicht in die Nock! Er hat, so sagte jedenfalls der Dritte, den Befehl als Schikane aufgefaßt. Da hat der Dritte versucht, den Mann, als er wieder ins Ruderhaus kam, in die Brückennock zu schubsen ...«

»Na und?« frage ich jetzt ganz gespannt.

»Von einem *richtigen* Matrosen hätte der Dritte dafür wohl eine Gewaltige verpaßt bekommen. Aber der ist einfach wieder ins Ruderhaus gekommen, und der Dritte hat's hingenommen.«

»Na und?« frage ich wieder.

»So tief hängen wie möglich«, murmelt der Alte vor sich hin, aber dann sagt er: »In der zweiten Nacht hat sich die Geschichte wiederholt.«

»Komm – red schon, spann mich nicht auf die Folter!« versuche ich den Alten zum Weiterreden zu animieren.

»Tatsächlich! Der Mann, der sich schließlich in der ersten Nacht wieder mit dem Dritten ausgesöhnt hatte, oder es wenigstens annahm – ich kam übrigens selber an dem Abend noch mal rauf, und da hat er mir Tee eingeschenkt, und die Stimmung war friedlich –, der Mann kam in der nächsten Nacht – so ist es mir jedenfalls berichtet worden – ahnungslos auf die Brücke, und da wurde er gleich vom Dritten hohnvoll empfangen: ›Sie haben wohl ihren Wachmantel gleich mitgebracht? Den Säufer und den Hurenbock, den friert es noch im dicksten Rock‹... und so weiter. Und da hat der Mann rot gesehen und nicht erkannt, daß sein Gegenüber, mit dem er zuletzt so freundlich geredet hatte, sein Vorgesetzter ist.«

»Und wie geht's jetzt weiter?«

»Der Rudergänger muß im Anlaufhafen entlassen werden. Es gibt zwar die Möglichkeit, ihn *fristlos* zu entlassen, aber dann müßte er als zahlender Passagier behandelt werden.«

Nach einer langen Sinnierpause sagt der Alte: »Das ist der Fehler, das ständige freundliche Geklöne mit dem Rudergänger während der Wache. Wenn man sich als Vorgesetzter durchsetzen will, muß man Distanz halten. Das war schon immer so. Schließlich sind wir hier keine Kommune.«

»Wenn es auch manchmal so aussieht«, reize ich den Alten.

»Wenn du das neue Gehabe hier an Bord meinst, das stammt nicht von mir. *Ich* hab das nicht eingeführt!«

»Entschuldigung, weiß ich doch!« Ich wünschte, ich könnte den Alten auf ein anderes Thema bringen, da klopft es: Der Zahlmeister mit einem ganzen Packen von Unterlagen unter dem Arm kommt hereingewieselt. Ich höre mit halbem Ohr auf das Palaver zwischen den beiden.

»Nicht gewährte Mittagsruhe ist eine Überstunde, gleichgültig, ob der Mann ohnehin auf Mehrarbeit kommt... Wenn der Mann über Mittag arbeitet, leistet er eine Überstunde – ist das immer noch nicht klar?« Der Zahlmeister setzt, statt eine Antwort zu geben, eine trotzig verkniffene Miene auf.

»Wenn er über neun Stunden arbeitet«, redet der Alte weiter, »und hier Null steht, hat er Anspruch auf zwei Stunden Vergütung.«

»Und sonntags?« fragt der Zahlmeister lauernd.

»Am Sonntag gibt es keine regelmäßige Arbeit, das sollte Ihnen doch nicht neu sein. Da ist *alles* Mehrarbeit. Diese Zeit ist also insgesamt als Mehrarbeit zu vergüten, aber nicht mit doppelter Mehrarbeit, wie Sie das hier ausgewiesen haben.«

Während der Alte redet, blättert er mit der linken Hand in einem Heft »Manteltarifvertrag für die Deutsche Seeschiffahrt«.

»Hier«, sagt er zum Zahlmeister, »können Sie alles erschöpfend erfahren, hier sind auch die Paragraphen über Nachtarbeit und Wachdienst im Hafen. Wenn der Mann tagsüber frei hat, ist das nicht als Nachtarbeit zu bezahlen. Aber wenn ein Schmierer die Abendwache geht, kriegt er ab achtzehn Uhr Nachtzuschlag. Ist das alles klar?«

Der Zahlmeister scheint schwer von Kapee zu sein. Oder hat er einige Leute willentlich favorisiert, und der Alte kommt ihm jetzt auf die Schliche? Der Zahlmeister sieht aus, als stelle er sich nur dumm, und verdrückt sich schließlich wie ein begossener Pudel.

»Ich kann doch nichts unterschreiben, was ich nicht geprüft und intus habe«, erklärt der Alte, als müsse er sich für seine Penibilität auch noch entschuldigen.

Ich wünsche den Arzt samt seiner Krankenschwester zum Teufel: Ich kann mich weder in die Sonne setzen noch schwimmen. Meine Impfmale sind stark vereitert. Der ganze Oberarm sieht buntböse aus.

Der Arzt hat diese Reise offenbar als Ferien geplant. Wenn ich ihn sehe, dann nur auf einem der Decksstühle am Schwimmbad oder abends in Luke fünf Volleyball spielend. Was der Alte von ihm hält, kann ich leicht erraten, weil er, wann es sich nur immer fügt, den »alten Doktor«, den früheren Bordarzt, lobt.

Die verhuschte Stewardeß hat sich, weil der Arzt sie nicht krankschrieb, an den Betriebsrat gewandt.

»Anscheinend will sie dem Arzt Schwierigkeiten machen«, sagte der Alte.

Und als ich ihn fragte: »Aus welchem Grund?« hörte ich, daß der Betriebsrat bei ihm aufkreuzen wolle. »Da werd ich's schon erfahren. Das kann noch heiter werden!« stöhnte der Alte.

Kaum haben wir das Schott zur Brücke passiert, bleibt der Alte wie gebannt stehen. Ich folge seinem Blick in die rechte vordere Ecke der Brücke und sehe Frau Schmalke, angetan mit einer blutroten Bluse, auf dem Lotsenstuhl sitzen. Ich sehe mit einem Seitenblick, wie der Alte um Fassung kämpft. Er räuspert sich heftig und bringt ein gepreßtes »Guten Morgen!« hervor.

»Guten Morgen, Herr Kapitän!« tönt es in dumpfem Chor zurück. Darüber schwebt glockenrein die Stimme von Frau Schmalke: »Einen schönen guten Morgen!«

»Panamakanal!« entfährt es mir.

»Si, si, señor«, murmelt der Alte.

Als wir uns in der linken vorderen Ecke aufgepflanzt haben, flüstere ich: »Jetzt wird's aber bunt.«

»Rot an Steuerbord«, murmelt der Alte. Das klingt, als habe er sich mit der Situation abgefunden, aber ich kann sehen, wie er auf der Trense kaut.

Später, in seiner Kammer, sagt der Alte: »Da war eine Dame im Spiel, sonst hätte es was gegeben! Aber so? Da sind mir die Hände gebunden.«

Der Alte war nie ein Kind von Resignation. Aber jetzt scheint es, daß er sich arrangieren will. Er hätte doch Frau Schmalke einfach – einfach, aber bestimmt – von der Brücke weisen können.

»Früher herrschte ganz selbstverständlich Ordnung«, sagt der Alte, »jetzt pflegen die jungen Leute ihr kompliziertes Gefühlsleben, und Ordnung gehört nicht dazu. Das ist hier nun mal der neue Stil – was willst du machen.«

Ich stehe verlegen da, weil ich nicht weiß, wie ich den Alten aufrichten kann, da klopft es ans Schott: Die Bordvertretung, drei Mann hoch, steht auf der Schwelle. Der Alte, über Papiere gebeugt, läßt sie eine ganze Weile warten, ehe er sich wohl oder übel anhören muß, was sie für Klagen haben.

»Die Stewardeß, Fräulein Sandmann«, beginnt der hagere Lange, anscheinend der Sprecher der Gruppe, stockend, »also Fräulein Sandmann hat der Arzt der ihre Pillen weggenommen, die der Hausarzt ihr verschrieben hat und die sie dringend braucht.« Zu jedem seiner Worte nicken die beiden anderen einverständig. »Und dann«, fängt der Sprecher wieder an, »hat der Arzt sie nicht krankgeschrieben, trotz ihres Zustandes soll sie arbeiten!« Wieder nicken die beiden anderen.

Der Alte reibt sich ausführlich sein Kinn, die drei stehen linkisch herum.

»Und was soll *ich* da machen?« fragt der Alte, »ich kann Fräulein Sandmann doch nicht untersuchen, ich bin doch kein Arzt. Ich kann nicht beurteilen, was der Dame fehlt. Wenn der Arzt sie krankschreibt, braucht sie natürlich nicht zu arbeiten – aber das wissen Sie ja. Und was die Arbeitsanweisung angeht – da ist der Zahlmeister zuständig. Das wissen Sie ja auch. Also?«

Es dauert, bis die drei, nachdem sie verlegene Blicke miteinander gewechselt haben, belämmert abziehen.

Der Alte bläst, als sie draußen sind, hörbar Luft ab und sagt: »Da kannste wieder mal sehen.«

»Jetzt bin ich aber gespannt«, sage ich, »was die Dame noch alles anstellen wird, um sich durchzusetzen. Sieht so aus, als habe sie Routine.«

»Mir ein Rätsel, wie es der gelungen ist, aufs Schiff zu kommen. Nachdem ich sie mir mal genauer angesehen habe, meine ich, daß auch noch der unbedarfteste Personalfritze hätte sehen müssen, daß bei ihr was nicht stimmt.«

Ich habe den Papierkram, den die Post in der Woche vor meiner Abreise brachte, ungelesen in meine große Reisetasche gesteckt. Jetzt ergötze ich mich daran: Der Münchner Verlegerkreis trifft sich in der Gaststätte Peterhof – Termin zur Verkündung einer Entscheidung ist anberaumt für den 15. Juli. »Am Dienstag 20.15 Uhr eröffnen wir die Ausstellung ›Face Farces‹. Wir bitten Sie, die beiliegende Karte ausgefüllt zurückzuschicken.« – »Damit Sie Gelegenheit haben, die Kollektion schon am Vorabend der Eröffnung in Ruhe zu betrachten, dürfen wir Sie zu einem kleinen Empfang bitten.« – »Nous avons le plaisir de vous inviter à nous rendre visite à la Foire de Francfort.« – »We are happy to invite you to the Frankfurt Fair, where we will be glad to show you the newest items in our collection.« Und so fort. Je mehr ich lese und in den Papierkorb befördere, desto mehr steigert sich mein Wohlbefinden. Hier bin ich nicht mal über Norddeichradio oder über Scheweningenradio zu erreichen. Ich fühle mich wie einer, der Gott und der Welt ein Schnippchen geschlagen hat: Entkommen! Nur ganz hinten im Kopf rumoren noch ein paar Selbstbezichtigungen, halbgare Vorwürfe, nur mehr leise gemurmelte Ordnungsrufe. Damit läßt sich leben!

Ich nehme meine Kamera, stecke das Teleobjektiv auf und mache Aufnahmen von der See gegen das Licht, damit sie plastischer wirkt. Einige mit Rotfilter, damit ich kräftiges Schwarzweiß erziele: ganz ins Graphische übersetzte Bilder. Ich habe schon Hunderte davon, einige offenbaren auf den ersten Blick nicht, ob sie Wasser oder Himmel zeigen. Ich habe schon Schaumballungen von Bugwellen als Wolken photographiert. Mit Luft vermengtes Wasser, vom Wasser gesättigte Luft, das trifft auf beides zu. Meine kurze Verschlußöffnung von einer Zweitausendstelsekunde erschafft Formen, die das träge Auge nicht sieht, Urlandschaften aus schwarzweiß gestylten Wassergebirgen, in der Luft stehende bizarre Kämme, erstarrte Detonationen, wüst Zerfetztes, wie es auch beim Bleigießen entstehen kann.

Noch nie habe ich mich auf See so sehr wie dieses Mal von den Musterungen des Wassers hinnehmen lassen. Ohne es mir recht eingestehen zu wollen, nehme ich Zuflucht bei der Natur. Die Kernspaltung, so halte ich mir vor, ist zwar auch ein Vorgang in der Natur, aber die kann ich nicht mit meinen Sinnen aufnehmen.

»Ich hab's mir noch mal überlegt«, sagt der Alte beim Mittagessen, »deine Party heute abend, die machen wir doch am besten lieber in der Lobby – was meinst du?«

»Ist mir alles recht«, sage ich ergeben und denke, wenn nur die verdammte Party mit all ihren Problemen endlich vorüber wäre. Aber der Alte bleibt beim Thema: »Mit dem Storekeeper hab ich alles besprochen – das wird schon klappen. Und das mit dem Bier ist, denk ich, wirklich das beste.«

Ich nicke und frage: »Und wo soll ich meinen Obolus entrichten?«

»Das machst du morgen mit dem Zahlmeister, wenn wir wissen, ob das zweite Faß auch getrunken ist. Du kannst uns ja nicht entkommen«, fügt er dann noch grienend an.

Am Nebentisch höre ich, daß Körner und der Erste über antiautoritäre Kindergärten reden. Körner scheint das Thema nicht sonderlich attraktiv zu finden und antwortet nur maulfaul, er habe damit keine Erfahrungen. Als sich der Chief zu den beiden setzt, will der Erste von ihm gleich wissen: »Und was halten Sie von Antiautorität im Kindesalter?«

»Nichts!« sagt der Chief barsch, »die Blagen sollen rechtzeitig lernen, wo's langgeht«, und macht sich über sein Essen her.

Da der Erste hilfesuchend um sich guckt – anscheinend ein wichtiges Thema für ihn –, frage ich: »Wie viele Kinder haben Sie denn?«

»Einen Knaben«, sagt der Erste stolz.

»Und wie alt ist der?«

»Fünf Monate.«

»Ach du meine Güte. Da haben Sie ja noch eine Menge Zeit.«

»Ihre Sorgen möchte ich haben!« sagt der Chief und hält beim Kauen inne, »jetzt geht's doch erst mal um

Pampers – oder wie diese neumodischen Windeln heißen.«

»Man macht sich ja schließlich seine Gedanken«, sagt der Erste beleidigt.

»Mahlzeit!« unterbricht der Alte das Gespräch und erhebt sich mit seinem üblichen »mal ein bißchen nachdenken« vom Stuhl.

Am Nachmittag klopft der Alte an mein Schott und fragt: »Kommst du mit auf die Brücke?«

»Lieber nicht. Noch einmal Frau Schmalke in ihrer roten Bluse – reicht für heute!«

»Du hast eigentlich recht. Heute reicht's mir auch. Jetzt hab ich mir grad noch mal den Rudergänger vorgeknöpft.«

»Und?«

»Verdammt harter Brocken. Dabei hab ich mit Engelszungen auf ihn eingeredet: ›In anderthalb Jahren sind Sie dritter Steuermann, mit Gottes Hilfe, und dann haben *Sie* Trouble mit aufsässigen Leuten. Denken Sie denn nicht daran?‹ Nein, er denkt nicht dran – und schon gar nicht daran, sich beim Dritten zu entschuldigen. Zum Glück wollte er sowieso kündigen, hat er gesagt, um zur Schule zu gehen. Bis dahin hat er noch anderthalb Monate, und in dieser Zeit will er auf einem Kümo anheuern.«

»Und was wird mit ihm bis zum Anlaufhafen?«

»Tief hängen!« sagt der Alte. »Ich kann ihn doch nicht fristlos entlassen und als Passagier mitschleppen – der hat doch gar kein Geld. Einfach ein typisches Beispiel: Alkohol und falsche Menschenführung. Der Dritte hat zwar sein Patent für Große Fahrt, aber die Praxis fehlt ihm. Am Abend war allgemeine Besäufnis in gemischter Gesellschaft. Der Mann war schon betrunken, als er auf Wache kam, und das hat der Dritte auch gemerkt. Er hätte den

Mann wegschicken müssen. Statt dessen hat er ihn zum Ausnüchtern in die Brückennock geschubst.«

»Du hast ja schon einen ganz trockenen Hals vom vielen Reden«, sage ich, weil der Alte gar so verbiestert guckt, »willste einen Grapefruitsaft haben?«

»Nee. Komm mal mit in meine Kammer. Ich laß Tee kommen. Tee mit 'nem ordentlichen Schuß Rum, das brauch ich jetzt.«

»Was grinst du denn plötzlich«, will der Alte wissen, als er seine Tasse, in der mehr Rum als Tee war, hinsetzt und sich aufs neue einschenkt.

»Ich denk an Milch.«

»Ausgerechnet an Milch?«

»Ja, weil ich normalerweise Tee mit einem Schuß Milch trinke.«

»Ist ja aufregend. Aber was gibt's da zu grinsen?«

»Kommt gleich. Ich muß erst mal anders anfangen: In diesem DP-Camp, von dem ich dir erzählt habe, sollte jiddisches Theater gespielt werden, und da brauchten die für ihr Theater Kulissen. Ein Maler wurde gesucht, und da habe ich gesagt: ›Ich bin Maler!‹ und hab Kulissen entworfen. Material fürs Kulissenmalen gab es aber nicht. Ein paar Pulverfarben hab ich aufgetrieben, aber keine Bindemittel. Ich erklärte der Schauspieltruppe, daß ich Trockenmilch, und zwar viel davon, haben müsse – als Bindemittel. Ich bekam das Gewünschte und lebte dann praktisch von amerikanischer Trockenmilch. Das Milchpulver ließ sich gut eintauschen.«

»Raffiniert!« Der Alte sitzt endlich gelöst in seinem Sessel und gießt uns beiden noch Rum – ohne Tee – in die Tassen.

»Damals hab ich manch sehnsüchtigen Blick in halb ausgepackte Care-Pakete geworfen.«

»Ich auch«, wirft der Alte ein, »was da alles drin war!«

»Ich muß gerade daran denken, wie einer der Küchenbullen der Amis aus gewaltigen Dosen Ananas in große Aluminiumpfannen schüttete – so was vergeß ich einfach nicht. In diesen Aluminiumpfannen brutzelte durchwachsener Speck. Und dieser Küchenbulle, der mischte kräftig Speck und Ananas, die Ananas sollte die Salzschärfe mildern. Dann fischte er die Ananasstücke wieder heraus und schmiß sie in den Dreck! Ich konnte es nicht fassen! Runde zehn Jahre hatte ich keine Ananas gesehen! Meine stärkste Erinnerung an die Besatzerzeit.«

»Wenn vor mir einer eine halbgerauchte Zigarette hinschmiß, da mußte ich mich schon sehr beherrschen, daß ich die nicht aufsammelte. Aber mal weiter!« drängt der Alte.

»Die von mir bemalten Kulissen staubten nur so, wenn es Zugluft gab oder einer dagegen lief. Nach drei Aufführungen war meine Malerei weg. Da kam dann neues Milchpulver und sogar Quark. Käse, hab ich denen weisgemacht, könnte ich auch verwenden, und die trieben doch tatsächlich auch Käse auf.«

»Und da lebtest du wie die Made im Käse?«

»Ganz so war's auch wieder nicht. Das hätt ich fast vergessen: Ich bekam es in Feldafing auch mit französischen Truppen zu tun, Panzertruppen, Chars moyens, mittelschwere Panzer des Generals Leclerc. Diese zwote französische Panzerdivision hatte sich dem fünfzehnten Korps der dritten amerikanischen Armee angeschlossen – wüste Burschen!«

»Die Franzosen waren schon übel. Wir waren ja auch froh, daß wir denen nicht in die Hände gefallen sind. Mit den Engländern, da ging das bei uns in Norwegen ja noch ganz kommod zu.«

»Diese französischen Panzerfritzen hatten ein Ärmelschild mit der eingestickten Parole: ›EN TUER‹, was man ja wohl schlicht mit ›sie umbringen!‹ übersetzen kann. Und danach verhielten sie sich auch. Gleich als sie angekommen waren und ich mir das Maul schon fußlig gedolmetscht hatte, war der Ortsgruppenleiter dran. Dieses Hitler-Imitat hatte sich, ordentlicher Mann, seine SS-Uniform schön zusammengelegt und eingemottet aufgehoben, und die hatten die Franzosen gefunden. Da mußte er sie wieder anziehen, dann durfte er auch mal mit 'nem Panzer fahren, hin zu einem Weizenfeld bei Wieling. Dort haben sie ihn abgeknallt, das heißt: zersiebt.«

»Verflixt!« sagt der Alte, »ich will mir nicht vorstellen, was der Maquis mit mir gemacht hätte.«

Dann guckt er auf die Uhr: »Höchste Zeit zum Abendessen!«

Ich brauche noch einen Verdauungsspaziergang nach dem kräftigen Essen: Kaßler mit Sauerkraut und Salzkartoffeln, nicht ganz das Richtige für den Abend. »Wir haben ja noch was vor«, beschwichtigte mich der Alte, »da ist eine solide Grundlage wichtig.«

Hoch zur Brücke. Beim Funker ist Licht, und der Funker erzählt mir, er habe gerade mit einem Kollegen gesprochen, der auf einem Schiff in der Nähe von Hawaii Dienst tut.

»Ganzes Stück weg!« sage ich, »Hawaii!«

»Manchmal«, sagt der Funker, »spiele ich über diese Entfernung hinweg, fast um den halben Erdball, mit einem anderen Funker Schach!«

»Und wer gewinnt?«

»Mal ich, mal er. Aber meistens ich. Ich bin im Schachklub.«

»Na denn, gut Schach! Oder wie immer das heißt«, verabschiede ich mich, weil ich nach dem Zuknallen des Schotts am Schritt höre, daß der Alte auf die Brücke kommt. »Die Wunder der Technik«, sage ich zum Alten, nachdem ich ihm vom schachspielenden Funker erzählt habe.

»Ich würde eher sagen: das Wunder der Gebührenfreiheit des Funkverkehrs von Schiff zu Schiff«, entgegnet der Alte trocken.

Die Party in der Lobby will und will nicht in Schwung kommen. Die Techniker hocken mit müden Gesichtern unter dem goldgerahmten lebensgroßen Porträt des Kernphysikers Otto Hahn in einer Gruppe beisammen, die Seeleute stehen am Tresen und halten sich an ihren Biergläsern fest. Vom Damenflor, der sich in einer anderen Gruppe zusammengerottet hat, dringt hin und wieder schrilles Gelächter durch die überlaute Schallplattenmusik, die jedes Gespräch erstickt. Nur die Mates mit den beiden Frauen bilden eine gemischte Gesellschaft.

Ich mache einen Anlauf nach dem anderen, um den Alten zu mobilisieren: *Er* müßte den Ball eröffnen, halte ich ihm vor.

»*Du* bist dran!« sagt der Alte, »schließlich *deine* Party! Die Frau vom Zwoten hat sich extra für dich in ein schulterfreies Glitzerkleid geworfen – guck mal, das wär doch was!«

»Hinreißend! Aber denk auch mal an meine beiden künstlichen Hüften – nichts mehr für mich.«

»Und meine halbe Lunge«, trumpft der Alte auf, »die zählt wohl nicht?«

»Du brauchst ja keinen richtigen Walzer zu tanzen – wart einen *langsamen* Walzer ab.«

Nach fast einer Stunde, als wir beide schon mehr Bier getrunken haben, als uns zuträglich ist, bequemt sich der Alte, die ältliche Stewardeß zum Tanz zu bitten. Und nun erheben sich auch einige der pomadigen Assis, die Mates führen ihre Ehegattinnen gemessen auf die Tanzfläche – nun läuft die Sache halbwegs.

»Na«, sagt der Alte, als er sich aufatmend wieder zurückgelehnt hat, »lange geht das sowieso nicht, in einer halben Stunde fängt der Film an. Ich hab das extra so gelegt.«

Da kommt die dürre rotblonde Stewardeß an unseren Tisch und fragt geziert: »Darf man sich auch mal an den Tisch der hohen Herrschaften setzen?«

»Aber bitte!« fordert der Alte sie auf, steht auf – ganz Kavalier – und rückt ihr den Stuhl zurecht.

Die Dame hat anscheinend schon einen gehörigen Schwips und erzählt uns mit raumgreifenden Armbewegungen, Silben und ganze Wörter auslassend, wie hier an Bord einmal ein Film gedreht wurde: »Die dachten ... wären alle gebildet. Wollten den Streifen so sprachlich untermauert haben ... am besten von jedem ganz persönlich was. Und da sollte man dann so ganz spontan irgend etwas – und da fragten die mich – da guckte mich einer ganz ernsthaft an und fragte: ›Was machen Sie denn auf diesem Schiff?‹« Und jetzt schüttet sie sich vor Lachen fast aus.

»Und«, fragt der Alte, »was haben Sie da gesagt?«

»Ich hab gesagt – mir fiel da so ganz spontan nichts anderes ein – da hab ich gesagt: ›Ich bring das Essen auf den Tisch!‹« Da bricht sie wieder in lautes Gelächter aus.

»Ist ja auch wichtig!« sage ich, weil die Pause quälend zu werden beginnt.

»Eigentlich ja«, sagt die Lady plötzlich verlegen und schaut von einem zum anderen, »jetzt will ich mal nicht länger stören«, und erhebt sich. Und nun ist es auch Zeit fürs Freilichtkino.

Seit dem frühen Morgen liegen wir gestoppt. »Reparatur am Hauptkondensator«, hat der Alte gestern gesagt, »und Bootsmanöver.« Bis zum Abend werden wir treiben – wir haben genügend Lose bis zum Anlauftag in Durban.

An der vierflügligen Ersatzschraube verhalte ich eine

Weile und denke an die Probleme, die das Schiff mit dieser Schraube hatte. »Über die Fehler«, sagte der Alte, »wurden schon lange Forschungsberichte geschrieben. Aber was die Wissenschaftler später durch komplizierte Messungen der Turbinendrehmomente an Einsichten gewonnen haben, erfuhren wir rein empirisch: Wenn das Schiff mit voller Kraft fuhr, schlug einen sein Rattern und Schüttern fast vom Stuhl. Trotz aller Berechnungen der erzwungenen Wellenschwingungen kam man offenbar nicht dahinter, wie die Schwingungsfehler zu beheben wären. Bei Autofelgen hat man's einfacher, da probiert man so lange mit Bleigewichten, bis die Unwucht beseitigt ist. Bei Schiffsschrauben geht das nicht. Eine praktische Maßnahme, die manchmal half, war, die Propellerflügelspitzen etwas flach zu hobeln. Aber ganz der wahre Jakob war das auch nicht. Jetzt haben wir Gott sei Dank einen neuen Propeller, einen sechsflügeligen Bronzepropeller von Zeise.«

Eine schlechte Nacht. Am Abend das viele Bier und dann dieser fürchterliche amerikanische Film! Ein Attentat auf einen wallebärtigen Professor, der eine ungeheuer wichtige Formel im Kopf hat, dank dieser Formel kann man alles, gleich ob Mensch oder Maschine, auf Molekulargröße schrumpfen lassen. Der Wallebärtige muß am Gehirn operiert werden. Mitarbeiter des Professors, die auch diese tolle Formel kennen, entschließen sich, ein U-Boot zu bemannen, es samt der Besatzung schrumpfen zu lassen und dieses Boot mittels einer Kanüle in die Vene des großen Meisters einzuschleusen. An Bord sind etliche Navigationskarten des komplizierten Kreislaufsystems des Professors. Mit ihrer Hilfe soll das Boot in seinen Kopf gelangen, mit einer Laserkanone vor Ort den Hirnschaden reparieren. Trotz etlicher Unglücksfälle, Sabotageakte, Bedrohung durch Antikörper, bei denen das Boot aufgelöst wird, gibt die tapfere Besatzung bis zum überwältigenden Erfolg nicht auf und verläßt den Herrn Professor über seine Tränendrüsen. Die Träne, im Laboratorium behandelt, entläßt die Helden in ihre normale Größe. Jubel ohne Ende.

Beim Frühstück sage ich dem Chief, daß ich wenig Schwierigkeiten hätte, mir den Stoff für einen Science-fiction-Film hier an Bord auszudenken: »Terroristen bringen sich in den Besitz des Schiffes, *Sie* werden überwältigt, Pistolenknauf auf Ihren Hinterkopf... So müßte die Action beginnen.«

»Und *Sie*, dank meiner Unterrichtsstunden perfekter Fachmann«, spinnt der Chief den Faden weiter, »ziehen lässig ein paar Pellets aus der Tasche und erklären denen, daß die radioaktiven Strahlen gezielt auf ihre Unterleiber gerichtet seien, sie sollten selber hinfassen, dann würden sie merken, wie da einiges schon schrumpft – *Ihnen* könnten die Strahlen aber dank des Bleisuspensoriums nichts anhaben. Die Piraten verlassen fluchtartig das Schiff, und Sie erretten mich...«

»Die Krankenschwester küßt Sie wach!«

»Nein! Bitte nein! Dann lassen Sie mich lieber weiterschlafen.«

Der Alte, der heute spät zum Frühstück kommt, scheint nicht zu Scherzen aufgelegt zu sein. »Ich hab's dem Zahlmeister erlaubt: zieht in die Kammer neben mir. Mehr Schiß als Vaterlandsliebe!« sagt der Alte brummig. »Aber vielleicht ganz gut so, dann hab ich ihn besser unter Kontrolle, und diese dauernden Querelen hören hoffentlich auf. Jetzt soll er mal wieder, als er am Sonnabend die Kammern der Stewardessen kontrollieren wollte – die sollen ja schließlich auch in ihren eigenen Kammern saubermachen –, bei einer Stewardeß vorher nicht angeklopft haben!«

»Na und?« frage ich neugierig.

»Diese Stewardeß – du kennst die doch: die hat einen Gang, als sei sie zehn Jahre lang hinter dem Pflug hergelaufen – hab ich mit freundlichen Worten wieder weggeschickt. Der Obersteward ist doch kein grüner Junge! Eine alte Erfahrung lehrt, daß man schon aus Selbstschutz anklopft. Und der Bordvertretung, die auch noch mit der Sache bei mir aufkreuzen wollte, hab ich ausrichten lassen, daß ich diesen Unsinn wegen Belanglosigkeit ad acta gelegt habe.«

»Ich werde mich auch an die Bordvertretung wenden!«

»Du? Was hast du denn für Beschwerden?« fragt der Alte.

»Hier!« sage ich und krempele meinen Ärmel hoch, »guck dir mal meine Impfstellen an! Diese dußlige Krankenschwester, die könnt ich erwürgen! Heute früh hat sie mir beim Abziehen der Kompresse von zwei Impfstellen die großen Schorfe mit weggerissen. Sieht jetzt aus wie Hackfleisch, viel schlimmer als gestern. Wenn die wirklich fest an einem Krankenhaus war, dann möchte ich nicht wissen, wie viele Patienten da gestorben sind!«

»Na, na«, sagt der Alte, »jetzt tritt mal kurz. Die Stewardessen haben sich übrigens auch schon über die Krankenschwester beschwert: Sie lasse sich genau wie die Ehefrauen der Mates von ihnen bedienen.«

»Wieso haben sie denn einen Rochus auf die Ehefrauen – die machen doch ihre Kammern selber?«

»Das schon – aber, so sagte mir eine Stewardeß, sie würden von denen wie ›Personal‹ behandelt, dabei sind die doch auch nichts anderes als ich!«

»Macht nur so weiter!« stöhne ich.

»Du kannst ja heute mit dem Hähnchen einen Ausflug machen.«

»Hähnchen? So heißt doch die eine Bar?«

»Ja, aber das Beiboot auch. Das wird heute zu Wasser gelassen.«

»Zweimal Hähnchen«, wiederhole ich, »das hat der gute Otto Hahn weiß Gott nicht verdient.«

»Tut ihm nicht mehr weh, reg dich mal lieber wieder ab!«

Ich wandere am Nachmittag, nach Augenfutter suchend, über das Deck, da sehe ich den Matrosen Angelow mit seiner Haiangel dem achteren Hauptdeck zustreben: ein Nirostadraht als Vorlauf, ein leerer roter Plastikkanister als Schwimmer und eine geflochtene Nylonfangleine mit einem gestreckten handgeschmiedeten Haken. Auf dessen scharfer Spitze hat Angelow ein Mordstrumm von Fleischköder festgemacht. Als ich nach einer halben Stunde nach achtern gehe, sehe ich einen großen Blauhai den Köder umkreisen, ein starkes Tier. Plötzlich schießt der Hai, sich halb aufs Kreuz drehend und seinen weißen Bauch zeigend, auf den Köder zu und schluckt ihn. Dann geht er schwänzelnd an der Leine hin und her, als merke er nicht, daß er festhängt. Der Angelhaken ist ihm durch den ganzen Oberkiefer gedrungen, es bleibt ihm keine Chance, sich zu befreien. Jetzt wird die Leine Hand über Hand von zwei spanischen Matrosen nach Angelows hitzig ausgestoßenen Befehlen ein gutes Stück eingeholt und dann belegt. Nun kann der Hai, von einer Gruppe aus Seeleuten und Stewardessen gierig betrachtet, nur noch ganz enge Kreise dicht beim Schiff ziehen. Ich wende mich ab, es hebt mir den Magen. Aber nach einer Weile sage ich mir: Du bist hier Reporter! Auch das gehört zum Schiff.

Der Blauhai scheint bald so geschwächt zu sein, daß die Matrosen es wagen, ihn nach Angelows Befehlen an Oberdeck zu hieven. Aus allen, die keine Wache haben, hat sich ein Pulk wie nach einem Verkehrsunfall gebildet. Angelows heiser ausgestoßene Warnrufe scheuchen sie zurück. Der Hai schlägt wütend um sich, als habe er neue Kraft gewonnen. Auch Angelow muß zur Seite springen. Die Stewardessen haben sich in einem Decksaufbau in Sicherheit gebracht. Sie beobachten, Münder offen, die Szene durch zwei Fenster. Angelow gelingt es, einen Tampen um den Hai zu schlingen. Und nun wird der vorher so sanfte Mann zum Killer: Er geht mit einem großen Messer wie mit einer Machete auf das Tier los. Auch als der Bauch des Haies schon aufgeschlitzt ist und die von milchigem Weiß bis zu sattem Violett oszillierenden Gedärme auf dem Deck herumliegen, läßt er nicht von seinem Opfer ab: Er schlägt dem Hai den Kopf ab und dann auch den Schwanz. Trotzdem zuckt der verstümmelte Körper noch wild. Endlich wird der schwanz- und kopflose Fischleib von zwei Seeleuten über Bord geworfen und hinterher das glibbrige Gedärm. Dann gehen sie mit Schläuchen daran, das rubinrot leuchtende Haiblut von den Decksplanken zu spülen.

Die spitzen Schreie der Stewardessen, die diese blutrünstige Orgie verfolgt haben, habe ich nur verzögert wahrgenommen. Eine davon hat sich von einem Matrosen eine Flosse abschneiden lassen. »Zum Präparieren!« sagt sie stolz. Eine geht jetzt selber verbissen mit einem Messer auf den abgetrennten Kopf des Haies los, um sich sein Gebiß herauszuschneiden.

Ich strebe übers Deck meiner Kammer zu, ohne irgend etwas um mich herum wahrzunehmen. Dieses grausige Schauspiel will nicht aus meinem Kopf. Ich sitze wie betäubt auf meiner Koje.

Ich finde den Alten in seiner Kammer und frage ihn gleich: »Was ist das eigentlich für ein atavistischer Haß auf Haie? Angelow, dieser sanfte Buddelschiffbastler, hat sich vor lauter Haß selber nicht mehr gekannt.«

»Trink erst mal einen Rum!« sagt der Alte und holt die Flasche und zwei Gläser. Nach einer Weile hebt er seltsam bedächtig an: »Die sind heute sogar noch gnädig mit dem Hai umgegangen, wenn du es genau wissen willst. Der hier war wenigstens bald tot. Meistens haben die Seeleute ein anderes Verfahren: Sie schneiden ihm nur die Schwanzflosse ab und werfen ihn wieder ins Wasser, damit die eigenen Artgenossen ihn Biß für Biß zu Tode bringen ...«

»Brrr!« mache ich und schütte den Rum mit einem großen Schluck in mich hinein.

»Ich könnt's ja noch verstehen, wenn der Hai in die Kombüse käme – aber ihn einfach nur totmachen! Und dann diese Weiber, die Schwanzflossen oder das Gebiß als Souvenir haben wollen.«

Photos von Exekutionen vor aufgekächerten Zuschauerinnen schießen mir beim Reden durch den Kopf. »Tscha«, sagt der Alte nach einer langen Pause, als habe er meine Kopfbilder erraten, »ich war ja auch froh, daß ich noch aus Brest rausgekommen bin, in die Hände hysterischer Damen wollte ich damals ungern fallen.« Dann ist Stille zwischen uns.

»Um mal von was anderem zu reden«, sage ich endlich, »immer wieder höre ich von dir, vom Chief und von Körner, hier sei alles safe. Das klingt doch prima, und im Zweifelsfall – also wenn's mal *nicht* so läuft, wie es laufen sollte – ist menschliches Versagen der Grund. Aber was hab ich denn von einer Technik, die sich safe nennt, wenn aber die Leute, die damit zu tun haben, nicht safe sind?«

»Meinst du etwa *unsere* Leute?« fragt der Alte knarsch.

»Ich meine Luschpäckchen, die todsicher auch auf Reaktorschiffe kämen, wenn diese Art von Seefahrt Mode werden sollte. Und wenn es dann zu einer Havarie käme...«

Der Alte holt tief Luft. Noch ein tiefes Atemholen, dann redet er langsam und wie dozierend los: »Natürlich sind Havarien immer bedacht worden. Zum Forschungsprogramm gehörte – und gehört – der aktive und passive Kollisionsschutz einschließlich der vielen Modellversuche.« Der Alte lehnt sich zurück, ich sehe, daß er, still die Lippen bewegend, sich seine Worte zurechtlegt – und dann redet er so flüssig weiter, als lese er den Text vom Blatt:

»Weiterentwicklung der Reaktorsicherheit ist ein bedeutender Punkt – eben um auch menschliches Versagen und fehlerhafte Eingriffe in die Sicherheitsauslegung auszuschalten. Es soll ja keinem Land zugemutet werden, ein Schiff einlaufen zu lassen, dessen Sicherheitsbericht unzulänglich, dessen Anlage verwahrlost, dessen Personal nicht genügend geschult und erfahren ist.«

Da der Alte wieder eine Pause macht, frage ich: »Siehst du selber nicht manchmal auch schwarz? Was wir in die Hände nehmen, wird doch tagtäglich brisanter.«

»Brisanter?« besinnt sich der Alte, »das Risiko nimmt freilich zu – und der Teufel kommt gerne aus einer Ecke, wo man ihn gar nicht vermutet hat. Noch einen Schluck?«

»Jetzt ist mir Tee lieber!«

»Wie du willst«, sagt der Alte, leichten Spott in der Stimme.

Als der Tee auf dem Tisch steht, sagt der Alte, ohne daß er sich zu mir her bewegt, mit halber Stimme: »Ich hab mir eben alles noch mal durch den Kopf gehen lassen. Also: Die Ergebnisse nach den Situationen im Laufe der zehn Betriebsjahre waren im ganzen unterschiedlich. Das Endergebnis ist, daß gegenwärtig das NCS achtzig nicht wirtschaftlich werden kann. Aber es ist bis zur Auftragsreife entwickelt und hat Konzeptgenehmigung.«

Ich denke, das klingt wie eingelernt und frage schnell: »Was ist NCS achtzig?«

»Ein Forschungsprogramm der GKSS: Nukleares Container-Schiff, 80 000 PS«, antwortet der Alte und redet schon weiter: »Die Zwohundertvierzigtausend-PS-Studie für ein nukleares Containerschiff als Grenzfall der technischen Möglichkeit ergab wirtschaftlich Positiveres. Rentabilitätsrechnung nur nach dem Ölpreis, darüber haben wir ja schon geredet, ist doch nicht zutreffend. Es gibt Bände zur Wirtschaftlichkeitsbetrachtung, und die durch die Otto-Hahn-Reisen eingebrachten Erfahrungen, auch solche über Vorzüge durch Ein- und Auslaufprozeduren, sind festgeschrieben worden.«

Der Alte nimmt einen Schluck Tee, und ich betrachte ihn aufmerksam, wie er immer mehr in Fahrt kommt.

»Viele Punkte sind beachtet worden: Kapitaldienst, also Mehrkosten des Baues eines Nuklearschiffs, Sabotage, Sicherheitsauflagen, Haftungsversicherung, Vergleich der Reparaturdauern, Brennstoffgewichtsersparnis, Situation bei Schäden: Reparaturerlaubnis im Ausland, weltweiter Schleppfall zur Heimatwerft.« Als der Alte endlich verstummt, merke ich, daß er immer noch nicht fertig ist, doch jetzt ist es an mir, kräftig durchzuatmen, und ich mache laut: »Uff!« Und weil der Alte seiner Stimme einen drängenden, fast missionarischen Beiklang gegeben hat, sage ich: »Die Botschaft hör ich wohl...!«

»Das ist es nicht«, sagt der Alte ernsthaft, »glauben, das ist wohl mehr was für die Kirche. Aber...«

»Aber was?«

»Aber du bist uneinsichtig und unsachlich.«

»Und du schwingst die Fahne der Gesellschaft! Du sagtest schon, du hättest mich im Verdacht, ich stünde auf einer grünen Liste.«

»Muß wohl so sein! Warum würdest du dich sonst gegen jede vernünftige Einsicht sperren?«

»Wer sperrt sich denn gegen vernünftige Einsichten? Ich versuche, meine Augen sandfrei zu halten – das ist alles. Du sagst ja selber: Nicht alles, was machbar ist, ist auch erstrebenswert, und *da* liegt doch der Hase im Pfeffer.«

Plötzlich muß ich laut lachen, und der Alte guckt mich konsterniert an. Ich sehe uns beide starr in unseren Sesseln sitzen und hören, wie wir uns – nach und nach lauter werdend – anbelfern. Und weil ich immer noch vor mich hinkichere, fragt der Alte: »Hat's dich erwischt?«

»Kennst du den Film ›Sunny Boys‹?« frage ich zurück.
»Ja natürlich, du meinst doch den mit den beiden alten Schauspielern, wie hießen die noch ...?«
»Matthau und Robinson!«
»Stimmt. Aber was haben die denn mit der Sache zu tun?«
»Nichts! Mir kam's bloß eben so vor, als wollten wir beiden Alten ihre Rollen übernehmen.«
»Übertreib's nicht! *Ich* als Schauspieler!« und jetzt grinst der Alte: »Bei dir ist das was anderes – du als dieser Held in ›High Noon‹, und ein Herzensbrecher warst du ja schon immer.«
»Wenn's darum geht: Da warst du ja wohl auch nicht schlecht.«
»Ich will mal heute, da's ruhig ist, noch mit dem Storekeeper über die Party in Durban reden«, sagt der Alte und erhebt sich, »ist ja nicht mehr lange Zeit.«
»Und ich will mal wie der alte Doktor ein paar Rundgänge auf Deck machen«, und verkneife mir, was ich auf der Zunge habe: mehr als zehn Tage – wahrhaft knapp!
Ich bin heilfroh, daß ich dem Alten nicht weiter auf die Pelle gerückt bin, weiß ich doch, daß er wieder mal eine Art Pflichtübung gemacht hat. Ganz so sicher, wie er immer tut, ist der Alte ja schon längst nicht mehr.
An Deck steht die Besatzung mit gelben Helmen und roten Schwimmwesten: das Bootsmanöver! Ich mache beiläufig ein paar Aufnahmen und schlendere wieder in meine Kammer. Das Bild des sich windenden Körpers des verstümmelten Haies werde ich nicht los.
Ich bin nur allzu bereit, dem Alten zu folgen, als er nach dem Abendessen fragt: »Trinken wir noch ein Bier in meiner Kammer?«

»Du wolltest mir was von den Russen in Bergen erzählen«, versuche ich den Alten, nachdem wir eine ganze

Weile stumm in unseren Sesseln gehockt haben, zum Reden zu bringen.

»Muß das sein? Wolltest du nicht von deinen Abenteuern in Feldafing berichten?«

»Komm, red schon: Amis und Franzosen in Feldafing, das ist noch vorstellbar. Aber Russen in Bergen!« versuche ich ihn anzustoßen.

»Also gut«, fängt der Alte endlich an, »die Russen kamen nicht gleich. Die Reihenfolge war so: Erst kam die englische Marine. Mit den Engländern haben wir ganz gut kooperiert. Die wollten nur, daß nichts passierte. Wenn die ihre Kontrollen auf den Booten machten, killten ihnen ganz schön die Hosen. Wir hatten nämlich noch Artilleriemunition, auch Flakmunition – und einmal nahm einer von uns so eine Granate auf und knallte die auf den Tisch. Da sind die schön erschrocken! Das waren noch Zeiten«, sagt der Alte und macht ein verklärtes Gesicht, »tscha, das waren noch Zeiten, als die Boote nach England gebracht wurden. Dann wurde aber unsere Funkstelle eingestellt, und die Stützpunkte wurden geräumt und an Fallschirmjäger übergeben. Mein Himmel! Haben die getobt, weil sie keinen Schnaps mehr fanden, nur noch einen gehörigen Bestand leerer Flaschen.«

»Englische Fallschirmjäger?«

»Ja. Keine freundlichen Leute! Die waren bei Arnheim beteiligt gewesen. Unsere Truppe, die Stammtruppe im Stützpunkt, mußte mit Seesäcken antreten, und die Fallschirmjäger machten dann die Übergabeprozedur an die Russen. Ehe wir's uns versahen, war unser Lager in russische Hand übergegangen.«

»Jetzt mal langsam: Wieso hattet ihr denn in Bergen mit *Russen* zu tun? Daß Russen in Bergen waren, davon hab ich noch nie was gehört.«

»Aber so lief das nun mal! Wir hatten es mit einem russischen Kommando zu tun, das von einem Oberst geführt wurde. Der war älter als ich, könnte ein baltischer Adliger gewesen sein, so gut sprach der deutsch. Das Unglück wollte es, daß im Lager ein Hitler-Bild gefunden wurde. Das hatte einer auf ein Spind gelegt, und niemand wußte etwas davon. Als der Russe es zu fassen kriegte, gab's ein Riesentheater. Er knallte das Bild mit Mordswut auf den Boden, und alle versammelten Russen traten mit ihren Stiefeln wie verrückt darauf herum. Mir gegenüber waren sie erstaunlich korrekt. Einmal wurde ich gerufen, weil ein Bekleidungslager übernommen werden sollte und der russische Offizier nicht alleine rein wollte. Ich mußte an diesem Oberst vorbei und stieß ihn dabei aus Versehen an und sagte: ›Excusez!‹ – oder so was –, und der sagte: ›nitschewo!‹ Das lief ganz gut.«

»Aber vorher, als ihr hörtet, daß die Russen kommen würden, war euch da nicht mulmig? Das muß euch doch ganz schön auf den Magen geschlagen sein!«

»Ist es! Es gab ein russisches Gefangenenlager in der Nähe. Die Russen mußten vor der Kapitulation dort für uns arbeiten. Danach wurde dieses Lager geräumt, und die Russen wurden in unseren Stützpunkt verlegt. Das waren keine aktiven russischen Soldaten, die das Lager übernahmen. Es gab zwar eine militärische Gruppe mit roten Sternen, die ihren nun befreiten Brüdern auch rote Sterne mitbrachten, die kamen dann an die Brust, direkt auf die Gefangenenuniformen. Das war eine Art Umschichtung: Die Russen zogen aus ihrem Gefangenenlager in unser Lager, und uns stand nun das Russenlager zur Verfügung. Und da ging dann erst mal das große Reinschiffmachen los, Wanzen vertilgen und so.«

»Und wie lebte es sich da – gemütlich?«

»Ich zog zum Glück mit meinem Stab nicht in dieses Lager, sondern in den U-Boot-Stützpunkt im Hafen, also in den U-Boot-Bunker, der von englischen Marineartilleristen bewacht wurde. Wir mußten uns auf drei nicht überführungsfähigen Booten einrichten.«

»Ihr habt also wieder auf U-Booten gehaust? Da wart ihr ja in vertrauter Umgebung.«

»Zum Glück ja. Die Torpedorohre waren leer, und in die haben wir alles noch Greifbare an fester und flüssiger Nahrung reingestaut. Die drei Wochen, die wir auf den Booten gewohnt haben, waren nicht schlecht. Mit unseren englischen Bewachern konnten wir Kontakt aufnehmen. Die kriegten einiges von dem ab, was wir organisiert hatten. So nach und nach kamen alle möglichen Kommandos und wollten auch absahnen, aber wir hatten die guten Sachen alle in den Rohren und die Bodenverschlüsse schön dichtgemacht. Da gab's Sachen!«

»Was für Sachen?« frage ich ungeduldig, weil der Alte so versonnen wirkt.

»Wenn ich daran denke... Also da kam zum Beispiel ein amerikanisches Hilfsschiff, so ein grauer Versorger, mit amerikanischen Offizieren, alles Reservisten, die zum Militärdienst eingezogen worden waren. Die standen plötzlich da und fluchten: ›Oh, these damned submarines!‹ und so weiter. Der eine ließ sogar seine Hose runter und sagte: ›Look here!‹ Er war von unten her verbrannt.«

»Na und?« frage ich gespannt.

»Dann kamen auch noch Russen dazu, so richtig wilde Typen.«

»Und was passierte?«

»Nichts! Auf einmal brüllten die Amis: ›Now we must be good friends!‹«

»Das übliche Versöhnungstheater also. Ich kann mir nicht helfen, mir hebt's immer den Magen, wenn die Überlebenden von U-Booten oder Frachtern, die sich einstmals gegenseitig umbringen wollten, sich jetzt in die Arme fallen.«

»Mir geht's genauso«, sagt der Alte, holt Bier aus dem Kühlschrank und gießt bedächtig ein. Nach einer langen Pause sagt er: »Mir ist da mal eine verdammt peinliche Sache passiert.«

»Und?«

»Na, die Geschichte mit der ›Western Prince‹. Die hab ich dir doch schon erzählt?«

»Nie gehört! Was war denn damit?«

»Also gut. Das Schiff war ein Einzelfahrer, ziemlich schnell. Ich hatte einen Viererfächer geschossen, aber nur ein Schuß wurde Treffer. Das angeschossene Schiff stoppte, hatte wenig Schlagseite. Unser Heckrohr war leider nicht klar, es mußte ein Bugrohr für den Fangschuß nachgeladen werden. Das Nachladen erfordert, wie du weißt, mindestens fünfzehn Minuten, selbst bei größter Anstrengung der Bugraumbesatzung.« Der Alte nimmt einen großen Schluck aus der Flasche, dann redet er weiter: »Der Torpedomechaniker hatte die Regie. Nach zwanzig Minuten wurde der nachgeladene Torpedo lanciert: Gegnerlage neunzig, Entfernung fünfhundert Meter, Vorhaltrechnung unnötig – Ziel über Netzabweiser freiweg. Der Schuß wurde Treffer etwa hinter der Mitte, dort, wo das Schiff am empfindlichsten ist.«

Der Alte nimmt wieder einen großen Schluck und sitzt stumm da.

»Na und?« frage ich ungeduldig.

»Soweit war eigentlich nichts Besonderes an der Sache. Aber da kamen die Boote, die nach dem ersten Treffer zu Wasser gelassen worden waren, in unsere Nähe. Und da habe ich gewartet, bis die ganz heran waren. Und nun, stell dir das vor, haben die uns mit ganzen Breitseiten von überschwenglichen Dankesbezeugungen bedient, die Leute in den Booten bedankten sich für die ritterliche und humane Behandlung, die wir ihnen hätten angedeihen lassen ...«

»Wie das? Komm, spann mich nicht auf die Folter, red schon!«

»Die hatten – du kommst nicht drauf«, sagt der Alte, »angenommen, der zweite Torpedo hätte so lange auf sich warten lassen, damit sie Zeit hätten, in aller Gemütlichkeit in die Boote zu gehen. Aber es kommt noch viel schlimmer: Später hat in England sogar noch einer ein Buch darüber geschrieben, wie fair und ritterlich wir waren. An Bord war auch ein Paar auf Hochzeitsreise – Schnapsidee, mitten im Krieg die Hochzeitsreise auf einem Schiff zu machen –, und da wurde ich zum ganz feinen Mann stilisiert.«

»Mit Namen?«

»Ja, mit Namen und Bootsnummer.«

»Mach Sachen!« sage ich und hole tief Luft. »Vielleicht wirst du noch Ehrenbürger? Aber mal weiter: Wie lief's denn mit euren neuen Freunden in Bergen?«

»Ach die! Verrückt war das alles schon. Einer von denen sagte: ›I want a souvenir!‹ Und da erklärte ich ihm, daß *uns* hier gar nichts gehörte, alles den Alliierten, und da brüllte er: ›I am allied!‹ Und da hab ich ihm gesagt: ›Dann gehört dir *alles*!‹ Und da hat er ein gutes Nachtglas abgestaubt. ›Geschenkt haben wir dir das aber nicht!‹ haben wir gesagt. Da hat er es gleich ganz ängstlich unter die Jacke gesteckt. Nach und nach wurde einfach alles geklaut. Mal kam ein englischer Stabsoffizier und klaute, mal Marine. Die Bewacher, die Marineartilleristen, klauten auch wie die Raben. Die Flakabwehr klaute und auch die komischen Reservisten. Einer von denen war Pauker. Der mußte uns auch bewachen, aber der mochte die Klauerei nicht. Der hielt mal einen Stabsoffizier an und fragte ihn, was er denn da hätte. Der hat sich tatsächlich die Aktentasche vorzeigen lassen und gesagt: ›Das da muß raus!‹ Der war gut, dieser Pauker, der sorgte dafür, daß wir im Hafenbecken angeln konnten. Wir sahen damals reichlich wild aus, Waschmaschinen hatten wir ja keine.«

»Nicht wie hier!« wende ich ein, und der Alte grient und sagt: »Dein Dollpunkt! *Ich* hab sie nicht hingestellt!«

Jetzt hab ich den Alten aus dem Text gebracht, er guckt auf die Uhr, sagt: »Schon nach Mitternacht. Bist du denn nicht müde?«

»Hellwach! Und du, willst du in die Koje?

»Eigentlich«, sagt der Alte zögernd, »eigentlich bin ich auch nicht müde. Wenn du mich so ausquetschst – ich will nicht sagen, daß mich das aufregt, aber an diese Zeit hab ich kaum noch gedacht.«

»Hat dich denn keiner gefragt?«

»Wer denn?«

»Deine Frau zum Beispiel...«

»Das sind doch keine Frauengeschichten!«

»Das haben einige Buchhändler auch gesagt, als ›Das Boot‹ erschien: ›Darf nicht in die Hände von Frauen.‹ Und weißt du, was passiert ist?«

»Was denn nun?«

»Ich krieg gerade von Frauen, auch von jungen Mädchen, bis zum Tage lange Briefe, viele, die das Buch schon zwei-, dreimal gelesen haben.«

»Ist das wahr?« fragt der Alte.

»Wenn ich's dir sage! Aber wie ging's denn in eurer waschmaschinenlosen Zeit weiter?«

»Also: Wäschewechsel war für uns ein Fremdwort. Wasser zum Waschen gab's auch nicht. Da sagte dieser Pauker: ›So können Sie doch nicht mehr rumlaufen!‹ Und als wir ihn fragten, wie wir das denn ändern könnten, hat er für Waschwasser gesorgt. Der wollte sogar, daß wir uns rasieren, und hat uns doch glatt Rasierapparate besorgt. Das hat uns angespornt, und wir haben ihm gesagt, was wir noch alles dringend brauchten, frischen Salat gegen Skorbut zum Beispiel. Prompt haben seine Leute Salat und frische Gurken für uns gekreuzt. *Wir hatten eine Menge Angelhaken organisiert in einem norwegischen Laden, damals Mangelware, und die haben wir dann den Engländern geschenkt, die darüber ganz glücklich waren. Engländer angeln ja gern. Und dann kriegten wir auch noch morgens um halb zehn englischen Tee mit Milch, du weißt schon: richtigen englischen Tee. Ein Labsal!«

»Und da habt ihr, wie sich's gehört, Tea-break gemacht?«

»Na ja – dafür haben wir auch unseren Charme voll ausgespielt! Leider dauerte diese schöne Zeit nicht lange. Bald schon wurde der ganze Bunkerkram aufgegeben, die Deutschen mußten raus, und ich kam auf die andere Seite der Bucht – dort lag der vierzehnte Küstensicherungsverband. Die Regie hatte ein Kapitän, Fregattenkapitän oder Kapitän zur See, den Namen weiß ich nicht mehr genau: Übel oder so, ein Reservist vom Norddeutschen Lloyd. Vor dem Krieg hat er einen Verkehrspavillon in Frankfurt geleitet. Jetzt hab ich aber einen ganz trockenen Hals!« sagt der Alte. »Willst du das wirklich noch weiter hören?«

»Aber ja doch!« sage ich und schenke dem Alten und mir nach, »das war doch kein guter Aktschluß.«

Der Alte sitzt mal wieder sinnend da, ehe er weiterredet: »Wir, das heißt der Rest unseres Haufens, haben uns da eine Weile aufgehalten. Als auch dieser Verein aufgelöst wurde, wurden wir in ein Lager nach Norheimsund transportiert. Und da bin ich wieder auf den FdU – nunmehr: den ehemaligen FdU – gestoßen. Der hatte eine irre Angst: Das war die Zeit, als vom Obersten an aufwärts alle Offiziere einkassiert und nach England transportiert wurden. Aus denen wollten die Engländer was rausholen. Und unser FdU gehörte in diese Rubrik. Da hat er eine Sportverletzung markiert, hat sich sein Bein eingipsen lassen, der Stabsarzt bescheinigte ihm brav, daß er nicht transportfähig sei, und unser FdU dachte, der Abtransport nach England bliebe ihm erspart. Aber es kam anders: Eines Tages kam ein englisches Kommando, einer von den Leuten sagte: ›I am surgeon‹, und schon wurde sein Gips aufgeschnitten. Darunter war alles gesund – bleich, aber gesund.«

»Und? Haben sie ihn nach England geschafft?«

»Aber gewiß doch! Was die mit ihm gemacht haben, weiß ich nicht. Ist *das* nicht ein ordentlicher Aktschluß?«

»Zugegeben: ja! Und dazu noch ein mich voll befriedigender. Den FdU mit dem Gipsbein, den hätt ich gern gesehen. Schade, daß er keine Läuse drunter hatte. Ich hab mal von einer Krankenschwester gehört, daß sie einen Patienten mit einem eingegipsten Bein hatten – das Bein war bei dem Herrn wirklich gebrochen –, und der flehte die Schwester fast stündlich an, ihm doch den Gips aufzuschneiden – aber die blieb eisern: der Gips müsse noch eine Woche dran bleiben. Als sie sein Bein endlich befreiten, war es unter dem Gips ganz schwarz: Laus an Laus – diese Viecher hatten ihn fast zum Wahnsinn getrieben. *Das* hätte ich dem FdU gewünscht!«

»Immer trifft's die Falschen«, sagt der Alte, »aber jetzt: ab in die Koje …«

In der Nacht hat das Schiff erheblich geschaukelt. Am Frühstückstisch meint der Alte, wir hätten eine Konvergenzzone durchfahren: »Das Wasser kühlt wegen der Äquatornähe bereits wieder ab.«

»Kühlt vor dem Äquator ab?« staune ich.

»Das hat damit zu tun, daß die Sonne eine Deviation von zwanzig Nord hat. Außerdem geraten wir schon in die Ausläufer des etwas kühleren Benguelastroms, der von Afrika hochkommt. Die Passatgrenzen wandern mit dem Stand der Sonne.«

»Und ich hab immer gehört, daß es in Äquatornähe glühend heiß sei – wolkenloser Himmel.«

»Du ahnst nicht, wie oft bei Äquatortaufen böiges Wetter mit Schauern herrscht. Wie die das hinkriegen, daß auf den Photos immer die Sonne scheint, das ist mir schleierhaft.«

»Was ist eigentlich ein Williamstörn?« frage ich den Alten nach einer Weile. Der Chief hat heute anscheinend auch noch Zeit und hört uns zu.

Der Alte guckt mich verblüfft an: »Wie kommst du denn darauf?«

»Steht auf dem Zettel: ›Heinrich fragen!‹, und heute früh hab ich meine Sachen mal durchgesehen. Als ich das erstemal an Bord war, hat der Erste am Ende der Hinreise irgendwo vor San Miguel diesen Williamstörn gemacht und so getan, als sei das eine besondere nautische Raffinesse. Damals habe ich nicht nach einer Erklärung gefragt.«

Der Alte besinnt sich, dann sagt er: »Williamstörn – das Schiff folgt dabei nicht der Linie eines simplen Spazierstocks, sondern eher der eines Krummstabs, wie ihn die Bischöfe haben, wenn dir das Beispiel helfen sollte.« Dabei beobachtet er die Wirkung seiner ungewöhnlichen Erklärung aus den Augenwinkeln.

»Ein katholischer Törn demnach?«

Der Alte läßt sich dadurch nicht irritieren. Er erklärt ausführlich: »Man gibt, wenn man nach Steuerbord drehen will, erst mal Backbordruder bis etwa sechzig Grad Kursabweichung – dann hart Steuerbord. Vor allem ist diese Art des Törns wichtig, wenn man einen über Bord gegangenen Mann aufpicken will. Da kommt man mit diesem Törn am besten zur Ausgangsstellung zurück. Man wird ja nicht um den Durchmesser seines Drehkreises versetzt.«

Der Chief, der aufmerksam zugehört hat, macht große Augen.

Der Alte bedenkt ihn mit einem Blick, der wohl bedeuten soll: Na, mein Lieber, da staunst du wohl, *wir* haben auch unsere feineren Tricks!

Mit Verzögerung fragt der Chief: »Und warum Williams? Ich kenne nur Williamsbirne.

»Derselbe Erfinder!« sagt der Alte und versucht vergeblich, ein Grinsen zu unterdrücken. Urplötzlich verfinstert sich seine Miene, er guckt auf die Uhr: »Ich muß los. Der Bootsmann und Fritzsche hatten eine tätliche Auseinandersetzung, und ich habe beide zum Bericht in meine Kammer bestellt.«

»Können die das nicht untereinander ausmachen?«

»Anscheinend eben nicht.«

Anstatt sich auf den Weg zu machen, bleibt der Alte sitzen, und der Chief erhebt sich.

»Chief«, sage ich theatralisch flehend, »was ist mit dem Sicherheitsbehälter?«

»Mit dem SB? Mit dem ist alles bestens in Ordnung.«

»Tun Sie nicht so – wann darf ich endlich in den Sicherheitsbehälter?«

Jetzt guckt der *Chief* auf seine Uhr. »Heute früh geht's nicht. Sagen wir heute nachmittag fünfzehn Uhr?«

»Ist das Ihr Ernst?«

»Um fünfzehn Uhr treffen wir uns am Leitstand«, kommt's knapp vom Chief.

Als der Alte sich endlich aufrappelt, fragt er: »Kommst du mit?«

Ich nicke und trotte übers Deck hinter ihm her.

Kaum sitzen wir in der Kammer des Alten, klingelt das Telephon: Fritzsche ist nicht zu finden. »Mahlzeit!« sagt der Alte brummig.

Der Bootsmann kommt pünktlich. Er steht da wie ein begossener Pudel, und der Alte muß ihn zweimal auffordern, die Geschichte zu erzählen.

»Ich habe«, sagt der Bootsmann stockend und sichtlich bemüht, sich amtlich auszudrücken, »Fritzsche zu einer Zeit, als er schon auf Wache hätte sein müssen, betrunken angetroffen und deshalb versucht, den Wachhabenden auf der Brücke telephonisch zu erreichen.«

»Und wie weiter?« fragt der Alte harsch.

»Während ich telephonieren wollte, hat mich Fritzsche von hinten tätlich angegriffen. Und zwar mit einem Karateschlag!«

»Erst war doch nur von einer Rempelei die Rede. Karateschlag ist mir neu!«

»War es aber!« sagt der Bootsmann bockig, »entweder Fritzsche geht, oder ich kündige!«

Obwohl der Alte auf ihn einredet wie auf ein vertrotztes Kind, bleibt der Bootsmann fest: »Nein, Herr Kapitän, das brauche ich mir nicht bieten zu lassen!« und wiederholt: »Entweder geht Fritzsche oder ich!«

Als der Bootsmann abgetreten ist, stöhnt der Alte: »Störrisch wie ein Waldesel, wenn er auf einen Baum hoch soll. Wir können doch unsere Leute nicht wie die Polizisten auf psychologische Lehrgänge schicken. Das weiß doch eigentlich jeder: Besoffene soll man zu beruhigen versuchen und ihnen nicht gleich autoritär kommen. Na, erst mal abwarten und Tee trinken – kommst du mit auf die Brücke?«

»Übrigens«, höre ich den Alten in meinem Rücken, als wir im Ruderhaus stehen, »Körners Karton mit der Gebrauchsanweisung hat sich gefunden.«

»Donnerlüttchen, das ist aber eine Freude. Wo war er denn?«

»In einer Besenkammer. Eine Stewardeß wollte ihn wegwerfen, hat aber zum Glück den Zettel darin gesehen. Deine Verdächtigung war also unbegründet. Der Erste war's diesmal nicht!«

Abrupt sagt der Alte nach einer Weile: »Es wäre doch nicht gut gewesen, wenn ich hier alles wieder änderte – ich meine durch neue Anordnungen. Den ganzen Laden könnte ich sowieso nicht wieder umkrempeln.«

Im stillen ergänze ich: hätte der aber verdammt nötig.

»Ich hatte mir das von allem Anfang an überlegt«, hebt der Alte langsam an, als wolle er sich entschuldigen: »Ich habe mir gesagt: Ich nehme die Situation einfach hin, wie sie ist. Ist ja nicht mehr *mein* Schiff.«

Offenkundig erwartet der Alte, daß ich dazu etwas sage, aber mehr als »moderne Zeiten!« fällt mir nicht ein. Der Alte nimmt den spärlichen Brocken gierig auf: »*So* kannst du's nennen: moderne Zeiten, eben nicht mehr *mein* Bier.« Er führt die Fingerkuppen beider Hände zueinander und drückt sie fest und federnd zusammen. Das tut er eine ganze Weile. Seine Finger bilden dabei eine Art Spitzgiebel, dahinter hält der Alte sein Gesicht versteckt.

»Was hättest denn *du* gemacht?« fragt er schließlich und guckt mich erwartungsvoll an.

»Das gleiche wie du. Den Laden laufen lassen«, gebe ich ohne Zögern zurück.

»Na also!« sagt der Alte erleichtert und nimmt endlich seine Hände wieder auseinander. »Etwas anderes bleibt mir doch nicht übrig in dieser Situation.« Ich weiß, mit »in dieser Situation« meint der Alte: dies ist seine letzte Reise. Trost fällt mir nicht ein.

»Was ist denn mit der nachtwandelnden Stewardeß? Die hab ich in der Messe nicht mehr gesehen.«

»Du weißt doch, daß der Arzt sie – quasi auf Druck der Bordvertretung – krankgeschrieben hat …«

»Und? Schickst du sie in Durban zurück?«

»Warum meinst du?«

»Na, ich hab sie bei dem letzten blöden Film beobachtet. Sie starrte mit einem geradezu idiotischen Ausdruck vor sich hin, nur für Sekunden, wenn sie jemand ansprach, war sie ›da‹. Nicht mal ihre Bewegungen laufen richtig ab: Sie hat so eine Art, die Schultern zu verziehen und die Arme dabei steif zu halten, eben so, wie man das bei Geistesschwachen sieht.«

»Ja, komisch«, murmelt der Alte.

»Unbegreiflich«, rede ich weiter, »die ist doch erst dreiundzwanzig Jahre alt, sieht aus wie fünfunddreißig mindestens, daß die angemustert werden konnte.«

»Darüber haben wir schon gesprochen. Bei der Anstellung muß sie ganz normal gewirkt haben, sonst hätten die sie nicht genommen.«

»Gehört vielleicht zum Krankheitsbild, sich für kurze Zeit normal zu geben, kann doch auch sein?«

»Der Arzt hat jedenfalls nichts gefunden!«

»Wenn der die Lady bei der Kinovorführung beobachtet hätte, anstatt sich für die anderen Ladies zu interessieren, dann hätte er sehen können, daß sie unkontrolliert süchtig eine Zigarette nach der anderen gepafft hat und dabei deutlich in eine Art somnambulen Zustand geriet.«

»Eine dumme Sache. Vielleicht hast du recht: Wir sollten sie in Durban ausschiffen und heimwärts schicken. Ich hab mal erlebt – auf dem Kreuzer in der Magellanstraße –, wie ein Torpedomechanikersgast über Bord gesprungen ist mit dem Ruf: ›Maria, ich sterbe für dich!‹ Zu seinem Glück im Hafen. Der hatte nicht schlecht was auszustehen. Die Geschichte passierte am Heiligen Abend.« Hier legt der Alte, damit die Geschichte zur vollen Wirkung kommt, eine Pause ein. »Die Einvernahme nach der Ausnüchterung ergab, der Mann hatte die Jungfrau Maria gemeint. Das erschien glaubhaft, weil der Vorfall sich am Heiligen Abend abgespielt hatte.«

Endlich mal wieder eine typische Story des Alten!

»Daß hier schon mal ein Assi über die Kante gegangen ist, hab ich dir schon erzählt«, redet der Alte weiter, »der hatte aber alles präzise geklärt, so daß die Seeamtsverhandlung nicht schwierig war. Er hatte ein Schreiben hinterlassen und angegeben, wer seinen Nachlaß bekommen sollte. Es hieß, er sei an Stewardessen gescheitert. Der Plural wurde mir so erklärt: Er war in eine Stewardeß verschossen, die aber bisexuell war und die diesem Assi dann eine Stewardeß vorzog.«

Nach dem Essen heißt es für mich: meine Siebensachen zusammensuchen, die Photogeräte durchprüfen, zwei Ersatzbänder für mein kleines Quatschgerät, damit ich keine Erklärungen vom Chief überhöre. Ich kann es noch nicht fassen, daß ich heute in den Sicherheitsbehälter darf.

Mit der Umkleideszene vor dem Nebenanlageraum

beginnt die Exkursion. Ich habe schon Übung, stecke mir das Strahlenmeßröhrchen wie selbstverständlich in die Brusttasche des weißen Overalls. Der Chief reicht mir ein Schweißtuch. »Wohin damit?« frage ich.

»Stecken Sie's nur ein, das werden Sie gleich brauchen.«

Der Eingang zum Sicherheitsbehälter ist mit einer auf Rollen laufenden Stahltür verschlossen, die gut zehn Zentimeter dick ist. Während sie mit Motorkraft wie von unsichtbaren Geisterhänden zurückgerollt wird, ertönt dazu eine schrille Klingel. Zwei, drei Schritte, und wir sind hindurch durch die äußere Wandung des Sicherheitsbehälters, durch die Sekundärabschirmung aus sechzig Zentimeter Stahlbeton. In dem kleinen Raum hinter der Stahlbetonwand ist es so warm, daß ich sogleich ins Schwitzen gerate. Mindestens vierzig Grad, schätze ich. Vor uns ist ein Kugelschott mit Klampenverschluß, genau so eins wie auf dem U-Boot zu beiden Seiten der Zentrale.

»Dahinter liegt die Kugelschleuse«, sagt der Chief.

Vor dem Schott der Kugelschleuse wechseln wir die Überschuhe zum zweitenmal. Statt der weißen Überschuhe ziehen wir nun rote an.

»Mondfahrerballett!« sage ich zum Chief, »so was sollte man mal auf die Bühne bringen!«

»Hier, die Handschuhe nicht vergessen«, sagt der Chief gleichmütig, »und hier sind auch Chirurgenhauben – aber die brauchen wir nicht unbedingt.«

Mit Handschuhen, sage ich mir, wird das Hantieren mit der Kamera schwierig werden.

Mit einem schwarzen Handrad dreht der Chief das Schott vor uns auf. »Bitte nach Ihnen«, murmelt er.

Ich steige, linkes Bein zuerst, wie ich es noch gewohnt bin, durch den Schottring. Dann kommt der Chief, hockt sich in der Hohlkugel, die etwa knappe zwei Meter

Durchmesser hat, dicht neben mir hin und schließt das äußere Schott mit einem Handrad über ein Gestänge. Dann greift er zu einem Telephon, wartet ab, bis ein Knacken zu hören ist, und meldet irgend jemandem, daß wir in der Kugelschleuse sind.

Ich schwitze immer mehr. »Gleich wird's noch wärmer«, sagt der Chief, als er die Schweißperlen auf meiner Stirn sieht, und öffnet auf die gleiche Weise, wie er das äußere Schott geöffnet hat, nun das innere.

Und wieder linkes Bein hoch und durch den Schottring hindurchgeturnt! Langsam richte ich mich aus dem Kreuz hoch. Wir stehen auf einem Rost zwischen dem Reaktor und der Stahlwand des Sicherheitsbehälters. Meine Augen müssen sich erst an das Halbdunkel gewöhnen, bis ich erkenne, wie schmal dieser Ringraum zwischen der Stahlwand des Sicherheitsbehälters und dem Druckbehälter ist und wie viele Aggregate in diesem bißchen Raum untergebracht sind.

Der Schweiß bricht mir jetzt so heftig aus, daß ich ihn den Rücken hinunterrinnen fühle.

Dicht an meinem Gesicht sagt der Chief: »Einmal ist hier schon Primärwasser ausgelaufen. Da sind wir mit Gasmasken rein. Der Druck im Sicherheitsbehälter liegt zehn Millimeter unter dem Druck im Nebenraum. Dieser nochmals zehn Millimeter unter dem Druck draußen. *Alle* Reaktorstationen werden mit Unterdruck gefahren...«

»... damit nicht klammheimlich etwas entwischen kann«, rede ich vor mich hin, und der Chief sagt: »Genau!«

»Und wie messen Sie diese zehn Millimeter?«

»Ganz einfach: auf der Quecksilbersäule.«

Während wir im Ringraum zwischen der äußeren Stahlwand und dem Druckbehälter auf schmalen Leitern tiefer klettern und uns dabei um Aggregate winden und unter Leitungsbündeln wegducken, sagt der Chief: »Der

Druckbehälter ist auf fünfundachtzig Kilopond pro Quadratzentimeter ausgelegt und auf eine Temperatur von dreihundert Grad Celsius.«

»Drum!« sage ich und wische mir mit dem rechten Ärmel demonstrativ die Schweißperlen von der Stirn. Der Chief hat es gesehen und legt für mich eine Verschnaufpause ein. Während ich auf einer Sprosse der Eisenleiter hocke, betrachtet er konzentriert ein paar nebeneinander angeordnete Manometer. Schließlich macht er eine weit ausholende Armbewegung und sagt:»Nach und nach ist hier so einiges reingebaut worden. Die Aggregate hier im Ringraum sind: das Abblaßsystem, das Primärspeisesystem, das Reinigungs- und Sperrwassersystem. Außerdem gibt es hier die Kühlanlage für die Umluft. Die Leitungen hier sind für Dampf- und Speisewasser. Das ist erst mal das Wichtigste.«

Ich komme mir in diesem grau gestrichenen Tonnenlabyrinth wie in den Eingeweiden einer technischen Nana vor. Dann wieder, beim Weiterklettern über mächtig isolierte Rohrleitungen hinweg, erfüllt mich »Odyssee-2001«-Stimmung: Ich bin ganz und gar überwältigt. Aber ich breche nicht in Begeisterung aus und rufe nicht: ›Mann, ist das eine Wucht!‹ oder ›Herrgott im Himmel, ist das ein tolles Ding!‹ Ich hole vielmehr tief Luft und wappne mich mit Gleichmut. Ich will so gleichmütig und cool erscheinen wie der Chief, der so tut, als sei das hier alles gar nichts Besonderes – alles ganz normal.

Über Filigranroste und dünne Eisenleitern geht es weiter. Der Chief bewegt sich mit der Sicherheit eines Seiltänzers. Aber ich muß höllisch aufpassen, daß ich mir an vorspringenden Profilen oder querlaufenden Gestängen nicht den Kopf stoße.

Hin und wieder wirft der Chief einen Blick auf ein Manometer oder befühlt eine Leitung. Der Chief kennt hier jedes Handrad, jeden Schieber und Ventilstutzen, jede Zuleitung und jede Hilfsmaschine. Ich hingegen habe alle Not, das Gewirr auch nur halbwegs zu begreifen.

Der Chief macht Handbewegungen nach rechts, links, oben, unten. Wenn er auf einzelne Aggregate zeigt, tut er, als wolle er mir lebendige Personen vorstellen. Ich nicke gegen die Maschinen hin: Ich stelle mich auch vor.

Noch ein paar eiserne Stiegen hinunter, und wir sind fast auf der gleichen Höhe wie das Core. Mir verstellt die Vorstellung die Luft, daß hinter der grau gestrichenen Stahlwand, die ich berühren kann, wenn ich den Arm ausstrecke, das Wunder der Kettenreaktion stattfindet und enorme Kräfte freiwerden.

Nicht das leiseste Geräusch ist zu hören. Diese Lautlosigkeit hat etwas Mystisches. Mich erfaßt eine seltsame Ergriffenheit wie sonst nur in der Stille von Kirchenschiffen. *Kernspaltung*, warum geschieht die nicht unter heftigem Geknall? Warum nicht wenigstens so laut wie beim Holzspalten? Die brüllenden Flammen der Ölbrenner bin ich gewohnt, ich habe auch noch die Kohlenflammen in den Schüttlöchern gesehen: brüllende Höllenschlünde. Hingegen diese Lautlosigkeit hier! Sie beunruhigt mich tief. Für Augenblicke kommt mich das Gefühl an, ich sei ertaubt. Ich lebe ja durch meine Sinne, aber hier ist nichts fürs Auge, nichts fürs Ohr, nichts Fühlbares, Ertastbares. Was ich vor Augen habe, sind nur Rohrleitungen und merkwürdig geformte Gußstücke. Selbst noch die primitivste Dampfmaschine wäre verglichen mit dem hier eine optische Attraktion.

Ich stelle mir hinter der grauen Stahlwandung ein hellrotes Glühen mitten im Wasser vor, eine gleißende Grünewald-Sonne in blendender Aureole, gelb-orangerot. Oder sieht es da drinnen ganz anders aus: kaltes blaues Glühen wie von Elmsfeuer? Oder wie vom Nordlicht? Ein einziges Mal habe ich am Himmel Nordlicht gesehen: ein Vorhang aus Licht, dünne gläserne Stäbe, die von innen erstrahlten und hoch bis zum Zenit über den Nachthimmel huschten.

Der Chief macht zwei, drei Kletterschritte und hat wieder einen Telephonhörer in der Hand. Eine dröhnend verzerrte Stimme kommt aus der Hörmuschel. Der Chief gibt an den Leitstand, wo wir jetzt sind, und dazu die Zeigerstellung zweier Manometer in seiner Nähe.

Weil ich von einem neuen Standort aus photographieren will, lasse ich meine Augen wie ein Drehfeuer um mich wandern – über dick vermummte Rohrleitungen, bizarre stählerne Ungetüme, runde und kantige Aggregate, Pfeile, Warnschilder, Manometer vor grauem Anstrich. Da entdecke ich in dem Wirrwarr von Leitungen und Ventilen ein Vorhängeschloß, ein richtiges normales, halb verrostetes Vorhängeschloß! Vergebens versuche ich den in mir aufsteigenden Lachreiz zu unterdrücken, breche aber in ein keckerndes Gelächter aus. Der Chief bedenkt mich mit einem irritierten Blick. »An einem Hühnerstall fände ich's nicht komisch«, sage ich und zeige auf das Schloß, aber hier?« Und da grinst auch der Chief.

Während ich anvisiere, auslöse, wieder anvisiere, erklärt der Chief: »Beim Bau wurde eine enorme Menge von Kontrollen vorgenommen, jede Naht geröntgt. Und dann noch die Helium-Lecktests: Helium zeigt noch Lekkagen an, die durch Röntgen nicht mitzukriegen sind. Und wenn da der kleinste Fehler aufkam, mußte das ganze Stück noch einmal gemacht werden. Das Baukonsortium heißt übrigens Babcock-Interatom. Ich kann dazu während des Photographierens nur verständig nikken. Am liebsten würde ich dem Leitenden ein Stoppzeichen geben: Erst mal nur bis hierher, eine Pause machen! Dann wieder photographieren. Und dann erst weiter im Text. Aber der Chief redet schon wieder: »Um den Reaktorkern ist ein besonderer Kollisionsschutz eingebaut. Das Schiff hat – wissen Sie ja wohl – einen doppelten Boden. Der Zwischenraum kann geflutet werden. Das Wasser dient dann auch als Strahlenschutz, zum Beispiel in der Werft.«

Der Chief holt tief Luft, ich will aufatmen, aber da geht's schon weiter: »Der *ganze* SB kann übrigens auch geflutet werden. Die Flutklappen sitzen da unten. Die kann man von hier aus nicht sehen. Der SB kann also nicht eingedrückt werden, wenn das Schiff sinken sollte. Die Flutklappen würden dann automatisch aufmachen, und in Nullkommanichts wäre der Druckausgleich da.«

Am liebsten würde ich hier hocken bleiben, die Lider herunterklappen und versuchen, die Funktionen der Aggregate zu begreifen, die mir der Chief schon gezeigt hat. Aber der Chief ist gnadenlos. Er weist schon wieder hierhin und dorthin und stellt mir mit lässig gehobener Rechten neue Hilfsmaschinen vor: »Da, hier ist die Ionen-Austauscher-Anlage zur Aufbereitung des Primärwassers. Unser Reaktor ist ja ein Fortschrittlicher Druckwasserreaktor, das erklärte ich Ihnen schon. Der Druckbehälter ist zehn mal zwei Meter vierzig groß. Er ist auf fünfundachtzig atü ausgelegt. Der ganze Sicherheitsbehälter sitzt übrigens auf einem Lager mit einer Teflonschicht auf.«

Jetzt macht es der Chief kurz und nennt nur noch Namen: »Der Abblasebehälter, der Abgasbehälter, die Verstärkerzentrale. Von hier aus führen Leitungen direkt zum Leitstand.«

Immer wieder einmal durchläuft ein Zittern das Metall. Dieses Zittern kann nicht vom Core ausgehen, es muß vom Einsetzen des Bugs herrühren. Ich setze mich auf eine Stiege und versuche, mit dem Ansturm von Gedanken fertig zu werden. Wenn hier wenigstens ein Nachhall zu hören wäre, ein elektronisches Sausen oder ein Rauschen wie im Wald – aber hier ist absolute Stille, eine dumpf lastende Stille. Nicht einmal ein Ticken, nicht das Pitschpatsch eines tropfenden Ventils. Daß hier, ohne ein Jota an Geräusch, zehntausend Pferdestärken frei werden, geht mir über den Verstand. Ich kann es mir *vorsagen*, mir aber nicht *vorstellen*. Ich kann nur dahocken und um mich blicken – mit offenem Mund, offenen Ohren, geweiteter Nase. Nicht einmal der Geruch von verbranntem Ozon ist zu spüren. Es riecht, wie überall auf dem Schiff, leicht nach Öl. Mehr nicht.

Der Chief blickt mich erwartungsvoll an. Mit stoßendem Atem gebe ich zum besten: »Viel freie Winkel gibt's ja nicht, und reichlich dunkel ist es auch.«

»An Photographen hat man bei der Konstruktion eben kaum gedacht«, kontert der Chief.

Ich gucke auf meine Armbanduhr. Wir sind erst zwanzig Minuten in diesem überhitzten Labyrinth – es kommt mir wie eine Ewigkeit vor. Der Chief geht vor mir in die tiefe Hocke, legt seine ausgestreckten Arme auf die Knie und läßt beide Hände schlaff herunterhängen. Er tut so, als gebe es auf dem Schiff keinen gemütlicheren Ort als diesen, und nun beginnt er wieder zu erklären: »Dieser Reaktor hat ein ausgezeichnetes Selbstregelverhalten. Wir kommen deshalb mit einem vergleichsweise einfachen Selbstregelsystem aus.«

»Das heißt?« frage ich und versuche es mir mit Anlehnen an eine stählerne Stütze ein bißchen bequemer zu machen.

»Das heißt«, doziert der Chief, »wenn sich Druck oder Temperatur im Primärsystem ändert, verstellen sich die Regelstäbe automatisch. Im Normalbetrieb können wir die Reaktorregelung völlig abschalten. Das Selbstregelverhalten des Reaktors ersetzt die Steuerung.«

»Und das funktioniert?«

»Tadellos!«

»Brav, brav«, sage ich halblaut, weil es mich reizt, daß

der Chief so tut, als müsse er seinen gut dressierten Polizeihund für sein Verhalten loben, aber der Chief hört nicht hin, sondern redet weiter: »Ich hoffe, Sie haben das mit den Reglerstäben begriffen?«

»So ziemlich«, gebe ich zur Antwort.

»Das ist aber doch ganz einfach«, sagt der Chief fast böse.

Ich verstaue die Kameras in meiner Tasche und mime den gelehrigen Schüler. Der Chief holt tief Atem und legt wieder los: »Die Kettenreaktion muß kontrolliert und gesteuert werden. Und dazu dienen die Regel- oder Absorberstäbe. Das habe ich Ihnen schon alles erklärt!«

»Die Absorberstäbe sind Rohre aus rostfreiem Stahl, mit Borkarbid gefüllt«, bete ich her. »Das Borkarbid wirkt als Neutronenschlucker. Die in den Brennelementen frei werdenden Neutronen, die innerhalb der Kettenreaktion die Uran-Zwohundertfünfunddreißig-Kerne spalten, werden von den Stäben absorbiert. Daher die Bezeichnung Absorberstäbe.«

Der Chief sperrt Mund und Augen auf. »Gut!« sagt er. Und als wir wieder über schmale Laufroste balancieren, sagt er in meinem Rücken: »Der Reaktor entwickelt übrigens achtunddreißig thermische Megawatt!«

Stehenbleibend frage ich zurück: »Ist das viel?«

»Eher wenig, das hier ist schließlich ein kleiner Reaktor. Der Chief macht eine Pause und läßt seine Blicke wohlgefällig über die in aller Nähe schon in Schattentiefen zurückweichenden Aggregate wandern. Mit der rechten Hand fährt er über eine dicke Rohrleitung, als wolle er sie streicheln. Da sage ich schnell: »Eher eine Art Haustier innerhalb der Spezies«, und komme mir wer weiß wie witzig vor. Dabei ist mir ganz anders zumute: Ich fühle mich überwältigt, eingeschlossen und seltsam bedroht. Mir ist für Augenblicke, als sei ich auf einer menschenlosen Welt, allein mit dem Chief in einer Raumfähre auf einem kalten Stern gelandet, und das Schott nach draußen ist verklemmt – no escape.

»Na, denn wollen wir mal!« sagt der Chief.

Ich stemme mich, als wäre ich knieweich, mit einer Hand von der Stufe hoch, auf der ich sitze, und ziehe mich mit der anderen am Handlauf empor. Der Chief verfolgt mich dabei mit Blicken. Er soll es nur auskosten, daß er mich ausgeknockt hat. Da merke ich, daß ich mich nicht zu verstellen brauche: Ich bin total erschöpft. Als ich die Eisenstiegen hochsteige, wird mir das mühsam: noch eine Stiege und immer noch eine! Mir trieft der Schweiß nur so von der Stirn und läuft in Rinnsalen den Rücken hinab.

Wir kommen auf das Niveau der Kugelschleuse zurück. Zwischen all dem wie graues Gekröse wirkenden Leitungsgeschlinge erscheint mir die Kugelschleuse mit ihrem in den Sicherheitsbehälter hinein geöffneten Schott wie ein Stück normaler, solider Schiffsbautechnik, ein Fixpunkt in dem Durcheinander dichtgedrängter und äußerst verschiedenartig geformter Aggregate, Rohre und Leitungen. Vielleicht kommt die Wirkung daher, daß mir diese Art von Schotts vom U-Boot her so sehr vertraut ist. Die beiden Kugelschotts der Zentrale hatten die gleichen Dimensionen wie die Schotts der Kugelschleuse, ja, sie waren auch genauso grau gepönt wie diese hier. Und wie ich jetzt das erste Schott wieder durchsteige, reagieren meine Glieder wie automatisch: Erst linkes Bein hoch und durch den Ringrahmen gesteckt, dann Kopf hindurchschieben, und nun den ganzen Körper folgen lassen, zuletzt das rechte Bein nachziehen.

Mit pumpenden Lungen hocke ich wie ein Araber auf meinen Fersen, während der Chief mit dem großen Handrad über ein Gestänge das Schott zum Sicherheitsbehälter zudreht. So, denke ich, muß es in den Tauchkugeln des Professors Piccard ausgesehen haben.

Der Chief dreht das äußere Luk auf, und nun hocken wir beide am Boden der Kugelschleuse wie zwei Raumfahrer in ihrer Kapsel und warten, daß wir wieder in die normale Welt eintreten dürfen.

Kühle Luft. Gott sei Dank! Ich klettere aus der Stahlkugel und richte mich auf. Da stehe ich, mit immer noch pumpenden Lungen und schweißgebadet, und versuche, den Wirrwarr von Kamera- und Belichtungsmesser-Riemen vor meiner Brust zu entfitzen.
»Damit werden Sie sich eines Tages noch strangulieren!« sagt der Chief. »Aber jetzt ein kühles Bier in meiner Kammer?«
»Das wäre wie himmlisches Manna!« sage ich und schleppe mich hinter dem Chief her.
Die Flasche Bier, die der Chief mir hinstellt, leere ich mit ein paar großen Schlucken gierig fast zur Gänze, lehne mich aufatmend zurück, lasse wie ein verwundertes Kind meine Augen über den Dschungel, die grüne Pracht, in der Kammer des Chiefs schweifen und genieße den Anblick, als wäre ich soeben einem bösen Schicksal entronnen.
Ich spüre, daß der Chief mich fordernd ansieht, daß er ein Fazit von mir hören will, bringe aber nur über die Lippen: »Das hab ich, glaub ich, alles kapiert«, und als der Chief mich zweifelnd ansieht, insistiere ich: »Doch, doch, ich hab's gefressen! Aber jetzt mal gefragt: Was für Emergency-Fälle könnte es geben, bei denen sich der Sicherheitsbehälter mit all seinen Schutzvorrichtungen voll bewähren müßte? Die Anlage nennt sich Sicherheitsbehälter, Sicherheit wogegen?«
Ich hoffe, damit den Chief ausgehebelt zu haben, aber der Chief zögert keinen Augenblick: »Man denkt da speziell an den Fall, daß das Kühlmittel, also das Primärwasser, aus dem Druckbehälter austritt. Das könnte bei-

spielsweise durch Reißen eines Rohres geschehen. Man nimmt nicht an, daß der Druckbehälter selbst oder die Pumpen abreißen könnten, aber möglicherweise angeschweißte Rohre.«

»Und das führte dann schon zum sogenannten MCA oder GAU?«

»Ja. Und in so einem Fall wär's gleichgültig, ob das oben auf der Dampfseite oder unten an der Wasserseite passierte. Man würde das Kühlmittel entweder in Form von Dampf oder in Form von ausströmendem Wasser verlieren – eins so unangenehm wie das andere.«

»Und was würde dann passieren?«

»Dann könnte der Kern durch Nachdampfen schnell vollkommen freigelegt werden. Und das wär's dann! Dann könnte es zu einer Kernschmelze kommen...«

Das so harmlos klingende Wort erschreckt mich. »Das wär's dann«, wiederhole ich, »aber bitte noch einmal langsam, Chief. So schnell verkrafte ich das nicht.«

Der Chief holt Luft und setzt noch einmal an: »Also, Sie müssen sich das so vorstellen: Die Hitze in den Brennelementen könnte in einem solchen Fall – wenn kein Primärwasser mehr da wäre – nicht mehr abgeführt werden. Dann würden die Hüllrohre schmelzen, und das gesamte Uran läge frei im Druckbehälter mit seinen hohen Aktivitäten.«

Ich will schon »Mahlzeit!« sagen, beherrsche mich aber und frage: »Und was dann?«

»Dann würde der Sicherheitsbehälter in Funktion treten. In ihm würden diese frei gewordenen hohen Radioaktivitäten festgehalten.«

»Also doch noch nicht das große Unglück?« frage ich tastend.

»Wie man's nimmt«, gibt der Chief zurück.

Weil ich keine Wirkung zeige, sondern nur stumm vor mich hinblicke, nimmt der Chief einen Schluck aus der Flasche. Dabei entweicht ihm ein leises Stöhnen, das klingt, als wolle der Chief über mich verzweifeln.

»Also lassen Sie's uns durchspielen«, sagt der Chief mit der Intonation eines Lehrers, der seine Ungeduld mühsam zügelt, »sollte ein Rohr reißen und das Primärwasser ausströmen, tritt die Sicherheitskette in Funktion. Das heißt, bei zu niedrigem Wasserstand im Druckbehälter und zu hohem Druck im Sicherheitsbehälter wird der ganze Sicherheitsbehälter sofort abgeschiebert. Damit werden sämtliche Durchbrüche, die nötig sind, um den Reaktor in Betrieb zu halten – also um zum Beispiel Wasser einzuspeisen, Speisewasser für den Sekundärkreislauf, oder um Dampf rauszuholen –, automatisch geschlossen.«

Weil der Chief verstummt, blicke ich ihm betont erwartungsvoll mitten ins Gesicht. Der Chief muß sehen, wie sehr mich das alles interessiert. Er reagiert prompt: »Man hat auch den Druckbehälter für den Fall ausgelegt, daß keinerlei Kühlmittel mehr zur Verfügung stehen, also kein Wasser nachgespeist werden kann. Man hat errechnet, daß sich dann im Sicherheitsbehälter ein Druck von etwa vierzehn atü aufbauen kann. Der Sicherheitsbehälter ist deshalb mit neunzehn Atmosphären ausgedrückt worden, so daß er die Belastung, die von innen auftreten könnte, ohne weiteres aushalten würde.«

Jetzt muß ich zeigen, wie gut ich dem Chief zugehört habe: »Da gibt es doch dieses Flutventil. Würde der SB denn nicht in einem solchen Fall auch sofort geflutet?«

»Ja. Sofort geflutet!« klingt es wie mein Echo.

»Der gesamte Zwischenraum zwischen den beiden Wandungen wäre dann voll Wasser?«

»Ja. Bei Eintreffen des Koinzidenzsignals ›Wasserstand zu niedrig und Druck im SB zu hoch‹ würde sogleich auch automatisch eine Sprinkleranlage in Betrieb gesetzt, eine Feuerlöschpumpe würde angeschmissen, und durch

Öffnen eines Ventils vor dem Sicherheitsbehälter würde der Sicherheitsbehälter mit Seewasser berieselt, so daß Druck und Temperatur innerhalb des Sicherheitsbehälters gar nicht auf den Druck und die Temperatur, für die er ausgelegt ist, kommen könnten.«

»Also Vorsorge noch und noch gegen das große Unglück, Schutz davor, wohin man sieht«, sage ich und möchte mir am liebsten auf die Zunge beißen, weil es so läppisch klingt, doch zu meiner Überraschung schluckt der Chief das und legt, jetzt fast schwärmerisch, aufs neue los: »Das ist noch gar nichts! Man hat bei der Sicherheitsbetrachtung sogar angenommen, daß die Sprinkleranlage einmal nicht funktionieren könnte, weil entweder die Feuerlöschpumpe nicht klar wäre oder aus irgendeinem anderen Grund kein Wasser vorhanden wäre. Man hat sich gesagt, das Schiff könnte auch trockenfallen, oder dieses Ventil könnte nicht aufgehen, oder die Düsen könnten verstopft sein – oder sonst irgend etwas könnte wrong sein.«

»Auch dann würde immer noch nichts passieren?«

»Nein!« antwortet der Chief und wiederholt: »Nein, nichts!« Jetzt klingt der Chief, als wolle er auftrumpfen, als hätte er selber all die Sicherheitsanlagen konstruiert.

»Hier gibt es überall doppelte und dreifache Sicherheit. Wenn irgendeine Anlage nicht funktioniert, tritt die andere sofort in Aktion. Der SB ist so ausgelegt, daß er sogar dann noch hält, wenn die *gesamte* Sprinkleranlage nicht funktioniert.«

Ich möchte am liebsten dacapo! rufen, verschlucke es aber im letzten Augenblick. Der Chief hat sich so in Eifer geredet, daß er eine Verschnaufpause braucht. Er holt zwei frische Flaschen Bier, setzt seine Flasche an und trinkt einen großen Schluck. Damit er in Fahrt bleibt, frage ich nach einer Weile: »Was ist denn vorgesehen, wenn das Schiff eine Kollision erlebt – erleidet – wie sagt man da? Also, wenn's bumst? Was passiert dann? Verläßt man sich da auf die Widerstandskraft der Betonwände und der Stahlwände, oder gibt es auch da wieder besondere Maßnahmen?«

Als habe der Chief auf diese Frage gewartet, sagt er: »Im Bereich des Reaktors hat man noch einen Kollisionsschutz eingebaut, über immerhin zwei Fünftel der Schiffsbreite. Das heißt: Auf einem Fünftel auf jeder Seite sind verstärkte Decks eingezogen.«

»Eine Art zusätzliche Panzerung?«

»Knautschblech würde ich lieber sagen. Und dann gibt's auch von unten noch einen Schutz gegen Auflaufen, den doppelten Boden. Dieser doppelte Boden hat eine doppelte Funktion...«

Von meinem fragenden Blick irritiert, stockt der Chief: »Doppelte Funktion, ja, klingt komisch, ist aber so. Einmal schützt der doppelte Boden gegen Auflaufen, vielmehr gegen Schäden durch Auflaufen – bei Ihnen muß man ja genau sein –, zum anderen ist er auch gedacht als zusätzlicher Strahlenschutz, wenn gedockt wird. Wenn wir ins Dock gehen, wird zwischen den beiden Böden geflutet – aber *das* wissen Sie ja schon.«

Ich blicke den Chief schräg von unten her mit dem Ausdruck der Erwartung an. Aber der Chief will es offenbar genug sein lassen. Ich lasse meine Hände wie abgeknickt zwischen die Knie sinken und mime nicht nur den völlig Erschlagenen – ich bin es.

»Das wär's in groben Zügen«, sagt der Chief.

In meiner Kammer stelle ich mich lange unter die Dusche, lege mich dann erschöpft auf meine Koje und schlafe sofort ein, schlafe tief und fest, von keinen Alpträumen bedrängt.

Beim Abendessen fragt mich der Alte: »Nun, wie war's im SB?«

Und als ich nachsinne, was ich dem Alten antworten soll: toll, aufregend, beängstigend, und mir alles banal vorkommt und der Alte wieder fragt: »Wie war's denn?« sage ich lahm: »Ich bin völlig geschafft.« Dem Alten genügt's.

Schweigend löffeln wir unseren Nachtisch. Als der Alte den Teller zurückschiebt, redet er unvermittelt los: »Viertel nach eins war die Wache doch längst aufgezogen. Was mußte sich da der Bootsmann noch mit dem besoffenen Kerl anlegen, für Ersatz war doch längst gesorgt.«

Der Alte knobelt also immer noch an dem Problem Fritzsche/Bootsmann. Der Teufel soll die verdammte Geschichte holen! Andererseits sind solche Affären auch wie ein Geschenk für das Schiff: Sie erhitzen die Gemüter, sind Ersatz für Fußballspiele oder Stierkämpfe, fordern wie diese zur Parteinahme heraus. Aber der Alte dauert mich, er soll alles in einer Person sein: Nautiker, Ingenieur, Ladefachmann, Friedensrichter, Psychiater, Arbeitsrechtler. Am Ende wird von ihm noch verlangt, daß er sich an den Kochkessel stellt, denn immer wieder richtet sich der Bordfrust dieser mäkligen Bande aufs Essen.

An Deck hocken wir uns auf einen Thron aus aufgeschossenen Leinen. Am Himmel finden Farbprojektionen von einem Prunk sondergleichen statt. Jede Cinemascope-Breitwand ist ein Streichholzschächtelchen dagegen, hier wird auf einen Rundhorizont projiziert. Zu beiden Seiten, voraus und im Rücken, überall läuft ein anderes Farbprojektionsprogramm ab. Und nicht nur ein paar Daumensprünge, sondern hoch bis hinauf zum Zenit ist der Himmel ein einziger Farbrausch. Eine prunkend oszillierende Glocke hat sich über uns gesetzt. Mit nichts ist diese Totalvision vergleichbar. Nur auf dem Meer ist die Sicht so allumfassend, und nirgends findet sich in der Natur eine so makellose Linie wie die Kimm.

Im Osten löst sich ganz allmählich immer mehr Preußischblau, und schon kommt eine Spur Schwarz hinzu, während sich im Westen noch lange ein durchschimmerndes Neapelgelb behauptet. Nach und nach wird es schwach, es kränkelt dahin, und ohne daß man den Augenblick nennen könnte, ist es versiegt, nur dicht über der Kimm läuft ein resedagrüner Schimmer.

Bald schon erschauert der Himmel in kaltem Blau, und die See wird tintig.

All dieses Verfließen, Sichverflüchtigen und Vergehen der feinsten Tönungen ist schon kaum zu fassen, aber nun die Aufzüge der Wolken, die sich vom versinkenden Gestirn vor dem satt getönten Himmelsplan wie von riesenhaften Soffittenlichtern anstrahlen lassen und die sich wandelnden Farben auf ihren Massen sammeln! Da geschieht es, daß eine Wolkenwand in orangefarbener Glut vor einem Grund von sattem Veroneserblau aufleuchtet, ein monströs aufgeplusterter Klumpen Werg im rotbrennenden Himmelsgrund schwimmt: Farbe steht plötzlich gegen Farbe. So schnell wie die Farben haben sich die Formen verwandelt. Und dicht über der Kimm, inmitten der Farbrhapsodie das leuchtende Auge des Gestirns. Jetzt schießt die Sonne gleißende Strahlen. Zwischen den Wolkenballungen spannen sich changierende Bänder. Warmes Licht, kaltes Licht, Licht in allen transluziden Tönungen. Die Wolken ordnen sich zu flach hängenden Girlanden. Und nun erlöschen die Lichtlanzen schlagartig. Das Gestirn ist hinter den Girlanden verschwunden. Alle Farben werden fahl, nur die Ränder der Girlanden brennen auf.

Noch einmal, als bäume sich das Licht vor dem Untergang mit aller Kraft auf, stehen leuchtende Lichtbündel am Himmel, doch dann ist alles verloschen. Ich schließe die Augen, auf meinen Lidern glimmt das grelle Licht nach.

Schrilles Gekreische und Geschrei der Volleyballspieler aus Luke fünf schreckt mich auf. Wir gehen gemächlich übers Deck, dann den Niedergang zur Brücke hoch. Dort stehen wir schweigend lange Zeit nebeneinander, bis der Alte fragt: »Kommst du noch mit zu mir auf einen Schluck?«

»Mir kommt das, wenn ich dir von all unseren Dummenjungenstreichen erzähle, wie unwirklich vor«, sagt der Alte, als wir in seiner Kammer sitzen. »Als der Krieg zwei, drei, vier Jahre dauerte, hatte ich das Gefühl oder glaubte es gar, daß der Krieg nie ein Ende finden würde, daß ich am nächsten oder übernächsten Tag draufgehen würde, wie die meisten meiner Freunde. Und dann sollte der Krieg plötzlich aus sein. Aber was dann aus mir werden würde, davon hatte ich nicht die geringste Ahnung. Eigentlich war ich in Norwegen noch ganz in meinem Element.«

»Für mich war die Erkenntnis, daß es ›Rübe ab!‹ nicht mehr gab, der stärkste Eindruck. Gut, ich konnte noch in den Knast kommen – bin ich dann ja auch.«

»Bevor wir hier so weiter philosophieren«, sagt der Alte plötzlich ganz heiter, »erzähl mal endlich, wieso du im Knast gelandet bist.«

»Ich mach mal schön der Reihe nach, sonst komm ich ganz aus dem Konzept. Was hab ich dir denn eigentlich zuletzt erzählt?«

»Daß auch Franzosen in Feldafing waren.«

»Ach so, ja. Weil immer mehr merkwürdige Leute nach Feldafing hereinströmten, auch von dem Riesentauschmarkt im Camp angezogen, mußte ich mir was einfallen lassen.«

»Und – ist dir was eingefallen?«

»Gute Sache sogar! Ich hab zwei Landser, die noch im Lazarett waren, arme Schweine, die nach der ›Befreiung‹ nicht wußten wohin, zu Typhusfällen erklären lassen, und zwar in aller Form von einem verrückten Stabsarzt, und dann hab ich Typhus-Warnschilder gemalt, für jede Einfallstraße eins. Damit war Feldafing zum Typhusgebiet erklärt. Es gab eine Menge Aufregung, aber dem Ort blieb verdammt viel erspart.«

»Da hätten die Feldafinger dir doch ein Denkmal setzen müssen«, sagt der Alte.

»Hätten sie! Ich habe immerhin den Ort dreimal vor ernsthaft beabsichtigten Brandschatzungen bewahrt.«

»Na und?«

»Nichts mit na und. Du kennst die Leute in dieser Gegend nicht. Da gibt's viel Häme und Neid. Über meine Rolle in dieser Zeit sind die verrücktesten Gerüchte in Umlauf gebracht worden.«

Weil ich nachsinne, drängt der Alte: »Erzähl!«

»Groteske Gerüchte, an Absurdität nicht zu überbieten.«

»Los, red schon!«

»Stell dir zum Beispiel mal vor, woher ich meine Bilder haben könnte.«

»Keine Ahnung!«

»Die habe ich mir als Polizeichef und von den Besatzern favorisiert unter den Nagel gerissen – konfisziert.«

»Aber wo denn?«

»In den Villen der Feldafinger Parteihengste, bei den Bossen der Napola.«

»Du meinst doch nicht etwa deine Expressionisten-Bilder?«

»Eben die!«

»Aber die Expressionisten hatten die Nazis doch geschaßt«, staunt der Alte, »du machst keine Witze?«

»Wie sollte ich. Aber stell dir das vor! In einem Leserbrief in der ›Süddeutschen Zeitung‹ wurde ich kürzlich noch aufgefordert – sehr dringlich! –, doch endlich die Herkunft aufzudecken.«

»Und woher hast du die Bilder wirklich?« fragt der Alte.

»Gekauft! Schlicht und ergreifend: gekauft, als sie keiner haben wollte und sie billig waren.«

»Man brauchte also nur Geld zu haben und zuzulangen?«

»So isses. Auf die nächste Auktion gehen und die anderen überbieten.«

Der Alte pumpt sich schniefend voll Luft, dann macht er die Augen halb zu, er stellt sich wohl vor, was er mit dem Gewinn machen würde.

»Prost!« sage ich laut, damit der Alte wieder auf festen Boden kommt.

»Aber deswegen haben dich die Amis doch nicht hops genommen?« fragt der Alte unwirsch.

»Hops genommen? Eingesperrt klingt präziser.«

»Aber weshalb denn nur?«

»Das verdanke ich der Dame Lída Baarová.«

Der Alte nimmt den Blick hoch und richtet ihn fest auf mich: »Wie denn das??«

»Das war so: Eines schönen Tages kamen zwei CIC-Officers zu mir ins Rathaus und verlangten in makellosem Grunewald-Berlinisch von mir eine Villa...«

»Einfach so?«

»Eine Villa für die Dame namens Lída Baarová, bekannt als tschechische Schauspielerin.«

»Und Geliebte von Goebbels, wenn ich nicht irre.«

»Was du nicht alles weißt!«

»Wußte doch jeder!«

»Und ich wußte, oder ahnte, daß ich plötzlich in der Tinte saß.«

Der Alte zieht bühnenmäßig deutlich Luft ein, dann drängt er: »Wie weiter?«

»Ganz einfach: Ich wurde vergattert, keinem Menschen etwas davon zu verraten, also gekados – aber das mach mal! Eine leere Villa aufstöbern oder Leute hinaussetzen und dann diese Dame unterbringen, die ja sicher gesucht wurde.«

Der Alte hängt an meinen Lippen.

»Ich war also in der schönsten Bredouille. Im Komplott mit zwei berlinernden CIC-Fritzen zu agieren erschien mir nicht gerade als der wahre Jakob. Nun mußte es aber schnell gehen, sozusagen Hals über Kopf, keine Zeit für langes Überlegen. Der Zufall wollte es, daß ich am Höhenberg, ziemlich abgelegen, tatsächlich eine recht moderne Villa fand, die nur von einer alten Dame und einer Art Wirtschafterin bewohnt war. Diese beiden konnte ich mit viel gutem Zureden in eine Nachbarvilla umtopfen und versprechen: nur für ganz kurz!«

Der Alte irritiert mich mit seiner halb fragenden, halb belustigten Miene, und ich gerate mit meinem Rapport ins Trudeln. Mit einem fordernden: »Weiter?« bringt er mich wieder auf Kurs.

»Das klappte dann irgendwie auch.«

»Wie sah die Dame denn aus?« unterbricht mich der Alte, »ich meine die Goebbels-Gespielin?«

»Ich hab sie nie zu Gesicht bekommen.«

»Und warum nicht?«

»Weil ich Manschetten bekam, und das gleich am nächsten Tag.«

Der Alte zieht jetzt vor lauter Spannung eine Schnute. Schade, denke ich in einem Sekundenbruchteil, daß ich ihn so nicht photographieren kann. Jetzt fordert er: »Mach's kurz!«

»Ich habe hin und her überlegt, dann war mir klar, *einer* müsse darüber informiert werden, welch seltenen Vogel wir im Ort haben, nämlich der Ortskommandant Patterson. Und nun lief die Sache total aus dem Ruder.«

»Weiter!« drängt der Alte.

»Der stand gleich auf, zog sich die Hosen am Gürtel hoch, hinten und vorn, so in der typischen Art, um sein Gemächte ins Lot zu bringen. Dazu verkündete er und grinste dabei: ›I'll investigate her immediately!‹«

Jetzt spiele ich eine Pause voll aus, damit der Alte sich die Szene gebührend vorstellen kann. Am liebsten hätte ich ihm das Ganze vorgemacht.

»Und hat der das gemacht? Ich meine: Ist er hin zu der Dame?«

»Gleich, direkt in den Jeep und ab die Post!«

»Mit dir?«

»Alleine.«

»Und wie ging's weiter?«

»Der muß direkt in ein Tête-à-tête hineingepatscht sein... nenn es Verhör!«

»Das hast du aber erst später erfahren?«

»So isses. Gleich – das heißt noch am selben Tag – hatte ich noch mal Besuch von den beiden CIC-Officers, und mir wurde mitgeteilt, das hätte ich zu büßen – todsicher!«

Der Alte holt wieder tief Luft: »Jetzt bin ich aber mal gespannt.«

Ich denke nicht daran, gleich weiterzureden. Den Alten aufs Streckbett spannen, das muß jetzt die Methode sein. Also sage ich: »Ich hab vom vielen Reden schon Schaum im Mund. Sollten wir nicht erst mal was trinken?«

Der Alte rappelt sich hoch und sagt: »Tschuldige, was soll's sein?«

»Wie wär's mit deinem guten Whisky? Aber Bier ist auch recht.«

»Also Whisky!«

Ich hole Gläser und der Alte die Flasche. Kaum haben wir den ersten Schluck genommen, der Alte noch im Stehen, sagt er: »Also weiter!«

»Ich dachte: Vierteilen können sie dich nicht, erschießen geht auch nicht mehr. Ich war selber gespannt. Um es kurz zu machen: Als ich am nächsten Nachmittag nach Hause kam, standen meine Zimmertüren offen, meine Bude war durchwühlt. Ich sagte mir: Na wenn schon! Dann mußte ich aber in den Keller, weil die Wasserpumpe nicht angesprungen war, und da war auch meine Kellertür erbrochen, und mein Benzinkanister war weg.«

Der Alte brummelt Unverständliches, dann fragt er: »Na und?«

»Da war rotes Benzin drin!«

»Verstehe! Von den Amis organisiertes!«

»Von wegen ›organisiert‹! Ich hatte das Benzin richtig ordentlich gegen Quittung und mit Anforderungsschein, von Patterson unterschrieben, vom Motorpool neben der Clubvilla bekommen.«

»Dann ging das also in Ordnung?«

»Denkste! Am nächsten Morgen wurde ich verhaftet, so richtig schön mit allen Schikanen: Vier Mann hoch mit entsicherten Karabinern und einer der Berliner Jungs, der mit dem Kraushaar, zur Überwachung der Aktion dabei – breit grinsend. Ich erfuhr, daß ich angeklagt würde wegen des Besitzes von Eigentum der amerikanischen Streitkräfte, und zwar nach Kontrollratsbeschluß Paragraph soundso, oder wie das damals hieß. Ich dachte in meiner Blödheit: So leicht geht das ja nun nicht! Ich hatte noch einen Anforderungszettel von Patterson in der Tasche.«

»Na und?«

»Den habe ich vorgewiesen, da hat ihn sich der Knabe geschnappt und zerrissen!«

»Tsss tsss!« macht der Alte.

»Da war ich reif und geliefert! Ich kam erst mal ins Loch, dann wurde in Starnberg eine richtige Militärgerichtsverhandlung aufgezogen.«

»Das versteh ich nicht«, fällt mir der Alte ins Wort, »die

konnten dir doch nichts anhaben, das Auto hattest du doch als Polizeigewaltiger, sozusagen als Dienstwagen?«

»Stimmt. Ich mußte beweglich sein: Jeden Tag x-mal hin und her zwischen DP-Camp und Rathaus, und alle fünf Minuten harte Probleme.«

»Kulissenmalen zum Beispiel«, sagt der Alte und grinst dazu.

»Aber der Prosecuter – das lief im Amtsgericht Starnberg mit allen Schikanen – holte was Hübsches aus der Trickkiste: Mit dem Benzin durfte ich *fahren*, es aber nicht lagern.«

»Hm«, macht der Alte.

»Das klang dann so – zum Richter hin, einem Major: ›Dem General Patton ist es passiert, daß er auf der Straße München–Garmisch ohne Benzin dasaß, out of gazoline, und da hatte dieser Mann – this man! Zeigefinger auf mich gerichtet – einen Kanister Benzin im Keller, nur ein paar Meilen weg.«

»Tsss tsss!« macht der Alte wieder. Er hat vor lauter Staunen die Augen weit offen und tiefe Waschbrettfalten auf der Stirn.

»Ich dachte auch: Potztausend, das ist aber mal sauber getrickst! Du hättest die beiden Leutnants sehen sollen, wie sie mich höhnisch grinsend nach der Verhandlung an sich vorbeidefilieren ließen.«

Jetzt nickt der Alte kurz wie ein pickendes Huhn: Ich soll weiterreden.

»Da konnte ich mal sehen, was eine amerikanische Harke ist!«

Der Alte läßt die gestaute Luft aus sich heraus und murmelt: »Reeducation...«

»Ich hätte abhauen können. Der Typ, der mich ins Loch zurückbrachte, hatte nicht mal 'ne Kanone. Ein deutscher Polizist, und die durften ja keine Waffen haben.«

»Und warum bist du nicht?«

»Zuerst mal: wohin denn? In Feldafing hätten sie mich doch gleich wieder einkassiert. Ich war damals wie vor den Kopf geschlagen. Schicksalsergeben, wenn du so willst, aber auch vertrotzt. Ich wollte mein Recht haben. So geht das doch nicht! sagte ich mir. Ich wußte immer noch nicht, *was* alles geht.«

»Und hat dich dann Simone befreit?«

»Nein, wie im Kitschroman ging's leider nicht zu. Bis Simone kam, bis dahin ist noch eine Weile Zeit. Aber reicht das nicht für heute? Ich komme mir ziemlich ausgepowert vor.«

Der Alte atmet ein paarmal tief ein und aus. Dann fragt er: »Warum hast du davon denn noch kein Wort herausgelassen?«

»Weil wir keine Zeit hatten. Vielleicht auch, weil ich dafür noch nicht alt genug war.«

Der Alte bedenkt sich, tiefe Waschbrettfalten auf der Stirn, plötzlich fragt er: »Noch mal nach oben?«

»Aber gerne!«

Als ich später lang ausgestreckt auf meiner Koje liege und die Augen schließe, fühle ich mich wieder ins graue Gekröse des Sicherheitsbehälters zurückversetzt. Hermetisch von der Außenwelt abgeschlossen, hocke ich wieder in dieser drangvollen Ansammlung von Aggregaten. Diese Stille, kein Nachhall – nichts!

Ich habe starke Schmerzen in der rechten Nierengegend. Das wird wohl eine Zerrung sein. Die Enge im Sicherheitsbehälter hat mir Verrenkungen abgefordert, die ich längst nicht mehr gewohnt bin.

Auch mein rechtes Bein macht wieder Schwierigkeiten. Ich habe während der Nacht den Oberschenkel tüchtig mit Rubriment massiert. Und jetzt heißt es, zur Übung marschieren.

Der Alte muß mich bei meinen Runden von der Brückennock aus gesehen haben. »Was ist denn in dich gefahren, daß du wie der alte Doktor über das Deck rennst? Sonnenstich?« fragt er beim Frühstück.

»Ich habe im SB wirklich Schwerarbeit geleistet, eine Menge Aufnahmen gemacht!« klage ich.

Aber der Alte grinst nur: »Da muß ich daran denken, wie du dich bei der Gibraltarunternehmung mal produzieren mußtest, auf der Brücke vormachen, wie viele Kniebeugen du schaffst, und dann lagst du mit Muskelfieber auf der Koje und wolltest fast sterben!«

Ich merke, daß ich rot werde, als müsse ich mich noch heute für diese Vorstellung schämen. »Bei der kleinsten Berührung hätte ich damals an die Decke springen können«, sage ich.

»Der Druckkörper hätte es ausgehalten!«

»Damals hatte ich wenigstens noch gesunde Knochen!«

»Tscha, damals!« sagt der Alte, Hohn in der Stimme, statt Mitleid mit meinen Gebresten zu haben.

»Da unten im SB waren's übrigens siebzig Milliröntgen. Das ist doch wohl eine ganze Menge?«

»Da hättest du dir mal ein Bleisuspensorium anlegen sollen«, spottet der Alte.

»Was ist denn das Normale? Zwanzig Milliröntgen?«

»Ja, zwanzig ist normal. Aber von siebzig stirbst du auch noch nicht.«

»Das beruhigt mich ungemein!«

Ich lehne mich in meinem Stuhl zurück und denke: Zum Lachen, jetzt gebärde ich mich schon, als stehe ich mit der Kernenergie auf du und du.

»War verdammt warm da unten. Ich kam vor Durst fast um.«

»Was beklagst du dich, das wolltest du ja so«, sagt der Alte und nickt dem Chief zu, der sich mit fragender Miene vor unserem Tisch aufgebaut hat; der Chief soll sich setzen.

»Es mag blöd klingen, aber mich irritiert die Bezeichnung Pellet.«

Der Chief schaut interessiert von seinem Teller hoch: »Wie das?«

»Das kommt wahrscheinlich daher, daß wir früher immer in ein Starnberger Kino gingen, und dieses Kino hieß Pellet-Meier. Eine alte Kneipe, der Saal zum Kino verwandelt. Eine Mark Eintritt. Für eine Mark habe ich dort den ›Dritten Mann‹ gesehen: Orson Welles, mein Idol. Und nun klingt für mich bei dem Wort Pellet immer Meier mit: Die harmlosen Pellet-Meiers in der Hosentasche, die Pellet-Meiers in den Hüllrohren...«

Aus den Augenwinkeln sehe ich, daß der Alte mich mit einer Art Irrenwärterblick bedenkt, und frage ihn: »Hast du solche Anwandlungen nie?«

»Nö, ich? Nö.«

»Wie langweilig! Mir fällt, weil ich vorhin ›harmlos‹ sagte, *noch* etwas Verqueres ein: Einen Harmlos gibt's in München, und der ist berühmt. Am Harmlos kam ich vorbei, wenn ich in den Englischen Garten wollte. Manchmal hatte dieser idealisierte bronzene Jüngling ein Schleifchen am Penis. Auf dem Sockel der Plastik stand: ›Harmlos wandelt hier ...‹ – mehr nicht.«

»Ihr Fehler«, sagt der Alte kopfschüttelnd und wendet sich an den Chief: »Sie hätten diesen jungen Mann hier nicht in den SB lassen dürfen. Wir werden noch einen zusätzlichen Sicherheitstest einführen müssen!«

»Apropos Sicherheit, Chief: Was hat es denn mit diesem ominösen Schlüssel zum Reaktor auf sich? Gibt's den, oder ist das ein Gerücht?« frage ich.

»Nein«, sagt der Chief und fährt stockend fort, »den gibt's. Sieht aus wie ein Autozündschlüssel.«

»Und?« versuche ich den Chief anzustoßen, damit er weiterredet.

»Dieser Schlüssel existiert nur in einem einzigen Exemplar. Laut Betriebsordnung muß ich ihn nach Abschalten des Reaktors an mich nehmen und unter Verschluß halten.«

»Was passiert aber«, dränge ich, »wenn Sie mit dem Schlüssel, ich meine nicht den Schlüssel zum Reaktor, sondern den zum Reaktorschlüsselbehälter, oder wie immer Sie das nennen wollen, wenn Sie mit diesem Schlüssel in der Hosentasche an Land gehen und versumpfen? Oder gibt die Betriebsordnung auch darüber Auskunft?«

»Ich versumpfe nicht an Land!« kontert der Chief barsch und guckt mich so gereizt an, daß ich keinen Ton mehr zu sagen wage.

Um Sieben Uhr vierzig sind wir über den Äquator gefahren. Ich erfahre von diesem memorablen Faktum erst eine Stunde später, als ich es im Journal lese, und frage den

Ersten, der Dienst hat, warum dies nicht über Bordlautsprecher bekanntgegeben worden ist: »Sieben Uhr vierzig war doch eine gute Zeit!«

Der Erste ist voller Empörung: »Wir sind doch kein Musikdampfer!«

»Einige, zum Beispiel die Stewardessen, die das erstemal auf einem Schiff sind und von Äquatortaufe mit allem Brimborium gehört haben, hätte – wenn's schon keine Taufe gibt – die Nachricht sicher interessiert. Kostet doch nichts«, wende ich ein.

Der Erste guckt mich verständnislos an, er ist hier Ladeoffizier und hat für Sauberkeit und Ordnung auf dem Schiff zu sorgen, nicht für Unterhaltung. Tauben und Äquatorrituale sind nichts für ihn. Oft genug hat der Erste schon merken lassen, wie sehr ihm auch die lässige Art des Alten gegen den Strich geht: Wenn's nach ihm ginge, liefe hier niemand in Zivilklamotten herum, sondern nur in Uniform, so wie er selber.

Wie ein Lauffeuer verbreitet sich die Nachricht, die der Wachhabende erzählt hat: Er hat über UKW mit dem Wachhabenden eines anderen Schiffes gesprochen, das gerade von Durban heraufkam. Der hat ihn gewarnt: Allein könne man in Durban nicht mehr an Land gehen. Überfälle auf Seeleute seien an der Tagesordnung. Wohin ich auf dem Schiff auch komme, überall wird über diese Hiobspost geredet. Das große Thema beim Mittagessen an allen Tischen. Auch der Alte guckt vergrätzt und sagt: »Das kann ja heiter werden. Bislang galt Durban als absolut sicher.«

»Und was kannst du machen?« frage ich.

»Was soll ich schon machen? Bei der Kriegsmarine gab's dann keinen Landgang, das war einfach. Aber hier? Ich kann den Leuten nicht verbieten, an Land zu gehen!«

»Muß ja nicht stimmen«, versuche ich den Alten zu beruhigen, »Panikmache!« Als ich noch sage: »Auf jeden Fall ein schönes Thema für die nächsten zehn Tage, und im Zweifelsfall stellst du Typhusschilder auf – wirkt Wunder!« hellt sich die Miene des Alten auf, und er fragt: »Meinst du auf dem Schiff?«

»Aber natürlich! Da dürfen die Leute nicht an Land, und du brauchst dir keine Sorgen mehr um die Party zu machen!«

»Schön wär's«, sagt der Alte versonnen und geht auf meinen Blödsinn ein: »Abwarten und Tee trinken – zum Beispiel in einer Stunde in meiner Kammer?«

»Du im Knast!« sagt der Alte, als wir unseren Kuchen gegessen haben. »Das kann ich mir schwer vorstellen. Hast du da Kleinholz gemacht?«

»Bewahre! Das war meine arbeitsintensivste Zeit. Ich habe geschuftet, als ginge es um mein Leben. Riesige Mengen Manuskript geschrieben, gezeichnet und sogar gemalt und Entwürfe für die Werkstätten gemacht. Du mußt wissen, daß Kaisheim ein richtiges Zuchthaus mit Lebenslänglichen war – Mörder und so. So schwere Jungs, daß die Amis sie nicht befreit haben wie die normalen Ganoven. Und für die Zuchthäusler gab es gut eingerichtete Werkstätten: Holzbearbeitung, Schuhmacherei und so. Und da habe ich vor allem für die Holzwürmer Entwürfe gemacht. Ich hätte auch abhauen können, wenn ich von draußen das ehemalige Kloster gemalt habe und mehr so eine Art Gesellschafter mithatte. Aber ich wollte nicht. Außerdem wußte ich, daß sich ein paar einflußreiche Leute für mich verwendeten.«

»Das klingt fast so, als hättest du es ganz gemütlich gehabt.«

»Kann man nicht sagen. Der Knast war schon übel, vor allem, weil es fast nichts zu beißen gab. Aber auch sonst. Ich war auch nicht mehr richtig genordet. Ich hatte keine Ahnung, wie es weitergehen sollte. Wenn ich's mir heute überlege, war ich vielleicht ganz froh, als das so passierte. ›Aus dem Verkehr gezogen‹ hast du's genannt. Kein schlechter Ausdruck. Ich hatte auch so etwas wie Bußfertigkeit in den Knochen, auch Mißtrauen, daß jetzt nicht einfach der Frieden stattfinden könnte. Dein Crewkamerad Topp hat damals auf einem miserabel ausgerüsteten Fischdampfer angemustert, unerkannt, und ist vor dem Mast gefahren, um zu büßen, und ich war im Loch.«

»Nur nicht freiwillig.«

»Und so riskant war's auch nicht. Der gute Topp wäre fast umgebracht worden, als herauskam, daß er genau wie du zu den U-Boot-Assen gehört hatte.«

Der Alte geht nicht darauf ein. Ich lasse eine Pause eintreten, dann rede ich weiter: »Der Knast von Kaisheim, das ist eine total verrückte Geschichte. Da gab es nämlich noch mehr Leute, die es auf ähnlich absurde Weise erwischt hatte wie mich: den jüngsten Major der Wehrmacht, Effenberger, zum Beispiel. Der hatte einen Wehrmacht-Lkw in den Wald gefahren, mit dem er später mal auf Spediteur machen wollte. Ein anderer, der dicke Frommhold, hatte mit ein paar Leuten bei Gauting einen Kesselwagen, voll mit Benzin, von einem stehenden Zug abgekoppelt und auf ein Nebengleis in eine zerbombte Fabrikanlage hineingeschoben, eine schöne Menge Geld wert. Und den Kunsthändler Günther Franke hatten die Amis auch verhaftet. Ich seh ihn heute noch im Drillich mitten in einer wüsten Horde den Gang entlangrennen. Der war, als er mit einem sicher mühsam aufgetriebenen Auto Bilder von München nach Seeshaupt in seine Wohnung transportieren wollte – oder umgekehrt –, in eine Kontrolle geraten. Das Transportieren von Kunstwerken war aber nach Kontrollratsbeschluß verboten!

Für den zartbesaiteten Franke war der Knast natürlich viel, viel schlimmer als für mich. Unsereiner war ja einiges gewohnt. Ich dachte: Hoffentlich hängt er sich nicht auf.«

Weil ich wieder eine Pause mache, gießt der Alte betont aufmerksam Tee nach und guckt mich erwartungsvoll an.

»Da war aber noch einer«, rede ich langsam weiter, »der war noch gefährdeter als Franke. Um den mußte ich mich richtig kümmern. Tolle Geschichte.«

»Na komm, erzähl!« drängt der Alte.

»Der war mit seinem Laster irgendwoher aus dem Badischen nach München gekommen und hatte selbstgebauten Tabak drauf, war so 'ne Art Kleinspediteur mit Landwirtschaft. In München war es gerade Mittag, als er ankam, und da hat er sich die Augen ausgeguckt, wo er einen Eintopf bekommen könnte, und auch eine Kneipe gefunden. Dort saß er dann noch eine Weile herum und rauchte einen Stumpen aus eigener Ernte. Und da waren noch zwei GIs in der Kneipe, und die staunten, und der Mann aus dem Badischen spendierte ihnen je einen Stumpen. Die hätten die nicht gleich angezündet, erzählte der Mann, sondern die wollten sie erst mal ihren Kameraden zeigen. Ehe sie verschwanden, hätten sie – ›nette Kerle!‹ – ihm noch jeder eine Packung Lucky Strike auf den Tisch geschmissen. Keine fünf Minuten waren vergangen, da kam eine Militärpolizeistreife, und da lagen nun die beiden Päckchen neben dem leergegessenen Teller. Sie haben den Mann gleich verhaftet und in ihren Jeep verfrachtet. Der hat bloß noch zahlen dürfen für den Eintopf und das Glas Dünnbier. Von da an wird es dramatisch!...«

Ich lege eine Kunstpause ein. Der Alte reagiert: »Komm, mach's nicht zu spannend!«

»Der Laster vor der Kneipe war den Amis piepegal.

Mein Mann war verzweifelt. Der wußte, daß die Ladung verschwinden würde – und das Auto auch. Kein Telephon, keine Möglichkeit, die Familie zu benachrichtigen. Mich hat er angefleht, ob *ich* nicht was machen könnte. Stell dir das vor: im Knast! Gleich nachdem er eingeliefert war. Das ist mir ganz schön ans Gemüt gegangen.«

Der Alte sitzt stumm da. Schließlich sagt er: »Das waren schon lustige Zeiten«, und ich kann von seinem Gesicht ablesen, daß auch er Erinnerungen nachgeht.

Dann fragt der Alte: »Wie lange warst du denn im Knast?«

»Knappes halbes Jahr.«

»Was, so lange?«

»Ja, Zeit genug jedenfalls, um die Infrastruktur eines Knasts ziemlich genau kennenzulernen und den Wert des ganzen Knastsystems zu bezweifeln. Darüber reden immer nur Leute, die nie *wirklich* drin waren, allenfalls zum Besichtigen.«

»Und wie bist du rausgekommen?«

»Ich vertraute die ganze Zeit darauf, daß die Leute, die meine Freundin Helga alarmiert hatte und die an die Amibehörden geschrieben hatten, allen voran Erich Kästner, mich herausholen würden. Ob das geholfen hat, weiß ich bis heute nicht. Eines Morgens wurde ich einfach hinausgeschmissen. Es gab keine Berichtigung des Urteils, überhaupt nichts Schriftliches. Und noch verrückter: Kaum einer von meinen Freunden und Bekannten hatte richtig spitzgekriegt, daß ich von der Bildfläche verschwunden war. Die Zeit war stehengeblieben.«

»Damals hatte auch jeder genug mit sich selber zu tun«, sagt der Alte. »Und dann ging alles weiter wie gehabt?«

»Nicht ganz. Das erzähl ich dir schon noch. Nach dem Knast brauch ich frische Luft. Es hat ja ganz schön aufgebrist.«

»Windstärke sechs etwa«, sagt der Alte. »Na, dann wollen wir mal.«

Ich mache eine Menge Aufnahmen von den Kreuzseen, die aus dem Zusammentreffen unserer Bugsee mit der Dünung entstehen. Diese Kreuzseen sind es, die das Bild der Seelandschaft in der Nähe des Schiffes bestimmen, ein Bild voller Wildheit: Zerfetzt wie die Mähnen von Schimmeln beim Galopp fliegen die Gischtfluten hoch und sacken jäh zusammen, um gleich wieder, ein paar Meter versetzt, hochzusteilen. In den gehöhlten Wänden bilden sich Muster aus Blasen, Striemen, Streifen in weißer Zeichnung auf stahlblauem Grund, die sekundenschnell wieder vergehen, zugedeckt von herabbrechenden Gischtmassen. Ich werde nicht satt, in diesen Aufruhr zu starren und mir die Ohren mit seinem Tosen zu füllen.

Trotz der Hitze wage ich eine Expedition tief hinunter in den Wellentunnel. Hier, neben der sich drehenden Welle, ist es gemütlich. Wie tröstlich, daß auch auf diesem Schiff die Kraft auf den Propeller auf die gleiche Art übertragen wird wie auf dem ältesten Heringskolcher. Nach allem, was mir in den letzten Tagen eingetrichtert wurde, nach dieser Expedition in den SB, tut der Anblick so klarer, einfach zu kapierender Verhältnisse gut. Vor meinem geistigen Auge ersteht das Bild eines Baumes mit einer riesigen Krone: Der Stamm ist die Welle, die Krone das von der Schraube aufgewühlte Wasser.

Am späten Nachmittag rattert vor meiner Kammer die Waschmaschine. Neben der Waschmaschine lehnt, angetan mit einem Morgenmantel, eine der Damen, Lockenwickler wie dicke Maden auf dem Kopf. Aha! Heute abend ist Grillparty angesagt, fällt mir ein. Auf einer der letzten Reisen des Schiffes hätte eine mitreisende Ehegattin auf dem *Peildeck* Wäsche aufgehängt. Das sei den anderen Offizieren dann aber doch zuviel geworden. »Wegen der Intimwäsche hat es Krach gegeben!« erzählte mir feixend ein Matrose.

An Arbeiten ist bei dem Lärm vor meiner Kammer nicht zu denken. Gut, dann wasche ich auch, weiche meine Socken in meinem Waschbecken ein und staune wieder einmal, was sich für ein dunkler Jus bildet. Das Rätsel, woher der viele Dreck auf seegehenden Schiffen kommt, werde ich nie lösen. Weit und breit keine Fabrik, kein Auto, nichts als blanke See.

Meine Hemden bringe ich den Chinesen. Die verstehen sich bestens aufs Stärken und Bügeln. Von ihnen bekomme ich meine Hemden wie neu geschneidert zurück. Ich staune, daß sie um diese Zeit da tief unten im Bauch des Schiffes sitzen und ihren Reis auf gewohnte Art mit Stäbchen zum Mund führen. Sie kochen da unten selber.

»Im Seewassertransportwesen marschiert die Otto Hahn sicherlich an der Tête«, sage ich zum Alten, als ich ihn im Kartenhaus finde, »doch eigentlich ein Skandal!«

»Hm!« macht der Alte nur, dann sagt er: »Was willst du machen, wenn du keine Frachten bekommst, das Schiff aber fahren soll?«

»*Irgendwelche* Frachten muß es für dieses Schiff doch geben. Wir ›entwickeln‹ ja in den Gegenden da unten!«

»Das sagst du so.«

»Ich kann's nicht kapieren. In diesen Entwicklungsländern wird doch *alles*, aber auch alles gebraucht. Eine Eisenbahn von Wanne-Eickel bis zu den Kanackern gibt's nicht, und da fährt dieses Staatsschiff fünfundsiebzig Leute an Bord durch die Gegend und hat nichts als Akustik oder Wasser im Bauch. Da stimmt doch was nicht. Oder ist der Draht vom Forschungsministerium zum Entwicklungsministerium gestört?«

»*Mich* kannst du nicht verantwortlich machen!« sagt der Alte und guckt verdrossen vor sich hin.

»Pardon! So war's auch nicht gemeint.«

»Glaubst du denn, *mir* macht diese Art von Seefahrt Spaß, ich meine: ohne daß ersichtliche Arbeit geleistet wird. Das wirkt sich doch auf die Gemüter aus, ich meine allgemein. Gut, man kann sagen, dem Seemann oder dem Assi kann's egal sein, wofür er sein Geld kriegt, aber ganz so denken die Leute doch nicht«, sagt der Alte und kratzt sich dabei die linke Augenbraue. Sogleich schießt mir die Vorstellung »*Filzläuse!*« durch den Kopf. Ich versuche, sie mir zu verbieten, aber sie sitzt schon fest, und ich gucke die Augenbrauen des Alten prüfend an.

»Ist was?« fragt der Alte irritiert.

»Als du eben an deiner Augenbraue kratztest, mußte ich daran denken, daß Filzläuse – nicht etwa Kopfläuse – in den Augenbrauen vom I WO auf U 96 saßen.«

»Du willst doch nicht etwa behaupten, daß ich Filzläuse habe?«

»Gott bewahre! Fiel mir bloß eben so ein.«

»Kein gutes Zeichen!«

»Was kann der Mensch für seine Assoziationen? Ich hab da übrigens erstaunliche Zahlen gelesen: Von den fast einskommasechs Millionen Tierarten, die der Schöpfer Himmels und der Erden sich ausgedacht hat, sind fünfundsiebzig Prozent Insekten, Käfer und eben auch Filzläuse und solches Getier.«

»Ich werd's mir merken. Und was folgerst du daraus?« fragt der Alte interessiert.

»Eine ins Philosophische gehende Frage, die ich ad hoc nicht zu beantworten vermag«, antworte ich gestelzt.

»Um von was anderem zu reden: Haben der Bootsmann und Fritzsche sich endlich wieder vertragen?«

»Nein. Ich versteh's auch nicht. Jetzt hat eine Stewardeß – ich weiß nicht, ob du sie kennst, das ist so eine ganz ruhige, zuverlässige – gekündigt. Die ist, hat man mir gesagt, mit Fritzsche fest liiert. Ich dachte immer, ›der edle Mann wird durch das gute Wort der Frauen weit geführt‹ – oder so ähnlich. Aber wenn das auch nur noch Sprüche sind...«

»Ist das denn noch *dein* Bier? Wenn ich das recht verstehe, ist doch der eigentliche Sturkopf der Bootsmann, und auf den kann das Schiff anscheinend nicht verzichten. Seh ich das richtig?«

»Ja schon. Aber dann muß ich Fritzsche kündigen, und die Stewardeß geht auch.«

»Na und? Wie heißt das in deiner Gegend: ›Reisende Lüd sall man nich uphollen.‹«

Als uns der Mittelwächter ins Ruderhaus gebracht wird, sagt der Alte: »Hoffentlich kommen wir in deiner Vita noch vor Durban weiter. Vielleicht läßt du mich sogar noch wissen, wann Simone aufgetaucht ist.«

»Gemach, gemach, du bist mal wieder dran, sozusagen im Gegenzug.« Zu meiner Verwunderung läßt der Alte sich heute nicht lange nötigen, er nickt, legt den rechten Unterarm auf das ringsum laufende Bord und fragt: »Wo waren wir denn stehengeblieben?«

»Bei unserem Führer der Unterseeboote, daß sein Trick mit dem Gipsbein nicht geklappt hat. ›Bleich, aber gesund‹ waren deine Worte.«

»Richtig«, sagt der Alte. »Wir waren in Norheimsund, und da ging nun einiges los: Das war ein altes Artillerielager, und ein Expferdestall wurde zur Schnapsbrennerei umfunktioniert. Dahin wurden nächtlicherweise Ausflüge gemacht. Auf Dienstgängen außerhalb des Lagers trugen wir dann weiße Binden. Alles bestens organisiert. Wir konnten immer pro Woche einen Lastwagen in die Stadt schicken, um Sachen zu holen. Wir durften auch noch den U-Boot-Bunker ausschlachten, weil aus dem

Artillerielager alles rausgeklaut war: Lichtschalter, Lampen, Aggregate – einfach alles. Uns eilte der Ruf voraus: Wenn die Deutschen kommen, wird richtig Ordnung gemacht. Und dem haben wir entsprochen! Dann gab's einen gut funktionierenden Tauschhandel mit den norwegischen Bauern in der Umgebung: Werkzeuge an die Bauern, Obst und Gemüse für uns.«

»Ihr habt euch also wieder gut eingerichtet?«

»Ja. Wir hatten wieder englische Bewachung, auch so ein Verband, in dem keiner von den Jungs noch Interesse an Kriegstheater hatte. Dafür aber hatten die Spaß am Indianerspielen. Sie veranstalteten gern Überraschungskontrollen im Lager. Aber wir hatten sehr schnell ein Alarmsystem mit Schwachstrom angelegt: Wenn die mit drei, vier Jeeps ins Lager gebraust kamen, klingelte es Alarm! Die gleich überall rein, und dann schnupperten sie: ›Aha, hier wird wohl Schnaps gebrannt!‹ Und machten ein wildes Theater.«

»Wollten die Schnaps haben?«

»Natürlich! Und auch den U-Boot-Proviant, den wir aus dem Stützpunkt noch organisiert hatten.«

»U-Boot-Proviant hattet ihr auch noch?«

»Ja, der lag in einer Baracke, und das Ganze wurde von einem Verwalter sorgfältig registriert und gehortet.«

»Wie das so bei Verwaltern üblich ist: Alles ordnungsgemäß den Besatzern übergeben.«

»Du sagst es. Die Engländer nahmen uns unsere gesamte Butter weg und sagten: ›Dafür kriegt ihr Margarine!‹ Doch die Butter haben sie uns gleich wiedergebracht, weil die so ranzig war, schmeckte wie Schmieröl. Wir hätten glatt ein gutes Geschäft gemacht, wenn wir dafür Margarine bekommen hätten. Dieses Artillerielager war im Grunde nicht bewohnbar. Wir haben den Engländern gezeigt, wie wir hausen, und da waren sie ganz entsetzt. Und als wir ihnen sagten, wir wüßten, wo's noch

Sachen gäbe, in den Bunkerwerkstätten und Lagern zum Beispiel, fuhren sie mit uns dorthin. Und dann gaben sie uns Permits, damit wir die Sachen rausholen konnten – und da haben wir erst richtig organisiert: sogar noch Armagnac.«

»Armagnac? Den gab's da noch? Wieso hatten sich den nicht die Norweger unter die Nägel gerissen?«

»Weil sie davon – zum Glück! – nichts wußten!« sagt der Alte grienend. »Im großen ganzen sind wir auch mit den Norwegern gut zurechtgekommen: Der Krieg war ja aus.«

»Das heißt, du bist dann ›heim ins Reich‹?«

»Noch nicht. Weil Admiral von Schrader sich erschossen hatte und, wie gesagt, die Kapitäne alle abtransportiert worden waren, kam ich wieder nach Bergen, und zwar als ›Ädmo‹ – im Klartext: ältester deutscher Marineoffizier im Stabsquartier von Admiral Westküste. Da ging's mir schon besser. Ich mußte dann zum norwegischen Admiral Vestlandet. Endlich wollten die Norweger wieder Herr im eigenen Lande sein, aber was sie von den Engländern erbten, war nur noch Schrott. Auch noch intakte Lastwagen der Marine und der Wehrmacht hatten die Engländer, um sie den Norwegern nicht als Beute zu überlassen, zu Schrott gefahren.«

»Warum gab's zwischen denen solche Biesterei?«

»Weil die Engländer an die Zukunft dachten! Die sagten sich, wer keine deutschen Lastwagen hat, braucht dringend englische. Und wer englische Lastwagen hat, braucht in Zukunft auch englische Ersatzteile, nämlich die von Leyland.«

»Glaubst du wirklich, daß die so vorausschauend gedacht haben?«

»Mit Sicherheit! Die hatten meiner Ansicht nach entsprechende Weisungen von oben. Auch die Demontagen in Deutschland liefen nach dem gleichen Muster ab, nach einem Generalplan: Für die eigene Industrie sorgen, die Konkurrenz aus der Welt schaffen!«

Der Alte ist deutlich müde geworden. Er hat schon ein paarmal seinen rechten Handrücken vor den Mund geführt, um sein schlecht unterdrücktes Gähnen nicht sehen zu lassen. Deshalb mache ich es kurz und sage: »Mir ist auch nach Koje zumute. Aber du bist noch nicht aus dem Schneider. Erzähl wenigstens noch, wie du dann endlich nach Deutschland gekommen bist!«

»Von Bergen aus bin ich mit einem Räumboot nach Christiansand-Süd ›rückgeführt‹ worden. Dann kam ich auf ein Schiff vom Sperrbrechertyp nach Hamburg, genauer: nach Finkenwerder. In Finkenwerder wurden wir auf einen Lastwagen geladen und kamen nach Pelzerhaken in Baracken. Da hab ich mal wieder auf Stroh gelegen und kriegte auch noch einmal eine Seelenmassage. Anfang Juli '46, ausgestattet mit fünf Stück Kriegsfeinwaschseife und ein paar Reichsmark, jedoch ohne Knöpfe an der Uniform, die hatten sie mir alle abgeschnitten, wurde ich entlassen, mit der Verpflichtung, innerhalb von vierundzwanzig Stunden aus einem Umkreis von fünfzig Kilometern um das Lager Pelzerhaken zu verduften.«

»Wohin?«

»Mit dem Wehrmachtentlassungsschein in der Hand ging ich in meinem Heimatort aufs Amt und sagte: ›Hier bin ich!‹, und da sagten die: ›Auf Sie haben wir schon gewartet. Sie können wählen: Bergbau oder Straßenbau?‹ Und da hab ich gesagt: ›Weder noch – umschulen und dann neu aufbauen.‹ Und die Antwort war: ›Wenn Sie uns nachweisen, daß Sie einen Mangelberuf gelernt haben, haben Sie vielleicht Glück und kriegen eine Aufenthaltsgenehmigung, sonst heißt's: ab!‹«

»Ab wohin?«

»Da wo Kohle und so weiter aus der Erde gebuddelt wird.«

»So fein drückten die sich aus?«
»Ja, ich hab's noch im Ohr.«
»Und was hast du gemacht?«
»Ich hab erst mal einen Job als Landschafts- und Friedhofsgärtner angenommen.«
»*Du?* Friedhofsgärtner? Da hätte ich dich gern gesehen, da ist mir allerhand entgangen.«
»Tscha«, sagt der Alte und gähnt nun unverhohlen, »jetzt geh ich aber wirklich in die Koje.«

In aller Frühe bin ich auf der Brücke. Der Wind kommt konstant von Steuerbord. Backbord voraus liegt eine dicke Wolkenbank über der Kimm. Eine bleiche Sonne spiegelt sich in der schäumenden See. Ihr Licht wird wie von einem Gazeschirm zerstreut. Der Seegang hat wieder zugenommen. Im Journal lese ich: »See grob«. Das feuchte Oberdeck leuchtet in sattem Caput-mortuum-Rot herauf.

Die Messe ist wie ausgestorben, als ich zum Frühstück komme. Die Stewardessen, die Dienst haben, machen einen kranken Eindruck: Sie schleichen, leicht schlingernd, durch die Messe.

»Na ja«, sagt der Alte, als ich ihn aufmerksam mache: »Die Grillparty soll bis in die frühen Morgenstunden gedauert haben, und heute ist ja Sonntag!«
»Sonntag?«
»Ja, Sonntag! Nie gehört?«
»Ich hab kein Zeitgefühl mehr«, klage ich.
»So fängt's an!« sagt der Alte. »Willst du nicht lieber in Durban aussteigen?«
»In Durban aussteigen? Warum das?«
»Diese lange Strecke zurück, das ist doch nichts für dich.«
»Wie kommst du denn *darauf*?«
»Ich kenn das. Diese Strecke ohne Hafen ist einfach

zu lang. Du könntest doch zurück durch Schwarzafrika reisen«, sagt der Alte und guckt mich erwartungsvoll an, »ich hab mir das seit langem gewünscht.«

»Eigentlich...«, sage ich und sitze nun stumm da und denke: Eigentlich hat der Alte recht. Aber was wird dann aus dem Alten?

»Kommst du mit auf die Brücke?« fragt der Alte laut.

»Selbstverfreilich«, ulke ich und laufe wie gewohnt hinter ihm her.

Da sehe ich einen Albatros, der mit fast starren Flügeln, nur ein paar Meter hoch, direkt über der ersten Ladeluke steht. Nur hin und wieder macht er einen leichten Flügelschlag. Der Albatros betrachtet uns mit seinen runden Knipsaugen. Plötzlich bricht er ab, wie ein Jagdflugzeug: Er stellt sich quer zur Windrichtung und läßt sich ein paar Meter zurücksacken. Aber dann luvt er richtig an und zieht mit weit ausgebreiteten Flügeln eine schöne Kurve nach Backbord und verschwindet achteraus.

Ich hab zum Glück meine Kamera umgehängt. Ein paar Minuten später ist der Albatros wieder da, und das Spiel beginnt von neuem. Ich beobachte, wie der Albatros von achtern aufkommt, er hält sich dicht über der See, geht so tief, daß er in die einzelnen Wellentäler versinkt und über jeden einzelnen Kamm hinwegscheren muß. Und nun wechselt er für seine Flugkunststücke auch noch die Seite des Schiffes.

Ich will den Albatros mit dem Teleobjektiv erwischen, wenn er tief in ein Wellental geht, aber immer, wenn ich dem Vogel auf Teleobjektivdistanz nahe bin, bricht er ab, ehe ich auslösen kann, und vergnügt sich über der Hecksee, in weiter Entfernung, zu weit für mein 13,5-Zentimeter-Tele.

Statt des Albatrosses photographiere ich den Spanier Suarez, der trotz des starken Windes auf seiner Stellage unter der Backbord-Brückennock hängt und beim Malen auch eine Art Akrobatennummer vorführt. Sonntagsarbeit.

Auf der Brücke empfängt uns wilde Musik aus dem Lautsprecher. Der Alte bleibt wie vom Donner gerührt stehen, und auch mir nimmt es den Atem: In der Steuerbordnock räkeln sich zwei Damen in Bikinis auf Liegestühlen, und der größere der Knaben dreht wieder am Ruder herum. »Ist das die Wache der *Familie* Schwanke?« fragt der Alte mit kratziger Stimme. Er zeigt also Wirkung. Und jetzt dürfte es spannend werden. Aber der Dritte scheint taub zu sein. Die Damen verändern ihre Lage um keinen Zentimeter, der Sohn des Zweiten dreht weiter am Steuerrad.

Der Alte steht einen Augenblick wie erstarrt da, dann geht er schnurstracks zum Kartenhaus. Jammerschade, daß er nicht endlich explodiert ist. Die feineren Zügelhilfen, auf die er sich sonst verläßt, sind neuerdings gänzlich wirkungslos. Für den großen Krach ist es offenbar schon zu spät.

Die Musik bricht plötzlich ab. Endlich! Der Dritte ist ein ausgewiesener Spätzünder! Ich überlege krampfhaft, wie ich den Alten, der mit seinen Waschbrettfalten auf der Stirn ins Leere starrt, wieder aus der Rille bringen kann.

Aufs Geratewohl frage ich: »Kannst du mir mal richtig erklären, was der Unterschied zwischen Roßbreiten und Mallungen ist?«

Der Alte guckt mich verdutzt an, dann hellt sich sein Gesicht auf, und er beginnt, als lese er vom Blatt: »Die Mallungen, auch Kalmen, Doldrums oder Mallpassate genannt, nehmen das Gebiet zwischen den beiden Passaten ein, zwischen Nordost- und Südostpassat. Niedriger Luftdruck mit mallenden, das heißt unbeständigen Winden oder Stillen, starke Bewölkung, viel Regen, starke Gewitter als Folge der aufsteigenden Bewegung der warmen, wasserdampfreichen Luft, die hier durch die beiden Passate zusammengeführt wird. Als Tiefdruckmulde starkes Temperaturgefälle der aufsteigenden Luft – deshalb Quellwolken, Böen und Schauer. Meridionale Ausdehnung im Atlantik im Mittel dreihundert Seemeilen, durchweg zwischen null und zehn Grad Nord, mit dem Sonnenstand wandernd, aber nur um fünf bis acht Grad.«

Weil der Alte innehält, hänge ich meinen Blick an seine Lippen: Der Alte soll weiterreden! Nach ein paar Minuten Bedenkzeit tut er es im Telegrammstil, aber mit klarer und bedächtiger Stimme: »Roßbreiten sind Hochdruckgebiete, liegen zwischen fünfundzwanzig und fünfunddreißig Grad Breite. Tausendzwanzig bis tausendvierzig Millibar. Absinkende Luft, Wolkenauflösung, große Regenarmut. Klarer Himmel.« Jetzt bedenkt sich der Alte; die Augen halb geschlossen, legt er sich wohl den nächsten Text zurecht. »Wie in den Kalmen auch hier unbeständige schwache Winde oder Windstillen. Roßbreitengürtel wandern mit der Sonne im Sommer etwas polwärts, im Winter äquatorwärts.«

»Kannst du mir auch verraten, wie es zu der Bezeichnung Roßbreiten gekommen ist?«

»Weil ich mich über diesen Ausdruck auch immer wunderte, hab ich im Segelhandbuch von 1910 der Kaiserlichen Marine mal nachgelesen. Da steht unter ›Roßbreiten‹, auch: ›horse latitudes‹, daß darunter zunächst nur das Gebiet bei den Bermudainseln zwischen siebenundzwanzig und fünfunddreißig Nordbreite verstanden wurde, und erklärt wird der Name durch das gewohnheitsmäßige Überbordwerfen von Pferden auf der Fahrt von den Neuenglandstaaten nach Westindien, woran die übermäßige Verzögerung der Reise in den dort häufigen leichten Winden und Stillen schuld war.«

»Das ›gewohnheitsmäßige Überbordwerfen von Pferden‹, wie du das ausdrückst, heißt ja wohl im Klartext, daß in diesen Gegenden die armen Rösser haufenweise verreckten und die Kadaver über Bord geworfen wurden. Oder?«

»Ja, schon«, sagt der Alte unwillig, redet dann aber weiter: »Die Roßbreiten wurden aber dann auf die ganze Zone des nordatlantischen Ozeans in der Nähe von dreißig Nordbreite ausgedehnt, in der die Kalmen und Mallungen des absteigenden Luftstroms bei hohem Barometerstand gefunden wurden.«

»Also auch da: fröhliches Überbordwerfen von Pferden.«

Der Alte überhört das. »Bloß als Kuriosum noch dies: Ich hab auch den Namen ›el golfo de los damas‹, zu deutsch: ›Damenmeer‹, gefunden.«

»Soll das heißen, daß hier auch Damen, wenn sie zu nichts taugten, über Bord geworfen wurden? Warum führen wir diese schöne Sitte denn nicht auch hier wieder ein?«

»Du irrst: Die ersten Westindienfahrer haben den Passatstreifen zwischen den Kapverden und den Antillen deshalb so benannt, weil man in diesem gefahrlosen Meere das Steuerruder getrost der Hand einer Dame anvertrauen dürfe.«

»Und minderjährigen Knaben auch!« ergänze ich, »deine Mates sind offenbar Liebhaber der Tradition!«

»Vielleicht hast du recht. Man sollte das alles aus der richtigen Perspektive sehen«, brummt der Alte.

Sosehr ich versuche, die Leute, die schon einmal in Durban waren, auszuhorchen, bekomme ich doch keine Informationen, aus denen ich mir ein Bild machen könnte. »Gutes Rinderfilet, das Kilo für acht Mark, wo gibt's denn so was sonst noch?« schwärmt der rothaarige Maschinenwärter, »bei uns kostet das sechsunddreißig oder noch mehr!« Papageien sollen auch billig sein. »Die gibt's sogar mit Zertifikat!« höre ich. Eine Schlangenfarm, ein Aquarium und auch einen indischen Basar könne man besichtigen. Und dann soll es noch ein Restaurant geben, das sich auf einem Hochhaus dreht.

Einige haben einmal mit einem Volkswagen-Omnibus eine Exkursion ins »Tal der tausend Hügel« gemacht, und als ich hoffnungsvoll frage: »Wie war denn das?«, lautet die Antwort: »Da warn dann son paar Schwarze in ihren Dörfern zu besichtigen ...«

»Und – war's interessant?«

»Schon, aber man weiß ja eigentlich, wie die aussehen.«

Vielleicht wäre es vernünftig gewesen, schon in Dakar auszusteigen, sinniere ich.

»Jetzt zieht's sich«, hat der Alte gesagt. Noch fast zehn Tage bis Durban.

Heute sitzt beim Mittagessen ausnahmsweise der Arzt mit an unserem Tisch. Inzwischen macht ihm die labile Stewardeß doch Sorgen. Er hat sie wieder gesundgeschrieben und versichert dem Alten: »Die Arbeitstherapie hat gut angeschlagen, sie ist wieder ganz ordentlich einsetzbar, aber immer wieder kommt sie bei mir angelaufen und jammert, sie halte das hier an Bord einfach nicht aus. Wenn die sich nun *wirklich* was antut ...«

»Sie meinen: über die Kante geht?« fragt der Alte.

»Ja. Über Bord springt, das meine ich.«

Und nun erfahre ich, was dem Arzt vor allem Sorge macht: die Versicherung. Er hat alle Versicherungsvorschriften, auch die Kommentare dazu, genau studiert: Wenn er die Dame nicht krank schreibt, und es passiert etwas, ist er dran. Und wenn sie von Durban aus zurückgeschickt werden sollte, zahlt die Kasse nur dann, wenn sie krankgeschrieben ist. Also wird er sie wieder krankschreiben, auch wenn er davon überzeugt ist, daß ihr überhaupt nichts fehlt.

Auf meinem Weg über das Hauptdeck und das Reaktordeck begegne ich keinem Menschen. Mir ist, als fahre ich auf einem Geisterschiff dahin. Ich bleibe stehen und verliere mich an das Spiel der Wasserschollen und Schaumfluten, die unser Bug unablässig zur Seite wirft. Für Sekundenbruchteile stehen sie da wie grüne Wände mit oben angesetzten weißen Fransen, dann brechen sie brausend und zischend zusammen. Ich stehe und stehe und wiege dabei die Bewegungen des Schiffes in den Kniekehlen aus. Das Zischen und Brausen der Seen erfüllt mich ganz.
   Und nun gehe ich nach vorn: gegen den Wind die leichte Steigung hinauf: den Sprung des Vorschiffs, und dann hoch auf die Monkey-Back bis hin zur weit überkragenden Bugverschanzung. Mit dem Rücken gegen das Schanzkleid gelehnt, den weißen Brückenaufbau mit der Ankerwinde davor im Blick, spüre ich hier vorn das rhythmische Einsetzen des Bugs am deutlichsten. Ich erspüre es mit dem ganzen Körper.
   »Die Klüse in der Mitte des Vorstevens heißt Panama-Klüse, weil bei der Durchfahrt durch den Panamakanal die Schiffe meistens durch diese Klüse festgemacht werden«, hat der Alte mir erklärt. Ich wünschte, es gebe auf dem Schiff auch eine »Surinam-Winsch«, einen »Yokohama-Poller«... und andere Bezeichnungen mit diesem Klang von Ferne.

Als ich beim Alten am Nachmittag anklopfe, hat er Papiere vor sich ausgebreitet. »Komm rein«, sagt er, »ich muß die Kündigung für Fritzsche unterschreiben.«

Dieses Thema ist also ausgestanden! Ist es das wirklich? denke ich: die lange Seereise, noch etwa vierzig Tage, sollen die beiden, und auch die Stewardeß, die mit Fritzsche befreundet ist, friedlich miteinander leben? Ob das gutgeht? Ich hüte mich, meine Gedanken laut werden zu lassen. Der Alte hat genug Sorgen. »Jetzt gibt's dafür Ärger zwischen dem Funker und einer Stewardeß«, sagt er auch schon.

»Um was geht's denn diesmal? Wer hat hier wen verdroschen?«

»Keiner! Eine ganz läppische Geschichte. Typisch der Funker: Die Stewardeß wollte ein Telegramm schicken und dem Funker, als er gerade im Achterschiff war, den Text in die Hand drücken.«

»Na und?«

»Der Funker hat sie abgewiesen, sie müsse damit zu ihm in die Funkbude kommen, schließlich trüge er die Kasse nicht mit sich herum.«

»Wie geht's weiter?«

»Die Stewardeß hat, erklärte jedenfalls der Funker, gesagt: ›Sie sind kein höflicher Mann!‹, und das sei eine schwere Beleidigung für ihn. *Ich*, ausgerechnet ich, müsse sie belehren. Was denkt sich dieser Bursche eigentlich?« schimpft der Alte, »ich hab ihn an die Personalvertretung verwiesen, die können ja nun ein ganzes Schiedsgericht inszenieren.«

»War das nicht auch der Funker, der sich bei dir über ein zwei Tage überschrittenes Verfallsdatum vom Joghurt beschwert hat?«

»Ja, stimmt, daran hab ich gar nicht mehr gedacht.«

»Dunkel war's, der Mond schien helle, als ein Wagen blitzeschnelle langsam um die Ecke fuhr...«

»Was ist denn in dich gefahren?« fragt der Alte.

»Jetzt beginnt anscheinend die allgemeine Verblödung!«

»Bei mir nicht«, sagt der Alte aufgeräumt, »ich will mal meinen Papierkram erledigen.«

»Kapiert. Ich bin schon weg!«

»Bis nachher.«

»Du als Friedhofsgärtner, das ist das Schönste, was ich je gehört habe«, sage ich, als wir am Abend in seiner Kammer sitzen. Ich habe dem Alten eine neue Flasche Chivas Regal, die ich mir in einem Anfall von Großmannssucht vom Zahlmeister habe bringen lassen, auf den Tisch gestellt. »Spann mich nicht auf die Folter: Warum bist du denn nicht nach Bremen gegangen, als der große Orlog aus war?«

»Weil ich da bestimmt nichts werden konnte. Ich war dann eine Zeitlang in Mainz, dann ging ich wieder nach Hamburg. Na ja, so allmählich normalisierte sich alles – und dann kam ja die Währungsreform.«

»Jetzt arbeitest du auf einmal mit Zeitraffer.«

»Na ja, so war's auch schon in groben Zügen. Dich interessiert wohl auch mehr der militärische Teil.«

»Wie kommst du denn darauf? Ich will endlich auch wissen, wieso du mir eine Karte aus Las Palmas geschickt hast. Jetzt mal schön der Reihe nach: Du bist doch erst mal nach Hamburg verzogen?«

»Verzogen ist übertrieben. Mehr als einen Seesack hatte ich nicht. Aber woher hast du das?«

»Man hat so seine Informationen! Und da hast du, hab ich gehört, ein Geschäft mit Düngekalk aufgezogen?«

»Nicht gleich, erst nachdem ich in Mainz aufgehört hatte.«

»In Mainz warst du doch bei der Wasserschutzpolizei?«

»Wasserschutz?« fragt der Alte, »nein, das war die Wasserstraßendirektion. Ich bin also '46, mit einem Jahr Verzögerung, aus Norwegen zurückgekommen. Da hab ich mich erst mal bemüht, Kontakt mit der Handelsschiffahrt zu bekommen, und hab's tatsächlich erreicht, gleich bei den Nachkriegsanfängen der Bremer Seefahrtsschule und bei den alten Dozenten das Steuermannspatent zu erwerben. Das Steuermannspatent für die Handelsschiffahrt. Um an das Seefahrtsbuch, Exit permit und so weiter, ranzukommen, mußte ich mir ein Schiff suchen. Das hab ich auch gefunden. Ich war Zweiter Steuermann auf einem Schiff, das aber nicht in Fahrt kam. Dieses Schiff lag in Brake, und dadurch entstand mein Kontakt später zu dem Kümo ›Seefahrer‹. Der Reeder war auch ein Braker. Aber mein erstes Schiff, ein Motorschoner, ein großer Dreimastmotorschoner, wurde 1946 von den Engländern beschlagnahmt, und ich mußte mir was anderes suchen.«

Weil der Alte nachdenklich auf seine Hände schaut und seine Fingerknöchel reibt, warte ich geduldig.

»Und da hat mir ein alter Marinekamerad ein Stellenangebot vermittelt. Die französische Marine hatte, in Zusammenarbeit mit den Ingenieuren des Bureau Veritas, die Aufgabe, für die Wasserstraßendirektion in Mainz die Wiederschiffbarmachung des Rheins zu betreiben. Anordnungsbehörde der Besatzungsmacht war das französische Ministerium Ponts et Chaussées. Das hieß: die Rheinschiffe zu erfassen, zu reparieren beziehungsweise die Reparaturunwürdigkeit festzustellen, was Verschrottung bedeutete. Sämtliche Rheinwerften waren ja von den Franzosen beschlagnahmt worden. Und die Franzosen hatten es für richtig gehalten, nach Mainz einigermaßen schiffahrtsbeflissene Kenner zu holen, und das waren für sie Marineoffiziere, Ingenieure und auch Seeoffiziere. Und so kam ich als Referent für Schiffshebung nach Mainz.«

Der Alte guckt mich an, als wolle er sagen: Da staunst du wohl? Dann redet er zügig weiter: »Aufgrund meiner früheren gründlichen Ausbildung in Schiffbaufragen konnte ich mich ja mit den Rheinschiffen befassen.«

»Daß dich die Franzosen eingestellt haben, finde ich erstaunlich. Ich hätte mehr Ranküne erwartet. Hast du als ehemaliger deutscher Offizier denn gar keine Schwierigkeiten gehabt?«

»Nein, nicht die geringsten.«

»Und wie lange warst du in Mainz?«

Der Alte bedenkt sich. »Fast zwei Jahre«, sagt er dann.

»Warum hast du in Mainz aufgehört?«

»Ach weißt du, einmal mußte mit diesem Job Schluß sein. Auf die Dauer war die Zusammenarbeit mit der Besatzungsmacht doch nicht der wahre Jakob, und außerdem wollte ich *Seesteuermann* werden. Es drängte mich wieder an die Küste, aufs Wasser.«

»Das hast du dann auch gründlich geschafft!«

»Ja«, sagt der Alte und guckt versonnen. »Ja«, setzt er aufs neue an, »zunächst mal durch das Segeln nach Südamerika rüber und so weiter – wie Allah es gewollt hatte.«

»Jetzt arbeitest du *wieder* mit Zeitraffer. Du hast gesagt, du wärst erst *nach* Mainz in Hamburg gewesen, und da ging's um den berühmten Düngekalk.«

»Interessiert dich das wirklich?«

»Brennend sogar! Da ging's dir, hab ich gehört, doch bald sehr gut, und du warst sozusagen en famille in Hamburg?«

»Das waren Handwerker, bei denen ich untergekommen war. Die Tochter war die Witwe eines U-Boot-Maschinisten.«

»Weiß ich!«

»Du brauchst gar nicht so bedeutungsvoll zu tun. Die arbeitete in der Firma. Dadurch hab ich sie kennengelernt, und durch sie kriegte ich die Wohnung«, gibt der

Alte zögernd Antwort, er scheint nur widerwillig darüber reden zu wollen.

Doch ich gebe nicht nach: »Aber bald schon fandest du dich *zu* gut versorgt. Oder?«

»Ja, das war's. Die junge Dame war nun mal marinehörig, oder wie ich das nennen soll. Ich bekam ordentlich zu essen, meine Wäsche wurde gewaschen. Mein Leben hing auf einmal vom Wohlwollen dieser Leute ab, und da mußte ich sehen, daß ich weiterkam.«

»Wohlwollen war also reichlich vorhanden?«

»Mehr als genug. Und dadurch fühlte ich mich verpflichtet und immer wieder verpflichtet, bis ich plötzlich merkte: Nein, so geht's nicht weiter.«

»Und da kam die Chance mit der ›Magellan‹ wohl genau im richtigen Augenblick, wenn ich das richtig sehe. Da tauchten Leute bei dir auf, die ihr bißchen Geld außer Landes bringen wollten. Stimmt das?«

»Würdest du freundlicherweise mal an deine verstrahlte Uhr gucken?« unterbricht mich der Alte.

»A quarter to midnight!«

»Zeit für die Koje!« entscheidet der Alte.

Ich weiß: Die Zäsur liegt richtig: Jetzt kommt ein gewichtiges Kapitel, die Atlantiküberquerung, der spannendste Teil von Heinrichs gesammelten Abenteuern. Also gut, heben wir sie fürs nächste Palaver auf. Bis Durban haben wir noch eine Menge Zeit.

Noch vor dem Frühstück steige ich zur Brücke hoch. Wie üblich ist der Alte schon oben, er steht im Kartenhaus und starrt auf die Karte.

»Diese Riesenstrecke und kein Hafen!« klagt er, »früher sind wir schon mal nach Lobito, Angola, gegangen, oder nur bis Marokko: Safi, Casablanca! Kein Vergleich. Und hier«, der Alte zeigt auf Togo, »waren wir auch einmal«, und sein Gesicht hellt sich auf, »das war schon ziemlich früh. Unser Besuch wurde ganz groß gefeiert. Da gab's dreizehn sogenannte Nachtklubs. Der Hafen ist von der Bundesrepublik finanziert, von deutschen Firmen gebaut, noch ganz in deutscher Hand und Verwaltung.«

»Woher weißt du, daß es dreizehn Nachtklubs dort gibt, und was heißt denn ›sogenannte‹?«

»Na ja, wie soll ich das sagen: Du kannst dir doch ungefähr vorstellen, was das für Kaschemmen da sind, und diese dreizehn Nachtklubs haben wir einen nach dem anderen mit unseren deutschen Freunden frequentiert und dabei auch eine entsprechende Anzahl der schwarzen Sprachlehrerinnen kennengelernt.«

»Handelte es sich um Sprachlehrerinnen in Gänsefüßchen?«

»Gewissermaßen«, sagt der Alte und grient dazu.

»In Angola, im Hafen von Lobito, hast du dir doch deine Tuberkulose geholt?«

»Ja, das war nicht so lustig, aber das hab ich dir ja schon erzählt.«

Wir haben uns ins Ruderhaus verholt, und der Alte setzt erst mal sein Glas an, obwohl es nirgends etwas zu sehen gibt, nur sonnenüberglänztes Wasser und einen kobaltenen Himmel und als Trennungslinie zwischen beiden eine makellose Kimm. Dann redet der Alte weiter: »In Ghana waren wir übrigens auch. Der Volta-Staudamm ist ja eindrucksvoll. Gelegentlich der Landpartie dorthin, in Begleitung des ersten Gesandtschaftsrates und der zugehörigen Damen, besuchten wir, mehr zufällig, auch ein Ashanti-Festival.«

Ich denke: ganz der Berichterstil des Alten, und weiß, daß wieder eine längere Pause folgt. Der Alte setzt auch noch einmal sein Glas an, und ich warte geduldig.

»Bei den Ashantis tanzten, um diplomatische Komplikationen zu vermeiden, zwei Häuptlinge miteinander«, sagt er endlich. »Palaver über Lautsprecher waren vorangegangen. Ich konnte leicht erraten, was die meinten: Dorf und Schiff wären auf etwa vergleichbarem Level, Partnerschaft war angesagt. Der frühere deutsche Botschafter, Müller hieß der, genoß große Verehrung. Nach ihm hatte sich sogar ein schwarzer Fußballklub ›Mueller United‹ genannt. Der neue Botschafter, der, mit dem wir es zu tun hatten, war noch nicht über die Sabotageerlasse unseres Innenministers informiert und hatte für das Schiff einen Sonntag der offenen Tür ausgeschrieben. Das stand schon in allen Landeszeitungen. Unsere Auweihrufe prallten an der überzeugend vorgebrachten Behauptung ab: Einen Saboteur würde man hier bereits auf dem Flugplatz erkennen und unverzüglich ausweisen. So lief das da. Na, zum Glück ist nichts passiert.«

»Schreck laß nach!« entfährt es mir, als ich beim Frühstück die kleinste der Stewardessen auf hochhackigen Schuhen mit unserem Rührei heranschnüren sehe. Sie hat sich ihre Bluejeans bis oben abgeschnitten und zeigt ihre flomigen weißen Schenkel, deren Farbe an Glaserkitt erinnert. Wenn sie sich bückt, entblößt sie auch noch ein gutes Drittel ihres bleichen Hinterns. Da steht sie nun an unserem Tisch und hält, was sie vorzeigt, sicherlich für das Schärfste an erotischer Herausforderung. Und dazu ihre Frisur, die wie ein Rasierpinsel aussieht...

»Muß das sein?« frage ich den Alten, als sie mit dem üblichen »Mahlzeit!« unser Geschirr abgeräumt hat.

»Muß wohl«, gibt der Alte zurück.

»Wie dem auch sein mag«, sage ich nach einer Weile, »ich will mir mal die angesagte Feuerrolle nicht entgehen lassen.«

Der Erste trägt, als ich mich der Gruppe nähere, gerade einen vom Blatt gelesenen Text vor: »Für konventionelle Schiffe wird die Sicherheitsrolle eingeteilt in die sogenannte ›Feuer- und Verschlußrolle‹, den Plan also, der bei Feuer oder Wassereinbruch ablaufen muß, und in die ›Bootsrolle‹, die für den Fall vorgesehen ist, daß das Schiff aufgegeben werden muß, und nach der jedes Besatzungsmitglied eine bestimmte Aufgabe bei der Sorge für die Fahrgäste und beim sicheren Verlassen des Schiffes zu erfüllen hat.«

Den Stewardessen soll der Umgang mit Schaumfeuerlöschern beigebracht werden. Ich visiere die Szene, die sich auf dem Achterdeck abspielt, mit meiner Kamera so an, daß ich zugleich die Mittelklüse sehe und im Vordergrund eine Mooringwinde, dazu das senkrecht stehende Verholspill – absurdes Bild.

Mein Blick trifft den eines Matrosen, der über mir von

einer frei hängenden Stelling aus malen sollte. Der Mann hebt die Schultern und grinst, und jetzt macht er sich auch wieder gemächlich an die Arbeit.

Wenn es brennen sollte, wird sich kaum eine der Damen mit einem so schweren Schaumlöscher an das Feuer heranwagen.

Nach dem Mittagessen, der Erste und der Chief sitzen heute mit an unserem Tisch, sage ich: »Der eine Koch, der kleine rundliche mit den schwarzen Haaren, der kennt sich anscheinend mit Schiffsunfällen aus. Er hat, erzählte er mir, auf einem Schiff namens ›Lakonia‹, mit k geschrieben, betonte er – also nicht die ›Laconia‹ mit c, die Hartenstein versenkt hat«, sage ich zum Alten hin, »der Koch hat erzählt, er habe auf besagtem Schiff, das in der Nähe von Gibraltar brannte und dann sank, Dienst getan. Da hätte der Kapitän als erster per Motorboot die Sinkstätte verlassen, hundertdreiundzwanzig Passagiere seien umgekommen, kein Mann der Besatzung. Glaubst du, daß das stimmt?«

»Ja doch«, sagt der Alte, »stimmt schon, der Koch ist ein ganz wiefer Bursche.«

»Bei der ›Andrea Doria‹, hat er mir auch noch gesagt, seien dreiundsechzig Leute umgekommen.«

Schiffsunfälle, ein Thema, das für Seeleute unerschöpflich ist. Geruhsam reden wir über den Luxusliner, der vor Beirut strandete, weil der Wachhabende ein neues Funkfeuer für die Luftfahrt mit einem Küstenfeuer verwechselte, auch über die »Andrea Doria«, die als unsinkbares Passagierschiff galt, und über den Erzfrachter »Melanie Schulte«, der allen Vermutungen nach in einem Unwetter mittendurchbrach und wegsackte.

»Was da wirklich passierte«, sagt der Alte, »wird man nie herauskriegen. Das ging anscheinend so schnell, daß der Funker nicht mal mehr auf die Taste drücken konnte.

Uns kann das ja nicht passieren, wir haben schließlich eine starke Antenne, und die hält notfalls Vor- und Achterschiff zusammen«, sagt der Alte und setzt seine Schafsmiene auf.

Der Erste bricht in ein meckerndes Gelächter aus, und der Chief guckt mißbilligend, als wolle er sagen: Das ist doch nicht das Niveau vom Kapitän!

Wir bereden, wieso es zu den vielen spektakulären Schiffsunfällen, selbst bei gutem Wetter, kommen konnte. Ich erzähle, daß ich bei meiner ersten Reise mit der Otto Hahn eine lehrreiche Information erhalten hätte: »Ich war auf der Brücke, der damalige Dritte hatte Wache, als genau voraus ein Schiff über die Kimm kam, in Lage Null also. Nach der Seestraßenordnung hätte das Schiff an Backbordseite an uns vorbeikommen müssen. Als es größer wurde, änderte der Dritte zwei Strich mehr nach Steuerbord, der andere fiel aber nicht nach Backbord ab, im Gegenteil. Also ging der Dritte wieder nach Backbord zurück. Als der Zossen schon sehr nahe aufgekommen war, gut an Steuerbord von uns frei, drehte er plötzlich heftig nach Backbord und zeigte sich in Lage achtzig Grad. Allem Anschein nach hatte der Mann drüben auf der Brücke bis zu diesem Augenblick geschlafen. ›Südkoreaner‹, sagte der Rudergänger.«

»So kann's passieren!« sagt der Alte.

Während wir ein Schiff nach dem anderen versinken lassen, steigt unser Wohlgefühl. Wir verhalten uns wie die alten Kapitäne, die ihren Wohnraum mit Bildern dramatischer Schiffsunfälle ausstatteten: Nichts scheint so sehr das eigene Lebensgefühl zu erhöhen wie der Anblick des Verhängnisses, das andere getroffen hat.

»Im Radio war was von einer Lawine«, sagt nun der Erste, »irgendwo in den französischen Alpen, Val d'Isère, berühmter Skiort, Staublawine. Die hat ein Erholungsheim mitgenommen. Dreiundvierzig Tote, lauter junge Leute, und eine Menge Vermißte.«

Am Tisch wird es stumm. »Wahrscheinlich hat's auch noch welche in Autos auf der Straße erwischt«, fährt der Erste fort, »die Lawine fegte quer durch den Speisesaal, die Leute waren gerade beim Frühstück.«

»Muß gräßlich sein, im Schnee zu ersticken«, sagt der Chief.

»Dreiundvierzig Tote?« fragt der Alte.

»Ja, und dann noch die Vermißten.«

»Kein schöner Tod«, murmelt der Alte.

Eben noch haben wir über Schiffsunfälle geredet, ohne daß einer am Tisch sich beunruhigt zeigte. Aber nun sind alle ergriffen und machen Leichenbittermienen wegen einer Lawine. Läßt die Vertrautheit mit dem Element auch seine tödlichen Schläge leichter hinnehmen? Mit Schiffbruch muß jeder Seemann rechnen – aber mit Schnee?

Nach seiner »Nachdenkstunde« klopfe ich beim Alten an. Der Alte hat einen Atlas vor sich und macht mir sogleich Vorschläge, wohin ich in Afrika reisen könnte, wenn ich in Durban abmusterte.

»Noch ist ja nichts entschieden«, gebe ich zu bedenken.

»Die Rückfahrt wird doch nur eine ewige Schipperei, für dich nicht mehr interessant. Überleg's dir ... Wenn ich nur wüßte, was die sich unter der Party in Durban vorgestellt haben«, fügt er sorgenvoll an, »wenn wir nicht rechtzeitig an der Pier sind, weiß ich nicht, ob die Kombüse fertig wird.«

»Was machst du dir für Gedanken? Eigentlich müßten *die* doch einladen, und nicht das Schiff.«

»Das sagst du so! Das erwarten die, daß wir die Gastgeber sind, und da will man sich ja auch nicht lumpen lassen.«

»Laß liesche – das hab ich in Frankfurt auf der Buchmesse gelernt, das sagen die Frankfurter, wenn du's gelassen nehmen sollst.«

»Laß liesche? Werd ich mir merken.«

Damit wir auch das für jeden abgezählte Stück Kuchen zum Kaffee bekommen, das oft, wenn wir nicht als erste da sind, von den »Familienclans«, wie ich sie nenne, bereits abgeräumt worden ist, hat der Alte Kaffee und Kuchen für uns auf seine Kammer bestellt.

»Reden wir mal lieber von was anderem, davon, wie du denn eigentlich dazu gekommen bist, über den Atlantik zu segeln. Ach, noch was wollte ich dich fragen: Was war denn eigentlich mit dem Düngekalk in Hamburg?«

»Den Düngekalk, den haben wir als Baukalk verkauft.«

»Wie bist du denn *darauf* gekommen?«

»Ach«, sagt der Alte abwehrend, »das lernt sich.«

»Umfassende Auskunft! Aber gut, wie kamst du auf die wahnwitzige Idee, mit einem Segelschiff nach Südamerika zu segeln?«

»Wolltest du mir nicht erst sagen, wie du Knastbruder wieder ins gesittete Leben zurückgefunden hast?«

»Nein, wollte ich nicht, aber wir könnten ja würfeln, wer als nächster dran ist.«

»Na denn«, sagt der Alte gutmütig, »der alte Korte war ein Hamburger Überseekaufmann, der vor dem Krieg in Fernost war. Sein Sohn Ado war in Tientsien zur Welt gekommen. Der Alte war Handelsmann in China, ging später nach Hamburg zurück. Nun hatte der Sohn Ado – seine Eltern waren umgekommen – bei der Erbteilung eine kleine Villa am Leinpfad geerbt, und die hat er schnell und sehr früh an einen Juden verkauft. Der hatte Dollar gewechselt und so etwa 60- bis 70000 Mark für die Villa bezahlt. Und mit diesem Geld hat der Sohn Ado angefangen, eine Yacht zu bauen.«

»Zu bauen? Ich dachte, das sei eine alte gewesen?«

»Nein, die ist frisch gebaut worden.«

»Ging das denn damals so ohne weiteres?«

»Es ging jedenfalls. In Eckernförde haben wir noch Bauaufsicht gemacht.«

»Dieser Korte dachte wohl ganz schlau: Auf diese Weise konnte er sein Geld und sich selber aus Deutschland hinausbringen. Der war aber doch kein Seemann?«

»Nein, Seemann war der nicht, und da lag sein Problem. Deshalb hat er mich aufgetrieben und engagiert.«

»Der brauchte also einen Skipper!«

»Ja, und den hab ich dann gemacht. Aber erst mal hab ich das nötige Gerät besorgt, Sextanten zum Beispiel. Die waren damals aus Leichtmetall und ließen sich drüben auch später sehr gut verkaufen.«

»Wenn ich mir das vorstelle: Ihr baut in aller Seelenruhe eine Yacht, du treibst Sextanten auf – dabei gab's doch nach dem Krieg nichts ohne Beziehungen...«

»Einfach war das auch nicht. Wir brauchten vor allem eine Menge Proviant, Knäckebrot zum Beispiel. Die ganze Ausrüstung war natürlich ein Problem. Wir sind überall rumgelaufen und haben gesagt, wir wollen mit dem Schiff meeresbiologische Forschung betreiben.«

»Nicht dumm!«

»Meeresbiologische Forschung, das klang auch denen in der Knäckebrotfabrik in Lüneburg gut in den Ohren: Knäckebrot kann ein Schlager bei der Ausrüstung von Schiffen werden, haben wir gesagt, und da haben sie, um bloß *ein* Beispiel zu nennen, das Nötige willig herausgerückt.«

»Wieviel Leute wart ihr denn?«

»Vier.«

»Und wie groß war das Schiff, wieviel Segelfläche?«

»Ungefähr hundert Quadratmeter Segelfläche. Die Yacht war, das kann ich noch genau sagen, über alles dreizehnkommasieben Meter lang, dreimeterdreißig breit, anderthalb Mast – eine Yawl.«

»Und die habt ihr drüben verkauft?«

»Ja. Aber so weit sind wir doch noch nicht. Jetzt willst *du* wohl Tempo machen?«

»Gott behüte!«

»Na, dann laß mich mal erst meinen Papierkram erledigen«, sagt der Alte und zeigt auf den Stapel auf seinem Schreibtisch, »wir haben ja noch Zeit. Heut abend gibt's übrigens Kino.«

»Was denn? Wenn der Film genauso ein Schmarrn ist wie der letzte, dann spar ich mir den lieber.«

»Ist doch eine Abwechslung. Heißt, glaub ich, ›Der Zigeuner‹ mit diesem berühmten französischen Schauspieler Delon.«

»Mal sehen«, sage ich skeptisch und verabschiede mich.

Angenommen, überlege ich, als ich ziellos übers Deck laufe, ich ließe mich tatsächlich auf diese Afrikareise ein, dann müßte ich in Durban das Schiff mit einer Art Fluchtgepäck verlassen. Abschied vom Schiff, Abschied vom Alten. Die große Tristesse zieht mir ins Gemüt ein.

In der Kammer des Matrosen Angelow hat sich um seinen kleinen Tisch eine Bastelrunde versammelt: Der große dicke Assi sitzt wieder da und heute auch der Bootsmann. Angelow gibt Unterricht. Stolz zeigt er mir seine neuen Flaschenschiffe. »Noch schöner in Bar«, sagt er, »richtig Ausstellung in Bar.« Und ich verspreche, daß mein nächster Weg mich in die Bar führen wird.

Derselbe Angelow, dessen Stimme sich schrill überschlug, als der Hai an Oberdeck gehievt wurde, unterweist geduldig und mit milder Stimme seine beiden Eleven im Buddelschiffbau. Alle drei sind ganz konzentriert mit winzigen Schiffsmodellen beschäftigt. Erkläre mir einer die Natur des Menschen.

Den Film habe ich mir erspart und zwinge mich, um die Lähmung, die auch mich schon zu befallen droht, abzuschütteln, die täglichen Notizen zu machen. Als der Alte an mein Schott klopft und fragt: »Stör ich?«, rufe ich: »Komm nur rein. Ich wollt grad aufhören. Wie war denn der Film?«

»Nicht mein Geschmack. Ich seh am liebsten ein Luststück. Rassenprobleme, die können wir ja in natura in Durban auch besichtigen. Ich bin bald wieder gegangen. – Kommst du mit auf die Brücke?«

»Mir ist was Komisches eingefallen, nachdem du von deiner Knäckebrotaktion erzählt hast«, sage ich zum Alten, als wir uns ins Kartenhaus verzogen haben.

»Und was war das Komisches?«

»Ich hab dir doch gesagt, daß nicht mal alle meine wenigen Freunde spitz gekriegt hatten, daß ich fast ein halbes Jahr verschwunden war. Noch schlimmer: Man hatte sich inzwischen tüchtig an meinem Eigentum bedient.«

»Tss tss«, macht der Alte und murmelt: »Die alten Erfahrungen. Das find' ich aber gar nicht komisch!«

»Wart's nur ab! Ich hatte als Existenzgründungskapital einen Zentner Zucker.«

»Wie bist du denn an den gekommen?«

»Der gute Bonzo, der Verlagskollege, für den wir die Möbel besorgen wollten – du erinnerst dich?«

»Ja«, sagt der Alte und nickt, »euer Fast-rencontre mit den Amipanzern.«

»Ja, der. Also Bonzo vermutete seine Frau Bele mit der kleinen Tochter irgendwo in Thüringen. Das war damals so eine Art Niemandsland. Die Amis hatten zwar die Gegend besetzt, zogen sich dann aber zurück, und die Sowjets sollten nachrücken. Und genau in die Lücke wollten wir just zu diesem Zeitpunkt hinein und Bele samt Tochter herauspauken – der reine Irrsinn!«

»Kann man wohl sagen«, sagt der Alte trocken. »Was hattet ihr denn für ein Fahrzeug?«

»Einen alten klapprigen DKW. Nicht viel besser als der Holzgaser. Wir hatten natürlich nicht bedacht, daß fast alle Brücken gesprengt waren, und da mußten wir dann irgendwo und irgendwie steile Feldwege hinunter und drüben wieder hinauf. Und natürlich fanden wir Bele mit dem Kind nicht. Die war, das erfuhren wir dann später von ihr selber, per Pferd nach Süden aufgebrochen.«

»Schöne Konfusion in diesen Zeiten«, wirft der Alte nachdenklich ein.

»Aber – und jetzt kommt's: Wir fanden eine verlassene Fabrik, Zuckerfabrik. Und in einem Schuppen mit Gleisanschluß war jede Menge abgefüllte Zuckersäcke. Ein Jammer, daß wir nicht mehr als zwei Zentnersäcke aufladen konnten, das war im Grunde schon viel zuviel für unseren DKW. Jedesmal, wenn wir einen Berg hinauf mußten, schwitzten wir Blut und Wasser. Aber das haben wir dann, manchmal nach drei Anläufen, im ersten Gang mit Ach und Krach geschafft und sind, samt der Ladung, heil nach Feldafing gekommen.«

»Und da hast du dich dann nur von Zucker ernährt?«

»Wo denkst du hin! Hundert Pfund Zucker, das war doch ein Vermögen! Und weil ich Angst hatte, der kostbare Zucker könnte mir aus dem einsam gelegenen Häuschen am Wald in Feldafing geklaut werden, habe ich meine Hälfte Zucker in München bei einer Schriftstellersgattin – der Schriftsteller war noch nicht aus dem Krieg zurück –, einer älteren, aber sehr munteren Dame, deponiert.«

Die Geschichte ist ganz nach dem Geschmack des Alten. Er pliert mich vergnügt aus feuchten Augen an: Der Schuft malt sich schon aus, wie die Geschichte weitergehen könnte.

»Diese mildtätig gesinnte Dame hat einen Teil von dem Zucker in Mehl eingetauscht, und dann hat sie die ganze Verwandtschaft und Nachbarschaft mit Topfkuchen beglückt, die gute Fee.«

»Wahrscheinlich hat sie gedacht: Unrecht Gut gedeiht nicht – oder besser: soll nicht gedeihen«, bringt der Alte unter Lachstößen hervor, »hundert Pfund Zucker! Da hättest du dir doch wer weiß was dafür kaufen können!«

»Ich kenn einen, der hat so angefangen. Bekannter Kunsthändler. Emigrierte während der Nazizeit nach Amerika und kam dann als amerikanischer GI wieder nach Deutschland. Der hatte zwar keinen Zucker, dafür aber ganze Stangen von ›Lucky Strike‹. Und da er nicht rauchte, tauschte er sie gegen Bücher oder Bilder. Hätte jeder machen können, denn Zigaretten waren damals die begehrteste Handelsware. Damit hat er sein Vermögen begründet.«

»Und warum bist du nicht selber an den Zucker rangegangen?«

»Ich dachte an die Schwarzmarktpreise, die Tauschtarife und fühlte mich, mit dem Zucker als Polster, wie ein Nabob. Und dann noch meine große flache viereckige Dose ausgesonderter U-Boot-Proviant dazu: Ochsenzungen! Ochsenzungen in Madeira. Ehe ich *diese* Dose aufgemacht hätte, wäre ich wahrscheinlich verhungert.«

»Bist du aber nicht, wie ich sehe. Was war denn mit den Ochsenzungen?« fragt der Alte drängend.

»Da krampft sich mir jetzt noch der Magen zusammen. Aber weil du's bist: Eines Abends kam ich völlig erschöpft aus München zurück. Ich hatte glücklicherweise Sperrholz für unsere ›Kunsthandwerklichen Werkstätten‹ aufgetrieben ...«

»Kunsthandwerkliche Werkstätten?« fragt der Alte, »was war denn das nun wieder?«

»Gut, wenn du das auch noch wissen willst – später. Also ich kam erschöpft aus München und ich denk, ich seh nicht recht: Auf meinem Holzbalkon – also gegen das Licht – sitzen zwei Figuren an meinem Tisch: Bonzo mit einer Freundin, hoffnungsvolle Schauspielerin, und sind beim Mampfen. In der Mitte ein Kegel aus Weißbrotecken aufgebaut, akkurat wie von einem Berufspatissier.«

Jetzt hole ich erst mal Atem. Ich fühle mich noch in der Erinnerung wie überwältigt.

»Na, und?« fragt ungeduldig der Alte.

»Da waren die ganzen Ochsenzungen auf einmal verarbeitet. Ein Turmbau zu Babel. Ich habe meinen Augen nicht getraut. Du weißt ja, wie groß so eine Dose war! Mein letzter tauschbarer Besitz.«

»Offenbar ein Volltreffer ins Kontor!« foppt mich der Alte und bringt mich hoch.

»Du hast gut reden, dich haben ja die Engländer ernährt.«

»Hoho!« macht der Alte, und dann fragt er: »Woher hatte die Dame denn das Weißbrot?«

»Weiß der Himmel. Ich habe jedenfalls seither nie wieder Ochsenzunge gegessen.«

»Jetzt hab ich doch tatsächlich Hunger«, sagt der Alte, »du auch? Ich hab zwar keine Ochsenzungen, aber eine anständige Salami im Kühlschrank – dazu einen doppelt gebrannten Korn. Was meinst du?«

»Klingt gut!«

»War schon verrückt, wie schwer man sich an ein ›normales‹ Leben gewöhnen konnte«, sage ich, als wir die vom Alten dick abgesäbelten Scheiben Salami kauen.

»Wie meinst du das?«

»War ja auch alles nicht normal. Wenn ich daran denke, was die Texas-Boys im Nachbarhaus veranstalteten. Oooh Gott, das fällt mir gerade ein: das Theater mit meinem Atelier, als ich aus dem Knast zurückkam! Und gleich nach dem Krieg mit einem Segelschiff über den Atlantik zu segeln, das war ja wohl auch nicht normal.«

»Und du meinst, jetzt bist du ein normaler Spießbürger?« fragt der Alte und pliert mich an.

»Aber gewiß doch! Und deshalb verzieh ich mich auch brav in meine Koje.«

»Haben sich Funker und die Stewardeß eigentlich wieder beruhigt?« frage ich den Alten beim Frühstück, »ich war nämlich heut schon in der Funkbude. Komischer Knabe, der Funker. Er hat mich gefragt, was das eigentlich soll, daß die Stewardessen, wenn er gegessen hat, auch noch fragen: ›Hat's denn geschmeckt?‹ – ›Dafür werden die doch nicht bezahlt‹, hat er gesagt.«

»Und, was hast du gesagt?«

»Ich? Ich hab gesagt: ›Ich find's nett!‹ Was anderes fiel mir nicht ein.«

»Mit dem werd ich auch nicht richtig warm.«

»Das wäre ja auch noch schöner!«

Weil wir in Gelächter ausbrechen, gucken die Assis vom Nebentisch, die stumpfsinnig vor sich hin mampfen, interessiert auf.

»Ja, ja«, sagt der Alte nach einer Weile, »das ist Gott sei Dank erledigt. Die Stewardeß hat dem Funker gesagt, sie hätte das nicht so gemeint, das habe er wohl auch falsch verstanden, und da war er beruhigt. Der Funker bei meiner letzten Reise war gut, der hat mal eine Stewardeß hochgenommen, die von unserem persischen Zielhafen Bandar Abbas aus über Teheran zurückfliegen sollte – aus irgendwelchen angeblich zwingenden familiären Gründen, kein Todesfall, aber irgendwas in der Art.«

Nur jetzt den Alten nicht unterbrechen, befehle ich mir, als ich mich frage, was denn »irgend etwas in der Art von einem Todesfall« sein könnte.

»Also das war so«, fährt der Alte fort: »Der Funker hat einen Text in unsere Funkpresse reingenommen, ungefähr so: ›TEHERAN. Eine Maschine der Pionierlinie ist auf dem Fluge von Petropolis...‹ – das klingt doch wahrscheinlich? – ›... auf dem Fluge von Petropolis nach Teheran zu Schaden gekommen, weil ein Schafhirte sich mit einem Teppichhändler in die Wolle gekriegt hat. Bei der Auseinandersetzung haben die beiden so ausgeholt, daß sich ein Blech von der Maschine gelöst hat. Die Maschine ist abgestürzt und noch nicht wieder aufgefunden worden. Notsignale der Maschine sind nicht aufgenommen worden, weil sie noch keine Funkgeräte besaß, aber die Pionierlinie teilt mit, daß der Liniendienst vom Süden des Landes nach Teheran fortgesetzt würde. Die Pionierlinie verfügt über noch weitere sieben Maschinen.‹«

»Und damit hat der Funker das Mädchen erschreckt?«

»Ja. Als sie das las, wurde sie beobachtet, klammheimlich. Die las es immer wieder, und dann sagte sie: ›Keine gute Nachricht!‹ Die hat das richtig mitgenommen, so sehr, daß keiner ihr die Wahrheit sagen mochte. Das ist dann ja auch unangenehm.«

»Die haben sie also dabei gelassen?«

»Die Sache war ja ohnehin faul. Jetzt wollte keiner damit rausrücken, daß das Ganze Schwindel war – oder besser: *auch* Schwindel. Alle hatten ihr gesagt: ›So ist das nun mal! Das Risiko muß man eingehen, wenn man in die Fremde fährt‹ und so was.«

»Und?« frage ich, auf eine Pointe erpicht.

»Nichts und!« sagt der Alte und dann noch: »Die flog dann doch nicht.«

Da verdrehe ich die Augen: Was für eine schwache Pointe!

Arbeiten! Lernen! rede ich mir zu, als ich nach dem Mittagessen übers Deck nach vorn schlingere. Der Wind hat aufgebrist, und das Schiff rollt durch die südliche Dünung.

Ich mache mich auf meiner Koje lang, stopfe mir das Bettzeug fest in die Seite, damit ich nicht aus der Koje falle, und memoriere, was der Chief mir einzutrichtern versuchte. Erstaunlich, daß sich der Wirrwarr in meinem Kopf, der mir anfangs unlösbar erschien, doch zu klären beginnt. Ich kann mir, wenn ich die Augen schließe, die Funktion des Reaktors bildhaft vorstellen, ich weiß, wie das Primärwasser fließt, wie es mit seinen dreihundert Grad in den Dampferzeugern das Sekundärwasser zum Verdampfen bringt und wie der Dampf zu den Turbinen gelangt.

»Weiter!« sage ich zu mir, als ich nahe dran bin einzudösen, und laut deklamiere ich vor mich hin: »Die Urantabletten für die Kernreaktion stecken in dreitausendeinhundertzwoundvierzig Rohren aus rostfreiem Stahl. Diese Rohre sind in sechzehn Brennelementen zusammengefaßt. Je ein kreuzförmiger Steuerstab in jedem Brennelement. Also sechzehn Steuerstäbe...« Ich könnte mir selber auf die Schulter klopfen: Mein Grips funktioniert noch! Reicht für heute.

Beim Abendessen frage ich den Alten: »Wie sah's denn mit dem Schiff bei Sturmfahrten aus, ich hab gehört, ihr wärt mal ganz kräftig hergenommen worden?«

Nachdem der Alte seinen letzten Bissen gekaut, sich den Mund abgewischt und mit einem Schluck Bier nachgespült hat, räkelt er sich in seinem Stuhl zurecht und sagt: »Den letzten Sturm hatten wir im Dezember auf der

Reise nach Halifax. Mitte Nordatlantik zwischen Neufundland und Irland. Eigentlich war's schon ein Orkan. Der Orkankern kreuzte die Kurslinie dreihundert Seemeilen voraus auf rasanter nordöstlicher Bahn.«

Die wie immer ganz genaue Schilderung des Alten, »Mitte Nordatlantik zwischen Neufundland und Irland«, zergeht mir wie Zucker auf der Zunge.

»Auszuweichen war da nicht. Nur nach See- und Windstärke beizudrehen, mit Sorge auch hinsichtlich Einhaltung des Ankunftsdatums. Das war genau festgelegt, da es ein Erstanlaufen mit allem Tamtam war. Ab Beaufort acht liefen wir reduziert. Südweststurm mit heftigen Regenböen und sich rasch entwickelnder See. Keine Sicht mehr. Das Schiff wird von Schaum und Gischt überflutet.«

Ich staune, daß der Alte, um die Sache spannender zu machen, ins Präsens verfällt, und hänge meinen Blick an seine Lippen, damit er weitermacht.

»Brecher werden bis Masthöhe an der Luvbordwand hochgeworfen, und ziemliche Wellenberge ergießen sich von vorn nach achtern über das Deck. Bei gelegentlicher Koinzidenz mit der Wellenperiode holt das Schiff bis vierzig Grad Schlingerwinkel über.«

»Da ist doch genau das passiert«, werfe ich ein, »was die Geesthachter ergründen wollten: Wie verhält sich der Reaktor im Extremfall?«

»Du hast den Finger drauf! Da hatten wir nun Tausende von Meilen zurückgelegt, und dann hat's uns endlich erwischt, gerade so, als hätten wir die ganze Zeit nichts anderes gesucht als diesen Sturm... Der damalige Chief hat Blut und Wasser geschwitzt.«

»Ja und – wie ging's weiter?« dränge ich.

»Verdammt schwer wurde mir der Entschluß, fünf handfeste Seeleute nach vorn auf die Back zu schicken – mitsamt dem Ersten. Natürlich unter Beachtung aller

Vorsichtsmaßnahmen wie Anseilen, um eine losgerissene Trossenrolle einzufangen, bevor die vorn alles abrasierte. Sie kamen, abgesehen von blauen Flecken, ohne Schaden zurück.«

»Und?«

»Und das Schiff kam mit nur geringem Seeschaden davon, und das noch innerhalb der Franchise. Die Verschanzung vorn an Backbord war leicht eingedrückt, ein halbes Dutzend Relingsstützen geknickt und zum Teil durch die Backdecksplatten durchgestoßen. An diesem Tag wurde bemerkenswerterweise der Waschmaschinenbetrieb der Ehefrauen eingestellt.«

»Da sollte man sich ja eigentlich Sturm wünschen«, sage ich.

Der Alte grinst selbstzufrieden, redet aber gleich weiter: »Das wird dich noch interessieren: Ab Windstärke elf machte das Schiff noch knapp einen Knoten und ab zwölf keine Fahrt mehr durchs Wasser. Wir hatten die Umdrehungen gerade ausreichend eingestellt, um beigedreht zu bleiben. Dabei sind wir sicher etwas über Grund zurückgetrieben. *Damals* hättest du Aufnahmen machen können...«

»Und wie verhält sich der Reaktor bei so einem Sturm?«

»Normalerweise geht man ja schlechtem Wetter tunlichst aus dem Weg«, setzt der Alte zögernd ein, »aber wir haben es zur Reaktorerprobung manchmal sogar *gesucht*.«

»Von der Wissenschaft in den Sturm geknüppelt?«

»So kann man's nennen. Schlechtes Wetter fanden wir mal im Gebiet westlich der Shetlands. Wind von West bis Stärke neun. Für reaktordynamische Messungen mußte die Fahrt gegen vorliche See beibehalten werden. So machten wir nur reine Stampfbewegungen. Das Schiff setzte sehr hart ein und schöpfte hunderttonnenweise

Wasser. Die hochgeworfenen Mengen, die auf die Back zurückfielen, drückten das Backdeck ein. Das wurde später in der Werft mit weiteren Deckstützen und Versteifungsblechen geregelt. Ein Bulleye im unteren Brückendeck wurde eingeschlagen, was dem Ersten, der dort wohnte, einen schönen Batzen Geld von der Effektenversicherung einbrachte. Lauter schöne neue Sachen! Neu für alt. Zu seinem Glück war der Erste, als der Schaden passierte, gerade nicht in seiner Kammer.«

Der Alte hat bei der Schilderung des Füllhorns, das über seinen First mate ausgeschüttet wurde, den Faden verloren, und ich sage lachend: »Das hab ich noch nie gehört: die Segnungen der Sturmsee!«

Auch der Alte muß grinsen, bedenkt sich aber und wird wieder ernst: »Weniger Glück hatte der Schiffsarzt. Das war damals ein Exflottenarzt. Als der auf der Luvseite über das Reaktordeck ging, um einen Matrosen, der sich die Lippen aufgeschlagen hatte, im Hospital zu behandeln, warf ihn ein überkommender Wasserschwall um und schwemmte ihn gegen einen Reaktordeckelbock. Dabei riß sich der Doktor die Kopfhaut hinter dem Ohr auf und blieb bewußtlos an diesem Bock, der ihn aufgefangen hatte, liegen. Zum Glück kam der Bootsmann vorbei und las ihn auf. Der Arzt wurde von der in langer Meteor-Fahrt, DHI, ledern gewordenen Schwester genäht. Sie selber wurde dabei von zwei strammen Seeleuten gegen den Seegang ausbalanciert. Den lädierten Seemann nähte aber dann der Schiffsarzt selber. Die Wissenschaft hatte jedenfalls die gewünschten Meßresultate im Kasten – und da konnte endlich die Drehzahl smooth zurückgenommen werden.«

»Was heißt ›Meteor-Fahrt‹ und was ›DHI‹?«

»DHI ist: ›Deutsches Hydographisches Institut‹ und ›Meteor‹ ist ein Vermessungsschiff.«

Eigentlich wollte ich etwas über das Verhalten des

Reaktors bei Sturm hören, aber wie so oft sind wir abgetrieben. Bei nächster Gelegenheit den Chief oder die Forschung fragen! nehme ich mir vor, während ich zur Brücke hochsteige. Der Alte ist in der Kombüse. Es geht wieder um die Party in Durban, die dem Alten Sorgen macht.

»Hast du dich nun entschlossen?« fragt der Alte, als wir zum Abendplausch in seiner Kammer sitzen.
 »Entschlossen zu was?«
 »Daß du in Durban von Bord gehst, mein ich. Ich kann's dir nur raten. Wenn wir erst mal drei Wochen vor Einlaufhafen stehen, ich kenn das, wird's noch eine schöne Reizbarkeit geben. Das geht doch jetzt schon los.«
 »Laß mich mal noch eine Nacht drüber schlafen. Jetzt will ich wissen, wie das mit eurer Yawl weiterging.«
 »Was hatte ich denn zuletzt erzählt?«
 »Sextanten, Knäckebrot besorgen.«
 »Ach ja. Also, die Yacht wurde in Eckernförde gebaut. Das fiel den Engländern natürlich auf. Wir waren damals unter englischer Besatzung. Ich war der einzige, der einen Paß hatte, ich meine ein Seefahrtsbuch mit einem Exit permit. Ich war berechtigt, auf Schiffen zu fahren, aber nur auf lizenzierten Schiffen. Für eine Lizenz bestand für uns natürlich gar keine Aussicht.«
 »Was euch anscheinend nicht störte.«
 »Du weißt doch, wie das in der Zeit war. Das war jetzt noch nicht unsere Sorge. Irgendwie, dachten wir, werden wir schon klarkommen. Jedenfalls, eines Tages kam in Eckernförde ein Engländer an und sagte: ›Oh, ich hab heute Segelschuhe an, darf ich mal raufkommen? So eine schöne Yacht, so schön gelackt und alles so picobello...‹ so redete der Mann und kam dann rauf. Wir konnten ihm das ja nicht verbieten. Und da hat er auch die Tanks gesehen. Der merkte natürlich, daß wir was vorhatten.«

Den Alten machen seine Erinnerungen erst mal stumm. Ich muß meinen Blick sehr fest an seine Lippen hängen, damit er weiterredet.

»War alles nicht einfach. Wir mußten auch probesegeln, das wurde natürlich auch gesehen, und da wird mancher schön gestaunt haben: in dieser Zeit eine so große, nagelneue Yacht!«

Der Alte nimmt einen großen Schluck aus der Bierflasche. »Wir mußten so schnell wie möglich aus Eckernförde verschwinden und haben uns dann durch den Kielkanal durchschleppen lassen und sind nach Hamburg gegangen. Da kannte ich einen Yachthafen in Wedel. Wir freundeten uns mit einem Inspektor vom Wasserschiffahrtsamt an, das Wasserschiffahrtsamt war auch da draußen, und dieser Inspektor erlaubte uns, die Yacht in einer entlegenen Ecke festzumachen. Da hatten wir mal wieder Glück, denn da waren wir gut verborgen, weil es Behördengebiet war. Trotzdem schlief ständig einer von uns auf der Yacht, damit sie nicht verschwand oder ausgeplündert wurde. Verrückt war das alles schon«, sagt der Alte jetzt und schüttelt seinen Kopf, als könne er das selber nicht mehr begreifen.

»Da haben wir dann weitergemacht mit Ausrüsten. Die wichtigsten Sachen, Dosenschmalz, Fleisch und so was alles, konnten wir schlecht zum Schiff bringen, weil dort alles streng überwacht wurde. Deshalb sind wir wieder ausgelaufen und sind auf die Weser zu Kuddel Borm gegangen. Kuddel Borm war ein Marinemann, verheiratet mit einer Lürssen, Lürssen von der Werft in Brake, und die hatten ein Gelände am Wasser mit einem Bootssteg. Dort haben wir geankert. Anlegen konnten wir nicht, weil wir sehr tief lagen.«

Der Alte lehnt sich zurück, trinkt und sitzt eine ganze Weile mit halbgeschlossenen Augen da. »Ein großes Problem war: Wie kommen wir mit dem Zweitonner, den ich besorgt hatte, über die Elbbrücke? Dort war große Kontrolle, aber auch das haben wir mit einem Transportschein gelöst.«

»Und woher hattet ihr den Transportschein, wenn ich mal fragen darf?«

»Du weiß doch«, sagt der Alte grinsend, »wer viel fragt, geht viel fehl. Wir *hatten* jedenfalls einen, und alles, was auch nur nach einem Ausweis *aussah*, war in diesen Zeiten Gold wert. Wir haben also das Boot fertig ausgerüstet und sind an einem schönen Sonntag, Sonntag war am besten, weil schon wieder ein paar Segelboote auf dem Wasser waren, die Weser runtergegangen – an Bremerhaven und in weitem Abstand an Helgoland vorbei. Dann direkt zum Kanal und in Etappen weiter: Die erste war Funchal, die zweite Las Palmas, die dritte Kapverdische Inseln – und die vierte Etappe Rio. Jetzt weißt du's!«

Der Alte setzt sich gerade hin, rollt mit seinen Schultern und fragt: »Kommst du mit auf die Brücke?«

»Ja. Aber so schnell laß ich dich nicht aus der Reißen. Wir hatten ausgemacht, daß *nicht* mit dem Zeitraffer gearbeitet wird.«

Am Morgen in der Messe sehe ich, daß Körner allein an seinem Tisch sitzt. Die Gelegenheit ist günstig. Ich setze mich zu ihm und frage, als er sein Frühstück hinter sich hat: »Wie ist denn das Betriebsverhalten des Reaktors bei Sturm? Der Kapitän hat mir gestern erzählt, daß das Schiff zur Reaktorerprobung einmal mit voller Absicht – das war bei den Shetlands, sagte der Kapitän – in einen Sturm gefahren sei mit Windstärke neun und Fahrt gegen vorliche See. Bei dieser Reise waren Sie doch an Bord?«

»Ja, war ich«, sagt Körner und guckt mich erst erstaunt an, legt aber gleich los: »Wir hatten erwartet, daß bei den heftigen Bewegungen des Schiffes in der Sturmsee für die Reaktoranlage Schwierigkeiten auftreten würden. Aber betriebliche Schwierigkeiten traten nicht auf.« Körner redet, nur von Reizhusten unterbrochen, so zügig wie der Chief. »Bei Schlingerwinkeln plus minus achtzehn Grad konnten wir nur eine Neutronenflußveränderung von zwo bis drei Prozent unter den erwarteten Abweichungen messen.«

»Wie stellen Sie denn so etwas fest?« frage ich dazwischen.

»Wir haben dafür im Kern Meßkammern installiert. Wir sind durch unsere Instrumente über alles orientiert, was im Kern passiert.«

»Schade, daß man es nicht *sehen* kann.«

»Sehen?« fragt Körner, »da gibt's nichts zu sehen.«

»Ich dachte an ein kleines Sichtloch. In meiner Jugend Maienblüte konnte ich durch so eines immer wieder fasziniert in den Kupolofen der Rochlitzer Eisengießerei gukken und das Eisen brodeln sehen.«

»Das ist doch was ganz anderes«, sagt Körner verächtlich. »Nein, hier im Reaktor spielt sich alles ohne spektakuläre Effekte ab, sang- und klanglos sozusagen. Sie würden höchstens ein Brodeln im Wasser wie in einem Kochtopf aus Jenaer Glas sehen und ein hellblaues Leuchten von den Tscherenkowschen Strahlen.«

»Was für Strahlen?«

Körner winkt ab. Er will, das merke ich, wieder auf festes Terrain. Mit optischen Phantasien hat er nichts im Sinn. »Bleiben wir mal bei dem Betriebsverhalten bei Sturm: Uns hat auch interessiert, wie sich die Aufhängung des Sicherheitsbehälters und die der abgeschirmten Rohrleitungen im Sicherheitsbehälter und die Aufhängung des Servicebeckens bewähren würden. Sie wissen ja, mit welcher Wucht so ein Schiff bei schwerer See einsetzt. Und da hat es sich gezeigt, daß das Arbeiten des Schiffes und seine Schräglagen keine meßbaren Abweichungen zur Folge hatten.«

Körner sagt das mit deutlich zur Schau getragenem Stolz. Er tut so, als sei das Wohlverhalten der Reaktoranlage sein Verdienst. »Von Vorteil ist natürlich«, hebt er wieder an, »daß der Sicherheitsbehälter im ruhigsten Teil des Schiffes liegt und daß er eine so große Masse aufweist. Sie haben es doch sicher selber gemerkt: Im Kontrollbereich treten weit geringere Schwingungsamplituden auf als in den Aufbauten.«

»Meinen Sie damit, daß das oberste Deck wie verrückt rappelt, wenn wir mit hohen Drehzahlen fahren, während Sie es da unten ruhig und angenehm haben?«

Körner bedenkt mich für diese Unterbrechung mit einem mißbilligenden Blick, redet aber weiter: »*Alle*

Systeme und die gesamte Instrumentierung haben sich jedenfalls *einwandfrei* verhalten, nur die Minimal- und Maximalsignalisierungen des Schildtankhöhenstands reagierten auf den starken Seegang.«

Nun schenkt mir Körner einen erwartungsvollen Blick. Ich sitze leicht verlegen da und zucke nur mit den Schultern, als wolle ich ausdrücken: *Ich* kann nichts dafür. Was soll ich schon dazu sagen?

»Insgesamt hat dieser Reaktortyp seine Bewährungsprobe als Schiffsantriebsanlage voll bestanden!« verkündet Körner fast trotzig.

»Aber ein paar Störfälle hat es doch gegeben?«

»Nicht der Rede wert! Das kann ich Ihnen noch mal erklären. Jetzt muß ich aber zuerst an die Arbeit!« sagt Körner und erhebt sich.

»Ich werde auf Ihr Angebot zurückkommen«, rufe ich ihm nach.

»Was hast du denn heut früh so lange mit Körner geredet«, fragt der Alte, als wir gemeinsam dem Mittagessen zustreben.

»Über das Verhalten des Reaktors bei Sturm habe ich ihn befragt. Und heute mittag mach ich mal 'ne Publikumsbefragung.«

»Über das Verhalten des Reaktors bei Sturm?« fragt der Alte amüsiert.

»Nein. Heute will ich ›aussteigen‹ oder ›zurück mit dem Schiff‹ wissen und die Für und die Wider zählen. Hast du was dagegen, wenn ich mich mal an *den* Tisch setze?« frage ich ihn in der Messe und zeige auf den Tisch, an dem der Arzt, der Chief und der Erste sitzen.

»Wie sollte ich! Da bin ich mal gespannt.«

»Wollen Sie wirklich in Durban aussteigen?« fragt mich der Arzt und gibt mir ganz unverhofft mein Stichwort, »da müssen Sie aber schon was gegen Malaria nehmen!«

»Noch bin ich unentschlossen«, antworte ich und wende mich an den Chief: »Was würden Sie denn machen?«

»Ich?« fragt der Chief, »ich würde *auf jeden Fall* an Bord bleiben.«

»Einfach mal eine Reise ins Blaue machen, den lieben Gott einen guten Mann sein lassen, können Sie sich das nicht vorstellen?« fragt ihn der Arzt.

»Ich weiß doch, was mich erwartet«, entgegnet der Chief muffig und tut so, als interessiere ihn das Thema nicht im geringsten.

»Und Sie?« fragt der Arzt jetzt den Ersten, und ich denke: Das läuft ja prima. »Und Sie – wenn Sie vor die Wahl gestellt würden, ob Sie aussteigen könnten oder nicht, was würden Sie machen?«

»Wieso soll ich mir das vorstellen? Ich weiß doch, wie's kommt: Die Zeit wird mir später vom Urlaub abgezogen«, sagt der Erste.

Jetzt wendet sich der Arzt wieder an den Chief: »Reizt es Sie nicht, mal fremde Drinks auszuprobieren?«

»Kenn ich alle!«

»Oder in Rio: die Copacabana, der Blick vom Zuckerhut, die Weiber..., wär denn *das* was?«

»Ich hab doch keine Lust, dafür Strapazen auf mich zu nehmen. Wir haben doch vom Schiff aus allemal das beste Panorama. So kriegen Sie das von Land aus niemals!«

Jetzt versucht der Arzt es aufs neue mit dem Ersten: »Mal angenommen, auf der Pier stünde eine Fee, die sagte: ›Sie haben einen Wunsch frei, Sie können an Bord bleiben oder durchs Land fahren – die großen Strecken auch fliegen. Die Reise wird cash bezahlt, keine Nachteile hinsichtlich Beförderung und Urlaub. Was würden Sie *dann* machen?«

»*Hierbleiben* natürlich. Ich weiß schließlich, wie so was läuft.«

»Aber stellen Sie sich das doch mal *richtig* vor: Hätten Sie denn gar keine Lust mal einfach so durch Afrika?«

»Das könnte ich nur machen, wenn ich Urlaub hätte. Ich hab aber keinen Urlaub!« sagt der Erste vertrotzt.

»Sie sollen sich das doch einfach nur *vorstellen*!« insistiert der Arzt, und mein Vergnügen wächst.

Da wird der Erste wütend: »Was soll denn das eigentlich!«, blafft »Mahlzeit!« und verschwindet.

»Jetzt sagen Sie mir mal erst, wie denn die Fee aussieht«, fragt jetzt der Chief, »hat sie Holz vorm Haus?«

»Alles, was Sie wollen«, sagt der Arzt.

»Aber Sie haben doch bloß Angst, daß hier an Bord mit Ihren Apparaturen irgendwas nicht richtig laufen könnte, stimmt's?« versuche ich jetzt den Chief zu reizen.

»Stimmt schon.«

»Und wenn nun die gute Fee schon mit der Ablösung an der Pier stünde, was wär dann?«

»Dann wär ich beleidigt.«

»Uff!« sage ich, »Mahlzeit!«

»Zu welchem Entschluß bist du gekommen?« will der Alte wissen, als ich ihn nach seiner Nachdenkstunde besuche.

»Aussteigen!«

»Da waren also alle dafür?«

»Im Gegenteil!«

»Ja«, sagt der Alte nach einer ganzen Weile und guckt mir voll ins Gesicht: »So warst du schon immer: ›Jetzt gerade!‹ oder: ›Jetzt gerade *nicht*!‹«

»An deiner Stelle wär ich ja vorsichtig – ich hab gehört, du hast mal alle fertig gepellten und geschnittenen Kartoffeln für den Kartoffelsalat über Bord geworfen.«

»Ich?«

»Ja, du! Weißt du das denn nicht mehr? Da wart ihr auf der Förde mit einer Yacht unterwegs, als Fähnriche.«

»Dummes Zeug!« fällt mir der Alte ins Wort, »aber bei ›Yacht‹ und ›Förde‹ fällt mir was anderes ein: Das war während des Röhmputsches. Als wir zum Wochenende, Ajax und ich, mit zwei übrigens sehr hübschen Mädchen losfuhren, war alles ruhig. Als wir aber einliefen, merkten wir, daß was nicht stimmte. Da waren Maschinengewehre aufgebaut. Es hatte Alarm gegeben, nach uns war gesucht worden. Das Reich in Gefahr! Wir mußten uns beim Kommandeur melden. Wir hatten auch noch unverzollten Eierlikör an Bord.«

»Eierlikör?« unterbreche ich den Alten, »puuh, so ein Zeug habt ihr getrunken?«

»Der war doch für die Damen. Du bringst mich ganz aus dem Konzept! Also wir hatten noch ein paar Sachen an Bord, und die mußten wir in so einem Sack erst vom Zoll versiegeln lassen.«

»Da wart ihr also dran?«

»Hielt sich im Rahmen, weil wir glaubhaft versichern konnten, daß wir von nichts wußten.«

»Aber jetzt mal zurück zum Kartoffelsalat: Du hast die Kartoffeln viel zu dünn geschnitten, hab ich gehört, und als dir Ajax gesagt hat: ›Das wird ja Mus, aber kein Salat!‹, hast du mit einem Fußtritt die ganze Schüssel ins Wasser befördert. Stimmt das so?«

»Das ist natürlich Quatsch! Das waren keine Kartoffeln, das waren Gurken, Gurkensalat! Und woher hast du die Geschichte?«

»Kam über Norddeich-Radio«, sage ich todernst.

»Latrinenparolen«, grummelt der Alte und grinst.

»Aber jetzt mal weiter: Ihr kamt also auf Madeira, in Funchal, an.«

»Da wurden wir für Sowjets gehalten...«

»Wie kamen die denn darauf?«

»Wir haben eine rote Flagge gefahren, die Hamburger Flagge mit dem Hamburger Wappen. Und diese Flagge kannten die nicht.«

»Eine Flagge wolltet ihr unbedingt führen?«

»Natürlich! Gehört sich doch so. Aber als dann alles aufgeklärt war, haben die Leute dort sehr viel für uns getan. Wir waren die ersten Deutschen, die nach dem Krieg dort ankamen. Ein Portugiese, Freitas Martins hieß er, war dort Agent und ein großer Freund der Deutschen. Seine Frau war deutschstämmig, eine geborene Sporleder aus Bremen. Vor dem Krieg hatte er KdF-Schiffe betreut, die ›Robert Ley‹ zum Beispiel, und gute Geschäfte gemacht. Als wir erschienen, hat er sich gesagt: ›Wenn schon die erste Yacht kommt…‹«

»… dann kommen auch bald wieder KdF-Schiffe.«

»Wahrscheinlich. Dieser Martins hat sich jedenfalls ordentlich ins Zeug gelegt und uns Früchte gebracht und alles, was wir sonst so brauchten. Und dann segelten wir weiter. Die nächste Station war Las Palmas. Da sind wir eine Weile geblieben, weil Ado Korte ins Krankenhaus mußte. Und von dort nach Cap Verde.«

»Das klingt so«, unterbreche ich den Alten, »als hättet ihr einen Sonntagsausflug bei Flaute gemacht. Hattet ihr denn dauernd gutes Wetter?«

»Mal so – mal so«, wehrt der Alte ab, »jedenfalls hatten wir wieder einen längeren Aufenthalt in Cap Verde, weil uns ein Mastbolzen gebrochen war. Das hatten wir zum Glück rechtzeitig bemerkt. Der neue Bolzen wurde von einem Deutschen gedreht, der in der dortigen Bunker- und Wasserfirma arbeitete. Der wollte kein Geld annehmen. Ja, und dann kamen wir nach Rio.«

»Einfach so?«

»Ja, einfach so!«

»Du nahmst einen Rundblick, und da hattest du Rio

direkt voraus? Muß ein schätzenswerter Anblick gewesen sein und ein erhebendes Gefühl.«

»War's auch«, sagt der Alte trocken.

»Junge, Junge«, sage ich, »wenn ich mir *das* vorstelle: Du bist in Rio, und ich sitze wieder in Feldafing! Karneval in Rio, die feurigen Südamerikanerinnen ...«

»Na ja, so toll war's nun auch wieder nicht. Aber weil du Feldafing gesagt und mich jetzt lange genug investigiert hast, solltest du mir endlich erzählen, wann Simone kam. Du hast's ja ganz schön spannend gemacht.«

»Promis! Aber erst heute abend.«

»Was passiert eigentlich, wenn das Schiff nach einer Kollision sinkt?« frage ich den Chief, als wir beim Nachmittagskaffee allein am Tisch sitzen.

»Dann dürfte eigentlich kein Schaden entstehen. Davon geht man aus. Ein auf dem Schiff stehender Reaktor bekäme eine automatische und – ganz im Gegensatz zum Landreaktor – zusätzliche Sicherung durch das Wasser, das durch die Flutklappen in den SB einströmen würde. Das hab ich Ihnen ja schon im SB erklärt. Die Strahlung bliebe also eingeschlossen.«

»Das hieße aber doch, vorausgesetzt, alles funktionierte so, wie die Ingenieure sich das ausgerechnet haben, daß ein in alle Ewigkeit strahlender Reaktor irgendwo auf Grund liegenbliebe.«

»Ja. Aber so weit kann es eigentlich nie kommen, weil wir diesen enormen aktiven und passiven Kollisionsschutz haben.«

»Der Teufel«, entgegne ich, »schlägt bekanntlich gerade in der Seefahrt dort zu, wo es keiner vermutet. So ziemlich alle als unsinkbar ausgegebenen Schiffe sind irgendwann gesunken. Stimmt doch?«

»Stimmt!« sagt der Chief.

»Und Schiffshavarien passieren doch vor allem dort,

wo sich der Schiffsverkehr bündelt, also nicht mitten im Atlantik, sondern auf den Zwangswegen oder in den vielbefahrenen Revieren.«

»Stimmt auch«, sagt der Chief. »Bei der starken Unterteilung dieses Schiffes käme dann Heben in Frage. Man würde auf jeden Fall versuchen, es durch Heben aus dem Fahrwasser zu bringen.«

»Und wenn das nicht möglich wäre?«

»… müßte das Schiff unter Wasser in Teile zerschnitten und in Teilen gehoben werden. Dafür gibt es sehr groß dimensionierte Kräne.«

»Und wenn auch das nicht möglich wäre? Es gibt doch Fahrwasser, in denen das Wrack so schnell versandet, daß nicht mehr viel zu machen ist mit Heben. Wenn zum Beispiel ein Nuklearschiff auf dem Vogelsand eine Kollision hat, bringt man das Wrack doch nicht mehr raus?«

»Dann läßt man es in Gottes Namen versanden, mitsamt dem Reaktor. Der würde erst dann strahlen, wenn er auseinanderbricht.«

»Daß da ein Reaktor auf Grund läge, würde doch – um es sophistisch auszudrücken – sicher als unangenehm angesehen werden?«

»Ja. Das darf einfach nicht passieren.«

»Da sind wir wieder bei der heimlichen Devise des Schiffes…«

»Und die ist?«

»›Das *darf* nicht passieren!‹ – ›Auf *diesem* Schiff *darf* das nicht passieren!‹ so höre ich es immer wieder vom Kapitän.«

»Na sehen Sie!« sagt der Chief, und damit ist für ihn das Thema erledigt.

»Was willst du trinken«, fragt mich der Alte, als wir nach dem Abendessen in seiner Kammer sitzen.

»Das gute Pilsener ist mir am liebsten.«

»Und jetzt erzähl mal«, sagt der Alte und lehnt sich zurück. »Du hattest also den Knast schon hinter dir, als Simone auftauchte.«

»*Auftauchte* trifft es – und zwar bei Nacht und Nebel. Eines Nachts war plötzlich Unruhe ums Haus: Motorengeräusch, mehrere Stimmen. ›Der Kies erknirscht von harten Tritten…‹ – entschuldige, das war jetzt Carossa, bei dem ist's nur ein Wanderer, der nächtens ans Marmorbecken tritt. Simone, es war natürlich Simone, erschien mit zwei jungen Kerlen, französischen Leutnants, und sie hatte die Uniform eines Capitain an.«

»Und warum mitten in der Nacht?«

»Bei Tage, erfuhr ich später, durften sie sich in Feldafing nicht sehen lassen, wir waren amerikanische Zone, und so kamen sie in der Nacht von Seefeld herauf, das war französisch besetzt.«

»Klingt interessant«, murmelt der Alte.

»Simone brachte mir einen großen Beutel mit Apfelsinen mit. Die beiden Leutnants hatten merkwürdig flache Koffer bei sich. Simone bedeutete mir, da wären Pistolen drin, und sie sagte, sie seien auf der Suche nach meinem Bruder Klaus. Der hätte sie verpetzt, das sei bei ihrer Verhandlung herausgekommen. Mein Bruder sei schuld, daß sie verurteilt worden war und im KZ landete. Deshalb sollten ihn die zwei erschießen.«

»Bißchen viel auf einmal«, wirft der Alte ein. »Und wo war dein Bruder?«

»Gerade sonstwo bei irgendeiner Freundin.«

Der Alte macht sich nicht die Mühe, seine Ungeduld zu zügeln: »Wie weiter?«

»Ich hab Kaffee gemacht, die Jünglinge haben mich gefragt, ob sich Reifen auftreiben ließen. Ich hab mir das Maß aufgeschrieben, dann hat Simone gesagt, sie müßten gleich wieder weg, kämen aber in der nächsten oder übernächsten Nacht wieder. Meinen Bruder solle ich ja nicht wahrschauen, drohten die Herren noch.«

»Die sagten doch nicht etwa ›wahrschauen‹?«

»Natürlich nicht, sondern schlicht ›informer‹!«

»Klingt ganz schön nach Kolportage!«

»Das ist das Wort: Kolportage, gelebte Kolportage, so kannst du das Ganze auch nennen.«

»Und weiter?«

»Dieser nächtliche Besuch hatte mich total durcheinandergebracht: das einsame Haus, und dann Scheinwerfer aus dem Wald heraus, direkt aufs Haus! Das sah nach Überfall aus. Ich hatte keine Waffe mehr, nur einen Baseballschläger. Dann hörte ich plötzlich Simones Stimme. Unverkennbar: Simone! Das mußt du dir mal vorstellen! Der Krieg war längst aus, und ich hatte nichts von Simone gehört. Über ein Jahr lang nichts. Da war alle Hoffnung dahin, daß sie das KZ überlebt haben könnte – und da kommt sie mitten in der Nacht nach Feldafing mit diesen beiden undurchsichtigen Knaben!«

»Ich denke, es waren Leutnants?« wirft der Alte ein.

»Ja, zwei französische Leutnants in voller Uniform. Und das in unserer amerikanisch besetzten Zone. Simone auch in französischer Uniform mit Rangabzeichen. Und dann Simones Gefasel: meinen Bruder Klaus umlegen! Ich kann dir sagen...«

»Damals hast du es ja wohl verkraftet?«

»Mitnichten! Aber sollte ich heulen oder an die Decke springen? Da gab's nicht viel Zeit für innere Monologe. Alarmstufe eins! Ich mußte meine Freundinnen vom Haus wegscheuchen und meinen Bruder finden.«

»Und?«

»Mal langsam, eins nach dem anderen. Zu meinem Unglück wußte ich keinen Menschen, den ich fragen konnte, was ich machen sollte. Nicht lustig. Die meinten es ernst und redeten von ›règler les comptes!‹ – ›Rechnung begleichen!‹. Und sie taten so, als wäre ihr Auftauchen ganz normal.«

»Wie ich vermute: für dich nicht?«

»Nein. Am nächsten Tag in der hellen Sonne habe ich nicht mehr glauben können, daß dieser nächtliche Auftritt wirklich stattgefunden hatte. Da mußten die Apfelsinen von Simone zum Beweis dafür herhalten. Der Krieg hatte mich jedenfalls ziemlich heftig wieder eingeholt.«

Weil ich nicht weiterrede, will der Alte etwas sagen, erstickt seine Worte aber in einem undeutlichen Murmeln.

Mit neuer Luft beginne ich wieder: »Ich kam auf die Idee, beim Amtsgericht in Starnberg anzurufen und den dortigen Richter, Kreß von Kressenstein, zu bitten, mich zu empfangen. Es handele sich um eine Notlage. Und den habe ich gebeten, meinen Bruder für kurze Zeit aus dem Verkehr zu ziehen: Schutzhaft oder so.«

»Das klingt total verrückt«, sagt der Alte.

»War's wohl auch. Aber ich wußte mir keinen anderen Rat. Und verrückt oder nicht verrückt, das war mir ziemlich schnuppe.«

»Und was hat dein Richter veranlaßt?«

»Nichts. Jetzt hieß es, meinen Bruder warnen. Aber wie ihn finden? Der hatte nicht mal mehr seine Pistole. Ich hatte meine Walter auch nicht mehr. Stolz den Amis übergeben. Herrgott, waren das Zeiten!«

Der Alte schnieft. Ich sitze eine Weile mit knappem Atem da, dann sage ich: »Die Burschen waren scharf auf Reifen. Offenbar hatten sie einen privaten PKW in Tirol stehen. Reifen waren aber nicht aufzutreiben. Im DP-Lager hätte es welche gegeben, für Geld und gute Worte, aber da war kaum noch Betrieb.«

Der Alte wischt sich übers Gesicht, als wolle er lästige Gedanken verscheuchen.

»Dann fuhr ich aber doch hin.«
»Wohin denn?«
»Ins Lager. Und fand auch noch einen Menschen, mit dem ich mich angefreundet hatte: Jude, irgendwo aus der Gegend um Warschau. Dem sagte ich, daß ich zwei Reifen brauchte, und erzählte ihm in meiner Not die Geschichte. Und da machte der sich gleich auf die Strümpfe, und am Abend hatte ich zwei mittelmäßig gebrauchte Reifen. ›Bezahlung später‹ und ›irgendwie‹ ...«

Nicht einfach, vor dem Alten meine Erinnerungen auszupacken und sie wie in Fließschrift zu präsentieren. Es ist schließlich das erstemal.

»Wie wär's jetzt mit einem Whisky?« fragt der Alte.

»Ich kann ihn brauchen.«

Und nun will der Alte wissen, ob ich meinen Bruder endlich gefunden hätte.

»Ja, aber der wollte mir die Geschichte nicht glauben; dann hat er zum Glück doch Leine gezogen.«

»Und die Anschuldigung von Simone? Du hast ihm doch alles erzählt.«

»Davon wollte er zuerst gar nichts wissen, dann kam aber heraus, daß er tatsächlich mal eine Meldung gemacht hatte, daß er sich um seinen Bruder sorge, also um mich, weil ich mit einer Französin gut – in seinen Augen wohl allzu gut – befreundet sei. Sein Bruder mit einer Französin! Dazu mußt du wissen, der Junge war von der Hitlerjugend ziemlich heftig infiziert. Gut möglich, daß so etwas in Simones Gestapo-Akte geraten ist. Der Marineabwehrdienst muß auch so eine ähnliche Unterlage gehabt haben.«

»Hatte er«, sagt der Alte.

Während wir uns anschweigen, sehe ich die Szene der übernächsten Nacht deutlich vor mir und kann sie für den Alten abzeichnen wie einen Kriegsbericht: »Das nächstemal kommen sie eine Stunde früher. Haben was zu trinken mitgebracht und wieder Apfelsinen. Simone packt auch Schokolade aus und dazu einen ganzen Picknickkorb: Schinken, Käse, allen Schißlaweng und vor allem Baguettes und Butter. Auch Roastbeef.«

»Darauf sollten wir einen trinken«, sagt der Alte, weil er sieht, daß mich die Erinnerung schafft.

»Unter meiner schrägen Decke hätte es auf meinen marokkanischen Sitzkissen richtig gemütlich sein können – wenn nicht im Flur die schwarzen Koffer gestanden hätten. Ich überlegte, ob ich die Pistolen nicht rausholen sollte. Aber wohin damit? In die Versitzgrube hinter dem Haus, das wäre eine Idee! Die war bis obenhin voll Scheiße, weil sie niemand mehr geleert hatte. Das wagte ich aber doch nicht. Also fing ich von den Reifen an. Wir mußten in den Keller, wo ich sie deponiert hatte. Wenn Simone nicht dabeigewesen wäre, hätte ich den beiden im Keller schön eins überziehen können, schon weil sie so dämlich herummoserten, sie hätten an neue Reifen gedacht. Diese Idioten! Autos standen überall herum mit Plattfuß, weil die Reifen total hinüber waren. Neue Reifen gab es nicht.«

Der Alte stellt mir eine neue Flasche Bier hin und guckt gespannt.

»Simone hatte sich derweil häuslich eingerichtet. In meinem kleinen Schlafzimmer brannte Licht. Ich verstand, daß wir die beiden Pistoleros loswerden müßten, und rief im Dorfgasthof an und holte den guten Poelt aus den Federn. Das dauerte, bis der kapierte! Der Weg zum ›Gasthof zur Eisenbahn‹ war einfach zu erklären. Amerikanische Streifen liefen nicht herum. Und nun die große Wiedersehensarie ...«

»Tss tss!« macht der Alte, aber ich überhöre das.

»Dann nahm ich mir Simone vor: ob sie verrückt geworden sei, total übergeschnappt. Der Krieg sei schon eine ganze Weile aus. Aus und fini! Was sie vorhabe, sei

Mord. Ich redete und redete und redete. Übergetitelt: ›Die Nacht, in der Simone wiederkam.‹«

»Simone hat also doch eine Rolle in der Résistance gespielt?«

»Du wirst es nicht glauben, ich weiß es bis heute nicht.«

»Das versteh ich nicht. Du warst doch lange genug mit ihr verheiratet.«

»Trotzdem weiß ich nicht, was war echt und was gespielt. Simone beherrschte viele Rollen – immer bis zur Filmreife. In Feldafing war sie zeitweise die züchtige Hausfrau. Ich kann sie jetzt noch auf den Knien liegen und den Boden schrubben sehen. Krankenschwester war sie angeblich auch schon gewesen, spanische Adlige, Expertin für allen Tod und Teufel, Juwelenspezialistin, Immobilienfrau, Kunstkennerin – das nimmt kein Ende. Und in La Baule war sie eben Agentin. Schließlich war Krieg.«

»Aber die Uniform, in der sie bei dir ankam?«

»Ja, die Uniform konnte dafür sprechen«, sage ich zögernd, »muß aber nicht. Vielleicht gehörte sie jemand anderem. Wenn Simone wollte, konnte sie noch jeden becircen. In München hatte sie es mit ihrem französisch-deutschen Kauderwelsch besonders leicht. Sie hatte eine verwegene Art, mit der deutschen Sprache zurechtzukommen. Ihre Rundfahrten um ein Wort, das sie nicht kannte, waren bemerkenswert: elegant, manchmal niedlich. Aber das weißt du ja«, sage ich und denke: Du bist ihr ja besonders schnell auf den Leim gegangen.

»Aber nun mal weiter!« drängt der Alte.

»Endlich hatte ich Simone so weit, daß sie den Wahnsinn einsah.«

»Und die beiden Typen?«

»Die erschienen schon vor Tau und Tag und waren nicht unfroh, daß sie ihre Kanonen im Koffer lassen und ohne Bezahlung mit den Reifen abziehen konnten.«

»Mit Simone?«

»Ja. Die behauptete, das ginge nicht anders. Sie komme aber bald wieder.«

Der Alte macht wieder sein: »Tss tss!« Diesmal besonders scharf. Ich merke, ihm liegt einiges auf der Zunge, er schluckt es aber mit einem langen Zug Bier hinunter.

»Ich hatte nun erst einmal Zeit zum Nachdenken. Natürlich war ich gerührt: Treue über Krieg und KZ hinweg! Du kannst dir das doch vorstellen.«

»Lebtest du nicht damals in sogenannten festen Verhältnissen?«

»Halbfesten. Und es war ein Riesendusel, daß ich gerade mal meine Bude allein bewohnte.«

»Dann hat aber Simone bald für feste Verhältnisse gesorgt?«

»So schnell nun auch wieder nicht.«

Der Alte merkt, daß er zu sehr drängt, und nimmt sich zurück: »Na denn prost! Jetzt haben wir wenigstens die nächtliche Überraschung hinter uns.«

»Als Motto über die ganze Atomphysik«, sage ich zum Chief, mit dem ich allein beim Frühstück sitze, »würde das Bibelwort: ›Selig, die nichts sehen und doch glauben‹, gut passen.« Gleich kommt heftiger Protest vom Chief.

»Nehmen Sie nicht auch vieles einfach so hin von den wunderbaren Ergebnissen des Forschereifers?« frage ich ihn, »können *Sie* sich alles erklären?«

»Aber ja doch!« sagt der Chief fast trotzig.

»Dann erklären Sie mir doch bitte mal ganz schnell, was Elektrizität ist.«

»Elektrizität ist«, rattert der Chief los, »mit Widerstand zur Arbeit gehen, den ganzen Tag gegen den Strom schwimmen, abends geladen und mit Spannung nach Hause kommen, in die Dose fassen und einen gewischt kriegen!«

Bevor ich mich von meinem Staunen erholt und die Sprache wiedergefunden habe, sagt der Chief »Mahlzeit!« und entschwindet mit schnellen Schritten.

Ich habe mich zum Schreiben hingesetzt, kann mich aber nicht konzentrieren, weil die Waschmaschine läuft. Nun kann ich mir auch auf die Vielzahl der Farbannoncen für Waschmittel in den Illustrierten und die Werbung im Fernsehen einen Vers machen: Ich ahnte nicht, in welchen Mengen Hausfrauen Waschmittel verbrauchen.

»Was bringst du denn schon wieder für Papierkram an?« fragt der Alte, als ich in seine Kammer komme.

»Zum Thema Kosten des Schiffes und allfällige Verluste habe ich ein paar Unterlagen gesammelt.«

»Na, rück raus damit!«

Ich scheine es gut getroffen zu haben. Sollte die Lähmung wieder gewichen sein? Macht das die Nähe des Zielhafens aus?

Der Alte nimmt drei, vier Bücher vom Tisch: Ich soll mich nur ausbreiten.

»Die Tonne Kohle bringt auf der Strecke Durban–Rotterdam zehn Dollar Fracht ein«, beginne ich, »9000 Tonnen lädt das Schiff. Also 90 000 Dollar für die Fracht. Dieser Betrag deckt doch allenfalls die Betriebskosten des Schiffes für fünf Tage. Das Schiff soll aber auf dieser Reise zweiundvierzig Tage unterwegs sein. Da es auf der Hinfahrt keine Ladung hat, müssen die Gesamtkosten der Rundreise wohl oder übel im Verhältnis zur Fracht für die Tonne Kohle gesetzt werden. Von der Wirtschaftlichkeitsmarke ist das Schiff also Äonen entfernt.«

»Sieh einer an! Da warst du ja richtig fleißig!« sagt der Alte.

»Stimmt's etwa nicht?«

»Stimmt!«

Ich bin perplex. Der Alte, von dem ich Protest erwartet hatte, räumt ein, daß meine Rechnung stimmt. Und nun amüsiert er sich auch noch darüber, daß ich perplex bin. In meine Verwirrung hinein sagt der Alte: »Wenn das Schiff, was leicht passieren kann, vor Durban einige Tage auf Reede liegen muß, kann allein diese Wartezeit den gesamten Frachtertrag verschlingen.«

Als hätte er mich mit seiner Zustimmung nicht genügend erstaunt, setzt der Alte meine Kalkulationen auch noch fort: »Die gesamten Tageskosten für die Reise und die eigentlichen Hafenzeiten blieben ungedeckt. Das

Schiff bringt, wenn man nur alle zugänglichen Statistiken vergleicht, nicht mehr als zehn Prozent seiner Betriebskosten ein.«

»Was nicht gerade opulent ist.«

»... und sich auch nicht *jeder* leisten könnte«, sagt der Alte. »Aber letzten Endes geht es ja nicht um das Hereinfahren möglichst großer Frachtraten, das weißt du doch ganz genau. Ich kann nur staunen, daß du dir jetzt noch *darüber* den Kopf zerbrichst! Übrigens«, der Alte wechselt die Tonart, »auf deine Frage, warum das Schiff anstatt Ballastwasser keine Fracht nach Südafrika fährt, Fertilizer zum Beispiel, gibt es noch eine Antwort.«

»Und die ist?«

»Um die zu löschen, müßten wir in Durban in einen anderen Hafenteil als den für uns bestimmten, der ganz außen an der Peripherie liegt. Woanders will man uns anscheinend aus Risikogründen nicht haben. Der Kohlenhafen, in dem wir laden, ist ganz außen vor.«

»Dann ist Durban als Hafen für uns sozusagen nur halb erschlossen?«

»Kann man so sagen. Da hast du eine neue Kategorie erfunden: nur *halb* erschlossene Häfen«, sagt der Alte nachdenklich. Dann stemmt er sich aus seinem Sessel hoch: »Kommst du mit auf die Brücke?«

Von der Backbordbrückennock aus sehe ich das ganze Schiff jedesmal neu. Die Mooringwinden und Ankerspills, die ich vom Deck aus als gewaltige Eisenkörper erlebe, wirken fast spielzeughaft. Auch das Rund der Kimm ist anders, weiter, und die Heckseebahn ist länger als die Hecksee, die ich vom Achterdeck aus sehe.

Ich klettere aufs Peildeck, und der Kreis, den die Kimm bildet, weitet sich noch mehr. Jetzt habe ich nur noch die Sendeantenne, den Radarmast mit den Rahen für die Flaggen- und Signalgebung und eine UKW-Antenne über mir, und wenn ich den Blick senke und mich um die eigene Achse drehe, kann ich das ganze makellose Rund der Kimm sehen und zugleich das ganze Schiff überblikken, von vorn bis achtern.

Sehr schöne schwarzweiße Vögel, die aussehen wie Kreuzungen zwischen Seeschwalben und Möwen, umschwärmen das Schiff. Die Dünung hat nachgelassen. Ich empfinde das als rechte Wohltat.

Wir lassen beide, als wir nebeneinander auf der Brücke stehen, den Blick über die See hinwandern.

»Seegang fünf, Windstärke sechs, stimmt das etwa?« frage ich den Alten.

»Ja, stimmt.«

»Das Wetter benimmt sich doch halbwegs anständig.«

»Ja, schon«, sagt der Alte, »aber bis jetzt weiß ich immer noch nicht, wie viele Leute zur Party kommen werden. Das muß doch alles richtig vorbereitet werden! Wir wollen uns doch nicht blamieren.«

Jetzt weiß ich, wo den Alten der Schuh drückt. Da ich keinen Trost parat habe, sage ich, um ihn abzulenken: »Laß uns mal ins Kartenhaus gehen, ich möchte sehen, wo wir jetzt sind.«

»Übrigens«, sagt der Alte im Kartenhaus, »der Erste hat dem Steward eine erstklassige Conduite geschrieben. Der hält ihn offenbar für einen guten Mann. Jedenfalls ein schönes Beispiel für die Relativitätstheorie.«

»Sag bloß!« Ich weiß nicht, worüber ich mich mehr empöre: über diesen schlampigen Steward oder über den sonst so peniblen Ersten, der ausgerechnet diesen faulen Burschen lobt.

»Und hast du gemerkt, wie vergrämt der Erste rumläuft?« fragt der Alte. »Wenn es nach ihm ginge, müßten wir ein Telegramm nach dem anderen loslassen. Der will ganz genau wissen, wann wir einlaufen, aber nicht etwa wegen der Party, sondern wie das mit Urlaub und so weiter werden soll. Ich hab ihm schon ein paarmal gesagt: ›Das ist zu früh.‹ Aber seine eigentliche Sorge ist, er will wissen, wann er Papier in den Gängen auslegen lassen kann: ob schon am Sonntag oder erst am Montag. Und da hab ich gesagt: ›Mir ist es egal, wann Sie das machen‹. Da war er ganz beleidigt.«

»Was denn für Papier?«

»Packpapier in Meterrollen, zur Schonung der PVC-Böden, ehe das Kohleschütten beginnt. – Du wolltest doch«, sagt der Alte, stoppt aber gleich, als er sieht, daß ich leicht den Kopf schüttele – anscheinend spürt er, daß ich heute abend nicht über Simone reden will, und setzt neu an: »Du wolltest mir doch was von einer Baracke erzählen?«

»Das war ein sogenanntes ›Behelfsheim‹, und das gehörte mir.«

»Dir?«

»Ja, mir! Das war aber nur eine halb verfallene Bruchbude, nicht heizbar. Hatte sich ein Geschäftsmann aus München mitten im Krieg hingestellt, und nachts hat er dann offenbar das ganze Häuschen mit Kartons vollstapeln lassen, und in den Kartons, du wirst es nicht erraten, waren Glühbirnen. Tausende von Glühbirnen!«

»Kein Wunder«, fällt der Alte ein, »daß es nicht die Spur von einer Glühbirne gab. Auch nicht für Geld und gute Worte, den ganzen Krieg über nicht.«

»Und dann tauchte gleich nach dem Krieg eine schwer durchschaubare Type auf, Holländer und bestimmt Agent. Dieser Mensch hatte das Glühbirnenlager geortet und dem Geschäftsfritzen die Hölle heiß gemacht. Wie der die Glühbirnen verscherbelt hat, weiß ich nicht, aber jedenfalls war dieser Hamsterer so verstört, daß er froh war, mir die leergeräumte Baracke verkaufen zu können – und da habe ich mir ein Atelier eingerichtet. Wir haben dieses

Behelfsheim übrigens später abgebrochen, es steht jetzt neu aufgebaut im Garten unseres Hauses: Nostalgie!«

Der Alte sieht mich lächeln und fragt nach dem Grund dafür.

»Ich hab mir wieder mal diesen Agenten vorgestellt: ein höchst merkwürdiger Kriegsgewinnler. Sah aus wie Douglas Fairbanks, falls der dir was sagt. Der hatte sich zum Erpressen auch an unsere Nachbarin herangemacht und war an die Falsche geraten. Das couragierte und ständig angetrunkene Weib schmiß ihn einfach hinaus. So ging's auch! Aber diese Nachbarin war ohnehin hart gestraft – und dazu grundlos. Die ungehobelten Texasboys, die bei ihr in Quartier lagen, hatten, weil vom ewigen Regen in diesem Herbst und vom vielen Herumkutschieren mit Trucks und Jeeps der Boden im Hof grundlos geworden war, kostbare riesengroße Perserteppiche aus der Diele und den Zimmern im Erdgeschoß gezerrt und sie in etwa einen Meter breite Streifen geschnitten und mit den Streifen Wege im Morast ausgelegt.«

»Schöne Befreier«, murmelt der Alte.

»Kann man wohl sagen! Da sollte ich, als Polizeichef, einschreiten und die Boys zur Verantwortung ziehen. Mach das mal! Diese äußerst wohlgenährten Burschen machten so ziemlich jeden Tag was zu Kleinholz. Ist dir schon mal aufgefallen, daß die Soldateska jedweden Landes Spiegel zerschießt, gleich, ob es wertvolle oder billige oder sogar *besonders* wertvolle sind?«

»Du hast recht«, sagt der Alte, »unsere machte das auch. Frag doch mal einen Psychologen.«

»Da hätte ich viel zu tun, wenn ich mich über die Psychopathologie im Krieg kundig machen wollte. Auch *die* des Krieges.«

»Stimmt«, sagt der Alte und guckt mich erwartungsvoll an: Ich soll weiterreden.

»Es gibt noch mehr Hübsches in dieser Art. Was

unsere französischen Besatzer trieben, war auch nicht von schlechten Eltern: Als absolut filmreif habe ich einen Zug von vier französischen Panzern im Gedächtnis, die im strömenden Regen abrückten, dem gleichen Dauerregen, der die Amerikaner zum Teppichmord gebracht hatte. Die hatten zwar auch gerollte Teppiche geladen, aber viel spektakulärer waren die vier Flügel, große schwarze Instrumente, die sie auf ihren Panzern Huckepack genommen hatten. Ohne jede Plane! Und so donnerten sie durch den Regen – ab nach Frankreich!«

»Wolltest du nicht eigentlich was von deinem Behelfsheim erzählen?«

»Na gut. Als ich aus dem Knast kam, mich der holden Freiheit erfreuen konnte, fand ich in besagter Baracke, meinem Atelier, eine Schneiderwerkstatt vor.«

»›Fand vor‹? Soll das heißen, daß du davon nichts wußtest?«

»Da hatte sich eine Anverwandte mit ihrer Schneiderei etabliert.«

»Und weiter?«

»Weiter? Weiter nichts als Ärger. Das dauerte, bis ich die wieder raus hatte. Aber ich hab's überlebt.«

»Wie man sieht«, grummelt der Alte, »noch Bier?«

»Bitte schön!«

»Die Distanz, die wir hinter uns haben, wird mit jeder Schraubenumdrehung größer, die vor uns kleiner«, setze ich umständlich an.

»Vorzüglich beobachtet«, sagt der Alte und betrachtet mich prüfend, »klingt wie das Wort zum Sonntag.«

»Na ja, ich wollt dich schon lange was fragen, und die Zeit wird knapper.«

»Schieß los!«

»Ich hab nichts sagen wollen, als wir an einer für uns memorablen Gegend vorbeikamen, in einigem Abstand von der spanischen Küste.«

»Meinst du Gibraltar?«

»Nein, Vigo.« Ich gebe mir einen Ruck und rede lauter: »Du wolltest mich in Vigo von Bord haben. Hast du wirklich geglaubt, das ginge, das heißt, mich durch Spanien zurück in den Stützpunkt lotsen, das würde funktionieren?«

»Natürlich!« antwortet der Alte.

»Und das nur, damit ich nicht in den Genuß des Gibraltardurchbruchs kommen sollte?«

»Du nicht und der Chief nicht. Den sollte der zwote Chief ablösen. Und ihr wärt zu zweit gewesen.«

»Wieviel Schangs hatte das Boot denn, unbehelligt durch die Straße von Gibraltar ins Mittelmeer zum neuen Stützpunkt La Spezia zu kommen?«

»Wenig.«

»In Prozenten?« frage ich.

»So einfach geht's nicht. Also, die Situation war nicht gut. Erstens war's zu hell, zweitens war mir klar, daß unsere Gegner inzwischen wußten, was sich da nachts auf der Reede von Vigo tat, und wohin wir wollten, das konnten sie sich ausrechnen. Und dann mußten sie nur noch mitkoppeln und rechtzeitig ihr Empfangskomitee versammeln. Daß das für uns eine heikle Kiste werden würde, war doch klar.«

»Und deshalb wolltest du mich los sein?«

»Ja doch!« sagt der Alte fast ärgerlich, »oder warst du etwa scharf auf die Makkaronis?«

»No, Sir! Und auch noch verbindlichen Dank«, würge ich verlegen heraus.

Da winkt der Alte mit der rechten Hand ab, sinniert eine Weile und sagt schließlich: »Eigentlich wollten die uns schon beim Auslaufen aus Vigo schnappen. Aber den Gefallen, die Ausfahrt zu benutzen, vor der die Herrschaften mit Sicherheit lauern würden, den habe ich ihnen nicht getan. Wenn's je mal nach Katz-und-Maus-Regeln gegangen ist, dann war's in Vigo. Mir hat der ganze Laden, dieser hochherrschaftliche Empfang auf der Weser samt diesen komischen Leuten, gar nicht gefallen.«

»Was man dir auch deutlich angemerkt hat.«

»Das war doch alles viel zu, wie soll ich sagen: viel zu outriert, zu auffällig. Aber wieso kommst du ausgerechnet jetzt auf Vigo?«

»Nur so«, sage ich, weil ich dem Alten nicht sagen kann, woran ich die letzten Tage immer wieder denken muß: Damals in Vigo war ich ganz aufs Abschiednehmen für immer eingerichtet, und dann wurde nichts daraus. Wenn nun diesmal auch nichts daraus würde? Wir haben schon einige Übung im Abschiednehmen. Später, in Brest, waren wir beide sicher, daß wir uns nie wiedersehen würden.

»Ich geh noch mal auf die Brücke«, schreckt mich der Alte aus meinen Gedanken, »kommst du mit?«

Und als ich nicke, steigen wir beide den Niedergang hoch.

Eine Menge Schiffsverkehr um uns herum. Kein Wunder, wir sind in der Nähe von Kapstadt. Wir haben ein großes Containerschiff an Backbord als Mitläufer. »Das ist ein Containerschiff der dritten Generation«, sagt mir der Zweite Steuermann, »wahrscheinlich 55000 Tonnen, eher mehr.«

Die See ist tief indigoblau. Dicht über der Kimm liegen ganz flache, lang hingestreckte Wolkenbänke. Sie wirken wie optische Verzerrungen von Bildern, wie sich eins auf Holbeins Bild »Die Gesandten« findet. Ich versuche, mit schräggehaltenem Kopf die »Originalform«, die vor der gemutmaßten Verzerrung, aus den Wolkenbildern herauszulesen. So, mit schiefem Kopf, entdecke ich in den Wolkengebilden tatsächlich Gesichter und Figuren.

Das Schiff rollt jetzt leicht, weil eine sehr langgezogene Dünung uns in einem Winkel von dreißig Grad annimmt.

Ich werde mir ein Buch greifen, mich aufs Bootsdeck in die Sonne setzen, schon um einen Gegenpol gegen die Geschäftigkeit des Ersten zu bilden, der mit immer neuen Listen von vorn nach achtern und von achtern nach vorn wieselt und verbiestert aussieht. Es muß ihn schon sehr quälen, daß er keine klaren Anweisungen bekommen hat »betreffs Auslegens von Papier in den Gängen während der Hafenzeit«.

An Steuerbord kommt ein Fischdampfer auf, der keine Fahrt macht. »Capetown« lese ich von seinem Heck ab. Ein Heckfänger, den Hunderte von Möwen umschwärmen. Wahrscheinlich holt er gerade sein Netz ein.

Nach den neuesten Positionsbestimmungen können wir unseren Kurs einhundertdreiundvierzig Grad nicht bis zum Kap durchsteuern, sondern müssen auf einhundertsiebenundvierzig Grad gehen. Die Kursdifferenz wundert mich nicht: Es ist nie gegen die Strömungen aufgesteuert worden. Morgen früh, ein Uhr zwanzig, werden wir vor dem Kap stehen. Dann wird einhundertzwölf Grad weitergesteuert werden. Ich verziehe mich ins Kartenhaus und betrachte auf der Seekarte das Kap. »Cape of Good Hope«.

»Um welche Art Hoffnung soll es sich denn handeln?« frage ich den Alten, der mir über die Schulter guckt, »die Kohlenpier von Durban als einziges Ziel nach diesem langen Seetörn?«

»Wir fahren sozusagen falsch herum«, erklärt der Alte, »der Name für das Kap stammt von den Indienfahrern. Für sie war das Kap bei der Rückkehr tatsächlich ein ›Kap der guten Hoffnung‹.«

»Nicht so für uns, willst du wohl sagen?«

Der Alte zuckt nur mit den Schultern.

Nach dem Mittagessen verhole ich mich zum Lesen auf die Koje. Krachender Lärm läßt mich hochfahren. Alles, was auf meinem kleinen Schreibtisch lag, ist heruntergefallen und schießt quer durch die Last. Das Schiff rollt auf einmal wie ein Segler ohne Winddruck in bewegter See.

Ich sammle meine Siebensachen vom Boden auf, verstaue sie in Schubladen und versuche auf meiner Koje flach auf dem Rücken zu liegen. Ich spreize die Arme ab wie der Gekreuzigte, aber gegen das Rollen des Schiffes nützt auch das nichts – also wieder hoch!

Ein neues Hemd anziehen? Ich greife eins von den dreien, die mir die Chinesen gewaschen haben. Sie wollten kein Geld haben und ließen sich auch keins aufdrängen. Nun weiß ich nicht, erwarten sie zu guter Letzt ein Trinkgeld, das höher ausfallen müßte als Bezahlung nach der Liste, oder wollten sie mir eine Freundlichkeit erweisen, die ich guten Gewissens hinnehmen darf? Den Alten fragen, nehme ich mir vor.

Meine Bluejeans sehen aus, als seien sie nagelneu. Ich kann sie auf zweierlei Art tragen: elegant, wenn ich Hosenträger dazu anlege, lässig seemännisch, wenn ich den Gürtel lose schnalle und in die Hosenbeine einen halben Schlag mache: Mehrzweckhose.

Starke Schmerzen im rechten Oberschenkel machen mich beim Gehen unsicher. Ich stakse übers Deck wie ein uralter versteifter Seemann. Die Schmerzen rühren daher, daß ich einmal beim heftigen Rollen des Schiffes ins Leere getreten bin und mir das Bein gestaucht habe.

Am Nebentisch renommiert einer der Zwoten Ingenieure beim Abendessen vor dreien seiner Kollegen: »In Durban gibt's ein neues Potenzmittel zu kaufen, das ist verdammt stark und nicht ungefährlich.«

Ich hab die Geschichte in den letzten Tagen schon mindestens fünfmal gehört, aber die drei kennen sie anscheinend noch nicht.

»Wieso denn gefährlich?« fragt der große Dicke.

»Das mußte ganz schnell schlucken, sonst kriegste 'nen steifen Hals!«

Das brüllende Gelächter will kein Ende nehmen.

Ich nehme meine erste Dosis Anti-Malaria-Pillen, »Ressorchin«. Das Pillenschlucken ist wie ein Besiegeln des Entschlusses, von Bord zu gehen.

Nachts an Oberdeck. Ich stehe direkt unter dem Kran, gegen den Brückenaufbau gewendet. Keine Menschenseele zu sehen. Ich weiß, wie viele Leute an Bord sind, komme mir aber wieder vor, als sei ich der einzige Mensch auf dem Schiff.

Die Luft riecht nach Jod. Ich pumpe mir die Lungen voll. Die Nacht könnte nicht schöner sein. Ich lehne mich quer zur Fahrtrichtung an den Ersatzanker. Wenn das Schiff nach Backbord rollt, sinkt der Sternenhimmel sehr schnell nach unten weg. Wenn das Schiff nach Steuerbord rollt, steigen die Sterne wieder empor. Sie bleiben dann eine Weile im Schwarzblau stehen, bis sie wieder hinabfahren. Ich lasse die Sterne steigen und sinken und gerate vom Gewiegtwerden und Aufschweben in einen merkwürdigen Halbschlaf.

Der Alte hat den Wachhabenden abgelöst. Mit dem Rudergänger sind wir zu dritt auf der Brücke. Auf dem Radarschirm zeichnet ein Dampfer an Steuerbordseite, ein Mitläufer.

Noch mehr Lichter ringsum: Der Mitläufer, der grün zeigt, ein Fischereifahrzeug, das rot zeigt, dahinter, backbord voraus, ein breit auf die Kimm hingelagerter Lichtschein. Das kann nur Kapstadt sein – Capetown. Eine niedrige Wolkendecke reflektiert das Licht der Stadt.

Ich mache ein Leuchtfeuer aus, das seinen Schein gegen die Wolken wirft. Wir schauen auf der Seekarte nach, es kann nur vom »Slang cobb Punt« kommen – Schlangenkopfpunkt. Das Feuer ist sechsunddreißig Seemeilen weg, wir werden es noch lange nicht über der Kimm sehen können, sein Reflex wiederholt sich aber schon regelmäßig am Himmel, viermal in dreißig Sekunden.

Und nun kommen, eins nach dem anderen, die Lichter von Kapstadt heraus. Bald ist auch als schwarzer Schemen ein kegelförmiger Berg zu erkennen, der eine niedrige Wolkenbank zu stützen scheint.

Der Lichtschein wird stärker, die Lichter vermehren sich, sie werden schnell zu einem dichten Gerieselbläulich flimmernder Pailletten.

Ich lege die Unterarme auf der Borte auf, die unter den Fenstern hinführt. Ruderhaus bei Nacht! Ich weiß keinen schöneren Platz. Ohne einen Gedanken im Kopf in die fahle Dunkelheit starren, bis sich Tao einstellt – Zusammenklang mit der Dunkelheit, ein tiefes Eingehen in die Nacht, eine Art Auflösung, ein Davondriften aus dem eigenen Korpus.

Viertelstundenlang fällt kein einziges Wort. Nur das Ächzen und Stöhnen von irgendwelchen Holzteilen ist zu hören und die dumpfen Paukenschläge, mit denen der Bug einsetzt, und jedesmal danach das geifernde Zischen der Seen.

Ein paar Augenblicke vermag ich nicht zu begreifen, daß ich hier in diesem großen Ruderhaus mit dem Alten stehe und alle paar Sekunden diese schnelle Helligkeit über die Wolken huscht, dicht vor Kapstadt, zwischen Benguelastrom und Nadelkapstrom.

Morgen ist Sonnabend. Am Montag könnten wir ankommen. Ende der Seereise. Die letzte Reise für den Alten, vielleicht auch die letzte Seereise für mich.

Es ist zweiundzwanzig Uhr, als wir Kapstadt querab haben. Das Schiff rollt heftig. Dieser verrückte Seegang macht mich hundemüde: Um mich gegen die Bewegungen des Schiffes in der Balance zu halten, müssen sich viele meiner Muskeln immer wieder anspannen, ohne daß ich mir dessen bewußt werde.

Das Licht im Stiegenhaus ist viel zu hell. Geblendet bleibe ich stehen, dann steige ich, rechte Hand am Handlauf, steif die Stufen hinunter.

In meiner Kammer ist es stickig. Ich lasse das Rollo hochschnappen, mache das Seitenfenster auf und genehmige mir eine Flasche Bier. Das Bier soll mir zu Schlaf verhelfen.

Das Schiff rollt so stark, daß ich wieder die Arme abspreizen muß, um auf dem Rücken liegen zu bleiben. Ich mache mich innerlich schwer, gebe mir alle Mühe, an nichts zu denken, aber der Schlaf kommt nicht.

Als ich die Augen öffne und an die Wand über meinen Füßen starre, huscht ein Schein über die Wand. Jetzt kommt er wieder, und ich zähle die Sekunden. In dreißig Sekunden erscheint das hinwischende Licht viermal, dann eine halbe Minute nichts. Ich brauche nur noch aufzustehen, zum Fenster hinauszugucken, um das Leuchtfeuer zu sehen. Jetzt sind wir nahe genug. Die nächtliche Küste sieht aus wie ein altes Bild vom Vesuvausbruch: Wolkenschichten, die hoch oben am Himmel hängen, werden von unten her angeleuchtet und die tieferen Wolkenvorhänge von hinten, so daß ihre Ränder wie verbrämt erscheinen.

Da rieche ich Kaffee. Die Kammer scheint auf einmal voller Kaffeeduft zu sein. Ich mache das Schott auf, um nachzusehen, wer in der Pantry Kaffee kocht. Der älteste der Spanier, der netteste, ist es. Mein Mann aus Vigo. Der Spanier grinst zutunlich und hält mir eine volle Tasse hin. Ich würde gern Kaffee trinken, aber dann könnte ich alle Hoffnung auf Schlaf fahren lassen. Beim Wachwechsel um vier wird es neuen Kaffeeduft geben, tröste ich mich.

Ich lege mich auf meine Bank, die im rechten Winkel zur Koje unter den Frontfenstern steht. Nun geht die Bewegung des Schiffes im »richtigen« Sinne durch mich hindurch: Kopf hoch, Füße nieder, Füße hoch, Kopf nieder, und ich schlafe endlich ein.

Zum erstenmal während der Seereise habe ich Sonnenlicht in der Kammer. Unsere Kursänderung! Wir steuern pilgerade neunzig Grad, da kann die Morgensonne direkt auf meine Fenster treffen.

Wie ein ferner Alpenzug, etwas dunkler blau als der Himmel getönt, streckt sich die afrikanische Küste an Backbord hin. Davor zwei Stückgutschiffe, eines als Mitläufer, eines als Gegenkommer.

Seit der Kursänderung laufen wir *mit* der See, das Schiff rollt nicht mehr.

Von der Brücke aus sehe ich, daß ein gewaltiges Wellental mit uns zieht. Seine tiefste Stelle haben wir genau mittschiffs: Die Dünung hat die gleiche Geschwindigkeit wie wir.

Kap Agulhas, die Südspitze Afrikas, hatten wir sieben Uhr vierzig querab. Nun weicht das Land in einer Bucht zurück, so daß von ihm nur noch ein Schimmer zu sehen ist.

Auf dem Kartentisch liegt eine englische Karte. Maßstab 1 : 240 800. Die Karte ist sehr viel schöner als die vom Hydrographischen Institut. In feiner Strichelmanier sind die Küstengebirge mit der Lithographenfeder gezeichnet. Unten am Kartenrand steht: »London, published at the Admirality 16th September 1867 under the Superintendence of Captain C. H. Richards RNFRS, Hydrographer.«

Ein Matrose nimmt plötzlich wahr, daß wir dicht an der afrikanischen Küste entlangfahren. Er starrt hinüber und sagt: »Sandstrand! Und was 'ne Menge Parkplätze!« Ich denke, der Mann will witzig sein – aber nein: er meint es ernst.

Ich brauche für die Reise noch Medikamente, auch Verbandsmaterial. Der Arzt sagt, als ich nach der labilen Stewardeß frage: »Sie steht einfach nicht auf. Jetzt will sie wohl demonstrieren, wie schlimm es um sie steht, und arbeitet zielstrebig auf den Rückflug hin. Was will ich machen: Ich habe ein Attest geschrieben, daß sie von Bord muß. Der Kapitän ist meiner Meinung, sie könnte ein Sicherheitsrisiko werden.«

Die Krankenschwester will wissen, wozu ich so viele Medikamente und auch Verbandszeug brauche, und ich sage: »Ich steige aus – Afrikaexpedition. Und für Pfeilwunden braucht man alles doppelt.« Als sie wissen will, warum, erkläre ich ihr: »Für vorn und hinten, Pfeile gehen doch durch und durch!« Da dreht sie sich beleidigt um und stößt einen verächtlichen Ton aus.

Ich habe meine Schulden beim Funker und beim Chief-Steward bezahlt und sortiere zum x-ten Mal meine Plünnen: Was nehme ich mit, was brauche ich unbedingt, was kommt in den Koffer, der an Bord bleibt? Die Kameratasche ist verdammt schwer. Warum nur besorge ich mir nicht endlich eine neue, leichtere?

Die einzige Sorge, die alle bewegt, ob Schiffsführung oder Besatzung, ist das Gelingen der Party in Durban. Alle Stewardessen werden gebraucht, so werden sie wenig an Land kommen, es sei denn, das Schiff liegt länger im Hafen, als es Kosmos lieb sein kann. Die Offiziere trifft es auch. Sie müssen in vollem Wichs antanzen und die seefahrende Bundesrepublik repräsentieren.

»Und alles für irgendwelches Konsulatsvolk oder die sogenannte ›Kaufmannschaft‹!« rege ich mich auf.

»Muß sein«, murrt der Alte.

Der Chief hat noch andere Sorgen. Jedesmal wenn die Rede auf Durban kommt, erklärt er mir, er müsse in Durban an Land, Schuhe und Schaumbad kaufen. Das scheint bei ihm zur fixen Idee geworden zu sein: Durban gleich Schuhe und Schaumbad. Und nun weiß der Chief nicht, wann er an Land gehen darf. Die Ungewißheit wird ihn am Ende noch zermürben.

Abends ist achtern große Party, der Alte hat den Zwoten auf der Brücke abgelöst, damit er auch etwas davon hat.

Ins Dunkel hinein sagt der Alte: »Ich muß mich mal um diesen Dampfer an Backbord kümmern.«

»Der ist doch klar«, sage ich, »der zeigt doch grün.«

Darauf murmelt der Alte aus dem Dunkel: »Ist Grün an Steuerbord zu sehen, dann mußt du aus dem Wege gehen, zeigt sich jedoch an Backbord Rot, geht alles klar, hat keine Not. Grün an Grün und Rot an Rot...«

»Wie weiter?«

Der Alte zögert nicht: »Ist Rot an Steuerbord zu sehn, so mußt du aus dem Wege gehn, zeigt sich jedoch an Backbord Grün, kannst du getrost des Weges ziehn. In diesem Fall muß Grün sich klaren und muß dir aus dem Wege fahren. Grün an Grün und Rot an Rot – geht alles klar, ist keine Not!«

»Hurra!« rufe ich, und wir brechen beide in begeistertes Gelächter aus.

Der Alte hantiert jetzt mit Zirkel und Winkeln im Kartenhaus.

»Warum rechnest du für den Zwoten?« frage ich. »Das kann der doch selber machen.«

»Das macht mir eben Spaß!« sagt der Alte.

Die Karte, die aufliegt, heißt »Mossel Bay to Cape St. Francis«.

Ich schlage den schweren Vorhang zur Seite und gehe ins Ruderhaus. Wir haben Backbord voraus einen hellen Schein am Himmel: Port Elizabeth. Der Alte, der nun neben mir steht, sagt: »Wir laufen fast fünfzehn Meilen, so viel haben wir noch nie geschafft auf dieser Reise.«

Unser Kurs geht so dicht unter Land hin, daß die Küste auf dem Radarschirm deutlich zeichnet.

»Sei froh«, sagt der Alte, »daß du dich entschlossen hast, von Bord zu gehen. Du merkst doch jetzt schon, wie gereizt die Leute werden – und dann die lange Rückreise. Afrika mal mit anderen Augen als die Südafrikaner zu sehen, mich würde das schon interessieren. Der Zwote muß bald wiederkommen, da sollten wir uns auch mal auf der Party sehen lassen.«

Wir sitzen auf dem Achterdeck unter gelben, roten, grünen Glühbirnen auf zusammenklappbaren Brauereibänken. Das Vibrieren des Schiffes ist kaum zu spüren. Die nächtliche See ist kabbelig. Der halbe Mond kann sich nicht in ihr spiegeln. Das Sausen der See, ein paar Windgeräusche. Zur Geräuschkulisse gehört das an- und abschwellende Gerede der Leute am anderen Ende der Tischreihe, hin und wieder ein Aufbrüllen, wenn einer einen Witz erzählt oder eine Zote gerissen hat.

»Wie im Schrebergarten«, sage ich zum Alten, der mir gegenüber sitzt.

Der Alte nickt nur. Das Gefühl, auf einem Schiff zu sein, das sich durchs Wasser bewegt, schwindet. Erst wenn ich mir sage, daß die leichte Brise Fahrtwind ist, wird mir für Augenblicke bewußt, daß ich auf einem großen Schiff durch die Nacht fahre.

Und jetzt beginnt »Jubeltrubelheiterkeit«. Angelow

zieht ein mit vielen Pailletten geschmücktes Akkordeon auf und legt gleich ordentlich los. Das Geschwafel geht in Gesang über, und bald schon wagen sich die ersten Paare auf die freigeräumte Tanzfläche.

Ich muß an meine Fahrt mit dem kleinen Küstendampfer entlang der griechischen Küste denken: das einzige Mal, daß ich auf einem Schiffsdeck getanzt habe. Der Mond, fast voll, kam hinter Tintenfleckenwolken hervor und beschlug die See silbern. Damals, vor der bleich und kalkig vorüberziehenden Küste, waren es Männertänze. Ein richtiger Sirtaki würde besser auf dieses Deck und zu dieser Mondnacht passen als das Geschiebe und Geschubse eigener Art, das mich an Eingeborenentänze denken läßt. Immer wieder mal tritt einer ins Leere, weil das Schiff gerade leicht überholt oder rollt, und das girrende Gelächter, die Juchzer und spitzen Schreie werden immer lauter.

Ganz gegen meine Erwartung sitzt der Alte nach zwei Tänzen selbstzufrieden da und beobachtet amüsiert die Tanzenden, die aufgetakelten Stewardessen, die ich unter der vielen Schminke und mit den Lidschatten kaum wiedererkenne. Die Stewardeß, die unsere Back bedient, geriert sich als Filmstar: Wenn sie ihren wohlfrisierten Kopf bei gleichzeitiger Vierteldrehung der Nackenwirbel nach rechts legt, ist sie der Schelm in Person.

»War doch gut so«, sagt der Alte, als wir zum Vorschiff zurückgehen, »jeder hat seinen Spaß, und zu trinken gibt's auch ordentlich.«

Sonntag. Das Schiff liegt still. Eine Reparatur in der Maschine ist fällig: ein leckes Rohr. Ich höre, daß die Leute schon seit vier Uhr früh schweißen.

Weil das Schiff still liegt, bekomme ich kaum Luft in die Kammer. Wenn wir nicht bald wieder Fahrt machen, wird es hier zur Sauna.

Ich klaube meinen Badekram zusammen und gehe nach achtern. Ich will endlich einmal schwimmen. Meine Impfentzündung ist fast abgeheilt. Ich entdecke das Ventil für die Gegenschwimmanlage. Aber kaum bin ich zehn Minuten tüchtig gegen den Strom geschwommen, kommt einer aus der Maschine: Ich muß das Ventil zurückdrehen, weil sonst die Klos in den oberen Kammern kein Wasser haben, die hängen an der gleichen Pumpe.

Am Nachmittag nehmen wir wieder Fahrt auf. Ich höre vom Chief, daß es noch eine weitaus schwierigere Reparatur als das Schweißen an der Rohrleitung gab, die das Stoppen nötig machte. Ein Drehfeldgeber für die Steuerstabanzeige war defekt. Dadurch fehlte die Anzeige für Kontrollstab zwei im Leitstand.

»Vor Wachende werden jeweils alle Stäbe in gleiche Höhe gefahren«, erklärt mir der Chief, »alle Zeiger müssen dann den gleichen Stand haben. Von einem Stab kam die Anzeige aber nicht.«

»Und«, frage ich den Chief, »was machen Sie dann?«

»Im Sicherheitsbehälter sind auf der Antriebsplatte zwölf Antriebe für die Kontrollstäbe angebracht, Elektromotoren. So ein Motor mußte entfernt werden. Dann konnte der defekte Drehfeldgeber abgeklemmt und ausgebaut werden.«

»Und das können Sie an Bord reparieren.«

»Ja, natürlich«, sagt der Chief. »In der Werkstatt in der Nebenanlage wurde das Zahnrad vom Drehfeldgeber abgebaut und der Drehfeldgeber aus seinem Gehäuse ausgebaut. Und dann mußte der ganze Spaß wieder zusammengebaut und montiert werden.«

»Und das dauert Stunden?«

»Insgesamt ja. Nicht gerade ein Vergnügen, bei fünfzig Grad da unten zu schuften.«

Die ältliche Stewardeß trägt jetzt *immer* durchbrochene Blusen und stellt ihr bepelztes Muttermal zur Schau.

»Kann man der Dame nicht nahelegen, ihren Mitmenschen den Anblick dieses Maulwurfsfells an so unüblicher Stelle zu ersparen?« frage ich den Alten, als wir alleine in der Messe sind.

»Na, na!« sagt der Alte, »dunkles Affenfell trifft's besser. Und warum guckst du immer hin, wenn's dich stört?«

»Zwangsneurose. Was anderes fällt mir ein: Ich hab kaum noch Filme, und für die Reise durch Afrika würde ich Filme en masse brauchen.«

»Gibt's in Durban oder in Johannesburg, bloß teuer ist hier unten alles. Aber der Agent kann sicher einen Wholesaler auftreiben. Da kommst du besser weg, das heißt: wenn der nicht auch noch seinen Reibach machen will. Ich hab da so meine Erfahrungen! Noch was«, sagt der Alte: »Lies mal den Anschlag betreffs unsittlicher Darstellungen in Illustrierten und entsprechendes Verbot der südafrikanischen Regierung. Ist für dich wichtig!«

Am schwarzen Brett, gleich neben dem Schott zur Messe, hängt tatsächlich ein Anschlag, unterschrieben vom Ersten, mit roten Ausrufezeichen versehen. Ich merke, daß der Alte mich von der Seite her beobachtet, während ich lese, daß ich, falls ich Bücher oder Filme, welche nackte Personen zeigen, im Besitz haben sollte, diese angeben und zum Versiegeln bereithalten müsse. »Dazu zählen Illustrierte wie ›stern‹, ›Neue Illustrierte‹, ›Revue‹ oder ähnliche, besonders auch ›Playboy-Hefte‹ sowie entsprechende Kalender oder Poster. Werden bei einer Durchsuchung des Schiffes entsprechende Artikel gefunden, so werden sie eingezogen, und der Besitzer hat mit einer empfindlichen Strafe zu rechnen: Gefängnis bis zweihundertfünfzig Tage oder fünfhundert Rand.«

»Also Knast«, sage ich, als ich mich von meiner Verblüffung erholt habe, »Knast kenn ich. Aber wieviel sind denn –umgerechnet – fünfhundert Rand, falls ich mich freikaufen müßte?«

»Weiß ich nicht stante pede, frag den Zahlmeister.«

»Ist das wirklich kein Witz?«

»Kein Witz!« sagt der Alte.

Die Dünung hat sich gelegt, die Seen brechen sich nicht mehr. Es ist nur noch ein leises Auf- und Niederwallen, der Bug setzt ganz sanft ein.

Der Wachhabende hat den Peildiopter aufgesetzt, wir können jetzt nach Landpeilungen navigieren.

Querab ein Ort, der Hamburg heißt, bald wird eine größere Stadt kommen: East London. Die afrikanische Küste ist nicht weiter entfernt als das Gegenufer des Starnberger Sees, vom Aussichtsplatz an der Roseninsel gesehen.

Der Alte kommt auf die Brücke, sieht den Wachhabenden nicht gleich und fragt aus Jux: »Ist hier jemand?« Der Erste kommt gleich aus dem Kartenhaus und macht eilfertig eine Art militärischer Meldung. Er wird es nie merken, wann Jux und wann Ernst an der Reihe ist.

Wir steuern Nordost: fünfundvierzig Grad. Daß wir am Ende dieser Hinreise fünfundvierzig Grad steuern würden, hatte ich mir nicht vorgestellt. Fünfundvierzig Grad könnte ein guter Heimatkurs aus dem Mittelatlantik sein.

Nach der Wachablösung sehe ich vom Peildeck aus, daß unser Radar läuft. Weil ich mir darauf keinen Vers machen kann, klettere ich hinab zur Brücke. Der Dritte, der jetzt Dienst hat, nimmt seine Peilungen vom Radarschirm, weil die Küste so konturlos geworden ist, daß sie keine Landmarken bietet, die er anpeilen könnte, auch keine Kirchtürme, die für den Seefahrer die beliebtesten Peilpunkte sind.

Auf dem Schirm zeichnet sich aber die Küste sehr deutlich ab. Der Kurs auf der Karte »East London to Port St. Jones«, die gerade aufliegt, ist so abgesetzt, daß wir an einigen Stellen bis auf drei Seemeilen an die Küste herankommen werden.

Ich stehe und stehe, Afrika im Blick.

Zum Frühstück hatte ich meine Strickjacke angezogen. Morgens war es kühl. Afrika und Strickjacke? Komisch.

Drei altgediente Seeleute sitzen bei Angelow in der Kammer beisammen, als ich anklopfe, darunter der Pumpenmann. Sie schwärmen von früheren Ostasienfahrten. »Diese wunderbaren Häfen«, sagt der Pumpenmann, »erst Marseille, dann Genua, Port Said, Djibouti... und so weiter!« Alle sind verdrossen über diesen langen Seetörn, an dessen Ende nur Durban steht, in ihren Augen alles andere als ein attraktiver Hafen. »Das letzte!« sagt einer der vier. Und in diesem Hafen soll das Schiff auch nur kurze Zeit liegen. Wir haben nichts auszuladen.

Alle beglückwünschen mich, daß ich aussteigen will.

Die tägliche Dosis Pillen gegen Malaria habe ich genommen, meine Wäsche ist sauber, meine Ausrüstung soll klein, aber tipptopp sein, falls ich tatsächlich das Schiff verlassen sollte.

Warum denke ich immer im Konjunktiv, wenn es ums Aussteigen geht? Habe ich mich immer noch nicht endgültig entschieden? Betreibe ich Theater mit mir selber? Mir scheint, daß eine Selbstprüfung hoch an der Zeit ist. Habe ich Angst vor den Risiken einer Reise allein? Hat mich der alte Wagemut verlassen? Schreckt mich die Einsamkeit abends in fremden Städten und schäbigen Hotels? Oder komme ich mir mies vor, weil ich den Alten auf diesem deprimierenden Schiff allein lasse? Was ist mit mir los? Vielleicht hätte ich »Jugend« von Joseph Conrad lesen sollen, dann wäre ich wieder auf den richtigen Geschmack gekommen.

Der Alte hat mich doch erst auf die Idee gebracht, in Durban auszusteigen: »Nicht noch mal den Gammeltörn zurück, sondern Flugzeuge nehmen und was von Afrika sehen, du kannst es dir doch leisten!«

Wie kommt es, daß Afrika nie auf meinen Reiseplänen stand? Komisch, dabei habe ich seit eh und je Afrikanisches gesammelt. Ich kenne nur Algier und Nordägypten. Nicht einmal bis nach Tanger bin ich gekommen. Livingstone, Stanley waren für mich immer große Namen. Warum habe ich nie das Verlangen gespürt, ihren Spuren zu folgen?

»Hast du deine Sachen beisammen?« fragt der Alte am Abend besorgt, »denkst du daran, daß der Arzt dir für alle Fälle Medikamente mitgibt?«

»Alles gemacht«, sage ich, ungewöhnlich gerührt von der Fürsorge des Alten.

»Viel Zeit haben wir ja nicht mehr«, sagt er, nachdem wir schweigend den Whisky getrunken haben, den der

Alte heute auf den Tisch gestellt hat, »du wolltest mir doch noch erzählen, wie sich dann dein Leben mit Simone gestaltet hat«, und grinst ob seiner gestelzten Ausdrucksweise.

»Wie soll sich ein Leben mit Simone schon ›gestalten‹? Sie kam nach ein paar Tagen wieder, dieses Mal in Zivil.«

»Du hast ja Glück gehabt, daß dein Haus noch stand. Da war doch eine Scheinwerferstellung gleich nebenan.«

»Was heißt ›mein Haus‹, das waren zwei Zimmer, eine Kammer und eine winzige Kombüse, alles mit schrägen Wänden in einem Austragshäuschen. Das Ganze ohne Strom und Wasser von den öffentlichen Leitungen.«

»Wie denn das?«

»Den Strom machten wir selber. Verdammt oft gab's Pannen mit dem Aggregat. Und für das Wasser hatten wir eine Pumpe im Keller.«

Jetzt hat mich die Erinnerung fest im Griff, und die Bilder in meinem Kopf überstürzen sich.

Ich schlucke langsam den Whisky, ich brauche Zeit, um leidlich Ordnung in mir zu schaffen.

»Du brauchst dir unsere Behausung nicht als Elendsquartier vorzustellen«, setze ich wieder an, »wir haben ganz gut vom Gemüseanbau und aus dem Wald gelebt.«

»Und Simone hat Hausfrau gespielt?«

»Ja – aber besser der Reihe nach: Es war damals ein heißer Sommer, und ich hatte grüne Tomaten und Gurken in rauhen Mengen. Auf dem sauren Torfboden gedieh alles prächtig, sogar Zuckermelonen, und vor allem Kürbisse. Ich hatte die Samen versuchsweise in den Boden gebracht, und dann wurde die schönste Erntefülle daraus. Wir machten saure Gurken, süßsauren Kürbis und Senfgurken ein – und auch unreife grüne Tomaten. Wo sich Weckgläser finden ließen, fanden wir sie, wurden aber der Fülle trotzdem nicht Herr. Schließlich schleppten wir die riesenhaft geratenen Kürbisse auf den Dachboden, wo sie in Ruhe lagern sollten. Zwei Monate später haben wir sie von oben auf eine Betonfläche fallen lassen. Da platzten sie wie Bomben. Das bißchen Zucker, das sich auftreiben ließ, erschien uns zu schade für Kürbismarmelade oder Kürbismus. Einmal gab es an unserem Waldrand einen richtigen kleinen Tornado. Das war im Spätherbst. Als ich morgens in das Gartenhäuschen kam, war es da saukalt, obwohl den ganzen Tag die Sonne geschienen hatte. Und da sah ich die Bescherung: Aus meinem Oberlicht, das ich mühsam selber installiert hatte, um das Haus zum Atelier zu machen, war eine große, schwere Scheibe verschwunden. Kein Splitter, nichts. Von der Scheibe keine Spur. Dann fand ich sie per Zufall flach im Gras liegend, gute fünfzig Meter weg. Besagter Tornado hatte sie herausgesaugt und sachte abgelegt – trotz Verkittung herausgesaugt. Ein Wunder!«

»Was es nicht alles gibt«, quittiert der Alte mein Erinnerungsstaunen.

»Im Winter fühlten wir uns wie in Sibirien: Unsere winzige Schlafkammer taufte ich Kristallpalast, weil die schräge Decke im Widerschein der Lampe nur so funkelte – alles war von Reif überzogen. Und dann gab's ständige Probleme mit dem Wasser.«

»Das klingt alles nach fröhlichem Landleben. Richtig romantisch«, sagt der Alte und nimmt einen großen Schluck Whisky, »und trotzdem: mir schwer verständlich, daß man dich vors Standesamt gebracht hat.«

»Mir auch! Aber *du* mußt gerade reden! Hast du übrigens mal an die Uhr geguckt? Mir kann's ja gleich sein, aber du mußt heute wieder an Deck sein.«

»Alte Leute brauchen nicht viel Schlaf, heißt's doch immer. Komm, spann mich nicht auf die Folter, red weiter!«

»Also, ich erzähl's dir, weil's komisch ist: Ich hab ein interessantes historisches Telegramm gut aufbewahrt. Das erreichte mich in Berlin, ich war dort bei einem Antiquar. Ich kann das Telegramm auswendig hersagen: ›Bei die Gemeind alles bereit stop Königs bereiten stop sofort kommen stop‹. Und das sollte heißen, daß der Standesbeamte Gewehr bei Fuß stehe und daß von Freunden eine Hochzeitsfestivität vorbereitet werde.«

»Und da hast du die Reise abgebrochen?«

»Jawohl! Ich bin brav nach Feldafing zurückgefahren, und als es soweit war, daß wir auch gerade Lebensmittelmarken im Rathaus abholen mußten, war's ein Aufwasch.«

»Marken und Heiraten?«

»Der Standesbeamte schwang sich sogar zu einer Hommage an die Marine auf: Mein schwankendes Lebensschifflein sei nunmehr in einem sicheren Port...«

»Hat er ›Port‹ gesagt?«

»Ja doch. Halb gespuckt. Dem fehlten vorne zwei Zähne.«

Nach einer ganzen Weile räuspert sich der Alte: »Entschuldige meine Neugier – aber warum hast du dich später von Simone getrennt?«

Ich blase erst einmal richtig Luft ab und sage: »Zuerst ging alles ganz gut. Ich habe tüchtig gemalt, in der Landschaft und mit Simone als Modell. Aber dann war das Landleben nicht mehr nach Simones Geschmack, und sie sorgte dafür, daß Spannung hineinkam.«

Weil ich wieder zögere, drängt der Alte: »Erzähl!«

»Eines Tages mußte Simone plötzlich nach Paris, und nach ein paar Tagen bestellte sie mich per Telegramm auf den Münchner Bahnhof. Und da kam ein amerikanischer Militärzug, der für Salzburg bestimmt war, und keiner durfte aussteigen, der ganze Bahnhof voller Militärpolizei. Und als ich mich schließlich trollen wollte, entdeckte ich am Kopfende hinter der Maschine Simone – aber nicht alleine, sondern mit der alten Dame, ihrer Mutter, und den zwei Hunden, ihren Pudeln. Simone war auf der anderen Seite raus aus dem Zug und übers Nachbargleis gestiegen.«

»Mit der alten Dame?«

»Ja doch!«

»Die alte Madame sollte, so erklärte Simone, unser Baby Renée betreuen, das damals ein halbes Jahr alt war, damit sie, Simone, wieder auf Reisen gehen könnte. Gefragt hatte sie mich nicht, ob mir das so recht wäre. Und da wohnten dann in meiner Studentenbude mit den drei winzigen Zimmern mit schrägen Wänden drei Erwachsene, ein Baby und zwei Hunde. Kannst du dir darunter was vorstellen?«

»Gemütlich, oder?«

»Und ob!«

»Und ging Simone dann auf Reisen?«

»Vorerst nur bis München. Da gab es in der Möhlstraße einen riesigen Schwarzmarkt. Simone war alle naslang dort. Es gab alles zu kaufen, einfach *alles*. Aber Simone ging es vor allem um Pretiosen. Sie war gleich Expertin. Einmal hatten wir unser gesamtes Vermögen zusammengekratzt, und Simone hatte, meinen Ermahnungen zum Trotz, einen Smaragd gekauft, einen Ring mit Cabochonschliff. Den wollte sie in Paris ›verdoppeln‹. Zurück kam sie aber ohne Ring und ohne Geld. Der Cabochon sei ihr beim Händler auf einen Marmorboden gefallen und in tausend Splitter zerplatzt, direkt vor einem Kamin. Sie hatte keinen einzigen Splitter, aber auch die Fassung hatte sie nicht. ›Weggeschmissen!‹ sagte sie. Nicht ganz einfach, das zu glauben und dabei auch noch zu arbeiten. Jetzt hast du mir aber die Würmer in reichen Mengen aus der Nase gezogen. Wenn du immer noch nicht in die Koje willst, dann gieß mir noch einen ein und erzähl mal, wie's denn so in Südamerika war.«

Der Alte schenkt ein, räkelt sich in seinem Sessel, reibt

sich ausführlich die Fingerknöchel, ehe er beginnt: »In Rio fühlten sich meine jungen Leute besonders wohl...«

»Deine jungen Leute? Daß ich nicht lache! Du warst doch höchstens fünfunddreißig...«

»Schon. Aber die waren alle noch in den Zwanzigern. Na, jedenfalls war Highlife im Yachtklub, als wir ankamen.«

»Und was ist aus dir geworden? In Buenos Aires hast du doch abgemustert?«

»Nein! Zwischen Rio und Buenos Aires keine besonderen Vorkommnisse. Aber in Buenos Aires hat uns dann der Admiral von Rentzel, deutscher Abkömmling eines Hamburger Senators, der, nach dem die Rentzelstraße in Hamburg benannt worden ist, sehr geholfen. Der sagte: ›Ich mach euch schon eine Rechnung, aber das ist nur eine Pro-forma-Rechnung!‹ Und dann haben wir die zweite internationale Regatta, Buenos Aires, Rio, gesegelt. Wir waren eigentlich zu spät zum Meldetermin gekommen. Da wurden die Regattateilnehmer – Argentinier, Amerikaner, Brasilianer natürlich, ungefähr so sieben, acht Nationen, mehr waren das damals nicht – gefragt, ob sie einverstanden seien, daß wir mitmachten. Das waren natürlich Sportsleute, und alle sagten: ›Okay! Laßt die mal mitmachen.‹ Wir waren aber bloß vier Leute, das war für eine Regatta zuwenig, und da haben wir auf sieben erhöht. Ein Bremer, ein Maibom, war auch dabei.«

»Typisch! Ihr kommt in Südamerika wohlbehalten an und habt nichts anderes im Kopf, als an einer Regatta teilzunehmen! Habt ihr denn was gemacht?«

»Nein, keinen Preis. Wir sind gut im Mittelfeld gewesen, haben aber die Regatta zu Ende gebracht. Und dann haben wir in Rio dem Admiral von Rentzel unsere Hamburger Flagge geschenkt. Da war er hell begeistert. Wir wurden eingeladen, auf einer argentinischen Begleitfregatte wieder nach Buenos Aires zu gehen. Das haben auch alle gemacht – das heißt, ich mit meinen beiden Leuten. Der Eigner Korte blieb in Rio, weil er die Yacht dort am besten verkaufen konnte, zum anderen aber auch, weil ihm Rio als der richtige Platz erschien, um kaufmännisch Fuß zu fassen.«

»Weißt du, was aus dem geworden ist?« frage ich.

»Weiß keiner. Ich hab mal von einem, der ihn kannte, gehört, er hätte ihn Weihnachten bei der Weihnachtsandacht an eine Säule gelehnt gesehen, schwer niedergeschlagen und heulend. Aber das klang mir zu poetisch.«

Weil der Alte sich *zu* bequem zurechtsetzt und genüßlich in kleinen Schlucken seinen Whisky schlürft, versuche ich ihn aufzuwecken: »Dann warst du also wieder in Buenos Aires und bist dort geheiratet worden!«

»Das ist Verleumdung. Ich mußte mir ja Arbeit suchen.«

»Und wie bist du auf diesen Kümo gekommen, von dem ich schon gehört habe?«

»Aufgrund einer Annonce.«

»Eine Annonce in der Zeitung? Die brauchten einen Stürmann und haben annonciert?« frage ich verblüfft.

»Ja. ›Ein Seesteuermann auf Panamaschiff gesucht‹, hieß das, wenn du es genau wissen willst, und die Annonce war aufgegeben von der ›Maritima holandesa‹, das war die Vertretung in Buenos Aires von der Rotterdam-Sud-Linie Nivielt und van Gaudrian.«

»Und?«

»Und da bin ich hingegangen, habe mich vorgestellt und lernte die Holländer kennen, die dieses Schiff bemakelten und auch gleichzeitig die großen Schiffe befrachteten, die in der Stückgutlinie zwischen Rotterdam und Südamerika fuhren. Und dann habe ich den Job angenommen. Aber jetzt ist es wirklich spät – oder vielmehr früh genug. Wir sollten endlich in die Koje.«

Von unruhigem Schlaf mit wirren Träumen rapple ich mich schnell hoch: Ankunft Durban! hieß es.

Auf der Reede liegen viele Schiffe. Weiß der Satan, wie lange es dauern wird, bis wir an die Pier kommen. Ich sehe einen Brandungssaum vor der Mole und darüber wie Stockzähne Hochhäuser: Da liegt es, das Ziel unserer Reise, eine Hochbauwabe neben der anderen. Die Siedlungen, die auf den Hügeln knapp hinter der Skyline zu liegen scheinen, sind vor lauter bleiernem Dunst nicht zu sehen.

Der Maschinentelegraph liegt auf Stop, der Anker ist noch nicht gefallen. Im Ruderhaus sind zwei Echolote. Zu dem normalen Lot, das bis zu tausend Meter Tiefe anzeigt, gibt es noch ein Flachlot: Wir haben elf Meter unter Kiel.

Der Alte sagt, daß mit dem Ankern noch gewartet wird, bis zwei Leute der südafrikanischen Atomenergiebehörde an Bord gekommen sind. Hoffentlich, denke ich, bringen die unsere Post mit.

Durban, das klingt nach nichts. Ich weiß nicht, ob dieser Name zwei- oder einsilbig zu sprechen ist. Der Erste sagt: »Döbn«. Auch damit fällt er mir auf die Nerven, genauso wie mit seinen dämlichen Packpapierrollen. Die Papier-Auslege-Aktion ist beendet. Gott sei's gelobt! hatte ich aufgestöhnt. Aber jetzt merke ich, daß kein Grund zur Freude besteht: Wohin ich trete, rutscht mir das vermaledeite Packpapier unter den Füßen weg.

Zum erstenmal auf dieser Reise komme ich mir wie Treibgut vor, vom Zufall an ein fremdes Gestade gespült. In diesem diffusen Licht habe ich nicht einmal die Stunde unserer Ankunft im Gefühl. Wäre ich durch einen Zauberspruch auf dieses Deck plaziert worden und hätte erraten müssen, wo ich bin, wäre ich nie auf Südafrika gekommen. »Auf einer gottverlassenen Reede«, wäre meine Antwort.

Ohne Gefühl für Zeit und Ort fühle ich mich beklommen, fehl am Platz. Was habe ich nur hier verloren?

Die südafrikanische Flagge ist an der Rah gesetzt: orange, weiß und rot gestreift, in der Mitte verkleinerte Repliken dreier Flaggen, von denen ich nur eine, den Union Jack, kenne.

Der Sohn des Zwoten gesellt sich zu mir und gibt sich altklug: »Das haben wir doch überall. Ich dachte, hier wäre mehr Burg.«

Tief unter uns wird die Lotsenleiter ausgebracht. Mit hoher Bugschnauze kommt ein Lotsenversetzboot heran.

»Das sieht bloß so aus, als ob die Lotsen kämen«, sagt der Pumpenmann, und ich kann mir keinen Vers darauf machen.

Da erscheint der Alte. »Ist das nicht das Lotsenboot?« frage ich.

»Ja, schon, aber das bringt die Atomfritzen, die Leute von der südafrikanischen Atomenergiebehörde. Ich mach nur die Honneurs, dann halte ich mich da raus und übergebe sie dem Chief.«

Neben der Lotsenleiter ist noch eine Sicherheitsleine hinuntergelassen worden, für den Fall, daß die Atomfritzen ins Wasser fallen. Es ist nicht sehr viel Dünung, also wenig Gefahr.

Die Schiffe auf Reede, die uns jetzt ihre Steuerbordseite zeigen, sind zumeist Stückgutschiffe. Eines davon wird vom Silbergleißen des Sonnenspiegels förmlich zerschmolzen.

Als das Versetzboot längsseits kommt, läßt der Alte Anker fallen. Ich sehe, wie der dritte Schäkel zu Wasser geht und dann der vierte.

Endlich und tatsächlich sind wir in Südafrika angekommen. Das Schiff hat Verbindung zum Schelfboden vor der Küste.

»Sechs Schäkel zu Wasser!« brüllt der Bootsmann von vorn. Das bedeutet, daß sechs Kettenlängen zu je fünfundzwanzig Metern ausgebracht sind. Der siebente Schäkel bleibt am Spill.

Nun erst sehe ich, daß der Alte in vollem Wichs ist. Ich beuge mich über die Reling und beobachte, wie die beiden Herren von der Atombehörde direkt unter mir mühevoll umsteigen. Aber was ist das? Sie lassen sich Kleidersäcke und Koffer reichen!

»Die machen sich's hier erst mal gemütlich!« erklärt mir der Pumpenmann, der neben mir steht, während der Alte sich zum Empfang an die Reling gestellt hat.

Auf dem Hauptdeck erscheint ein fülliger Mitfünfziger mit Trinkergesicht. Ihm folgt ein Kleiner, Magerer. Beide sind ganz außer Atem: Pat und Patachon.

Allgemeine Enttäuschung, daß sie keine Post mitgebracht haben. »Das hab ich mir doch gleich gedacht«, murrt einer der Assis, der am Empfangsritual teilnimmt. Diese Veranstaltung findet im Empfangsraum statt. Der überaus joviale große Dicke holt aus einer Hülle eine gewaltige Bronzeplakette, die äußerst verkitscht in Halbrelief den Stolz Südafrikas zeigt, den Atomreaktor von Selindaba.

In die Schar der Statisten eingereiht, klatsche ich Beifall. Der Alte hat seine zutunliche Miene aufgesetzt, irgendwie zwischen Grinsen und Strahlen, und sucht vor lauter Verlegenheit linkisch und unbeholfen an der Wand über dem Tresen, an der schon etliche solcher Freundschaftsgaben hängen, nach einem geeigneten Platz für das Prachtstück.

Und nun: hoch die Tassen! »Prost!« und noch einmal: »Prost!«

Nach dieser offiziellen Begrüßungszeremonie nisten sich Pat und Patachon gemeinsam mit dem Alten beim Chief ein. Den Chief erkenne ich in seiner Ausgehuniform kaum wieder. In seiner Kammer trinken wir Kaffee und Whisky und wieder Kaffee und Whisky. Der Alte und der Chief sitzen maulfaul da, als habe es ihnen die Graupen verhagelt. Ich versuche, obwohl mir der Sinn nicht danach steht, die beiden zu unterhalten, und erfahre, daß Pat in Polen geboren und Patachon, der Bilderbuchbrite, erst seit einem Jahr in Durban ist. Ich erzähle, daß ich Gast auf diesem Schiff bin: »Yes, extremely interesting – spoiled a lot of clean paper«, und erziele damit einen großen Lacherfolg. »Yes, articles for magazines – perhaps for a book...«

Nach und nach kann ich den beiden Atomfritzen die für uns wichtigen Nachrichten aus der Nase ziehen. Anscheinend ist die Ladung für das Schiff noch nicht da. Die Kohle muß aus Transvaal per Bahn herangekarrt werden. Irgend etwas klappt mit dem Eisenbahntransport aber nicht recht, es wird Verzögerungen geben. Ich will »Schreck laß nach!« auf englisch sagen, schaffe es aber nicht.

Der Alte zieht auf die Nachricht hin nur die Nase hoch. Wenn es darum geht, den Abgebrühten zu spielen, ist er unschlagbar.

Ich erfahre auch, daß ich, wenn ich durch den Kontinent reisen wolle, erst nach Johannesburg fliegen müsse und daß nach Johannesburg eine Art Shuttledienst bestehe: alle Stunde ein Flugzeug. Johannesburg ist so wenig mein Ziel wie Durban, aber sei's drum!

Ich bin es leid, mit diesen beiden Gesellen Konversation zu machen, und verschwinde unter dem Vorwand, meine Siebensachen packen zu müssen. Soll doch der Alte seine Gäste selber unterhalten!

Es ist kühler geworden und hat erheblich aufgebrist. Die Kimm ist im Dunst verschwunden, von Durban sind nur noch fahle Umrisse zu sehen.

Das Lotsenboot fährt zu einem Dampfer, der gleich uns auf Reede liegt. Manchmal schneidet es fast ganz unter. Wenn das Lotsenboot nur einen kleinen Umweg machte, könnte es unsere Post bringen, das heißt, wenn sich ein Intelligenter gefunden hätte, dem Boot, das zwischen den ankernden Schiffen herumkarrt, unsere Post mitzugeben.

In *allen* Gängen wird das verdammte Rollenpapier ausgelegt, zugleich wird der Brückenaufbau auf seiner Rückseite gewaschen, ausgerechnet jetzt, unmittelbar bevor Kohle geladen wird. Typisch!

Ich sitze auf meiner Koje, meine Plünnen habe ich längst sortiert, als mich ein heftiges Poltern und Rasseln hochschreckt: die Lukendeckel! Unsere MacGregor-Lukendeckel werden aufgemacht, und ich gehe aufs Deck. Wie ich so auf die Hochhauswaben starre, hadere ich mit dem Alten: Warum hat er mir nicht gesagt, daß unser Ziel nicht der Hafen von Durban, sondern die Reede ist. Ich war davon ausgegangen, für uns wäre an einer stadtnahen Pier ein Platz reserviert, und den würden wir bolzengerade ansteuern. Am Ende einer Reise sollte man doch das Gefühl haben, am Ziel zu sein. Wir haben eine leere Ödnis erreicht, mit nichts anderem als Hochhaus- und Schiffssilhouetten. Die Schiffssilhouetten zeigen wenigstens eine Art Leben, sie wechseln ihre Beleuchtungen. Die Stadt aber ist nichts als der von einem einfallslosen Filmmaler lustlos hingepinselte Prospekt einer modernen Hafenstadt. Den Hafen davor verschließen Molen so dicht, daß ich ohne Glas keine Einfahrt erkennen kann. Wären nicht die Kräne und die dicht gebündelten Schiffsmasten, die über die Mole ragen, wäre auch der Hafen von Durban mehr Illusion als Gewißheit.

Der Alte steht plötzlich neben mir. »Jetzt heißt es abwarten und Tee trinken«, sagt er mit müder Stimme.
»Heißt das, daß es bei dir Tee gibt?«
»Wir können's ja mal versuchen, den Steward auf Trab zu bringen«, entgegnet der Alte, eine Spur gelöster.
Der Steward bringt tatsächlich Tee. Der Alte hockt aber nur gedankenverloren da und sagt: »Wenn das erst mal so anfängt, dann zieht sich's.«
Ich bin auch trüb gestimmt, aber unter meinem Trübsinn vibriert Nervosität. Ich bin lethargisch und ungeduldig zugleich. Das Schiff gehört jetzt weder der offenen See noch dem schützenden Hafen an. Seine Turbinen arbeiten nicht mehr, es wird von Wind und Strömung um seinen Anker herumgetrieben: Es schwoit. Das ist auch schon alles, was es an Bewegung zeigt. Auf einem Schiff in solch einem halbtoten Zustand, weiß ich, kann sich die Gereiztheit der Besatzung bis zur Mordlust steigern. Was der Alte von Lagos zu berichten hatte, klang schauerlich. Dort sollen Schiffe manchmal gezwungen sein, monatelang bei glühender Hitze auf Reede herumzugammeln, weil die Kapazität des Hafens so gering ist. Ich male mir das Leben auf den in der Hitze schmorenden Decks eines Schiffes wie die Vorhölle aus. Unter Hitze müssen wir hier wenigstens nicht leiden. Dichter Dunst hat das Gestirn abgefiltert, ein leichter Wind weht von See her.

Nach dem Mittagessen, das ich lustlos in mich hineingeschlungen habe, sitzen wir wieder in der Kammer des Alten.

»Dieses Schiff ist doch in *vieler* Hinsicht ein Symbol«, sage ich nach einer langen Zeit, die wir lethargisch in unseren Sesseln gehockt haben und Schweppes wie ehemals die Kolonialherren trinken.

»Wie meinst du das?« will der Alte wissen.

»Symbol dafür, daß letzten Endes das Kleinkarierte und das Miefige auf diesem Schiff die Oberhand behalten. Das gleiche wie in der Politik, wie überall.«

»Du bist ja gut in Fahrt. Meinst du die PVC-Böden und die Handläufe, über die du dich immer wieder beschwerst?«

»Die auch! Aber auch die dämlichen kolorierten Kupferstiche an den Wänden des Salons, die albernen Badges, von denen du jetzt noch eins dazubekommen hast.«

»Die sind nun mal so üblich. Aber mach dir nur ordentlich Luft!«

»Es geht gar nicht um den Schnickschnack im einzelnen. Ich könnte mich auch noch an Waschmaschinen an allen Ecken und Enden gewöhnen. Auf einem normalen Schiff würden die mich halb so sehr stören. Das Mißverhältnis zwischen dem ungeheuren technischen Aufwand für den Reaktor, zwischen dem für mich futuristischen Antrieb und der totalen Verspießerung des Borddaseins, das ist es, was mich auf die Palme bringt. Guck dich doch mal bei dir hier um!«

Ich hole tief Luft, und der Alte guckt sich tatsächlich in seiner Kammer um.

»Meinst du die Bilder, die mein Nachfolger gemalt hat? Der ist Hobbymaler und malt während der Reise nach Vorlagen. Das müßte doch eigentlich deinen Beifall finden!«

»Da hast du's! Malt nach Vorlagen wie im Kindergarten. Deutsche Märchen! Das ist doch wie Sofakissensticken!«

»Nu mal langsam«, sagt der Alte und guckt mich fast besorgt an, »was ist denn in dich gefahren?«

Aber ich bin nicht zu bremsen. »Und guck dir mal den Schreibtisch und die Vorhänge an! Diese greuliche Tisch- und-Sessel-Garnitur, diesen unglaublichen Teppich, die edlen Lampen! Alles Spießbürgers Protz – und entspricht dazu auch noch genau dem Äußeren des Schiffes.«

»Na ja«, sagt der Alte besänftigend, »du weißt doch, daß da eine Menge Leute mitreden durften, und die brauchte man, weil die das Plazet zu geben hatten. Da ist vielleicht nicht alles so geworden...« Der Alte setzt jetzt eine listige Miene auf und sagt: »Vielleicht hatte man auch eine Art Tarnung im Sinn, vielleicht wollte man das Forschungsschiff als normales Schiff camouflieren. Denk doch mal an die Hilfskreuzer, die machten doch so was auch – und mit Erfolg!«

»Und du machst Witze! *Bewußt* spießig, das glaubst du ja selber nicht, das wäre ja eine klare Konzeption. Hier hat doch nur die allgemeine Beschränktheit Ausdruck gefunden!«

»Außer dir stößt sich keiner daran«, brummt der Alte.

»Das hat für mich *auch* Symbolkraft. Es entspricht meiner Erfahrung, daß zum Beispiel Wissenschaftler, die uns den Fortschritt anhexen, fast durch die Bank Asparagusspießer sind.«

»Was für Spießer?«

»Asparagusspießer! Asparagus heißt das grüne Kraut, das zu diesen scheußlichen weißen und roten Langstielnelken aus Nizza gehört, die wiederum so schön zu Dauerwellen und Lockenwicklern passen.«

»Mach ruhig so weiter«, sagt der Alte und lehnt sich zurück, »du verwechselst uns mit Raumfahrern.«

»Na und? Glaubst du, um dich mal zu fragen, diese

Damen der Mates wären so leger auf die Brücke gekommen, wenn sie sich nicht wie daheim im Reihenhäuschen oder in ihrer Doppelhaushälfte gefühlt hätten? Hier ist doch mit beachtlicher Perfektion bei der Inneneinrichtung der Geschmack der Kleinbürgerhausfrauen getroffen worden...«

»Bist du jetzt fertig?« fragt der Alte leicht gereizt.

Aber ich schüttele den Kopf: »Noch nicht ganz. Mir könnte das alles wurscht sein, dir auch, du gehst demnächst vom Schiff. Aber hier wird doch mit Naturkräften von ungeheurer Brisanz so umgegangen, als handele es sich um Kinderspielzeug. Wir sind beileibe nicht reif dafür, was uns die Wissenschaft an technischen, elektronischen oder sonstigen Fortschritten liefert. Von einer geistigen Durchdringung, entschuldige, das klingt verdammt hochgestochen, kann doch nicht die Rede sein. Daher kommen meine Bedenken, ja sogar meine Ängste. Pellets, die stelle ich mir ja selber schön bunt vor: blau, gelb, rot, wie Lutschbonbons für die lieben Kleinen, so bunt, daß sie zu den bunten Plastiklockenwicklern der Damen unserer Mates passen.«

»Die Damen haben es dir offenbar angetan?«

»Weniger die Damen als die Plastikdinger auf ihren Köpfen. Die haben für mich, ebenso wie die Wachmaschinen, Symbolcharakter. Das meinte ich, als ich ›Symbolcharakter‹ sagte. Das Nicht-zur-Kenntnis-nehmen-Wollen, daß sich die Welt geändert hat.«

»Was hat der Chief gesagt?« pliert mich der Alte an, »›Philosophendampfer‹! Recht hat er!«

Kurz entschlossen stelle ich die Waschmaschine ab. Dieses ununterbrochene Mississippi-Dampfer-Geschaufele vor meiner Kammer geht mir heute mehr denn je an die Nerven. Ich hätte diese Terrorapparatur schon längst lahmlegen müssen, ich hätte nur ein Teil klammheimlich auszubauen oder zu demolieren brauchen. Zu dumm, daß ich das nicht getan habe. Hat mich der Alte mit seiner Attitüde der Toleranz auch schon völlig gelähmt?

Um mich abzulenken, wandere ich auf dem Hauptdeck hin und her und beobachte die Vögel, die ums Schiff fliegen. Große Vögel mit schwarzen Flügeln. Sie kippen in der Luft plötzlich ab, drehen Pirouetten und tauchen ins Wasser ein. Einer macht diese Vorführung ganz nahe am Schiff. Er schießt tief ins Wasser, hinter ihm bildet sich ein hellgrüner Schweif. Einen Fisch hat er nicht erwischt. Nun macht er um den Bug herum einen neuen Beobachtungsflug, verhält ab und zu und versucht dann wie ein Bussard zu rütteln, macht wieder einen Sturzflug und schlägt ins Wasser ein, daß es nur so hochspritzt. Als er wieder aufgetaucht ist, schwimmt der Vogel eine Weile wie eine Ente und startet dann von der Oberfläche. Es muß ein Kormoran sein.

Der Pumpenmann hält sich damit beschäftigt, auf den Knauf des Flaggenstocks eine präparierte Haifischflosse aufzusetzen. »Die letzte«, sagt er, »war vollkommen hinüber, das sah nicht mehr gut aus.«

Gegen Abend kommt eine starke Dünung mit brechenden Wellen auf. So weit der Blick reicht: weiße Schaumköpfe wie aufgestickt. Für das nächste Versetzboot wird es schwer werden, bei diesem Seegang ans Schiff heranzukommen. Die Dünung nimmt von Stunde zu Stunde zu.

Als wir nach dem Essen in seiner Kammer sitzen, starrt der Alte minutenlang ins Leere.
»Jetzt sind wir also abhängig von der südafrikanischen Eisenbahn, die uns die Kohle herankarren soll«, rede ich los, »die wissen doch ganz genau, wann wir ankom-

men. Wir sind doch nicht vom Himmel gefallen, sondern 4440 Seemeilen gelaufen! Da gibt's doch das Kürzel ETA, Expected Time of Arrival, wie du mir erklärt hast!«

»Klare Informationen gibt's jedenfalls nicht«, brummt der Alte.

»Aber hast du denn nicht gewußt, wie das hier unten läuft? Du warst doch schon hier.«

Warum fragt der Alte nicht mit UKW an, was das Affentheater bedeuten soll? Aber ich weiß: So sind sie nun mal, die altgedienten Kapitäne: nur nicht vorprellen, nur keine Ungeduld zeigen, immer die feine englische Zurückhaltung üben! Abwarten und Tee trinken! Das hörte ich heute schon zum drittenmal.

»Ich war sogar schon zwomal hier«, sagt der Alte, »aber man ärgert sich trotzdem immer wieder. Die Post hätte im Beutel längst hochkommen müssen, und der Agent hätte ein paar Zeilen schreiben müssen, so hätte sich das gehört!«

»Phantasiemangel! Die können sich anscheinend nicht vorstellen, daß wir hier draußen von einem Fuß auf den anderen treten. Du hast bisher immer so getan, als sei der Stumpfsinn des Ganzen selbstverständlich, und ich hab nicht gewagt zu fragen, ob diese Sturheil-Methode wirklich normal ist, ich meine, wie unsere Ankunft gehandhabt wird, daß wir quasi gar nicht wahrgenommen werden.«

»Ich finde das auch nicht in Ordnung, daß wir nach drei Wochen Seereise hier ankommen und der Agent die Post nicht rausbringt. Die Leute warten doch *alle* darauf.«

So verdrossen habe ich den Alten noch nie gesehen.

»Vielleicht können die Fritzen, die in ihren eleganten Büros oder den feinen englischen Clubs sitzen, sich wirklich nicht vorstellen, daß wir hier warten und warten«, versuche ich den Alten zu besänftigen, aber er kommt aus seiner Rille gar nicht wieder heraus. Minuten später fängt er aufs neue an: »Ich kenn das natürlich, daß sie einen hängenlassen. Aber schließlich machen die mit der Ladung, so lächerlich die sein mag, ihren guten Reibach. Daß diese Leute nicht imstande sind, auch für unsere Leute was zu tun, das bringt mich auf die Palme!«

»Abwarten und Tee trinken!« höhne ich.

»So denken die sich das. Wenn meine Befürchtungen zutreffen, wird das Schiff noch gut und gerne zwei Tage hier draußen am Anker herumschaukeln, bis es an die Pier darf. Warum haben die beiden von der Atombehörde denn so viel Gepäck mitgebracht? Die wissen doch sicher Bescheid.«

»Haben aber nichts verraten?«

»Nein. Und wenn wir für das Volk hier eine Party machen sollen, dann machen wir doch alles ordentlich und veranstalten allen möglichen Zauber – und dazu auch noch freundliche Gesichter. Aber diese Brüder kümmern sich nicht mal um die simpelsten Dinge: Die Post bringen, das wäre doch das mindeste. Du bist erstaunt, daß ich das sage? Natürlich kommt es öfter vor, daß was nicht klappt. Und was ich noch sagen wollte: Mein Ein und Alles ist diese Party nicht!«

Komisch, der Alte tut gerade so, als müsse er sich auch noch für seinen Groll entschuldigen, ausgerechnet bei mir.

»Ich bin schon froh«, sage ich, »daß du eine Reaktion zeigst. Heute vormittag dachte ich, dir wär das ganz egal.«

»Du hältst das schon für einen Fortschritt, wenn ich reagiere?«

»Aber gewiß doch!« sage ich und grinse dem Alten voll ins Gesicht.

»Auch ein Kompliment!« blafft der Alte. Er sieht nicht mehr ganz so grimmig aus, ist aber immer noch gut in Fahrt: »Mir hat das Ganze von allem Anfang an nicht gepaßt. Die Nachrichten waren ja reichlich unklar. Ich wußte nicht, was die wollten. Zuerst hieß es: Ankert mal nicht. Dann rollten wir so fürchterlich, und dann hab ich Anker geworfen...«

»Anker geworfen?«

»Um Gottes Willen, da hab ich ja deine neuralgische Stelle erwischt. Schon in Brest hast du Vorträge gehalten: ›Anker werfen‹, das könne keiner bei diesem Riesengewicht. ›Wieder so ein Ankerwerfer!‹ höre ich dich noch, wenn sich einer in der Flottille deiner Meinung nach nicht präzise ausdrückte.«

»Und da habt ihr mich für einen Spinner gehalten?«

»Ich doch nicht, ich wußte, du hast deinen Joseph Conrad gelesen. Also Entschuldigung! Ich hatte ›Anker fallen‹ lassen.« Der Alte grient endlich übers ganze Gesicht.

»Jetzt muß ich gerade an meine erste Reise mit der Otto Hahn denken«, sage ich, »da war die Ankunft ähnlich stimmungsvoll.«

»Das war doch Bremerhaven?« fragt der Alte.

»Ja, Bremerhaven im Winter, einen Tag vor meinem Geburtstag.«

»Fröhlich klingt das nicht gerade, sollte wohl auch nicht«, gibt sich der Alte selber Antwort, weil ich nichts sage. »Komisch, da hocken wir vor Durban und denken an Bremerhaven.«

»Wir durchfliegen Zeit und Raum, und das ganz ohne technische Installationen.«

»Komisch«, sagt der Alte wieder, »ich frage mich, was da jetzt für Wetter sein mag.«

»Bonjour tristesse!« sage ich, und weil mir das zu pathetisch klingt, noch: »Ein Glück, daß wir hier vorn wohnen. Im achteren Aufbau scheint ja jede Nacht 'ne Party zu sein.«

»Glücklicherweise! Da konnte ich heute abend die beiden Atomfritzen abliefern und hab sie nicht am Hals. Die sind gleich mit Hallo empfangen worden.« Weil der Alte mich grinsen sieht, fragt er: »Was ficht dich an?«

»Ich hab mal so eine geographische und zeitliche Versetzung in noch verrückterer Form erlebt, das war bei meiner Südseereise, genauer: auf der Insel Ponape.«

»Erzähl!« drängt der Alte.

»Ich war damals ziemlich lange unterwegs, und abends habe ich immer in meine kleine Quatschmaschine diktiert. So viele Bänder, wie ich gebraucht hätte für die Monate, hatte ich nicht mit. Da hat mir Ditti von zu Hause welche per Luft geschickt, und die habe ich, damit auch alles klappte, erst mal abgespielt und mir Dittis Lageberichte angehört. Und zu Dittis Mecklenburgisch quakten lautstark die Frösche an unserem Teich in Feldafing. Wir hatten in diesem Jahr viele Frösche, und nun ließ ich diese bayerischen Frösche nachts auf Ponape quaken. Gut, heutzutage macht man ganz andere Sachen, aber damals war's für mich ein Wunder der Technik – ein anrührendes dazu.«

Der Alte guckt mich fordernd an, kein Zweifel, er erwartet noch mehr. Und da fällt mir siedendheiß ein, daß ich ihm seit Jahr und Tag von meiner Zeit auf diesem verlorenen Eiland Ponape berichten wollte.

»Da quakten nicht nur die bayerischen Frösche in den Urwald hinein«, beginne ich langsam, »da fiel auch dein Name.«

Der Alte richtet sich wie elektrisiert hoch: »Mach Sachen!« sagt er, »ist das wahr?«

»Wenn ich's dir sage!« Und nun zögere ich, um die Geschichte durch Retardieren spannender zu machen.

»Also«, fange ich an, »ich saß auf dieser gottverlassenen Insel fest, Flugverbindung gab's in der Woche nur einmal, und versuchte zu malen, das heißt, ich malte wie ein Verrückter gegen die Tropenhitze an. Ich war wie bekifft. Da hieß es eines Tages, ein Schiff, ein großes Schiff, werde für den Nachmittag erwartet. Ich war ganz aufgeregt. Wie sollte ein großer Dampfer durch das Riff kommen, durch diese schmale Einfahrt? Und dann erfuhr ich auch noch, daß der Kapitän ein Deutscher sein sollte.«

Ich beobachte, was für ein Gesicht der Alte macht: Er guckt mich gebannt an. Ich werde mich schön hüten, mit dem Namen des Kapitäns gleich herauszurücken.

»Am Nachmittag gegen fünfzehn Uhr sah ich das Schiff über der Kimm hochkommen, zum erstenmal seit dem Krieg sah ich das in jeder Phase: von den ersten Rauchschleiern bis zum Passieren der Einfahrt. Wie die das geschafft haben, das war erstaunlich. Die hatten zu beiden Seiten nur noch soviel Platz wie dein Dampfer im Panamakanal.«

Weil ich merke, daß der Alte ungeduldig ist, lege ich eine Extrapause ein.

»Der Kapitän hieß Rogner.«

Da räuspert sich der Alte und fragt: »Rogner?«

»Ja, Konrad Rogner aus Glückstadt.«

»Hm«, brummt der Alte und richtet seinen Blick auf das Stück Teppich vor seinen Füßen. In seiner nach vorn gebeugten Haltung wirkt er so angespannt, als müsse er sich das Teppichmuster für alle Zeiten fest einprägen.

Da sehe ich, daß wir keinen Wein mehr in unseren Gläsern haben, auch die Flasche ist leer. »Ich mach erst mal Backschaft«, sage ich und stemme mich aus der Sesseltiefe hoch. Um in Bewegung zu kommen, muß ich mich gehörig strecken und recken.

»Der Rogner!« sagt der Alte jetzt, »der ist mit mir auf dem Kümo gefahren, vor Argentinien.«

»Ja, das hat er erzählt.«

»Was hat er denn noch erzählt?« fragt der Alte mißtrauisch.

»Von diversen Damen an Bord und so.«

»Also nichts als Küstenklatsch?«

»So lange haben wir gar nicht drüber geredet. Ich weiß gar nicht mehr, wie wir auf dich gekommen sind. Er war genauso perplex wie ich, auf Ponape auf einen Deutschen zu treffen, und daß wir sogar noch einen gemeinsamen Bekannten hatten, nämlich dich... Rogner war vor allem auf Amüsement aus, als er endlich an Land war – du weißt schon, was ich meine.«

Der Alte sitzt nun ganz gelöst in seinem Sessel, und ich rede weiter: »Das war so: Ich hatte ein Auto zur Verfügung und fuhr am Abend noch einmal zum Schiff. Rogner war hocherfreut und fragte gleich, ob ich warten könne, bis er sein Bier getrunken habe, dann könne ich ihn und den Chief doch mit in den Ort nehmen. Ich sagte natürlich ›gern!‹, trank auch ein Bier, dann wurden es aber zwei oder drei Biere, ehe wir losfuhren. Rogner sagte, er habe eine Lady aufgetan, mit dieser sei er verabredet, und zwar in dem Motel schräg gegenüber von meinem Hotel. Also auf zu diesem Motel. Es war so ungefähr halb acht, wir saßen auf einer Terrasse mit einer roten, einer gelben und einer grünen Birne und versuchten mühsam, Konversation zu machen. Über was, weiß ich nicht mehr. Die Lady, die sich Rogner ausgeguckt hatte...«

Da klopft es, ein Läufer. Offenbar hat der Agent ein Einsehen gehabt und trotz der Dünung ein Boot zu uns herausgeschickt, eigens zu dem Zweck, um uns noch am späten Abend die Post zu bringen. Meinen Packen Briefe greife ich hastig, sehe dann aber mit halbem Auge, daß der Alte nur eine Postkarte in der Hand hält, die er anstarrt. Dabei hat er so sehr auf Post gewartet. Ich ziehe meinen Bauch ein, stopfe meine Briefe lässig unter den Hosenbund, als interessierten sie mich nicht sonderlich, und rede einfach weiter.

»... die Lady, die Rogner sich ausgeguckt hatte, kam

kurz an unseren Tisch: geblümter Fummel, negroider Typ, prächtige Schenkel. Sie schob ihren Kaugummi von einer Backentasche in die andere und starrte Rogner an wie eine Kuh. Der hatte schon ganz wäßrige Augen, aber ich wollte längst schlafen gehen. Ich hatte den ganzen Tag gemalt wie ein Verrückter.«

»Na und?« fragt der Alte, als interessierten auch ihn nur die Aventuren von Rogner und nicht die Post.

»Rogner flehte mich an, daß ich noch bis um neun warten solle, da hätte die fette Lady Dienstschluß. Da saßen wir also weiter herum, ich versuchte in Unterhaltung zu machen, Rogner war aber nicht imstande, Rede und Antwort zu stehen, er war scharf auf die Dicke. Alle paar Minuten ging er zum Tresen, an dem die Dame stand. Als er sich mit ihr unterhalten wollte, kam ihr Boß dazwischen. So saßen wir wieder da und warteten, bis die Dicke kam, Rogner angrinste, sich über den Bauch strich, ich aus Verlegenheit ›mucho buono‹ sagte, was wenigstens Rogner verstand. Und dann verschwand die Lady. Punkt neun war sie wieder da, plierte den leicht verblödeten Rogner an und schlenderte mit einem Täschchen in der Hand den Betonweg langsam entlang. Ein Zeichen für Rogner, ins Auto zu steigen. Dann mußte ich ganz, ganz langsam fahren, und wir stierten in den Busch. Von der Dame war aber keine Spur mehr zu sehen. ›Jetzt sind wir schon an ihr vorbei‹, sagte der Chief. ›Nein‹, sagte Rogner, ›weiter!‹ Also fuhr ich hundert Meter weiter. Als nichts von der Lady zu sehen war, sagte Rogner: ›Wir sollten wenden!‹ Dreimal haben wir die Strecke abgefahren, die Dame war im Busch verschwunden.«

»Na und?« fragt der Alte wieder.

»Na und? Die hatte Rogner sitzenlassen. Rogner war stocksauer, und ich hab die beiden zum Schiff zurückgefahren, heilfroh, daß ich endlich in die Koje kam... Aber weil wir gerade bei dieser deiner Lebensphase –

›Lebensphase‹ klingt doch gut? – auf dem Kümo sind, wie ging's denn weiter, als du den Job angenommen hattest?«

»Na gut«, sagt der Alte aufgeräumt, »›die Nacht ist nicht allein zum Schlafen da‹, sang das nicht diese Zarah Dingsbums?«

»Zarah Durcheinander.«

»Quatsch, jetzt hab ich's: Leander.«

»Aber die war's nicht. Das war Gründgens.«

»Ja auch egal. Da hab ich also den Job als Steuermann angenommen.«

»Als Steuermann?« frage ich.

»Als Allein-Steuermann. Erster bis Vierter, wenn du so willst.«

»Erster bis Vierter? Was für ein Schiff war denn das?«

»Du weißt ja schon: ein Kümo, ein großer Kümo, so kann man das sagen.«

»Und wie lange warst du da drauf?«

»So anderthalb Jahre bin ich als Firstmate gefahren.«

»Und wo?«

»Südamerika, Küste rauf und runter.«

»Die Küste ist lang«, sage ich, »von wo bis wo denn?«

»Zwischen brasilianischen und argentinischen Häfen, mehr oder weniger, aber auch die ganze südamerikanische Ostküste.«

»Das muß doch interessant gewesen sein! Da hast du doch jede Menge Häfen gesehen?«

»Für heutige Verhältnisse«, sagt der Alte und guckt verklärt, »für heutige Verhältnisse war das sogar eine romantisch-interessante Fahrt. Paar große und sehr viele kleine Häfen.«

»Und was für Fracht?«

»Wir haben einfach alles gefahren: Holz, Edelholz, geschnitten und in Logs bis zu Kaffee, Mate, Baumwolle und allen anfallenden Stückgütern im Umschlag von

Übersee. Und dann Getreide, das sogar besonders häufig.«

Wie von seinen Erinnerungen überwältigt, verfällt der Alte in Schweigen. Um ihn wieder flott zu machen, sage ich: »Da hast du ja wohl eine Mordsmenge Dusel gehabt, ich meine beruflich.«

»Wie man's nimmt. Ein verwöhnter, zum technisch Hochmodernen orientierter Steuermann würde es sehr primitiv gefunden haben. Dafür war es sportlich, wie man heute sagen würde. Du bist als Steuermann selbst dein bester Bootsmann. Da machst du manchen Handgriff an Deck vor und packst auch mit an... Aber sag mal: So schlecht ist dieser südafrikanische Wein doch gar nicht. Du kannst uns ruhig noch mal einschenken. Oder?«

»Gemacht! Aber dann bitte weiter!«

»Also«, fängt der Alte wieder an, »insofern war es abwechslungsreich und kurzweilig. Wie gesagt: ich war doch von der Kriegsmarine her nicht gerade ein gelernter Ladungsfachmann – Getreide, Kaffee, Rohkaffee, Stückgüter, Munition – und immer auf den kühlen Verstand bei heißen Ladungsproblemen angewiesen.«

Wir trinken unser Glas Wein, und ich warte geduldig, daß der Alte weitererzählt.

Weil er aber gar zu erinnerungsselig dasitzt, frage ich: »Und wer war der Eigner?«

»Der Eigner firmierte als panamesische Gesellschaft, eine in Panama registrierte Gesellschaft, aber keine Panamesen. Aber wenn ein Schiff unter Panamaflagge fährt«, beginnt der Alte umständlich, »müssen die Patentinhaber unter den Besatzungsangehörigen eine Panamalizenz haben. Die mußte ich auch kriegen, aber das war kein Problem, das lief aufgrund meiner Marinepapiere. Ich hatte ja ein deutsches Seefahrtsbuch und ein deutsches Seesteuermannspatent.«

Mach nur so weiter, denke ich. Wann kommt's denn nun, daß der Eigner später zum Schwiegervater wurde?

»Dann bist du also gar nicht gleich auf dieses Kümo gekommen, auf dem du dann eingeheiratet hast?«

Der Alte beguckt seine Schuhspitzen so intensiv, als habe er noch nie Schuhspitzen gesehen.

Ich muß nachbohren: »Mal weiter bitte, der Reihe nach. Wie lief das denn? Du bist zuerst auf diesem Panamesen gefahren, anderthalb Jahre...«

»Nein, auf diesem Schiff bin ich länger gewesen, insgesamt anderthalb Jahre war ich Firstmate.«

»Da hat man dich also befördert? Und wie geht's weiter?«

»Dann hat mir der Kapitän, der zugleich der Eigentümer dieses Schiffes war...«

»Also war das *doch* dieser berühmte Kümo mit der Eignertochter?«

»Ja doch!« gibt der Alte nun sichtlich aufgeräumt zu, »aber hier muß der Plural stehen: Es handelte sich um *Töchter*, Zwillinge.«

»Im besten heiratsfähigen Alter?«

Der Alte tut so, als habe er das überhört.

»In den Schiffspapieren war der Eigner eine Eagle Shipping Co., Adler-Schiffahrtsgesellschaft. Aber der eigentliche Manager und Alleininhaber war dieser Mann, den du auf dem Photo gesehen hast, mein jetziger Schwiegervater.«

»Dem gehörte das Schiff. Der war auch zugleich der Kapitän?«

»Ja, wir sind gemeinsam gefahren, er als Kapitän. Und eines Tages hat er gesagt: ›Ich glaub, das wird dir Spaß machen, dieses Schiff als Kapitän zu fahren.‹ Dann ist er ausgestiegen und hat mir das Schiff überlassen. Und das hab ich noch gute zweieinhalb Jahre gemacht.«

»Rechne ich richtig«, frage ich, »insgesamt vier Jahre?«

»Stimmt!« Der Alte lehnt sich zurück, als gebe es nach dieser Feststellung nichts mehr zu berichten.

»Hast du dann einen neuen Mate gekriegt?« frage ich weiter.

»Ich hatte die meiste Zeit einen jugoslawischen Steuermann.«

»Und der Eigner ging an Land und kam nur im Hafen an Bord?«

»Jawohl!« sagt der Alte bestimmt, »der kaufte sich ein Camp und wurde Landwirt.«

»Wurde Landwirt?« frage ich verblüfft, »wie kam er denn auf die Idee? Hatte er keine Lust mehr, zur See zu fahren?«

»Na ja, er hatte sein Seeleben hinter sich, er war lange genug zur See gefahren.«

»Wie alt war er damals?«

»So um die Fünfundsechzig.«

»Und wie ist der überhaupt nach Südamerika gekommen?«

»Don Otto, so nennen wir meinen Schwiegervater, wohnte damals in Antwerpen und hat sich mit dem Schiff bald nach dem Krieg von Irland aus nach Südamerika abgesetzt, mit der ganzen Familie und noch weiteren Leuten.«

»Und wo war Don Otto während des Krieges? War der nicht interniert?«

»Er wurde nach Frankreich gebracht, bevor der Westfeldzug begann. Damals wurden Deutsche, die als unsichere Kantonisten galten, eingesammelt und nach dem Westen verbracht. Don Otto war bei den Franzosen in südfranzösischer Internierung, eine ganze Weile.«

»Hatte er das Schiff damals schon?« frage ich.

»Ja, das Schiff hatte er schon. Das lag in dieser Zeit

irgendwo bei Freunden auf der Werft an einem stillen Platz in Antwerpen. Don Otto ist aus der Internierung in Südfrankreich von den Deutschen befreit worden und hat sein Schiff wieder in Betrieb genommen, unter deutscher Flagge.«

»Hatte er die denn vorher nicht?«

»Nein. Er hatte die panamesische Flagge, und die war ihm zwangsweise, also nicht legitim, weggenommen worden. Nach dem Krieg konnte er sie dann wiederbekommen.«

»Und wie kam Don Otto nach Irland? Du sagtest, er sei von Irland aus abgehauen?«

»Da war ja erst mal noch Krieg«, sagt der Alte, »Don Otto ist im Krieg für deutsche Befrachter gefahren, Hamburger meistens. Ich hab auch noch ein paar Herren kennengelernt, später in den Nachkriegsjahren, die mit ihm zu tun hatten. Bei Kriegsende hat Don Otto dieses Schiff erst mal in einem Hafen in der Ostsee hingelegt. Genau kann ich nicht sagen, welcher kleine Hafen das war. Nach außen hin war das Schiff fahrunklar, es markierte Schrottreife, so lange, bis die erste Konfiszierungswelle der Besatzungstruppen vorüber war. Und dann hat er es doch tatsächlich fertiggebracht, mit diesem Schiff, ohne daß es beschlagnahmt – oder bevor es beschlagnahmt – wurde, in Fahrt zu kommen. Hat einige Reisen nach Schweden gemacht, sich die Panamapapiere wieder besorgt, ist also wieder unter Panamaflagge gegangen. Das sagte ich ja schon. War 'ne große Sache damals und nur möglich mit den holländischen Freunden, die er hatte. Das zeigt, wie beliebt er war – und das als Deutscher! Aber in der Schiffahrt ist man sich nie ernstlich böse gewesen. Jedenfalls halfen ihm alle möglichen alten Freunde, die Flaggenlizenz wieder zurückzubekommen... Und dann ging's so weiter: wieder nach Schweden, auch mal nach England, Irland...«

»Verrückter Bursche, dieser Don Otto!«

»Eines Tages hat er gesagt: ›Jetzt bleibe ich mal in Irland und fahre nicht zurück.‹ Er hat mit den Mitteln, die er zur Verfügung hatte, Devisen und so weiter, sein Schiff für einen langen Trip nach Südamerika ausgerüstet. Mit Südamerika verband er die Vorstellung von Befreiung und Wohlergehen.«

»Eine Reise ohne Fracht?«

»Ja, er ist leer rübergefahren, auf eigene Rechnung, sorgfältig vorbereitet und ausgerüstet.«

»Offenbar ein unternehmerischer Mann, dein Herr Schwiegervater!«

»Abenteurer könnte man auch sagen.«

»Doch ganz erstaunlich, daß er es trotz eines solchen Einschlages fertiggebracht hat, so ein Schiff zu besitzen, das war doch, selbst damals, kein kleines Objekt?«

»Sein Sinn für Realitäten war und ist«, sagt der Alte und grinst jetzt, »durchaus ausgeprägt. Es gab in der deutschen Schiffahrt genauso eine Wirtschaftskrise wie international. Und er war zu dem Ergebnis gekommen, daß man in dieser Zeit mit holländischen Krediten, die zinsbillig waren – in einer Zeit, als auch die Schiffe billig waren, weil sie in Menge auflagen und keine Ladung mehr hatten –, mit einem Schiffskauf eine Chance für die Zukunft haben könnte. Und da hat sich Don Otto gesagt: Wenn die Aktien am Boden sind, muß man kaufen, dann können sie nur noch steigen. Und so hat er's gemacht, und das hat geklappt. Als die Wirtschaftsblüte wieder kam und die Talsohle hinter uns lag, hat er sein Schiff sehr schnell freigefahren, finanziell freigefahren.«

»Wie viele Leute waren denn drauf?« frage ich.

»So rund zehn Leute.«

»Die mußten ja auch leben!«

»Ja, Don Otto hat seinen Leuten die Heuer in Angleichung an die Fahrt bezahlt. So eine Besatzung war natürlich eine internationale Gesellschaft. Zwar überwiegend Holländer, aber etliche andere Nationen waren auch vertreten.«

»Und dieser Don Otto hatte zwei Töchter...«

»Was heißt hier ›hatte‹! Die hat er noch!«

Interessant, wie verlegen oder gar gereizt der Alte reagiert, aber ich lasse nicht locker: »Und diese Töchter kamen dann öfter an Bord?«

»Ja natürlich, die waren beide sehr maritim, die waren so erzogen. Sie sind ja mit dem alten Herrn über den Großen Teich gefahren, hatten davor auch schon mal eine Reise mitgemacht. Und da ergab es sich, daß ich zur Familie in Kontakt kam und so weiter.«

»Was heißt ›und so weiter‹?«

»Ich fuhr dann mal so übers Wochenende raus aufs Camp und so – na ja, wie das Leben so spielt! Man bleibt dann auch mal etwas länger, wenn man nichts vorhat«, sagt der Alte grinsend, und da brechen wir beide wie auf Kommando in Gelächter aus. Als der Alte sich wieder gefaßt hat, sagt er: »Tscha, man wohnt dann auch mal paar Tage dort und kommt zu dem Resultat, daß es besser ist, daß der Mensch nicht ewig alleine bleibt. Es ist ohnehin schwer, diejenige herauszufinden, die für einen bestimmt ist. Und ich meinte, ich hätte die richtige gefunden.«

»Nach dieser Abschweifung können wir ja in aller Ruhe weitermachen: Dann mußtet ihr nach Mexiko zum Heiraten, oder wie lief das? Du mußtest dich damals doch, wie man mir gesteckt hat, in kürzester Zeit zur Heirat entschließen. Du hattest quasi die Pistole auf der Brust?«

Der Alte knetet seine Hände und sagt dann mit gespielter Empörung: »Was du nicht alles weißt! Aber bleiben wir mal auf der Schiene: Wir fuhren damals an der Küste zur See, und wie du wissen solltest, gibt es in den katholischen Ländern praktisch keine Scheidung. Also in Buenos Aires wäre es ein langwieriges Beginnen gewesen, die Dokumentation zusammenzubringen, und so kamen wir zu dem Ergebnis, es wäre richtiger, in Uruguay oder Mexiko zu heiraten. So machten das dort viele Leute, die keine Argentinier und auch nicht katholisch ausgerichtet waren. Und Mexiko war am einfachsten.«

»Also doch Mexiko!« sage ich triumphierend.

»Wart's ab: Man braucht nicht mal dort hinzufahren, es reicht, daß man seine Erklärungen einem Anwalt übergibt, und der hat eine Verbindung zu einem Anwaltsbüro in Mexiko.«

»So geht das?«

»Ja, das wird praktisch per Brief gemacht«, sagt der Alte trocken.

»Wirklich *sehr* praktisch!«

»Und dann kriegst du deine Heiratsdokumentation.«

»Per Brief?« staune ich.

»Ja, wieder per Brief. Und diese Heiratsdokumentation wird dann in dem Land, in dem du dich aufhältst, in unserem Fall Argentinien, legalisiert.«

»Ihr konntet in Argentinien bleiben und in Mexiko heiraten? Das ist ja raffiniert. Gibt's das heute noch?«

»Ich nehm's an. So werden auch Scheidungen vollzogen.«

»Ferntrauung – Fernscheidung, klingt sehr sachlich, postalisch. Du gibst einfach den Brief auf die Post, und wenn der Brief wieder da ist, bist du verheiratet. Von Asta, deiner Frau, hab ich das allerdings sehr viel romantischer gehört.«

»Aha, daher weht der Wind«, muffelt der Alte, »die Pistole auf die Brust hast du dir aber selber ausgedacht.«

»Ist dann wenigstens noch richtig Hochzeit auf dem Schiff gefeiert worden?«

»Nicht auf dem Schiff, an Land im Kreise der Familie

und anderer Leute. Wie das so üblich ist. In dieser Gegend bekommt man natürlich schön einen eingeschenkt.«

»Und du bist dann weitergefahren – mit Familie?«

Der Alte schweigt. Verdammt mühsam, ihm etwas über sein Privatleben aus den Zähnen zu ziehen. Und was zwischen ihm und Simone *wirklich* passierte, das erfahren zu wollen sollte ich mir wohl endgültig abschminken.

»Du bist also weitergefahren...«, versuche ich ihn anzustoßen.

»Ja. Ich hab keine große Hochzeitspause gemacht und bin gelegentlich mit meiner Frau gefahren.«

»Du am Steuerrad, und sie hat gekocht?«

»Ganz so war's nicht. Aber ich glaub, das brauch ich nicht auszuführen, dein Einblick in die Seefahrt im allgemeinen ist doch so gut, daß du dich auch in der Kleinschiffahrt einigermaßen auskennen dürftest«, und der Alte bricht in ein gelächtergleiches Gluckern aus.

Ich warte geduldig, bis er sich gefangen hat. »Und wie lange hast du das gemacht?«

»Ich habe beobachtet, wie die wirtschaftliche Entwicklung in Argentinien lief. Eines Tages habe ich mir gesagt, daß es für mich wichtiger wäre, in der Handelsschiffahrt zu einem richtigen, einem endgültigen, Abschluß zu kommen. Zwar hatte ich von den panamesischen Behörden eine Lizenz als Kapitän, aber keine deutsche Lizenz. Ich war Seesteuermann. Da bin ich nach Bremen zurückgegangen und habe mich bei der Seefahrtsschule angemeldet, die inzwischen wieder Lehrgänge abhielt, war dort von 1954 bis '55 und habe das Patent zum Kapitän auf Großer Fahrt in Deutschland erworben. Und da es, wie du vielleicht schon bemerkt haben wirst, schon wieder hell wird, sollten wir doch noch eine Mütze voll Schlaf nehmen.«

»Ein wahrer Wort ward nie gesprochen«, sage ich und

ärgere mich beim Huntersteigen zu meiner Kammer aufs neue über das Geländer am Niedergang, an dem ich mich heute dennoch lieber festhalte, als freihändig hinabzusteigen.

Das Wetter hat sich auch heute nicht geändert. In aller Herrgottsfrühe kommt das Lotsenboot. Es muß ein paarmal Manöver fahren, weil die Dünung so hoch geht, daß die beiden Lotsen nicht wagen, die Taue zu ergreifen und sich hochzuziehen. Endlich hat der erste einen Fuß auf der Jakobsleiter und erwischt auch ein Tau. Die Herren haben viel zu adrette Jacken an für diese Art gymnastischer Übung, sie gebärden sich, als machten sie das zum erstenmal. Ich betrachte sie, als sie an Deck stehen, mit wachsendem Erstaunen: Beide in kurzen Hosen, beide haben einen Schnurrbart, der große Blonde einen blonden, der kleine Dunkelhaarige mit Waden wie Keulen einen hochgezwirbelten schwarzen. Für mich sehen sie aus wie Karikaturen englischer Kolonialoffiziere.

Wir gehen Anker auf! Mir ist, als ginge ein Aufatmen durchs ganze Schiff. Nun »unter Lotsenberatung«, fahren wir sehr langsam auf die Einfahrt zu. Direkt voraus und in der Tiefe des Hafens leuchtet ein rotes Licht, weiter entfernt ein weißes. »Wenn diese beiden in Deckung sind«, erklärt mir der Alte, »läuft das Schiff in der Leitlinie.« Ganz langsam wird der Molenkopf größer, die Seen, die sich an der Mole brechen, wachsen mit. Und nun sind die beiden Lichter in Deckung.

Der Alte hat noch nicht gesehen, was ich bei einem Blick nach rückwärts entdeckte: Die Frauen der beiden Mates sind auf die Brücke gekommen. Die Köpfe der beiden sind mit roten Plastikröllchen, auf die sie ihre Haare gedreht haben, wie gespickt. Das kann doch nicht wahr sein! Die Damen wagen sich, während das Schiff unter Lotsenberatung steht, auf die Brücke, und dazu noch in diesem Aufzug! Sind die denn von allen guten Geistern verlassen? Wut steigt in mir hoch: Wenn das der Alte sieht! Vor dieser Reise habe ich nie Ladies auf Schiffsbrücken gesehen. »Unter Lotsenberatung«, das schafft sogar besondere Rechtsverhältnisse, wie ich weiß. Wenn Lotsen irritiert werden, und ich denke an die Geschichte des Alten von der Fahrt durch den Panamakanal, sind sie aller Verantwortung ledig. Und diese Hühner können, zumal in ihrem Aufzug, *jeden* nervös machen. Um das Maß voll zu machen, kommen auch noch zwei der Gören. Die Ladies stehen mitten im Brückenhaus, die Kinder aber drängen nach vorn.

Der Alte steht zwischen den beiden Lotsen, dicht hinter der vorderen Fensterreihe. Er hat noch nichts gemerkt.

»Laß das!« schimpft plötzlich eine der Ladies, und der Alte dreht sich abrupt um. Er ist wie erstarrt. Was für eine Regie, denke ich, alle Akteure stehen still wie in einem Panoptikum. Ich sehe, daß der Alte gerade den Mund öffnet, um etwas zu sagen, da wendet sich einer der Lotsen an den Alten. Wenn der Lotse seinen Blick noch zehn Grad weiterdrehte, würde er den Aufzug in seinem Rükken sehen. Aber der Lotse hat nur den Alten im Blick, fragt etwas. Was er wissen will, nehme ich vor lauter Spannung nicht auf.

Beide Hände in die Hüften gestemmt, das Kinn leicht angezogen, die Stirn tief gefurcht, gibt der Alte dem Lotsen mit tiefer, belegter Stimme Bescheid.

Und nun höre ich den Alten wie von weit her zu den Lotsen sagen: »Would you please excuse the presence of the mates' wives and these children?«

Der kleine Lotse mit dem hochgezwirbelten Schnurrbart knickt leicht in der Hüfte ab, dreht sich herum, setzt ein feines maliziöses Lächeln auf und schnarrt: »Doesn't matter!«

Ich könnte den Damen, die den Alten in diese peinliche Situation gebracht haben, den Hals umdrehen. Aber warum hat der Alte sie nicht von der Brücke gewiesen? Ich weiß, daß es jetzt in ihm schabt und frißt, aber er tut, als sei die Sache für ihn erledigt. Er macht zwei täppische Schritte und pflanzt sich links neben den beiden Lotsen auf.

Gleich hinter der Mole kommt unser Schlepper. Durban, so hat der Alte mir schon erzählt, hat neue, in Deutschland gebaute Schlepper, solche mit einem Voith-Schneider-Antrieb. »Sie können genauso über den Achtersteven wie über den Bug fahren, sogar quer neben dem Schiff herfahren!« sagte der Alte fast schwärmerisch, und ich bin ganz gefangen von den Fahrkünsten unseres Schleppers.

Ein sehr großer Hafen mit vielen Schiffen öffnet sich langsam vor uns. Viele Stückgutschiffe an den Piers, deren Ladebäume und Tormasten wie verheddert vor den Kränen im Hintergrund stehen. Nach wie vor schlechtes Wetter, diffuses Licht, keine Sonne. Mit dem Hafengewimmel dicht vor meinen Augen ist es mir recht so, ich mag diese Aquarellstimmungen mit ihrem Grau in Grau.

An der Kohlenpier, auf die wir zusteuern, liegen ein Japaner aus Osaka und ein völlig verdrecktes Schiff, bei dem mir, als ich seinen Namen »Silver Clipper« lese, ein Lachglucker entfährt. Zwischen diesen beiden Schiffen ist eine Lücke: unser Liegeplatz.

»Sieht ja böse aus«, murmele ich. »Und was ist denn das? Dieses riesige, haushohe schwarze Gestänge?«
»Die Lademaschine«, antwortet der Alte knapp.
Die Lademaschine? Dieses Ungetüm, dieser technische Dinosaurier kann einem Angst einflößen. Er überragt unser Schiff um ein ganzes Stück. Welcher verrückte Konstrukteur hat sich denn nur diese Monsterapparatur ausgedacht?
»Just fifteen revolutions«, höre ich mit einem Ohr und stutze – nein, keine Revolutionen! Propellerumdrehungen sind gemeint, fünfzehn Propellerumdrehungen. In unserem Fall heißt das »langsamste Fahrt zurück«. Gelernt ist gelernt! Und ich weiß auch: Voraus langsamste Fahrt sind »twentyfive revolutions«.

Auf der schwarzen Pier, schwarz vom Kohlenstaub, stehen ein paar Briten mit weißen Strümpfen und weißen kurzen Hosen herum. Genauso habe ich mir britische Kolonialbeamte vorgestellt! Die jasminblütenweißen Klamotten vor dem eintönig schwarzen Hintergrund, das sieht so verrückt aus, daß ich lachen muß.

In den Japaner aus Osaka fließt von hoch oben über ein Förderband ein breiter Strom Kohle wie ein schwarzer Wasserfall hinein. Der Japaner sieht aus, als sei er mit einem schwarzen Netz bedeckt. Wie, denke ich, wird erst unser weißer Schwan nach dem Beladen aussehen?
Dick vermummte baumlange Schwarze, mit Zipfelmützen auf dem Kopf wie für einen Winterurlaub, belegen unsere Trossen. Wie Chamäleons gehen sie fast in den schwarzen Hintergrund ein.

Was für ein abscheulicher Liegeplatz. Ich spüre die alte Beklommenheit unmittelbar vor dem Festmachen und habe nicht das geringste Verlangen, den Schritt von der

Gangway auf diese schwarze, verdreckte Pier zu machen. War ich wieder einmal zu lange in See?

»Da«, sage ich zum Alten und zeige auf die Pier, »müßte doch von rechts wegen der Herr Generalkonsul stehen?«

»Ja«, sagt der Alte nur.

»Denkt aber offenbar nicht daran.«

Die Vorleine ist fest, das Manöver des Schiffes zur Pier hin geht ganz langsam vonstatten, Dezimeter um Dezimeter wird die Spanne dunklen Orkuswassers zwischen dem Schiff und der Kaimauer schmaler. Vorleine und Spring sind endlich fest. Unser Propeller wühlt den Hafengrund auf, schwarzer Schlamm mischt sich mit dem olivfarbenen Wasser ums Achterschiff. Diese Kloakenbrühe sieht scheußlich aus.

Aus einem Palaver zwischen den Lotsen und dem Alten höre ich heraus, daß es an dieser Stelle nicht tief genug für das abgeladene Schiff ist, zehn Zentimeter fehlen, und der Alte knurrt: »Dann können wir an diesem Platz nicht voll laden, wir werden noch verholen müssen.«

Die Lotsen sind von Bord, der Alte steht noch auf der Brücke, reibt sich die Hände, fährt mit den Händen über seinen Kopf, dann über das Gesicht – er versucht mit seiner angestauten Wut klarzukommen. Zum Glück haben sich die Frauen mit ihren Blagen verzogen, und ich stehe stumm neben dem Alten.

»Die Auslaufzeit steht fest, Donnerstag, 3. August, siebzehn Uhr«, sagt er mit knarziger Stimme. »Das heißt, daß um diese Zeit die Besatzung vollzählig an Bord sein muß. Aber wie ich den Laden hier sehe«, sagt er jetzt laut, »kann es auch sein, daß das Schiff erst am Freitag ausläuft.« Nur keine Beschwichtigungsversuche! befehle ich mir, der Alte soll's nur ausspucken.

»Und jetzt möchte ich gern wissen, wie die sich eigentlich diese Shipboardparty vorgestellt haben! Etwa an dieser Kohlenpier? Während des Ladegeschäfts? Hier kann man mit Autos nicht mal bis in die Nähe fahren – bis vor an die Pierkante kommt doch keiner!« schimpft der Alte lautstark.

Die Party, diese gottverdammte Party! Ich sehe es auch: Der schwarze Dreck zwischen den Gleisen muß knöcheltief sein. »Ich kann das Wort Shipboardparty schon nicht mehr hören!« sage ich.

Der Alte zieht den Rotz in der Nase hoch, verkneift das Gesicht, als habe ich ihm auf die Füße getreten, und sagt nur: »*Du* hast gut reden!« Kein Wort über den Auftritt der Ladies. Ich werde mich hüten, Öl in sein Feuer zu gießen.

In der Technikermesse finden die Verhandlungen mit der Immigration und dem Zoll statt. Der Zahlmeister zählt routiniert dicke Bündel von Geldscheinen. Auch ein Clerk des Agenten ist da, ein kurzbehoster und unterbelichtet wirkender Jüngling. Aber keine Spur von unserem Generalkonsul. Dafür als nächste Charge ein ebenfalls Kurzbehoster – haben die sich eigentlich mal im Spiegel angesehen? denke ich, wissen die nicht, wie albern sie mit ihren Storchenbeinen aussehen? –, ein sonnengebräuntes, mieses Hans-Albers-Imitat, das sich ganz unverfroren, als sei das für uns die richtige Empfehlung, als alter Nazi darstellt. Was hat denn *dieser* Auftritt zu bedeuten? Der Alte nimmt eine Visitenkarte entgegen, guckt tiefsinnig drein, den Blick auf die Karte in seiner rechten Hand, »tscha, wollen mal sehen«, sagt er endlich. Da vollführt diese Karikatur statt des Gladiatorengrußes, den ich erwartete, eine Art Kratzfuß. »Viel zu tun«, brummelt der Alte noch, »ich würde sagen: morgen am späten Vormittag.« Noch ein Kratzfuß, und der Bursche verschwindet.

»Wer war denn das?« frage ich, kaum ist der Galgenvogel außer Hörweite.

»Ein Schiffshändler, der wichtigste hier. Der will keinen anderen ranlassen, der will uns ganz alleine übers Ohr hauen.«

»Kann ich etwas für Sie tun?« höre ich und sehe, daß der Agentenlaufbursche neben mir steht.

»Einen Haarschnitt brauche ich.«

»Einen guten Friseur?« fragt der Knabe mit Begeisterung, »da kann ich Ihnen helfen. Da gibt es in einem Hotel zwei deutsche Friseusen, vorzüglich! Ich werde das managen.«

Der Versuch, ihn zu stoppen, schlägt fehl.

Trotz der vielen Gleise und des Drecks kommt nun ein Volkswagenbus bis an die Pierkante gefahren, bremst scharf, so daß es das schwarze Kohlenpulver nur so hochjagt, und heraus aus dem Auto steigt eine blonde Dame und streicht ihren Khakirock glatt.

Der Alte macht einen langen Hals: »Die Pastorin von der Seemannsmission«, sagt er, »dachte ich's mir doch!«

»Pastorin?«

»Da staunst du? Pastorin ist nicht richtig: Frau vom Pastor. Die hat sich schon das letztemal, als ich hier unten war, geradezu rührend um die Besatzung gekümmert. Die wird gleich den Bus volladen mit unseren Piepels. In einer Stunde haben wir übrigens Telephon, dann versuch ich mal den Generalkonsul zu kontaktieren. Vielleicht hat er für dich ein paar Tips für die Reise. Heute kommst du sowieso nicht mehr weg, das ist mal sicher.«

»Das hieße also: heute nacht an diesem Traumstrand?«

»Wo willst du denn sonst hin?«

»In ein anständiges Hotel zum Beispiel, ein richtiges

südafrikanisches Luxushotel mit lauter kurzbehosten Gentlemen...«

»Luxushotel? Die sind schrecklich teuer. Bleib lieber hier, wart ab, bis der Betrieb sich ein bißchen legt, aber paß bloß auf, daß in deiner Kammer alles ordentlich dicht ist, hier wird es bald losgehen.«

»Und was hast *du* vor?« frage ich den Alten.

»Ich? Ich bleib natürlich an Bord. Dafür schicke ich die Leute, bis auf die nötigen Wachen, an Land, und wir machen's uns gemütlich.«

»Herrenabend an der Kohlepier. Idyllische Vorstellung!«

Wir haben uns, weil die Messe verwaist ist und alle Wachfreien von Bord sind, das Essen auf die Kammer vom Alten bringen lassen. Nach dem dritten Schluck aus der Bierflasche räuspert sich der Alte ein-, zwei-, dreimal, nimmt noch einen Schluck und fragt: »Da war Simone also *doch* für die Résistance beschäftigt?«

»Da gab's 'ne Menge Verdachtsmomente, aber keine Beweise. Simone hatte – das weißt du doch – schon für den Fall vorgesorgt, daß ich in Gefangenschaft geraten würde, und das konnte sie nicht allein gedeichselt haben.«

»Davon weiß ich nichts! Wie das denn?«

»Hab ich dir das nicht erzählt? Das war so: Sie hatte mir schon in La Baule zwei Zeugnisse auf amtlichem Papier zugesteckt, und auf denen stand, von zwei Pariser Zeugen unterschrieben, daß ich sie vor dem Zugriff der Gestapo auf äußerst gewagte Weise – das war ausführlich beschrieben – gerettet hätte. Unterschriften notariell beglaubigt.«

»Wann hast du das denn gemacht?« fragt der Alte ganz gespannt.

»Kein Wort wahr! Die Zeugen hab ich nie gesehen.«

»Der Alte schlägt mit den flachen Händen auf die Sessellehnen, schüttelt den Kopf, als wolle er das, was ich erzähle, nicht wahrhaben.

»Nun denk mal an den Dilettantismus«, sage ich fast sanft, »das war doch reiner Schwachsinn! Mal angenommen, ich hätte diese beiden Papierchen mit mir getragen, anstatt sie schleunigst zu verbrennen, in der Brieftasche oder im Soldbuch, und hätte Ärger mit unserer Firma gehabt, und die Papierchen wären in die falschen Hände geraten.«

Da pfeift der Alte leise vor sich hin, sagt: »Da hättest du dir schnell die Brust waschen können«, und lehnt sich in seinem Sessel zurück.

»Bist du denn aus Simone schlau geworden?«

Der Alte legt deutliche Anzeichen von Verlegenheit an den Tag, betrachtet seine Stiefelspitzen und dann seine Fingernägel. Endlich sagt er: »Aber dieses ganze Ambiente, ich meine die Strandvilla in La Baule und die alte weißhaarige Madame, das war doch ganz und gar echt.«

»Nichts war echt! Nicht mal die weiße Haarpracht der Alten war echt. Da gab's noch ganz andere Sachen: zum Beispiel die Sache mit dem Spielzeugsarg, den Simone auf dem Fußboden ihres Schlafzimmers gefunden haben wollte und den sie vorzeigte. Hab ich dir das denn nicht schon in Brest erzählt? Dieser Spielzeugsarg mußte gar nicht durchs offene Fenster gekommen sein. Wieder und wieder hab ich mir das durch den Kopf gehen lassen: War es wirklich die Résistance, war es der Konditor Bijoux, der rasend eifersüchtig war? Oder hatte Simone den Sarg am Ende selber gebastelt?«

»Aber du warst doch lange genug mit ihr verheiratet...«

»Und bin trotzdem nicht aus ihr klug geworden.«

Ich kann nicht einschlafen. Ein verödetes Schiff ohne Vibration, ohne die vielen Fahrtgeräusche, die einen sonst einlullen. Wir hausen auf einem toten Schiff, geht es mir durch den Sinn. Ich habe Hafenzeiten auf anderen Schiffen erlebt, da konnte man die Maschinenherzen pochen hören. Dieses Schiff dagegen ist bleiern stumm. Sein Herz, der Reaktor, steht still. Auch dieses technische Rieseninsekt auf der Pier, die Belademaschine, ist ohne Leben. Sie ragt starr und tot in den Nachthimmel, weil es bei der Anfahrt der Güterzüge mit der Kohle immer noch Verzögerungen gibt.

Für den Alten ist nichts mehr zu tun. Jetzt läßt man uns im eigenen Saft köcheln. Das ist das Widerlichste bei der Seefahrt, dieses Warten und Nichterfahren, wie lange sich das hinziehen soll.

Mitten in der Nacht schreckt mich infernalischer Lärm hoch. Die Kohle muß gekommen sein. Es klingt, als sei das Jüngste Gericht über uns angebrochen. Schlaftrunken stemme ich mich hoch, öffne das Schott und schaue direkt in die Blendung eines Sonnenbrenners hinein. Gleich habe ich einen pelzigen Geschmack im Mund, und da sehe ich auch, daß die Luft voller Dreck ist. Ich schlage das Schott wieder zu, hole mir eine Flasche Bier aus dem Kühlschrank und liege grübelnd auf der Koje.

Jetzt überschlägt sich das Gerumpel und scharfe Zischen fast. Das ganze Schiff erzittert. Und nun ein Kreischen, so schrill, daß es mir in den Ohren weh tut. Ich möchte wissen, was so fürchterlich schamfielt, aber noch einmal wage ich mich nicht vor das Schott.

Zum Lärm kommt die schwüle Luft. Ich hätte doch gleich nach dem Festmachen von Bord und in ein Hotel gehen sollen. Aber das hätte ich dem Alten nicht antun können, das hätte nach Fahnenflucht ausgesehen.

Ich wünschte, ich könnte das Kreisen der Gedanken abstellen, und zähle ganz stumpfsinnig: »Siebenhundertachtundfünfzig, siebenhundertneunundfünfzig, siebenhundertsechzig...« Aber kaum bin ich eingedämmert, kracht und rattert diese Höllenmaschine wieder los, daß es mich schier von der Koje hebt. Und jetzt stinkt es in der Kammer kräftig nach Kohlenstaub. Der Wind muß sich gedreht haben. Die Ingenieure, die dieses vorsintflutliche Ungetüm von Belademaschine erfunden haben, sollte man vierteilen. Weltuntergangsmaschine. Die Brüder von der Kosmos, die den Frachtvertrag für den Kohlenstaub gemacht haben, sollte man in die Luke stecken, die gerade geschüttet wird.

Dieses Südafrika soll der Teufel holen! So wie die beiden Atomfritzen und so wie die Salatstörche mit ihren kurzen Hosen, die als Gefangenenwärter fungieren, habe ich mir die Südafrikaner immer vorgestellt. Die Schwarzen unten auf der Pier sind Sträflinge, hat man mir gesagt. Was immer die Blackies angestellt haben mögen, daß sie in diesem Kohlendreck arbeiten müssen – der Anblick von schwarzen Gefangenen hatte mir gerade noch gefehlt. Fiat iustitia! Wenn ich die armen vermummten Gestalten sehe, quillt mir ein Kloß im Hals.

Ich trinke eine zweite Flasche Bier, starre an die Decke und schlafe endlich ein.

Am Morgen bin ich wie gerädert. Als ich aufstehen will, habe ich meinen Schrecken weg: Herrgott, wie sieht es in meiner Kammer aus! Der Kohlenstaub ist durch die feinsten Ritzen eingedrungen. Wahrscheinlich sind meine Lungen inwendig schwarz. Das Scheiß-Rollenpapier, die nassen Feudel – nichts hat genützt. Die Kohle dringt mit der Luft überall hin. Es hat keinen Sinn, sich dagegen schützen zu wollen.

Auch die Papiere auf meinem Tisch sind dunkel überpudert. Ich schreibe mit dem Finger »Sauerei!!« in den Kohlenstaub, der dick auf meinem Manuskript liegt.

Mein Waschbecken ist grau, aus dem Grau wachsen, als ich Wasser laufen lasse, schwarze Striemen. Kohlestaub auf der Seife und auf der Zahnbürste.

Gottelende Scheiße: Ich hatte im Bad das Fenster nicht ganz dicht gedreht, weil ich sonst in der Nacht erstickt wäre. Ich hätte schwören können, daß nichts hereinkommt, als ich mich schlafen legte – aber jetzt ist alles schwarz.

Von meinen Händen geht der fettige Dreck nicht weg. Ich kann sie schrubben, soviel ich will, das verdammte Zeug sitzt zu tief in den Poren. Wenn ich zur Handleserin ginge, müßte ich Rabatt bekommen, weil sie nur noch mit halbem Auge hinzugucken brauchte.

»War nicht von Kohle die Rede?« frage ich den Alten, als ich ihm in aller Herrgottsfrühe über den Weg laufe.

»Von Anthrazit!«

»Das ist doch kein Anthrazit, das ist doch nichts als schwarzer Staub!«

»Anthrazitstaub«, sagt der Alte lakonisch.

»Und wozu soll der gut sein?«

»Weiß ich's? Aus Kohle kann man bekanntlich quasi alles machen.«

»Ich weiß, ich weiß, türkischen Honig zum Beispiel«, gebe ich gereizt zurück und sehe, wie eine große schwarze Wolke aus der Luke steigt, in die gerade geschüttet wird.

Nun wird mir klar, warum Molden bei dem Wort »Anthrazit« dröhnend lachte. Was uns ins Schiff geblasen wird, ist die widerlichste Staubkohle, die sich finden läßt. Der gemeinste, niederträchtigste Dreck. Leisetreterischer, schwarzer Dreck, wie ich noch keinen erlebt habe, fast so leicht wie Luft. Er überzieht alles in Stunden, wozu gewöhnlicher Staub Jahre brauchte.

In der Nacht ist das Schiff, nachdem die achtere Luke voll war, um etliche Meter verholt worden. So ist der Brückenaufbau noch näher an die Dreckkaskaden herangerückt.

»Wieso sind Sie noch hier?« fragt der Erste im Niedergang, »ich denke, Sie sind längst im Busch?«

»Schön wär's!« sage ich und muß dann grinsen: der Erste und seine schönen weißen Hemden, alltäglich für den Nachmittag ein neues blütenweißes, bügelfreies. Der Erste mit seinem Rollenpapier in allen Gängen.

Als der Erste verschwunden ist, wird mir bewußt: Er hatte einen grauen Drillich an – einen grauen Drillich! So habe ich ihn noch nie gesehen.

»Was soll'n das? Das is doch keene Kohle nich!« motzt ein Seemann zu einem anderen. Der wendet sich an mich: »Sagen Sie mal, das is doch Dreck, wozu soll der denn gut sein?«

Ich hebe die Schultern und sage: »Wahrscheinlich soll das Zeug verstromt werden, genau weiß ich's auch nicht.«

»Verstromt?« wiederholt der erste, und beide gucken mich an, als sei ich nicht recht bei Trost.

In der Messe sitzen wir an dem runden Tisch stumm da, als hätten wir uns vorgenommen, uns gründlich anzuöden. Der Alte verzieht sein Gesicht, als wisse er nicht, welche Miene er aufsetzen soll, und müsse herumprobieren. Schließlich brummelt er: »Das ist so ziemlich die schlimmste Ladung, die es gibt – dies und Phosphat.«

»Und warum hast du mir nichts davon gesagt?«

»Ich wollte dich überraschen«, sagt der Alte mit einem verquälten Anflug von Grinsen.

»Was dir verdammt gut gelungen ist: Mein Bad ist total eingesaut. Aber zum Glück hat die Kombüse offenbar nichts abgekriegt«, füge ich an, weil der Alte gar so trübsinnig guckt, »unser Rührei ist gelb, richtig ordentlich gelb. Und auf den Toastscheiben nicht die Spur von Kohlenstaub!«

Der Alte hört mir gar nicht zu. Wir schweigen uns aus, bis er sich räuspert und unter Stocken sagt: »Die Frachtraten sind so niedrig, daß sich keine Reederei, die vernünftig kalkuliert, auf diese Fracht einlassen könnte.«

»Willst du damit sagen, daß es Unsinn ist, dieses Zeug durch die Gegend zu karren?«

»Ich will damit gar nichts sagen«, muffelt der Alte, zeigt dann auf das Buch, das auf dem Tisch liegt: »Was liest du denn da?«

»›Brasilianisches Abenteuer‹ von Peter Flemming. Ich hab hier was auch für dich Interessantes angestrichen.«

Der Alte setzt sich zurecht und liest murmelnd vor:

»Viele, ja die meisten Erzeugnisse moderner Zivilisation sind oberflächlich monströs, wir räumen ihnen aber mit Recht nicht den Rang von Ungeheuern ein. Der dümmste Bauer auf dem fernsten Feldweg nimmt immer noch mehr Notiz von einem scheckigen Pferd als von zwanzig Überlandomnibussen. Und das einmal so moderne Kinderspiel des Bestaunens der wissenschaftlichen Fortschritte ist gänzlich abgekommen, denn die Wissenschaft hat Siebenmeilenstiefel angezogen und den Horizont des Laien übersprungen. Jedenfalls sind wir auch alle schon zu blasiert geworden, um uns in der Haltung von Wilden ertappen zu lassen, die vor einem Grammophon den Mund aufsperren. Sehr wenig Bemerkenswertes ist unter der Sonne übriggeblieben: ich meine Bemerkenswertes in dem besonderen Sinn, der auch Ehrfurcht umfaßt.«

Nachdem er den Text stockend gelesen hat, setzt der Alte eine grüblerische Miene auf, wiederholt den letzten Satz: »... ›ich meine Bemerkenswertes in dem besonderen Sinn, der auch Ehrfurcht umfaßt‹. Ehrfurcht, die hat hier keiner mehr. Nicht einmal Respekt.«

»Vielleicht noch der Chief. Ehrfurcht ist ja auch ein großes Wort.«

»Ja, der Chief, der ist ein komischer Uhu. Wann hat Flemming das denn geschrieben?«

»Wart mal – die erste deutsche Ausgabe ist schon 1935 erschienen. Das kannst du ruhig noch mal lesen. Ich laß es dir hier. Kann ich ja nicht mitschleppen. Aber um noch mal auf das Thema Frachtraten und so zu kommen: Muß die Gesellschaft nicht, wenn wir – so wie jetzt – an der Pier herumgammeln, ordentlich Hafengebühren bezahlen?«

Der Alte setzt sich zurück, überlegt einen Augenblick und redet fließend, wie abgelesen: »Die Regelung der Hafengebühren ist unterschiedlich, länder- und hafenweise. Gebührenstaffelung meist nach Nettoregistertonnen, in die die Passagierkammern eingerechnet werden.«

Ich nicke und staune wieder einmal, wie genau der Alte, wenn es um sein Metier geht, alles im Kopf hat.

»Verschiedene Tarife für Schiffe im Ballast und solche, die Ladung bewegen beziehungsweise Passagiere ein- oder ausschiffen. Beispiel: Der Unterschied in den USA war mal zwei Cent gegen sechs Cent.«

Ich weiß zwar nicht, wofür zwei oder sechs Cent, will den Alten aber nicht aus dem Takt bringen. Und nun sagt er: »Was hier jeder Betriebstag den Staat kostet, summiert sich zu einer hübschen Menge.«

»Aber dafür zeigen wir Flagge!«

»Wem denn? Hast du nicht selber gesagt, daß das Schiff aussieht wie irgendein Dampfer?« fragt der Alte zu meinem bassen Erstaunen. »Da fällt mir ein«, sagt er noch und grinst dabei, »der Generalkonsul hat sich angemeldet, kommt so zwischen elf und zwölf. Hoffentlich erkennt er unser Schiff.«

»Sieh an! Daß hier schon früh aufgebackt wird, muß er einkalkuliert haben.«

»Anzunehmen! Aber der wird staunen, wenn er den Dreck hier sieht!«

»Wahrschaust du mich bitte, wenn der Herr kommt? Sein Gesicht möchte ich sehen.«

»Komm doch um zehn in meine Kammer, dann lernst du ihn gleich kennen, und er kann dir bei deiner Reiseroute helfen.«

In meiner Kammer habe ich eine Schreibfläche freigepustet, versuche aufzuschreiben, was der Alte mir in den letzten Tagen erzählte, aber es will nicht laufen, ich komme gegen die Unruhe in mir nicht an.

Das wird wieder ein langer Abschied werden, so einer ohne Stil, wie wir ihn schon hatten. Der in Bremerhaven war schon schlimm, aber diesmal scheint er noch trostloser zu werden.

Statt zu schreiben, hadere ich mit mir: blöde Idee, sich durch Afrika zurückhangeln. Keine Vorbereitungen, null komma nichts, nicht einmal eine Karte von Afrika habe ich. Afrika sollte mir gestohlen bleiben. Als ich in meinen Jugendjahren mit dem Faltboot zum Schwarzen Meer unterwegs war, hatte ich wenigstens eine aus dem Diercke-Schulatlas gelöste Doppelseite zwischen meinen Knien im Boot liegen: DONAUSTAATEN. Hier an Bord gibt es nur Seekarten. Auf denen sind nur die Küsten eingezeichnet, Seefahrer hat nicht zu interessieren, wie es im Landesinnern aussieht.

Meine Idee war's nicht, in Durban auszusteigen: Der Alte hat mir den Afrikaplan eingeredet – zuerst peu à peu und dann richtig drängend.

Die lange Seereise hatte ich mir als Therapie gegen meine Unrast verordnet, und nun soll ich schon bei Halbzeit ausbrechen? Das sieht aus, als könne ich nicht durchhalten.

Noch die Party mitnehmen, damit ich ein Bild von meinen Landsleuten in Südafrika gewinne, und dann runter vom Schiff! Aber vorher heißt es Abschied nehmen vom Schiff. Da es noch früh am Tag ist, steige ich zuerst zur Brücke hoch, obwohl ich weiß, daß unser Brückenhaus im Hafen abgeschlossen ist. Aber irgendwer könnte ja oben zu tun haben. Da sehe ich auf dem Niedergang den Alten, auch er will gerade auf die Brücke.

Im Brückenhaus ist der wenigste Dreck. Bei seiner Luftreise hat sich der Anthrazitstaub zum guten Teil schon unterhalb des Niveaus unserer so hochgelegenen Brücke fallen lassen.

Hier oben haben wir das Eisengestänge der Belademaschine fast zum Greifen nahe, und ich kann in der

Aufsicht sehen, daß sie einen Unterbau zum Fahren auf Gleisen hat, wie ein großer Kran.

Habe ich eine Hörstörung? Nein, der Krawall hat plötzlich ausgesetzt, irgend etwas muß wrong sein mit der Belademaschine. Wenn sie nur ganz zum Teufel ginge, denke ich und starre auf die Silhouette der Stadt.

»Du siehst es doch, das Schiff wird total verdreckt. Dann heißt es schrubben und schrubben bis Einlaufen Rotterdam. *Wie* langsam die schrubben, das kannst du dir ja vorstellen«, sagt der Alte, als müsse er mich – und auch sich – nun, da das längst beschlossene Sache ist, davon überzeugen, daß ich von Bord gehe.

»Auch ohne Anschauung weißt du ja, daß das Schiff in Rotterdam beim Löschen wieder genauso eingesaut wird wie hier. Die Schrubberei geht von neuem los.«

»Das Schiff des Sisyphos!« sage ich triumphierend, »*das* ist der Titel, der Titel für meine Reportage.«

»Das deckt manches ab«, sagt der Alte nachdenklich, »hört sich aber nicht so an, als sei dein Fazit vorteilhaft.«

»Willst du es wissen?« Und weil der Alte nichts sagt, tue ich so, als lese ich vom Manuskript ab: »Eindrucksvolles Paradigma für Staatshybris... Unterzeile fest als Block. Hinter hundert Programmen, viele davon an den Haaren herbeigezogen, versteckt sich das große Loch, in das die Millionen und Abermillionen für dieses Schiff verschwunden sind.«

»Mach nur so weiter! Du bist ja gut in Fahrt!« raunzt der Alte.

»Gut in Fahrt! Ich wünschte, wir *wären* in Fahrt und lägen nicht – schwarz unter Schwarzen – an dieser verdammten Pier!«

»Nun mal langsam«, sagt der Alte fast streng, »du vergißt mal wieder ganz den enormen Nutzen, den dieses Schiff für die Industrie gebracht hat!«

Aber damit bringt er mich nicht aus dem Konzept. »Beim Namen genannt, müßte auch von einer schamlosen Industriepäppelei die Rede sein, ›indirekte Subvention‹ kann man es doch kaum noch nennen. Aber so wissen wir wenigstens, wofür wir hier leiden!«

»Und damit du nicht zu lange leidest«, sagt der Alte und guckt an seine Uhr, »wollen wir mal in meine Kammer gehen, der Generalkonsul muß bald kommen.«

Der Steward hat erstaunlich schnell den Tee gebracht, den der Alte bestellte, wir sitzen und warten auf den Generalkonsul, da sagt der Alte: »Navigare necesse est!«

»Ist das wahr?« frage ich, als ich mich von meinem Staunen erholt habe.

»Aber allmählich reicht's«, sagt der Alte, »dabei fällt mir ein, was ich über den schönen Spruch gehört habe: Plutarch soll den ganz korrekt als Äußerung des Pompejus aufgeschrieben haben, erst später ist er zu Werbezwecken ins Hehre verfälscht worden.«

»Wie das?«

»Tscha, da staunst du wohl? Im vollen Wortlaut heißt der Text: ›Navigare necesse est, vivere non est necesse.‹«

Jetzt legt der Alte eine Pause ein, und als mir die Pause zu lange wird, sage ich: »Und?«

»Und ... Pompejus wollte wahrscheinlich nichts anderes sagen, als – um wegen eines drohenden Sturms seine Bootsleute auf Trab zu bringen –: ›Haut endlich ab, auch wenn's ein bißchen riskant ist.‹«

»Da rührst du aber leichtfertig an den Grundfesten der Seefahrt«, sage ich zum Alten, »diese hübsche Fälschung, dieses ›navigare necesse est‹, prangt immerhin über dem Portal des Hauses der Seefahrt in deiner Heimatstadt Bremen.«

»Na und?« sagt der Alte und guckt an seine Uhr: »Jetzt sollte der Herr Generalkonsul endlich kommen.«

»Ich find's unglaublich, daß er nicht an der Pier stand!« empöre ich mich.

»Gut ist das nicht, das könnte mit ganz einfachen Mitteln auch ganz anders sein. Du hast es ja gesehen: Die Pastorin kam sofort angebraust, die kümmert sich um die Besatzung.«

»Da habe ich wirklich gestaunt! Da könnte auch ich noch fromm werden.«

»Da hast du den ganzen Unterschied. Und dabei hat die Pastorin, ich weiß das, verdammt viel zu tun.«

»Im Gegensatz zu solchen Staatsparasiten. Ich kann dir eine Menge hübscher Geschichten erzählen von solchen Typen.«

»Mach mal«, sagt der Alte, nachdem er wieder an die Uhr geguckt hat.

»Da gab es eine ähnliche Type in Tokio. Dieser Herr gab einen Empfang für den Nobelpreisträger Butenandt und für uns, weil unsere Bilder nach Japan gereist und dort ausgestellt waren. Ich mußte mit dieser Gnadenterrasse durch seinen schönen japanischen Garten wandeln, und dabei hatte er mich ununterbrochen am Ellenbogen und bugsierte mich hin und her: mal Front nach links, mal nach rechts. Ich hatte keine Ahnung, was dieses Theater bedeuten sollte, bis ich kapierte: In den Gebüschen waren Pressephotographen versteckt, und die sollten uns en face auf den Film bekommen. Und dann diese Begeisterung über die Schuhplattler! Die hatte er vor zwei Monaten extra auf Staatskosten hinbestellt. Echte Schuhplattler aus Oberau in Bayern, mit der Begründung, daß die Gattin aus Oberbayern stammte. Leberkäs gab's übrigens auch!«

»Wir gehen mal lieber raus«, sagt der Alte, nachdem er wieder an die Uhr geguckt hat, »vielleicht wartet der Herr Generalkonsul schon auf uns.«

Das Gepäck unserer heimreisenden Stewardeß soll zur Fähre gebracht werden. Die Seeleute, die dazu abgestellt worden sind, haben eine Mordswut, sie wollen für »diese Verrückte« nicht Gepäckträger spielen, schon gar nicht solche Mengen Gepäck schleppen. Als ich den Berg von Koffern und Taschen sehe, so viele, daß sie für drei oder gar vier Leute reichen würden, kann ich die Seeleute verstehen.

»Da wird sie ein schönes Stück Zaster extra bezahlen müssen!« sagt einer, Schadenfreude im Ton, »wie soll denn das Flugzeug überhaupt abheben, bei so viel Klamotten?«

Ich hätte mit derselben Maschine fliegen können. Aber nun ist es entschieden: nicht straight ahead nach good old Germany, sondern etwas von Afrika sehen. Aber bis jetzt weiß ich nicht einmal, für welche Länder ich Visa und so was brauche. Ich weiß von Afrika null komma nichts, aber der Agent wird's schon richten, tröste ich mich, dafür ist er da.

Ein Läufer meldet mir, ein Afrikaner warte an der Wachbude auf mich, der Mann könne mir zu Wholesale-Preisen zwanzig Ektachrome-Filme besorgen. Der Agent habe ihn geschickt.

Der Alte tritt von einem Fuß auf den anderen, weil der Generalkonsul immer noch nicht da ist. Da kommt der Mann, der mir die Filme besorgen will, nochmals herangejachtert und fragt, ob mir der Preis, den er genannt hatte, auch recht sei. Verdammt teuer, aber was will ich machen: Ich brauche Filme.

Da kommt der Läufer schon wieder: Der Alte muß ans Telephon. Ich tigere auf dem Poopdeck herum und bin heilfroh, daß die Belademaschine stillsteht. Die erste Lieferung Anthrazitstaub ist, höre ich, zur Gänze im Schiff, mit dem Nachschub klappt's wieder nicht. Nicht meine Sorge, Gott sei Dank! Auch nicht die des Alten.

»Was ist?« frage ich den Alten, als er langsam herankommt.

»Der Herr Generalkonsul hat abgesagt. Es habe sich plötzlich herausgestellt, daß er im Moment unabkömmlich ist.«

Der Alte pumpt sich demonstrativ voll Luft, während ich erst einmal sprachlos dastehe, dann sage ich: »Der will dich wohl verarschen!«

»Der Herr Generalkonsul bittet um einen Besuch in seinen Amtsräumen«, brummt der Alte.

»Aha! Und wie kommst du dorthin?«

»Der Herr Generalkonsul schickt mir einen Wagen. Du kommst natürlich mit, das hab ich ihm gleich gesagt.«

»Und wann?«

»Nach dem Essen! ›Fünfzehn Uhr etwa‹, hat er gesagt, da hat er wohl seinen Mittagsschlaf hinter sich.«

Nach dem Essen bleibt der Alte hocken. Er räuspert sich, als sei er erkältet, dann sagt er dumpf: »Ich bin froh, daß du dich fürs Aussteigen entschieden hast.«

»Du wolltest mich also unbedingt von Bord haben?«

Da der Alte verlegen dasitzt und wohl nicht weiß, was er sagen soll, helfe ich ihm ein: »Klar, ich weiß, daß ich dir mit meiner ewigen Fragerei auf den Wecker gehe – und das dann noch einmal die gleiche lange Strecke.«

Nun grinst der Alte wenigstens und sagt: »Du hast's erfaßt!«

Einfach wird's der Alte auf der Rückreise nicht haben. Der Chief, der einzige, mit dem er reden könnte, hat zuviel Respekt vor ihm. Der Arzt spielt Volleyball. Wenn der alte Doktor noch an Bord wäre, bräuchte ich mir um den Alten keine Sorgen zu machen – aber so?

»Du kannst dir ja im Büro genau erklären lassen, wie du fliegen kannst«, sagt der Alte, als wir im Wagen des Generalkonsuls sitzen.

Im Generalkonsulat werde ich in ein Dienstzimmer komplimentiert, die üblichen Primitivmöbel von der zuständigen Bundesverwaltung. Der Alte soll mit dem Generalkonsul alleine konferieren. Später will mir der Generalkonsul auch die Ehre geben.

Ich warte brav, während der Alte seine Aufwartung macht, und blättere in den Prospekten, die auf einem großen runden Tisch herumliegen. Ich sehe eine Showfarm mit Straußenrennen, irgendwelche Eingänge zu Highways mit gewaltigen Elefantenzähnen aus Beton, einen Fallschirmflieger, eine riesige Bar mit schwarzen Barmännern. So eine Bar ist das Allerletzte, wonach mir der Sinn steht. Ich lese: »Holiday value begins at Holiday-Inns!« Da hätte ich gleich zu Hause bleiben können, Holiday-Inn gibt's in München auch. Und: »See South Africa in armchair comfort«.

Und nun läßt der Herr Generalkonsul bitten. Er ist eine würdevolle Erscheinung mit einem bemerkenswerten Wanst. Für dieses Schwergewicht sind seine Bewegungen erstaunlich flink. Sein Gesicht ist vom hohen Blutdruck gerötet, der tonsurartige weiße Haarkranz verstärkt das Rot noch. Als erstes erzählt der Herr Generalkonsul, seine beiden Eltern, ein Elternteil vierundneunzig, der andere fünfundachtzig, seien innerhalb von vier Wochen gestorben. »Und beide vor sechs Wochen!«

Der Alte und ich sitzen betreten da. Muß er mir, denke ich, genau wie Herr Schrader in Bremerhaven, die Laune mit seiner schwarzgeränderten Nachricht endgültig verderben? Was gehen mich seine toten Eltern an?

Weitschweifig und mit großen Gesten erzählt er dann, daß er schon seit vier Jahren in Durban sei, »in Afrika insgesamt schon mehr als zwanzig Jahre – vorher bei der Entwicklungshilfe«.

Da hat er wenigstens eine Ahnung von Afrika, denke

ich und frage, welche Route er für mich vorschlagen würde. Er überlegt eine lange Weile, dann springt er auf und ruft nach seinem Sekretär, der flugs herangewieselt kommt. Ein alerter Bursche, tadellos gebügelter Anzug, wie es sich für einen Diplomaten gehört, eleganten Aktenkoffer in der linken Hand. In diesem Aktenkoffer hätte er Flugpläne parat.

Der Dicke schreibt, während ich wie töricht dastehe, unter Ächzen mit der rechten Hand Länder und Städte auf einen Zettel, während er mit der linken in einem der Flugpläne blättert. Plötzlich bollert er los: »Sie kommen dann um zwölf Uhr nachts in Johannesburg... oder morgens zwei Uhr in Kinshasa an!« Er hat sich also entschieden. »Sie wollen ja schließlich was von Afrika sehen«, sagt er.

»Und außerdem bin ich an Gehorsam gewöhnt«, scherze ich.

»Wir wollen das aber vorsichtshalber alles noch einmal durchchecken. Das wird mein Sekretär machen. Ich überlasse Sie zur weiteren Information diesem Herrn«, und dabei weist er auf den Geschniegelten. Damit ist die Audienz beendet.

Zurück mit dem Wagen an unsere Kohlenpier. Der Fahrer hat sicherlich lange Ohren. Weiß man's, ob er nicht auch Deutsch versteht – also halten der Alte und ich während der Fahrt den Mund. Der Mann wählt eigenwillig eine Strecke, die wir nicht kennen, er fährt uns ums riesige Hafenbecken, verliert die Richtung und erkundigt sich x-mal nach dem Weg zu unserem Schiff.

»Gut, daß es kein Taxi ist, das würde teuer«, sagt der Alte gelassen und lehnt sich zurück.

Aber nun hat sich der Fahrer endgültig verfranst. Wir stehen vor dem großen Eisentor, der Wagen kommt hier nicht weiter. Die Otto Hahn können wir liegen sehen. Also steigen wir aus und laufen die Riesenstrecke zum

Schiff durch den schwarzen Kohlenstaub über die Bahngleise weg. Meine schönen weißen, frisch gewaschenen Hosen werden bis in Wadenhöhe schwarz.

»Diese Pulverkohle«, fluche ich laut, »oder wie immer das verdammte Zeug auch heißen mag, ist eine Strafe Gottes!«

Der Alte schweigt sich immer noch aus. Plötzlich gibt er so brummig, daß ich ihn kaum verstehe, »Pökelrippchen mit Sauerkraut« von sich.

»Pökelrippchen? Was soll denn das heißen?«

»Hat er verlangt. Die will er bei uns an Bord verkonsumieren. Die planen eine große Sache. Die ganze deutsche Kolonie soll eingeladen werden.«

»Krethi und Plethi? Und alles auf Staatskosten?«

»Was denn sonst?«

»Wir sollen also Flagge zeigen mit Hilfe von Pökelrippchen und Sauerkraut?«

»Und einem ordentlichen Faß Bier.«

»Hat dieser unmögliche Mensch ›ordentlich‹ gesagt?«

»Ja doch! Danach, sagte er, habe er einen richtigen Jieper.« Der Alte bleibt stehen: »Zum Glück sind wir gerüstet. Als ob ich so was nicht geahnt hätte. Beim letzten Besuch hier unten gab's nur kalt, diesmal wollen die offenbar wie die Heuschrecken über das Schiff herfallen. ›Und für die Damen was Süffiges‹, hat er auch noch verlangt. ›Mal wieder richtig den Geschmack von Heimat auf der Zunge haben‹, das waren seine Worte. Na, die werden sich wundern, wie es hier aussieht!« sagt der Alte und guckt auf den Dreck, in dem wir beide stehen.

»Dann müßten aber doch die schwarzen Sträflinge verschwinden.«

»Meine Sorge ist das nicht«, sagt der Alte wütend, »kann ich wissen, welcher Anblick denen gefällt?«

»War das wirklich alles? Habt ihr nur über die Shipboardparty und die Fresserei gesprochen?«

»Ja!« gibt der Alte zurück und setzt sich wieder in Bewegung.

»Für das Schiff will der nichts tun?« frage ich nach ein paar Schritten.

»Ich hab ihn nicht gefragt, und er hat auch nichts gesagt – kommt wohl gar nicht auf die Idee.«

»Ist das nicht reichlich unverschämt? Wieso laden die nicht erst einmal *unsere* Leute ein? *Wir* sind doch die Gäste!«

»Sagst *du*! Die sehen das anders.«

»Staatsdiener! nennt sich so was, daß ich nicht lache. So eine Schießbudenfigur stöbert keiner auf, und keiner schmeißt sie wegen Unfähigkeit hinaus. Hat lange genug auf seinen vier Buchstaben gesessen, lange genug für die Pensionierung – und alles auf Staatskosten!«

»Reg dich wieder ab«, sagt der Alte, »wir werden es nicht ändern. Und außerdem, ist ja nicht unser Geld.«

Da sticht mich der Hafer, und ich deklamiere: »Herr, schütze uns vor See und Wind – und Deutschen, die im Ausland sind.«

Ich brauche gar nicht ins Gesicht des Alten zu gucken, ich weiß, daß er breit grinst. Der alte Seemannsspruch! »Hat selten so gut gepaßt wie hier«, sage ich, »eine Ausnahme: die Pastorin.«

Der Alte tut mir leid. Bei dieser Party, das nehme ich mir wieder vor, bin ich noch an Bord. Da lasse ich den Alten nicht im Regen stehen.

Pökelrippchen! Beim Gedanken daran läuft mir das Wasser im Mund zusammen, und gleich ficht mich die Sorge an, ob wir heute abend was zu futtern bekommen. Die Kombüse ist kalt, die Köche sind sicher auch an Land. Wahrscheinlich ist alles dichtgemacht. Oder hat der Alte etwa ein fulminantes Gelage an Land vor?

Plötzlich schimpft er: »Der soll sich doch seine Pökelrippchen...«

»...an den Hut stecken!« ergänze ich, weil der Alte ins Stocken gerät.

An Bord sagt der Alte: »Hast du nicht gemerkt, daß der uns nichts angeboten hat – nicht mal einen Schluck irgendwas? Ich hab einen richtigen Brand! Kommst du mit in meine Kammer?«

»Selbstredend.«

Kaum sitzen wir beim Alten hinter unseren Bierflaschen, memoriert der Alte: »Pökelrippchen mit Sauerkraut und ordentlich Bier! Aber erzähl mal lieber, was für ein Reiseprogramm die für dich ausgetüftelt haben.«

»Reiseprogramm?« höhne ich, »daß ich nicht lache! Ich hab mich die ganze Zeit gewundert, daß dieser Herr Sekretär mir ein paarmal ein Auge kniff, ich dachte, er hat wohl so einen Tic.«

»Na und?« fragt der Alte.

»Sein schwergewichtiger Chef lebt hier offenkundig unter einer Art Käseglocke.«

»Kannst du dich nicht klarer ausdrücken?«

»Also – das war so: Der Sekretär hat mir klar und deutlich gesagt, daß alles Quatsch ist, was sein Boß vorgeschlagen hat. Daher auch sein Augenzwinkern. Er wollte mir klarmachen, daß ich das alles nicht ernst nehmen sollte. Da hast du mir einen schönen Floh ins Ohr gesetzt. Längs durch Afrika zurückhangeln, da geht von Südafrika aus offenbar gar nichts. Jedenfalls hat der Generalkonsul nicht den Schimmer einer Ahnung von Afrika – und dabei war er doch wer weiß wie lange bei der Entwicklungshilfe.«

»Eben!« schneidet der Alte mir das Wort ab.

»Der Sekretär hat gesagt, ich müsse zuerst nach Nairobi, um ›clean‹ zu werden. Wo immer ich in Afrika hinkäme, sagte er, hätte ich, wenn einer merkte, daß ich in Südafrika war, nichts zu lachen. Ich würde gleich auf dem Flugplatz hopsgenommen. Wo auch immer ich landete, ich käme gleich ins Loch.«

»Wieso ins Loch?«

»Das ist so Sitte! Wer aus Südafrika kommt, wird hopsgenommen und kommt ins Loch.«

»Das sind doch interessante Aussichten!« sagt der Alte jetzt ganz gelöst, »wolltest du nicht Abwechslung haben?«

»Die Staaten, die der Generalkonsul aufgeschrieben hat, sind – sagte der Sekretär – *alle* off limits – es sei denn, man ist clean.«

»Und wie wird man das?«

»Erst nach Nairobi fliegen. In Kenia tue man mir nichts. Von dort käme ich dann weiter. Aber ich dürfe niemandem verraten, woher ich *eigentlich* komme, und dürfe mir daher bei der Ausreise um keinen Preis einen Stempel in den Paß drücken lassen.«

»Und das alles wußte unser Kamerad nicht? Na ja, für die hier in Südafrika ist die nächste Stadt Frankfurt am Main. Schwarzafrika gibt's für die wahrscheinlich gar nicht. Dann frag doch vorsichtshalber noch mal die von der Lufthansa, die müssen das doch wissen. Am besten fährst du gleich hin und läßt deinen Charme spielen.«

»Jetzt hab ich schon keine Lust mehr«, sage ich.

»Mach's lieber gleich, sonst ist der Laden nachher dicht.«

An der Pier wartet wie üblich das Taxi. Bei der Lufthansa bestätigt mir eine hochgewachsene, gertenschlanke Pin-up-Lady alles, was der Sekretär mir sagte. »Der Herr Generalkonsul muß gescherzt haben«, sagt sie neckisch nach einem Blick auf die Reiseroute, die der Dicke mir aufgeschrieben hat. Und sie wiederholt, ich müsse erst mal ›sauber‹ werden, einen Stempel von Kenia im Paß haben. »Der nächste Flug über Johannesburg nach Nairobi: morgen fünfzehn Uhr!«

Wohin ich denn trotz aller Schwierigkeiten *wirklich* wolle, will die Lady wissen und lächelt mich zuckersüß an. Ich sage auf gut Glück: »Nach Burundi.«

»Bujumbura?«

»Ja, Bujumbura in Burundi.«

Die Lady guckt mich zweifelnd an. Aber wenn ich ihr erklären würde, daß ich immer dann, wenn ich meine Reiseziele nach dem Klang von Namen festgelegt hätte, gut gefahren sei, würde sie mich wahrscheinlich für verrückt halten – trotz ihrer schwimmenden Augen.

Ich raspele noch ein bißchen Süßholz, aber ein Ticket kann ich nicht lösen: Ich darf den Agenten nicht enttäuschen, der will seinen Reibach haben.

»Und so willst du's jetzt machen?« fragt der Alte, nachdem ich ihm berichtet habe.

»Was sonst? Jetzt weiß ich, so eine Reise hätte ich von langer Hand vorbereiten müssen. So, wie wir uns das ausgedacht haben, geht hier gar nichts. Die gucken mich ja schon an wie einen Irren, weil ich irgendwo in Schwarzafrika landen will.«

Ein Läufer kommt: »Gespräch für Sie – in der Wachbude.«

»Wer kann das denn nun wieder sein?« sage ich fragend zum Alten.

»Gleich wirst du's wissen.«

Am Telephon ist die Sekretärin des Generalkonsuls. Ich wundere mich keinen Augenblick über das, was sie mir mitteilt: »Der Herr Generalkonsul ist leider einigen Irrtümern unterlegen Ihre Reise betreffend.« Nach Kinshasa käme ich nicht ohne Visum, von Durban aus könne so ein Visum wahrscheinlich nicht besorgt werden, das brauche jedenfalls lange Zeit. Wir sind dabei, das alles noch einmal zu prüfen.«

»Verbindlichen Dank!« sage ich zur Sekretärin und strahlend zum Alten: »Die Sache entwickelt sich ...«

Der sieht mich fragend an.

»Nur leider in der falschen Richtung. Die Sekretärin von unserem Generalkonsul prüft auch noch einmal.«

»Eben gerade«, sagt der Alte, »hat der Agent angerufen, ich soll dir sagen, daß du von Durban aus in keines der Länder einreisen kannst, die auf der Liste stehen.«

»Schön zu wissen«, gebe ich fast fröhlich zurück, »daß sich ganz Durban um mich sorgt.«

Jetzt erst mal unter die Dusche!

Ich stehe im pladdernden Duschregen, da kommt ein atemloser Läufer: ich würde gesucht, das deutsche Konsulat habe angerufen, ich solle so bald wie möglich zurückrufen.

Als ich meine Klamotten wieder am Leibe habe, tigere ich durch den Kohlendreck wieder nach achtern zur Wachbude. Zum Glück habe ich mir die Nummer des Konsulats im Paß notiert.

Am anderen Ende des Telephons weiß niemand, wer angerufen hat. Um die Rate- und Suchaktion zu beenden, verlange ich nach dem Konsul. Der soll doch versuchen herauszukriegen, wer etwas von mir will. Sich nicht mit den niederen Chargen aufhalten ist die alte Regel.

Nun heißt es wieder: Hörer am Ohr, endlos lange abwarten.

»Ich lege Sie um!« sagt endlich eine Stimme.

»Das hätte mir gerade noch gefehlt!« schimpfe ich.

Eine hohe Stimme redet mir dazwischen: »Ich wollte Ihnen nur mitteilen...«

»Was«, frage ich, »wollen Sie mitteilen?«

»Ich wollte Ihnen sagen, daß Sie auch für Sambia ein Visum brauchen.«

»Wieso für Sambia?«

»Wollten Sie denn nicht nach Sambia?« kommt es gereizt aus dem Hörer.

»Von Sambia war keine Rede.«

»Aber ich dachte – der Herr Generalkonsul hat doch...«

»Wissen Sie was«, fahre ich zwischen das Gestottere, »ich fühle mich ganz wie zu Hause.«

»Das freut uns aber sehr«, kommt es zurück.

Ich könnte mir selber auf die Schulter klopfen. Ich habe mich, bevor ich anfing zu brüllen, gerade noch am Riemen gerissen.

»Junge, Junge!« sage ich laut, als ich in die Kammer des Alten komme, stocke, weil er vor sich hin starrend im Sessel sitzt, aber dann platze ich heraus: »Die sind hier wohl alle total verrückt!«

»Uninformiert würde ich es nennen«, sagt der Alte, nun ganz wach, mit seinem nachsichtigen Rügetonfall.

»Aber schon total uninformiert!« brause ich auf.

»Ich hab's dir doch gesagt: Für die gibt es zwischen Durban und Frankfurt am Main nichts. Die setzen sich nachmittags ins Flugzeug, pennen eine Nacht – morgens sind sie in Frankfurt, London oder in München.«

»Das ist doch keine Erklärung! So blöde kann man doch einfach nicht sein! Also, was soll ich machen?«

»Nach Nairobi fliegen und aufpassen, daß sie dir keinen Stempel in den Paß drücken, das weißt du doch inzwischen. Wenn ich du wäre«, sagt der Alte und grinst, »bin ich ja zum Glück nicht – also wenn ich du wäre, ich würde abhauen, sobald es geht. Nimm den Flug morgen um fünfzehn Uhr nach Johannesburg, den gleichen, mit dem unsere konfuse Stewardeß abgerauscht ist. Die ist jetzt schon in Deutschland! Das mußt du dir mal vorstellen: Wir kutschieren mehr als drei Wochen durch die Gegend, und per Luft geht's in Null Komma nichts...«

»Und für diese Dame auch noch gratis!«

»Gratis stimmt nicht. Das bezahlt die Bundesrepublik.«

»Alles schön und gut, aber morgen geht nicht. Da ist doch die Party!«

»Was willst du denn da?«

»Mir das ganze Volk mal richtig ansehen«, sage ich. Dabei will ich nur den Alten nicht allein lassen.

»Das schmink dir mal ab. Du hast doch schon das beste Exemplar gesehen.«

»Meinst du wirklich?«

»Ja. Ich ruf den Agenten gleich mal an.«

»Was macht man bloß mit so einem Menschen?« frage ich mit einem Stoßseufzer.

»Bist du immer noch bei unserem Generalkonsul? Du bist einfach nichts gewohnt, *ich* hab mit dieser Sorte dauernd zu tun.« Der Alte schnieft, dann verwandelt sich sein grimmiger Gesichtsausdruck in ein vages Feixen: »Der geht bald in Pension. Stell dir mal die Menge Geld vor, die der durch die Jahrzehnte hin vom Bund bezogen hat, und stell sie dir in Fünfmarkstücken auf einem Haufen vor.«

»Und alles für nichts.«

»Na sagen wir mal milde: für nichts Produktives.«

»Wenn er abkratzt und eine Witwe hinterläßt, wird auch die noch alimentiert...«

»Wie bei mir«, sagt der Alte trocken.

Der Läufer kommt mit einem Zettel. Anruf vom Agenten: »Keine Plätze mehr frei auf der Maschine morgen fünfzehn Uhr.«

»Tableau!« sage ich. »Aber hier steht auch noch, daß er versuchen wolle, was sich machen lasse. Ich solle zurückrufen.«

»Na klar!« sagt der Alte, »der will die Provision für das Ticket nicht sausen lassen. Ich laß ihn wissen, daß wir uns an ein anderes Büro wenden, dann klappt's nach meinen Erfahrungen. Das laß mal *mich* machen.«

Ich wandere ziellos durchs Schiff. Im Poopdeck kommt mir der Chief entgegen, und ich frage: »Wollten Sie denn nicht an Land?«

»Doch, doch«, sagt der Chief, »ich brauche ja noch neues Schaumbad!«

»Und Schuhe...«

»Schuhe? Die brauche ich jetzt, da die Party flachfällt, nicht mehr. Bloß noch neues Schaumbad.«

Was war das? ›Die Party fällt flach‹, hat der Chief gesagt? Ich starre den Chief an wie eine Erscheinung. Er hält meinem Blick stand und verzieht keine Miene.

Klar, der Chief will mich tüchtig hochnehmen. Nicht gerade die Art von Witzen, die zu den intelligenten zählen.

Den Alten finde ich auf der verlassenen Brücke. Er hockt auf dem Lotsenstuhl und sieht von hinten so aus, als ob er Trübsinn blase.

Als er mich hört, wendet er sich um und sagt merkwürdig forciert: »Da kannst du mal sehen, nach *meinem* Anruf hat's mit deiner Platzreservierung geklappt. Der Agent hat noch einmal angerufen: also morgen fünfzehn Uhr. Was mit deinen Filmen ist, hat er allerdings nicht gesagt.«

Dann räuspert sich der Alte ein-, zwei-, dreimal und sagt dumpf: »Der Generalkonsul hat übrigens auch eine Nachricht geschickt, die Party ist gecancelled.«

»Gecancelled?« fahre ich auf, »wieso denn das? Wann hat er dir denn das gesagt?«

»Er hat eine Nachricht geschickt ...«

»Mit welcher Begründung?«

»Begründung?« sagt der Alte, »lies selber.« Er hält mir einen Zettel hin, der einem Telegrammformular ähnelt: »Hier hast du's schwarz auf weiß!«

Und ich lese: »Ship board party cancelled – due to time factor.«

Ich stehe einen Augenblick lang verblödet da, dann frage ich: »Ist das alles? Ist das die *ganze* Begründung?«

»Ja, du kannst doch lesen: ›ship board party cancelled – due to time factor‹.«

»Und er hat dich nicht angerufen?«

»Nein.«

»Das gibt's doch nicht! Ohne jeden Grund – außer ›due to time factor‹?«

»Mir hat er jedenfalls nichts weiter verraten«, sagt der Alte.

»Meinst du, Schiß vor dem Reaktor?«

Der Alte überhört das. »Dieser Dreck ist ja auch nicht gerade das Wahre für die Ladies. Die können mit ihren Stöckelschuhen gar nicht über die vielen Gleise und durch den Schotter. Und die schwarzen Sträflinge dicht am Schiff sind sicher auch nicht gerade eine Attraktion. Könnte mir vorstellen, daß sie lieber zu Hause in ihren Büros bleiben ...«

»Oder in ihren klimatisierten Bungalows – wenn auch ohne Pökelrippchen«, sage ich aufgebracht.

Warum, denke ich, zeigt der Alte nicht endlich seinen Rochus? Aber der Alte schnieft nur. Dabei weiß ich, daß er vor Wut kocht. Seiner Selbstbeherrschung wird einiges abgefordert. Aber da kann ich lange warten, bis der Alte sich Luft macht.

»Das akzeptierst du einfach?« gehe ich den Alten an, und schon tut es mir leid, und ich rede mit gebremster Stimme weiter: »Keine Entschuldigung, kein Wort für die viele für die Katz geleistete Arbeit. ›Cancelled!‹ Basta! Aus! Erledigt! Was bildet sich so ein Beamtenfatzke eigentlich ein? Lebt hier wie die Made im Speck. Da wäre es doch nicht zuviel verlangt, daß er seinen fetten Korpus in Bewegung bringt und sich anguckt, was hier mit dem schönen weißen Staatsdampfer angestellt wird!«

Unterm Reden gerate ich immer mehr in Rage auf diesen bundesstaatlichen Wichtigtuer, aber auch auf den Alten. »Der behandelt dich wie seinen Stiefelputzer. Du bist doch nicht der Lakai seiner Imposanz!«

»Mach's halblang«, sagt der Alte. Aber ich bin ein einziger Aufruhr und nervös wie seit langem nicht mehr. Anstatt dem Alten zu helfen, übertrage ich auch noch meine Wut auf ihn. Jetzt läuft alles, aber auch alles falsch. Ich hätte *gleich* von Bord gehen sollen, in ein Hotel umziehen. Ich hätte, ich hätte, ich hätte... Ich werde nicht damit fertig, daß dieser aufgeblasene Würdeonkel den Alten so abfertigt. »Der tut ja, als sei er dein Admiral!«

Der Alte nimmt das unbewegt hin. Dann sagt er dumpf: »Sieh bloß zu, daß du weiterkommst. Dieser Laden ist nichts für dich.«

Da ergreift mich plötzlich tiefe Beschämung.

»Laß man...«, sagt der Alte unvermittelt, und ich ergänze: »Andere lassen sich auch.«

»So isses«, sagt der Alte jetzt gutmütig, und es klingt wie: Beruhige dich mal wieder.

»Sauzucht verdammte!« blaffe ich noch, »und die ganze Lockenpracht der Ladies ist nun für die Katz...«

»Pech für unsere Damen. So geht's: Der Mensch denkt, und der Generalkonsul lenkt. Den Ladies gönn ich die

Pleite, aber die in der Kombüse und der Storekeeper, die tun mir leid, die haben wie die Verrückten geschuftet.«

Ich weiß, ich weiß, die Kombüse hat sich mit voller Wucht in die Vorarbeiten gestürzt, der Obersteward hatte die »Alkoholitäten« nach unendlichem Hin und Her zusammengestellt, »endgültig«, wie er stolz zum besten gab: Er hatte seine Vorstellungen von dem, was geboten werden sollte, gegen den Alten durchgesetzt.

Da bin ich nun mit unserem weißen Schwan diese riesige Rennstrecke abgedampft, immer mit einer großen, düster glimmenden Rousseau-Vision von Afrika im Sinn – und nun dies als Ziel: die dreckigste Pier der Welt, die borniertesten Menschen, die mir seit langem begegnet sind, die stumpf in ihren klimatisierten Büros hocken. Ich will schon wieder losbelfern, da sehe ich, wie trübsinnig der Alte in seinem Sessel hockt, reiße mich am Riemen und befehle mir: den Alten aufheitern! Aber wie?

Da sagt der Alte plötzlich mit fester Stimme: »Ich hab mir gedacht, ich muß dir doch auf die Schnelle noch was von Durban zeigen. Viel ist hier ja nicht los – aber da gibt's so ein Turmrestaurant, von hier kannst du es nicht sehen, da könnten wir uns doch noch einen angenehmen Abend machen, jedenfalls angenehmer als hier an Bord.«

Der Alte guckt mich erwartungsvoll an. Verrückt, nun will er *mich* unterhalten.

»Ich dachte«, gebe ich zögernd zurück, »du wolltest an Bord bleiben, damit alle deine Herren Mates und das sonstige Personal diese schöne Stadt heimsuchen können?«

»Aber der Dienstplan ist anders«, sagt der Alte, »*ich* habe frei. Der Erste bleibt sowieso an Bord, also: eine Viertelstunde zum Putzen.«

Der Alte will von der Wachbude aus ein Taxi bestellen lassen, aber unten steht wieder eines.

»Der muß auf uns gewartet haben«, sagt der Alte aufgekratzt, wie verwandelt.

Der Taxifahrer kennt sich zwischen den Gleisen besser aus als der Fahrer unseres Würdenträgers, er fährt ganz langsam, ohne mit dem Heck aufzurumpeln.

»Ziemlich ausgestorben«, sage ich, als wir durch die nächtlichen Straßen fahren.

»Anständige Leute!«

Offenbar ahnt der Fahrer, wohin wir wollen, so zielstrebig umfährt er ein paar Häuserblocks, dann bremst er: Ein hell beleuchteter offener Fahrstuhl strahlt uns entgegen. Die Adresse scheint die richtige zu sein.

Wir werden von einem Begrüßungsoskar mit Menjoubärtchen in die Fahrstuhlkabine hineinkomplimentiert, und hoch geht es.

»Donner und Doria!« entfährt es mir, als Monsieur Menjou eine schwere Portiere zurückschlägt und »voilà messieurs« säuselt. Von zwei Seiten kommen befrackte Figuren, und wir stehen da wie die Trottel. Das Ganze sieht nach Nepp aus und nach »vieux jeu«: Lämpchen auf den Tischen, bodenlange Tischtücher, Champagnerkübel – Gefunkel hinter den riesigen Panoramascheiben. Glatte zehn Prozent Beteiligung für den Taxifahrer.

Das Ganze ist kreisrund, und endlich kapiere ich, daß wir in dem Drehrestaurant gelandet sind, von dem an Bord die Rede ging. Ich kann die Fuge zwischen Türvorsprung und der riesigen Drehscheibe erkennen, auf der die meisten Tische arrangiert sind.

Wir lassen uns auf die dünn besiedelte Peripherie der Drehscheibe komplimentieren. Den Tisch hat der Alte ausgesucht: »Da sehen wir am besten, wie sich der Laden dreht.«

Ob wir Champagner...? »Nein, Bier!« entscheidet der Alte.

Uns direkt gegenüber entdecke ich im Halbdunkel

eine Combo, drei schwarze Musiker in weißen Jacken, die sich mit ihren Instrumenten zu schaffen machen. Es sieht aus, als hätten sie keine Köpfe.

Südafrikanische Combo! Da wird ja gleich was losgehen, denke ich. Aber nein – ein kurzer Auftakt und dann eine träge hingebügelte Schnulze, wahrscheinlich aus merry old England.

Der Alte guckt mich feixend an, als wolle er sagen: Da hast du's, Südafrika, wie es leibt und lebt.

»Ganz schön irre«, sage ich, »direkt aus dem Kohlenbergwerk in lauter Pracht und Herrlichkeit.«

Draußen ziehen die Lichter von Durban so langsam vorüber, daß man es kaum merkt.

»Der schiere Weltausstellungsgag«, spotte ich.

»Was willst du«, sagt der Alte, »da kannst du mal die südafrikanische Hautevolaute besichtigen.«

»Meinst du diese Pagoden hier?«

»Ja doch!«

»Das ist doch eher Glauchau in Sachsen.«

»Nimm's leicht«, sagt der Alte, »was Besseres gibt's nicht.«

Die Musiker sind faule Knechte, aber mir soll es recht sein, da können wir reden. Daß der Alte noch was in petto hat, ist ihm deutlich anzumerken.

»Die Reizbarkeit der Leute wird ja nicht geringer«, hebt er prompt an, »wenn es in Richtung Heimat geht, werden sie ungeduldig – wie Pferde.«

Das habe ich nicht bedacht. Gleich kommt mich wieder ein Schuldgefühl an: Ich zieh Leine und laß den Alten alleine.

Ich staune, daß der Alte soviel redet, und wende ihm einen halben Blick zu. Da sehe ich, wie er den Kopf schüttelt, als wundere er sich über sich selbst. Nun blickt er voll zu mir herüber und sagt: »Ja, so isses. Die *richtige*

Seefahrt, das war einmal. Ich hab für dich übrigens noch einiges über das Schiff zusammengesucht.«

»Du willst wohl, daß ich bis zur letzten Stunde arbeite?«

»Wofür hätten wir dich denn sonst mitgenommen, wenn ich mal fragen darf?«

Eigentlich sind wir schon mitten im Abschiednehmen. Warum nur fällt mir, wenn ich an unseren letzten Abschied in Bremerhaven denke, der Funker ein? Kaum hatten wir in Bremerhaven festgemacht, da meldete sich der Funker in vollem Kriegsschmuck beim Kapitän ab. Zur Uniform trug er braune Cowboystiefel mit drei glitzernden Spangen und am rechten Handgelenk ein dickes goldenes Armband. Die Tristesse jenes trüben Wintertags – und dann dieses Goldgeglitzer. Ich sehe noch deutlich, wie der Alte sein Gesicht verzog und wie er die Schultern hob, als der Funker wieder draußen war.

Plötzlich legt die Combo wieder los, stoppt dann aber abrupt: die erste Attraktion! Sie wird von einem blonden Jüngling angesagt, eine Illusionistin und »weltberühmter Broadwaystar«. Sein geschnarrtes »Ladies and gentlemen« gilt uns.

In bodenlangem Schwarz tänzelt eine auf Elegant getrimmte Mollige in die Mitte des Parketts, einen Zaubersack wie einen Obstpflücker am polierten Stiel in der Rechten. Mit weit ausholenden Bewegungen der Linken holt sie ein lavendelgrünes Chiffontüchlein aus dem Sack und staunt ausführlich über ihren Fund. Dann folgt ein rosafarbener und kurz darauf ein violetter Stoffetzen, mit dem macht sie Winkewinke. Und ihres Staunens ist kein Ende, weil sie noch einen gelben und auch noch einen blutroten Fetzen im Sack findet, die sie begeistert herumzeigt. Und nun packt sie resolut die über ihrem rechten Unterarm hängende Pracht und knüllt sie, böse Blicke um sich werfend, in den Sack zurück. Abrakadabra! Glänzende Blicke zur Decke, beschwörende Gesten – und dann ein entschiedener Griff in den Sack hinein. Und nun – TRIUMPH! – zieht die Mollige die bunten Chiffonfetzchen sauber an einer Leine aufgeknüpft wieder aus ihrem Sack heraus.

Schütterer Beifall. »Lektion Nummer eins«, murmelt der Alte, »die Zauberschule fürs christliche Haus.«

Der Alte hat für uns, haushälterisch, wie er ist, statt ordentlich auffahren zu lassen, schlicht Steaks bestellt, die zwischen bunt gefärbten Gemüsen und Pommes frites auf einer großen Platte erscheinen. »Opulent!« sage ich, und den Alten freut's. Er strahlt wie ein Honigkuchenpferd.

Während wir das Fleisch vertilgen, übt sich die Combo in Schluchzen. Da merke ich, daß sich die riesige Drehscheibe mit unserem Tisch eine Viertelumdrehung bewegt hat. Der Alte registriert es auch und tut so selbstzufrieden, als habe er das Ganze erfunden. Das Fleisch wird davon nicht besser, juckt es mich zu sagen, aber ich werde mich hüten, ihm den Spaß zu verderben.

Und nun erscheint die zweite Attraktion: eine Magere in Violettrosa mit Puffärmeln und blonden Korkenzieherlocken, offenbar als lebende Spielzeugpuppe gedacht.

Die Combo legt wieder richtig los, und das arme Wesen entläßt schrille Tonkaskaden aus sich heraus. Sie jubelt und kreischt, dann läßt sie es wieder perlen und guckt dabei schelmisch zu uns herüber.

»Auch vom Broadway, Direktimport«, muffelt der Alte, als er genug applaudiert hat. Dann guckt er mich voll an: Na, was sagst du nun? soll das wohl bedeuten.

»Ich müßte mal für Knaben«, sage ich, »aber ich warte, bis der Ausgang zum Klo vorbeikommt, fünf Minuten etwa sind's noch, dann trete ich einfach über.«

»Da hast du sie ja«, sagt der Alte, als ich wieder am Tisch bin.

»Was denn?«

»Die Segnungen der Technik. Früher hättest du zum Wasserabschlagen quer durchs Lokal gehen müssen.«

Gott sei Dank, der Alte lebt auf. War am Ende doch eine gute Idee, an Land zu gehen, obwohl wir unter den aufgedonnerten Ladies und den Geschniegelten völlig aus dem Rahmen fallen: Der Alte hat Räuberzivil an, ich meinen zerknitterten Leinenanzug.

Bei einem Seitenblick entdecke ich in einer Ecke außerhalb des Karussells, aber direkt neben der Drehscheibe, eine unserer Offiziersladies und ihr Ehegespons dazu, fein herausgeputzt, die Lady mit dem Köpfchen voller blonder Lockenröllchen. Ich tue so, als habe ich die beiden nicht gesehen. Als ich ganz sicher bin, sage ich zum Alten: »Dreh dich mal jetzt nicht um, paar Tische weiter sitzt nämlich dein Zwoter mit seiner Donna. Guck mal vorsichtig – mehr links! direkt neben der Drehscheibe. Du siehst richtig, trotz der Metamorphose.«

Der Alte sitzt da wie vom Donner gerührt und macht so kleine Schlitzaugen, daß niemand sehen kann, wohin sein Blick geht.

»Sag mal was!« fordere ich ihn auf, aber dem Alten hat es anscheinend die Sprache verschlagen.

»Du kriegst die Motten«, sagt er endlich.

»Toll in Schale, was? Épatant! wie wir früher sagten. Das Lockenköpfchen ist doch eine Wucht.«

»Hat sich gelohnt«, sagt der Alte, »jetzt zeigt sie Flagge.«

»Sozusagen als kulturelle Botschafterin der Bundesrepublik...«

»Na denn!« sagt der Alte und greift zum Bierglas.

»Hoffentlich hat sie die Waschmaschine abgestellt.«

»Hoffentlich!« prustet der Alte, der sich verschluckt hat.

»Demnächst fahren wir direkt an denen vorbei.«

»Aber da muß ich doch was sagen?« fragt der Alte betreten.

»Sag einfach: ›Schöner Abend, heute abend‹, oder: ›Was für ein Glanz in dieser Hütte‹.«

Statt zu lachen, stiert der Alte verlegen vor sich hin. Zum Glück legen sich die Musiker jetzt endlich kräftig ins Zeug.

Wem mögen die beiden für die Zeit ihres Landgangs ihre Bälger vermietet haben? Der Rabenvater wird sie, denke ich, dem Ersten übergeben haben. Aus den Augenwinkeln sehe ich jetzt, wie der Zwote sich in seinem Sessel verrenkt. Es ist ihm sichtlich peinlich, hier auf uns beide zu stoßen. Ihm peinlich und uns peinlich. Der Alte bemüht sich krampfhaft, daß sein Blick nicht dem seines Mates begegnet.

»Scheißspiel!« und »absurde Situation« denke ich fast zeitgleich und unterdrücke mühsam einen aufsteigenden Gluckser: Diese Szene ist filmreif.

Noch fünf, sechs Meter bis zum Tisch unseres Zwoten. In einer Pause der Combo flüstere ich dem Alten unter vorgehaltener Hand zu: »Sag doch einfach: ›Olàlà!‹«

Und nun, wir sind auf etwa einen Meter fünfzig herangedreht, steht der Zwote auf und vollführt eine Art Männchen. Der Alte wendet sich an die Lockendame und druckst ein verlegenes »Sieh einer an!« heraus und dann noch: »Schöner Abend. Viel Spaß!« Ich lasse es bei einem Lüften des Hinterns bewenden und wünschte, die Drehscheibe hätte eine Gangschaltung, damit wir schneller davonkämen.

»Prost!« sagt der Alte, und ich registriere, daß neues Bier auf den Tisch gekommen ist.

»Warum trinken wir nicht den berühmten südafrikanischen Wein?«

»Alles auf einmal geht nicht«, sagt der Alte, dann guckt er mich prüfend an: »Was juckt dich denn schon wieder?«

»Ich hab mir gerade gesagt: *Ich* in Afrika, und zwar ganz tief unten am Kap, nicht irgendwo im Urwald – nicht zu fassen! Eine Wucht!«

Unterm Reden hat der Alte nun doch Wein bestellt. Jetzt gießt er mir das Glas voll wie an einem französischen Zink. So isses recht, so haben wir es gehandhabt, die besten Jahre unseres Lebens hindurch: immer zum Überfließen volle Gläser. Le Croisic, die vielen Kneipen am Hafenbecken entlang, und schon auf die richtigen Blicke hin gab es zu trinken. Und »fruits de mer« soviel man wollte. Bei Mère Binou war man am besten bedient. Zum Hummerkochen nahm sie sogar Cognac.

»Stimmt was nicht?« fragt der Alte mit tiefer Stimme.

»Doch, stimmt«, gebe ich halb verlegen zurück.

Weil die Projektoren erloschen sind, sitzen wir uns wieder im Halbdunkel gegenüber und starren durch die Scheibe wie Fische aus dem Aquarium auf die Außenwelt. Aber was gibt es da draußen schon zu sehen? Ein paar vereinzelte Lichter und die Straßenlaternen dunkler Straßenzüge...

Mir ist ganz plötzlich nach Davonlaufen zumute. Cape of Good Hope! Wir sind in der falschen Richtung ums Kap gefahren, so herum ist die Lage, scheint es, hoffnungslos. Dieser ganze hochgefexte Laden widert mich so sehr an, daß ich zurück an Bord will, und zwar möglichst schnell. Richtig miteinander reden können wir in diesem demodierten Amüsierladen ohnehin nicht.

Mein Blick fällt noch einmal auf unser hochgetakeltes Pärchen mit seinem ambitiösen Getue, und da ist mir, als hielte ich es hier keine Minute länger aus.

»Was'n los?« fragt der Alte besorgt.

»Ach nichts«, wiegele ich ab, »ich kann bloß das Gehabe hier, diese südafrikanische Oberschichtinszenierung, schwer ertragen. Können wir nicht die Kneipe wechseln?«

»Das ist aber meines Wissens das einzige konvenable Lokal, das es hier gibt«, sagt der Alte. Aber dann stemmt er sich ruckartig vom Tisch zurück: »Du hast eigentlich recht. Weißt du was? Wir greifen uns ein Taxi und lassen uns wieder an Bord fahren.«

»Und trinken meine halbe Flasche Chivas Regal aus«, sage ich fast fröhlich, »ich hab sie schon für dich hingestellt – mitschleppen kann ich sie ja nicht. Laß mich mal den Spaß bezahlen – und dann: ab dafür!«

»Hat gut geklappt«, sage ich, als wir in der Kammer des Alten sitzen, »ohne Blickkontakte mit unserem bordeigenen Pärchen aus dem Etablissement herauszukommen war eine gute Leistung.«

»Und nur dadurch möglich, daß sich die Scheibe in eine für uns günstige Position gedreht hat«, ergänzt der Alte und gießt uns beiden ein Wasserglas voll Whisky ein, den ich aus meiner Kammer geholt habe.

»Hier haben wir's doch richtig gemütlich«, sagt er, nachdem er mit einem Handtuch über die leicht schwarz überpuderte Tischplatte gefahren ist, die Kohle – der Nachschub – ist noch nicht da.

»Ist das nicht eigentlich auch eine Riesensauerei?« rege ich mich schon wieder auf.

»Nun laß mal«, sagt der Alte, »da kannst du mir doch noch erzählen, weshalb du dich eigentlich von Simone getrennt hast – das heißt, wenn du magst.«

»Interessiert dich das wirklich?«

»Ja schon – richtig schlau geworden bin ich ja auch nicht aus ihr«, sagt der Alte.

»Und das war, wenn ich's mir jetzt recht überlege, der eigentliche Grund, daß ich auf die Dauer nicht mit ihr leben konnte: Auch ich bin nie richtig schlau aus ihr geworden«, fange ich langsam an, »wo war ich denn stehengeblieben, bei meinen Konfessionen?«

»Du hast von einem zersplitterten wertvollen Stein, einem Smaragd, und einer weggeworfenen Fassung von einem Ring erzählt.«

»Ach ja. Immer war aufs beste dafür gesorgt, daß unser Leben interessant blieb. Es mußte bei ihr gar nicht immer Schwindel sein, womit sie mich in basses Staunen versetzen konnte. Da gibt's gleich noch eine Geschichte, wieder mit einem Ring. Dieses Mal war der Stein nicht zersplittert, sondern der Ring war einfach verschwunden. Das hab ich Simone natürlich nicht abgenommen. Es war ihr eigener Ring, und der sollte einfach weg sein? ›Vielleicht von einer Elster geholt?‹ meinte Simone. Nach Tagen sah ich es hinter dem Haus aufblitzen – da war der Ring! Fast ganz in den Schlamm getreten. Simone hatte ihn mit dem Waschwasser zum Fenster hinaus gekippt, wir hatten ja nicht einmal einen ordentlichen Ablauf.«

Ich trinke einen Schluck, der Alte sagt keinen Ton, guckt mich nur gespannt an.

»Du weißt ja, Simone fraßen *alle* aus der Hand. Meinen Freunden versprach sie, was immer die haben wollten, Fahrräder zum Beispiel. Angekommen ist nie eins. Aber keiner nahm ihr das übel. Mit ihrer tiefen, samtigen Stimme konnte sie auch Hartgesottene erweichen.«

Dich zum Beispiel, denke ich, hüte mich aber, das laut zu sagen. »Zu meiner Arbeit kam ich bei diesem Leben mit täglichen Sensationen und Sensatiönchen kaum. Für mich blieb so manches im unklaren. Ich konnte ja nicht mit Gewalt die Wahrheit aus Simone herauspressen. Vieles akzeptierte ich einfach, trotz aller Zweifel. Was sollte ich zum Beispiel dagegen tun, daß sie, statt unsere Schulden in Paris zu bezahlen, mit einem neuen Peugeot zurückkam? Aber jetzt bin ich schon in einer anderen, einer sozusagen fortgeschrittenen Epoche.«

Gute zehn Minuten sagt keiner von uns ein Wort. Dann fragt der Alte mit kratziger Stimme: »Wovon habt ihr eigentlich gelebt?«

»Wir hatten eine Zeitlang eine Galerie in Frankfurt am Main, und dann haben wir es sogar mit einem Auktionshaus versucht. In der Galerie habe ich nach dem Krieg die ersten Ausstellungen von Picasso-Graphik, Braque-Graphik und Bildern von Paul Klee und den Malern der ›Brücke‹ gemacht. Verkauft wurde quasi nichts. Da machten wir Modeschauen mit Pariser Firmen, das ging ein bißchen besser. Um unsere Schulden zu bezahlen, fuhr Simone nach Paris. Sie kam ewig nicht wieder – und dann eben mit diesem nagelneuen Peugeot.«

»Und dann kam der Verlag?«

»Ja, der entwickelte sich organisch – so peu à peu, und zwar aus unseren bescheidenen Ausstellungskatalogen. Wir machten damals für jede Ausstellung einen Katalog, dünn, aber gut.« Ich besinne mich einen Augenblick, dann sage ich: »Ich führ dir das alles mal vor, du hast ja demnächst Zeit.« Dabei weiß ich schon jetzt, wie unwahrscheinlich das ist, »das klingt alles reichlich summarisch, wenn ich dir nichts zeigen kann. Übrigens, war nur gut, daß wir in der Galerie damals nichts verkauft haben, alles, was liegenblieb, kostet heute gut hundertmal soviel wie damals.«

»Nicht schlecht Herr Specht!« sagt der Alte, hält die Flasche gegen's Licht und verteilt den Rest in unsere leeren Gläser.

»Wann hast du Simone denn das letztemal gesehen?« weckt mich der Alte aus meiner Abwesenheit.

»Vor dem Amtsgericht in Starnberg. Da war sie aufs eleganteste herausgeputzt mit Jackenkleid, Hut und einem violetten Schleierchen vor dem Gesicht und vorn auf dem Hut einen Kolibri.«

»Mach Sachen!« staunt der Alte, »und wozu das Ganze?«

»Es ging um das Sorgerecht für den Sohn. Der war ja nun etwa acht Jahre alt.«

»Und wie ging das aus?«

»Der Richter ist Simone *nicht* auf den Leim gegangen, der hat sich eine Mordsmenge Mühe gemacht, ein psychologisch geschulter Mann. Der ließ den Sohn sogenannte Rorschachtests machen. Da mußte er jeden, auch Ditti, die sich als seine Stiefmutter um ihn kümmerte, als Tier zeichnen. Als ich das Ergebnis sah, dachte ich, da habe ich aber böse verloren! Ich war eine große Schlange. Zu meinem Staunen erfuhr ich: Schlange ist sozusagen das Beste auf der Skala.«

»Was es nicht alles gibt«, sagt der Alte, und nach einer Weile: »Aber daß Simone im KZ war, stimmt doch?«

»Ja, in Ravensbrück muß sie kurz vor Kriegsende durch eine Aktion des Grafen Bernadotte befreit worden sein.«

»Du sagtest mal ›vielleicht ganz gut so‹, als sie vorher in Fresnes im Zuchthaus war.«

»Damals dachte ich daran, was ihr in La Baule von ihren eigenen Landsleuten angetan würde, wenn sie von uns keinen Schutz mehr hat. Ob ihr Weg dann später nach La Baule hätte zurückführen können, sozusagen als gefeierte Heldin der Résistance – das ist die Frage.«

»Nimm's nicht übel, aber für mich klingt das alles ein bißchen konfus.«

»*Ist* es auch – und mehr als ein bißchen. Offenbar weiß – außer Simone selbst – niemand, ob sie im Krieg tatsächlich für die Résistance gearbeitet hat oder nicht. Möglich, daß alles nur Theater war, auch möglich, daß unsere Abwehr ihr Theater für bare Münze genommen hat und ihre Landsleute es auch so gesehen hätten.«

»Hast du sie denn nicht gefragt?«

»Gefragt? *Ausgeforscht* habe ich sie!«

»Und?«

»Nichts und. Da gingen jedesmal die Jalousien runter.«

»Komisches Dasein«, murmelt der Alte.

»Du sagst es. Aber sollten wir nicht endlich in die Koje?«

»Ja, gleich, wart mal. In meiner Whiskyflasche ist auch noch was drin. Jetzt sag mir wenigstens noch mal auf die Schnelle, was sie jetzt macht. Sie hat wieder geheiratet, hast du gesagt. Was macht denn der Mann?«

»Der ist Asthmatiker.«

»Auch ein Beruf«, sagt der Alte. »Ist das alles?«

»Na ja, der wird so mitgezerrt. Wollte mal per Briefkurs Geschichtsprofessor werden.«

»Franzose oder Amerikaner?«

»Amerikaner.«

»Wie ist sie denn an den gekommen?«

»Sohn ihrer Stiefmutter.«

Der Alte schlägt irritiert die Lider.

»Das klingt wie ein Witz, ist aber so: Simone ist zugleich die Tante – ach Quatsch –, Cousine ihres Mannes – nein!, auch nicht richtig. Noch mal von vorn: Simone ist zugleich die Stiefschwester ihres Mannes, ihre Stiefmutter zugleich ihre Schwiegermutter, und ihr Vater ist zugleich ihr Schwiegervater.«

»Du hast wohl zuviel Whisky getrunken und willst mich jetzt verkohlen?«

»Mitnichten! Das lief so: Ihr Vater – auch so ein Geheimdienstdaddy, das weißt du ja wohl noch – versäumte keine Zeit mit Berufeausüben. Er betreute lieber Damen, gern vermögende Witwen, amerikanische, und er hat eine mit einem Sohn um die Dreißig aufgetan, und dann hat er die reiche Witwe geehelicht und seine Tochter, Simone eben, deren hoffnungsvollen Sohn.«

»Da brauche ich einen Rechenschieber!« stöhnt der Alte und fragt in seinem normalen Tonfall: »Hast du noch Verbindung zu Simone?«

»Sporadisch.«

»Und was macht sie jetzt?«

»Spielzeugläden, hab ich dir ja schon gesagt, dann Immobilien, Antiquitäten, Hotelmanagement, da ist kaum mehr nachzukommen. Die Städte wechseln auch ständig.«

Da merke ich, wie ich meinem Grimm die Zügel lasse, und versuche abzumildern: »Vielleicht sollte ich das so sehen: Simone ist ganz und gar ein Kind des Krieges. Ihre Jugend war alles andere als normal. Vom Krieg gezeichnet, so könnte ich auch sagen. Und das sind wir schließlich alle: gezeichnet, gebrochen – oder was immer du willst.« Da nickt der Alte einverständig, und ich rede weiter: »Und da wurde aus unserem kurzen glücklichen Dasein ziemlich schnell eine rechte Hölle, weil überall Schwindel und Lüge durchschimmerten und es so gar keinen festen Boden mehr gab. Eine überrege Phantasie zum Bösen, die konnte man Simone jedenfalls nicht abstreiten.«

»Tscha...«, sagt der Alte, während wir in kleinen Schlucken den Rest des Whiskys trinken, und dann sagt er noch einmal: »Tscha – dann sollten wir jetzt wohl doch in die Koje. Du kannst ja morgen, nein, heute im Flieger schlafen.«

»Und du brauchst keine Honneurs zu machen.«

»Henkersmahlzeit!« denke ich, als ich mich zum Frühstück in der Messe an den altgewohnten Tisch setze, an dem der Alte und auch der Chief sitzen. Was für eine Schnapsidee, von Bord zu gehen. Allein durch Afrika! Was hab ich denn unter den Negern verloren?

Weil der Alte mich leicht besorgt von der Seite ansieht, sage ich: »Hoffentlich passiert's mir nicht wieder, daß ich von ›Negern‹ rede. Da bin ich schon mal gleich nach dem Krieg übel aufgefallen, weil in einer Berliner Galerie ein Schwarzer vorzüglichen Rag spielte und ich, weil er eine lange Pause machte, sagte: ›Warum spielt denn der Neger nicht?‹ Da hab ich von der Galeristin aber einen Rüffel gekriegt: ›Das heißt nicht Neger!‹ hat sie mich angefahren, da hab ich wiederholt: ›Warum spielt denn der *Herr* Neger nicht!‹«

»Das ist doch eine Rasse«, sagt der Chief, »man sagt doch auch ›Indianer‹ von einem Indianer – oder?«

»Heutzutage«, sagt der Alte gutmütig, »wahrscheinlich auch korrekter ›Herr Indianer‹ ... Hast du denn deine Sachen alle gepackt?« fragt er mich jetzt wohl zum drittenmal.

»Ja, ganz kleines Gepäck. Kann ich das, was ich nicht mitnehmen kann, in meiner Kammer stehenlassen?«

»Laß ich gleich unter Verschluß nehmen, schick's dir nach Hause.«

Ich gehe noch einmal reihum und verabschiede mich, steige auch zu den Chinesen hinunter, denen ich dann doch noch, obwohl der Alte gesagt hat, sie erwarteten nichts, einen Schein in die Hand drücke – viele Verbeugungen, viele gute Wünsche. Ich kann sie brauchen.

Als der Alte mich an Deck herumtigern sieht, sagt er: »Du hast ja noch Zeit. Jetzt spurt der Steward anscheinend, wir könnten noch einen Tee bei mir trinken.«

»Gute Idee!«

Als wir unseren Tee mit einem Schuß Rum schlürfen, raffe ich mich auf und sage: »Jetzt hab ich dir so quasi alles aus meinem Leben erzählt, aber ich weiß von dir nicht, wie es nach Südamerika weitergegangen ist. Kannst du mir das – auch ›auf die Schnelle‹ – nicht noch erzählen?«

»Kann ich. Da gibt's nicht viel zu erzählen«, sagt der Alte, stockt aber gleich.

»Du hattest zuletzt dein Patent als Kapitän auf Großer Fahrt«, helfe ich ein, »und dann bist du erst mal zu Krupp?«

»Nein, nicht gleich zu Krupp. Ich habe auf einem Schiff ähnlicher Art wie das von meinem Schwiegervater angemustert.«

»Wie hieß das?«

»›Seefahrer‹.«

»Seefahrer? poetisch!«

»Ich hab sogar noch Photos davon, die könnt ich dir mal zeigen. Der ›Seefahrer‹ fuhr auf Einjahresvertrag in der Karibischen See unter deutscher Flagge. Zunächst habe ich den Ersten Steuermann abgelöst, ich mußte mich ja da erst mal einfahren. Die fuhren zwei Steuerleute. Ich bin mit einem Schiff der Horn-Reederei als Passagier bis Port of Spain gefahren, auf der Insel Trinidad. Dort lief das Schiff ›Seefahrer‹ an. Das war zeitlich so einkalkuliert. Das Schiff hatte Holz von Nicaragua, das es in Port of Spain löschte. In dieser Zeit bin ich eingestiegen, habe abgelöst und bin dort nach etwa so vier oder fünf Monaten Kapitän geworden und habe den Kapitän, der urlaubsreif war, abgelöst. Der ist dann aber von der Seefahrt weggegangen und ist jetzt Dozent in Bremerhaven an der Seefahrtsakademie.«

»Wie lange hast du das gemacht?«

»Ein gutes Jahr.«

»Und dann bist du zu Krupp?«

»Nein, noch nicht. Da kam inzwischen in dieser Karibikzeit meine Frau von Buenos Aires an Bord. Unser zweiter Sohn war schon auf der Welt, meine Frau kam einmal aus persönlichen Gründen zum Zwecke des Wiedersehens und zweitens zur familiären Absprache, wie wir weiter verbleiben wollten. Sie stieg in Curaçao ein.«

»Und die Kinder?«

»Waren in guten Händen – bei den Schwiegereltern.«

»Da hast du alle diese wunderbaren Karibikhäfen kennengelernt?«

»Ja, aber wir hatten auch Reisen nach Nordamerika – Ostküste bis Virginia. Savannah zum Beispiel war sehr schön. Das Schiff war nicht klimatisiert. So bequem wie heute hatten wir es nicht, aber wir waren damals noch in unseren besten Jahren, und so hab ich eine schöne Zeit mit meiner Frau verbracht. Wir nutzten jede Stunde aus, die man sich von Bord freinehmen konnte, um was zu sehen. In Havanna waren wir sehr viel.«

»Auf Kuba?«

»Ja, die Zuckerhäfen auf Kuba, die haben wir alle gesehen. Wir fuhren sehr viel Zucker nach Nordamerika und zurück mit Industriegütern, Stückgut für Kuba. Wir beschlossen damals, wegen der Kinder nach Deutschland zurückzusiedeln. Als meine Zeit abgelaufen und das Schiff gerade in der Heimat war, bin ich da abgemustert. Weil ich gerne etwas mehr Zeit in Deutschland haben wollte, habe ich nacheinander zwei Bauaufsichten gemacht, auf Schiffen, die etwas größer waren und der MacGregor-Gesellschaft gehörten.«

»Was hattest du zu tun, wenn du Bauaufsicht hattest?«

»Mich um eine sorgfältige Bauausführung kümmern.«

»Du hattest also auf der Werft zu tun?«

»Ja.«

»Und wie lange dauert so was?«

»Ungefähr drei bis vier Monate. Am Wochenende konnte man sich freimachen, und in dieser Zeit hab ich mich nach einer Wohnung umgesehen.«

»Da warst du eine Art Werftpolier?«

»Nein, kein Angestellter der Werft. Ich war Vertreter des Auftraggebers, das war die MacGregor-Gesellschaft, die das Schiff baute und zur Bereederung an die Reederei Bastian in Bremen gab. Die existiert jetzt noch. Wenn sich beim Bau ergibt, daß dies und das verbesserungswürdig ist oder anders gemacht werden sollte, macht man seine Vorschläge. Die werden meistens akzeptiert. Und dann übernimmt man das Schiff während der Probefahrt. Man fährt sich ein. Man fährt von allem Anfang an mit dem Schiff. Das hab ich gemacht.«

»Was war denn das für ein Schiff?«

»Das eine hieß ›Transsylvania‹, das zweite, ein Jahr später, hieß ›Carpathia‹ – deshalb, weil der Inhaber der MacGregor-Gesellschaft, Klöß, aus Siebenbürgen stammte.«

Der Alte legt eine Pause ein. Ich brauche nichts zu sagen, ich sehe deutlich, wie es in dem Alten arbeitet und immer neue Erinnerungen in ihm wach werden.

Der Alte guckt an die Uhr: »Erst zehn Uhr, da haben wir noch Zeit. Du brauchst ja erst um zwölf von Bord ... Also, einmal war das komisch: Wir fuhren mit den Schiffen auch Holz von Rußland. Und die Russen, die russischen Agenten der Interflot, sagten: ›Wieso Transsylvania? Das ist doch *unser* Territorium!‹ Und fragten, wie wir denn dazu kämen, ein Schiff so zu nennen? Wir konnten denen belegen, wie das Schiff zu dem Namen gekommen war, keine Arroganz von uns, wie die Russen erst meinten, auch nicht Verwirrung der geographischen Vorstellungen vom Dritten Reich her.«

»Und als was bist du auf diesen Schiffen gefahren?«

»Als Kapitän natürlich. Ich bin, nachdem ich auf ›Seefahrer‹ erstmals auf einem deutschen Schiff Kapitän war, nur noch als Kapitän gefahren.«

»Wieviel Tonnen hatten diese Schiffe?«

»Tragfähigkeit bis 3000 Tonnen.«

»Kleine Schiffe also. Aber später hast du doch bei Krupp auch größere gefahren?«

»Ja, die wurden dann größer und größer. Nun war aber erst folgendes: Die MacGregor-Gesellschaft übergab diese Schiffe an eine größere Reederei in Hamburg – aus wirtschaftlichen Erwägungen heraus –, und das war die Detjen-Reederei. So bin ich dann zu dieser Reederei übergegangen mit der ›Carpathia‹, die sehr schön eingerichtet war. Damals hab ich Weib und Kinder häufig mit gehabt. Das war die Zeit, als die noch nicht zur Schule brauchten.«

Der Alte guckt wieder an die Uhr. »Deine Sachen stehen ja wohl alle parat?« fragt er besorgt.

»Alles griffbereit!«

»Dann laß ich mal noch 'ne Kanne Tee kommen – und vorsichtshalber auch paar Brote für dich einpacken, wer weiß, wann du wieder was zu essen kriegst.«

»Ach was, im Flieger gibt's doch auf jeden Fall was«, wehre ich ab.

»Na, laß mich mal machen«, sagt der Alte und steht schon am Telephon, »ich sag auch gleich in der Wachbude Bescheid, daß sie den Agenten oder den Mann mit deinen Filmen hierher schicken sollen.«

»Schönen Dank«, sage ich, »aber nun erzähl mal lieber weiter, ich will doch wissen, wie du auf die Otto Hahn gekommen bist.«

»Bis dahin waren's noch paar Jahre hin... Ich hab bei Detjen nacheinander verschiedene Stückgutschiffe gefahren, Schiffe in einer etwas größeren Ordnung, immer etwas größer: ein Schiff, das Nordatlantik fuhr, etwa 6000 Bruttoregistertonnen, eins, mit dem wir schöne Rundreisen gemacht haben zwischen Mittelmeer, Zentralamerika und Westküste Nordamerika bis Vancouver rauf, das war die ›Maas‹, und dann ein Fünflukenschiff mit so etwa 12000 Tragfähigkeitstonnen. Von der Detjen-Reederei bin ich dann zur Krupp-Reederei gegangen, aus wirtschaftlichen Gesichtspunkten.«

»Kriegtest du bei denen mehr?«

»Das auch, aber vor allem ging es mir um Sicherheit, um die Frage: Wie solvent ist eine Reederei.«

»Und dein neues Schiff hieß ›Donau‹?«

»Nein, Donau war noch ein Schiff von Detjen. Da hatte ich auch Bauaufsicht. Donau war mein letztes Schiff dort. Bei Krupp habe ich Erzschiffe gefahren, zunächst die ›Ruhr Ore‹.«

»Ruhrort?«

»Ruhr Ore – Ore wie Erz. Die Schiffe hatten alle Namen mit Ore: Ruhr Ore, Main Ore ...«

»Das war doch auf der Main Ore, eure Fahrt durch den Panamakanal. Die roten Blusen, von denen du mir erzählt hast?«

»Stimmt!« sagt der Alte, »aber jetzt mal weiter: Da gab's noch Rhein Ore, Weser Ore, Ems Ore und Elbe Ore. Ich fing auf Ruhr Ore an. Dieses Schiff fuhr in einer amerikanischen Charter Erz, überwiegend zwischen England und Mittelamerika. Wir fuhren aber auch eine ganze Serie Reisen Erz vom Orinoco, Venezuela, nach England, aber auch zwischen dem Golf von Mexiko und den Bahamainseln Schiefer für Zementfabriken. Und danach bin ich auf einen größeren Typ bei der Krupp-Reederei gekommen, und das war die Main Ore, ein großer Sprung: Das waren Schiffe mit rund 70000 Tonnen Tragfähigkeit. Und dann, so war das abgesprochen, und das war auch ein Anreiz für mich gewesen, zu Krupp zu gehen, kriegte ich eine Bauaufsicht in Kopenhagen, ein Nachbau der Main Ore.«

»Da müssen die ja dauernd Schiffe gebaut haben?«

»So viele waren das auch wieder nicht. Das war das siebente Schiff bei Krupp, die Elbe Ore, die wurde in Kopenhagen bei Barmeester und Wein gebaut, ein schönes Schiff! Übrigens konnten wir einen größeren Tiefgang mit demselben Schiff erreichen durch gewisse Verstärkung im Boden. Als dieses Schiff fertig war, hat die Firma Krupp zu unserem Bedauern, wohl aufgrund gewisser finanzieller Schwierigkeiten damals, den fertigen Neubau an die Engländer verkauft, und Krupp hat das Schiff zurückgechartert in eine Achtjahrescharter. Das haben wir sehr bedauert, aber mich betraf es nicht mehr so sehr, weil ich zu der Zeit, als ich gerade auf der Main Ore vertrat und wir um die Weihnachtstage 1968 gerade in Nordamerika, Norfolk, lagen, ein Telegramm von der Krupp-Reederei kriegte. Die fragten, ob ich Interesse hätte, auf eine bestimmte Zeit, vorgesehen war zunächst ein Jahr, die Führung des Nuklearschiffes Otto Hahn zu übernehmen. Spezielle Kenntnisse würden vorausgesetzt, die könnten und müßten in Form eines Lehrgangs erworben werden. Ich habe, zunächst mit Vorbehalt, akzeptiert.«

Jetzt gucke ich an die Uhr, aber nur verstohlen: Der Alte soll noch bis zum Ende erzählen.

»Wir gingen damals zufällig nach Wedel, um dort an dem E-Werk der HEW Kohlen zu löschen, und in dieser Zeit hatte ich den ersten Kontakt mit meiner jetzigen Gesellschaft. Hauptgeschäftssitz war damals in Hamburg in der Großen Reichenstraße. Hier lernte ich beim ersten Treff die sehr ehrenwerte Leitung kennen. Kaufmännischer Direktor war damals ein baltischer Baron. Und da haben sie mich akzeptiert. Ich mußte einen Lehrgang machen über Strahlenschutz und Reaktordynamik, speziell in bezug auf die Otto Hahn, dann eine Art Examen ablegen vor dem Gewerbeaufsichtsamt, vertreten durch einen Universitätsprofessor, einen Fachdirektor des Amtes und des Ministeriums. Das war für mich kein Problem. Die Aufgabe hat mich interessiert. Und dann ist daraus eine lange Zeit auf der Otto Hahn geworden.«

»Und seit wann bist du hier Kapitän?«

»Seit fast zehn Jahren. Das Schiff hatte die Ostsee-Erprobung beendet und hatte sich inzwischen an der Küste mit einem ›Tag der offenen Tür‹ vorgestellt. Das war damals mit den Saboteuren noch nicht so toll, und das breite Publikum hatte Zugang.«

»Um wenigstens zu ahnen, wohin die Steuergelder verschwinden«, ergänze ich und ernte einen mißbilligenden Blick.

»Im Anfang war kein Vertretungskapitän zur Verfügung, da konnte ich nur während der Werftliegezeit Urlaub machen. Später war der Erste Offizier als Urlaubsvertretung für den Kapitän zugelassen. In der weiteren Entwicklung, als ich aus Gesundheitsgründen aussetzen mußte, wurde der Erste mein Nachfolger. So, das wär's in groben Zügen...«

»Und wenn du hier aussteigst, wie soll's weitergehen?«

»Tscha, wenn das einer wüßte. Noch mal richtig segeln, das hab ich mir immer gewünscht. Wie nanntest du diese Reise? ›Schwanengesang‹? Das Wort bin ich nicht mehr losgeworden, das wird ja zu guter Letzt richtig literarisch«, sagt der Alte und grinst dabei schief.

»Ein poetisches Duett mit dem heißen Ofen fast direkt

unterm Hintern, schon komisch«, sage ich und grinse nun auch.

»Bloß gut, daß wir mit den sogenannten modernen Zeiten nicht mehr viel zu schaffen haben«, sagt der Alte noch, »vielleicht haben die jungen Leute recht, auf ihre Weise recht, meine ich. Das sind doch ganz andere Menschen als wir, müssen sie ja wohl, ohne unsere Erfahrungen.«

»Ich hätte auf diese ›Erfahrungen‹ gern Verzicht geleistet.«

»Ich weiß Gott auch«, sagt der Alte, und nach einem tiefen Luftholen: »Jetzt wollen wir mal lieber nachsehen, wo denn der Bote vom Agenten mit deinen Filmen bleibt.«

Es ist fast zwölf, und ich werde ungeduldig. Spätestens um eins soll ich von Bord gehen, um den Flug fünfzehn Uhr nach Johannesburg zu erreichen. Auf dem Weg zum Flugplatz muß ich mir aber noch einen Stempel von der Emigration besorgen. Gleich leuchtet in meinem Kopf ein rotes Warnsignal auf: ja nicht in den Paß! Man hat es mir oft genug eingeschärft.

Ich laufe immer mal wieder auf der Pierseite über das Oberdeck und suche im weiten Umkreis das Gelände hinter den Waggons ab – von dem Boten ist nichts zu sehen. Ich werde vor lauter Ungeduld zapplig. Lange halte ich das nicht aus! Ich steuere die Wachbude an, um beim Agenten anzurufen. Erst werde ich munter hin und her verbunden, dann bekomme ich zu hören, daß sich der Stellvertreter des Agenten – der Boß sei gerade in London – ganz außerordentlich auf meinen Besuch freuen würde. Auf diese Weise erfahre ich, daß ich es nicht mit dem richtigen Agenten zu tun habe.

Kaum habe ich der Wachbude den Rücken gekehrt, als das Telephon klingelt und der Posten, der den Hörer abgenommen hat, mir hinterher ruft: »Vom deutschen Konsulat!«

»Sagen Sie, Sie könnten mich nicht stören, ich sei in einer wichtigen Konferenz!« sage ich barsch.

Endlich erscheint ein Fahrer des Generalkonsuls, aber nicht der Typ, der mein Geld für die Filme hat. Dieser Schwarze soll den Alten abholen. Weiß der Satan, wo sein Auto steht. Irgendwo weit weg hinter den Dreckfahnen jedenfalls.

Schließlich läßt der Alte dem Fahrer sagen, daß er unabkömmlich sei, man hätte ihn ja anrufen können.

Na endlich! denke ich, der Alte ist doch nicht der Lakai dieses Herrn.

Nachgerade beschleicht mich Sorge um mein Geld, aber der Alte versucht mich zu beschwichtigen: »Der kommt schon noch...« Da sehe ich den richtigen Boten: Gott sei's gelobt, getrommelt und gepfiffen!

»Na also!« sagt der Alte.

Der Bote wendet kurz vor dem Schiff den Kopf hoch, entdeckt uns und spreizt die Arme ab. Ich bedeute ihm, daß er schnell raufkommen solle.

»Filme hat *der* bestimmt nicht«, sagt der Alte skeptisch.

Der Schwarze kommt die Gangway heraufgehetzt und sprudelt hervor, der Wholesaler hätte auf einmal viel mehr haben wollen, dabei hält er mir seine zur Faust geballte rechte Hand hin. In der Faust hat er das Geld. Ich nehme die verschwitzten Scheine, gebe dem Boten einen davon und sage zum Alten: »Scheiße!«

»In Johannesburg findest du bestimmt, was du brauchst.«

»Wahrscheinlich. Aber wozu das ganze Theater?«

»Reine Symbolik. Das ist symbolisch für das Ganze: viel Lärm um nichts! Aber jetzt solltest du dich wirklich auf die Strümpfe machen. Du nimmst den kürzeren Weg, den mit der Fähre. Die Fähre geht in einer halben Stunde. Wo ist dein Gepäck?«

»Das steht hinter der Wachbude.«

»Nichts in der Kammer liegen gelassen?«

»Nur den großen Koffer, den du mir von Bremerhaven aus schicken lassen willst.«

»Hast du dich schon überall verabschiedet?«

»Ja, sozusagen quer durchs Schiff.«

»Ich muß nur schnell noch mal austreten«, sagt der Alte und läßt mich stehen.

Unser Weg führt an den Räderreihen der riesigen Entlademaschine entlang. Ich werfe Sorgenblicke hinauf zum Führerhäuschen, um sicherzugehen, daß niemand da oben hockt, der das elektrisch betriebene Ungetüm plötzlich in Bewegung setzen könnte.

Hinter dem Bug unseres Schiffes bleiben wir stehen. Ein langer Roststreifen zieht sich von der Ankerklüse her nach unten, wird breiter und franst sich auf. »Muß ich dem Bootsmann sagen«, murmelt der Alte. Der schwarze Anker hängt über uns und wirkt auf der gewaltigen Bugflanke viel kleiner als sein Gegenstück, das an der Stirnseite des Reaktordecks gehaltert ist.

Einer der Sträflinge, die zwischen den Güterwagen verschütteten Kohlenstaub zusammenschaufeln, macht eine heimliche Bewegung zu mir her. Sie sieht obszön aus, aber er will wohl nur Zigaretten betteln. Zu blöd, daß ich keine Zigaretten habe. Den Alten will ich gar nicht fragen, er darf ja nicht mehr rauchen.

»I don't smoke«, murmele ich entschuldigend und hebe im Gehen verlegen die Schultern, trotz der beiden Taschen, die ich schleppe. Ich wünschte, ich müßte nicht auch noch ein schlechtes Gewissen mit mir herumtragen.

Bis zum Fährponton ist es ein gutes Stück auf der Pier hin. Zwischen den Gleisen der Kräne ist der Beton zerbrochen. Wie Eisschollen haben sich die Betontrümmer übereinandergeschoben. Schon stolpere ich über einen Brocken.

»Gib mir mal lieber deine Tasche«, sagt der Alte.

»Geht schon.«

»Nee, gib lieber her, das ist doch nichts für dein Bein – so, die andere auch, sonst werd ich schief.«

Ich muß den Blick unentwegt auf dem Boden halten, wenn ich nicht stürzen will, hier liegt eine Menge Schrott und Gammelzeug herum.

»Hier geht's besser!« sagt der Alte, der ganz außen auf der Pierkante läuft, »paß bloß auf die Trossen auf. Wenn's dich hier hinschmeißt, gehst du koppheister in die Brühe.«

So, stelzend und schlurfend, alle möglichen Hindernisse umgehend und über Lücken in der Granitkante steigend, kommen wir zum Anlegeponton für die Fähre. Auch der Ponton ist schwarz; schwarz geteert und mit schwarzen Autoreifen bewehrt.

»Fahr bloß nicht mit dem Auto des Agenten«, sagt der Alte, »auch wenn der drüben an der Fähre steht und wartet. Das würde nämlich teuer. Taxi kommt auf jeden Fall billiger. Der Agent schlägt doch glatt hundert Prozent drauf.«

Typisch der Alte, haushälterisch besorgt wie eh und je. Wer den Fuß an Land setzt, muß aufpassen und sein Geld zusammenhalten, die Schlepper und Profithaie lauern schließlich überall auf den Seemann. Ich soll wenigstens gewarnt sein.

Der Ponton bewegt sich in der leichten Dünung, die durch die Hafeneinfahrt hereinkommt. Wir gucken beide immer wieder an die Uhr, dann auf die Beine der kurzbehosten Polizisten, die auch auf die Fähre warten. Wenn ich über die Kante des Pontons senkrecht nach unten blicke, kann ich große schwarzweiß gestreifte Zebrafische spielen sehen: der erste erfreuliche Anblick, seit wir hier sind.

»Da kommt die Fähre!« sagt der Alte. Ich sehe sie gegen das Licht in Lage Null wie einen schwarzen Kopf mit einem großen hellen Schnauzbart; und nun holt die Fähre zu einem weiten Bogen aus.

Zwei unserer Maschinenleute steigen aus und brüllen uns gemeinsam »Mahlzeit!« entgegen.

»Mahlzeit!« brülle ich zurück.

»Laß nur, ich helf dir doch«, sagt der Alte, als ich nach meinen Taschen greifen will.

»Also, dann mach's gut!«

»Ja, du auch – viel Glück!«

Die Fähre legt ab. Ich sehe, wie der Alte, ohne sich umzublicken, zum Schiff zurückstiefelt und wie er, weil das Fährboot nun ordentlich aufdreht, sehr schnell kleiner wird. Wir sind erst mitten in der Einfahrt, als ich ihn nicht mehr entdecken kann: Er wird wohl den anderen Weg zum Schiff zurück gewählt haben, den *hinter* den Güterwagen entlang.

In diesem Augenblick weiß ich, daß ich den Alten nie wiedersehen werde.

Glossar

achtern	hinten
Assi	Assistent
aufbacken	Geschirr auftragen
Aufkommer	entgegenkommendes Schiff
Back	Tisch; auch: Aufbau über dem Vordeck
Backbord	linke Seite des Schiffes in Fahrtrichtung
Backschafter	Mann, der das Essen aufträgt
Badges	Abzeichen
BdU	Befehlshaber der deutschen U-Boote (Großadmiral Dönitz)
Bootsrolle	Übung (auf Fahrgastschiffen) mit Rettungsbooten
Bulleye	Bullauge, rundes Fenster in der Schiffswand
Chief	Leitender Ingenieur
Core	englisch: Kern, Innerstes; Teil des Kernreaktors, in dem die Kernreaktion abläuft
Dalben	Dückdalben: eingerammte Pfähle zum Festmachen von Schiffen am Hafenkai
DHI	Deutsches Hydrographisches Institut
DP-Lager	Lager mit Displaced Persons (Kriegsverschleppten)
dwars	quer zum Schiff, quer zum eigenes Kurs
ETA	englisch: Expected Time of Arrival; voraussichtliche Ankunftszeit
FdU	regionaler Führer der U-Boote, zum Beispiel FdU West: Befehlshaber der im Atlantik eingesetzten deutschen U-Boote

Fender	werden an den Bootsrumpf gehängt, um die Bootsbewegungen gegen die Kaimauer oder andere Schiffe abzufangen
Firstmate	Erster Offizier
Franchise	Freibetrag bei Bagatellschäden (in Versicherungsverträgen)
FT	Funkspruch
Funnelmarke	Reedereizeichen auf dem Schornstein eines Seeschiffs
gekados	geheime Kommandosache
GKSS	Gesellschaft für Kernenergieverwertung in Schiffbau und Schiffahrt
HDW	Howaldtswerke – Deutsche Werft
Helling	auf Werften: schiefe Ebene für den Stapellauf eines Schiffsneubaus
HEW	Hamburgische Elektricitäts-Werke
HSVA	Hamburgische Schiffbau-Versuchsanstalt
I WO	Erster Wachoffizier
Kammer	Wohn- und Schlafraum auf Schiffen
Kimm	Horizont auf See
Klüse	Öffnung im Bug für Taue beziehungsweise die Ankerkette
Koje	fest eingebautes Bett (in einer Kammer)
Kolcher	kleines Schiff
Kombüse	Schiffsküche
koppheister	kopfüber
krängen	das Auf-die-Seite-Legen eines Schiffes
Kümo	Küstenmotorschiff
lenzen	Wasser nach außenbords pumpen
Luk	Öffnung im Schiffskörper
Luke	wasserdichte Abdeckung im Deck eines Seeschiffs; auch: Laderaum
Luschpäckchen	Schlamper, unzuverlässiger Mitarbeiter
Maat	Unteroffizier auf einem Schiff
Maquis	französische Widerstandsorganisation
Mate	englisch: auf Handelsschiffen Offiziersrang unter dem Kapitän
Messe	Schiffsspeiseraum, -kantine

Netzabweiser	starke Trosse, vom Bug über den Turm zum Heck verlaufend
Nock	seitlich hervorstehender Teil der Kommandobrücke
OKW	Oberkommando der Wehrmacht
Orlog	Krieg
Pantry	Vorratskammer, Anrichteraum auf einem Schiff
Piepel	von englisch people: Leute
Pier	Hafenmauer
plieren	verglast gucken
pönen	malen, anstreichen
Poller	Pfosten zum Festmachen von Schiffen
Poopdeck	Poop: hinterer Aufbau eines Seeschiffs
Purser	Zahlmeister auf einem Schiff
Querlöper	Querläufer (quer zum eigenen Kurs fahrendes Schiff)
Raid	Überraschungsangriff
Ramming	Zusammenstoß, Rammen
Reede	Ankerplatz vor einem Hafen
rem	Einheit für die Äquivalentdosis ionisierender Strahlung; heute heißt die Einheit für die Äquivalentdosis Sievert (SV), vorher hieß sie rem (radiation equivalent man); sie berücksichtigt die unterschiedliche biologische Wirkung verschiedener Strahlenarten auf den Menschen und drückt sie in einem einheitlichen Maß aus (1 SV = 100 rem); die natürliche Strahlenexposition eines Bewohners Deutschlands beträgt zirka 240 m rem pro Jahr (m rem = 1/1000 rem)
Ruderhaus	Aufbau auf dem Schiffsdeck für die Steueranlagen
SB	Sicherheitsbehälter (im Atomreaktor)
schamfielen	reiben, scheuern
Schangs	seemännisch für: Chance
Schanzkleid	Schutzwand um das Oberdeck eines Seeschiffs

Schott	Trennwand im Schiff; auch: Tür in der Wand
schwoien	vor dem Anker drehen
Scram	Störfall
Seetörn	Törn (Fahrt mit einem Schiff) auf See
Sextant	Winkelmeßinstrument zur Orts- und Zeitbestimmung
Skipper	Kapitän einer Segeljacht
Spill	Winde für die Ankerkette
Spring	Leine zum Festmachen
Sprung	geschwungene Linie eines Schiffsdecks
SSV	Schiffssicherheitsvorschrift
Stelling	Laufplanke/Sitzbrett zum Bemalen der Schiffsaußenwand
Steuerbord	rechte Seite des Schiffes in Fahrtrichtung
Steven	den Bug und das Heck eines Seeschiffs begrenzende Bauteile
Süll	(hohe) Türschwelle; hohe Einfassung einer Luke an Bord eines Schiffes
trimmen	Wasser in Längsrichtung des Schiffes verlagern, um es auszuwiegen; dies geschieht durch Umpumpen von Wasser zwischen den beiden an den äußersten Enden gelegenen Trimmzellen
Typhon	Signalhorn
UVV	Unfallverhütungsvorschrift
verholen	ein Schiff mit Schleppern zu einem Liegeplatz bugsieren
wahrschauen	Bescheid geben, informieren
Wholesaler	englisch: Großhändler
WO	Wachoffizier
Zossen	abfällige Bezeichnung für ein Schiff
Zwo AdU	Zweiter Admiral der Unterseeboote

PIPER

Lothar-Günther Buchheim
Das Boot

Roman. 603 Seiten. Geb.

Lothar-Günther Buchheims Roman »Das Boot« verdankt seinen Welterfolg dem einmaligen Wagnis des Autors, sich bis in die kleinsten Einzelheiten an das Grauen des Krieges zu erinnern. Er erzählt die Geschichte eines Unterseeboots und seiner Besatzung im Zweiten Weltkrieg: Das Leben im Schattenreich des U-Boot-Krieges, die Operationen im Atlantik im Winter 1941 bei zunehmender Luftüberlegenheit der Alliierten, die wochenlange Untätigkeit, Angriff und Gegenangriff, Jagd und Flucht, der Versuch, durch die schwerbewachte Straße von Gibraltar ins Mittelmeer einzudringen.

»Lothar-Günther Buchheim hat den bislang besten deutschen Roman von der Front des Zweiten Weltkrieges geschrieben, den ersten, der gültig ist, und Einwände, daß der Krieg, so oder so, kein Thema mehr sei, sind vom Schreibtisch gewischt, vom Biertisch ebenfalls.«
Die Zeit

»Der herausragende deutsche Roman über den Zweiten Weltkrieg.«
Der Spiegel